HEYNE BÜCHER

W0294729

SCIENCE FICTION

Herausgegeben
von Wolfgang Jeschke

Aus der Serie »Die Abenteuer des Raumschiffs ›Enterprise‹«
in der Reihe HEYNE SCIENCE FICTION & FANTASY
sind bereits erschienen:

Vonda N. McIntyre, *Star Trek II: Der Zorn des Khan* · 06/3971
Vonda N. McIntyre, *Der Entropie-Effekt* · 06/3988
Robert E. Vardeman, *Das Klingonen-Gambit* · 06/4035
Lee Correy, *Hort des Lebens* · 06/4083
Vonda N. McIntyre, *Star Trek III: Auf der Suche nach Mr. Spock* · 06/4181
S. M. Murdock, *Das Netz der Romulaner* · 06/4209
Sonni Cooper, *Schwarzes Feuer* · 06/4270
Robert E. Vardeman, *Meuterei auf der Enterprise* · 06/4285
Howard Weinstein, *Die Macht der Krone* · 06/4342
Sondra Marshak & Myrna Culbreath, *Das Prometheus-Projekt* · 06/4379
Sondra Marshak & Myrna Culbreath, *Tödliches Dreieck* · 06/4411
A. C. Crispin, *Sohn der Vergangenheit* · 06/4431
Diane Duane, *Der verwundete Himmel* · 06/4458
David Dvorkin, *Die Trellisane-Konfrontation* · 06/4474
Vonda N. McIntyre, *Star Trek IV: Zurück in die Gegenwart* · 06/4486
Greg Bear, *Corona* · 06/4499
John M. Ford, *Der letzte Schachzug* · 06/4528
Diane Duane, *Der Feind – mein Verbündeter* · 06/4535
Melinda Snodgrass, *Die Tränen der Sänger* · 06/4551
Jean Lorrah, *Mord an der Vulkan Akademie* · 06/4568
Janet Kagan, *Uhuras Lied* · 06/4605
Laurence Yep, *Herr der Schatten* · 06/4627
Barbara Hambly, *Ishmael* · 06/4662
J. M. Dillard, *Star Trek V: Am Rande des Universums* · 06/4682
Della van Hise, *Zeit zu töten* · 06/4698
Margaret Wander Bonanno, *Geiseln für den Frieden* · 06/4724
Majliss Larson, *Das Faustpfand der Klingonen* · 06/4741
J. M. Dillard, *Bewußtseinsschatten* · 06/4762
Brad Ferguson, *Krise auf Centaurus* · 06/4776

STAR TREK: DIE NÄCHSTE GENERATION:
David Gerrold, *Mission Farpoint* · 06/4589
Gene Deweese, *Die Friedenswächter* · 06/4646
Carmen Carter, *Die Kinder von Hamlin* · 06/4685
Jean Lorrah, *Überlebende* · 06/4705
Peter David, *Planet der Waffen* · 06/4733
Diane Carey, *Gespensterschiff* · 06/4757
Howard Weinstein, *Macht Hunger* · 06/4771
John Vornholt, *Masken* · 06/4787

STAR TREK: DIE ANFÄNGE:
Vonda N. McIntyre, *Die erste Mission* · 06/4619
Margaret Wander Bonanno, *Fremde vom Himmel* · 06/4669
Diane Carey, *Die letzte Grenze* · 06/4714

DAS STAR TREK-HANDBUCH:
von Ralph Sander · 06/4670

Diese Liste ist eine Bibliographie erschienener Titel
KEIN VERZEICHNIS LIEFERBARER BÜCHER!

JANET KAGAN

UHURAS LIED

Die neuen Abenteuer des Raumschiffs ›Enterprise‹

Science Fiction Roman

Deutsche Erstausgabe

WILHELM HEYNE VERLAG
MÜNCHEN

HEYNE SCIENCE FICTION & FANTASY
Band 06/4605

Titel der amerikanischen Originalausgabe
UHURA'S SONG
Deutsche Übersetzung von Andreas Brandhorst
Das Umschlagbild schuf Boris Vallejo

3. Auflage

Redaktion: Rainer Michael Rahn

Printed in Germany 1991
Umschlaggestaltung: Atelier Ingrid Schütz, München
Gesamtherstellung: Ebner Ulm

ISBN 3-453-03472-4

Für Ricky,
der es noch schlimmer treiben kann als Spock.
Und für die wahre
Schwanzschlaufer-zu-Ennien,
die mich lehrte:
»Manchmal haben's kleine Sachen ganz schön in sich.«

KAPITEL 1

LOGBUCH DES CAPTAINS: STERNZEIT 2950.3

Die *Enterprise* befindet sich noch immer im Orbit von Eeiauo, an der Peripherie des Föderationsraums. Auf McCoys Rat hin hat Starfleet den Planeten unter Quarantäne gestellt. Die *Enterprise* wird über die Abschirmung wachen, bis eine Sondereinheit mit Epidemiologen und anderen Spezialisten eintrifft.

Dr. McCoy und Schwester Chapel haben sich mit der medizinischen Einsatzgruppe nach unten gebeamt und helfen den Eeiauoanern bei ihrem verzweifelten Kampf gegen eine schreckliche Seuche. Die Eingeborenen bezeichnen sie als ›langsamen Tod‹.

PERSÖNLICHES LOGBUCH DES CAPTAINS,
JAMES T. KIRK:
STERNZEIT 2950.3

Pille kann sich wenigstens nützlich machen. Wir anderen sitzen tatenlos herum und beobachten, wie immer mehr Eeiauoaner der Krankheit zum Opfer fallen. Inzwischen leidet über die Hälfte der Bevölkerung am ADF-Syndrom. Wenn die Eeiauoaner doch nur früher um Hilfe gebeten hätten!

Ich habe Pille gesagt, wie frustriert wir sind. Seine Reaktion überraschte mich nicht...

»*Ihr* seid frustriert? Lieber Himmel, Jim!« McCoy holte tief Luft und trat zur Seite.

»*Bozhe moi*«, murmelte Chekov und blickte auf den großen Wandschirm. Seine Worte kamen einem Gebet gleich. Die rechts von Kirk sitzende Lieutenant Uhura seufzte leise.

Jim Kirk kannte zwar die Auswirkungen des ADF-Syndroms, aber diese Informationen hatten ihn nicht auf das vorbereitet, was er hinter McCoy sah. Er wußte natürlich, daß die Entfernung viele Kilometer betrug, doch er mußte sich beherrschen, um nicht zurückzuweichen.

Der Bildschirm zeigte lange Reihen runder eeiauoanischer Krankenhausbetten, und in jedem lag eine leidende Gestalt. Die ADF-Opfer waren kaum mehr als Eeiauoaner zu erkennen. Sie lagen wie tot, und auf der nackten Haut zeigten sich nässende Gewebeveränderungen. McCoy hatte berichtet, daß die Kranken mit intravenöser Ernährung und dem Einsatz komplexer metabolischer Systeme jahrelang in diesem Stadium überleben konnten. *Aber darf man in diesem Zusammenhang überhaupt von Über*leben *sprechen?* fragte sich Kirk. Er beobachtete die dreidimensionalen Darstellungen und schüttelte stumm den Kopf.

Die Kranken in der ambulatorischen Phase gingen zusammengekrümmt, kratzten ihren büschelweise *ausfallenden Pelz* und kümmerten sich um die anderen.

Die Eeiauoaner hatten die Föderation erst um Hilfe gebeten, als sie sich nicht mehr selbst helfen konnten.

McCoy trat wieder vor die Übertragungskamera.

»Entschuldige, Pille«, sagte Kirk und rang sich ein dünnes Lächeln ab. »War eine ziemlich dumme Bemerkung.«

McCoy schüttelte den Kopf. »Die eeiauoanischen Ärzte hatten es schon zweimal mit epidemischen Ausbrüchen des ADF-Syndroms zu tun gehabt, doch in beiden Fällen hielten sie es nicht für nötig, die Föderation zu verständigen. Sie meinten, es sei nicht so schlimm gewesen. Nicht so schlimm! Jim, die letzte Seuche forderte zwanzigtausend Opfer!« Er schien am Rande eines Nervenzusammenbruchs zu sein, doch Kirk stellte erleichtert fest, daß McCoy noch immer genug Kraft besaß, um sich zu empören.

»Machst du irgendwelche Fortschritte, Pille?«

Der Bordarzt der *Enterprise* schnaufte abfällig. »›Fortschritte.‹ Wenn das eine diskrete Umschreibung für die Frage sein soll, ob wir eine Heilmöglichkeit gefunden haben, so lautet die Antwort: nein. Darüber hinaus sind alle unsere Bemühungen gescheitert, einen Impfstoff herzustellen. Himmel, wir arbeiten rund um die Uhr, aber trotzdem treten wir auf der Stelle. Selbst wenn ich alle Zeit der Welt hätte und in der Lage wäre, auf die Hilfe der besten Experten und Spezialisten zurückzugreifen: Ich kann keinen wissenschaftlichen Durchbruch *herbeizwingen*, verdammt!«

McCoy holte tief Luft und ließ die Schultern hängen. »Ich bedaure das sehr, glaub mir. Die Eeiauoaner sind nette Leute.« Mit einem Hauch von Humor fügte er hinzu: »Obgleich sie übergroßen Hauskatzen ähneln.«

»Können wir denn überhaupt nichts tun?«

»Du sollst dafür sorgen, daß die Quarantäne eingehalten wird, Jim. Und sie gilt auch für euch. Nein, ich möchte nicht, daß du jemanden zu mir schickst. Wie wollt ihr uns helfen? Indem ihr Bettpfannen tragt? Dafür verwenden wir Roboter, und die haben den Vorteil, immun gegen das ADF-Syndrom zu sein.«

»Pille, hast du jemals von einer anderen Krankheit gehört, die zwei so unterschiedliche Spezies wie Menschen und Eeiauoaner bedroht?«

»Tollwut«, erwiderte McCoy knapp. Als Kirk verwirrt die Stirn runzelte, erklärte er: »Sie kam vor einigen Jahrhunderten auf der Erde vor und betraf sowohl Tiere als auch den sogenannten Homo sapiens...« Er vollführte eine vage Geste. »Wie dem auch sei: Der Planet steht unter Quarantäne, Jim, und damit ist er auch für euch tabu.«

Eine hochgewachsene Eeiauoanerin streckte die Krallenhand aus und berührte McCoy an der Schulter. Er drehte sich um. »Ja, Flinkfuß?«

Flinkfuß von Srallansre, die eeiauoanische Ärztin, mit der McCoy seit seiner Ankunft zusammenarbeitete, litt ganz offensichtlich am ersten Stadium des ADF-Syndroms. Sie bewegte sich steif und ungelenk; ihr Pelz lichtete sich bereits, und sein grauer Glanz wirkte stumpf. Die verfärbte und angeschwollene Nickhaut beeinträchtigte ihr Sehvermögen. Zwar ging sie noch nicht zusammengekrümmt und vornübergebeugt, aber Kirk argwöhnte, daß sie nur reine Willenskraft davor bewahrte, die schmerzerfüllte Haltung der anderen Kranken anzunehmen.

McCoy nahm einige Papiere von ihr entgegen. »Verdammt, ruhen Sie sich endlich aus, Flinkfuß«, brummte er verärgert. »Das hier hat Zeit.«

Die Eeiauoanerin schüttelte den Kopf. »Der Tod wartet nicht, McCoy. *Jetzt* arbeiten. Es gibt kein *Später.*« Sie schlurfte fort.

Der menschliche Arzt rieb sich die Augen. »Verfluchtes Katzenhaar«, knurrte er. »Juckt wie der Teufel.« Kirk nickte, obgleich er wußte, daß McCoy Tränen fortwischte. Nach einigen Sekunden straffte Leonard seine Gestalt. »Ich möchte Spock weitere Informationen übermitteln«, sagte er.

Kirk warf seinem wissenschaftlichen Offizier einen kurzen Blick zu. »Wir haben dir doch Dutzende von Medo-Computern geschickt.«

McCoy murmelte etwas.

»Wie bitte, Pille?« Kirk hatte die Worte deutlich verstanden, aber er war daran gewöhnt, seinen langjährigen Freund aufzuziehen. Unter den gegenwärtigen tragischen Umständen schien jene Art von kameradschaftlichem Spott ein wenig Normalität zurückzubringen.

McCoy schnitt eine finstere Miene. Er betonte jedes

Wort, als er wiederholte: »Ich sagte: ›Ich vertraue eher Spocks Fähigkeiten.‹«

Als der Vulkanier die Brauen hob, ächzte McCoy dumpf. Um das Thema zu wechseln, fragte er rasch: »Wie geht's Sulu?«

Die erzwungene Untätigkeit während der vergangenen Wochen hatte allen Besatzungsmitgliedern ausreichend Gelegenheit gegeben, sich ihren alten Hobbys zu widmen oder aus reiner Verzweiflung neue zu suchen. Sulu fand in Dr. Evan Wilson, die McCoys Platz an Bord einnahm, einen ebenbürtigen Fechtgegner. Bei einem Zweikampf mit ihr geriet er in Bedrängnis, wich zurück, fiel – und brach sich den Fuß.

Die Erinnerung an Dr. Wilson weckte neuerliches Unbehagen in Kirk. Insgeheim hielt er nicht viel davon, daß man sie geschickt hatte, um McCoy zu vertreten. Er sah darin eine weitere Fehlentscheidung von Starfleet Command, doch er behielt seine Meinung für sich. Mit der Moral seiner Mannschaft stand es nicht zum besten, und er wollte vermeiden, daß man Wilsons Autorität als Bordärztin in Frage stellte. »Mach dir keine Sorgen um Sulu«, antwortete er. »Dr. Wilson meint, er sei bald wieder auf den Beinen.«

»›Bald wieder auf den Beinen?‹ Soll das heißen, er liegt noch immer im Bett? Hat sie ihn etwa gefesselt?«

Bei dieser Vorstellung lächelte Kirk unwillkürlich. Schmunzelnd zuckte er die Schultern und sah seinen wissenschaftlichen Offizier an.

»Dr. Wilsons Methoden, bei ihren Patienten für Gehorsam zu sorgen, ähneln den Ihren, Dr. McCoy«, führte Spock aus.

»Was wollen Sie damit sagen?«

»Mit anderen Worten: Sie setzt in dieser Hinsicht ein rein emotionales Instrumentarium ein, Doktor.« Spocks Miene war völlig ausdruckslos.

McCoy verzog das Gesicht und brummte mißtrauisch: »Heraus damit, Spock.«

Der Vulkanier hob die Brauen, eine wortlose Mißbilligung der Ungeduld McCoys. »Angeblich hat Dr. Wilson folgende Warnung an Mr. Sulu gerichtet: ›Wenn Sie nicht im Bett bleiben und Ihr verletztes Bein schonen, breche ich Ihnen auch das andere.«

Kirk jubelte innerlich. Er hätte diese Anekdote nicht besser erzählen können, und er fragte sich, ob Spock wußte, welche menschlichen Reaktionen er mit einer solchen Art der Schilderung hervorrief.

Ganz gleich, ob Absicht dahintersteckte oder nicht: McCoy lachte leise. Er bedachte Spock mit einem nachdenklichen Blick und wandte sich dann wieder an Kirk. »Eine bemerkenswerte Frau, nicht wahr? Hüte dich vor ihr, Jim. Sie ist zwar klein, aber dafür hat sie ein enormes Temperament. Vielleicht berichte ich dir irgendwann, wie Scotty und ich sie kennengelernt haben. Ist eine recht lustige Geschichte, und eins steht fest: Wir alle könnten ein wenig Aufmunterung vertragen.«

Unmittelbar darauf wurde McCoy ernst und schwieg einige Sekunden lang. Kirk wußte, daß er sich nun wieder auf das dramatische Problem der Epidemie konzentrierte. Wenn Leonard still blieb, verriet er dadurch weitaus mehr als mit einem seiner üblichen Wutanfälle.

»In Ordnung, Pille. Ich überlasse dich jetzt Spock.«

»Warte, Jim. Zunächst möchte ich mit Uhura sprechen.«

Kirk sah seinen Kommunikationsoffizier an. »Lieutenant?«

»Zur Stelle, Dr. McCoy.« Lieutenant Uhura erweckte den Anschein, als bereite sie sich auf einen Schock vor. »Haben Sie Sonnenende von Ennien finden können?«

»Flinkfuß setzte sich mit ihr in Verbindung«, sagte McCoy. »Sie lebt, Uhura, aber... Es tut mir leid: Sie hat sich angesteckt.«

Uhura nickte. *Offenbar hat sie mit einer solchen Nachricht gerechnet,* dachte Kirk. *Oder sie will sich uns gegenüber nichts anmerken lassen.*

Schließlich räusperte sich die junge Frau, und als sie sprach, vibrierte ihre Stimme. »Wie... wie lange...«

»Sie hat das Koma der ersten Phase erreicht, Uhura. Es tut mir leid«, wiederholte McCoy. »Wir geben uns alle Mühe.«

Uhura nickte erneut. »Ich weiß, Dr. McCoy. Vielen Dank.« Ruckartig drehte sie sich zu ihrem Kommunikationspult um, aber Kirk sah, wie ihre Schultern kurz zitterten.

Spock wandte sich den Computerkonsolen zu. »Ich bin bereit, Ihre Daten zu empfangen, Dr. McCoy.«

Leonard deutete in Richtung Uhura, und Kirk nickte. »Ja«, sagte er, den Blick aufs Projektionsfeld der Übertragung gerichtet. »Bis später, Pille.« Er trat an Uhuras Seite und sagte leise: »Lieutenant Uhura, ich würde gern mit Ihnen sprechen.«

Die dunkelhäutige Frau drehte sich mit leerem Gesicht um. »Captain?«

»Persönlich«, fügte er hinzu und beauftragte einen Fähnrich, Uhuras Platz einzunehmen. »Mr. Spock, Sie haben das Kommando.« Der Vulkanier nickte, während er die Instrumente beobachtete, und Kirk führte seinen Kommunikationsoffizier zum Lift.

Als sich die Doppeltür mit einem leisen Zischen hinter ihnen schloß, straffte Uhura die Schultern. Seltsamerweise wirkte sie dadurch noch hilfloser. »Worum geht's, Captain?«

»Möchten Sie reden?« fragte Kirk sanft. »Das ist eine Frage, kein Befehl.«

»Danke, Captain. Ich... Ja, ich glaube, wir sollten uns unterhalten.« Doch sie schwieg, als Kirk sie zu ihrer Kabine begleitete.

Sie deutete auf einen Sessel, und als er Platz nahm, schenkte sie sich ein Glas Wasser ein und bot ihm einen Drink an. Kirk lehnte ab und wartete.

Nach kurzem Zögern trat Uhura an die eine Wand heran und griff nach einem kleinen Bild mit goldenem

Rahmen. Eine Zeitlang betrachtete sie es stumm, dann reichte sie es ihm und setzte sich ebenfalls. »Das ist Sonnenende«, sagte sie.

Es handelte sich um eine alte, zweidimensionale Aufnahme, aber Sonnenende von Ennien wirkte trotzdem überaus lebendig. Kirk sah eine eeiauoanische Tänzerin, schwarz wie Samt – eine anmutige Gestalt mitten im Sprung. Der lange, geschmeidige Körper streckte sich ekstatisch, und die spitz zulaufenden Ohren stülpten sich vor. Während er sie betrachtete, glaubte er fast, sphärenartige Musik zu hören... Plötzlich stellte er fest, daß er die Luft anhielt, und langsam ließ er den Atem entweichen. »Wunderschön«, murmelte er.

»Ja.« Tränen schimmerten in Uhuras Augen. »Und diese Pracht betraf nicht nur Ihr Äußeres, sondern auch das innere Wesen. Soviel Schönheit und Kraft, Captain. Wenn ich daran denke, wie es jetzt um sie steht...«

»Die Ärzte lassen nichts unversucht, um ihr zu helfen.« Kirk wußte, daß er Uhura damit nicht trösten konnte. Er erinnerte sich an den Schrecken im eeiauoanischen Hospital, und als er sich Sonnenende in jenem Stadium der Krankheit vorstellte, schauderte er unwillkürlich. Wenn er nur aufgrund eines Fotos derart stark reagierte – was ging dann in Uhura vor?

Die dunkelhäutige Frau nahm die charellianische *Joyeuse* zur Hand, ein kleines Musikinstrument, das sie seit einiger Zeit spielte, und behutsam tasteten ihre Fingerkuppen über die dünnen Saiten. »Dr. McCoy ist ein sehr fähiger Doktor, Captain«, sagte sie. »Ich weiß, daß er sich alle Mühe gibt. Aber vielleicht *genügt* das nicht.«

Kirk suchte vergeblich nach Worten, um ihr Trost zu spenden. Erneut sah er auf das Bild. »Wie haben Sie ihre Bekanntschaft gemacht?« fragte er schließlich.

Uhura seufzte. »Es ist schon eine ganze Weile her. Damals, während meines ersten Einsatzes, auf Zwei Dämmerungen. Sonnenende war eine junge Diplomatin und gehörte zur eeiauoanischen Botschaftergruppe.«

»Eine Diplomatin?« entfuhr es Kirk erstaunt. »Keine Tänzerin?«

Uhura lächelte schief. »Tänzerin, Sängerin *und* Diplomatin«, sagte sie. »Sonnenende von Ennien vereinte diese Fähigkeiten in sich. Sie meinte, es seien notwendige Voraussetzungen für alle Gesandten. Ihrer Ansicht nach ermöglichen solche Eigenschaften mehr... Flexibilität.«

»Und damit hat sie durchaus recht«, bestätigte Kirk. Er dachte an die aufgeblasenen Diplomaten, deren arrogantes Gebaren er bei diversen Missionen hatte ertragen müssen. Sonnenende von Ennien schien sich auf wohltuende Weise von jenen großspurigen Typen zu unterscheiden.

»Wir tauschten Lieder aus«, fuhr Uhura fort. »Während der beiden Jahre, die wir zusammen verbrachten, sangen wir uns alle Lieder vor, die wir kannten. Sonnenende lehrte mich sogar einige der alten eeiauoanischen Balladen.«

»Zum Beispiel?« fragte der Captain. Uhura sang oft, um die Besatzungsmitglieder der *Enterprise* zu unterhalten, und Kirk versuchte sich an irgendein eeiauoanisches Lied zu entsinnen.

»Vielleicht die ›Ballade von Wolkenstalt-zu-Ennien‹?« erwiderte Uhura.

Dieser Titel berührte etwas in Kirks Gedächtnis. Er lächelte unwillkürlich und beobachtete, wie es auch in Uhuras Mundwinkeln zuckte. »Sie erinnern sich, nicht wahr?«

»Ja«, sagte er. »Ein ganz besonderes Lied. Es hat mir sehr gefallen.« Plötzlich fiel ihm etwas ein. »Warum heißt es in diesem Fall *zu*-Ennien? Alle eeiauoanischen Namen, die ich kenne, weisen den *von*-Zusatz auf.«

»Ich weiß es nicht, Captain. Es gibt Hunderte von Liedern über Wolkenstalt. In einigen heißt sie ›zu-Ennien‹, in anderen ›von-Ennien‹. Nur jene eine Ballade konnte ich adäquat übersetzen. In den meisten anderen – und damit sind nicht nur die über Wolkenstalt gemeint – geht es um so fremdartige kulturelle Aspekte, daß sie für Menschen überhaupt keinen Sinn ergeben. Manchmal singe ich sie auf Eeiauoanisch, weil ich die Melodien mag.« Sie summte einige Akkorde, und Kirk nickte. Er kannte auch dieses Lied, und es klang tatsächlich wundervoll.

»Beherrschen Sie ihr Idiom? Ich meine, sprechen Sie wirklich Eeiauoanisch?«

»Ich habe die Sprache von Sonnenende gelernt und mich immer wieder darin geübt, um mich besser mit ihr verständigen zu können…« Uhura hob kurz die Arme und ließ sie wieder sinken – eine Geste des Kummers und der Verzweiflung. »Ab und zu hatten wir Gelegenheit, uns zu unterhalten, und ich war so *glücklich*, als wir den Auftrag erhielten, nach Eeiauo zu fliegen. Ich wünschte…«

»Ja, ich auch.«

»Captain, könnten Sie in Hinsicht auf die Quarantäne nicht eine Ausnahme machen? Ich… ich würde Sonnenende gern besuchen.«

Sie sah ihn hoffnungsvoll an, und er haßte es, sie enttäuschen zu müssen. Aber Befehl war Befehl, und außerdem erwartete Uhura sicher ein großer Schock, wenn sie Sonnenende in ihrem gegenwärtigen Zustand sah. Er schüttelte den Kopf. »Leider sind mir die Hände gebunden, Lieutenant.«

»Uns allen, Captain. Wir können nur warten und…« Uhura brach ab und wischte sich Tränen aus den Augen. »Ich sollte jetzt besser auf die Brücke zurückkehren.«

»Fähnrich Azuela kann Sie für eine Weile vertreten«, sagte Kirk.

»Danke. Ich glaube, ich möchte eine Zeitlang allein sein.«

Kirk verstand das als Aufforderung, die Kabine zu verlassen. Mitfühlend klopfte er Uhura auf die Hand und ging. Als er auf den Korridor trat, hörte er die ersten zarten Klänge der *Joyeuse* und die fremdartigen Laute eines eeiauoanischen Liedes. Sie klangen melancholisch und wehmütig, wie ein Flehen um das Leben eines Katzenwesens, das Sonnenende von Ennien hieß.

Dann schloß sich das Schott, und Kirk fügte ein eigenes stummes Gebet hinzu, als er sich auf den Weg zur Brücke machte.

KAPITEL 2

Spock nahm eine Datenanalyse für McCoy vor, und nach dem Ende der Dienstzeit zog er sich in sein Quartier zurück, um über den neuen Aspekt im Verhalten des Bordarztes nachzudenken. Eigentlich gab es keinen logischen Grund dafür, daß der Doktor ausgerechnet ihn, Spock, um eine Informationsbewertung bat, die auch von Medo-Technikern durchgeführt werden konnte. Zwar zeichnete sich McCoys Verhaltensweise ebensowenig durch Logik aus wie das Gebaren der anderen Menschen an Bord, aber der wissenschaftliche Offizier der *Enterprise* hielt es trotzdem für angebracht, sich nach den Gründen für das seltsame Anliegen zu fragen.

Ein anderes, immer kritischeres Problem kam hinzu: die rapide schlechter werdende Moral der Besatzung. Spock gewann den Eindruck, daß die Irrationalität der Mannschaft ständig zunahm. In der für ihn typischen Ausdrucksweise hätte McCoy sicher einen ›drohenden Koller‹ diagnostiziert.

Vielleicht gibt es eine direkte Verbindung zwischen diesen beiden Phänomenen, dachte Spock. Möglicherweise war McCoys Anfrage nur ein Symptom für die schlechte Moral des Arztes, für den Wunsch, irgend etwas zu tun, ganz gleich, ob das einen Sinn hatte oder nicht. Menschen neigten zu solchen Reaktionen.

Und angesichts der epidemischen Katastrophe, die den ganzen Planeten Eeiauo erfaßte, beschränkten sich derartige Symptome offenbar nicht nur auf einige wenige Personen, sondern betrafen auch Starfleet Command: Zwar gab es durchaus Präzedenzfälle für die Entscheidung, Dr. Evan Wilson zur *Enterprise* zu versetzen, aber sie war dennoch ungewöhnlich genug, um erhebliche Verwirrung zu stiften.

Der Vulkanier sah auf, als eine Stimme aus dem Lautsprecher des Türmelders drang.

»Mr. Spock? Lieutenant Uhura, Sir. Hätten Sie Zeit für mich?«

»Kommen Sie herein, Lieutenant«, erwiderte Spock neugierig.

Uhura trat einen Schritt ins Zimmer, gerade weit genug, damit sich das Schott hinter ihr schließen konnte. Nach wie vor bewunderte Spock ihr Verhalten auf der Brücke. Unter Umständen, auf die andere Menschen ausgeprägt emotional reagierten, bewahrte Uhura die Fassung und offenbarte eine fast vulkanische Selbstbeherrschung. Selbst jetzt zeigte sie nicht, was sie empfand.

Er bot ihr einen Sessel an, und als sie sich setzte, nahm Spock auf der anderen Seite des Tisches Platz. Einige Sekunden lang musterte sie ihn.

»Mr. Spock, ich möchte Sie darum bitten, diese Unterredung vertraulich zu behandeln.« Bevor er Einwände erheben konnte, fügte sie rasch hinzu: »Sir, ich versichere Ihnen, daß dadurch weder die Sicherheit der *Enterprise* noch die der Besatzung bedroht wird.«

»In dem Fall gibt es keinen Anlaß für mich, jemandem von unserem Gespräch zu berichten.«

Das schien Uhura zufriedenzustellen. Sie räusperte sich. »Ich verspreche, daß ich Ihnen einen logischen Grund für mein Verhalten nenne. Nachdem Sie mir eine Frage beantwortet haben.«

Faszinierend, dachte Spock. Laut sagte er: »Bitte fahren Sie fort, Lieutenant.«

»Wäre es möglich, daß Eeiauo *nicht* die Ursprungswelt der Eeiauoaner ist? Wäre es denkbar, daß sie Kolonisten von einem anderen Planeten sind?«

»Die historischen Aufzeichnungen...« Spock unterbrach sich, als Uhura den Kopf schüttelte.

»Ich meine nicht die geschichtlichen Daten der Eeiauoaner, die sie als eherne Wahrheit erachten«, sagte sie. »Existieren irgendwelche *objektiven* Beweise dafür, daß sich ihr Volk auf Eeiauo entwickelt hat?«

»Eine einigermaßen zuverlässige Antwort auf diese Frage braucht Zeit, Lieutenant.«

Uhura faltete fast krampfhaft die Hände – das erste Anzeichen von Gefühl, das Spock an ihr beobachtete. Sofort ließ sie die Arme wieder sinken und zwang sich zur Ruhe. »Es würde mir genügen, Sir, wenn Sie sagen, meine Vermutung sei nicht so ohne weiteres von der Hand zu weisen.«

Der Vulkanier begriff, daß sie ihre Emotionen deshalb vor ihm verbarg, weil sie ihn achtete und respektierte. »Es wird sicher einige Stunden dauern«, sagte er. »Möchten Sie warten?«

»Wenn ich Sie nicht störe...«

»Keineswegs.«

Spock benötigte nicht annähernd soviel Zeit, um eine Antwort auf Uhuras Frage zu finden, und zu seiner großen Überraschung war sie wesentlich genauer, als er zunächst erwartet hatte.

Schon nach einer Stunde wandte er sich von der Computerkonsole ab und sah die dunkelhäutige Frau an. Sie blickte auf die glühenden Klimakontrollen, und das Licht spiegelte sich in ihrem ausdruckslosen Gesicht wider. Bei den hohen Temperaturen, die Spock bevorzugte, begannen die meisten Menschen nach wenigen Minuten zu schwitzen, doch Uhura schien zu frösteln.

»Eine Oberflächenanalyse der eeiauoanischen Wissenschaften zeigt mehrere Anomalien«, begann der Vulkanier. »Zum Beispiel leben auf Eeiauo keine Wirbeltiere, die den Eeiauoanern ähneln. Um einen Vergleich mit der Erde anzustellen: Auf dem Planeten gibt es keine Geschöpfe, die so eng mit den Eeiauoanern verwandt sind wie Schimpansen mit dem Menschen. Anders ausgedrückt: Es klafft eine breite evolutionäre Lücke.

Hinzu kommt: Zwar haben sich die Eeiauoaner umfangreiche paläontologische Kenntnisse angeeignet, aber es fehlen Fossilien, die auch nur eine entfernte Ähnlichkeit mit den Katzenwesen aufweisen. Unter diesen Umständen halte ich es für extrem unwahrscheinlich, daß sie – unabhängig von der Wissenschaft der Föderation – eine Evolutionstheorie entwickeln konnten, und doch ist das der Fall.

Es gibt noch einige weitere Widersprüche, und sie alle lassen den Schluß zu, daß die Eeiauoaner nicht von diesem Planeten stammen.«

»Mr. Spock?«

»Um nicht zu viele Worte zu verlieren, Lieutenant: Es existiert tatsächlich eine hohe Wahrscheinlichkeit dafür, daß sich die Eeiauoaner auf einer anderen Welt entwickelten. Reicht diese Auskunft?«

Spock musterte Uhura und erkannte ihren Blick wieder: Er hatte ihn oft bei McCoy gesehen und interpretierte ihn als Triumph. Sie zwinkerte, preßte kurz die Lippen zusammen und atmete tief durch. »Ja. Danke.«

Sie stand so plötzlich auf, als sei ein schweres Gewicht von ihr genommen. »Wissen Sie, meine Informationsquelle deutet darauf hin, daß auf der Ursprungswelt der Eeiauoaner ein Mittel bekannt ist, mit dem man das ADF-Syndrom behandeln kann. Ihre Bestätigung der einen Annahme legt den Schluß nahe, daß auch die andere zutrifft.«

»Dafür gibt es zwar keinen logischen Beweis, aber es ist trotzdem ein interessanter Gedanke«, sagte der Vulkanier.

Uhura nickte. »Eine Möglichkeit«, murmelte sie. »Vielleicht eine Chance. Nochmals vielen Dank, Sir. Ich spreche jetzt mit dem Captain.«

»Lieutenant, ich verstehe nicht ganz, warum Sie mich zuerst um eine vertrauliche Unterredung baten und sich nun an den Captain wenden möchten...«

Uhura senkte den Kopf, aber nicht schnell genug. Spock sah die Verlegenheit in ihren Zügen. »Sie sind wissenschaftlicher Offizier der *Enterprise,* Sir. Und der einzige Vulkanier an Bord. *Ihre* Hoffnungen wären nicht enttäuscht, wenn es keine Möglichkeit gäbe. Ich wußte, Sie würden auf Fakten warten.«

»Aha«, erwiderte Spock. »Der ›logische Grund‹, den Sie mir versprachen.«

Uhura nickte.

»Bemerkenswert«, sagte er. »Ich begleite Sie.«

Captain James T. Kirk saß im Besprechungszimmer. Uhura und Spock hatten neben ihm Platz genommen, und hinter ihnen beobachtete Chefingenieur Montgomery Scott den Bildschirm. Immer wieder rutschte er unruhig hin und her. *Die Untätigkeit geht auch Scotty auf die Nerven,* dachte Kirk.

Leonard McCoy blickte aus dem Projektionsfeld, und seine Stimme klang niedergeschlagen.

»Unmöglich, Jim«, sagte er. »Ich habe sogar mit der Globalen Koordinatorin gesprochen; sie leidet im ersten Stadium des ADF-Syndroms und wird hier bei uns behandelt. Wenn wirklich ein Heilmittel existiert, würde sie alles daransetzen, es zu finden, selbst auf der hypothetischen Ursprungswelt. Sie meinte, alle eeiauoanischen Generationen seien auf diesem Planeten geboren. Ich weiß nicht, woher eure Informationen stammen, aber hier wird die Kolonistenversion allgemein zurückgewiesen.«

»Zurückgewiesen?« wiederholte Kirk. »Auf welche Weise, Pille? Hält man sie für eine Legende, ein Märchen?«

»Himmel, ich habe nicht die geringste Ahnung, was in den Pelzköpfen der Eeiauoaner vor sich geht. Sie haben die emotionale Ausdrucksfähigkeit Spocks. Zum Teufel auch, was bringt euch überhaupt auf die Idee, die Katzenwesen stammten von einer anderen Welt?«

»Abgesehen von den historischen Aufzeichnungen«, warf Spock ein, »enthalten weder die paläontologischen noch archäologischen Daten Hinweise darauf, daß sie sich auf Eeiauo entwickelten.«

McCoy schnaufte. »Mit anderen Worten: Sie behaupten es nur, und damit hat es sich. Aber verdammt: Warum sollten sie uns in dieser Hinsicht belügen? Das ergibt doch keinen Sinn, Spock.«

»Ich bin nicht für das unlogische Verhalten der Eeiauoaner verantwortlich, Dr. McCoy. Wir kennen andere Völker, die falsche Angaben über ihre Geschichte machten.«

»Aber sie riskierten dadurch nicht das Aussterben der ganzen Spezies. Das ist doch verrückt!«

»Da bin ich ganz Ihrer Meinung«, sagte der Vulkanier gelassen. »Aber ich habe keine andere Erklärung.«

»Das genügt jetzt, meine Herren.« Kirk wollte einer verbalen Auseinandersetzung zwischen Spock und McCoy zuvorkommen. »Lieutenant Uhura, Sie scheinen diese Kultur recht gut zu kennen. Warum fragen Sie nicht einen Eeiauoaner?«

»Ich hole Flinkfuß«, sagte McCoy. Bevor er vom Schirm verschwand, sah Kirk ein dünnes Lächeln, das die Lippen seines Bordarztes umspielte. Offenbar hielt er eine Überraschung für sie bereit.

»Einen Augenblick, Captain.«

»Ja, Mr. Spock?«

»Ich glaube, Lieutenant Uhura wäre es lieber, wenn Sie sich nicht auf ihre Informationen berufen, sondern auf meine Daten.« Er sah die Frau an und fügte hinzu: »Das ist eine logische Schlußfolgerung auf der Grundlage Ihres Verhaltens.«

»Nun?« fragte Kirk und musterte Uhura. Ihr angespannter Gesichtsausdruck bestätigte die Worte des Vulkaniers. Der Captain dachte kurz nach. »Na schön, Lieutenant. Ist Ihr Eeiauonisch gut genug, damit Sie als Übersetzerin für mich fungieren können?« Als sie nickte, meinte er: »Vielleicht möchten Sie Flinkfuß selbst einige Fragen stellen.« Kirk hoffte, daß sie seinen Hinweis verstand. Es blieb ihm nicht genug Zeit, deutlicher zu werden: McCoy trat zusammen mit der eeiauoanischen Ärztin vor die Übertragungskamera.

»Flinkfuß«, sagte er, »das ist Lieutenant Uhura, mein Kommunikationsoffizier. Sie hat sich bereit erklärt, für uns zu übersetzen.« Kirk lächelte und fügte hinzu: »Angesichts der derzeitigen Situation möchte ich mich nicht auf elektronische Transkriptionshilfen verlassen. Das könnte mehr Probleme schaffen als lösen.«

Uhura übertrug seine Worte ins Eeiauoanische, und dabei klang ihre Stimme so seltsam, daß sich der Captain unwillkürlich zu ihr umdrehte. Sie gab eine sonderbare und für seine Ohren völlig unverständliche Mischung knurrender, zischender und fauchender Laute von sich, aus denen auf sonderbare Weise eine Melodie wurde.

Flinkfuß antwortete sofort. »Ja«, sagte Uhura, »sie kennt das Problem. Dr. McCoy hat ihr kürzlich einige so bizarre Fragen gestellt, daß sich viele fragen, ob er den Verstand verloren hat.«

»Oh, besten Dank«, brummte McCoy verdrießlich.

»Mein wissenschaftlicher Offizier, Mr. Spock«, sagte Kirk und deutete auf den Vulkanier, »hat sich eingehend mit Eeiauo und Ihrer Geschichte befaßt. Er neigt zu der Vermutung, daß Ihre Ahnen vor rund zweitausend Jahren eine hypothetische Ursprungswelt verließen, um sich auf diesem Planeten niederzulassen...«

Der Captain legte eine kurze Pause ein, um Uhura Gelegenheit zur Übersetzung zu geben. Als ihre Stimme verklang, sträubte sich Flinkfuß' Fell, und das Katzenwesen legte die Ohren an. Die Pupillen weiteten sich, und deutlich war zu sehen, wie die Eeiauoanerin aus einem Reflex heraus die Krallen ausfuhr.

Uhura transkribierte ihre zornige Antwort und sprach hastig, um nicht den Anschluß zu verlieren. »Sie meint, Spock sei ebenfalls verrückt. Die Eeiauoaner haben immer auf diesem Planeten gelebt. *Dies* ist ihre Heimatwelt. Eine andere kennen sie nicht. Derartige Vorstellungen lehnen sie strikt ab!«

Flinkfuß spuckte, wandte sich abrupt ab und marschierte davon. Ihre Fußkrallen kratzten leise über den Boden des Krankenhausflurs.

Uhura räusperte sich und schloß verlegen: »Die letzte Bemerkung war ein deftiger Fluch.«

Kirk holte tief Luft. »Mir scheint, die werte Dame ist ziemlich sauer.«

Scott nickte. »Kann man wohl sagen. Dr. McCoy, haben Sie jemals eine so wütende Katze gesehen?«

McCoy brummte etwas. »Hab' mir schon gedacht, daß sie so reagieren würde. Solche Fragen berühren bei den Eeiauoanern offenbar einen wunden Punkt. Wie dem auch sei: Es wartet Arbeit auf mich. McCoy Ende.« Die Schirmfläche wurde dunkel.

Kirk nickte langsam. »Nun, wir haben also einen hypothetischen Ursprungsplaneten...«

»Dessen Erwähnung genügt, um die Katzen an den Rand eines Tobsuchtsanfalls zu bringen«, warf Chefingenieur Scott ein.

Der Captain fuhr ungerührt fort: »...mit einem hypothetischen Heilmittel für ADF. Irgendwelche Vorschläge? Spock, Scotty?« Er sah die dunkelhäutige Frau an. »Lieutenant Uhura?«

Sie gab keine Antwort.

»Lieutenant Uhura«, sagte Spock, »ich möchte Sie auf folgendes hinweisen: Ein Volk, das trotz einer überaus ernsten und das Überleben der ganzen Spezies bedrohenden Krise seinen Ursprung leugnet, sähe sicher kein schändliches Verbrechen in der Freigabe von Informationen, die einerseits ein offensichtliches Tabu betreffen, aber andererseits geeignet wären, die Epidemie einzudämmen. Außerdem braucht sich in diesem Zusammenhang niemand eine Blöße zu geben. Ich halte es nicht für notwendig, den Eeiauoanern Ihre Informationsquelle preiszugeben.«

Kirk erfaßte sofort, worum es ging. »Sonnenende wird selbstverständlich nicht erwähnt«, sagte er. Auch Scott meldete sich zu Wort: »Ja, Mädchen – Ihre Freundin wird nicht in Gefahr geraten.«

»Uhura, die Eeiauoaner sterben«, sagte Kirk, und seine Stimme klang drängend. »Mit jedem verstreichenden Tag verringern sich ihre Überlebenschancen. Wenn Sie *irgend etwas* wissen, das ihnen helfen könnte, so teilen Sie es uns mit. Wenn Sie möchten, verzeichne ich diese Aufforderung als einen ausdrücklichen Befehl im Logbuch.«

Uhura schüttelte den Kopf. »Ich danke Ihnen, Captain, aber das ist nicht nötig. Sonnenende *stirbt*. Ich sage Ihnen alles. Obgleich ich befürchte, daß meine Informationen nicht viel nützen.«

Sie begann so leise, daß Kirk die Ohren spitzen mußte, um sie zu verstehen. »Sonnenende und ich waren sehr gute Freunde, Captain. Wir standen uns so nahe wie Schwestern, aber es gab einen wichtigen Unterschied: Wir teilten mehr Interessen als normale Geschwister. Ich sagte bereits, daß wir Lieder austauschten...

Nun, eines Abends sang ich ihr einige besonders...« verlegen senkte sie den Blick, »...obszöne Lieder vor. Ich möchte darauf hinweisen, daß Sonnenende nicht den geringsten Anstoß daran nahm: Eeiauoanische Kinder kennen wesentlich ordinärere Lieder. Sie lernen sie sogar in der Schule.«

»Unendliche Mannigfaltigkeit«, sagte Kirk und zitierte damit einen vulkanischen Glaubensgrundsatz. »Fahren Sie fort.«

»Ich habe Sonnenende zu erklären versucht, daß derartige Lieder in vielen Kulturen tabu sind, darunter auch in meiner, daß man sie nicht in aller Öffentlichkeit singen darf. Sie sollte sie nur deswegen hören, weil sie wundervoll klingen.« Voller Unbehagen rutschte Uhura zur Seite, so als rechne sie damit, daß man ihr einen interplanetaren Zwischenfall zur Last legte. Schließlich richtete sich ihr Blick auf Scott.

»Von mir brauchen Sie keine Vorwürfe zu erwarten«, sagte der Chefingenieur. »Ganz im Gegenteil. Ich würde ebenfalls gern hören, wie Sie jene Strophen vorsingen. Ich krächze dabei viel zu sehr.«

»Lieutenant...« sagte Kirk ungeduldig.

Uhura nickte. »Einige Tage später kam Sonnenende zu mir. Sie war ganz aufgeregt und meinte, sie wolle mir eine faire Gegenleistung für die tabuisierten Lieder anbieten. Sie kannte einige uralte Balladen ihres Volkes, in denen Heldentaten und fantastische Reisen beschrieben wurden, und damit wollte sie sich bei mir bedanken.«

Kirk runzelte verwirrt die Stirn. »Kommen Sie endlich zur Sache, Lieutenant.«

»Ich glaube, das ist bereits der Fall«, warf Spock ein.

Uhura nickte erneut. »Sonnenende meinte, sie wären mit einem noch stärkeren Tabu belegt als meine Lieder. Kein Eeiauoaner würde sie in der Öffentlichkeit singen. Traurig führte sie aus, in einigen Jahrzehnten würden sie vermutlich ganz in Vergessenheit geraten. Dem wollte sie vorbeugen, und deshalb fertigte sie eine Aufzeichnung für mich an.

Sie seien ein Geheimnis, meinte Sonnenende, und nahm mir das Versprechen ab, es keinem Eeiauoaner zu verraten. Ich dachte damals, es ginge um eine Art religiöses Tabu, Captain, aber vielleicht steckt weitaus mehr dahinter.«

»Ich kann ihnen nicht ganz folgen, Uhura«, brummte Kirk. »Hat Sonnenende Ihnen etwa gesagt, daß die Katzenwesen als Kolonisten nach Eeiauo kamen?«

»Nein. Sie betonte, die Lieder seien frei erfunden, aber aus den Versen geht hervor, daß die Eeiauoaner von einer anderen Welt stammen. In einigen der ältesten Strophen bedeutet ›Eeiauo‹ nicht ›schön‹, sondern ›ausgestoßen, geächtet‹.«

Uhura bedachte den Captain mit einem durchdringenden Blick. »Sie haben mich gefragt, warum man Wolkenstalt ›zu-Ennien‹ und ›von-Ennien‹ nennt, Sir. Nun, in den alten Liedern sind viele Leute von und nach Ennien unterwegs – doch auf Eeiauo gibt es keinen Ort dieses Namens.«

»Und auch keinen, der Srallansre heißt«, sagte Spock. Er nickte nachdenklich. »Was ist mit dem Heilmittel für das ADF-Syndrom? Welche Anhaltspunkte gibt es dafür?«

»Ein Lied berichtet von einem Mann, der sich infiziert... Captain, ich nahm zunächst an, es handele sich um eine typische Balladen-Krankheit, eine Metapher für Leid, wenn es um unerfüllte Liebe und dergleichen geht. Sie wissen sicher, was ich meine.«

»Ja«, sagte Kirk und lächelte.

»Faszinierend«, murmelte Spock und reagierte damit in erster Linie auf das Verstehen des Captains.

»Später aber begriff ich, daß die Schilderungen Symptome des ADF-Syndroms beschrieben«, fuhr Uhura fort. »Dr. McCoy hätte sie schon nach dem zweiten Vers erkannt.« Sie wandte sich an Spock. »Die letzte Strophe erklärt, wie ein Mann namens Donnerschlag den Erkrankten rettet.«

»Ein Lehr-Lied«, schloß Spock.

»Ein Lied, um nicht nur an die Symptome zu erinnern, sondern auch an das *Heilmittel*?« fragte Kirk und beugte sich vor. »*Wissen* Sie, wie man das ADF-Syndrom behandelt?«

Uhura senkte den Blick. »Auf Eeiauo gibt es keine Möglichkeit, ADF-infizierte Personen zu heilen, Captain. Die letzte Strophe fehlt. Sonnenende beendete das Lied an jener Stelle, senkte Ohren und Schwanz und... Ich kann es nicht beschreiben, Sir. Sie sah mich verzweifelt an und sagte, das Lied sei für eine andere Welt, nicht für Eeiauo.«

»Dann stehen wir wieder am Anfang.« Kirk schlug

mit der flachen Hand auf den Tisch. »Die Katzenwesen geben nicht einmal zu, daß sie von einem anderen Planeten stammen. Wie sollen wir sie dazu bringen, uns die entsprechenden Koordinaten zu nennen?«

»Ich schlage vor, wir setzen uns mit Starfleet Command in Verbindung«, sagte Spock. »Vielleicht kommt ein Föderationsdiplomat dort weiter, wo wir auf der Stelle treten.«

»Blöde Bürohengste!« platzte es aus Scott heraus. »Sie plappern bis zum Jüngsten Tag, ohne eine verdammte Antwort zu bekommen. Und die ganze Zeit über stirbt Uhuras Freundin den langsamen Tod. Können wir den Ursprungsplaneten nicht ohne bürokratischen Beistand finden, Mr. Spock?«

»Das Universum ist unendlich, Mr. Scott. Und es enthält Milliarden und Abermilliarden von Welten...«

»Er hat recht, Scotty. Wir brauchen einen Hinweis, und den wollen uns die Eeiauoaner nicht geben. Wir versuchen es mit Starfleet. Das ist wenigstens etwas.« Kirk stand auf.

Damit wollte sich Scott nicht so ohne weiteres zufriedengeben. Als sich auch Uhura erhob, richtete er den Zeigefinger auf sie. »Ihre Lieder, Lieutenant. Vielleicht enthalten sie mehr als nur ein Körnchen Wahrheit. Sie sprachen von ›fantastischen Reisen‹. Wird an irgendeiner Stelle die Sonne der Ursprungswelt beschrieben? Oder die Länge der Reise? Wenn wir Angaben entdekken, mit denen Mr. Spock eine Computeranalyse durchführen kann... Ließen sich dadurch Resultate erzielen?« Er sah den Vulkanier an.

»Möglich, aber nicht wahrscheinlich.«

»Uhura?« Scott saß noch immer und rührte sich nicht von der Stelle.

»Ja, ja, Mr. Scott.« In Uhuras Augen glänzte neue Hoffnung. »Einige Verse betreffen die Reise! Und wenn wir die betreffenden Stellen gründlich untersuchen...«

Sie brach ab und beherrschte sich mühsam. »Wenn Sie einverstanden sind, Mr. Spock…«

Das Intercom summte. »McCoy an Kirk.«

»Hier Kirk. Ich höre, Pille.«

Bei der letzten audiovisuellen Übertragung hatte McCoy einen hohlwangigen und ausgezehrten Eindruck erweckt, doch jetzt schien er nur noch ein Schatten seiner selbst zu sein.

»Pille!« entfuhr es Kirk, als er ihn sah. »*Was ist passiert?*«

McCoy holte zischend Luft. »Christine – sie hat das ADF-Syndrom.«

»Mein Gott, Pille, bist du sicher?«

»Würde ich dir sonst Bescheid geben?« erwiderte Leonard scharf. »Oder glaubst du ebenfalls, ich sei übergeschnappt? Teile Starfleet mit, die verdammte Seuche ist auf Menschen übertragbar. Es müssen alle Leute unter Quarantäne gestellt werden, die während der letzten *sechs Monate* mit Eeiauoanern in Kontakt gerieten. Und schaff in deinem eigenen Haus Ordnung, Jim. Die Krise betrifft jetzt nicht mehr nur einen Planeten, sondern bedroht die ganze Galaxis. McCoy Ende.« Das Bild auf dem Schirm verblaßte.

Kirk hob den Kopf. »Ich schicke sofort eine Dringlichkeitsnachricht an Starfleet. Spock, Uhura – finden Sie die Ursprungswelt!«

Spock sah den Kommunikationsoffizier an. »Möglich, aber nicht wahrscheinlich«, wiederholte er.

Montgomery Scott legte Uhura die Hand auf die Schulter und drückte sie sanft. »Seien Sie unbesorgt, Mädchen. Mr. Spock wird das Kind schon schaukeln. Nennen Sie mir einfach das Ziel – ich bringe uns hin.«

KAPITEL 3

Nachdem sich Uhura sechs Tage lang eeiauoanische Lieder angehört und nach Hinweisen auf den Heimatplaneten gesucht hatte, war sie erschöpft und niedergeschlagen – und befürchtete, daß ihr aufgrund der Müdigkeit wichtige Anhaltspunkte entgingen. Sie wünschte sich Spocks Fähigkeit, längere Zeit ohne Schlaf auszukommen. Scotts Prophezeiung erfüllte sich: Die Diplomaten kamen keinen Schritt weiter. Sonnenendes Lieder stellten ihre einzige Chance dar.

Eine Woche zuvor (inzwischen schien eine Ewigkeit vergangen zu sein) hatte sie beobachtet, wie die Technikerin Marie-Therese Orsay im Freizeitraum ein riesiges Kartenhaus baute. Es beanspruchte einen ganzen Tisch und ragte acht Stockwerke in die Höhe. Doch schließlich verlor Orsay die Lust daran, ließ ihr Gebäude einstürzen und lachte vergnügt.

Spock sah dem Geschehen von Anfang an zu und meinte nachher: »Faszinierend.«

Als ihn Captain Kirk lächelnd fragte, was er mit dieser Bemerkung meinte, erklärte der Vulkanier: »Captain, mich erstaunt die konzentrative Energie, die Fähnrich Orsay auf ein im wesentlichen nutzloses Unterfangen verwendete.«

Jetzt baut Mr. Spock sein eigenes Kartenhaus, dachte Uhura. *Es gibt überhaupt kein festes Datenfundament für die Informationen, mit denen er den Computer speist, und ein kleiner metaphorischer Stoß genügt, um die Mauern der Hypothesen einstürzen zu lassen. Trotzdem setzt er seine Bemühungen fort...*

Annahme: Eine numerische Angabe in einem der Verse, die zu den sogenannten ›Reiseliedern‹ gehörten, entsprach der Anzahl der ursprünglichen Kolonisten beziehungsweise ›Ausgestoßenen‹. Auf der Basis von statistischen Daten in bezug auf Reproduktions- und Sterblichkeitsrate, früheren Ausbrüchen des ADF-Syndroms und Bevölkerungsdichte führte Spock eine Berechnung durch. Daraus ging hervor, daß die Katzenwesen Eeiauo vor ungefähr zweitausendfünfhundert Jahre besiedelt hatten.

Annahme: die technologische Kapazität und Reichweite des Raumschiffes, mit dem die Eeiauoaner kamen – ein Wert, der auf dem ersten bekannten interstellaren Antrieb jenes Volkes beruhte und von Chefingenieur Scott im großen und ganzen bestätigt wurde. Daraus ergaben sich weitere Voraussetzungen: Die eeiauoanischen Kolonisten vergaßen die Triebwerkstechnik nicht und nahmen im Verlauf der vergangenen Jahrhunderte nur geringfügige Verbesserungen vor.

Annahme: die Länge der Reise – keine nachweisbare Konstante, sondern eine vage Vermutung, die sich auf die Lieder gründete.

Nur Postulate, keine Fakten. Die einzige Tatsache war, daß Tausende von Eeiauoanern litten und nur durch den massiven Einsatz moderner Medo-Technik überlebten. Außerdem bereitete sich der Langsame Tod nun auch auf den von Menschen bewohnten Welten aus.

Uhura stellte plötzlich fest, daß sie sich ein ganzes Lied angehört hatte, ohne auf den idiomatischen Inhalt zu achten. Verärgert spulte sie das Band der Aufzeichnung zurück. Aus einem zornigen Reflex heraus riß sie den Kopfhörer zur Seite, schlug die Hände vors Gesicht und sagte: »Oh, *verdammt!*«

Als sich Spock vom Computer abwandte, faßte sich Uhura rasch wieder und verwandelte ihr Gesicht in eine ausdruckslose Maske. »Bitte entschuldigen Sie, Mr. Spock. Es wird nicht wieder vorkommen.«

»Unterbrechung, Computer«, sagte der Vulkanier. Die elektronische Anlage reagierte sofort, und die Bildsequenz auf dem Schirm erstarrte. »Sie brauchen sich nicht zu entschuldigen, Lieutenant«, sagte Spock ruhig. »Infolge meiner besonderen Arbeits- und Lebensumstände an Bord bin ich längst an das emotionale Potential der menschlichen Besatzungsmitglieder gewöhnt.«

»Ja, ich weiß.« Impulsiv fügte Uhura hinzu: »Und niemand denkt daran, Rücksicht auf Ihre Gefühle zu nehmen.«

Eine der Augenbrauen des Vulkaniers wölbte sich in die Höhe. »Dr. McCoy würde sicher behaupten, ich hätte überhaupt keine.«

Die Frau seufzte spöttisch. »Das ist Unsinn, Mr. Spock. Die emotionalen Faktoren gehören zur Struktur unseres Seins. Aber nicht jeder drückt seine Empfindungen so deutlich aus wie Dr. McCoy.«

»Bedeutet das, daß Sie sich so ungewöhnlich – um nicht zu sagen: anomal – verhalten, um meine... Gefühle zu schützen?« Spock betonte die letzten Worte, um deutlich zu machen, daß es sich nicht um ein Eingeständnis handelte.

Uhura spürte, wie ihre Wangen warm wurden. Plötzlich kam sie sich wie ein kleines Mädchen vor, das man bei irgend etwas ertappt hatte. Aber sie machte keinen Rückzieher, legte großen Wert darauf, daß der Vulkanier verstand, was sie meinte. »Schon seit vielen Jahren arbeiten wir zusammen, Sir, und mir ist aufgefallen, daß sich die allgemeine Haltung Ihnen gegenüber immer mehr veränderte. Wir alle erwarten von Ihnen, daß Sie ständig menschlicher werden. Aber das ist unmöglich, Mr. Spock. Genausogut könnte man verlangen, daß Sonnenende ihre Lieder aufgibt. Nun, manchmal verwirrt mich Ihr Gebaren, aber inzwischen weiß ich um die Nützlichkeit solcher Überraschungen. Sie bringen uns häufig dazu, gründlicher nachzudenken und die Dinge aus einer anderen Perspektive zu betrachten.

Die meisten Mannschaftsmitglieder der *Enterprise* haben sich in den vergangenen Wochen so viele Sorgen gemacht, daß sie überhaupt nicht mehr klar denken können. Sie stellen praktisch die einzige Ausnahme dar. Vermutlich hätten Sonnenende und die anderen leidenden Eeiauoaner eine größere Chance, wenn ich in der Lage wäre, Ihre objektive Gelassenheit zu teilen.«

Ganz bewußt hob sie die Brauen, ahmte Spock nach und schloß: »Meine Absicht bestand darin, Ihre Konzentration nicht zu stören, indem ich mich zu einer emotionalen Reaktion hinreißen lasse. Deshalb verhalte ich mich ›anomal‹, Mr. Spock. Ich hoffe, Sie nehmen mir das nicht übel.«

»Keineswegs«, erwiderte der Vulkanier. »Ganz im Gegenteil: Ich bin Ihnen dankbar.« Er dachte gründlich über Uhuras Ausführungen nach und fügte dann hinzu: »Aber ich möchte Sie auf einen Fehler in Ihren Überlegungen hinweisen. Angesichts unserer derzeitigen Aufgabe könnte sich emotionales Reagieren als sehr wichtig herausstellen.«

»Mr. Spock?« Uhura musterte ihn erstaunt.

»Wir verfügen über keine zuverlässigen Daten. Mit jeder Annahme reduzieren wir die Wahrscheinlichkeit eines genauen Resultats. Ich habe bei Menschen oft die Fähigkeit beobachtet, auf derartigen Grundlagen zu extrapolieren. Captain Kirk hat mehrmals die Effizienz solcher Methoden bewiesen.«

»Meinen Sie Ahnungen? Intuition?«

»Genau, Lieutenant Uhura.« Er bedachte sie mit einem durchdringenden Blick.

»In dem Fall werde ich mir größte Mühe geben, Sir.«

Spock beobachtete sie weiterhin. Schließlich fragte Uhura verlegen: »Ist das alles, Sir?« Sie wollte die Untersuchung der Aufzeichnungsbänder fortsetzen, aber das wortlose Starren des Vulkaniers verunsicherte sie.

»Nein, Lieutenant«, entgegnete der wissenschaftliche Offizier nach einer Weile. »Ich möchte Ihnen noch etwas sagen: Sie sind ebenfalls einzigartig. Und obgleich es unlogisch klingen mag: Die einzigartige Uhura ist mir lieber als eine vorgetäuschte Vulkanierin. Sollen wir uns darauf einigen, uns unserem Wesen gemäß zu verhalten?«

Uhura fühlte, wie ihr Tränen in die Augen quollen, und sie zwinkerte mehrmals. »Ja, einverstanden!« antwortete sie erfreut, streckte die Hand aus und sehnte sich danach, Spock berühren zu können. »Vielen Dank, Sir. Es ist das beste Kompliment, das ich jemals gehört habe.«

Ganz offensichtlich verstand Spock nicht, was sie meinte, und Uhura wußte nicht so recht, ob sie aus Verzweiflung lachen oder weinen sollte. Sie entschied sich gegen beide Optionen, deutete mit der ausgestreckten Hand auf das vom Computer projizierte Bild und schluckte, bevor sie sagte: »Was *ist* das, Mr. Spock?«

Zu ihrer großen Erleichterung drehte er sich um. »Eine elektronische Simulation des Nachthimmels von Eeiauo«, erklärte der Vulkanier. »Sie zeigt den Bereich über jener Region, in der die Katzenwesen landeten.«

Schwarze Sterne an einem weißen Firmament... Uhura wurde neugierig, trat einen Schritt näher und betrachtete die Darstellung eingehend. So viele Sonnen! Und nur eine davon war die richtige, das Zentralgestirn des Ursprungsplaneten... Sie schüttelte den Kopf, als sie an die Komplexität ihrer Aufgabe dachte. »Das sahen die ersten Kolonisten?«

»Nein, dieses Bild berücksichtigt nicht die Filterwirkung der Atmosphäre.« Spock berührte mehrere Tasten und Sensorpunkte, und daraufhin verschwanden einige Sterne. »Wenn wir die atmosphärische Absorption und das durchschnittliche Sehvermögen der Eeiauoaner einkalkulieren, bot sich ihnen dieser Anblick dar – vorausgesetzt natürlich, die ersten Kolonisten landeten in der nördlichen Hemisphäre.« Als er Uhuras fragenden Blick bemerkte, fügte er hinzu: »Eine weitere Annahme, die auf dem architektonischen Verteilungsmuster der eeiauoanischen Städte beruht.«

Die dunkelhäutige Frau nickte und blickte wieder auf den Schirm. Es waren noch immer zu viele Sterne.

Ein neuerlicher Tastendruck – und die Konstellationen bewegten sich langsam. »Das sind die jahreszeitlichen Veränderungen der Sternbilder.«

Irgend etwas weckte Uhuras Aufmerksamkeit. Sie versuchte, sich darauf zu konzentrieren, runzelte verwundert die Stirn. »Mr. Spock, würden Sie bitte auf positive Darstellung umschalten? Diese Art der Projektion... verwirrt mich.«

Vielleicht hielt er ihr Anliegen für unlogisch, aber er schwieg, berührte nur kurz die Konsole. Das Bild veränderte sich und zeigte nun weiße Sterne vor einem schwarzen Hintergrund. Sie bewegten sich noch immer und verschwanden hinter dem theoretischen Beobachtungshorizont, aber eine Formation blieb. Sie ähnelte einem geöffneten Auge mit schlitzförmiger Pupille – und damit der Augenform der Eeiauoaner selbst. Im Zentrum befand sich ein diffuser Nebel.

»Das dort«, sagte Uhura und deutete auf den Monitor.

»Die Gasreste einer Supernova. Die entsprechende Sonne explodierte einige Jahrhunderte vor der Ankunft der eeiauoanischen Kolonisten. Die Berechnungen des Computers basieren auf den archäo-astronomischen Daten einiger naher Zivilisationen und den heute noch existierenden Hinweisen.«

Uhuras Hände schlossen sich um den Rand der Konsole. »Sie beobachten uns noch immer und mißbilligen«, zitierte sie leise. »Die ungefähre Übersetzung des Refrains einer der ältesten Balladen... Sie wollten doch eine Ahnung, Mr. Spock.«

Der Vulkanier musterte sie aufmerksam.

»Die Heimatwelt der Eeiauoaner befindet sich irgendwo in jener Konstellation«, sagte Uhura. »Ich bin *ganz* sicher.«

»Das würde die Ergebnisse meiner bisherigen Analysen bestätigen.« Spock nickte. »Trotzdem: Der Raumbereich ist noch immer recht groß. Versuchen wir, Ihre Ahnung in ein stabiles Hypothesengerüst zu verwandeln.«

Jim Kirk saß im Sessel des Befehlsstandes und beobachtete den großen Wandschirm. Das Medo-Schiff *Dr. Margaret Flinn* und ihre aus vier Kampfeinheiten bestehende Eskorte schwenkten gerade in die eeiauoanische Umlaufbahn. Die Zerstörer bewiesen, daß Starfleet die Lage für außerordentlich ernst hielt.

Glauben die hohen Tiere etwa, den Langsamen Tod mit Kriegsschiffen besiegen zu können? Kirk preßte die Lippen zusammen, und seine Fingerkuppen trommelten auf die Armlehnen. Er ignorierte die besorgten Blicke einiger Besatzungsmitglieder. *Die Eeiauoaner brauchen gerade das von uns, was wir ihnen nicht geben können – Schnelligkeit! Die Arbeit von Spock und Uhura braucht Zeit, und es hat keinen Sinn, Pille einen wissenschaftlichen Durchbruch zu befehlen.*

Fähnrich Azuela saß an der Kommunikationskonsole und drehte sich um. »Captain?« Ihre Stimme unterbrach seine Grübeleien. »Captain, Grüße von der *Flinn*. Der Erste Medo-Offizier Mickiewicz bittet uns, alles für den Transfer des Personals vorzubereiten, das mit ADF-Infizierten Kontakt hatte.«

Als Kirk das Gesicht verzog, fügte Azuela hinzu: »Befehl von Starfleet, Sir.«

»Bestätigung«, sagte er knapp. »Fragen Sie nach den Koordinaten und übermitteln Sie die Daten in den Transporterraum der Quarantänestation. Benachrichtigen Sie Dr. McCoy. Und auch Dr. Wilson.« Kirk stand abrupt auf. »Lieutenant Vuong, Sie haben das Kommando. Sie können mich in der Krankenabteilung erreichen, falls das nötig werden sollte.« Er bezweifelte, ob man ihn brauchte, und diese Erkenntnis verbesserte seine Stimmung nicht.

Als er sich der Krankenstation näherte, richtete sich sein Ärger über die Anweisungen von Starfleet Command auf Dr. Evan Wilson. Sie geriet in den Fokus seines dumpfen Zorns und verkörperte plötzlich all das, was ihm gegen den Strich ging.

Die Tür von McCoys Büro stand offen. *Natürlich,* dachte der Captain. *Solange Pille auf dem Planeten ist, benutzt Dr. Wilson sein Arbeitszimmer.* Aber aus irgendeinem Grund unterstrich dieser Umstand Evans Rolle als Eindringling an Bord der *Enterprise,* und Kirks Laune verschlechterte sich weiter.

Sie geht uns allen auf die Nerven. Wird Zeit, daß ich den Spieß umdrehe. Mit einem grimmigen Lächeln trat er ein.

Dr. Evan Wilson wandte ihm den Rücken zu und beobachtete McCoys Abbild auf dem Komschirm vor ihr. »Die *Enterprise* verfügt über die besten Quarantäneeinrichtungen, die ich kenne«, sagte sie scharf. »Aber Starfleet hat die verdammte Frechheit, die im Infektionsverdacht stehenden Angehörigen der Crew an Bord eines anderen Schiffes zu beamen, über dessen medizinische Behandlungsanlagen wir überhaupt nichts wissen! Das ist doch *irrsinnig,* Leonard!«

Sie nimmt es ebenfalls persönlich, dachte der Captain überrascht. Ein Pluspunkt für sie. Trotzdem...

McCoy sprach das aus, was Kirk durch den Kopf ging. »Ein Esel schimpft den anderen Langohr, Evan.«

Sie neigte verdutzt den Kopf zur Seite, und McCoy erklärte: »Falls Sie das vergessen haben sollten, Teuerste: Starfleet hat Sie zur *Enterprise* geschickt.« Seinen Worten mangelte es an der Schärfe, die sonst nie fehlte, wenn es um mißliebige Starfleet-Befehle ging. Kirk begriff, daß McCoy seine Stellvertreterin Wilson akzeptiert hatte, und das verblüffte ihn.

Dr. Evan Wilson starrte eine Zeitlang stumm auf den Schirm. Schließlich lachte sie laut, lehnte sich zurück und schüttelte den Kopf. »Das mit der ›Teuersten‹ können Sie sich sparen, Leonard. Übrigens: Ich wasche meine Hände in Unschuld. Ich habe mich über meine eigenen Anweisungen hinweggesetzt, als ich zur *Enterprise* kam. Doch ich wollte nicht etwa als Aushilfe fungieren, sondern mit Ihnen zusammenarbeiten.«

»Himmel, wenn man den Typen bei Starfleet den kleinen Finger reicht, nehmen sie die ganze verdammte Hand«, brummte McCoy.

Evan Wilson lachte erneut, beugte sich wieder vor und wirkte plötzlich wie eine Verschwörerin. »Es liegt ganz bei Ihnen, Leonard. Entweder bleibe ich hier, oder ich schlage den Lamettaträgern ein Schnippchen und komme zu Ihnen.«

»Hatten Sie Kontakt mit ADF-Kranken?«

»Nein, aber das weiß Starfleet nicht.« Ihre Stimme klang lustig, fast schelmisch, aber McCoys Miene verdeutlichte, daß sie ihr Angebot ernst meinte. Kirk wußte, daß Evan Wilson seinen Bordarzt in Versuchung führte, und er entschloß sich zu einem raschen Eingreifen.

»Kommt nicht in Frage, Doktor«, sagte er fest und näherte sich dem Schreibtisch.

Er hatte sich in seiner Kabine aufgehalten, als Evan Wilson eingetroffen war und abgesehen von einer knappen Begrüßung per Intercom hatte er nicht mit ihr gesprochen. Jetzt trat er McCoys Stellvertreterin zum erstenmal persönlich gegenüber und musterte sie. Die kleine Frau rollte ihren Sessel herum, erhob sich mit einer geschmeidigen Bewegung und näherte sich ihm.

Auf ihr dichtes, kastanienfarbenes Haar traf die Bezeichnung ›wellig‹ zu, doch in ihrem besonderen Fall wirkte es wie ein vom Sturm aufgepeitschter Brecher, der an eine Felsbarriere gischtete. Das helle Blau ihrer Augen erinnerte an die heiße Flamme eines Schweißbrenners. *Eindrucksvoll,* dachte er und fügte hinzu: *In mehr als nur einer Hinsicht!* Verblüfft stellte er fest, daß er eine mentale Verteidigungsstellung bezog, als Dr. Evan

Wilson dicht vor ihm stehenblieb. Sie reichte ihm gerade bis zu dem Abzeichen auf seiner Brust.

Ein selbstbewußtes Lächeln umspielte ihre Lippen. »Nun«, sagte sie und stemmte die Arme in die Hüften. »Genau der Mann, mit dem ich sprechen wollte...«

Ihr Gebaren war herausfordernd, fast frech, doch ihre Worte stimmten Kirk verlegen. »Ich muß mich für mein Verhalten entschuldigen, Dr. Wilson. Offenbar hat meine Moral in den letzten beiden Wochen ebenso gelitten wie die der Besatzung.«

»Ich verstehe nicht ganz...«

»Ich habe Sie brüskiert«, erklärte der Captain. »Und das war recht dumm von mir, wie ich nun einsehe.« Er zuckte mit den Schultern und grinste jungenhaft. »Ich versäumte es, Sie persönlich an Bord zu begrüßen, und erst jetzt weiß ich, was mir dadurch entging.«

Evan Wilson erwiderte sein Lächeln. »Zuerst die Arbeit, dann das Vergnügen – in diesem Fall ihre Schmeicheleien. Captain, es gibt keinen Grund, Besatzungsmitglieder der *Enterprise* zur *Flinn* zu transferieren.«

»Ich fürchte, da irren Sie sich, Dr. Wilson. Die Starfleet-Befehle sind eindeutig. Wenn man mir die Entscheidung überlassen hätte...«

Die kleine Frau wandte sich ruckartig um und sah wieder auf den Schirm. »Wie wär's mit einer offiziellen Beschwerde?« fragte sie.

»Oh, man nähme sie durchaus in Empfang«, sagte McCoy. »Vielleicht würde sie sogar gelesen. Aber das änderte nichts an unseren Anweisungen.« Und in einem gutmütigen, fast väterlichen Tonfall: »Bevor Sie jetzt wieder an die Decke gehen, Evan, und das gilt auch für dich, Jim: Micky Mickiewicz hat echt was auf dem Kasten. Wenn ich einen Arzt brauche, bäte ich sie darum, mich zu behandeln.«

»Das ist ein ziemlich dickes Lob, Pille.«

»Und ich meine es ernst, das versichere ich dir«, betonte McCoy. »Sonst noch etwas?«

Evan Wilson nickte. »Ja. Was ist mit meinem Angebot, Ihnen zu helfen?«

»Ich dachte, dieser Punkt sei bereits erledigt.« McCoy zwinkerte und blickte in Richtung Kirk. In seinen Mundwinkeln zuckte es: Offenbar amüsierte ihn die Dreistigkeit der kleinen Frau.

Die Ärztin sah Kirk an. »Sobald ich mich auf etwas einlasse, halte ich mich an die Regeln, Captain – auch wenn ich das manchmal bedaure... Nein, Leonard, machen Sie sich keine Sorgen. Mich hat's nicht erwischt. Aber wie dem auch sei: Von den sechzehn Personen im Infektionsverdacht haben elf um die Erlaubnis gebeten, nach Eeiauo gebeamt zu werden. Sie sind gegen eine Verlegung zur *Flinn*.«

»Infektions*verdacht* läßt Spielraum für Hoffnung. Aber wenn die Leute hierher kommen, setzen sie sich *ganz sicher* der Krankheit aus.« McCoy schüttelte nachdrücklich den Kopf. »Nein, ausgeschlossen.«

Evan Wilson vollführte eine vage Geste und resignierte. »Nun, ich hab's wenigstens versucht. Geben Sie mir Bescheid, wenn sich was ergibt.«

Sie starrte noch einige Sekunden lang auf den leeren Schirm, bevor sie sich umdrehte und geistesabwesend die Stirn runzelte. »Captain«, sagte sie, »begleiten Sie mich, falls Sie nichts anderes zu tun haben. Wenn die betreffenden Personen wirklich zur *Flinn* geschickt werden müssen, sollten wir sie wenigstens in aller Form verabschieden. Es ist nicht viel, aber immerhin etwas. Um die Moral zu verbessern, muß man auf alles achten.«

Kirk sah auf sie herab und schwieg, obwohl er ihre Meinung teilte. Er hatte ohnehin beabsichtigt, beim Transfer seiner Besatzungsmitglieder zugegen zu sein, und deshalb nickte er nur und schloß sich der kleinen Frau an.

Es wäre ihm lieber gewesen, den Leuten die Hand zu schütteln, doch das verboten die Quarantänebestimmungen natürlich. Er beschränkte sich auf eine Intercom-Verbindung und übermittelte ihnen Grüße.

»Captain«, sagte Unteroffizier Jaramillo von der wissenschaftlichen Abteilung, »wir baten um Erlaubnis, zu Dr. McCoy gebeamt zu werden...«

»Abgelehnt«, erwiderte Evan Wilson, bevor Kirk antworten konnte. »Es tut mir leid, Unteroffizier, doch das ist aus medizinischen Gründen nicht möglich.«

»Aber Dr. McCoy...«

»Dr. McCoy ist nicht hier«, sagte die Ärztin. »*Ich* bin derzeit der Erste Medo-Offizier an Bord der *Enterprise*. Nun, da Sie sich bereit erklärten, unsere Bemühungen zu unterstützen, ernenne ich Sie hiermit zu meinem Verbindungsoffizier bei Dr. Mickiewicz. Informieren Sie mich täglich über ihre Forschungsarbeiten und erstatten Sie unverzüglich Bericht, wenn sie neue Daten über das ADF-Syndrom gewinnt. Halten Sie mich ständig auf dem laufenden, klar? Wir haben es mit einer völlig unbekannten Krankheit zu tun, und jeder noch so unwichtig erscheinende Hinweis könnte uns helfen, ein Heilmittel zu finden.«

Die Enttäuschung verschwand aus Jaramillos Zügen und wich neuer Entschlossenheit. »Ja, Sir«, sagte er, salutierte und trat auf die Transporterplattform.

Als sich die Gestalten im Entmaterialisierungsstrahl auflösten, drehte Kirk den Kopf. »Sie brauchen Pille nicht in Schutz zu nehmen, Dr. Wilson.«

»Ich weiß«, erwiderte sie. »Aber da ich fast überall auf eine ablehnende Haltung stoße – bei Ihnen ganz sicher –, will ich der Besatzung wenigstens einen Grund dafür geben, mich nicht zu mögen.«

Sie zuckte mit den Schultern, und in einem völlig anderen Tonfall fügte sie hinzu: »Ich schätze, ich bin jetzt ganz auf mich allein gestellt. Was halten Sie davon, wenn ich Snnanagfashtalli als Versuchskaninchen verwende? Ihr *Einverständnis* natürlich vorausgesetzt.« Kirk hatte noch nie gehört, daß ein Mitglied seiner Besatzung den richtigen Namen des Sicherheitsoffiziers aussprach. Die meisten nannten sie Knurri, wenn auch hinter vorgehaltener Hand, und das traf auch auf ihn zu. »Knurri«, sagte Wilson, als errate sie seine Gedanken.

»Ich *weiß*, wie sie heißt«, erwiderte er ein wenig zu scharf. »Es ist nur... Der Name klingt ein wenig ungewöhnlich.«

»Tut mir leid, Captain. Ich wollte Sie nicht verärgern.« Sanft berührte sie seine Hand und nickte in Richtung des leeren Transporters. »Die Mitglieder Ihrer Crew liegen Ihnen sehr am Herzen, nicht wahr? Nun, ich glaube, jeder hat das Recht, mit dem gewünschten Namen angesprochen zu werden, auch wenn das bedeutet, daß ich wahrscheinlich eine Woche lang an Halsschmerzen leiden werde...«

»Sie sind Ärztin und kennen sicher geeignete Behandlungsmethoden.«

Evan Wilson lachte laut. »Himmel, Sie klingen fast wie Leonard!«

»Wozu brauchen Sie Snnanagfashtalli?« Die Formulierung dieses Namens fiel Kirk nicht leicht, und Wilsons Befürchtungen hinsichtlich der Auswirkungen auf Hals und Kehle schienen gerechtfertigt zu sein.

»Sie gehört ebenfalls zur Gattung *Felidae*, und genetisch steht sie den Eeiauoanern weitaus näher als dem Homo sapiens. Ich möchte wissen, warum sich Menschen mit dem ADF-Syndrom infizieren können, während Angehörige ihres Volkes nicht erkranken.«

»Gut, arbeiten sie mit ihr zusammen. Wenn sie einverstanden ist. Sagen Sie ihr, es handele sich keineswegs um einen offiziellen Auftrag, und schon gar nicht um einen Befehl. Wenn sie sich freiwillig meldet – in Ordnung. Wenn nicht, müssen Sie sich jemand anders suchen.«

»Vielen Dank, Sir.« Dr. Wilson verließ den Raum, und Kirk folgte ihr rasch, wollte sie nicht so einfach gehen

lassen. Mit einigen langen Schritten überholte er sie und streckte wie beiläufig den Arm aus, doch die kleine Frau blieb nicht etwa stehen, sondern duckte sich darunter hinweg. Bevor der Captain ein Wort über die Lippen bringen konnte, hatte sie bereits das Ende des Korridors erreicht. *Kein Wunder, daß sie gegen Sulu gewann. Sie ist fast so schnell und geschmeidig wie eine Eeiauoanerin.*
»Darf ich Ihnen eine persönliche Frage stellen, Dr. Wilson?«

Sie verharrte. »Nun, wenn es um eine persönliche Frage geht, können Sie mich ruhig Evan nennen.«

»Warum übt sich eine Ärztin im Kampf mit Säbeln, Evan?«

Die kleine Frau bedachte ihn mit dem verschmitztesten Lächeln, das Kirk je gesehen hatte. »Der Säbelkampf gefällt mir aus den gleichen Gründen wie der Umgang mit Schlagstöcken und das Essen mit Stäbchen.«

Im Anschluß an diese Bemerkung grinste sie und verschwand um die Ecke. Kirk war so verblüfft, daß er ihr nicht folgte und nach einigen Sekunden zu kichern begann. Er hörte, wie sich die Tür des nahen Turbolifts mit einem leisen Zischen öffnete, aber er blieb trotzdem stehen, davon überzeugt, daß ihm Evan Wilson keine Erklärung anbieten würde.

Kurze Zeit später trat Chekov durch eine Tür und fragte verwundert: »Alles in Ordnung, Captain?« Erst da begriff Kirk, was die Ärztin zustande gebracht hatte.

»Oh, sicher, alles bestens. Dr. Wilson hat mich gerade von tiefen Depressionen befreit und mir ein Rätsel gestellt.«

»Ein Rätsel, Sir?«

»Ja. Sagen Sie mir: Was haben Säbel, Schlagstock und Stäbchen gemeinsam?«

»Keine Ahnung, Sir.« Chekov musterte Kirk besorgt und schien an der geistigen Gesundheit des Captains zu zweifeln. »Vielleicht sollten Sie sich an Mr. Spock wenden.«

»*Das* ist eine ausgezeichnete Idee, Mr. Chekov. Ich frage ihn, sobald sich eine Gelegenheit bietet.« *Wenn auch nur, um seine Reaktion zu sehen*, dachte er amüsiert.

Schwester Chapel folgte dem Beispiel der Eeiauoaner und arbeitete weiter, obwohl sich ihr ADF-Syndrom verschlimmerte. McCoy beobachtete sie sorgenvoll: In ihrem Fall schien sich die Krankheit wesentlich schneller zu entwickeln als bei den Katzenwesen. Und aus den epidemiologischen Berichten, die er erhalten hatte, ging hervor, daß diese Diagnose auch für die anderen menschlichen Infizierten galt.

Er konnte die entsprechenden Unterlagen nicht vor ihr verbergen. Er brauchte Chapels Hilfe, und sie benötigte eine Möglichkeit, sich nützlich zu machen. Sie verdrängten ihre Befürchtungen, indem sie nur an die Arbeit dachten.

Es kostete Christine bereits große Mühe, aufrecht zu stehen, und das Zittern in ihren Wangen deutete darauf hin, daß jede noch so vorsichtige Bewegung von stechenden Schmerzen begleitet wurde.

Der größte Teil des Haars war bereits ausgefallen. Mit einem bunten Tuch – McCoy fragte sich, woher es stammte, denn er hatte es noch nie zuvor gesehen – bedeckte sie ihren Kopf und bat um die Erlaubnis, ihre Uniform gegen einen weiten Kaftan einzutauschen, der die immer häufiger werdenden rauhen Stellen auf ihrer Haut schonte.

Schwester Chapel zog ein Gestell mit Kulturschalen aus dem Inkubator und sagte: »Noch immer kein Anzeichen von ADF.« Sie hielt sie ins Licht und nahm eine genauere Untersuchung vor. »Die menschlichen und eeiauoanischen Gewebeproben weisen bereits einen erhöhten Anteil toxischer Substanzen auf – ein eindeutiges ADF-Symptom –, doch die von Knurri stammenden Muster haben sich nicht verändert. Außerdem ist bei den übrigen Angehörigen ihres Volkes kein einziger Infektionsfall bekannt. Wenn Knurri auf natürliche Weise immun ist, könnte sie uns einen wichtigen Schritt weiterbringen – vorausgesetzt, wir finden den Faktor, der sie vor einer Ansteckung schützt. Eine ihrer Gewebeproben habe ich einer umfassenden biochemischen Analyse unterzogen, um Vergleiche mit dem von Menschen und Eeiauoanern stammenden Material anzustellen, aber es wird noch einige Stunden dauern, bis der Computer die Datenkorrelation abschließt.«

Biochemie war Chapels Fachgebiet – ein Umstand, den McCoy während der letzten Monate wiederholt begrüßt hatte. »Braves Mädchen«, sagte er. »Vielleicht sind Sie wirklich auf etwas gestoßen. Aber jetzt sollten Sie sich ein wenig ausruhen, bis das elektronische Monster erste Ergebnisse ausspuckt.«

Die Schwester schüttelte den Kopf, und ihre Antwort ähnelte der von Flinkfuß: »Bald kann ich mich ohnehin nicht mehr auf den Beinen halten. Wir dürfen keine Zeit verlieren.«

»Es war nicht nur ein gutgemeinter Rat, Schwester Chapel, sondern auch ein ausdrücklicher Befehl«, bekräftigte McCoy. »Wir wissen nicht, auf welche Weise sich das ADF-Syndrom im menschlichen Metabolismus ausbreitet, aber eins steht fest: Physisch-psychische Anspannung verringert den Widerstand gegenüber jeder Infektion.«

»Widerstand...« wiederholte die junge Frau nachdenklich.

»Wir werden bestimmt damit fertig, Christine«, sagte McCoy mit einer Zuversicht, die er gar nicht empfand. Damit hätte er vielleicht einen Laien täuschen können, aber keine Profi wie Chapel.

»Noch bin ich keine Patientin, die Trost von Ihnen erwartet, Dr. McCoy.« Sie lächelte dünn und richtete ihre Aufmerksamkeit dann wieder auf die Proben. »Ich möchte Ihnen etwas anvertrauen, Leonard. Während all der Jahre hat es mir großen Spaß gemacht, mit Ihnen zusammenzuarbeiten. Sie waren mir ein echter, guter Freund...«

Plötzlich krümmte sie sich zusammen und wankte an den Labortisch. McCoy hielt sie am Ellenbogen fest. »*Christine!*«

»Die Kulturschalen dürfen nicht zerbrechen«, sagte sie ganz langsam und betonte jedes einzelne Wort. »Sie sind von größter Bedeutung.«

McCoy nahm sie ihr aus der Hand und legte sie vorsichtig zur Seite. Die Schwester nickte erleichtert – und erschlaffte.

Der Arzt fing sie auf, ließ sie langsam zu Boden sinken und holte seinen medizinischen Tricorder hervor. »Flinkfuß! *Flinkfuß!*« Die eeiauoanische Ärztin kam mit ungelenken Schritten heran und riß die Augen auf.

»Koma im ersten Stadium«, erklärte McCoy knapp. »Helfen Sie mir, Christine auf die Bank dort zu legen. Ich möchte eine genaue Kontrolle ihrer organischen Funktionen vornehmen... Himmel, widersprich mir nicht, du dumme Katze. Im Krankenhaus gibt es keine Geräte, die für die Behandlung eines komatösen Menschen geeignet sind. Wir müssen Christine zur *Flinn* hochschicken.«

»Zzu schnell«, zischte Flinkfuß, und es klang wie ein leises Wimmern. »Zzu schnell für ein Koma der ersten Phase!«

»Da haben Sie völlig recht. Meine Güte, niemand weiß, wie das ADF-Syndrom auf Menschen wirkt. Ziehen Sie die Krallen ein und helfen Sie mir!«

Gemeinsam trugen sie Christine Chapel zu der Bank. McCoy untersuchte sie rasch und übermittelte die Daten dem Medo-Schiff. Als die junge Frau im funkelnden Gleißen des Transporterfeldes verschwand, schauderte der Arzt unwillkürlich und dachte daran, daß er sie vielleicht nie wiedersah. Wie zum letzten Gruß streckte er den Arm aus, berührte jedoch nur leere Luft. Der Transfer war bereits erfolgt.

Flinkfuß hielt ihren Schwanz in den Händen. Ohne den dichten Pelz hatte ihr Leib etwas Rattenhaftes – unübersehbares Zeichen für die fortgeschrittene Phase ihrer Erkrankung.

Als McCoy die eeiauoanische Ärztin ansah, senkte sie den Kopf. »Ich gab ihr dass Tuch, um Blöße zu bedecken«, sagte Flinkfuß kummervoll. »Ssie schämte ssich, schämte ssich sso ssehr. Und ich auch.« Sie hob den Schwanz.

»Es ist nicht Ihre Schuld, Flinkfuß«, sagte McCoy müde. »Wir alle geben unser Bestes.« Er seufzte. »Ich muß mich mit der *Enterprise* in Verbindung setzen und Jim benachrichtigen. Gibt es hier irgendwo ein Zimmer, in dem ich ungestört...«

»Kommen mit mir«, erwiderte die Eeiauoanerin. »*Isst* meine Schuld. Ich ebenfallss sprechen mit Ihrem Captain und Übersetzerin. Perssönlich. Kommen Ssie. Isst geboten Eile.«

Kirk hatte Spock und Uhura von ihren Pflichten auf der Brücke entbunden, damit sie nach dem Ursprungsplaneten der Eeiauoaner suchen konnten, und in unregelmäßigen Abständen erkundigte sich der Captain nach dem neuesten Stand ihrer Arbeit. Er hoffte, sie ermutigen zu können, doch insgeheim wußte er, daß er damit nur gegen seine wachsende Verzweiflung ankämpfte.

Bisher waren alle Antworten negativ, doch diesmal schien sich die Stimmung verändert zu haben. Uhura wirkte erschöpft, aber auf ihren Wangen glühten rote Flecken der Aufregung, und in den Augen blitzte erneuerte Hoffnung. Sie schien ihre Umgebung überhaupt nicht mehr wahrzunehmen, lauschte konzentriert der Aufzeichnung eines eeiauoanischen Liedes.

Auch Spock erweckte den Eindruck, als suche er in seinen Daten nach etwas Konkretem.

»Glück gehabt, Mr. Spock?«

Der wissenschaftliche Offizier sah nicht von der Konsole auf. »*Glück*, Captain?«

Kirk rollte mit den Augen. »Haben Sie die Welt *gefunden?*«

»Wir sind von verschiedenen Annahmen ausgegangen, Captain: Zeitpunkt der ersten Landung auf Eeiauo, Leistungsfähigkeit der damaligen interstellaren Triebwerkstechnik, Reichweite des Kolonistenschiffes und Länge der Reise. Wenn unsere Vermutungen stimmen, befindet sich der Ursprungsplanet irgendwo in dem Quadranten, der gerade auf dem Schirm dargestellt wird.«

»Ein ganzer *Quadrant*, Mr. Spock? Es würde Jahre dauern, in einem so großen Raumabschnitt nach einer einzelnen Welt zu suchen!«

»In der Tat. Außerdem muß ich Sie daran erinnern, daß diese Schlußfolgerung auf höchst fragwürdigen Daten beruht.«

»Was bedeutet das, Mr. Spock?«

»Es bedeutet folgendes, Captain: Wenn wir auch nur in einem Punkt von falschen Voraussetzungen ausgehen, haben wir vielleicht nicht einmal den richtigen Quadranten bestimmt.«

»Lieber Himmel, das genügt nicht, Spock. Wir brauchen genauere und zuverlässigere Angaben!«

»Lieutenant Uhura...« Als die dunkelhäutige Frau ihren Namen hörte, sah sie sofort auf. Spock schüttelte kurz den Kopf, und daraufhin kehrte ihnen Uhura wieder den Rücken zu, hob die eine Hand und preßte sie auf den Kopfhörer. »Sie versucht, den Raumsektor einzugrenzen«, fuhr der Vulkanier leise fort. »Vielleicht enthalten die Aufzeichnungen Hinweise auf eine... *Landmarke*, wie sie sich ausdrückte. Damit meint sie irgendeine besondere kosmische Formation, die von der eeiauoanischen Heimatwelt aus sichtbar ist oder bei der interstellaren Reise beobachtet wurde. Ich glaube, Ihre Anwesenheit lenkt sie ab.«

Kirk nickte langsam. »Ich verstehe den Wink.«

»›Wink‹, Captain?«

»Schon gut... Ich verschwinde und überlasse Sie Ihrer Arbeit.«

Doch bevor er die Tür erreichte, summte der Intercom-Anschluß. Kirk bestätigte flüsternd, um Uhura nicht zu stören, hörte schweigend zu. Spock sah das Erschrecken in seinen Zügen und fragte: »Was ist passiert, Captain?«

»Schwester Chapel liegt im Koma des ersten Stadiums«, erwiderte er leise. Als er Uhuras Blick auf sich ruhen spürte, versuchte er, die Fassung zu wahren und so normal wie möglich zu sprechen. »Das ADF-Syndrom entwickelt sich bei Menschen wesentlich schneller als bei den Eeiauoanern... Lieutenant?«

Uhura nahm den Kopfhörer ab. »Sir?«

»Flinkfuß möchte uns etwas mitteilen. Vielleicht ist es wichtig.« Ins Mikrofon des Kommunikators sagte er: »Übertragung auf den hiesigen Schirm.«

Kurz darauf sahen sie McCoy, und hinter ihm stand die eeiauoanische Ärztin. Sie trat rasch vor.

»Ich spreche mit Captain und Überssetzer«, sagte sie und kniff die Augen zusammen, als sie Spock bemerkte. »Nicht für andere Ohren bestimmt.«

Kirk räusperte sich. »Mr. Spock ist mein wissenschaftlicher Offizier und McCoy Bordarzt der *Enterprise*. Ich muß darauf bestehen, daß sie bleiben. Flinkfuß, ich verspreche Ihnen, daß niemand sonst etwas erfährt. Uhura?«

Sie übersetzte.

Flinkfuß sträubte sich – eine unwillkürliche Reaktion, die aufgrund des ausgefallenen Fells grotesk anmutete – und legte die Ohren an. »Wahrscheinlich werden Sie dieses Versprechen bedauern, Captain, denn ich sage Ihnen die Wahrheit.« Uhura transkribierte die vielen Zisch- und Fauchlaute. »Ihr wissenschaftlicher Offizier hat recht: Eeiauo ist nicht unser Heimatplanet. Aber wir sind keine Kolonisten, sondern Verbrecher.«

»Verbrecher?« wiederholte Kirk. »Ist dies eine Gefängniswelt? Unterhalten Sie regelmäßige Kontakte zu Ihrem Ursprungsplaneten?«

»Nein, wir verließen Sivao vor zweitausendfünfhundertunddrei Jahren, und seitdem kehrte niemand von uns zurück. Viele Generationen lang hätten wir gar keine Möglichkeit dazu gehabt, und heute *wollen* wir hierbleiben. Aber wir sind nicht so kriminell, die Angehörigen Ihres Volkes mit uns sterben zu lassen. *Sie* müssen nach Sivao, um die Erkrankten Ihrer Spezies zu retten.«

»Einverstanden, Flinkfuß. Nennen Sie uns die Koordinaten.«

Die eeiauoanische Ärztin duckte sich, und von einem Augenblick zum anderen heulte sie schmerzerfüllt. McCoy zuckte unwillkürlich zusammen und eilte herbei, um Flinkfuß zu helfen. Sie winkte ihn fort.

»Ich kenne sie nicht. Als Sie nach der Heimatwelt fragten, war ich sicher, Sie wüßten alles über sie.«

»Wer könnte uns Auskunft geben?«

»Dazu wäre niemand *bereit*. Kein einziger Eeiauoaner auf diesem Planeten würde solchen Verrat üben. Wir sind Verbrecher, aber nur ich... ich...« Das Katzenwesen brach ab.

»Flinkfuß«, sagte Kirk ernst und vernahm den gleichen Tonfall in Uhuras Übersetzung, »Sie brauchen sich nichts vorzuwerfen – es sei denn, Sie wurden vor über zweitausend Jahren geboren. Die Föderation legt die Verbrechen einer Generation keineswegs der nächsten zur Last!«

Er wartete, bis Uhura seine Worte ins Eeiauoanische übertragen hatte und fuhr dann fort: »Sie müssen uns helfen, damit wir Ihnen helfen können, Flinkfuß. Wissen Sie irgend etwas über Ihre Heimatwelt? Wir sind für jede Information dankbar, die uns Aufschluß darüber gibt, wo sie sich befindet. Ist von hier aus das Zentralgestirn Sivaos zu sehen? Welcher Anblick bot sich Ihren Ahnen dar, wenn sie den Nachthimmel des Ursprungsplaneten beobachteten? Denken Sie nach, Flinkfuß! Vielleicht fällt Ihnen etwas ein...«

Starr erwiderte Flinkfuß den Blick des Captains, und nach einigen Sekunden schüttelte sie den Kopf. »Es glühte nur der Verrückte Stern, als mein Volk ins... Exil geschickt wurde.« Uhura zögerte bei den letzten Worten, obwohl sie die Begriffe deutlich verstand. Kirk beherrschte die Sprache der Katzenwesen zwar nicht, aber auch er hörte den vertrauten Klang des Namens ›Eeiauo‹.

Verwirrt stellte Uhura eine Frage, hörte kurz zu und sagte dann: »Der Stern, der Schatten wirft – die neue Sonne.« Ruckartig hob sie den Kopf. »Oh, sie meint eine Nova oder Supernova, Mr. Spock.« Flinkfuß bestätigte diese Interpretation.

Die eeiauoanische Ärztin ignorierte das gedankenverlorene Zögern des Kommunikationsoffiziers und fuhr fort. Uhura zwinkerte einige Male und übersetzte hastig: »Sie brachten unsere Vorfahren in einem Lager auf Sivao unter und schickten sie anschließend ins All. Sie hätten sterben müssen, doch sie überlebten und zeugten sogar Nachkommen – uns. Als sie Eeiauoa erreichten, leuchtete der Verrückte Stern noch immer. Auf Sivao säten die Ahnen den Tod, und nun sucht der Schrecken auch Ihre Welten heim. Dafür will ich mit meinem Leben süh...«

Uhura unterbrach sich jäh und sprang an den Bildschirm heran. »Dr. McCoy!« rief sie verzweifelt. »Hindern Sie sie daran, Selbstmord zu begehen!«

Jim Kirk und seine Offiziere konnten weder eingreifen noch den Blick abwenden. Entsetzt beobachteten sie, wie Flinkfuß eine Hand zur Kehle hob und die Krallen ausfuhr. McCoy eilte auf sie zu.

Zwar beabsichtigte die eeiauoanische Ärztin sicher nicht, McCoy zu verletzen, aber trotzdem hätte er keine Chance gegen sie gehabt, wäre sie nicht durch das ADF-Syndrom geschwächt gewesen.

Er griff nach ihren Unterarmen und warf sich mit seinem ganzen Gewicht gegen sie. Flinkfuß stürzte zu Boden, und für einige Sekunden verschwanden beide Gestalten aus dem Erfassungsbereich der Übertragungskamera. Dann sahen Kirk und die anderen, wie das Katzenwesen versuchte, sich in die Höhe zu stemmen.

McCoy klammerte sich am Rücken der Eeiauoanerin fest, blockierte ihren rechten Arm und tastete nach dem Injektor, der auf dem nahen Tisch lag.

Flinkfuß schüttelte ihn ab. Der Arzt prallte an die Wand, zwinkerte benommen und taumelte, während seine Widersacherin erneut die Krallenhand zur Kehle hob. McCoy wankte langsam auf sie zu, und Flinkfuß krümmte sich zusammen. Der menschliche Arzt fing ihre erschlaffende Gestalt auf.

Eine Zeitlang schnappte er keuchend nach Luft, und dann sah er in das Objektiv der Intercom-Kamera. »Koma des ersten Stadiums«, stieß er heiser hervor. »Sie braucht gar keinen Selbstmord zu begehen. Sie stirbt *jetzt.*«

»Nicht unbedingt, Dr. McCoy«, sagte Spock.

»Was soll das heißen?« knurrte Leonard. »Heraus damit!«

»Spock?« fragte Kirk und drehte den Kopf. »Wenn Sie irgend etwas entdeckt haben...«

Doch der Vulkanier wandte sich nicht an den Captain, sondern sah Uhura an. »Lieutenant, Ihnen sollte klar sein, daß unsere Annahmen weiterhin unbestätigte Hypothesen bleiben.«

Sie nickte – offenbar war sie so bestürzt, daß sie keinen Laut hervorbringen konnte –, aber in ihren dunklen Augen leuchtete eine stumme Bitte.

»Ich glaube, Flinkfuß hat uns die Landmarke beschrieben, nach der Sie suchten«, sagte Spock.

»Bedeutet das, Sie können den Ursprungsplaneten finden?« erkundigte sich McCoy und senkte den Kopf. Der Tisch verwehrte Kirk und seinen Begleitern den Blick auf Flinkfuß, aber als Leonard erbleichte, ahnten sie, wie es um die Eeiauoanerin stand.

»Nun, ganz sicher bin ich mir natürlich nicht, Doktor«, antwortete der wissenschaftliche Offizier. »Aber durch Lieutenant Uhuras Informationen und Flinkfuß' Auskünfte ergibt sich eine gewisse Wahrscheinlichkeit für einen Erfolg unserer Bemühungen. Wenn meine Berechnungen stimmen, grenzen sie den in Frage kommenden Raumsektor ein. Außerdem: Selbst wenn wir die Heimatwelt entdecken, haben wir keine Garantie dafür, daß die fernen Verwandten der Eeiauoaner in der Lage sind, das ADF-Syndrom wirksamer zu behandeln als…«

»Als ich, Spock?«

»Ich möchte Ihnen nicht zu nahe treten, Dr. McCoy. Sie sind wohl kaum der einzige Arzt, der versucht, den Erkrankten zu helfen.«

Die dunklen Schatten des Ärgers in McCoys Zügen verflüchtigten sich. »Ich weiß, Spock… Himmel, ich bin völlig erledigt.« Einmal mehr sah er nach unten und rieb sich die Augen. »Also klammern auch Sie sich an einen Strohhalm.«

»Eine andere terranische Redewendung wäre angemessener«, erwiderte Spock. »Wir suchen nach der Nadel im Heuhaufen.«

»Und Flinkfuß hat Ihnen gesagt, wo sich der Heuhaufen befindet.«

Der Vulkanier dachte einige Sekunden lang nach. »In der Tat«, bestätigte er dann.

Das schien McCoy zufriedenzustellen. Er richtete seine Aufmerksamkeit auf Kirk. »Bitte benachrichtige Evan Wilson, während ich mich um Flinkfuß kümmere. Ich setze mich später mit ihr in Verbindung und übermittle Chapels Untersuchungsdaten. Nimm meiner Kollegin gegenüber kein Blatt vor den Mund, Jim. Sie soll alles erfahren. Auch die Sache mit dem Heuhaufen.«

»In Ordnung, Pille.«

»Danke. Und viel Glück, für euch alle. McCoy Ende.«

Lieutenant Uhura sah von ihrer Kommunikationskonsole auf. »Mitteilung von Starfleet Command, Sir.« Kirk bemerkte, wie sehr sie sich bemühte, ganz ruhig zu sprechen.

»Aktivieren Sie den Wandschirm, Lieutenant«, sagte er. Uhura seufzte erleichtert und betätigte eine Taste.

»Hier Kirk«, meldete sich der Captain und musterte den Oberkommandeur der Flotte und die Präsidentin des Föderationsrates. Unwillkürlich versteifte er den Rücken und mußte sich dazu zwingen, nicht zweimal zu salutieren. Es ging nicht nur ihm so: Die Offiziere auf der Brücke nahmen rasch Haltung an. *Kein Wunder,* dachte er. *Nur selten sieht man so viel Lametta auf einem Haufen!*

Laut sagte er: »*Sir!*« Dann sah er die hochgewachsene, schlanke Frau an und fügte hinzu: »Miß President. Ich bin geehrt.«

Sie schüttelte ernst den Kopf und erwiderte: »Dies ist ein Notfall.« Sie gab dem Kommandeur ein Zeichen, und daraufhin räusperte sich der Mann. »Die *Enterprise* erhält hiermit den Befehl, sofort mit der Suche nach Sivao zu beginnen, der eeiauoanischen Heimatwelt. Beziehen Sie sich dabei auf Ihre Berechnungen und fliegen Sie mit Höchstgeschwindigkeit... Die Präsidentin hat weitere Anweisungen für Sie.«

»Vielen Dank, Commander.« Die Frau musterte Kirk mit einem durchdringenden Blick. »Außergewöhnliche

Umstände erfordern außergewöhnliche Maßnahmen, Captain Kirk. Wenn Sie den eeiauoanischen Ursprungsplaneten finden, nehmen Sie sofort Kontakt mit den Bewohnern auf. Der Föderationsrat hat beschlossen, in diesem besonderen Fall die Nichteinmischungs-Direktive außer Kraft zu setzen. Wir verlassen uns auf Ihr Beurteilungsvermögen, Captain. Enttäuschen Sie uns nicht.«

Kirk nickte.

»Das ist alles, Captain Kirk«, fuhr der Oberkommandeur fort. »Brechen Sie unverzüglich auf. Starfleet Command Ende.« Das Bild verblaßte.

Für kurze Zeit herrschte völlige Stille auf der Brücke, und dann sprachen alle gleichzeitig. Kirk griff zunächst nicht ein – das plötzliche Durcheinander diente nicht nur als Sicherheitsventil für nervliche Anspannung, sondern gab ihm auch Gelegenheit, über die Bedeutung der jüngsten Order nachzudenken –, und schließlich sagte er: »Ich bitte um Ruhe! Sie haben den Befehl gehört. Ich schlage vor, wir machen uns sofort an die Arbeit.«

Ein jubelnder Chorus ertönte, und von allen Seiten hörte er ein fröhliches »Aye, Captain!«

Kirk stand auf, trat an die wissenschaftliche Station heran und blickte über Spocks Schulter, doch die Datenfolgen auf den kleinen Monitoren ergaben keinen Sinn für ihn. »Wann bekommen wir die Koordinaten?«

»Innerhalb einer Stunde, schätze ich. Ich möchte noch eine letzte Überprüfung vornehmen.« Spock sah ihn an.

»Ja?« fragte der Captain leise.

»In meinem Bericht an Starfleet habe ich die hypothetische Natur unserer Informationen betont. Aber die Anweisungen – sowohl von Starfleet als auch vom Föderationsrat – erscheinen mir recht optimistisch.«

Jim Kirk schüttelte den Kopf. »Ganz im Gegenteil, Mr. Spock. Meiner Ansicht nach deutet die Order darauf hin, daß die Lage weitaus schlimmer ist, als wir glauben.«

»Oh«, erwiderte der Vulkanier und hob eine Braue. »Sie meinen, nicht nur wir klammern uns an Strohhalme.«

»Das trifft den Kern der Sache.«

Spock nickte knapp und setzte seine Berechnungen fort. Kirk drehte sich um und hob die Stimme. »Lieutenant Uhura, bitten Sie Dr. Wilson darum, auf der Stelle den Besprechungsraum aufzusuchen. Mr. Chekov: Mr. Spock darf nur dann gestört werden, wenn die Explosion einer Nova droht...«

Spock sah verwundert auf. »In diesem Sonnensystem besteht keine derartige Gefahr, Captain.«

»Ich wollte damit nur die Wichtigkeit Ihrer Arbeit unterstreichen, Mr. Spock.«

»Natürlich, Captain«, entgegnete der wissenschaftliche Offizier.

Kirk zweifelte nicht daran, daß der Vulkanier nach wie vor verwirrt war. Lächelnd sagte er: »*Sie* verstehen mich sicher, Mr. Chekov.«

»Aye, Sir«, bestätigte Chekov und erwiderte das Lächeln.

»Geben Sie mir Bescheid, wenn Sie fertig sind, Mr. Spock.«

»Lieutenant Uhura wird Sie informieren, Sir.«

Evan Wilson unterbrach den Captain nicht und hörte ruhig zu. Als Kirk seine Schilderungen beendete, bedachte sie ihn mit einem nachdenklichen Blick, und erst dadurch wurde er sich bewußt, daß er seit der Nachricht von Starfleet Command wie ein glücklicher Junge grinste. Er fügte hinzu: »Vielleicht sollten Sie die ganze Mannschaft mit Sedativen beruhigen, Doktor. Auf der Grundlage eines Liedes suchen wir nach einem Planeten, von dem niemand genau weiß, wo er sich befindet.

Ich bin mir darüber klar, wie verrückt das klingt. Aber es ist unsere einzige Chance, uns nützlich zu machen.«

Dieses Eingeständnis wirkte nicht nur ernüchternd, sondern geradezu entmutigend. Bevor sich neuerliche Niedergeschlagenheit in ihm ausbreiten konnte, sagte Evan Wilson ernst: »Ich glaube, Sie sind ebenso verrückt wie Heinrich Schliemann – und Sie wissen ja, wie es *ihm* erging.«

»Wie bitte?« fragte Kirk verwundert.

»Sie wissen es *nicht*?« fragte die kleine Frau überrascht und musterte ihn. »Haben Sie jemals Homers *Ilias* gelesen, Captain?«

Jim Kirk runzelte die Stirn, und seine Verwirrung nahm zu. Wilsons durchdringender Blick erinnerte ihn an Spock, wenn der Vulkanier zu einem belehrenden Vortrag ansetzte. *Himmel, ich nehme den Köder an*, dachte er. *Weil ich neugierig bin, wer angeblich ebenso hirnrissig ist wie ich.* Laut sagte er: »Ich habe keine Ahnung, welche Übersetzung Sie kennen, Doktor, aber in meiner Fassung tauchte kein Heinrich Schliemann auf, weder in der *Ilias* noch in der *Odyssee*.«

»Das kommt ganz darauf an, aus welchem Blickwinkel man die Sache betrachtet.« Die Ärztin lehnte sich lächelnd zurück und fuhr fort: »Heinrich Schliemann lebte auf der Erde, bevor sich Terra der Föderation anschloß. *Er* las Homer. Und *glaubte* ihm. Auf eigene Kosten – er hätte bestimmt keinen Finanzier gefunden, der bereit gewesen wäre, in seine absurd anmutenden Ideen zu investieren – begann er mit der Suche nach Troja, einer Stadt, die damals selbst von Historikern für fiktiv gehalten wurde.«

»Und?«

»Er fand sie. Besuchen Sie das Trojanische Museum, wenn Sie das nächste Mal auf der Erde sind. Die dort ausgestellten Gegenstände sind sehr eindrucksvoll, und sie alle wurden entdeckt, weil jemand einem Lied vertraute.«

Während Kirk noch darüber nachdachte, stand Evan Wilson auf. »Wenn Sie nichts dagegen haben, begleite ich Sulu zur Brücke. Er hat sich zwar den Fuß gebrochen, aber das hindert ihn wohl kaum daran, einen Kurs zu programmieren.«

Jim Kirk konnte der Versuchung nicht widerstehen: »Halten Sie das für medizinisch ratsam, Doktor?«

»Oh, natürlich!« Erneut zeigte sie ihm ihr verschmitztes Lächeln. »Es ist die beste Möglichkeit, meine Nerven zu schonen. Er würde es mir nie verzeihen, wenn ich darauf bestünde, daß er bei dieser Mission im Bett bleibt.«

Jim Kirk spürte die allgemeine Aufregung. »Fertig, Mr. Spock?«

»Einen Augenblick, Captain.« Der Vulkanier beobachtete den Monitor. Er war der einzige Offizier an Bord, der nach wie vor ruhig und gelassen wirkte. »Der Datentransfer ist noch nicht beendet.«

Lieutenant Uhura drehte sich in ihrem Sessel um. »Warum dauert es so lange, Sir?« fragte sie.

Spock richtete sich auf. »Lieutenant, ich versichere Ihnen: Ihr Eindruck, es handele sich um eine Verzögerung, beruht nur auf einem Gefühl.«

»Bitte entschuldigen Sie, Mr. Spock«, erwiderte Uhura, und dabei zeigte sie ein so ausdrucksloses Gesicht, daß sich Kirk einige Sekunden lang fragte, ob sie sich plötzlich in eine Vulkanierin verwandelt hatte.

»Entschuldigungen sind nicht notwendig«, sagte der wissenschaftliche Offizier. »Erinnern Sie sich an unsere Übereinkunft?«

Uhura lächelte strahlend. »Ja, Sir.«

»Datentransfer komplett, Captain«, berichtete Spock. »Die Koordinaten befinden sich nun im Navigationscomputer.« Diese Meldung war nicht nötig; Sulus hektische Aktivität genügte als Hinweis.

»Mr. Scott, bereiten Sie Warp drei vor«, sagte Kirk. »Mr. Sulu, geben Sie Schub, wenn Sie fertig sind.«

Der Navigator kontrollierte seine Berechnungen, und unmittelbar darauf bestätigte er: »Kurs liegt an, Captain.«

»Worauf warten Sie dann noch?«

»Aye, *aye*, Captain.« Sulu grinste und betätigte mehrere Tasten. »Wir sind unterwegs.«

KAPITEL 4

Leonard McCoy schluckte den letzten Bissen der geschmacklosen Masse, die die Eeiauoaner als Essen bezeichneten, schob sich einige Vitamintabletten in den Mund und spülte mit Kaffee nach. Zum vierten oder fünften Mal an diesem Tag überlegte er, ob er sich ein Stimulans verschreiben sollte. Wenn er Gelegenheit fand, einige Stunden zu schlafen – was selten genug geschah –, sah er sich von Alpträumen heimgesucht, die das Grauen der Realität wiederholten. Erneut entschied er sich dagegen, ein Aufputschmittel zu nehmen. Sie stumpften ab, und seine Arbeit erforderte einen klaren Kopf.

Vor allen Dingen aber brauchte er einen Gesprächspartner. Ihm fehlten Jim, Scotty und sogar Spock, die irgendwo in der Galaxis Phantomen nachjagten, und es gab niemanden, der seine ermittelten Daten überprüfen und ihn aufmuntern konnte.

Schließlich begnügte sich McCoy mit einem Glas Scotch. Evan Wilson hatte sich an seine Klagen darüber erinnert, daß die Eeiauoaner Alkohol in jeder Form ablehnten – und ihm zum Abschied eine ganze Flasche geschenkt.

Kurze Zeit später wandte sich Leonard wieder den Computern zu und kontrollierte die Analyseergebnisse zum drittenmal. Seine Untersuchungen gründeten sich auf die von Evan und Christine geleistete Arbeit, und in erster Linie ging es dabei um die seltsame Immunität Snnanagfashtallis und der anderen Angehörigen ihres Volkes.

Er war auf etwas gestoßen, aber nach wie vor wußte er nicht genau, was er davon halten sollte. Bestenfalls handelte es sich um ein Palliativum, kein Heilmittel. Doch wenn ihn seine Hoffnungen trogen…

Er mußte ganz sicher sein, daß es den Zustand der

ADF-Patienten nicht noch verschlimmerte, bevor er einen Test durchführen konnte.

Die eeiauoanischen Ärzte behielten recht: Die an der Krankheit leidenden Katzenwesen überlebten – solange man sie intravenös ernährte, sie pflegte und an hochmoderne medizinische Geräte anschloß. Die vorherigen Ausbrüche der Seuche erforderten nur deshalb so viele Opfer, weil schließlich kaum mehr jemand in der Lage war, sich um die Leidenden zu kümmern.

Bei Menschen hingegen sah die Sache ganz anders aus. Zwei frühzeitig infizierte Personen hatten inzwischen den Tod gefunden, und es würden weitere sterben, wenn kein Wunder geschah. McCoy hatte Evan Wilson eine entsprechende Nachricht zukommen lassen, bevor die *Enterprise* außer Com-Reichweite geriet.

Als er an Christine Chapel und die Gefahr dachte, die ihr drohte, begriff er, daß er keine Zeit verlieren durfte. *Sie* konnte nicht warten, bis alle Risiken ausgeschlossen waren. McCoy holte tief Luft und setzte sich mit Dr. Mickiewicz an Bord der *Flinn* in Verbindung. Der Kommunikationsoffizier verband ihn sofort. Kurz darauf zeigte sich auf dem Schirm das Abbild der Ärztin; sie saß allein in ihrem Büro.

»Hallo, Micky«, sagte McCoy. »Meine Güte, Sie sehen schrecklich aus!«

»Besten Dank für das Kompliment, Leonard. Übrigens: Bei einem Schönheitswettbewerb würden auch Sie ausscheiden. Sie erwecken den Anschein, als hätten Sie seit mindestens einem Monat nicht mehr geschlafen...« Dr. Mickiewicz schüttelte müde den Kopf. »Chapels Zustand ist nach wie vor kritisch. Verdammter Mist!« fügte sie dumpf hinzu.

Eine Zeitlang musterten sie sich stumm. Dann sagte Micky: »Ich bin froh, daß Sie sich gemeldet haben. Ich mußte mit irgend jemandem reden.« Sie lächelte schief. »Wie lauten die letzten Forschungsergebnisse in bezug auf die Herzkranzgefäße?«

McCoy grinste. »Wer sich Sorgen macht, ist vor einem Herzinfarkt geschützt. Streß stimuliert und verhindert Cholesterinablagerungen.« Es war ein alter Scherz zwischen ihnen, und Leonard fühlte sich sofort besser.

»Danke«, sagte sie. »Genau die richtige Medizin für mich.« Diesmal wirkte ihr Lächeln ein wenig gelöster.

»Ich hab' was für Sie«, sagte McCoy. Als sich Mickiewicz' Gesichtsausdruck verhärtete, fügte er rasch hinzu: »Keine Angst, es geht mir nicht darum, eine neue Katastrophe anzukündigen. Hören Sie mir ruhig zu, bevor Sie aus der Haut fahren.«

Leonard erklärte ihr alles, sendete die Daten, damit die Ärztin eine eigene Überprüfung vornehmen konnte – und wartete. Mickiewicz führte eine kurze Analyse durch und sah auf. »Es könnte klappen, Leonard.«

»Vielleicht auch nicht.«

»Ich verstehe, was Sie meinen. Aber wenn es funktioniert, verlangsamen wir die Entwicklung der Krankheit im menschlichen Metabolismus. Dadurch gewinnen wir Zeit, eine Atempause...«

»Die moralischen Bedenken...« McCoy unterbrach sich, als es in Mickiewicz' Augen aufblitzte. Sie kannte seine Einwände und wußte, auf was sie sich einließen.

»Leonard«, sagte sie leise. »Ich habe einen Freiwilligen für die Behandlung. Eine Person, der klar ist, welche Risiken sie eingeht.«

»Wen meinen Sie?« Sie sah ihn nur an, und plötzlich ahnte McCoy, was sie ihm mitzuteilen versuchte. »Sie, Micky?« Er konnte den Zorn nicht aus seiner Stimme verbannen. »Sind Sie total übergeschnappt?«

»Halten Sie Ihre verdammte Klappe, McCoy!« entfuhr es der Ärztin.

Verblüfft preßte er die Lippen zusammen und starrte sie wortlos an. Mickiewicz erwiderte seinen Blick.

»Himmel, Micky«, sagte McCoy nach einer Weile. »Es ist gerade noch vertretbar, das Mittel an einem

ADF-Patienten auszuprobieren, aber...« Er sprach nicht weiter.

Die Frau nickte. Ihre Stimme klang ganz ruhig, aber Leonard sah das furchtsame Glühen in ihren Augen, als sie murmelte: »Ich bin infiziert. Vor einigen Minuten wurde meine eigene Diagnose bestätigt: Ich habe das ADF-Syndrom. Vielleicht gelingt es mir mit Ihrer Entdeckung, den Tod zu besiegen. Sie geben mir noch eine Chance, Leonard, und dafür danke ich Ihnen.«

»Micky...«

Erneut schüttelte sie den Kopf und lächelte grimmig. »Schluß damit, Leonard. Es wartet noch viel Arbeit auf uns. Ich halte Sie auf dem laufenden.« Sie unterbrach die Verbindung, bevor er sich von ihr verabschieden konnte.

McCoy starrte auf den leeren Schirm, und irgendwo in seiner Magengrube krampfte sich etwas zusammen. Wenn die isolierte Substanz versagte...

LOGBUCH DES CAPTAINS: STERNZEIT 1573.4

Mr. Spocks Koordinaten haben uns in einen bisher unerforschten Raumsektor gebracht. Die astronomische Abteilung beginnt damit, alle in Frage kommenden Sonnensysteme zu erfassen.

PERSÖNLICHES LOGBUCH DES CAPTAINS: STERNZEIT 1573.4

Es dauerte drei Wochen, um Spocks Heuhaufen zu erreichen, und schon seit sieben Tagen warten wir in der Leere zwischen den Sternen, während die astronomische Abteilung kartographiert...

Immer dann, wenn ich an die geringen Erfolgsaussichten unserer Bemühungen denke, erinnere ich mich an Heinrich Schliemann. Ich

bin nicht der einzige. Die Besatzung hat die gleichen Informationen wie Starfleet Command: Sie weiß nur, daß sich unsere Suche auf gewisse Angaben gründet, die Spock in der eeiauoanischen Literatur entdeckt hat, und Dr. Wilson verteilte ihr übliches Rezept. Überall an Bord flüstert man den Namen ›Heinrich Schliemann‹ – er ist zu einem geflügelten Wort geworden. Während der letzten Wochen habe ich ihn viele Male gehört, in immer neuen Zusammenhängen. Spock findet das ›bemerkenswert‹.

»Captain«, sagte Spock, als er aus dem Turbolift trat und Kirk sah. »Ich glaube, wir besitzen nun genügend Daten, um mit einer genaueren Suche zu beginnen.«

»Gut, Mr. Spock. *Sehr* gut.« Kirk hatte zuviel Zeit damit verbracht, Däumchen zu drehen; er reagierte sofort und schaltete das Intercom ein. »Lieutenant Uhura, bitte teilen Sie den Offizieren mit, ich erwarte sie im Besprechungszimmer. Sie sollen sich beeilen.« Nach einer kurzen Pause fügte er hinzu: »Spock ist soweit.«

»Vielen Dank, Sir«, lautete die Antwort. Sie klang erleichtert. »Uhura Ende.«

»Kirk Ende.« Er wandte sich an den Vulkanier. »Wie groß ist die Wahrscheinlichkeit, daß wir Sivao finden?«

»Das kommt ganz auf Lieutenant Uhura an. Nur sie weiß etwas von dem Planeten, den wir suchen.«

»Nun, sie hat uns bis hierher gebracht. Hoffen wir, daß sie uns weiterhin helfen kann.«

Spock nickte und schwieg. Jim Kirk versuchte erst gar nicht, weitere Auskünfte von ihm zu bekommen. Vermutlich war er nur dazu in der Lage, die Wahrscheinlichkeit grob zu schätzen, und außerdem fürchtete der Captain, daß ihm die Antwort nicht gefallen hätte.

Die Tür des Turbolifts öffnete sich und gab den Blick auf Evan Wilson frei. Spock hob die Brauen, als er sie sah, und Kirk riß unwillkürlich die Augen auf. »Herr im Himmel!« entfuhr es ihm.

Sie trug eine dick gepolsterte Fechtkombination, die an mehreren Stellen von langen Krallen aufgerissen schien. Schweiß glänzte auf ihrer Stirn, und das zerzauste Haar reichte ihr struppig bis zu den Schultern. Blut sickerte aus zwei parallelen Schnittwunden in der linken Wange, und die roten Tropfen bildeten einen seltsamen Kontrast zu dem breiten Grinsen der Ärztin.

Sie betrat den Lift, hob einen langen Holzstab und grüßte fröhlich. »Mr. Spock, Captain... Geben Sie mir fünf Minuten, damit ich mich umziehen kann, oder findet die Besprechung sofort statt?«

»Fünf Minuten, mehr nicht, Dr. Wilson. Ich möchte vermeiden, daß unser Bordarzt aussieht wie...« Kirk suchte nach den richtigen Worten.

»Wie jemand, der von einer Katze zerkratzt wurde?« fragte sie. »Sie sollten sich Snnanagfashtalli ansehen, Captain. Vermutlich würden Sie sie kaum wiedererkennen.«

»Dr. Wilson...« Spock hob den Kopf. »Soll das heißen, daß sie gegen unseren Sicherheitsoffizier gekämpft haben?«

»Eine höchst interessante Erfahrung, Mr. Spock. Schlagstock gegen Zähne und Klauen. Das Ergebnis war unentschieden. Ich bin ehrlich bemüht gewesen, den Sieg zu erringen, und wahrscheinlich trifft das auch auf Snnanagfashtalli zu. Andererseits: Sie beherrschte ihre Instinkte, und deshalb weiß ich nicht, ob ich auf das Ergebnis stolz sein kann. Vielleicht spielte sie nur mit mir.« Nachdenklich rieb sie sich die Wange.

Spock betrachtete ihre Waffe, und wortlos reichte ihm Wilson den Stab. Er wog ihn in der Hand. »Ich habe noch nie gesehen, wie man damit kämpft.«

»Kein Problem, Mr. Spock. Ich bin gern bereit, Ihnen zu einem entsprechenden Erlebnis zu verhelfen. Der Schlagstock ist eine der besten Waffen, die jemals erfunden wurden.« Sie nahm ihn zurück und lächelte. »Es wäre sicher faszinierend, ihn in bezug auf die vulkanischen Disziplinen zu erproben. Doch das ist ein anderes Angebot, und ich möchte Sie zu nichts verpflichten.«

Das Schott des Turbolifts öffnete sich erneut. »Bis gleich«, sagte Evan Wilson, trat in den Korridor und salutierte. »Heinrich Schliemann, Captain.« Einige Sekunden später setzte sich der Lift wieder in Bewegung.

»Erstaunlich...« begann Spock.

»In der Tat«, pflichtete ihm Kirk bei. Als er die Miene des Vulkaniers sah, fügte er hinzu: »Ist irgend etwas nicht in Ordnung, Spock?«

»›Nicht in Ordnung‹, Captain? Nein, ich würde eher von einer Anomalie sprechen.«

»Anomalie? Was meinen Sie damit?«

»Das Verhalten Dr. Evan Wilsons. Ihr... Auftreten.«

»Oh, machen Sie sich darüber keine Sorgen. Viel interessanter ist, was sich hinter ihrer Fassade verbirgt. Sie sagte Pille, sie habe sich über ihre Anweisungen hinweggesetzt, und das nehme ich ihr ab. Sie scheint ziemlich eigenwillig zu sein – und an Selbstsicherheit mangelt es ihr gewiß nicht.«

Der Turbolift hielt. Als sie durch den Flur gingen und sich dem Besprechungszimmer näherten, sagte Kirk: »Sie kennen Snnanagfashtalli, Spock...« Inzwischen fiel es ihm leichter, diesen Namen auszusprechen. »Glauben Sie, unser Sicherheitsoffizier hat sich zurückgehalten?«

»Das bezweifle ich, Captain. Wenn Dr. Wilson ihr Kampfgeschick testen wollte, gereichte es weder ihr noch Snnanagfashtalli zur Ehre, weniger als das Beste zu geben. Aber die Ärztin wies bereits darauf hin: Instinktive Raserei gehört nicht zu den Pflichten einer fairen Auseinandersetzung.«

»Zum Glück«, brummte Kirk und seufzte. »Wollen Sie Evans Herausforderung annehmen?«

»Vielleicht, Captain.«

Kirk starrte ihn groß an. »Meine Frage war ein Scherz, Spock!«

»Meine Antwort nicht.«

Sie betraten den Konferenzraum. Scott und Uhura warteten bereits auf sie.

»Lieutenant Uhura«, sagte Spock übergangslos. »Ich brauche Ihre Hilfe.« Er deutete auf die Computer.

Er nahm an der Konsole Platz, betätigte einige Tasten und fuhr fort: »Wir haben zwölf Sonnensysteme mit den allgemeinen Voraussetzungen gefunden. Unter der Annahme, daß die Eeiauoaner einen Planeten wählten, der ähnliche klimatische Bedingungen aufweist wie die Heimatwelt, beschränkt sich die Anzahl auf drei. Dies hier sind elektronische Simulationen der betreffenden Gestirnsformationen. Mehr kann die Logik derzeit nicht leisten.«

Dieser Tag ist voller Überraschungen, dachte Kirk. *Pille hätte ihn bestimmt rot im Kalender angekreuzt.*

Als er über Uhuras Schulter sah, stellte er fest, daß es sich um eine positive Darstellung handelte: weiße Sterne vor einem schwarzen Hintergrund. Das wunderte ihn; für gewöhnlich fertigte die astronomische Abteilung negative Aufnahmen an.

Er wußte nicht, was Spock von Uhura erwartete, aber er schwieg, während sie die Bilder betrachtete.

Sulu humpelte ins Zimmer, und Chekov stützte ihn. Der Russe brummte aufgeregt, und Kirk brachte ihn mit einem Wink zum Schweigen. Kurz darauf kam auch Dr. Wilson: Ihr Haar glänzte feucht, und noch immer lächelte sie strahlend. Als Kirk die ehrfürchtigen Blicke sah, die Sulu und Chekov ihr zuwarfen, ahnte er, worüber sie gerade gesprochen hatten.

Die Ärztin nahm leise Platz und beugte sich vor, um die Monitoren zu beobachten. Von einem Augenblick zum anderen war sie ganz Konzentration, und ihre

Aufmerksamkeit galt nicht nur den Projektionen, sondern auch Spock und Uhura.

Schließlich schüttelte Uhura den Kopf. »Tut mir leid, Mr. Spock. Mir fällt nichts auf.« Sie klang betrübt und kummervoll.

Wilson streckte die Hand aus und berührte die dunkelhäutige Frau sanft am Arm. »Ich verstehe nicht ganz, Nyota. Wonach halten Sie Ausschau?« Sie musterte Uhura mit dem unaufdringlichen Ernst eines Kindes, und der weibliche Kommunikationsoffizier lächelte verlegen. »Mr. Spock hofft auf meine Intuition.«

»Oh.« Es gelang der Ärztin, mit dieser einen Silbe verstehendes Erstaunen und Skepsis zum Ausdruck zu bringen. Sie zuckte kurz mit den Achseln, bevor sie sagte: »So klappt das nicht, Mr. Spock.« Sie seufzte. »Captain, bitte erklären Sie es ihm.«

Der Vulkanier hob die Brauen und sah Kirk an.

Der Captain atmete tief durch. »Spock, Ahnungen lassen sich nicht so einfach herbeibeschwören. Streß und Anspannung sind Belastungsfaktoren, die intuitive Erkenntnisse blockieren.«

»Ich habe oft beobachtet, wie sich diese menschliche Fähigkeit unter extremem Druck entfaltete. Captain, Sie selbst...«

»Wir sprechen hier nicht über mich, Mr. Spock. Es gibt individuelle Unterschiede.« Noch während Kirk diese Worte aussprach, begriff er, daß er sich dem Vulkanier nicht verständlich machen konnte. Er versuchte es mit einer anderen Taktik. »Dr. Wilson, welche Lösung schlagen Sie für dieses Problem vor?«

»Reden Sie, Mr. Spock. Erklären Sie uns ausführlich die Darstellungen auf den Bildschirmen. Wer weiß? Vielleicht werden dadurch irgendwelche Assoziationen geweckt.«

»Einverstanden.« Kirk nickte.

Die anderen Offiziere kamen näher und hofften offenbar, helfen zu können. Wilson stand auf und bot ihren Platz Sulu an. Kirk betrachtete die Projektionen über ihr, während Spock schilderte, was sie über diesen Raumsektor wußten.

Rote Riesen, weiße Zwerge, Doppelsterne, Kugelhaufen, die wie eine große Sonne wirkten, Röntgenquellen, für das menschliche und eeiauoanische Auge unsichtbar... Spocks dünne Finger deuteten auf die verschiedenen Konstellationen, doch seine Aufmerksamkeit galt in erster Linie Uhura. *Er setzt sie nach wie vor unter Druck,* dachte Kirk. *Wird Zeit, daß ich für eine kleine Ablenkung sorge.*

Spock sagte gerade: »Das ist ein sichtbarer Pulsar.«

»Pulsar?« fragte Wilson. Als Sulu eine verzweifelte Grimasse schnitt, fügte sie hinzu: »Ich kenne mich in der Medizin aus. Wenn Sie mir sagen, was ein Pulsar ist, erkläre ich Ihnen das Zuckerkandl-Organ.«

Sulu räusperte sich demonstrativ und begann: »Ein Neutronenstern, der zu blinken scheint, manchmal im sichtbaren Bereich des Spektrums. Sie sind klein, aber ungeheuer massiv, und drehen sich rasend schnell um die eigene Achse. Immer dann, wenn der magnetische Pol erscheint, erfolgt ein Röntgenschub.« Er vollführte eine vage Geste. »Stellen Sie sich einen Leuchtturm vor.« Er musterte sie unsicher. »Wissen Sie, was ein Leuchtturm ist?« Als die Ärztin nickte, lächelte Sulu. »Ich wollte jeden Zweifel ausschließen. Wer im Lexikon nachsehen muß, um zu erfahren, was ›Pulsar‹ bedeutet...« Er sprach nicht weiter, und Kirk sah, wie es in Evan Wilsons Augen kurz aufblitzte. Vermutlich würde sie Sulu irgendwann zur Rede stellen und ihn auf ihre Art und Weise zur Rechenschaft ziehen.

Etwas ernster fuhr der Navigator fort: »Jeder Pulsar hat seine eigene Rotationsperiode. Sie ist so regelmäßig, daß man die Uhr danach stellen könnte.«

»Solche Sterne sind für die interstellare Navigation recht nützlich«, warf Chekov ein.

»Das kann man wohl sagen! Bitte entschuldigen Sie

die Unterbrechung, Mr. Spock. Wie ist der Pulsschlag dieses besonderen Pulsars?«

Sulu lachte über sein Wortspiel, doch Spock sagte schlicht: »In einer Minute blitzt er fünfundneunzigmal auf.«

»Normal«, sagte die Ärztin.

»Dr. Wilson, der *normale* Puls für einen menschlichen Erwachsenen liegt zwischen siebzig und neunzig Schlägen pro Minute.« Offenbar hatte Spock den Scherz verstanden, aber seine Logik gebot, daß er auf die wörtliche Bedeutung einging. »Es sei denn natürlich, Sie beziehen sich auf den Puls eines menschlichen *Kindes.*«

»Ich dachte eher an einen eeiauoanischen Erwachsenen, Mr. Spock. Wie ich schon sagte: Mein Fachgebiet ist die Medizin. Leuchttürme überlasse ich anderen.«

Uhura drehte abrupt den Kopf und sah die kleine Frau an. »Evan? Wie ist der normale Puls von eeiauoanischen Kindern?«

»Zwischen hundertzwanzig und hundertfünfundzwanzig Schlägen pro Minute, Nyota. Warum fragen Sie?«

Uhura gab keine Antwort und wandte sich an den Vulkanier. »Mr. Spock, gibt es hier irgendwo einen Pulsar mit einer solchen Periode – einen, den Eeiauoaner mit bloßem Auge von den in Frage kommenden Welten sehen könnten?«

»Wenn Sie gestatten...« Er nahm in ihrem Sessel Platz, und seine Finger huschten über die Tastatur vor der Konsole. Kurze Zeit später veränderte sich die Darstellung. Die Sterne leuchteten noch immer weiß vor einem schwarzen Hintergrund, aber sie bildeten neue Konstellationen. Spock streckte die Hand aus. »Dieser Pulsar wäre für Eeiauoaner von drei Planeten aus sichtbar.«

Uhura holte tief Luft. »Spock, bitte sagen Sie mir: Kann jener Pulsar vor zweitausend Jahren, als die Eeiauoaner ihre Heimat verließen, der Nordstern einer der drei Welten gewesen sein?«

»Einen Augenblick, Lieutenant.« Spock beugte sich wieder zum Computer vor.

Uhura schien den Atem anzuhalten. Kirk beobachtete sie kurz und spürte, wie tief in ihm aufgeregte Erwartung zu prickeln begann. Vermutlich erging es den anderen ebenso.

Der Vulkanier lehnte sich zurück und hob die Brauen. »Bestätigung, Lieutenant.« Die Monitoren zeigten einen einzelnen Planeten.

»Sivao!« stieß Uhura hervor und strahlte. »*Sivao*, Mr. Spock!« Zitternd hob sie den Arm und deutete auf das Bild. »Ich habe ständig an die alten Verse gedacht und dabei die gewöhnlichen Lieder unberücksichtigt gelassen, die heute von den Kindern gesungen werden. Das eeiauoanische Äquivalent für ›Es war einmal‹ lautet…« Sie stimmte eine zischende und fauchende Melodie an und übersetzte: »Sivao, *wo der Nordstern wie das Herz eines kleinen Kindes schlägt.* Wir haben die Heimatwelt gefunden, Mr. Spock! Ach, Evan, es gibt noch Gerechtigkeit im Universum!« Sie umarmte die Ärztin, und Dr. Wilson klopfte ihr auf den Rücken.

Kirk spürte, wie ihm schwindlig wurde, und diesmal hieß er die Ernüchterung willkommen, die mit der Erinnerung an Heinrich Schliemann einherging.

»In Ordnung. Ich schlage vor, wir spucken in die Hände. Um im Bild zu bleiben: Uns stehen noch viele Ausgrabungsarbeiten bevor.«

»Das ist der hübscheste Anblick seit vielen Monaten«, sagte Sulu, der an der Navigationskonsole saß. Seine Stimme klang überaus zufrieden, und niemand widersprach ihm. Captain Kirk nickte stumm und beobachtete den großen Wandschirm: Die marmorierte Kugel des Planeten kam einer glänzenden Verheißung gleich.

Kirk bedauerte nur, daß nicht auch McCoy an ihrer

Freude teilhaben konnte. Aber die Entfernung zur nächsten Com-Boje der Föderation war viel zu groß, um ihm die Nachricht vom Erfolg ihrer Suche zu übermitteln.

Spock trat an den Befehlsstand heran. »Die Sensoren registrieren Lebensformen, Captain. Aber es gibt keine Hinweise auf große Landeplätze oder Städte, und das überrascht mich ein wenig. Immerhin erwarten wir hier eine Kultur, die schon vor Jahrtausenden die interstellare Raumfahrt beherrschte.«

»Ist es möglich, daß eine nicht-technologische Weiterentwicklung erfolgte?«

»Wenn man die Größe und Mannigfaltigkeit des Universums berücksichtigt, Captain, wäre praktisch alles denkbar. Allerdings haben wir bisher keine Satellitenreste in der Umlaufbahn geortet, und das läßt den Schluß nahe, daß diese Welt nicht die traditionellen technischen Entwicklungsphasen durchlief.«

»Vielleicht zeichnet sich das hiesige Volk durch einen ausgeprägten Sinn für Ordnung und Sauberkeit aus.«

»Vielleicht.«

»Nun, wir bringen kaum mehr in Erfahrung, wenn wir hier oben bleiben. Suchen Sie uns einen geeigneten Ort, Mr. Spock. Wir schicken eine Landegruppe runter.« Kirk drehte den Kopf. »Möchten Sie mitkommen, Lieutenant Uhura?«

Uhura sah überrascht auf. »Captain?«

»Sie wissen mehr über die Eeiauoaner als alle anderen an Bord dieses Schiffes. Wir brauchen Ihre Kenntnisse, Lieutenant... Übrigens: Benachrichtigen Sie Dr. Wilson. Sie soll den Transporterraum aufsuchen.«

Spock hob die Brauen. »Wenn ich Sie kurz sprechen dürfte, Captain...«

»Selbstverständlich.« Kirk stand auf, und Seite an Seite gingen die beiden Männer zur wissenschaftlichen Station. Der Captain deutete in Richtung Wandschirm. »Sieht wie eine Welt vom Terra-Typus aus. Ich weiß natürlich, daß Sie trockene und heiße Planeten bevorzugen, Spock, aber...«

»Es geht um Doktor Wilson«, sagte der Vulkanier.

Verwirrt fragte Kirk: »Was haben Sie gegen Evan – abgesehen davon, daß sie sich anomal verhält?«

»Sie hat überhaupt keine Erfahrungen in Hinsicht auf Erstkontakte.«

»Es kommt mir vor allen Dingen auf ihr medizinisches Wissen an, Spock. Wir müssen eben daran denken, sie im Auge zu behalten.«

Spock nickte, und ohne ein weiteres Wort zu verlieren, wandte er sich seinen Instrumenten zu. Kurz darauf hob er den Kopf und gab dem Captain mit einer knappen Geste zu verstehen, es sei alles bereit.

Endlich kann ich etwas tun, um Pille und den Eeiauoanern zu helfen, dachte Kirk. »Mr. Scott, Sie haben das Kommando.« Er hielt auf den Turbolift zu. Uhura und Chekov schlossen sich ihm sofort an, und der Erste Offizier folgte nach kurzem Zögern.

»Haben Sie eine gute Region gefunden, Mr. Spock?« fragte Jim lächelnd.

»Ich bin sicher, sie entspricht Ihren etwas vagen Kriterien, Captain.«

Kirk war in einer viel zu guten Stimmung, um an der Kritik des Vulkaniers Anstoß zu nehmen. »Ausgezeichnet, Mr. Spock«, sagte er und beließ es dabei.

KAPITEL 5

Die Konturen des Transporterraums lösten sich auf, und einen Sekundenbruchteil später rematerialisierten die Mitglieder der Landegruppe auf einer kleinen Lichtung. Überall um sie herum ragten uralte Bäume in die Höhe. Die riesigen Stämme wirkten wie Säulen, die das Gewölbe des Himmels stützten. Uhura seufzte erleichert und tastete mit den Fingerkuppen über die Borke. Dieser Ort erschien ihr vertraut – sie *kannte* ihn bereits. Wolkenstalt-zu-Ennien hatte sich einst in Dunst gehüllt und war an einem solchen Stamm emporgeklettert... dorthin, wo die Gewitterwolken mit ihren Blitzen spielten. Der Nebel täuschte das Unwetter, und es lud Wolkenstalt ein, an ihrem fröhlichen Tanz teilzunehmen. Es warf ihr einen Blitz zu. Wolkenstalt fing ihn mit dem Schwanz auf, und als sie rasch zum Boden zurückkehrte, ließ das Gewitter über ihr zornigen Donner grollen.

Uhura erinnerte sich an das Lachen Sonnenendes, als sie zum erstenmal ein Grillfest erlebte. Als sie sich danach erkundigte, was ihre eeiauoanische Freundin so lustig daran fand, erwiderte das Katzenwesen: »Wenn ich das gebratene Fleisch betrachte, glaube ich, die Brandspuren an Wolkenstalts Schwanz zu sehen.«

»Mr. Spock?« Als sie Kirks verwirrte Stimme hörte, kehrten Uhuras Gedanken in die Wirklichkeit zurück, und sie besann sich wieder auf ihre Aufgabe.

Der Erste Offizier blickte auf die Anzeigen seines Tricorders und wies mit ausgestrecktem Arm voraus. »Der bewohnte Bereich befindet sich dort und ist etwa dreihundert Meter entfernt, Captain. Da das Volk dieses Planeten vermutlich noch nie Menschen oder Vulkanier gesehen hat, hielt ich es für ratsam, den Begegnungsschock nicht durch eine plötzliche Rematerialisierung zu verstärken.«

»Eine weise Entscheidung, Mr. Spock.« Kirk winkte. »Los geht's... Phaser auf Betäubung justieren und wachsam bleiben, Leute.« Der Captain übernahm die Spitze, und die anderen folgten ihm, als er durch den Wald wanderte.

Chekov ging vor Uhura; er bewegte sich vorsichtig und blickte sich immer wieder um, doch als er sah, daß er den Anschluß an Kirk zu verlieren drohte, schritt er rascher aus. Auf der rechten Seite schlich Evan Wilson an einigen Büschen vorbei: Die verzückte Konzentration in ihrem Gesicht erinnerte Uhura an ein spielendes Kind, aber sie verursachte nicht das geringste Geräusch. Weiter hinten spürte sie die beruhigende Präsenz Spocks.

Der Captain blieb stehen und winkte seine Gefährten zu sich heran. Sie kamen leise näher. »Wir haben einen Weg gefunden, Mr. Spock«, flüsterte Chekov unnötigerweise.

Es handelte sich um einen schmalen Pfad, der gerade soviel Platz bot, daß zwei Menschen nebeneinander gehen konnten, doch der feste Boden deutete auf eine häufige Benutzung hin. Kirk bedachte den Vulkanier mit einem fragenden Blick, und daraufhin sagte der wissenschaftliche Offizier: »Wir kommen nicht als Feinde, Captain. Wir sollten uns offen zu erkennen geben.«

»Ganz meine Meinung«, erwiderte Kirk in einem normalen Tonfall.

Ein zorniges Kreischen hallte durch den Wald.

»In Deckung!« rief Kirk und warf sich zu Boden, als es im hohen Blätterdach zu rascheln begann und weitere heulende Schreie ertönten.

Uhura duckte sich hinter einen halb umgestürzten Baumstamm und zuckte heftig zusammen, als einige kleine Objekte herabfielen und sie an der Schulter trafen. Aus einem Reflex heraus hob sie den Phaser und blickte nach oben. Zuerst sah sie nur hin und her schwingende Zweige, doch dann bemerkte sie ein Geschöpf, ein kleines Wesen mit hellem Pelz. Sowohl die Füße als auch der lange Schwanz stellten Greiforgane dar. Eine zweite Gestalt hüpfte näher und knurrte. Uhura konnte deutlich die flachen Zähne eines Pflanzenfressers erkennen.

»Nüsse!« stieß Evan Wilson hervor, die dicht neben Uhuras linkem Ellenbogen kauerte. »Sie werfen Nüsse nach uns!« Die fremden Wesen hörten ihre Stimme, und ein zweiter Hagel folgte.

Die Bemerkung der Ärztin weckte neuerliche Erinnerungen in Uhura. Sie drehte den Kopf, um Evan anzusehen, starrte statt dessen in Captain Kirks Gesicht. Die kleine Frau war zwischen ihnen eingezwängt und prüfte die Anzeigen ihres Tricorders. »Es besteht keine Gefahr, Captain. Sie schreien nur, wedeln mit Zweigen und setzen Nüsse als Wurfgeschosse ein.«

Kirk nickte und erhob sich langsam, und Spock folgte seinem Beispiel. Die pelzigen Wesen wahrten eine sichere Distanz. Weiter vorn am Weg begann eine zweite Gruppe zu kreischen. »Hunde, die bellen, beißen nicht«, sagte der Captain zu Spock und verzog das Gesicht, als ihm einige Nüsse auf den Kopf fielen.

»Ich weiß, was Sie meinen, Sir. Diese Geschöpfe ernähren sich nur von Pflanzen. Daher können sie gar keinen Appetit auf uns haben. Sollen wir jetzt weiter?«

»Ja, Mr. Spock. Die Sivaoaner dürften inzwischen wissen, daß Besuch kommt. Ich schlage vor, wir gehen zu ihnen, bevor sie ihre Siedlung verlassen, um hier nach dem Rechten zu sehen.« Ein schelmisches Lächeln umspielte seine Lippen, als er beobachtete, wie sich Evan unter dem Baumstamm hervorschob und ihre Kleidung abklopfte. »Sie brauchen sich jetzt nicht mehr zu verkriechen, Dr. Wilson.«

»Von Verkriechen kann keine Rede sein.«

»Wovon dann?«

Die Ärztin straffte ihre Gestalt, deutete auf den Tricorder und erwiderte unschuldig: »Ich habe nur den Stamm untersucht.«

Kirk lachte. »Na schön. Kommen Sie.«

Als sie über den Weg schritten, wurde das Geheul über ihnen immer lauter. Die Pelzwesen sprangen von Ast zu Ast, fletschten die Zähne und schnatterten aufgeregt. Nach einer Weile bog der Pfad abrupt nach links ab und führte auf eine große Lichtung. Heller Sonnenschein flutete ihnen entgegen, und sie sahen Dutzende von hohen, seltsam geformten Blumen, die in allen Regenbogenfarben schillerten.

Kirk hob die Hand, und daraufhin blieben seine Gefährten stehen. Nur Spock ging noch einen Schritt weiter und wich zur Seite, um Uhura einen ungehinderten Blick auf die Lichtung zu ermöglichen. Die Gebilde, die sie eben noch für exotische Blüten gehalten hatte, erwiesen sich als bunte Zelte.

Sie beobachteten, wie sich überraschte Katzenwesen von offenen Zugängen, Kochfeuern und hängemattenartigen Vorrichtungen abwandten und die Landegruppe verblüfft musterten. *Eeiauoaner,* dachte Uhura, verbesserte sich aber sofort. Nein, es waren *Sivaoaner!*

Sie zählte ungefähr drei Dutzend, ahnte aber, daß sich noch viele andere in der Nähe aufhielten. Chekov bestätigte ihre Vermutung und flüsterte: »Sie hocken auch in den Bäumen, Sir.«

Der Captain nickte. »Verhaltet euch ruhig und macht keine verdächtigen Bewegungen.« Betont langsam schob er seinen Phaser ins Halfter zurück, hielt die Hände in Hüfthöhe und trat zwei Schritte vor. »Wir kommen in Frieden«, sagte er. »Und wir übermitteln Ihnen die Grüße der Vereinten Föderation der Planeten.«

Das Übersetzungsmodul transkribierte seine Worte, und als zischende Geräusche aus dem Lautsprecher drangen, stülpten die Sivaoaner ihre Ohren vor und lauschten. Mehrere Kinder suchten hinter Erwachsenen Schutz, wandten ihren Blick jedoch nicht von Kirk ab.

»Ich bin Captain Kirk von der U.S.S. *Enterprise*, eines Raumschiffs der Föderation, das derzeit Ihren Planeten umkreist. Dies sind Mitglieder meiner Besatzung.« Er stellte sie nacheinander vor, und daraufhin sahen die Katzenwesen die Personen an, deren Namen er nannte. Diesmal erregte Spock keine besondere Aufmerksamkeit, und das überraschte Uhura nicht. Sonnenende hätte den Vulkanier sicher für jemanden gehalten, dessen genetische Merkmale durchaus zum menschlichen Artenspektrum gehörten.

Schließlich wich Kirk wieder zurück und wartete, doch die Sivaoaner starrten sie nur stumm an. »Irgendwelche Vorschläge, Spock?« fragte der Captain leise.

»Vielleicht sollte sich Lieutenant Uhura an sie wenden.«

»Gute Idee. Lieutenant?«

»In Ordnung, Captain.«

»Sie sollten es mit der ältesten Form der eeiauoanischen Sprache versuchen, die Sie kennen«, sagte der wissenschaftliche Offizier.

Uhura runzelte die Stirn. »Das wäre so, als spräche ich Latein, Mr. Spock.«

»Genau. Auf diese Weise könnten Sie sich mit jedem Gelehrten verständigen, ohne zuvor einen bestimmten Dialekt erlernen zu müssen. In den vergangenen zweitausend Jahren hat sich die Sprache dieses Volkes sicher weiterentwickelt und weist vielleicht kaum mehr Ähnlichkeiten mit dem modernen Eeiauoanisch auf.«

»Ich verstehe«, sagte Uhura.

Sie erinnerte sich daran, daß sie es mit Sivaoanern zu tun hatte, einer Kultur, in der es möglicherweise völlig andere Wertmaßstäbe gab als auf Eeiauoa. Vorsichtig ging sie einige Schritte weiter und konzentrierte sich auf eins der Katzenwesen, das einen besonders freundlichen Eindruck erweckte. Abgesehen von seiner Jugend und der Farbe des Pelzes hätte es Sonnenendes Zwillingsschwester sein können.

Beine und Schwanz der Sivaoanerin waren auffallend lang, das Fell kurz und dicht. Auf dem Rücken, an Ohren und Schwanz bildete der Pelz ein silbrig schimmerndes Grau, und auf Brust und Bauch glänzte er in reinem Weiß. Zwischen den Augen zeigte sich ein weißes Dreieck, das über den Nasenrücken hinweg bis zu Mund und Wangen reichte und wie eine Maske aussah. Das Sonnenlicht spiegelte sich in großen, kupferfarbenen Pupillen wider.

Als sich Uhura ihr näherte, eilten zwei der jüngsten Kinder fort. Die dunkelhäutige Frau blieb stehen. Ganz langsam ging sie in die Hocke, und schließlich verharrten die beiden kleinen Katzenwesen und wurden wieder neugierig.

Irgendeine Art von Gelehrtensprache hatte für so junge Sivaoanerinnen sicher keine Bedeutung, aber Uhura glaubte, sich ihnen dennoch mitteilen zu können. Sie hoffte, daß auch der Captain verstand: Sie durfte nicht zulassen, daß sivaoanische Kinder bei der ersten Begegnung mit Menschen und Vulkaniern erschraken. Uhura atmete tief durch und sang ein uraltes Wiegenlied, das sie von Sonnenende gelernt hatte.

Die Bedeutung der einzelnen Worte mochte den Katzenwesen entgehen, aber bestimmt verstanden sie die Absicht. Uhura beobachtete, wie sich die Augen ihrer Zuhörer weiteten, wie Schnurrhaare und Ohren zu zittern begannen.

Sie ließ die Melodie langsam verklingen, verbeugte sich vor den kleinen Sivaoanern und stand langsam auf. Diesmal wichen die beiden Kinder nicht zurück.

Erneut beobachtete sie das ›maskierte‹ Geschöpf. Uhura hob die Arme langsam in Schulterhöhe, hielt die Hände dicht hintereinander und krümmte die Finger, so als fahre sie imaginäre Krallen aus. Dann streckte sie sie wieder, ohne die Arme sinken zu lassen – eine förmliche Begrüßungsgeste, die in allen eeiauoanischen Balladen beschrieben wurde.

Die Sivaoaner zögerten zunächst, doch kurz darauf

erwiderten sie den Gruß. Uhura sah das Glänzen echter Krallen, die aus silbergrauen Fingern ragten.

»Können Sie mich verstehen, wenn ich diese Sprache benutze?« fragte sie und wählte die Worte aus den ältesten Liedern, die sie kannte.

Die Sivaoaner stülpten überrascht die Ohren vor. »Ja«, sagte eine. »Ihr Akzent ist seltsam, aber ich verstehe Sie.« Sie wandte sich kurz um, und die anderen Katzenwesen schienen ihr zuzustimmen. *Wenigstens würde ich ihr Verhalten bei Eeiauoanern als Bestätigung interpretieren,* dachte Uhura. »Die meisten von uns erfassen den Bedeutungsinhalt Ihrer Worte. Es ist ein sonderbarer Dialekt.«

Uhura nickte. »Auch für mich«, gestand sie ein. »Wenn Sie so freundlich wären, etwas langsamer zu sprechen, fiele es mir bestimmt leichter, Ihnen zu folgen. Und ich würde mich sehr freuen, wenn Sie meine Fehler berichtigten.«

»Wie Sie wünschen«, sagte das Katzenwesen. Das freudige Glühen in seinen großen Augen stand in einem auffallenden Kontrast zum ernsten Klang der Alten Sprache. Einige Sekunden lang fühlte sich Uhura so sehr an Sonnenende erinnert, daß sie aus einem Reflex heraus fragte: »Sind Sie von Ennien?«

»*Zu*-Ennien. Verzeihen Sie mir: sie können mich Pechvogel-zu-Ennien nennen. Sie heißen Sternenfreiheit-zu-Enterprise? Ist das richtig?«

Uhura dachte eine Zeitlang darüber nach. Offenbar hatte das Übersetzungsmodul die Silbenfolge Uhura Nyota als ›Sternenfreiheit‹ transkribiert, und Pechvogel – was für eine seltsame Bezeichnung! – fügte nach dem sivaoanischen Brauch den Zusatz ›zu-Enterprise‹ hinzu. Die besondere Betonung bei ›*zu*-Ennien‹ stellte vermutlich eine der erbetenen Korrekturen dar. Sie erinnerte sich in diesem Zusammenhang an Captain Kirks Frage in Hinsicht auf die verschiedenen Namen Wolkenstalts.

»Das stimmt im großen und ganzen, Pechvogel-*zu*-Ennien«, sagte sie. Uhura holte tief Luft und wählte ihre Worte mit großer Sorgfalt, als sie fortfuhr: »Ich bringe schlechte Nachrichten von euren Verwandten auf einem fernen Planeten...«

Pechvogels Schnurrhaare zitterten aufgeregt. »Von *unseren* Verwandten? Auf einer anderen Welt? Bitte wiederholen Sie, Sternenfreiheit. Vielleicht habe ich Sie falsch verstanden!«

Ein zweiter Sivaoaner – in seinem Pelz zeigten sich graue Streifen, und er war größer und älter als Pechvogel – trat mit einigen entschlossenen Schritten vor und zischte etwas. Das Fell der Katzenfrau sträubte sich, und als sie fauchend antwortete, deutete ihr Schwanz auf Uhura.

Von einem Augenblick zum anderen versetzte ihr der Katzenmann einen heftigen Hieb an den Kopf. Pechvogel schwankte hin und her, schlug jedoch nicht zurück. Der andere Sivaoaner knurrte – Uhura dachte an einen Erwachsenen, der ein Kind tadelte –, aber Pechvogel gab keine Antwort. Sie ließ den Schwanz sinken und wich zur Seite.

Das gestreifte Wesen drehte sich zu Uhura um. Sie spannte die Muskeln, bereit, rasch zurückzuspringen, doch der Katzenmann griff nicht etwa an, sondern richtete einige Worte an sie. Er benutzte das moderne Sivaoanisch, und in der Alten Sprache wies ihn die dunkelhäutige Frau darauf hin, daß sie ihn nicht verstand.

Er gestikulierte einen Gruß und erwiderte höflich: »Ich bin Windender Pfad-zu-Srallansre. Es ist seltsam, daß Sie mich nicht verstehen, Sternenfreiheit. Ihr Begleiter beherrscht unser Idiom einwandfrei.«

»Captain Kirk verwendete das Übersetzungsmodul, Sir. Es erleichtert die Kommunikation. Darf ich?« Uhura schaltete ihr Gerät ein.

»Ist es jetzt besser?« fragte Windender Pfad.

»Ja«, bestätigte Uhura. »Wie ich eben schon zu Pechvogel sagte: Wir glauben, Ihr Volk könnte in der Lage sein, Verwandten auf einem fernen Planeten zu helfen…«

Der Katzenmann legte ein Ohr an – Sonnenende hätte auf diese Weise Verachtung zum Ausdruck gebracht –, und nach einer kurzen Pause fauchte er: »Sind Sie weit gewandert?«

Diese Frage verwirrte Uhura. »Nein«, entgegnete sie schließlich. »Wie Ihnen Captain Kirk bereits mitteilte: Wir kommen von der *Enterprise*, einem Raumschiff, das derzeit Ihre Welt umkreist…«

»Wir bieten Ihnen und Ihren Freunden unsere Gastfreundschaft an – bis Sie jemand abholt.« Und bevor Uhura Gelegenheit bekam, ihrer Bitte um Hilfe Nachdruck zu verleihen, fügte Windender Pfad fest hinzu: »Sie werden mit Steifschwanz sprechen. Ich sage ihr, was geschehen ist.«

Damit war das Gespräch erst einmal beendet. »Vielen Dank«, murmelte Uhura und versuchte, sich an eine förmliche Bemerkung zu erinnern. Bevor ihr eine einfiel, wandte sich der Katzenmann um und ging. Betrübt begriff sie, daß sie ihre dringenden Fragen bis zur Begegnung mit Steifschwanz aufschieben mußte. *Ein erster Fehlschlag,* dachte Uhura und spürte, wie sich neue Niedergeschlagenheit in ihr regte. Kummervoll kehrte sie zu ihren Kameraden zurück, um Captain Kirk und Spock Bericht zu erstatten.

Jim Kirk hatte nur den letzten Wortwechsel verstanden, doch Uhuras Gesichtsausdruck machte deutlich, daß sie nicht die erhofften Antworten auf das Problem der Eeiauoaner – der *Föderation* – erhalten hatte. Er fühlte sich enttäuscht, doch dann dachte er daran, daß sie erst am Anfang standen. Die Lage mochte aussichtslos erscheinen, aber vielleicht gab es doch noch eine Möglichkeit, das angestrebte Ziel zu erreichen. *Man darf die Hoffnung nie aufgeben,* erinnerte er sich.

Immerhin schienen sie von den Sivaoanern als Gäste akzeptiert zu werden, und das war zweifellos von Vorteil. Die meisten Katzenwesen akzeptierten sie einfach und setzten ihre normale Tagesroutine fort. Einige aber gaben ihrer Neugier nach und wagten sich näher an die fremden Besucher heran.

Als Uhura auf ihre Gefährten zutrat, war die Landegruppe bereits von pelzigen Wesen umringt, die sie mit durchdringenden Blicken beobachteten. Schwänze und Schnurrhaare bewegten sich dauernd, und ab und zu erklang ein aufgeregtes Zischen. Weitere Sivaoaner sprangen von den Bäumen am Rand der großen Lichtung und eilten herbei. Kirk stellte fest, daß die Krallen nach wie vor einen Zweck erfüllten: Sie wurden beim Klettern eingesetzt.

»Es tut mir leid, Captain«, begann Uhura und schaltete das Übersetzungsmodul ab, so daß sie offen sprechen konnten.

»Bedauern Sie jetzt, sich nicht an die Vorschriften gehalten zu haben?« fragte Kirk. »Dabei handelt es sich nicht um feste Regeln, die man unbedingt beachten muß, Lieutenant, nur um eine... Anregung. Jeder Erstkontakt ist anders. Es kommt in erster Linie darauf an, eine Verständigungsbasis zu schaffen. Alles andere spielt nur eine untergeordnete Rolle. Sie haben gute Arbeit geleistet.«

»In der Tat«, pflichtet ihm Spock bei. »Mir scheint, Ihre menschlichen Eigenschaften sind unter den hiesigen Bedingungen ein wichtiger Aktivposten.«

Kirk sah ein Kompliment darin und dachte kurz an seinen Bordarzt. McCoy hätte sicher über dieses ›Zugeständnis‹ von Spock triumphiert. Doch Uhura wirkte nur noch trauriger.

»Trotzdem hatte ich keinen Erfolg, Mr. Spock«, sagte sie. »Die Sivaoaner hörten nicht zu. Nach wie vor haben wir keine Möglichkeit, Sonnenende, Christine und den vielen anderen Erkrankten zu helfen. Der Katzenmann wechselte einfach das Thema und ging fort!«

Der Vulkanier hob die Brauen. »Lieutenant, Heinrich Schliemann verbrachte Jahrzehnte mit der Suche nach Troja. Und es ging ihm nicht darum, von den Bewohnern jener Stadt bestimmte Informationen zu erhalten.«

Offenbar hat Spock inzwischen herausgefunden, was es mit ›Heinrich Schliemann‹ auf sich hat, dachte Kirk amüsiert. Laut sagte er: »Ja, Uhura, gedulden Sie sich noch etwas. Eigentlich sind wir unserem Zeitplan schon ein ganzes Stück voraus.«

Sie schüttelte den Kopf. *Sie macht sich große Sorgen um Sonnenende und Christine,* überlegte der Captain. *Und in dieser Hinsicht hat sie recht: Wenn wir hier zu lange aufgehalten werden, gibt es keine Hoffnung mehr für sie.* Er wußte, was sein Kommunikationsoffizier empfand, und er teilte ihre Gefühle. Aber ihm war auch die enorme Schwierigkeit ihrer Aufgabe klar.

»Ich habe mich deshalb an Pechvogel gewandt...« – Uhura deutete auf die maskierte Sivaoanerin, die trotzig in der Nähe stand –, »weil...« Sie brach ab.

Kirk nickte langsam. »Weil sie wie Sonnenende aussieht. Fahren Sie fort.«

Er hörte aufmerksam zu, als sie die Unterredung in der Alten Sprache schilderte.

»Den Rest kann ich leider nicht erklären«, meinte Uhura schließlich. »Mr. Spock hatte recht, was die idiomatischen Modifikationen betrifft. Ich verstand kein Wort, als sich Windender Pfad-zu-Srallansre an Pechvogel wandte. Wenn es möglich wäre, eeiauoanische Maßstäbe anzulegen, würde ich vermuten, Windender Pfad hat sich wie ein scheltender Vater verhalten. Stellen Sie sich einen Erwachsenen vor, der auf das Gebaren eines Kindes zornig ist, doch nicht auf das Kind selbst...«

»Hm«, brummte Kirk.

»Aber Pechvogel ist keine Heranwachsende, Captain. Außerdem war sie auf andere Art und Weise wütend – wie jemand, der von einem... Vorgesetzten getadelt wird.«

»Klassenunterschiede, Mr. Spock?«

»Eine Möglichkeit, Captain. Bisher wissen wir nur wenig von dieser Kultur.«

»Dann sollten wir sofort weitere Informationen sammeln...« Kirk musterte Uhura. »Wenn sich alle solche Mühe geben wie Sie, Lieutenant, *bekommen* wir Antworten.«

Er schaltete sein Übersetzungsmodul ein.

»Oh«, hauchte Evan Wilson; sie stand dicht vor einer Sivaoanerin, und die beiden so unterschiedlichen Geschöpfe beobachteten sich mit unverhohlener Faszination. »Was für ein hübscher Pelz!«

Das Katzenwesen war ebenso klein wie die menschliche Ärztin, doch aufgrund der langen Ohren wirkte es größer. Das Fell glänzte in einem blütenreinen Weiß; hier und dort wies es schwarze und orangefarbene Flekken auf. Auch das Gesicht der Sivaoanerin schimmerte weiß, doch auf dem Nasenrücken zeigte sich ein schwarzer Striemen – so als habe sie dort jemand mit einem rußigen Daumen berührt. Sie sah lustig und vergnügt aus, und ihre anmutigen, eleganten Bewegungen verstärkten diesen Eindruck.

Wilson ahmte Uhuras Geste nach, und die Sivaoanerin erwiderte den Gruß. Dadurch schien das Eis gebrochen zu sein: Ein anderes Katzenwesen näherte sich Chekov und fuhr ebenfalls die Krallen aus.

»Nun, Mr. Chekov, wollen Sie ihr nicht guten Tag sagen?« Kirk sah ihn fragend an.

»Ich käme mir ziemlich dumm vor«, entgegnete der Russe und beäugte die Sivaoanerin unsicher.

»Was halten Sie davon, Mr. Spock zu begrüßen, indem Sie ihm kräftig die Hand schütteln?«

»Sir!« Chekov riß entsetzt die Augen auf. »Das wäre sehr unhöflich – schließlich ist er Vulkanier!«

»Eben. Beleidigen Sie nicht unsere Gastgeber.« Kirk beschloß, ein gutes Beispiel zu geben. Chekov beobachtete ihn voller Unbehagen, hob dann die Hände und krümmte die Finger.

Die Sivaoanerin mit dem Nasenfleck starrte Wilson aus großen Augen an. »Dir... dir gefällt mein Pelz?« fragte sie verwundert.

»Er ist wundervoll!« bestätigte die Ärztin.

»Im Vergleich mit ihrem«, fauchte eine Katzenstimme in der Menge der Zuschauer. Die Sivaoanerin vor Evan drehte sich um, fauchte und schlug mit dem Schwanz.

Dr. Wilson blickte in die entsprechende Richtung, runzelte andeutungsweise die Stirn und richtete ihre Aufmerksamkeit dann wieder auf das Wesen vor ihr. Sie rollte den Ärmel hoch und zeigte ihre nackte Haut.

»Hab' keine Angst«, sagte sie. »Ich bin genauso neugierig wie du. Du kannst mich ruhig berühren, wenn du möchtest.« Sie bedachte den wissenschaftlichen Offizier mit einem kurzen Blick. »Aber Mr. Spock solltet ihr nicht anfassen. Er ist Vulkanier – ihr könnt das an seinen Ohren erkennen –, und ein direkter körperlicher Kontakt behagt ihm nicht.« Die Sivaoaner in Spocks Nähe betrachteten seine spitz zulaufenden Ohren, und Wilson strich ihr Haar zurück, um den Unterschied zu verdeutlichen.

Dann streckte sie erneut den Arm aus. Das Katzenwesen mit dem Nasenfleck hob zögernd die Krallenhand und berührte Wilsons Haut. Einen Sekundenbruchteil später wich es zurück und legte die Ohren an. »Kein Pelz!« entfuhr es ihm verwirrt.

»Sieh genau hin«, sagte Evan. »Vielleicht stößt dich die Blöße ab, aber für Menschen ist sie völlig normal. Mr. Chekov hat ein wenig mehr Fell als ich.« Sie winkte den Russen herbei, musterte die Sivaoanerin und fuhr fort: »In unserer Kultur stellt man sich gegenseitig vor.

Darf ich mich nach deinem Namen erkundigen? Oder gilt das auf dieser Welt als unhöflich?«

Jenes Katzenwesen, das zuvor eine abfällige Bemerkung über Wilsons ›Pelz‹ gemacht hatte, warf ein: »Du kannst ruhig fragen. Allerdings mag sie ihren Namen nicht. Sie heißt Hellfleck-zu-Srallansre.«

Hellfleck fauchte erneut. »Eines Tages wirst du mich anders nennen müssen, Fangsturm. Wenn ich *meinen* Namen habe...« Ihr Schwanz zuckte.

Evan Wilson sah sie nachdenklich an. »Ich habe nicht *ihn* nach deinem Namen gefragt, sondern dich«, stellte sie fest. »Wie soll ich dich ansprechen?«

Wieder wichen die Ohren der Sivaoanerin zurück, und Kirk erachtete das als einen Ausdruck des Erstaunens. Der dunkle Striemen in Hellflecks Gesicht schien in die Länge zu wachsen.

»Nenne mich ruhig Hellfleck«, sagte sie. Sie stülpte die Ohren nach vorn und in die Höhe, wodurch sie wesentlich ernster wirkte. »Wenn ich *meinen* Namen habe, erfährst du ihn als erste.«

»Vielen Dank«, sagte Wilson würdevoll. Aus irgendeinem Grund ahnte Kirk, daß Hellfleck ihr große Ehre zuteil werden ließ – und offenbar hatte Evan genau die richtige Antwort gegeben.

»Ich bin Evan Wilson für dich. Und dies ist Mr. Chekov. Wenn Sie gestatten, Pavel – Ihr Arm, bitte.«

»Natürlich.« Chekov überwand seine Verlegenheit – vielleicht deswegen, weil Hellfleck so jung zu sein schien. Er schob den Ärmel hoch und zeigte das dichte, dunkle Haar darunter. Die Sivaoanerin betrachtete seine Ohren, verglich sie mit denen Wilsons und beugte sich vor.

Diesmal zog sie die Krallenhand nicht sofort wieder zurück, berührte Chekovs Arm lange genug, um sowohl das ›Fell‹ als auch die Haut darunter zu spüren. »Fühlt sich trotzdem nackt an!« entfuhr es ihr. »Es ist nicht *genug* Pelz.«

»Für einen Menschen reicht's«, sagte Kirk und riskierte ein Lächeln. Hellfleck sah sich dadurch nicht bedroht.

»Aber friert ihr nicht in der Nacht?«

»Wir tragen Kleidung«, erklärte der Captain. Hellfleck zwinkerte verwundert – offenbar gab es in ihrer Sprache kein Äquivalent für dieses Wort.

Wilson zupfte an seinem Ärmel. »Er meint künstlichen Pelz. Das hier. Wir haben verschiedene Arten davon, um uns allen Wetter- und Klimabedingungen anzupassen.«

Hellfleck überprüfte Kirks Ohren und strich behutsam über den Stoff. Sie schien sehr überrascht zu sein, aber als sie den Arm wieder sinken ließ, hörte der Captain ein erleichtertes Knurren. Vielleicht bemitleidete sie die Menschen für ihr *Handikap.* »Ist auch das künstlich?« Mit der Schwanzspitze zeigte sie auf Wilsons Haar.

Die Ärztin beugte sich vor. »Nein, es wächst aus meinem Kopf, so wie die Pelzhaare aus deiner Haut. Zieh daran, aber nicht zu stark. Es sitzt fest.«

Hellfleck berührte die Strähnen vorsichtig, und schließlich sammelte sie genug Mut, behutsam zu ziehen. Wilson brummte leise. Ein erwachsener Sivaoaner – er hatte einen schwarzen Pelz und sah sehr elegant aus – trat einen Schritt näher. »Das hört sich an, als hättest du an ihrem Schwanz gezogen.«

»Du hast gar keinen!« platzte es aus Hellfleck heraus. Ihr eigener Schwanz zuckte vor, und sie betrachtete ihn einige Sekunden lang, bevor sie den Blick wieder auf die menschliche Frau richtete. »Wie kommst du ohne einen Schwanz zurecht?«

»Ich weiß nicht genau, wie ich darauf antworten soll. Ich hatte *nie* einen Schwanz, und daher vermisse ich ihn auch nicht. Vermutlich könnte ich damit überhaupt nichts anfangen, wenn mir plötzlich einer wüchse. Wozu verwendest du ihn, Hellfleck?«

»Sie steckt ihn in irgendwelche Dinge!« sagte Fangsturm. Hellfleck wandte sich zu ihm um und sträubte das Fell.

»Ist das eine Redewendung?« erkundigte sich Evan.

Hellfleck starrte Fangsturm finster an. »Kleine Kinder machen das, wenn sie etwas herausfinden wollen.«

»Oh.« Wilson nickte. »Du bist neugierig!«

»Er meint etwas anderes.«

»Kann ich mir denken«, sagte die Ärztin. »Ich verstehe dich, Hellfleck... Ich bekomme oft zu hören, ich hätte eine lange Nase...« Sie deutete darauf. »Man wirft mir vor, ich stecke sie in Dinge, die mich nichts angehen.«

Die junge Sivaoanerin betrachtete erst Wilsons Nase und dann die der anderen. »Aber ihr habt *alle* lange Nasen!«

»Genau«, bestätigte Evan. »Doch nur ich habe dich nach deinem Schwanz gefragt!«

Hellflecks Schweif bildete plötzlich eine Helix, und auch die der anderen Sivaoaner kringelten sich plötzlich wie Korkenzieher. Kirk lachte leise.

Wilson verbarg ihre Bewunderung nicht. »Ich bin *beeindruckt*«, sagte sie.

Als Hellfleck begriff, daß sich diese Worte auf ihren Schwanz bezogen, erwiderte sie: »Das geschieht, wenn ich mich freue. Wenn ich ärgerlich bin...« Sie warf Fangsturm einen kurzen Blick zu. »Nun, wenn ich mich nur ein wenig ärgere, mache ich das.« Ihre Schwanzspitze zitterte. »Aber wenn ich richtig wütend werde...« Erneut sah sie Fangsturm an – offenbar mußte sie sich erst in Stimmung bringen. Diesmal zuckte ihr Schweif zweimal heftig hin und her. »Wie bringt ihr so etwas zum Ausdruck?«

»Was ein bißchen Ärger angeht...« Wilson beobachtete Fangsturm, verschränkte die Arme, seufzte demonstrativ und klopfte mit dem Fuß auf den Boden. »Und wenn ich zornig werde, schreie ich. Darauf verzichte ich hier lieber, denn ich möchte vermeiden, daß ihr erschreckt. Mr. Spock sind solche Reaktionen fremd, weil er Vulkanier ist.«

Einige Sivaoaner legten die Ohren an, und der eine oder andere Schwanz versteifte sich. Das Katzenwesen mit dem schwarzen Fell fragte: »Soll das heißen, in seinem Fall gibt es keine Vorwarnung?«

»Nein.« Dr. Wilson schüttelte den Kopf. »Ich meine, er wird überhaupt nicht zornig. *Nie*. Nicht mal ein bißchen.«

»Warum nicht?« Hellfleck wandte sich direkt an Spock. »Derartige Empfindungen sind unlogisch und erfüllen keinen Zweck«, sagte der wissenschaftliche Offizier ruhig.

Die junge Sivaoanerin zwinkerte verblüfft und meinte, darüber müsse sie eingehender nachdenken. Einmal mehr starrte sie zu seinen Ohren hoch, um ganz sicher zu sein.

»Ich weiß jetzt, wie nützlich ein solcher Schwanz ist, und ich beneide dich darum«, sagte Wilson. »Damit kann man schon auf größere Entfernung zeigen, was man fühlt.«

»Wenn ich lieb und freundlich sein will«, erklärte Hellfleck stolz, »mache ich das.« Ihr Schwanz tastete vorsichtig auf die menschliche Frau zu und schlang sich um ihr Handgelenk. *Ein Greiforgan!* dachte Kirk überrascht. Flinkfuß setzte ihren Schweif nie auf diese Weise ein, und weder McCoy noch Uhura hatten jemals von solchen Beobachtungen berichtet.

»Das ist *nett*«, sagte Evan. »Darf ich ihn anfassen?«

»Ferner Rauch?« fragte Hellfleck den dunklen Erwachsenen. Der Katzenmann mit dem schwarzen Fell neigte die Schnurrhaare nach vorn. Allem Anschein nach kam diese Geste einem Nicken gleich, denn Hellfleck bestätigte: »Ja.«

Evan Wilson streichelte die Schwanzspitze. »Wie weich! Ist das bei euch allen so?«

Ferner Rauch antwortete: »Mit zunehmendem Alter wird unser Pelz rauher. Hellfleck ist jung.«

»Ich bin alt genug, um zu wandern!« fauchte die Sivaoanerin herausfordernd.

Der Katzenmann kam etwas näher und wickelte seinen Schwanz ebenfalls um Wilsons Arm, dicht über Hellflecks Schweif. »Ich bin Ferner Rauch-zu-Srallansre, Evan Wilson. Sie dürfen mich berühren.«

Die Ärztin verglich die beiden Pelze miteinander. »Jetzt verstehe ich, was Sie meinen. Hellflecks Fell ist weicher, aber nach meinem Empfinden kann man das Ihre keineswegs als rauh bezeichnen.«

Ferner Rauch hob den Kopf und schnurrte zufrieden. *So ist es richtig, Evan,* dachte Kirk. *Sag ihm, wie jung er aussieht. Ich kenne keine Kultur, in der so etwas nicht als Kompliment gilt.*

Wilson sah Hellfleck an und lächelte. »Meine schrecklich nackte Haut gibt mir einen Vorteil. Ich kann überall spüren, wie weich dein Schwanz ist, nicht nur auf den Handflächen.«

»Tatsächlich?«

»Ja. Du brauchst mich nicht zu bemitleiden. Ich schätze, unsere Vor- und Nachteile gleichen sich letztendlich aus. Abgesehen vielleicht vom Schweif. Um ganz ehrlich zu sein: Ich sehe kaum einen Vorteil darin, keinen zu haben.«

»Einen gibt es«, warf Ferner Rauch ein. »Niemand kann daran ziehen.«

»Das stimmt allerdings.« Wilson schmunzelte. »Es scheint nicht gerade angenehm zu sein, am Schwanz gezogen zu werden.«

»Alles andere als das«, fauchte Hellfleck und bedachte Fangsturm erneut mit einem finsteren Blick. Der nach wie vor um Wilsons Handgelenk geschlungene Schweif zuckte. Kirk schloß, daß es zwischen ihr und Fangsturm häufig zu Streit kam.

»Wie verhalten Sie sich, wenn Sie jemanden mögen?«

erkundigte sich Ferner Rauch. Der Captain gewann den Eindruck, daß der Katzenmann diese Frage nur stellte, um Hellfleck abzulenken.

»Ich halte die Hand einer anderen Person«, erwiderte Evan sofort. »Oder, wie in diesem Fall, den Schwanz.« Vorsichtig griff sie nach der Schweifspitze Hellflecks und schloß die Finger darum. »Ich drücke nicht etwa zu, um zu verletzen, sondern um zu zeigen, wie gut ich mich fühle. Wenn meine Sympathie noch größer ist, umarme ich.«

Es kratzte im Lautsprecher des Übersetzungsmoduls – offenbar konnte die komplexe Elektronik ein derartiges Konzept nicht ins Sivaoanische transkribieren. »Ich zeige es euch«, bot sich die menschliche Ärztin an. »Aber ihr müßt mich dazu loslassen. Ich möchte nicht durch Zufall an euren Schwänzen ziehen.« Sie strich noch einmal beruhigend über das herrlich weiche Fell, als die beiden Sivaoaner ihre Schweife zurückzogen. Keiner von ihnen wußte, was sie erwartete, und Ferner Rauch drängte Hellfleck vorsichtshalber zurück.

Kirk befürchtete, daß Evan die Sorge in den Augen des Katzenmannes übersah. »Dr. Wilson...« begann er.

Sie drehte sich um, neigte den Kopf zur Seite und grinste schelmisch. »Wie wär's mit einer Umarmung, Captain?« fragte sie, und er war so verblüfft, daß es ihm die Sprache verschlug. »Natürlich nur zu Demonstrationszwecken.«

»Wie Sie meinen«, sagte er – und hätte sich am liebsten auf die Zunge gebissen. Seine Antwort klang so, als erkläre er sich nur widerwillig bereit – und das widersprach seinen tatsächlichen Empfindungen. Er hoffte, daß Evan diese Bemerkung nicht irgendwann zum Anlaß nahm, ihn zu verspotten.

Lächelnd schlang sie ihm die Arme um die Taille und drückte fest zu. Zuerst stellte Kirk fest, daß sie noch kleiner war, als er gedacht hatte. Und dann merkte er, wie sie zu zittern begann. Das weckte seinen männlichen Beschützerinstinkt, und aus einem Reflex heraus legte er ihr die Arme um die Schultern. Einige Sekunden lang standen sie still und stumm, und schließlich wurde sich Kirk der vielen Blicke bewußt, die auf ihm ruhten. Nicht nur die Sivaoaner beobachteten ihn verwirrt, sondern auch die Menschen und der Vulkanier… Er ließ die Ärztin los.

»Vielen Dank, Captain«, sagte sie.

»Keine Ursache, Dr. Wilson«, erwiderte er unbehaglich.

Sie errötete und wandte sich wieder an Ferner Rauch. »Das ist eine Umarmung. Darf ich Sie umarmen, Ferner Rauch?«

»Seltsam«, zischte der Katzenmann. »Bei Ihnen scheint so etwas wirklich eine zärtliche Geste zu sein, aber bei uns wäre es eine Kampfhaltung. Aber Sie haben keine Krallen, und Ihre Zähne sind kaum der Rede wert, also besteht wohl keine Gefahr. Ja, bitte – umarmen Sie mich.«

Evan Wilson kam der Aufforderung mit aller Behutsamkeit nach. Ferner Rauch hielt die Arme erhoben, fern von ihrem Körper. Die menschliche Frau neigte den Kopf zurück und versuchte vergeblich, einen Blickkontakt herzustellen. »Ferner Rauch? Ist alles in Ordnung?«

»Ja«, entgegnete er und fügte zögernd hinzu: »Das Experiment gefällt mir… Darf ich Sie ebenfalls ›umarmen‹? Ich versichere Ihnen in der Alten Sprache, daß ich meine Krallen nicht ausfahren und keinen Gebrauch von den Zähnen machen werde.«

»Ihre Version der Alten Sprache verstehe ich nicht, Ferner Rauch, aber es genügt mir, wenn Sie mir Ihr Wort geben. Für eine gute Umarmung sind zwei Personen notwendig. Ich wäre enttäuscht, wenn Sie es nicht wenigstens versuchen würden.«

Er zögerte noch immer. »Ihr Körper scheint recht empfindlich zu sein. Bitte sagen Sie sofort, wenn ich Ihnen Schmerzen zufüge. In einem solchen Hinweis sehe ich keine Beleidigung.«

»Menschen und Vulkanier sind widerstandsfähiger, als man glauben mag. Aber seien Sie unbesorgt: Wenn Sie zu fest drücken, gebe ich Ihnen Bescheid.«

Der Katzenmann schlang vorsichtig die Arme um sie und drückte sie an sich.

»Bozhe moi«, stieß Chekov fast ehrfürchtig hervor. »Wenn ich sie nicht beim Spiel mit Knurri beobachtet hätte...« Seine Stimme verklang.

Beim Spiel! fuhr es Kirk durch den Sinn, und mit fast unfreiwilligem Humor dachte er: *Er hat recht mit »Bozhe moi!«* Sein Blick klebte regelrecht an Evan und Ferner Rauch. Zwar fühlte er sich versucht, irgend etwas zu unternehmen, um die Ärztin zu schützen, aber der Katzenmann hielt sein Versprechen: Die Krallen blieben in den Fingerhöhlungen, und er hielt den Mund geschlossen.

»Ja, gut so«, sagte Dr. Wilson. »Noch etwas fester.« Kirk sah, wie sich die Muskeln in ihren Armen spannten. Ferner Rauch drückte erneut zu und ließ sofort wieder los. »Ausgezeichnet. Und jetzt noch stärker.« Der Katzenmann entsprach ihrer Bitte, und wieder gab er sie unverzüglich frei.

»Perfekt«, sagte Evan. »Nun zum letztenmal, mit Gefühl. Und halten Sie mich etwas länger.«

Sie schmiegten sich aneinander, und Kirk sah, wie Wilson ihr Gesicht in den dichten Pelz des Sivaoaners grub. Sie lächelte wie ein glückliches Kind, das gerade ein besonders großes Plüschtier erhalten hatte.

Als sie sich voneinander lösten, lachte Evan Wilson fröhlich, und auch Ferner Rauch war in bester Stimmung: Er wickelte ihr den Schwanz ums Handgelenk. Kirk beobachtete sie und stellte dann überrascht fest, daß er ebenfalls zufrieden lächelte. *Das ist einer der Gründe, warum ich mich Starfleet angeschlossen habe – um einen solchen Anblick zu genießen.*

Irgend etwas berührte ihn am rechten Unterarm. Der schlangenartige Griff war überraschend stark, und als er den Kopf senkte, sah er Hellflecks Schweif. »Hallo«, sagte er. »Ich bin Captain Kirk.« Er streichelte die Schwanzspitze.

»Das nenne ich ein erfolgreiches Experiment«, meinte Dr. Wilson.

Ferner Rauch neigte die Schnurrhaare nach vorn und zog sie wieder zurück – ein Nicken, dem ein ernster Gesichtsausdruck folgte. »Ich rate Ihnen jedoch, keine derartigen Experimente mit den jüngeren Angehörigen unseres Volkes durchzuführen, Evan Wilson. Nicht einmal mit Hellfleck – obgleich sie alt genug ist, um zu wandern.«

Hellfleck ließ wie betrübt den Kopf hängen, und erneut berührte Kirk die weiche Spitze ihres Schweifs. »Warum nicht?« fragte er, um die Sivaoanerin aufzumuntern. Sie warf ihm einen dankbaren Blick zu.

»Reflexe, Captain«, antwortete die Ärztin. »Ich konnte spüren, wie Ferner Rauch gegen seine eigenen ankämpfte. Hellfleck *braucht* ihre Instinkte, um in dieser Gesellschaft zu überleben. Sie kann es sich nicht leisten, sie zu unterdrücken.«

»Und Ferner Rauch darf nicht Mr. Spock umarmen«, sagte Hellfleck. »Weil er Vulkanier ist.« Sie sah zu Kirk hoch und erwartete eine Bestätigung. Der Captain nickte, erinnerte sich dann aber daran, daß ihr diese Geste noch immer fremd sein mochte. »Ja, du hast recht.« Hellfleck richtete sich stolz auf.

Ferner Rauch wandte sich an Wilson. »Sie und Ihre Gefährten dürfen mit uns essen. Ihre Gruppe ist zu groß, als daß wir sie in einem der Zelte unterbringen könnten, aber die zu-Srallansres werden Ihnen bei der Errichtung eines geeigneten Quartiers helfen... Komm, Hellfleck.«

Die junge Sivaoanerin drückte kurz Kirks Arm, bevor sie ihren Schwanz zurückzog. Er lächelte auf sie herab.

»Ja, Hellfleck, ich begleite dich.« Und an seine Kameraden gerichtet: »He, Leute, wir sind zum Essen eingeladen. Was haltet ihr davon?«

Spock sah Evan Wilson nach, und seine Züge offenbarten dabei jene Art von nachdenklicher Konzentration, die er normalerweise für schwierige Berechnungen reserviert hatte. »Mr. Spock?«

Der Vulkanier machte keine Anstalten, die unausgesprochene Frage zu beantworten. Mit einem letzten Blick auf die Ärztin murmelte er: »In Ordnung, Captain.«

»Es ist schon eine ganze Weile her, seit mich zum letztenmal jemand gebeten hat, an einem Picknick teilzunehmen«, sagte Kirk zu Spock und schob sich noch einen Bissen in den Mund. Das Essen war sehr gut – Evan Wilsons Tricorder bestätigte nur die Verträglichkeit für den menschlichen und vulkanischen Organismus, machte jedoch keine Angaben über den Geschmack –, und die allgemeine Fröhlichkeit um sie herum schuf eine entspannende Atmosphäre.

Zuerst konnten sich die Sivaoaner nicht so recht entscheiden, was sie interessanter finden sollten: den Tricorder oder Uhuras goldene Ohrringe. Schließlich entschieden sie sich für das kleine Gerät der Ärztin. Als besonders neugierig erwiesen sich Hellfleck und ein anderes Katzenmädchen namens Ruhsand-zu-Vensre, deren brauner Pelz auf Bauch und Brust in cremefarbene Tönungen überging. Sie folgten Evan Wilson durchs Lager, und mit Ellenbogenstößen verteidigten sie ihr Privileg, der menschlichen Frau über die Schulter zu sehen, wenn sie ihr Instrument einsetzte.

»Nun, Spock, mir scheint, unsere Besorgnis war unbegründet.« Als der Vulkanier fragend die Brauen hob, fügte Kirk hinzu: »In bezug auf Evans mangelnde Erfahrung mit Erstkontakten. Sie verhält sich großartig.«

Spocks Brauen blieben oben. »Genau das gibt mir zu denken, Captain.«

Vulkanische Sturheit, dachte Kirk. Er lächelte. »Wir sollten dankbar dafür sein, daß sich durch sie keine neuen Probleme ergeben...«

Er brach ab, als Dr. Wilson und die neugierigen Sivaoaner ans Feuer zurückkehrten. Hellfleck strahlte und bestand darauf, die Ärztin solle sie noch einmal untersuchen. Und auch Kirk und Spock.

»Captain«, sagte Evan, »wäre es gegen die Vorschriften, wenn ich Hellfleck den Tricorder gebe?«

»O ja!« freute sich die kleine Sivaoanerin. »Ich gehe auch ganz vorsichtig damit um. Das versichere ich in der Alten Sprache...«

Kirk wechselte einen kurzen Blick mit Spock, und der Vulkanier meinte: »Ein interessantes Experiment, Captain. Ich würde gern wissen, ob sie mit dem Gerät umgehen kann.«

Jim nickte. »In Ordnung, Doktor. Bei dieser Mission gibt's eine Menge Leerlauf, und den sollten wir ruhig zu sinnvollen Dingen nutzen.« Er sah Hellfleck an und lächelte. »Aber hüte dich bloß davor, den Tricorder auseinanderzunehmen.« Der Schwanz des Katzenmädchens zuckte, und sofort fügte Kirk hinzu: »Ich wollte dich nicht beleidigen, Hellfleck. Es war nur ein Scherz.« Er griff nach ihrer Hand. »Weißt du, wen ich mag, den necke ich gern – das ist eine meiner schlechten Angewohnheiten.«

Sie wickelte ihren Schweif um seinen Unterarm, und die Spitze tastete nach seinen Fingern. »Schon gut«, erwiderte die Sivaoanerin. »Ich bin nicht böse. Du ziehst Schwänze, aber nicht sehr fest – um Aufmerksamkeit zu erregen. Beim nächstenmal weiß ich Bescheid.«

Evan Wilson schlang den Riemen über Hellflecks Schulter und gab ihr das Gerät. Sie richtete es vorsichtig auf Kirk, dann auch auf Spock, und ihre Schnurrhaare zitterten aufgeregt. Sie drückte kurz zu, bevor sie den Schwanz vom Handgelenk des Captains löste und forteilte, um die Pflanzen am Rande der Lichtung zu untersuchen. Dr. Wilson und die Schar neugieriger Katzenwesen folgten ihr.

»Ich hielt sie zunächst für ein Kind«, wandte sich Kirk an Spock. »Aber inzwischen bin ich mir nicht mehr so sicher. Es fällt mir schwer, das Alter der Sivaoaner zu schätzen.«

»Alter ist nicht unbedingt ein Hinweis auf Intelligenz, Captain. Wir wissen noch nicht, was in dieser Kultur als Durchschnitt gilt, und daher fehlen uns Beurteilungsmaßstäbe. Lieutenant Uhura könnte uns mit ihren speziellen Kenntnissen helfen, aber dabei dürfen wir nicht vergessen, daß diese Zivilisation eine zweitausendjährige Eigenentwicklung hinter sich hat.«

Uhura saß auf der anderen Seite des Lagerfeuers und unterhielt sich mit Ferner Rauch. Kirk gab ihr ein unauffälliges Zeichen. Als sie aufstand und sich ihnen näherte, bemerkte der Captain, daß sich auch Pechvogel erhob und der dunkelhaarigen Frau folgte. Im Gegensatz zu anderen Sivaoanern erweckte sie fast den Eindruck, als zöge sie den Schweif hinter sich her. Dieser Anblick erinnerte Kirk an eine andere Frage. »Spock, wäre es möglich, daß ihre Schwänze in jenen zweitausend Jahren zu Greiforganen geworden sind?«

»Das halte ich für unwahrscheinlich, Captain. In evolutionärer Hinsicht sind zwanzig Jahrhunderte eine sehr kurze Zeitspanne. Aber sie würden genügen, um den Umgang mit einem Greifschwanz zu lernen.«

»Oder er wurde bei den Eeiauoanern zu einem Tabu...«

»Nicht unbedingt, Captain«, sagte Uhura. Mit überkreuzten Beinen nahm sie neben Kirks Klappstuhl Platz. »Sonnenende erachtete die Benutzung des Schweifs als...« – sie runzelte die Stirn und suchte nach einem angemessenen Ausdruck – »...als unzivilisiert. Nur durch Zufall erfuhr ich, daß es sich dabei um ein Greiforgan handelt. Ich stolperte, als ich eine Treppe hinabging, und Sonnenende bewahrte mich vor einem Sturz. Es war eine ziemliche Überraschung für mich.«

»Kann ich mir vorstellen«, murmelte Kirk und erinnerte sich an seine Empfindungen, als Hellfleck zum erstenmal ihren Schwanz um sein Handgelenk gewickelt hatte.

»Sonnenende *entschuldigte* sich, Sir«, fuhr Uhura fort. »Weil sie so vulgär war, ihren Schweif zu verwenden.« Sie lächelte plötzlich. »Kurze Zeit später fand ich heraus, daß kleine eeiauoanische Kinder ›dauernd ihren

Schwanz in irgendwelche Dinge stecken‹, wie Hellfleck sagte. Sie werden deswegen ständig getadelt. Entschuldigen Sie bitte, Captain, aber mir fällt nur ein Vergleich ein: kleine Jungen oder Mädchen, die ungeniert in der Nase bohren.«

Kirk erwiderte das Lächeln. »Ich verstehe, was Sie meinen.«

»Captain...« Mit einem Nicken deutete Spock auf Hellfleck, Wilson und die anderen, die gerade zurückkehrten. Das Katzenmädchen zeigte ihnen triumphierend einige gestreifte Blätter und hob warnend den Schwanz.

»Berühren Sie sie nicht, Captain Kirk«, sagte Hellfleck. »Sie können sie ruhig anfassen, Mr. Spock – für Vulkanier sind die Süßstreifer harmlos. Aber sie verätzen menschliche Haut.«

»Sie hat recht, Captain«, bestätigte Evan Wilson zufrieden. »Und sie hat die Analyse ganz allein durchgeführt. Sehen Sie sich die Pflanzen gut an – das könnte uns später eine Menge Ärger ersparen.« Hellfleck reichte die Blätter Spock. Er griff vorsichtig danach und nahm eine eigene Kontrolle vor.

Kirk beugte sich interessiert vor und stellte fest, daß Hellflecks Schwanz noch immer zwischen den Süßstreifern und ihm emporragte. »Hast du keine Angst, daß ich daran ziehe?« fragte er amüsiert.

Sie musterte ihn verwirrt, bevor sie die Ohren wieder nach vorn stülpte. »Oh, ich *verstehe.* Du neckst mich.«

Der bunte Schwanz zuckte von einer Seite zur anderen, aber sie rückte ihn nicht aus Kirks Reichweite.

Als sie sich vergewissert hatte, daß alle Menschen die Gefahr kannten, brachte Hellfleck die Blätter fort und eilte erneut in den Wald, um mit Hilfe des Tricorders weitere Wunder zu entdecken. Evan Wilson zuckte mit den Achseln und folgte ihr.

»Captain«, sagte Uhura leise, »haben Sie den... den

Tempel gesehen, Sir?« Sie hob den Arm, und Spock blickte über die Lichtung.

Es dauerte einige Sekunden, bis er das niedrige Gebäude sah. Es erhob sich zwischen den Bäumen und war der Umgebung so gut angepaßt, daß Kirk sofort begriff: Der Architekt hatte nicht etwa Tarnung beabsichtigt, sondern Harmonie.

»Faszinierend«, sagte Spock. »Ein festes Bauwerk, nicht mobil wie die Zelte.«

»Äußerst interessant«, pflichtete ihm der Captain bei. »Warum lebt ein Volk, das solche bautechnischen Leistungen vollbringen kann, in einfachen Unterständen? Glauben Sie, es findet gerade eine Art Gartenfest statt?«

»Eine sehr unwahrscheinliche Erklärung. Sie erinnern sich bestimmt daran, daß die Sensoren der *Enterprise* keine Anzeichen für Städte oder größere Siedlungen finden konnten. Ich bin sicher, wir sehen hier ein wichtiges Charakteristikum der sivaoanischen Kultur.«

»Auch die Zelte sind sehr hübsch, Captain«, warf Chekov ein. »Sie sollten sie sich einmal aus der Nähe ansehen. Jedes einzelne stellt ein Kunstwerk dar.«

»Mr. Chekov hat recht, Captain. Die architektonische Struktur der Zelte ist nicht weniger komplex als die des niedrigen Gebäudes.« Spock streckte die Hand aus.

Kirk schüttelte verwundert den Kopf. »Warum haben Sie es Tempel genannt, Uhura?«

»Weil mir keine bessere Bezeichnung dafür einfiel, Sir«, sagte sie.

Als Kirk das Bauwerk beobachtete, sah er, wie Windender Pfad daraus hervorkam und eine Sivaoanerin begleitete. Sie schien ein Narrenkostüm zu tragen: Ihr Pelz war zur einen Hälfte orangefarben, zur anderen schwarz. Die beiden Katzenwesen sprachen miteinander und näherten sich der Lichtung.

Ferner Rauch stand auf und trat an Uhuras Seite. »Das ist Steifschwanz-zu-Srallansre.«

Die Sivaoanerin, von der Windender Pfad gesprochen hatte, entsann sich Kirk; er erhob sich und bedeutete seinen Gefährten, ebenfalls aufzustehen. Vielleicht war Steifschwanz das Oberhaupt dieser Gemeinschaft. »Kopf hoch, Leute«, sagte er. »Möglicherweise bekommen wir jetzt einige Antworten.« Er hob die Hand, um Wilson zurückzuwinken, doch Hellfleck schlang den Schweif um ihren Unterarm und zog die Ärztin mit sich, um sie Steifschwanz vorzustellen.

Dr. Wilson vollführte die Krallengeste, und Steifschwanz erwiderte den Gruß. Hellfleck zischte aufgeregt, ließ Evan los und wickelte ihren Schweif um die Hüfte der älteren Sivaoanerin. Auch Fangsturm hastete herbei, und Kirk fielen gewisse Ähnlichkeiten zwischen den Katzenwesen auf. *Sind es Geschwister?* überlegte er.

Während Steifschwanz einige Worte mit Dr. Wilson wechselte, schlich Fangsturm hinter ihr hervor, griff blitzschnell nach Hellflecks Schweif und zog kräftig.

Hellfleck fauchte, und als sie zur Seite sprang, zuckte ihr Schwanz hin und her. Vorsichtig nahm sie den Riemen des Tricorders von der Schulter und gab das Gerät Evan. Dann stürzte sie sich auf Fangsturm und riß ihn zu Boden; sie bewegte sich dabei so schnell, daß Kirk keine Einzelheiten erkennen konnte.

Die pelzigen Geschöpfe rollten hin und her und traten immer wieder aus. Krallen blitzten. Zähne schnappten. Steifschwanz drängte Dr. Wilson ein wenig zur Seite, so daß sie nicht in Gefahr geriet, griff jedoch nicht ein. Auch die anderen Erwachsenen sahen nur zu.

Kirk rührte sich nicht von der Stelle, aber seine innere Unruhe wuchs. Er begriff nun, auf was sich Evan bei der Umarmung mit Ferner Rauch eingelassen hatte. Fangsturm und Hellfleck erprobten jede Kampfstellung, die sie kannten, aber ganz offensichtlich zogen sie eine bestimmte Position vor: Bauch an Bauch. Sie kratzten und bissen, schlugen so wild aufeinander ein, daß sich Kirk brechende Knochen vorstellte. Besorgt fragte er sich, ob er intervenieren sollte.

Spock stand neben ihm. »Ihr Kampfstil erinnert mich an den Snnanagfashtallis«, sagte er gelassen. Uhura starrte erschrocken und preßte sich die Hand auf den Mund.

Die beiden Streitenden fauchten und zischten wütend, und kurz darauf kreischte einer von ihnen – es ließ sich nicht feststellen, von wem der Schrei stammte. Steifschwanz trat so rasch vor, daß Kirk nur einen vagen Schemen sah. »Das reicht!« sagte sie und schlug Fangsturm und Hellfleck an den Kopf.

Sofort hielten sie inne. Eine Zeitlang lagen sie beide auf dem Boden und zwinkerten, und schließlich stemmten sie sich in die Höhe. Noch immer zuckten ihre Schwänze zornig. Sie schüttelten sich mehrmals, wechselten noch einen letzten finsteren Blick und blieben rechts und links neben der älteren Sivaoanerin stehen.

Hellfleck verhielt sich so, als sei überhaupt nichts geschehen: Sie berichtete Steifschwanz all das, was sie über Menschen, Vulkanier, Tricorder, nackte Haut, künstliche Kleidung und Kopfpelz wußte. »Kinder scheinen überall gleich zu sein«, kommentierte Kirk leise.

»Dem schließe ich mich an, Captain«, antwortete Spock. »Das Verhalten der anderen Sivaoaner deutete darauf hin, daß kein Grund zur Besorgnis bestand.«

»Mr. Spock!« entfuhr es Uhura fast empört. »Halten Sie das etwa nur für eine kleine Rangelei? Himmel, das war ein wilder Kampf, der zu schweren Verletzungen hätte führen können.«

»Diesen Anschein hatte es jedenfalls für *uns*«, meinte Kirk und lächelte schief. »Ich bin sicher, in der hiesigen Kultur werden andere Maßstäbe angelegt. Aber wie dem auch sei: Fangsturm und Hellfleck vertragen sich offenbar nicht besonders gut.« Die Unmutsfalten in Uhuras Stirn vertieften sich. »Sie sollten nicht zu schnell urteilen, Lieutenant. Ich denke da nur an

Spocks Kindheit auf Vulkan. Uns Menschen erschiene sie vermutlich ähnlich grausam wie das, was wir eben gerade gesehen haben.«

»Ich bin froh, daß ich kein Kind mehr bin.« Chekov seufzte erleichtert. »Weder hier noch auf Vulkan.«

Ausführlich erklärte Hellfleck die Funktionsweise des Tricorders, aber sie unterbrach sich mitten im Satz, als ihre Gruppe Kirk und die andern erreichte. »Vorstellungen entsprechen den Geboten der Höflichkeit«, verkündete sie würdevoll, und mit der Förmlichkeit einer offiziellen Gesandten nannte sie die einzelnen Namen. Doch die Diplomatie fand ein plötzliches Ende, als sie bewußt ihren Widersacher überging. Er zischte wütend, und Steifschwanz kam einer neuerlichen Auseinandersetzung zuvor, indem sie schlicht sagte: »Das ist Fangsturm-zu-Srallansre.«

Sie wandte sich an Uhura und fügte hinzu: »Ich habe sowohl die allgemeine Aufregung als auch die Mahlzeit verpaßt. Wäre es eine Mißachtung Ihrer Traditionen, wenn ich speise, während Sie nichts essen?«

Uhura schüttelte den Kopf.

»Selbstverständlich nicht«, erwiderte Kirk.

»Bei unterschiedlichen Bräuchen gibt es keine Selbstverständlichkeiten, Captain Kirk.« Die Schnurrhaare der Sivaoanerin zitterten amüsiert. Schweigend nahm sie Platz und griff nach einem Teller, den ihr Ferner Rauch reichte.

Nach einer Weile richtete sich ihr Blick auf den Kommunikationsoffizier der *Enterprise*. »Wo sind Ihre Kinder?«

Die Frage verwirrte Uhura, doch sie faßte sich sofort wieder. »Ich habe keine. *Noch* nicht.«

Diese Auskunft schien Steifschwanz zufriedenzustellen. Zärtlich wickelte sie ihren Schweif um Ferner Rauch, der dicht neben ihr saß, und begann zu essen. Wenige Sekunden später sah sie wieder Uhura an, die den Kopf neigte und respektvoll auf Kirk deutete. Daraufhin wandte sich die Katzenfrau an ihn. »Sie haben eine Mahlzeit mit uns eingenommen, und dabei werden für gewöhnlich Nachrichten ausgetauscht. Jedenfalls ist das bei unserem Volk Sitte.«

»Auch bei uns«, sagte der Captain.

»Wären Sie dann bereit, von Ihrem Weg zu erzählen?«

»Gern.« Es war genau das Stichwort, auf das er gehofft hatte. Mit einigen knappen Sätzen berichtete er von der Vereinten Föderation der Planeten und schilderte die normalen Aufgaben der *Enterprise*.

Als er seinen kurzen Vortrag beendete, nickte Steifschwanz. Sie akzeptierte nicht nur das Konzept anderer Planeten und interstellarer Raumfahrt, sondern ahmte sogar die menschliche Geste der Zustimmung nach!

Ermutigt fuhr Kirk fort: »Wir sind gekommen, um Sie um Hilfe für das Volk von Eeiauo zu bitten – Ihre fernen Verwandten. Sie sterben an einer Krankheit, für die Sie vielleicht ein Heilmittel kennen.«

Weiter kam er nicht. Ruckartig erhob sich Steifschwanz zu ihrer vollen Größe. Das Fell in ihrem Nakken sträubte sich, und der zuckende Schweif deutete auf zornigen Ärger hin. »Genug!« sagte sie.

Ihr Fauchen erschreckte ein kleines Kind, das hastig davonlief und in einem nahen Zelt verschwand. Hellfleck, Pechvogel und Fangsturm wichen einige Schritte zurück, um nicht die Wut der Sivaoanerin auf sich zu lenken.

»Empörend!« zischte Windender Pfad-zu-Srallansre. Sein Schwanz wirbelte hin und her, als er auf Kirk zutrat und sich wie zum Sprung duckte.

Der Captain spannte unwillkürlich die Muskeln. Er wollte die Katzenwesen nicht provozieren, indem er den Phaser zog, aber er erinnerte sich an den Kampf der beiden Kinder: Mit bloßen Händen hätte er gegen einen Erwachsenen nicht die geringste Chance. Nervös wartete er.

Steifschwanz entschärfte die Lage, indem sie Windender Pfad einen Hieb an den Kopf versetzte. Der Schlag war so wuchtig, daß der Katzenmann erbebte. »Ich dulde so etwas nicht«, sagte sie. Windender Pfad murmelte eine Entschuldigung und schlich fort.

Steifschwanz' Ärger legte sich, zumindest zum Teil. Nur der vibrierende Schweif deutete darauf hin, daß ein Rest von Zorn in ihr brodelte. Sie starrte Kirk unheilvoll an. »Wie ich vorhin schon sagte: Wenn es um unterschiedliche Traditionen geht, gibt es kaum Selbstverständlichkeiten. Dies ist unser Brauch: Sie werden nie wieder davon sprechen.«

Kirk atmete tief durch. »Leider bleibt mir keine andere Wahl, Steifschwanz: Eeiauoaner und Menschen sterben.«

Er sah, wie sie ausholte, neigte sich zur Seite und versuchte, der Krallenfaust zu entgehen... Irgend etwas krachte, und er hörte noch, wie Uhura aufschrie, bevor er das Bewußtsein verlor.

Als James T. Kirk wieder zu sich kam, pochte heftiger Schmerz hinter seiner Stirn, und er fühte sich wie nach einer Zechtour mit Scott und McCoy. Mühsam richtete er sich auf und zwinkerte, aber eine kleine Gestalt drückte ihn aufs Bett zurück. »Bleiben Sie liegen, Captain. Geben Sie mir die Möglichkeit, meine Arbeit zu machen.« Er erkannte Evan Wilsons Stimme. In den wogenden Schlieren vor seinen Augen bildeten sich erste Konturen, und die Ärztin lächelte, als sie hinzufügte: »Sonst überlasse ich Sie Schnappkralle.« Sie nickte bedeutungsvoll.

Aus den Augenwinkeln sah Kirk Pechvogel, die einige Schritte entfernt stand. Neben ihr bemerkte er eine zweite und recht große Sivaoanerin: Mit ihrem braunen, an Brust und Bauch cremefarbenen Fell ähnelte sie Ruhsand-zu-Vensre, doch dann erkannte er sie als Stillmutter – sie hatte Brüste.

Schnappkralles Schwanz zuckte ungeduldig, und Dr. Wilson sagte: »Ich mußte sie fast mit Gewalt daran hindern, Sie zu behandeln, Captain. Schnappkralle ist die hiesige Ärztin.« Evan blickte ihm in die Augen, drehte seinen Kopf von einer Seite zur anderen und prüfte erneut die Pupillen. »Die Sensoren behaupten, es sei alles in Ordnung mit Ihnen. Aber ich verlasse mich lieber auf mein eigenes Urteil... Wie viele Finger sehen Sie?«

»Zwei«, brummte er.

»Erstaunlich«, meinte Evan. »Sie haben nicht einmal eine Gehirnerschütterung erlitten. Wie *fühlen* Sie sich?«

»Wie am vierten Tag nach einem dreitägigen Landurlaub.«

Dr. Wilson schmunzelte. »Sie werden's überstehen. Ich möchte, daß Sie eine Zeitlang liegenbleiben und sich ausruhen.«

Diesen Rat beherzigte Kirk gern. Vorsichtig bewegte er den schmerzenden Kopf und sah sich um. Er befand sich in einem der Zelte, und offenbar war er nicht sehr lange bewußtlos gewesen: Sonnenlicht filterte durch bunte, verzierte Flächen, die wie Kirchenfenster anmuteten. Als Wilson neben ihm in die Hocke ging, warf Schnappkralle ihr einen finsteren Blick zu. Die menschliche Ärztin runzelte kurz die Stirn.

»Falls es Sie interessiert, Captain: Steifschwanz hat sich entschuldigt. Dies ist ihr Zelt. Der Vorfall tut ihr sehr leid, und sie versicherte Uhura, so etwas werde nicht noch einmal geschehen.«

»Das freut mich«, erwiderte Kirk. Das dumpfe Pochen hinter seiner Stirn hielt an.

Evan lächelte. »Dachte ich mir. Die schlechte Nachricht ist: Sie meinte es *ernst*, als sie uns verbot, über die Eeiauoaner zu sprechen.« Als Kirk unwillkürlich zusammenzuckte, fügte sie rasch hinzu: »Keine Sorge, das Übersetzungsmodul ist ausgeschaltet... Wenn wir noch einmal dieses Thema anschneiden, wirft man uns aus dem Lager.«

Kirk stöhnte. Die kleine Frau bedachte ihn mit einem durchdringenden Blick: »Bezieht sich dieser Kommentar auf Ihren körperlich-geistigen Zustand oder auf unsere Situation?«

»Zu neunzig Prozent auf die allgemeine Lage«, antwortete Kirk. Und an die Adresse des Vulkaniers gerichtet, der gerade hereingekommen war und das Ächzen gehört hatte: »Es ist alles in Ordnung mit mir, Mr. Spock.«

»Das nehme ich mit Erleichterung zur Kenntnis, Captain. Dr. Wilson lehnte es ab, Sie an Bord der *Enterprise* zu beamen.«

Evan Wilson zuckte mit den Schultern. »Ihm drohte keine Gefahr, Mr. Spock. Und Sie meinten doch, wir sollten darauf verzichten, die Eingeborenen mit technologischer Magie zu verwirren.«

»In der Tat, Doktor. Ich beuge mich Ihrer Logik.«

»Tut mir leid, Sie enttäuschen zu müssen, Mr. Spock: Logische Überlegungen spielten dabei keine Rolle. Es handelte sich um eine rein gefühlsmäßige Reaktion... Ich habe den Captain auf Steifschwanz' Erlaß hingewiesen. Darf ich einen Vorschlag machen? Ich meine, wir sollten hier übernachten, sogar eine ganze Woche bleiben, wenn es notwendig wird. Hier im Lager. Ich hielte es für falsch, wenn wir an Bord der *Enterprise* zurückkehren.«

Kirk nickte, und diesmal blieb das Stechen hinter seinen Augen erträglich. »Da bin ich ganz Ihrer Meinung, Evan. Bestimmt gibt es eine Möglichkeit, von den Sivaoanern die Informationen zu bekommen, die wir brauchen. Doch zunächst müssen wir mehr über ihre Kultur erfahren. Mr. Spock?«

»Da Ihr Zustand nicht besorgniserregend ist, erhebe ich keine Einwände. Weitere Untersuchungen erscheinen mir dringend erforderlich. Ich sehe keine logische Alternative.«

»Na schön. Benachrichtigen Sie Mr. Scott. Und noch

etwas, Mr. Spock: ich zwinge niemanden, hier im Lager zu verweilen. Betonen Sie die freiwillige Teilnahme an dieser Mission. Vielleicht möchte der eine oder andere nicht auf die Bequemlichkeiten an Bord der *Enterprise* verzichten.«

»Ich spreche mit den übrigen Angehörigen der Landegruppe, Captain. Dr. Wilson?«

»Oh, ich bleibe, Mr. Spock. Hellfleck hat mich eingeladen, die Nacht in ihrem Hochnest zu verbringen – vorausgesetzt, Steifschwanz ist damit einverstanden. Eine solche Gelegenheit möchte ich nicht verpassen.«

»Hochnest?« wiederholte Kirk.

»Eine Mischung aus Baumhütte und Hängematte. Hellflecks Angaben deuten darauf hin, daß die jungen Sivaoaner solche Möglichkeiten nutzen, um der elterlichen Aufsicht zu entgehen... Seien Sie unbesorgt, Captain, Sie können sich das Ding später ansehen.«

Kirk schloß kurz die Augen; der pochende Kopfschmerz ließ allmählich nach. Nach einer Weile spürte er Evans Blick auf sich ruhen und hob die Lider wieder. »Baumhütte, Dr. Wilson?« sagte er und lächelte »Nun, ich glaube, bei dieser wissenschaftlichen Analyse ist nicht unerhebliches Eigeninteresse im Spiel. Was meinen Sie, Mr. Spock?«

»Keine Ahnung, Captain. Aber ich möchte Sie darauf aufmerksam machen, daß Dr. Wilsons ›rein gefühlsmäßige Reaktion‹ bemerkenswerte Ähnlichkeit mit abstrahierender Logik aufweist. Vielleicht fällt ihr Wunsch, die Nacht im Wald zu verbringen, in die gleiche Kategorie.«

»Vielleicht, Mr. Spock.« Kirk musterte die Züge der Ärztin und rechnete damit, ihr verschmitztes Lächeln zu sehen. Zuerst fühlte er sich enttäuscht, doch dann lachte er innerlich, als er sah, wie Evan das Gebaren des Vulkaniers nachahmte. Mit völlig ausdrucksloser Miene wandte sie sich an Spock und hob die Brauen. »Eine faszinierende Theorie. Doch sie basiert auf ungenügenden Daten.«

Spocks Augenbrauen kamen ebenfalls in die Höhe. »In der Tat, Dr. Wilson... Selbstverständlich werde ich meine Beobachtungen fortsetzen. Mit Ihrer Erlaubnis, Captain...«

Kirk nickte überrascht. Sein Blick war noch immer auf die Ärztin gerichtet, und plötzlich *lächelte* sie.

Sie vergewisserte sich, daß Spock das Zelt verlassen hatte, bevor sie sagte: »Ich glaube, er hat gerade an meinem Schwanz gezogen.« Sie schüttelte den Kopf und wurde wieder ernst. »Captain, wenn Sie nichts dagegen haben... Schnappkralle-zu-Ennien sollte eine Gelegenheit bekommen, Sie zu untersuchen. Bestimmt hält sie meine Diagnose- und Behandlungsmethoden für völlig falsch.«

»Und Sie möchte Ihren Ruf wahren«, vermutete Kirk.

»Es geht mir nicht nur darum. Wenn ich mit ihr zusammenarbeite, verbessere ich die Beziehung zwischen uns. Ob Sivaoanerin oder nicht: Sie ist eine Kollegin. Und unter Kollegen spricht man oft über Dinge, die sonst nicht diskutiert werden. Außerdem wäre es eine Geste der Höflichkeit.«

Kirk verstand und hielt Evans Anliegen für eine gute Idee. »Für Ihre medizinischen Fähigkeiten lege ich die Hand ins Feuer.«

»Ich hoffe, Sie verbrennen sich dabei nicht die Finger.« Dr. Wilson sah ihn besorgt an. »Wissen Sie, Captain... Nun, ich kann nichts garantieren.«

»Das kann niemand von uns. Geben Sie sich Mühe, das genügt.«

»In Ordnung.« Die kleine Frau seufzte erleichtert. »Aber ich warne Sie: Schnappkralle wird Sie wahrscheinlich sezieren wollen, um festzustellen, wie Ihr Organismus funktioniert. Ich kann ihre Neugier nachempfinden. Bei Mr. Spock ergeht es mir ähnlich. Nun, aus reiner Loyalität meinem Captain gegenüber bleibe ich in der Nähe, um das Schlimmste zu verhüten.«

»Dafür wäre ich Ihnen sehr dankbar, Dr. Wilson.« Kirk erwiderte ihr Lächeln. »Vielleicht ist sie eine Art Medizinmann.«

»Hüten Sie Ihre Zunge, Captain: Einige meiner besten Freunde sind Medizinmänner. Und ich würde mich sehr freuen, die hiesigen Äquivalente von Digitalis, Penizillin und Akupunktur kennenzulernen. Eine funktionierende Technik stelle ich nicht etwa deswegen in Frage, weil sie ohne wissenschaftliche Methode entwickelt wurde.«

»Da haben Sie völlig recht«, bestätigte Kirk. »Hoffen wir, daß zu Schnappkralles Repertoire auch die richtigen Zauberformeln gegen das ADF-Syndrom gehören.«

Uhura, Chekov und Hellfleck warteten einige Meter vor Steifschwanz' Zelt.

»Der Captain ist nicht verletzt«, sagte Spock. Er hörte, wie die beiden Menschen zischend den angehaltenen Atem entweichen ließen. Hellflecks Schwanz ringelte sich kurz, Zeichen ihrer Freude. »Um die notwendigen Informationen zu bekommen, die wir für einen erfolgreichen Abschluß unserer Mission brauchen, hält es der Captain für notwendig, daß wir bis auf unbestimmte Zeit hier im Lager bleiben. Wer jedoch zur *Enterprise* zurückkehren möchte, hat seine ausdrückliche Erlaubnis…«

»Ich bleibe, wenn Sie einverstanden sind, Mr. Spock«, erwiderte Uhura leise.

»Ihre Hilfe wäre uns von großem Nutzen, Lieutenant. Nur Sie beherrschen die Alte Sprache.« In der Gegenwart Hellflecks verzichtete er darauf, ihre Kenntnisse über die Eeiauoaner zu erwähnen.

»Ich schließe mich ihr an, Sir.«

»Danke, Mr. Chekov. Wenn du uns bitte entschuldigen würdest, Hellfleck: Wir müssen Vorbereitungen treffen.«

»Ich helfe euch«, bot sich die junge Sivaoanerin an, und angesichts ihres Eifers zögerte der Vulkanier, sie fortzuschicken. Doch er wollte ungestört sein, um sich mit der *Enterprise* in Verbindung zu setzen und die notwendigen Ausrüstungsgegenstände herunterbeamen zu lassen.

»Mr. Spock?« fragte Chekov. »Vermutlich möchte der Captain, daß wir uns der Lebensweise dieses Volkes anpassen, nicht wahr?«

»Ja. Zumindest eine Zeitlang.«

»Dann sollten wir für den Bau eines Unterstands keine Fertigteile aus den Lagerbeständen der *Enterprise* verwenden, Sir. Ich schlage vor, wir greifen auf das hiesige Baumaterial zurück.«

Der Vulkanier hob die Braue. »Eine gute Idee, Mr. Chekov. Aber wie wollen Sie sie verwirklichen?«

»Kein Problem, Sir. Ich nehme den Tricorder, und Hellfleck kann mir helfen...« Die Sivaoanerin neigte zustimmend den Schwanz, und Chekov lächelte auf sie herab. »Bestimmt finden wir einige Dinge, aus denen sich ein geeignetes Quartier errichten läßt.« Er deutete zum Wald.

»Erlaubnis erteilt, Mr. Chekov. Ich begleite Sie. Ich bin gespannt darauf, was Sie vorhaben.« Spock sah Uhura an. »Lieutenant, Sie bleiben hier und unterhalten sich mit den Sivaoanern.«

Chekov sprach mit Hellfleck, und während der nächsten Viertelstunde beschrieb er ihr die Pflanzen, an die er dachte. Kurz darauf wandte sich das Katzenmädchen an Ferner Rauch, Ruhsand und eine Sivaoanerin namens Linkohr. Chekov wiederholte seine Schilderungen, und Hellfleck fügte einen gelegentlichen Kommentar hinzu.

»Oh«, schnurrte Ruhsand, »vielleicht meinst du Peitschenried und Riesenohr?«

»Ich habe nicht die geringste Ahnung«, gestand der Russe. »Mr. Spock?«

»In der hiesigen Flora kenne ich mich nicht besser aus als Sie. Und ich weiß ebensowenig wie Hellfleck, wozu Sie die Pflanzen benötigen.« Er sah Ruhsand an. »Vielleicht wäre es angebracht, Mr. Chekov einige Beispiele zu zeigen...«

»Einverstanden«, sagte Ruhsand, und ihre Schnurrhaare neigten sich nach vorn. »Kommt.« Sie führte die Gruppe in den Wald.

Hoch in den Bäumen stimmten kleine Pelzwesen ein aufgeregtes Kreischen an. Hellfleck sprang umher, wedelte mit Armen und Schwanz. »Dummhirn!« rief sie. »Pha! Dummhirn!«

Ihre Aufmerksamkeit galt einem der winzigen Geschöpfe. Als sie seine Verhaltensweise nachahmte, schrie das Wesen noch lauter. Es brach einen Zweig ab, winkte drohend und warf kleine Objekte.

Sofort verlor Hellfleck das Interesse an den pelzigen Schreihälsen und sammelte die winzigen Gegenstände ein.

»Schwanzschlaufer«, wandte sich Ruhsand an Spock. »Ein Gewürz, das wir bei der Zubereitung unseres Essens verwenden. Manche kauen gern darauf.« Hellfleck und Chekov blickten auf die Anzeigen des Tricorders und verkündeten, die nußartigen Gebilde seien sowohl für Menschen als auch Vulkanier genießbar.

Spock nahm eins entgegen und betrachtete es nachdenklich. Es war etwa so groß wie die Kugel aus einem Kugellager, außerdem hart und dunkelgrün. Der wissenschaftliche Offizier erinnerte sich an ein bei Menschen gebräuchliches Sprichwort: »Andere Länder, andere Sitten.« Vorsichtig schob er sich das Objekt in den Mund. Zu seiner großen Überraschung zeichnete es sich durch einen angenehm scharfen Geschmack aus.

Chekov folgte dem Beispiel des Vulkaniers. Er biß

fest zu – und keuchte. »*Bozhe moi!*« brachte er mühsam hervor, und seine Augen begannen zu tränen.

Spock hatte noch nie zuvor erlebt, daß ein Gift derart schnell wirkte, und hinzu kam, daß die vom Tricorder ermittelten Daten auf keine toxischen Substanzen hinwiesen. »Dr. Wilson!« Er drehte sich um und machte Anstalten, in Richtung Lager zurückzukehren.

»Schon gut, Mr. Spock!« Chekov schnappte nach Luft. »Ich brauche keine medizinische Hilfe. Himmel, das Zeug ist *ssscharf!* Darauf war ich nicht vorbereitet...« Er wischte sich die Tränen aus den Augen und atmete mehrmals tief durch.

Spock beobachtete ihn aufmerksam. Er wußte, daß der menschliche Geschmackssinn empfindlicher war als sein eigener, aber einen derart anschaulichen Beweis dafür hatte er nicht erwartet.

Chekov sah die Besorgnis des Vulkaniers. Er straffte seine Gestalt und rang sich ein Lächeln ab. »Ich bin nicht vergiftet, Mr. Spock. Ich habe schon wesentlich schärfere Paprika gegessen, ohne mich in ärztliche Behandlung begeben zu müssen.« Er schnaufte und bedachte Hellfleck mit einem vorwurfsvollen Blick. »Du hättest mich warnen sollen.«

»Es tut mir leid.« Diese Bemerkung stammte von Linkohr. »Ich wußte nicht, daß ihr so auf die Schwanzschlaufer reagiert. Manchmal machen sich Kinder einen Spaß daraus, gleich mehrere davon in den Kochtopf zu werfen. Hellfleck zum Beispiel ißt sie haufenweise.«

»›Schwanzschlaufer‹«, wiederholte Chekov. »Eine durchaus angemessene Bezeichnung. Wenn ich einen Schweif hätte, würde sich jetzt ein Knoten darin bilden!«

»Du bist nicht böse?« fragte Hellfleck. Ihr Schwanz zuckte verlegen.

Chekov schüttelte den Kopf. »Nein. Dies ist nicht die erste Welt, auf der man mir einen solchen Streich spielt.«

Die junge Sivaoanerin schien erleichtert zu sein.

Spock nickte langsam. »Offenbar gibt es zwischen dem sivaoanischen und dem menschlichen Humor große Ähnlichkeiten. Ich glaube, ich werde so etwas nie verstehen. Wie dem auch sei, Mr. Chekov: Lassen Sie uns den Weg fortsetzen, wenn Sie sich wieder erholt haben.«

Captain James T. Kirk begann allmählich, profundes Mitgefühl für Versuchskaninchen zu entwickeln. Und wie er feststellte, lernte das Testobjekt in diesem besonderen Fall fast ebensoviel wie der Experimentator.

Schnappkralle begann damit, ihn mit ihren eigenen Instrumenten zu untersuchen, und ihre Werkzeuge bewiesen eindeutig, daß die sivaoanische Kultur nicht annähernd so primitiv war, wie es zunächst den Anschein haben mochte. Die Funktionsweise ähnelte denen der medizinischen Tricorder und Sensoren, die McCoy benutzte, aber ihr Design war keineswegs nüchtern. Ganz offensichtlich legte man bei der Konstruktionsweise großen Wert auf Ästhetik.

Schnappkralle analysierte auch die Körperfunktionen Dr. Wilsons, um Vergleichswerte zu bekommen. Pechvogel wartete schweigend und beobachtete das Geschehen mit nicht nachlassender Aufmerksamkeit. Evan bot ihrer Kollegin an, einen der Föderationssensoren zu benutzen, und Schnappkralle nahm das Gerät dankbar entgegen, setzte ihre Untersuchungen damit fort.

Doch ihr erschien es genauso zu ergehen wie der menschlichen Ärztin – sie vertraute eher ihrem eigenen Urteil und blieb skeptisch in bezug auf die Anzeigen der Instrumente. Sie bat Kirk um Erlaubnis, ihn berühren zu dürfen, begann mit den manuellen Tests, die zuvor auch Dr. Wilson durchgeführt hatte. Offenbar wiesen Sivaoaner, die an einer Gehirnerschütterung litten, ähnliche Symptome auf wie Menschen.

»Kein Schwanz«, sagte sie zu Pechvogel. Es klang wie ein Vorwurf. Ihr Gebaren erinnerte Kirk an McCoys übliche Reaktionen auf die vulkanische Physiologie. Schnappkralle starrte Evan Wilson an und fragte: »Wo zum...« – das Übersetzungsmodul weigerte sich hartnäckig, den folgenden Ausdruck zu transkribieren – »...finde ich den Puls?«

Dr. Wilson schob ihren Ärmel hoch und deutete aufs Handgelenk. Die Sivaoanerin zischte, und nach einigen vergeblichen Versuchen entdeckte sie die Pulsader des Captains. Sie preßte einen Krallenfinger darauf, und ihr Schwanz zuckte ungeduldig, während sie zählte.

»Es scheint ihm gut zu gehen«, sagte sie schließlich. »Aber ganz sicher bin ich mir nicht. Immerhin ist er mein erster menschlicher Patient.«

»Machen Sie sich keine Sorgen«, warf Evan ein. »Ich *weiß*, daß er sich gut erholt hat.«

Schnappkralle fauchte etwas Unverständliches und verstaute ihre Instrumente. »Trotzdem: Durch den Hieb verlor er das Bewußtsein. Ich schlage vor, er ruht sich noch eine Weile aus. Wir müssen ihn weiterhin beobachten.«

Um Evans Reputation zu schützen, sagte Kirk: »Genau das empfahl auch Dr. Wilson.«

Schnappkralle richtete sich zu ihrer vollen Größe auf und starrte auf ihre Kollegin herab. »Wo sind Ihre Kinder, Doktor?«

»Menschliche Frauen entwickeln ihre Brüste während der Pubertät und behalten sie auch dann, wenn sie keine Kinder stillen. Die Regel ist jeweils eine Geburt. Und mehr als zwei Brüste haben wir nicht.« Evan deutete auf die acht Warzen Schnappkralles, und daraufhin bildete ihr Schwanz eine amüsierte Spirale.

»Ich verstehe«, erwiderte die Sivaoanerin. »Pechvogel, du bleibst hier. Gib mir Bescheid, wenn sich der Zustand des Patienten verändert.« Vor der Öffnung in der einen Zeltwand blieb sie stehen und warf Kirk und Wilson noch einen letzten Blick zu. Ihr Schweif zuckte, und sie schnurrte kehlig. Dann rief sie im Tonfall der Verzweiflung: »Steifschwanz!«

Evan Wilson seufzte hingebungsvoll und wandte sich an Pechvogel-zu-Ennien. »Tja, und wo finde ich bei euch Sivaoanern den Puls?«

Wenn ich Glück habe, dachte Kirk, *sind sie so sehr mit sich selbst beschäftigt, daß ihnen gar keine Zeit für mich bleibt.*

Lieutenant Uhura sah Spock, Chekov und ihren sivaoanischen Begleitern nach und fragte sich, wie sie die Anweisung des Vulkaniers ausführen konnte. Sie sollte mit den Katzenwesen sprechen, um weitere Kontakte herzustellen. *Aber hat das überhaupt einen Sinn?* fragte sie sich niedergeschlagen. *Bisher sind wir keinen Schritt weitergekommen.*

Die Lokalisierung dieses Planeten war ein ausgesprochener Glücksfall, doch sie brauchten noch andere Wunder. Uhura setzte sich auf einen Klappstuhl neben der Feuerstelle, beobachtete die hin und her eilenden Sivaoaner und erinnerte sich an die leidende Sonnenende-von-Ennien. *Sie können doch nicht so grausam sein, Sterbenden die Hilfe zu verweigern!*

Unbewußt griff sie nach ihrem Beutel und holte die charellianische *Joyeuse* hervor. In gewisser Weise trug Spock die Verantwortung dafür, daß sie ihr Musikinstrument mitgenommen hatte. Als sie sich an Bord der *Enterprise* auf den Einsatz vorbereitete, wählte sie mit voller Absicht einige Gegenstände, die sie eigentlich gar nicht mitnehmen durfte. Der Vulkanier war dazu nicht in der Lage, denn er hielt sich immer an die Vorschriften. Captain Kirk neigte in manchen Fällen dazu, bestimmte Regeln zu ignorieren, wenn er das für erforderlich hielt. *Aber ich bin noch flexibler als er,* überlegte Uhura. *Mein Verhalten kann mir höchstens einen Verweis einbringen, mehr nicht. Und dieses Risiko gehe ich ein.* Mr. Spock hätte sicher die Augenbrauen gehoben, aber

Uhura zweifelte nicht daran, daß er ihre Entscheidung insgeheim billigte.

Ihre Finger bewegten sich fast wie eigenständige Wesen, als sie über die Saiten tasteten. Erste Akkorde erklangen und bildeten die Melodie eines Kinderlieds, das sie in der eeiauoanischen Botschaft auf Zwei Dämmerungen gelernt hatte, damals, kurz vor der ersten Begegnung mit Sonnenende, die zu einer langen und festen Freundschaft führte.

Für dich, Sonnenende, und auch für Sie, Christine, dachte Uhura und begann zu singen.

KAPITEL 7

Zwei Stunden lang lag Jim Kirk flach auf dem Rücken, und seine einzige Beschäftigung bestand darin, Evan Wilson und Pechvogel-zu-Ennien zu beobachten. Langsam wurde er unruhig. Als die Ärztin zusammen mit der Sivaoanerin vor den Eingang des Zeltes trat, um festzustellen, was die draußen herrschende Aufregung zu bedeuten hatte, hielt er es nicht mehr aus.

Evan schien das zu spüren und drehte sich um. »Captain, ich glaube, wir brauchen Sie jetzt nicht länger unter Beobachtung zu halten.« Sie deutete auf die Lichtung. »Selbst in medizinischer Hinsicht ist das dort viel interessanter!« Pechvogel drehte sich kurz zu ihm um und neigte die Schnurrhaare nach vorn – womit sie die Entscheidung der menschlichen Ärztin bestätigte. Kirk zögerte nicht, stand auf und ging auf sie zu.

Auf der anderen Seite der Lichtung hatten seine Gefährten erneut die Aufmerksamkeit der Sivaoaner geweckt. Wilson ging nach draußen und stellte sich auf die Zehenspitzen, um über die pelzige Menge hinwegzublicken. »Ich schlage vor, wir sehen uns das aus der Nähe an«, sagte Kirk. »Von hier aus kann sogar *ich* nichts erkennen.«

Behutsam schoben sie sich an den vielen Zuschauern vorbei. Uhura saß auf einem Klappstuhl, hielt die *Joyeuse* im Schoß und sang ein altes Lied von der Erde. Dutzende von Sivaoanern umringten sie und stimmten mit ein. Einen derartigen Chorus hatte Kirk noch nie zuvor gehört: Ihr mangelndes Artikulationsvermögen glichen die Katzenwesen mit Enthusiasmus aus. Chekov gab sich alle Mühe, diese fröhliche Kakophonie zu übertönen: Er schien zum Leiter eines Bautrupps geworden zu sein, dem auch Spock und einige Sivaoaner angehörten, und immer wieder rief er Anweisungen.

Offenbar beaufsichtigte der Russe die Konstruktion eines Gebildes, das wie ein umgestülpter Bastkorb aussah: Es war recht groß und bestand aus langen, biegsamen Zweigen, die miteinander verknüpft wurden. Kirk sah Dr. Wilson an. »Sind Sie sicher, daß mit mir alles in Ordnung ist?«

»Wenn nicht, bin ich ebenfalls übergeschnappt«, sagte sie und lachte leise.

»Captain!« Chekov lief auf sie zu und strahlte übers ganze Gesicht. »Freut mich, Sie zu sehen! Wie geht es Ihnen, Sir?«

»Oh, *mir* geht's prächtig... Was ist das für ein Ding?«

»Unsere von Mr. Chekov geplante Unterkunft, Captain«, antwortete der Vulkanier.

»Ich verstehe, Mr. Spock«, erwiderte Kirk amüsiert. »Weitermachen, Mr. Chekov. Lassen Sie sich von mir nicht aufhalten.«

»Ja, Sir!« Chekov salutierte, kehrte im Laufschritt zur Baustelle zurück, wählte sechs Zweige und griff nach einem großen Stein.

Als Uhura ihr Lied beendete, rief er ihr zu: »Lieutenant, geben Sie den Takt für unser Hämmern an.« Sie dachte kurz nach, zupfte an den Saiten und begann erneut zu singen. Chekovs Grinsen wuchs in die Breite. »Genau richtig!«

Kirk runzelte die Stirn, als er die zunächst seltsam anmutende Melodie hörte, aber als Chekov aus vollem Hals in seiner Muttersprache zu grölen begann, erkannte er sie als ein russisches Volkslied.

Einmal mehr stimmten die Sivaoaner mit ein, und Chekov hob immer wieder den schweren Stein, trieb die Zweige in den Boden. Kurz darauf bildeten sie zwei lange, parallele Reihen an der einen Seite des ›Bastkorbs‹. Geschickt verknüpfte er ihre Spitzen, und Kirk beobachtete, wie sich ein schmaler Zugang formte.

Chekovs Helfer brachten ihm einige große Blätter, die er vorsichtig auf die gerüstartige Struktur legte. Die Katzenwesen, die ihm zur Hand gingen, lernten die Konstruktionstechnik ebenso rasch wie den Refrain des Liedes, und innerhalb weniger Minuten entstand ein wasserdichtes Dach, das an den Seiten des Unterstands emporführte bis zur höchsten Stelle, die der Russe erreichen konnte. Einige der Sivaoaner waren größer als er und hatten längere Arme, aber sie zögerten, schienen darauf zu warten, daß Chekov die Arbeit selbst beendete. *Oder sie wissen nicht, worauf es jetzt ankommt,* dachte Kirk. *Schließlich haben sie so etwas noch nie gesehen. Meine Güte, auch* ich *hätte keine Ahnung, wie man so ein Ding baut!*

Hellfleck brachte weitere Blätter und wandte sich an Spock. »Singen auch Vulkanier?« *Lieber Himmel,* fuhr es dem Captain durch den Sinn. *Das hat uns gerade noch gefehlt. Jetzt werden wir aus dem Lager geworfen!* Bei der Vorstellung, daß Spock ein Lied anstimmte, schauderte er unwillkürlich.

»Ja, Hellfleck«, erwiderte der wissenschaftliche Offizier. »Doch leider habe ich meine Harfe nicht mitgebracht.«

»Ich kenne einige vulkanische Lieder«, warf Uhura ein. »Wenn Sie meinen Akzent entschuldigen würden... Ich verstehe kein Vulkanisch, aber ich kenne den Text auswendig.«

Spock musterte sie nachdenklich. »Nur zu, Lieutenant.«

»Mein Akzent ist sicher schrecklich«, betonte Uhura noch einmal. Verlegen senkte sie den Blick und konzentrierte sich auf ihre *Joyeuse.* Dann spielte sie eine zarte Melodie und sang.

Als ihre Stimme verklang, herrschte Stille. Erneut sah sie Spock an, noch schüchterner als vorher. »Es tut mir leid«, begann sie, aber der Vulkanier unterbrach sie sofort.

»Dazu besteht kein Grund, Lieutenant. Wenn Sie Ihren Akzent bedauern... Ich bin gern bereit, Sie die richtige Aussprache zu lehren. Ihr Gesang allerdings kann nicht verbessert werden.«

»Das haut mich um«, murmelte Kirk. Evan Wilson

hörte ihn, und als er ihren fragenden Blick sah, meinte er: »Ich dachte immer, vulkanische Lieder seien für menschliche Ohren die reinste Qual.«

Dr. Wilson erwiderte ebenso leise: »Und nun begreifen Sie, daß es nicht etwa die Lieder sind, sondern die Stimme eines ganz bestimmten Vulkaniers, nicht wahr?« Als der Captain nickte, fügte sie hinzu: »Kagans Gesetz...« Kirk runzelte verwundert die Stirn. »Kagans Gesetz des Erstkontakts.« Und die Ärztin zitierte: »›Man lernt mehr über sich selbst als über die anderen.‹«

Kirk nickte. Was Chekov anging, traf diese Behauptung zweifellos zu. Er erweiterte das Dach um einige Blätter, und dann bat er Hellfleck um Hilfe. Zwei der größeren Sivaoaner hoben sie an, und nach wenigen Sekunden waren die letzten Lücken im oberen Teil des Gerüsts geschlossen. Die Zuschauer jubelten, als Chekov und das Katzenmädchen auf den Boden zurückkehrten.

»Das wär's, Captain«, sagte der Russe. »Unser Quartier.«

»Respekt, Mr. Chekov. Wo haben Sie so etwas gelernt?«

»In Wolgograd, Sir. In der Schule.«

»Muß eine erstaunliche Schule gewesen sein.« Kirk betrat den Unterstand und sah sich verblüfft um: nirgends Stricke oder Nägel, nur miteinander verknüpfte Pflanzenfasern. *Offenbar hat Chekov während seines Studiums einige recht seltsame Kurse belegt*, dachte er.

»Angewandte Anthropologie, Sir. Wir hatten eine sehr gute Professorin. Sie meinte immer wieder, wie wichtig es sei, sich mit solchen Dingen zu beschäftigen. Einer ihrer Grundsätze lautete: Primitivität ist kein Synonym für Dummheit.«

»In der Tat, Mr. Chekov. Ich bin beeindruckt.«

»Vielen Dank, Sir.« Er schaffte es, gleichzeitig stolz und verlegen zu wirken.

Spock nickte anerkennend und begann mit einer eingehenden Untersuchung des ›Bastkorbs‹. Er meinte, er wolle alle konstruktionstechnischen Einzelheiten mit seinem Tricorder aufzeichnen und sie später analysieren. Evan Wilson lächelte. »Mr. Chekov, Sie müssen mir unbedingt zeigen, wie man so etwas macht.«

»Gern«, sagte er und errötete.

Mit einer geschmeidigen Bewegung duckte sich Uhura durch den Zugang. »Captain, die Sivaoaner würden sich den Unterstand gern von innen ansehen.«

»Natürlich, Lieutenant. Bringen Sie sie herein, in kleinen Gruppen.« Für die Angehörigen der Landegruppe gab es ausreichend Platz, aber Kirk wußte nicht, wie viele Katzenwesen draußen warteten. »Mr. Chekov, leiten Sie die Besichtungstour.« Und er wiederholte noch einmal: »Ausgezeichnete Arbeit.«

Er bedeutete Spock und Dr. Wilson, ihm nach draußen zu folgen. Als sie dem ersten sivaoanischen Trio auswichen, sah sich Kirk plötzlich Steifschwanz-zu-Srallansre gegenüber.

Sie musterte ihn eingehend, und dann bildete ihr Schweif eine zufriedene Spirale. »Ich möchte mich bei Ihnen entschuldigen, Captain Kirk«, sagte sie. »Ich wußte nicht, daß die Köpfe von Menschen so weich sind. Ich spürte es in dem Augenblick, als ich zuschlug, aber da war es bereits zu spät. Schnappkralle hat die anderen darauf hingewiesen. Ein solcher Zwischenfall wird sich nicht wiederholen.«

»Das freut mich, Steifschwanz.«

Unbehagliches Schweigen schloß sich an. Die Sivaoanerin beobachtete das Blätterdach des Unterstands und betastete es geistesabwesend mit ihrem Schwanz. »Wir können viel voneinander lernen. Kommen Sie, ich habe meine Arbeit beendet. Wir nehmen Platz und unterhalten uns, und ich werde daran denken, wie weich Ihre Köpfe sind.«

»Nach Ihnen«, erwiderte Kirk und streckte den Arm

aus. Er flüsterte Spock zu: »Und ich hab' gedacht, ich sei dickschädlig.«

»Eine Annahme, die Dr. McCoy bisher immer bestätigt hat, Captain.«

Als Kirk und Spock zu ihren Gefährten zurückkehrten, stellten sie fest, daß in ihrem Quartier ein kleines Feuer brannte. Der Rauch zog durch einen Schlitz im Blätterdach ab, und an einem aus grünen Zweigen improvisierten Dreibein hing ein Topf, in dem es leise blubberte.

Bunte Matten, kleine, fröhlich gemusterte Läufer und bequeme Klappstühle schufen eine heimelige Atmosphäre. Chekov und die anderen richteten erwartungsvolle Blicke auf den Captain. Kirk wollte sie nicht enttäuschen, aber leider hatte er keine ermutigenden Nachrichten für sie. Er schüttelte den Kopf.

»Nun, es hat keinen Sinn, wenn wir die Lage mit leerem Magen erörtern«, sagte Dr. Wilson. »Essen wir zuerst. Pavel hat einen bemerkenswerten Eintopf zubereitet. Auf rein vegetarischer Basis, Mr. Spock – seien Sie unbesorgt. Aber geben Sie auf die Schwanzschlaufer acht.

»›Schwanzschlaufer?‹« fragte Kirk verwirrt.

»Ein Aspekt des sivaoanischen Humors«, erklärte Spock unschuldig. »Ich bin gespannt, ob Sie ihn ebenfalls amüsant finden.«

Evan Wilson drehte sich halb um und sah Spock an, während Chekov die verzierten Teller füllte. »Mr. Spock«, sagte die Ärztin, »vielleicht interessiert Sie das: Pechvogel teilte mir mit, daß die Schwanzschlaufer auch als starkes Stimulans verwendet werden – bei den Sivaoanern.«

Um was es sich auch handeln mochte: Das Essen roch verlockend, und Kirk spürte plötzlich, wie hungrig er war. Der Geschmack des recht pikanten Eintopfs stand dem Duft in nichts nach, und der Captain aß mit großem Appetit. Aber nach einigen Löffeln kaute er plötzlich auf etwas Rundes, und unmittelbar darauf schossen ihm Tränen in die Augen. »Bemerkenswert, in der Tat!« brachte er keuchend hervor. »Das Zeug beißt zurück, Mr. Chekov.«

»Ja, Sir.« Der Russe verstand diese Bemerkung als Kompliment.

Wilson reichte dem Captain ein Stück Brot und lächelte schief. »Mein Rezept. In diesem Fall kann Wasser das Feuer nicht löschen.« Das Brot schien tatsächlich zu helfen.

»Sie sprachen eben von einem Stimulans, Evan«, sagte er. »Nun, ich glaube, es wirkt nicht nur auf Sivaoaner, sondern auch auf Menschen.«

Schließlich stellte er den leeren Teller beiseite und starrte ins Feuer. Als er aufsah, warteten die anderen darauf, daß er das Wort ergriff. »Es gibt nicht viel zu berichten«, begann er. »Mr. Spock und ich hofften, Steifschwanz sei vielleicht bereit, das Thema Eeiauoa anzuschneiden, wenn sie mit uns allein ist. Sie sprach über alles, nur nicht *darüber*.«

»O Captain!« entfuhr es Uhura. Die Enttäuschung in ihrer Stimme ließ sich nicht überhören.

»Wir müssen es weiterhin versuchen, Lieutenant«, sagte Kirk. »Ich versichere Ihnen: Irgendwie kommen wir an die benötigten Informationen! Wir geben *nicht* auf.«

Spock räusperte sich. »Captain, ich möchte respektvoll darauf hinweisen, daß die Sivaoaner der gleichen Spezies angehören wie die Eeiauoaner...«

»Das ist mir klar«, erwiderte Kirk schärfer als beabsichtigt. »Aus diesem Grund sind wir hier.«

Der Vulkanier fuhr ungerührt fort: »Die Eeiauoaner lehnten es ab, über ihre Heimatwelt zu sprechen – obgleich sie von einer verheerenden Epidemie bedroht sind.«

Plötzlich verstand Kirk. »Sie meinen, die hiesigen Katzenwesen teilen die eeiauoanische Sturheit?«

»Genau, Captain. Vielleicht ist ihre diesbezügliche Verschlossenheit sogar noch größer, denn immerhin sehen sie sich nicht mit einer Krise konfrontiert, die das Überleben ihrer Spezies in Frage stellt.«

»Nun, auch ich bin recht stur, Mr. Spock.«

»In der Tat.« Der Vulkanier nickte bestätigend.

»Captain?« fragte Dr. Wilson. »Sie haben uns gerade darauf aufmerksam gemacht, daß Sturheit eine individuelle Eigenschaft darstellt, die sich nicht nur auf Menschen beschränkt. Die Lösung unseres Problems liegt auf der Hand: Wir brauchen nur einen Sivaoaner zu finden, der nicht ganz so stur ist wie seine Artgenossen...« Sie lächelte schelmisch. »Und dann schließen wir Sie irgendwo mit ihm ein!«

Chekov hustete und wandte sich diskret zur Seite.

»Ich weiß nicht so recht, was ich von Ihrer Ausdrucksweise halten soll, Dr. Wilson«, entgegnete Kirk, und aus den Augenwinkeln sah er ein dünnes Lächeln, das Uhuras Lippen umspielte. *Noch ein Rezept unserer fähigen Ärztin,* fuhr es ihm durch den Sinn, und stumm lobte er Evans psychologisches Geschick. »Aber im Prinzip haben Sie völlig recht.« Er richtete seinen Blick auf Spock und spürte, wie sich neuer Enthusiasmus in ihm regte. »Wenn Steifschwanz nicht über die Eeiauoaner reden will, suchen wir jemanden, der dazu bereit ist.«

»Ein solcher Plan birgt gewisse Risiken, Captain.«

»Er wäre zumindest einen Versuch wert. Wir mischen uns unter die Sivaoaner, lernen sie besser kennen, tauschen Informationen mit ihnen aus. Leute, verlaßt euch dabei auf euer Urteilsvermögen. Wenn ihr irgendeine Möglichkeit seht, die Eeiauoaner zu erwähnen, ohne gleich bewußtlos geschlagen zu werden, so nehmt sie wahr! Wenn irgend jemand eine Andeutung macht, die Gesprächsbereitschaft erkennen läßt, möchte ich sofort davon erfahren... Tauschen Sie Lieder mit ihnen aus, Uhura. Selbst ein Vers könnte uns Aufschluß geben. Daß wir hier sind, genügt als Beweis. Haltet ständig Augen und Ohren offen; überseht und überhört nichts. Eeiauos Schicksal – und auch das anderer Welten, auf denen sich die Seuche ausbreitet – hängt von uns ab.«

»Ja, Sir«, sagte Uhura. Ihr Kummer wich neuer Entschlossenheit.

Irgend etwas berührte Kirk sanft am verlängerten Rücken, und er drehte sich abrupt um. Eine Schwanzspitze reichte rund zehn Zentimeter weit ins Innere ihres Unterstands. Sie tastete erneut heran und strich über die Schulter des Captains. Er erkannte die Farbmuster und entspannte sich. »Ist wahrscheinlich nicht leicht, bei einer solchen Konstruktion anzuklopfen.« Er lachte. »Komm rein, Hellfleck.«

Die Schwanzspitze verschwand, und kurz darauf sahen sie das Katzenmädchen. »Der lange Eingang macht es sehr schwierig, höflich zu sein, Mr. Chekov«, schnurrte es.

»Morgen verkürze ich ihn«, versprach er. »Ich kannte euren Brauch nicht.«

Hellfleck schnupperte, und ihr Schweif bildete eine Spirale. »Ihr habt mit Schwanzschlaufern gekocht!« stellte sie zufrieden fest.

Chekov nickte und fügte wie beiläufig hinzu: »Captain Kirk war ein wenig überrascht...«

Hellflecks Schwanz drehte sich zu einem Korkenzieher. »Schade, daß ich das verpaßt habe. Mr. Chekov hat deinen Schweif so gezogen wie du meinen.« Zärtlich strich sie über Kirks Wange. Es kitzelte, und aus einem Reflex heraus hob der Captain die Hand.

Die junge Sivaoanerin wich sofort zurück. »O nein!« entfuhr es ihr, aber sie schien sich noch immer zu freuen.

Kirk schmunzelte unwillkürlich. »Ich wollte nicht an

deinem Schwanz ziehen, Hellfleck. Ich necke nur, das ist alles.« Sie spürte, daß er die Wahrheit sagte, neigte ihren Schweif wieder in seine Reichweite. Er griff vorsichtig danach und streichelte ihn.

Das beruhigte Hellfleck, und sie sah Uhura an. »Ich habe eine Botschaft für dich«, zischte sie. »Eillicht-zu-Vensre lädt dich ein, ihm Gesellschaft zu leisten, solange du hier bist. Er würde gern anbieten, Lieder mit dir zu tauschen, aber eure Traditionen sind ihm nicht bekannt, und deshalb gibt er sich mit deiner Anwesenheit zufrieden.«

»Eure Bräuche sind mir ebenfalls ein Rätsel«, erwiderte Uhura. »Wie würdest du dich an meiner Stelle verhalten?«

»Ich nähme sein Angebot an und wäre bereit, mit ihm zu tauschen. Ach, Eillicht kennt wundervolle Lieder! Ferner Rauch hofft... Nun, ich sollte euch das eigentlich nicht sagen, aber Ferner Rauch meinte, er habe Eillicht noch nie so beeindruckt gesehen. Vielleicht ernennt dich Eilleicht zu seiner Erbin!« Die letzten Worte Hellflecks klangen geradezu ehrfürchtig, und als Uhura schwieg, fügte sie hinzu: »Er hat noch niemanden gewählt. Wenn er jetzt stürbe, gingen alle seine Lieder verloren. Und das wäre schrecklich!«

»Hellfleck«, sagte Uhura langsam, »ich verstehe nicht ganz. Warte, laß mich erklären, wie so etwas bei meinem Volk gehandhabt wird. Vielleicht erwähne ich dabei ein Tabu, und ich möchte dir versichern, daß so etwas keineswegs aus Absicht, sondern nur aus Unwissenheit geschieht.«

Hellfleck neigte die Schnurrhaare nach vorn, aber Kirk spürte, wie ihre Schwanzspitze zu zittern begann.

»In meiner Heimat«, erklärte Uhura, »gibt es in dieser Hinsicht keine Beschränkungen. Wenn mich Mr. Chekov ein Lied lehrt, darf ich es jederzeit und überall singen.«

Das Zittern wurde stärker, und Kirk erwartete jederzeit ein zorniges Zucken. Behutsam strich er über den weichen Schweif.

»Und wenn Mr. Chekov das Lied geschaffen hätte?« fragte die junge Sivaoanerin.

»*Ich* würde ihn um Erlaubnis bitten, bevor ich es anderen vorsänge«, erwiderte Uhura. »Aber viele andere Menschen hielten so etwas für überflüssig, und Mr. Chekov wäre deshalb weder überrascht noch zornig.«

Ihre Stimme klang sanfter, als sie erläuterte: »Wenn ein Lied nicht gesungen wird, gerät es in Vergessenheit, Hellfleck. Viele meiner Lieblingslieder kenne ich nur, weil sie jemand hörte, sich daran erinnerte und sie weitergab. Das ist *unser* Brauch. Ich nehme an, eure Traditionen unterscheiden sich davon. Bitte schildere sie mir. Ich möchte niemanden verärgern, nur weil ich nicht genau Bescheid weiß.«

Das gesträubte Fell an Hellflecks Nacken glättete sich wieder, und Kirk fühlte, wie sich auch ihr Schwanz entspannte. Schließlich seufzte das Katzenmädchen. »Niemand – *niemand* – würde eins von Eillichts Liedern singen, ohne vorher seine Erlaubnis einzuholen! Er hat viele von ihnen verschenkt – diejenigen, die ihm nicht mehr gefallen, meint Fangsturm –, aber womit sollte er tauschen, wenn er alle fortgäbe?«

»Habe ich die Lieder ›fortgegeben‹, die ich auf der Lichtung sang?« fragte Uhura verwirrt. »Alle stimmten in den Chorus ein.«

Hellfleck fauchte empört. »Niemand von uns ließe sich dazu hinreißen, dich zu bestehlen, Lieutenant Uhura!«

»Bitte, Hellfleck«, warf Kirk ein. »Uhura hatte nicht die Absicht, dich oder sonst wen zu beleidigen. Ich wollte dir die gleiche Frage stellen. Darf man deiner Meinung nach mitsingen, wenn jemand ein Lied anstimmt, der die Erlaubnis dazu hat?«

»Ja«, sagte Hellfleck und beruhigte sich wieder. »Niemand würde dein Lied ohne dich singen, Lieutenant Uhura.«

Die dunkelhäutige Frau nickte. »Mit anderen Worten: Wenn ich Eillicht ein Lied lehre, darf er es ohne meine ausdrückliche Genehmigung nicht singen .« Sie dachte kurz nach. »Nicht einmal dann, wenn er allein ist?«

Hellfleck zögerte einige Sekunden lang. »Darauf kann ich dir keine Antwort geben«, gestand sie ein. »Ich weiß nicht, was Barden machen, wenn sie allein sind. Das mußt du Eillicht fragen.«

Kirk ahnte neuerliche Schwierigkeiten. »Wir brauchen deinen Rat, Hellfleck. Wenn Uhura Eillichts Einladung annimmt, fühlt sie sich bestimmt dazu verpflichtet, ihm unsere Bräuche zu erklären. Du warst eben verärgert. Wie wird Eillicht reagieren?«

»Schnappkralle meinte, ihr habt weiche Köpfe. Sie verbot, euch zu schlagen.«

Kirk lächelte. »Gute Absichten sind eine Sache, aber... Hellfleck, selbst *ich* verliere manchmal die Beherrschung. Nur Mr. Spock gelingt es, immer ruhig und gelassen zu bleiben.« Der Captain nannte nicht die besonderen Umstände, unter denen sogar der Vulkanier die Kontrolle über seine Empfindungen verlor.

»Nun«, schnurrte Hellfleck, »wenn *ich* einen weichen Kopf hätte...« Sie wandte sich wieder an Uhura. »Du solltest Eillicht in der Alten Sprache mitteilen, daß du seine Lieder nicht ohne Erlaubnis singst. *Dann* sag ihm, daß bei eurem Volk in diesem Zusammenhang andere Sitten herrschen.«

»Danke für den Rat«, sagte Uhura. »Gibt es sonst noch etwas, auf das ich achten muß? Wie verhält sich ein höflicher Gast?«

Hellfleck seufzte verzweifelt und zog ihren Schwanz aus Kirks Hand. »Oh, ich hatte keine Ahnung, daß ihr nicht einmal *das* wißt.« Sie hob den Schweif.

Evan Wilson lachte kurz auf. »Ich kenne da einen

nützlichen Trick, Hellfleck, der bestimmt auch hier funktioniert.« Sie streckte die Hand aus. »Stell dir vor, der Captain ist Eillicht. Zeig uns, wie *du* dich verhalten würdest, wenn er dich eingeladen hätte.«

Das Katzenmädchen stülpte die Ohren nach vorn, und die Schnurrhaare vibrierten. Wortlos drehte es sich um und verschwand durch den Zugang.

Kirk bewunderte Hellflecks Agilität: Sie schob sowohl ihre Nase als auch die Schwanzspitze durch die Öffnung. »Ich stecke den Schweif in sein Zelt«, verkündete sie. »Alle erkennen ihn wieder, und deshalb brauche ich nicht meinen Namen zu nennen. Schnappkralle würde ›Schnappkralle-zu-Ennien‹ sagen. Ich stelle mich nur vor, wenn ich keine Einladung bekommen habe.«

Wilson lächelte. »Da uns solche Erkennungsmerkmale fehlen, sollten wir besser unsere Namen rufen.«

»Ja, ich denke schon«, entgegnete Hellfleck. Sie sah wieder Kirk an. »Jetzt mußt du mich auffordern: ›Komm herein.‹«

»Komm herein, Hellfleck.«

Das Katzenmädchen betrat den Unterstand und blieb ruckartig stehen. »Bei Schnappkralle hieße es: ›Komm herein, Schnappkralle-zu-Ennien.‹«

»Und in deinem Fall: ›Komm herein, Hellfleck-zu-Srallansre?‹«

Sie hob kurz den Kopf, und die Schwanzspitze zitterte. »Nein, das ist nicht nötig. Schnappkralle hat *ihren* Namen. *Meiner* fehlt mir noch. Benutzt das *zu*, wenn ihr nicht ganz sicher seid. Dann ist niemand beleidigt.«

»Hellfleck«, sagte Spock, »hat Pechvogel-zu-Ennien *ihren* Namen?« Auch der Vulkanier betonte das *zu*.

»Natürlich *nicht*. Wer wäre so töricht, sich ›Pechvogel‹ zu nennen? Nur dieser Name ist noch dümmer als meiner.« Wie aus einem Reflex heraus hob sie die Hand und tastete nach dem dunklen Striemen auf ihrer Nase.

Kirk verglich sie mit einem pubertären Mädchen, das

sich seiner eingebildeten Häßlichkeit schämte. »In meiner Heimat gilt es als Kompliment, jemanden als hellen Fleck in seinem Leben zu bezeichnen.« Als die Sivaoanerin überrascht mit den Ohren wackelte, erklärte er: »Stell dir einen grauen, düsteren Tag vor, eine dichte Wolkendecke, in der es nur eine kleine Lücke gibt. Stell dir vor, im hindurchschimmernden Sonnenschein zu stehen. Wie würdest du dich dabei fühlen?«

»Warm und glücklich«, antwortete sie sofort und streckte sich.

Kirk lächelte. »Das meinen wir, wenn wir von einem *hellen Fleck* sprechen. Und ich glaube, dieser Name paßt zu dir.«

»Im Ernst? *Hellfleck* erinnert dich an Sonnenschein, der durch dichte Wolken glänzt?«

»*Du* weckst solche Assoziationen in mir.«

Sie wickelte ihren Schwanz um seinen Oberarm. »Ich wünschte, ich könnte dich ›umarmen‹.«

Der Captain streichelte ihren Schweif. »Das gefiele mir sehr, Hellfleck, aber ich glaube, wir sollten uns besser an die von Ferner Rauch dargelegten Regeln halten.«

Das Katzenmädchen neigte die Schnurrhaare nach vorn und nickte. »Aber nicht für immer. Eines Tages, wenn ich *meinen* Namen bekomme...« Hellfleck klang wie ein sehnsüchtiges Kind, das sagte: »Wenn ich groß bin...« *Vielleicht bedeuten ihre Worte genau das,* überlegte Kirk.

»Captain«, meinte Spock, »Hellfleck wollte uns etwas zeigen...«

»O ja, das stimmt. Tut mir leid, daß ich dich unterbrochen habe, Hellfleck.«

»Mir nicht«, erwiderte sie und warf dem Vulkanier einen neugierigen Blick zu. »Du wirst nicht zornig. Aber was ist mit Freude und Glück?«

»Die Freude, die du meinst, bleibt mir fremd. Und was das ›Glück‹ angeht... Nun, wenn es mir gelingt, ein intellektuelles Problem zu lösen, empfinde ich angenehme Genugtuung.«

»Erläutere uns die anderen Bräuche, die das Empfangen von Gästen betreffen«, sagte Kirk in einem verschwörerischen Tonfall. »Dadurch ermöglichst du Spock vielleicht das, was er als ›angenehme Genugtuung‹ bezeichnet.«

Kurze Zeit später wußten die Mitglieder der Landegruppe, worauf es ankam, wenn man ein fremdes Zelt betrat. Die entsprechenden sivaoanischen Traditionen unterschieden sich nur unwesentlich von der allgemeinen Etikette an Bord der *Enterprise*, aber Kirk war trotzdem für Hellflecks Hinweise dankbar. Sie ersparten es ihnen, in das eine oder andere Fettnäpfchen zu treten.

Mit ebenso aufrichtigem wie unschuldigem Interesse wandte sich das Katzenmädchen an Spock. »Fühlst du jetzt eine angenehme Genugtuung?«

Der Vulkanier hob eine Braue. »In der Tat, Hellfleck. Wärst du so freundlich, meine Neugier auch in einem anderen Punkt zu befriedigen?«

Als sie nickte, fuhr er fort: »Ich verstehe nicht, was es mit euren *zu*-Namen auf sich hat. Sie scheinen auf Blutsverwandtschaft hinzudeuten, zum Beispiel zwischen dir und Fangsturm, aber Schnappkralle und Ruhsand – die ganz den Eindruck erwecken, als seien sie Zwillinge – teilen nicht das gleiche *zu*. Darf ich dich nach dem Grund dafür fragen?«

Hellfleck starrte ihn verblüfft an. »Du weißt ja *überhaupt* nichts!« entfuhr es ihr schließlich.

Kirk fühlte sich verpflichtet, seinen wissenschaftlichen Offizier zu verteidigen. »Mr. Spock weiß eine Menge über viele Welten – sogar mehr als wir anderen zusammen –, aber er ist jetzt zum erstenmal auf diesem Planeten, und daher muß selbst er noch eine Menge lernen.«

»Berichtigung, Captain: Es existieren einige wissenschaftliche Regeln, die auf praktisch alle Welten anwendbar sind.«

»Berichtigung zur Kenntnis genommen, Mr. Spock. Zumindest diesen einen Vorteil haben wir.« Kirk sah Hellfleck an. »Aber trotzdem sind unsere Kenntnisse in Hinsicht auf eure Sprache und Sitten begrenzter als die eines sivaoanischen Kleinkinds. Unsere einzige Möglichkeit, zu Erkenntnissen zu gelangen, besteht darin, Fragen zu stellen.« Er breitete die Arme aus und lächelte betont freundlich. »Auch wenn sie manchmal närrisch klingen.«

»Ich glaube, ich verstehe. Ihr habt *keine Ahnung* von dem, was ich lernte, als ich klein war. Aber du kennst die Tabelle des periodischen Systems?« Diese Frage richtete Hellfleck an Spock.

»Ja, ich weiß über die einzelnen Elemente Bescheid«, bestätigte er. »Aber bisher konnte ich nicht feststellen, ob eure Namen auf eine Blutsverwandtschaft hindeuten, oder ob in diesem Zusammenhang andere Faktoren eine Rolle spielen.«

»Das ist keine närrische Frage, sondern die eines Babys«, sagte die junge Sivaoanerin. Sie warf Dr. Wilson einen kurzen Blick zu. »Wenn ich mir vorstelle, daß du Greiffuß bist, Mr. Spock... dann würde ich vermutlich antworten, daß *zu* den Ort bedeutet, wo mein Fest stattfindet. Ich bin zu-Srallansre, weil Steifschwanz meine Mutter ist, und das gilt auch für Greiffuß-zu-Ennien, der von Schnappkralle abstammt. In dieser Hinsicht kann man durchaus von Blutsverwandtschaft sprechen.«

Hellfleck zögerte kurz, und als der Vulkanier nickte, fuhr sie fort: »Schnappkralle und Ruhsand sind beide zu-Ennien geboren, aber Schnappkralle ist auch zu-Ennien, weil sie sich dafür entschied. Fangsturm meint, es sei schon schlimm genug, als zu-Ennien auf die Welt zu kommen. Eine entsprechende Wahl zu treffen, sei geradezu verrückt. Schnappkralle ist also zweimal zu-Ennien.« Mit unüberhörbarem Spott fügte sie hinzu: »Damit hat er völlig recht.« Diesmal zuckte ihr Schwanz zu Ehren Fangsturms. »Nun, ich halte Schnappkralle für recht nett. In gewisser Weise ähnelt sie dir, Captain Kirk. Sie zieht nur am Schwanz, wenn sie einen mag. Aber etwas anderes erscheint mir seltsam...« Hellfleck sprach leiser weiter: »Ich weiß es nicht ganz genau, denn ich bin erst zum zweitenmal in diesem Lager, aber ich hörte, daß Schnappkralle sich *ständig* hier aufhält!« Ihr Tonfall machte deutlich, daß sie ein derartiges Verhalten für empörend und skandalös hielt. Rasch flüsterte sie: »Sagt ihr bloß nicht, daß ich euch davon erzählt habe. Erkundigt euch nicht danach, nicht einmal mit Baby-Fragen!«

»In einer nomadischen Kultur, Captain«, sagte Spock ruhig, »muß ein solches Gebaren außergewöhnlich, wenn nicht sogar anomal erscheinen.«

Hellfleck nickte energisch und neigte die Schnurrhaare nach vorn. Kirk lächelte unwillkürlich. »Ich wette, meine Verhaltensweise wirkte noch weitaus sonderbarer, selbst Fangsturm gegenüber.«

»Oh, aber sie gründet sich auf Unwissenheit!« erwiderte Hellfleck und ›winkte‹ mit dem Schwanz ab. Dann betrachtete sie das Übersetzungsmodul. »Ich glaube, alles wäre einfacher, wenn jenes Gerät nicht so gut funktionierte. Ihr *scheint* unsere Sprache fast perfekt zu beherrschen, und deshalb nehmen wir an, daß ihr auch unsere Bräuche kennt.«

»Ein guter Hinweis, Hellfleck«, brummte Kirk. »Andererseits: Unsere Mission auf dieser Welt ist sehr wichtig. Ohne den Übersetzungsapparat würde es Wochen oder gar Monate dauern, euer Idiom so gut zu erlernen, um närrische Fragen zu stellen. Von den wichtigen ganz zu schweigen.«

»Warum beginnt ihr nicht einfach mit denen, die für euch die größte Bedeutung haben?«

Kirk rieb sich nachdenklich die Schläfe. »Mein erster Versuch in dieser Beziehung war recht schmerzhaft.«

»Oh.« Hellflecks Ohren stülpten sich vor. »Frag mich. Selbst wenn ich die Beherrschung verliere: Ich kann nicht so hart zuschlagen wie Steifschwanz. Und wenn mir die Antworten unbekannt sind, spreche ich mit meiner Mutter. *Mein* Kopf ist hart.«

Wenn ihm eine andere Sivaoanerin ein derartiges Angebot gemacht hätte, wäre Kirk sofort darauf eingegangen. Aber in diesem besonderen Fall lehnte er ab. »Vielen Dank, Hellfleck, aber das ist leider nicht möglich. Wir sind Gäste im Lager deiner Mutter, und ich möchte vermeiden, daß es zwischen dir und Steifschwanz zu Mißstimmigkeiten kommt. Das ist einer *unserer* Bräuche.«

Das Katzenmädchen ließ Schultern und Schwanz hängen. »Ich verstehe«, sagte es traurig. »Ich bin nicht böse auf dich, aber es tut mir leid, daß ich nicht helfen kann.«

»Das hast du bereits. Sehr sogar. Und wenn du uns weiterhin helfen willst, so beantworte unsere Baby-Fragen.« Kirk bedachte Hellfleck mit einem aufmunternden Lächeln.

»Na schön«, seufzte sie und strich ihm mit der Schwanzspitze über die Wange. Dann blickte sie zum Abzugsschlitz empor. »Es wird dunkel – Schlafenszeit. Evan Wilson, möchtest du noch immer die Nacht mit mir verbringen?«

»Und ob!« Die Ärztin sprang mit einem Satz auf. »Nur Steifschwanz könnte mich daran hindern. Zeig mir den Weg, Hellfleck.«

»Meine Mutter hat bereits ihre Erlaubnis gegeben. Wie dem auch sei: Du solltest einige Nützliche mitnehmen, um nicht zu frieren.« Sie deutete kurz auf Evans Haut. »Du hast kaum Pelz.«

Dr. Wilson grinste. »Ich weiß.« Und dann: »Nützliche?«

Hellfleck zeigte auf einige bunte Decken in der Nähe. Evan nahm zwei zur Hand und betrachtete sie neugierig. Eine wies ein blaues und goldenes Blumenmuster auf, die andere eine geometrische Struktur aus miteinander verbundenen Helices. Beide leuchten und glänzten im flackernden Licht des Feuers. Die menschliche Ärztin nickte anerkennend. »Ich mag eine Welt, auf der solche Gegenstände als nützlich bezeichnet werden.«

Das Brustfell Hellflecks vibrierte kurz – vielleicht das sivaoanische Gegenstück eines Schulterzuckens. »Nützlich für ein Hochnest«, sagte sie. »Oder ein Zelt. Sie bewahren Wärme.« Wilsons Lächeln schien sie zu erfreuen. Mit einer geschmeidigen Bewegung hob sie den Schwanz und deutete in Richtung Ausgang.

Kirk stand ebenfalls auf. »Ein Hochnest«, sagte er zu Hellfleck. »Das würde ich mir gern ansehen.« Die anderen Mitglieder der Landegruppe schlossen sich an.

Sie wanderten zum Rand der Lichtung. Erste Sterne glitzerten bereits am Himmel, und der Schein mehrerer Lagerfeuer tanzte in der sich verdichtenden Finsternis. Der laue Wind trug ihnen eine sanfte Melodie entgegen. Hellflecks Schwanzspitze zitterte. »Eillicht wohnt im Wald«, erklärte sie. »Dort entlang. Wende dich am Bach nach links und folg den Klängen.«

Uhura nickte. »Oh, sehen Sie nur, Captain! Ist das nicht wunderschön?«

Er drehte sich um. Einige der Zelte glühten von ihnen, und Kirk verglich sie mit bunt schimmernden Pavillons.

»Bemerkenswert«, sagte Spock. »Offenbar sind die Sivaoaner mit künstlicher Beleuchtung vertraut.«

Kirk runzelte die Stirn, als er diese Worte vernahm, doch dann nickte er. Spock hatte recht: Vergeblich hielt er nach dem Flackern von Kerzen und offenem Feuer Ausschau. Er schmunzelte, als er an den ausgeprägten Pragmatismus des Vulkaniers dachte; oft klangen seine

Bemerkungen so, als stammten sie aus einem technisch-wissenschaftlichen Handbuch.

»Hier entlang, Evan Wilson«, sagte Hellfleck.

Ihre Stimme kam von oben. Kirk hob den Kopf und beobachtete, wie das Katzenmädchen an einem Baumstamm emporkletterte. Die Krallen der jungen Sivaoanerin lösten kleine Borkensplitter. Der Captain schirmte sicherheitshalber die Augen ab und starrte in die Dunkelheit. Hellflecks ›Hochnest‹ befand sich etwa zehn Meter über dem Boden und erinnerte ihn an eine Hängematte: ein Nützliches, das sich zwischen zwei Bäumen spannte. Die entsprechenden Stämme ragten etwa sechs Meter weit gerade in die Höhe, bevor sie sich zur Seite neigten. »Evan, ich glaube, Sie brauchen ein Steigeisen. Oder einen tragbaren Antigravgenerator.«

Hellfleck hielt sich an einem Ast fest und blickte nach unten. Ihr Schwanz zuckte hin und her. »O Evan Wilson! Du hast ja gar keine *Krallen!*«

»Mach dir keine Sorgen«, erwiderte die Ärztin, entfaltete die Nützlichen und band sie sich um den Hals. »Du bist mir gegenüber zwar im Vorteil, aber ich stamme von einigen der besten Baumkletterer ab, die es je gab – und ich erinnere mich genau daran, worauf es ankommt.« Sie warf Kirk einen kurzen Blick zu, lächelte hintergründig, schlang die Arme und Beine um den Stamm und schob sich in die Höhe.

Hellfleck beobachtete sie erstaunt. »Beeindruckend«, schnurrte sie. »*Ich* könnte das nicht!«

»Im Ernst?« fragte Dr. Wilson überrascht. Die leichte Brise erfaßte die beiden Decken, und sie wehten wie ein exotischer Umhang.

Die junge Sivaoanerin kletterte weiter und sprang, als sie auf einer Höhe mit ihrem Hochnest war. Es wölbte sich unter ihrem Gewicht, schwankte heftig von einer Seite zur anderen. Kurz darauf erreichte Evan die ersten Zweige, und Hellfleck spähte über den Rand der Hängematte. »Nein«, beantwortete sie Dr. Wilsons Frage. »Meine Beine weisen andere Gelenke auf.«

»Oh, ich verstehe«, entgegnete die kleine Frau und hielt sich an einem der dicken Äste fest. Sie holte kurz Luft, zog sich in die Höhe und ging vorsichtig in die Hocke. »Jetzt wird's schwierig... Wieviel Gewicht hält dein Hochnest aus, Hellfleck?«

Das Katzenmädchen überlegte. »Ich hätte sehr schlechte Arbeit geleistet, wenn nicht vier von meiner Art gleichzeitig hineinspringen könnten.«

»Das dürfte genügen«, sagte Dr. Wilson. »Muß ich irgendwelche Höflichkeitsregeln beachten?«

Hellfleck dachte nach. »Nein. Komm einfach.«

»Leichter gesagt als getan«, brummte Kirk.

»Ts, ts, Captain«, machte Evan. »Sie haben kein Vertrauen. Beobachten und staunen Sie!« Ruckartig erhob sie sich, giff nach einem dünnen Zweig über ihr, um das Gleichgewicht zu wahren – und setzte sich wie ein Drahtseilakrobat in Bewegung. »Rück ein wenig zur Seite, Hellfleck. Ich möchte vermeiden, auf meine Gastgeberin zu prallen.« Als das Katzenmädchen zum Ende des Hochnestes kroch, hob Dr. Wilson die andere Hand, streckte sich gefährlich weit und schloß die Finger um einen zweiten Ast. Sie zog, und plötzlich hing sie mitten in der Luft.

Kirk spürte, wie sich in seiner Magengrube etwas zusammenkrampfte.

Die kleine Frau fiel der Hängematte entgegen, und der so dünn wirkende Stoff erbebte und neigte sich abrupt zur Seite. Hellfleck richtete sich hastig auf, um ihr Hochnest zu stabilisieren. Einige Sekunden später blickte Evan Wilson über den Rand, und sie strahlte übers ganze Gesicht. »Lieutenant Uhura«, rief sie, »kennen Sie das alte Schlaflied ›Rockabye Baby?‹«

Uhura lächelte. »Ja, Doktor, natürlich.«

»Denken Sie an mich, wenn Sie es das nächste Mal singen. Ich wünsche euch allen eine gute Nacht.«

Kirk lachte. »Gute Nacht. Und hüten Sie sich davor, aus Ihrem Bett zu fallen, Evan!«

»Ziehen Sie nicht an meinem Schwanz, Captain.«

Evan Wilson lachte leise vor sich hin. Sie fühlte sich wie in einem Traum und genoß es, im Hochnest zu liegen, verglich es unwillkürlich mit einer weichen Wolke, auf der sie ruhte, hoch über dem Boden. Als Hellfleck den Schwanz hob und ein zweites Nützliches heranzog, um eine Art Dach über ihnen zu bilden, verstärkte sich ihr Eindruck, eine unwirkliche Vision zu erleben. *Wie in einer Muschelschale,* dachte sie vergnügt und summte fröhlich vor sich hin.

»Du freust dich«, stellte Hellfleck fest. »Dies *gefällt* dir!« Ihre schnurrende Stimme klang fast verblüfft.

Sie versteht es bereits, menschliche Gefühle zu deuten, überlegte Evan. Laut sagte sie: »Ja, du hast recht. Ich habe noch nie zuvor in einem Baumwipfel geschlafen, und ich *mag* neue Erfahrungen.«

»Ich auch«, gestand Hellfleck ein. »Ferner Rauch meint, ich hätte einen zu-Ennien-Schweif, aber Steifschwanz sagt immer, ich solle vorsichtig sein.«

»Trotzdem hat sie nichts dagegen, daß ich dein Hochnest mit dir teile«, murmelte Dr. Wilson. »Warum?«

»Ich *kenne* den Grund«, sagte Hellfleck. »Sie hofft, daß du mir gegenüber offener bist und irgend etwas verrätst.«

»Nun gut: Was möchtest du wissen? Ich bin bereit, dir freimütig Auskunft zu geben.«

»Beantworte mir eine Baby-Frage. Ich verstehe *eure* Namen nicht. Jeder von euch scheint mehrere zu haben, und offenbar kommt es nie zu Auseinandersetzungen darüber, wie ihr genannt werden wollt.«

»Um ganz ehrlich zu sein, Hellfleck: Der Name an sich bedeutet keine Schande. Es ist weitaus einfacher, ihn durch das eigene Verhalten in Verruf zu bringen. Aber du meinst sicher, was es mit der Verwendung von

Namen auf sich hat: Nun, das ist von Kultur zu Kultur verschieden. Um dir in bezug auf uns einen kurzen Überblick zu verschaffen...«

Sie wählte Kirk als Beispiel und begann mit einer ausführlichen Erklärung: Sie wies auf die Unterschiede zwischen Vor- und Nachnamen hin und erläuterte auch die Rangstruktur. Schließlich sagte sie: »Es wäre mir eine Ehre, wenn du mich Evan nennen würdest.«

»Soll das heißen, du bietest mir ganz offiziell deine Freundschaft an?«

»Ja.«

»Danke.« Hellfleck zögerte kurz. »Ich kann dir leider keinen solchen Namen anbieten, aber ich werde versuchen, dir zu helfen. Das soll meine Gegenleistung sein, Evan.« Das letzte Wort formulierte sie mit besonderer Sorgfalt.

»Einverstanden«, sagte Dr. Wilson.

»Also schlafen wir wie Freunde und wärmen uns gegenseitig.«

Damit meinte sie Seite an Seite, wie die Ärztin kurz darauf feststellte. Hellfleck wandte ihr dabei den Rükken zu: Wenn sie sich im Schlaf bewegte, wollte sie es vermeiden, Evan mit ihren Krallen zu kratzen. Sie lachten, als sie mehrmals hin und her krochen und die bequemste Position suchten.

Bis auf das Geräusch ihres Atmens und ein gelegentliches Rascheln im Wald herrschte völlige Stille. Nach einer Weile murmelte Hellfleck leise: »Evan? Was ist so komisch an einem Schlaflied?«

Evan Wilson zog ihre Nützlichen höher und schmiegte sich an den weichen Pelz der Sivaoanerin. Erneut lachte sie, und dann sang sie: »Rockabye Baby, on the treetop...« Als sie verstummte, schnurrte Hellfleck glücklich und wickelte ihren Schwanz um Evans Wade. Die menschliche Frau holte tief Luft, seufzte zufrieden, nahm den angenehmen Duft des Fells wahr – und schlief ein.

KAPITEL 8

Schweißgebadet schreckte Kirk aus einem Alptraum vom eeiauoanischen Krankenhaus. Er richtete sich auf und versuchte, die grauenhaften Bilder aus sich zu verdrängen, doch der dumpfe Schrecken in ihm blieb. Er zwinkerte mehrmals, sah eine Gestalt neben dem Feuer und erkannte Spock.

Der wissenschaftliche Offizier hatte sich so sehr auf das Flackern konzentriert, als handele es sich dabei um vulkanische Meditationsflammen. *Vielleicht dient jede Glut diesem Zweck,* überlegte Kirk und verhielt sich ganz still, um seinen Gefährten nicht zu stören.

»Captain«, sagte Spock leise. Kirk verstand das als Aufforderung, strich die warmen Nützlichen beiseite und näherte sich dem Feuer.

»Halten Sie Wache?« fragte er leise, um Chekov nicht zu wecken. »Das ist nicht nötig. Die Katzenwesen sind recht freundlich.« Trotzdem hatte er einen Warnsensor installiert, um jedes Risiko auszuschließen. Es war immer besser, auf Nummer Sicher zu gehen.

»Ich denke nach, Captain«, erwiderte Spock und sprach ebenfalls mit gedämpfter Stimme.

»Sind Sie dabei zu irgendwelchen wichtigen Schlüssen gelangt?«

»Leider kann ich Ihnen nur Theorien anbieten. Ich hoffe, daß Lieutenant Uhura und Dr. Wilson in der Lage sind, weitere Informationen zu gewinnen.«

»Dem schließe ich mich an. Obwohl es mir nicht sehr behagt, sie allein – und schutzlos – zu lassen. Immerhin ist dies eine fremde Welt, von der wir kaum etwas wissen.«

»Hinweise auf mögliche Gefahren wären sicher auf taube Ohren gestoßen. Sie hätten sie mit einem direkten Befehl zur *Enterprise* zurückschicken müssen.«

»Das stimmt wahrscheinlich, Mr. Spock. Aber ich bezweifle auch den Sinn einer solchen Order, zumindest in Evans Fall: Wenn sie sich auf ihren Medo-Rang beruft, sind mir praktisch die Hände gebunden.«

»In der Tat«, bestätigte der Vulkanier. »Ich habe den Eindruck, Dr. Wilson geht mit dem Kopf durch die Wand, wenn sie das für notwendig hält. Außerdem sehe ich eine hohe Wahrscheinlichkeit dafür, daß auch unser Kommunikationsoffizier einen derartigen Befehl mißachtet hätte.«

»Uhura und Meuterei? Sie scherzen wohl, Spock.«

»Keineswegs, Captain. Meine Schlußfolgerung basiert auf genauen Beobachtungen Ihrer Spezies. Sie selbst haben sich über eine Starfleet-Order hinweggesetzt – um einem Freund zu helfen.« Sie sprachen nur selten darüber, aber Kirk wußte sofort, was Spock meinte. »Lieutenant Uhura hat nicht nur einen Freund, sondern mehrere, und ihnen droht der Tod. Sie ging ein logisch begründbares Risiko ein, als sie beschloß, auf dieser Welt zu bleiben und sich schwer einschätzbaren Gefahren auszusetzen. Und aus den gleichen Motiven hätte sie Ihren Befehl ignoriert, zur *Enterprise* zurückzukehren.«

»Mit anderen Worten: Es wäre unlogisch gewesen, ihr eine solche Anweisung zu erteilen.«

»Genau, Captain.«

»Danke, Spock. Ihre Ausführungen beruhigen mich – glaube ich jedenfalls.« Kirk lächelte.

Mensch und Vulkanier saßen Seite an Seite und blickten ins Feuer. Von draußen her erklangen die undeutbaren Geräusche des nächtlichen Waldes. Nach einer Weile sagte der Captain: »Finden Sie eine Möglichkeit für uns, Spock. Sie haben diese Welt entdeckt, und die Wahrscheinlichkeit dafür...«

»Ich konnte sie nur mit Lieutenant Uhuras Informationen lokalisieren«, warf Spock ein.

»Berichtigung zur Kenntnis genommen. Wir müssen alle Anhaltspunkte nutzen, selbst wenn sie noch so unwichtig erscheinen.« Vor seinem inneren Auge formte sich erneut ein Schreckensbild des eeiauoanischen Krankenhauses. »Pille und Christine verlassen sich auf uns.«

Er starrte auf die züngelnden Flammen und erinnerte sich an das eingefallene und hohlwangige Gesicht Leonard McCoys. *Halt aus Pille!* dachte er. *Hab' Geduld! Wir dürfen nichts überstürzen, denn sonst wäre unsere einzige Chance dahin...*

Leonard McCoy fiel es zunehmend schwerer, sich auf die Forschungsarbeiten zu konzentrieren. Immer deutlicher nahm er den besonderen Geruch des eeiauoanischen Hospitals wahr – den süßlichen, fremdartigen Gestank des schleichenden Todes. Ständig kehrten seine Gedanken zu Christine und Micky zurück, die sich Hunderte von Kilometern über ihm befanden, zu Sonnenende, die er nie kennengelernt hatte. Täglich kümmerte er sich um Flinkfuß, beobachtete, wie sich die Krankheit in seiner neuen Freundin ausbreitete – und ahnte, wie es um Schwester Chapel und Dr. Mickiewicz stand.

Häufig zwinkerte er, um die trüben Schleier vor seinen Augen zu vertreiben. Er verabscheute den Anblick, der sich ihm darbot: Das Ausmaß der Katastrophe erfüllte ihn mit Grauen. Die große Anzahl der Infektionsfälle gab ihm ein Gefühl der Hilflosigkeit.

An diesem Morgen hatte ein Eeiauoaner des Pflegepersonals die ersten Anzeichen des ADF-Syndroms an sich entdeckt und versucht, Selbstmord zu begehen. Es gelang McCoy, ihn daran zu hindern, doch vielleicht wäre selbst Spock bereit gewesen, Musterer-von-Vensres Handeln gewisse logische Aspekte zuzugestehen. Die Angehörigen seiner Familie lagen im Koma des zweiten Stadiums, und wenn Musterer jene Phase erreichte, konnte er nicht mehr helfen und stellte eine zusätzliche Bürde dar. McCoy wies ihn eindringlich darauf hin, daß er seine Hilfe so lange brauchte, wie er sich auf den Beinen halten konnte, und das überzeugte ihn schließlich.

Doch damit war das Problem nicht gelöst, nur aufgeschoben.

Zwei weitere Eeiauoaner wurden eingeliefert: Sie litten nicht etwa am ADF-Syndrom, sondern an Hoffnungslosigkeit. Die eine Patientin – eine Mutter, die drei Kinder infolge der Epidemie verloren hatte – zog sich in Apathie zurück und vernachlässigte ihr viertes Kind. Bei der anderen diagnostizierte McCoy einen physischen Schock als unmittelbare Auswirkung schwerer Depressionen.

Wie viele müssen noch sterben, bevor die Überlebenden beginnen, die Toten zu beneiden? fragte sich Leonard.

»Dr. McCoy!« Musterers Stimme unterbrach seine düsteren Grübeleien.

»Ja?« Er stand auf und stellte dabei fest, daß er zu lange in einer Position gesessen hatte: Das eine Knie war steif. Er beugte und massierte es, um die Durchblutung zu stimulieren.

»Dr. Mickiewicz hat sich gemeldet. Sie möchte mit Ihnen sprechen.«

»Micky!« McCoy vergaß sein Knie, eilte ins Nebenzimmer und wandte sich dem Schirm zu. Hinter der Ärztin sah er mehrere Doktoren und Krankenschwestern.

»Hallo, Leonard«, begrüßte sie ihn fröhlich. »Mein Mitarbeiterstab und ich haben eine gute Nachricht für Sie.« Sie drehte sich um und hob die Hand. »Fertig?« Als sie den Arm sinken ließ, ertönte lauter Applaus.

»Es funktioniert!« stieß McCoy hervor.

Micky nickte und schickte ihre Kollegen an die Arbeit zurück. »Ja, das stimmt«, bestätigte sie. »Sie haben uns eine Atempause verschafft, Leonard – und die brauchen wir dringend.«

Sie wurde wieder ernst. »Aber jetzt kommt der Haken. Ihre Vermutung trifft zu: Es handelt sich tatsächlich um ein Palliativum, ein Linderungsmittel. Es *heilt* nicht, ändert auch nichts an den Symptomen der Krankheit. Aber es verlangsamt entweder die weitere Entwicklung des Syndroms oder dämmt sie ganz ein – das wissen wir nicht genau. Ich schätze, es wird noch einige Tage oder Wochen dauern, bis wir exakte Auskunft darüber geben können.«

Die Ärztin seufzte kurz: »Wir synthetisieren das Zeug gleich literweise. Alle Patienten, die wir bisher für hoffnungslose Fälle hielten, erhalten täglich *massive* Dosen. Ein anderer sehr wichtiger Punkt kommt hinzu, Leonard: Wir behandeln damit auch all diejenigen, bei denen eine Infektion nachgewiesen wurde. Je länger wir die letzten Stadien der Krankheit vermeiden können, desto mehr Zeit bleibt uns, um ein echtes Heilmittel zu finden.«

McCoy schüttelte den Kopf. »Es läuft also alles darauf hinaus, daß Tausende zu gräßlichen Schmerzen verurteilt sind. Ich weiß, wie sich unsere Patienten während der ersten Krankheitsphasen bewegen. Himmel, wir benötigen ein wirksames *Anti*serum!«

»Ich weiß, ich weiß«, sagte Dr. Mickiewicz. Die Sorgen- und Erschöpfungsfalten bildeten ein komplexes Netzwerk in ihrem Gesicht. »Aber immerhin sind wir jetzt schon einen wichtigen Schritt weiter. Ich übermittle Ihnen alle Ergebnisse unserer Arbeit – vielleicht finden Sie darin etwas, das wir übersehen haben.« Sie bereitete die Sendung der Daten vor, und McCoy schaltete das Aufzeichnungsgerät ein. »Darüber hinaus benötigen wir Koordinaten. Wohin soll die erste Lieferung des McCoy-Serums geschickt werden?«

Er nannte ihr den entsprechenden Ort. »Aber um ganz genau zu sein, Micky: Es heißt ›Wilson-Chapel-Serum‹. Ohne ihre Untersuchungen wäre ich überhaupt nicht in der Lage gewesen, die Substanz zu isolieren.«

Trotz der guten Neuigkeiten schreckte McCoy davor

zurück, sich nach Christines Zustand zu erkundigen. Micky ahnte die unausgesprochene Frage. »Schwester Chapel reagiert recht gut auf die Behandlung«, sagte sie. »Die Berichte enthalten entsprechende Einzelheiten. Um alles zusammenzufassen: Es ist keine Besserung festzustellen, aber die Krankheit breitet sich nicht weiter in ihr aus. Und das hat sie in erster Linie *Ihnen* zu verdanken.«

Während der nächsten Stunden gab es eine Menge Arbeit für McCoy und Musterer. Sie riefen einige Helfer herbei, die mit einer Injektionspistole umgehen konnten (oder es innerhalb weniger Minuten lernten), und alle Patienten im Krankenhaus bekamen das neue Serum. Leonard verabreichte auch seinem eeiauoanischen Assistenten eine Dosis.

Musterer rieb sich die Schulter, und ein Teils seines Pelzes löste sich. »Vielen Dank, Dr. McCoy. Mein Verhalten von heute morgen tut mir leid. Ich verspreche Ihnen, daß sich so etwas nicht wiederholen wird.«

Die Dankbarkeit des Katzenmanns erfüllte McCoy mit einer Mischung aus Verärgerung und Niedergeschlagenheit. Er versuchte, sich zu beherrschen, als er erwiderte: »Sind die Schmerzen sehr schlimm?«

Musterer schüttelte den Kopf. »Das schon, Dr. McCoy«, sagte er ernst, »aber ich ertrage sie gern, denn nun weiß ich, daß ich meiner Familie auch weiterhin helfen kann. Ich *danke* Ihnen für die Pein, die ich empfinde.«

Kurz darauf verabschiedete er sich von Dr. McCoy, um den Teil des Hospitals aufzusuchen, der seine Verwandten beherbergte. Leonard sah ihm nach, zwinkerte einige Male und wandte sich Mickys Berichten zu.

Die Analyse der Unterlagen dauerte länger, als er erwartet hatte. Der Mangel an Schlaf machte ihn benommen, und die Darstellung auf dem Projektionsschirm schien immer wieder zu verschwimmen. Er überlegte, ob er vom Computer einen Ausdruck anfordern sollte, entschied sich dann aber dagegen.

Die letzte Mitteilung stammte von Starfleet und betraf gemeldete Fälle des ADF-Syndroms auf anderen Planeten. *Die Inkubationszeit treibt uns in die Enge,* dachte McCoy. *Infizierte können andere Leute anstecken, ohne selbst irgendwelche Symptome zu zeigen, und dadurch ist es unmöglich, alle Personen zu finden, die Kontakt mit Kranken hatten.* Hera Vier war bereits unter Quarantäne gestellt worden. Fünfzehn Tote – alles Menschen – und *fünftausend* diagnostizierte Infektionen. Eine zweite medizinische Einsatzgruppe von Starfleet hatte den Auftrag erhalten, sich damit zu ›befassen‹. McCoy lachte bitter. *Jenen Ärzten wird es nicht anders ergehen als uns,* überlegte er kummervoll.

Anschließend konzentrierte er sich auf die Daten des Wilson-Chapel-Serums. Es rief die erhoffte Wirkung hervor. *Ein Aufschub,* erinnerte er sich. *Eine zweite Chance.*

Er schenkte sich Äthanol ein – die Flasche Scotch war leer –, trank das Glas in einem Zug leer und wünschte sich, einen Tag lang ausruhen zu können. *Ein Landurlaub mit Scotty wäre jetzt genau richtig. Himmel, ich würde mich am liebsten total vollaufen lassen. Mit gut gelagertem Whisky, selbstgebranntem Grappa, Wein, Bier, Cognac...* Ein dünnes Lächeln umspielte seine Lippen, doch dann fiel ihm wieder ein, daß er mit dem Rücken an der Wand kämpfte, gegen einen unsichtbaren Feind im biologischen Mikrokosmos. *Äthanol,* fuhr es ihm durch den Sinn, und er schauderte angewidert. *Was für ein schreckliches Zeug. Himmel, wenn ich an den Geschmack von Gin und Tonic denke...* Ja, schon besser: ein altes irdisches Getränk, das sich bei Medizinstudenten großer Beliebtheit erfreute. Außerdem galt Tonic als eine historische Medizin gegen die Symptome von Malaria. Oder stellte es ein regelrechtes Heilmittel dar? fragte sich McCoy und kramte in den untersten Schubladen seines Gedächtnisses. Er hatte es *vergessen.*

Er setzte das Glas so plötzlich ab, daß er fast den Tisch verfehlte. *Tonic!* Erneut ging er Mickys Berichte durch.

Warum nicht? dachte er. *Wenn das Serum die weitere Entwicklung der Krankheit aufhält... Vielleicht verhindern regelmäßige Dosen sogar eine Infektion!*

Seine Gedanken rasten, als er einen Plan schmiedete. Er beschloß, sich selbst einige Tage lang mit dem Serum zu behandeln – und sich anschließend zu infizieren. Da der Erreger des ADF-Syndroms noch immer unbekannt war, blieb ihm nichts anderes übrig, als sich Blut von einem Kranken zu spritzen. *Zum Glück ist Jim nicht hier. Er bekäme sicher einen Wutanfall.*

McCoy nahm eine Injektionspistole zur Hand und füllte die Ladekammer mit einer Dosis des Serums. *Verdammt,* fuhr es ihm plötzlich durch den Sinn. *Micky zieht mir das Fell über die Ohren, wenn ich nicht richtig an die Sache herangehe.* Er legte das Instrument wieder beiseite, nahm statt dessen eine Probe von seinem Blut und schaltete das automatische Analysegerät ein. *Es ist wichtig, sich an die wissenschaftlichen Regeln zu halten. Zuerst der Nachweis, daß die zu behandelnde Person nicht am ADF-Syndrom leidet – sonst hat alles keinen Sinn.*

Er wartete auf das Ergebnis der Untersuchung und trommelte nervös auf die Armlehnen des Sessels. Seine Finger fühlten sich seltsam steif an, und es gelang ihm nicht, den Rhythmus zu halten. Verärgert lehnte er sich zurück.

Auf dem Schirm leuchteten die Resultate. McCoy las sie, zwinkerte und riß die Augen auf. Die Buchstaben- und Zahlenfolgen veränderten sich nicht: Er hatte sich ebenfalls angesteckt. Die Steifheit seiner Glieder, die trüben Schleier, die sich immer wieder vor seinen Augen bildeten, der sensibilisierte Geruchssinn – alles menschliche Symptome der Krankheit. Er hatte sie einfach ignoriert, weil ihm nicht das Haar ausfiel, aber jetzt mußt er sich der schrecklichen Wahrheit stellen.

»Nun«, sagte er laut, »das Risiko war dir von vorneherein klar, alter Knabe. Ich sollte Micky Bescheid geben. Vielleicht kann sie einen Freiwilligen auftreiben, der sich noch *nicht* infiziert hat.« Er griff nach der vorbereiteten Injektionspistole, setzte sie an und betätigte den Auslöser. »Jim, ich habe dir versprochen, hier die Stellung zu halten, aber das fiele mir wesentlich leichter, wenn ich genau wüßte, daß du mit der Kavallerie zurückkehrst.«

Evan Wilson erwachte plötzlich. Das Hochnest schwankte heftig, und überall um sie herum erklang lautes Gekreische. Hellfleck schnurrte leise und streckte sich langsam, und daraufhin atmete die Ärztin erleichtert auf. Wenn das Katzenmädchen gelassen blieb, brauchte auch sie sich keine Sorgen zu machen.

»Guten Morgen, Evan«, sagte Hellfleck. Sie putzte ihr Fell. »Haben sie dich erschreckt? Sie verkünden nur, daß wir Besuch bekommen. Bestimmt sind es die Leute, die wir gestern erwarteten. Wir waren ziemlich überrascht, als wir statt dessen euch sahen.«

»Oh, ich verstehe. Die kleinen Pelzwesen, die du Dummhirn nennst, fungieren als Wächter.« Evan nahm sich ein Beispiel an Hellfleck und fuhr sich mit den Fingern durchs zerzauste Haar.

»Ja«, erwiderte die junge Sivaoanerin nachdenklich. »Ich glaube, sie würden uns warnen, wenn sich gefährliche Tiere näherten. Aber so etwas geschieht nicht oft. Selbst Beißer meiden das Lager.«

Sie streckte sich noch einmal, und als sie gähnte, sah Dr. Wilson lange und spitze Zähne. Sie musterte ihre Freundin mit neuem Respekt und gähnte ebenfalls.

Hellfleck beobachtete sie neugierig. »Seid ihr Pflanzenfresser?«

»Nein, Omnivoren«, erklärte die menschliche Ärztin. »Mr. Spock allerdings ist Vegetarier. Das entspricht seiner Philosophie – eine weitere Besonderheit der Vulkanier.«

»Unterscheiden sich Vulkanier sehr von euch?«

»Diese Frage läßt sich nur schwer beantworten. In physiologischer – und manchmal auch in psychologischer – Hinsicht: ja. Aber das Spektrum der menschlichen Mannigfaltigkeit ist so breit gespannt, daß mir Mr. Spock nicht seltsamer erscheint als gewisse Vertreter meiner eigenen Spezies.«

»Gut«, sagte Hellfleck.

»Gut?«

»Oh, ich glaube, das ist die Reaktion eines Kleinkinds. Ich befürchtete zunächst, ihr wärt alle gleich, weil ihr keine Sivaoaner seid. Jetzt sehe ich euch allmählich als Individuen mit unterschiedlichen Verhaltensweisen.«

»Hellfleck, ich bin stolz darauf, daß du meine Freundin bist. Manche Leute lernen so etwas nie – oder sind schlicht zu faul, um sich zu einer solchen Erkenntnis durchzuringen. Das Gebaren derartiger Personen führt auf vielen Welten zu Problemen.«

Das Katzenmädchen hob den Schwanz. Irgend etwas trippelte über den oberen Teil des Hochnestes und heulte. »Dummhirn!« fauchte Hellfleck, schlug an die Decke und verscheuchte das kleine Wesen.

»Werden sie so genannt?«

»Wenn wir uns über sie ärgern. Eine freundlichere Bezeichnung wäre ›Begrüßer‹. Hast du Hunger?«

Als Dr. Wilson nickte, griff Hellfleck nach einer Schnur, und daraufhin öffnete sich ein Teil der hängemattenartigen Vorrichtung. Mit geschmeidigen Bewegungen hielt die Sivaoanerin auf einen nahen Ast zu, doch plötzlich verharrte sie. »Du bist so anders... Ich werde dir die Frage stellen, die ich gestern abend an Captain Kirk richtete.« Diesmal entnahm Evan ihrem Tonfall, daß sie *Captain* als Titel verwendete und nicht als Teil eines Namens. »Was wollt ihr wissen?«

»Mir ergeht es nicht anders als Captain Kirk, Hellfleck. Ich möchte nicht, daß es zwischen dir und deinen

Zwischendurch: [redacted] Ob Pflanzenfresser oder Fleischfresser, Omnivoren oder Vegetarier – Appetit kennen bestimmt alle Geschöpfe dieses Universums. [redacted] Für den allzu menschlichen Hunger empfehlen wir deshalb etwas, das sich auch Mr. Spock in fünf Minuten zubereiten kann: Denn es gibt sie ja auch ohne Fleisch – die ... [redacted]

nahen Verwandten zu einem Streit kommt oder man uns aus dem Lager verweist.«

Hellflecks Schulterpelz sträubte sich – vielleicht eine Geste der Gleichgültigkeit. »Wir könnten jederzeit ein anderes Lager aufsuchen.«

Dr. Wilson nahm mit überkreuzten Beinen Platz und faltete die Hände. »Du machst das sehr schwer für mich – o nein, nicht etwa absichtlich! Ich weiß nur wenig von deiner Welt, und deshalb muß ich sehr vorsichtig sein und versuchen, deine Verhaltensregeln zu verstehen und mich ihnen anzupassen. Ich werde alle zulässigen Möglichkeiten nutzen, um die benötigten Informationen zu bekommen. Weißt du, ich werde nichts unternehmen, was unsere Freundschaft belasten könnte. Außerdem: Die Entscheidungen, die ich hier treffe, bestimmen vielleicht für viele Jahre die Beziehungen zwischen unseren beiden Völkern.«

Hellfleck nickte. »Deine Worte ergeben einen Sinn. Trotzdem glaube ich, du wärst bereit, die Befehle deines Captains zu mißachten, um Leben zu retten...«

Evan bekam keine Gelegenheit, etwas zu erwidern. Die junge Sivaoanerin sprang auf den Ast, kletterte am Baumstamm empor und streckte die Hand aus. Wilson stieß sich ab, griff nach dem dargebotenen Arm und spürte, wie Hellfleck sie mit ihrem Schwanz stützte. »Danke«, sagte sie. »Allein hätte ich es vermutlich nicht geschafft.«

»Laß mich zuerst auf den Boden zurückkehren«, schlug das Katzenmädchen vor. »Ich möchte dich beim Klettern beobachten.«

Sie sauste von Ast zu Ast, und Evan folgte ihr langsam und vorsichtig. »Ich wünschte, dazu wäre ich auch imstande«, sagte Hellfleck nach einer Weile.

Dr. Wilson lächelte. »Ich wünschte, ich hätte einen Schwanz.« Sie wechselten einen Blick gegenseitiger Anerkennung.

»Und jetzt essen wir etwas«, meinte Hellfleck.

»Gute Idee. Mir knurrt bereits der Magen.«

Sie wichen einigen Süßstreifern aus, und die Sivaoanerin führte ihre menschliche Begleiterin tiefer in den Wald. Nach einigen hundert Metern gelangten sie an einen Bach, wo sie ihren Durst stillten. Evan nutzte die Gelegenheit, um ihr Gesicht zu waschen, und das Katzenmädchen beobachtete sie überrascht.

»Kannst du schwimmen?« fragte Dr. Wilson. Das Übersetzungsmodul schien die Frage einwandfrei zu transkribieren – ein solches Konzept widersprach also nicht den sivaoanischen Traditionen.

»Eillicht schon. Er mag Wasser. Aber die meisten von uns hassen es, naß zu werden.« Hellfleck schauderte voller Abscheu.

»Hm«, machte Evan. »Wie steht's nun mit dem Frühstück? Ich sollte dich warnen: Ich bin eine gute Schwimmerin, aber als Jägerin tauge ich nicht viel.«

Hellfleck wirkte erstaunt. »Windender Pfad stellt eine Jagdgruppe zusammen, die für das heutige Abendessen sorgt. Zum Frühstück verspeisen wir Obst. Dort, siehst du?« Sie deutete auf einen Baum, der einige Meter entfernt am Ufer wuchs. Die Äste und Zweige reichten über den Bach und bogen sich unter einer schweren Fruchtlast.

»Komisch«, murmelte Dr. Wilson. »Angesichts eurer Zähne dachte ich, ihr ernährt euch ausschließlich von Fleisch.«

Es handelte sich um die gleichen Früchte, die Chekov für seinen leckeren Eintopf verwendet hatte. Evan pflückte eine und biß ohne zu zögern hinein. Hellfleck stopft sich ein apfelähnliches Gebilde in den Mund, kaute einmal und schluckte. »Oh, mit unseren Zähnen ist alles in Ordnung«, kommentierte sie fröhlich.

»In der Tat.«

Eine Zeitlang blieben sie am Bach sitzen. Als sie schließlich ins Lager zurückkehrten, fielen Dr. Wilson einige Veränderungen auf. Mehrere Zelte fehlten, und gerade wurden zwei weitere abgebaut. Unter Chekovs Aufsicht entstand ein großer Unterstand, der dem Quartier der Landegruppe ähnelte, und dabei wurden auch sivaoanische Nützliche verwendet.

Hellflecks Schwanz schlug zweimal an Dr. Wilsons Wade, aber trotzdem zischte sie ein freundliches »Guten Morgen«. Evan drehte sich um und begrüßte Fangsturm und Steifschwanz. In Fangsturms Augen blitzte es kurz auf, und er gab keine Antwort. Zu seiner Mutter sagte er: »Die Dummhirne sind heute morgen ziemlich geschwätzig.« Steifschwanz fauchte und versetzte ihm einen Schlag, der ihn kurz taumeln ließ. Er warf Evan und Hellfleck noch einen finsteren Blick zu, bevor er davonstolzierte.

»Warum legt er sich dauernd mit dir an?« wandte sich Evan an das Katzenmädchen. »Ich dachte, ihr seid Geschwister.«

»Das stimmt auch«, erwiderte Steifschwanz. »Eine unserer Redewendungen lautet: Wie Bruder und Schwester kämpfen. Gibt es solche Auseinandersetzungen auch bei Ihrem Volk?«

»Ja«, gestand die Ärztin ein. »Aber sie sind nicht so typisch, daß wir ein Sprichwort dafür haben.«

»Fangsturm liebt es, Ärger zu machen«, warf Hellfleck ein. »Sein Name ist Hinweis genug.«

»Nun, unsere Namen werden größtenteils aufgrund des Klangs gewählt, nicht als Beschreibungen«, erklärte Evan. »Deshalb habe ich mir nichts weiter dabei gedacht. Wir nennen solche Leute Unruhestifter. Nein, das ist kein Name, sondern eine Bezeichnung.« Sie sah Kirk auf der anderen Seite der Lichtung und winkte. »Guten Morgen, Captain!«

Hellflecks Schnurrhaare vibrierten, als sie die Geste wiederholte. Kirk winkte ebenfalls und kam auf sie zu. Bevor er sie erreichte, sagte Steifschwanz: »Komm, Hellfleck. Ich möchte erfahren, wie es geschehen ist.« Das Katzenmädchen zögerte unsicher.

»Schon gut«, meinte Dr. Wilson. »Geh nur. Du kannst den Captain später begrüßen. Wir bleiben noch eine Weile.«

Hellfleck hob noch einmal den Arm und sauste mit zuckendem Schwanz davon.

»Guten Morgen, Dr. Wilson«, sagte Kirk und blieb vor ihr stehen. »Haben Sie gut geschlafen?« Als sie den schelmischen Spott in seiner Stimme hörte, lachte sie unwillkürlich.

»Ja, Captain. Ich kann nicht klagen.«

Er musterte sie. »Ich wußte gar nicht, daß Sie so meisterhaft zu klettern verstehen. Ich glaube, sogar Spock war überrascht.«

»Nun, das überrascht *mich*. Für gewöhnlich neigt Mr. Spock nicht zu Vorurteilen in bezug auf die menschliche Leistungsfähigkeit. Ziehen Sie schon wieder an meinem Schwanz, Captain?«

»Tja, in gewisser Weise schon«, gestand er ein. »Aber wie dem auch sei: Spock war wirklich erstaunt. Und ich frage mich nach dem Grund dafür. Normalerweise läßt er sich nur etwas anmerken, wenn er eine auffällig emotionale Reaktion sieht – und selbst dann hebt er nur die Brauen.«

»Sie kennen ihn besser als ich.« Dr. Wilson zuckte mit den Schultern. »Bisher habe ich nur folgendes in Erfahrung gebracht: Steifschwanz *möchte*, daß Hellfleck mit uns spricht. Alles andere ist MKNW.«

»Was soll das denn heißen?«

»MKNW steht für ›Man kann nie wissen‹. Damit sind Informationen gemeint, die sich vielleicht als nützlich erweisen.« Sie zählte an den Fingern ab. »Die meisten Sivaoaner können nicht schwimmen. Namen haben in dieser Kultur eine wesentlich größere Bedeutung als bei uns. Beißer greifen selten ein Lager an. Und Hellfleck ist die beste Schülerin, die ich seit vielen Jahren hatte.«

»Für ihr Alter recht helle?«

»Schwer zu sagen. Ich habe mich nur mit ihr ausführlich unterhalten. Nach unseren Maßstäben erscheinen mir praktisch alle sivaoanischen Kinder verwöhnt, sogar verzogen. Sie genießen enorme Freiheiten. Wenn sie gewisse Grenzen überschreiten, gibt's einen Schlag an den Kopf, doch damit hat sich's.«

»Und das bedeutet?«

»Es bedeutet, daß Steifschwanz den gestrigen Kampf zwischen Hellfleck und Fangsturm völlig vergessen hat. Im Gegensatz zu dem Katzenmädchen, aber das spielt in diesem Zusammenhang keine Rolle. Guten Morgen, Mr. Spock«, fügte Dr. Wilson hinzu und lächelte, als der Vulkanier auf sie zutrat.

Kirk begrüßte den wissenschaftlichen Offizier mit einem knappen Nicken und richtete seine Aufmerksamkeit dann wieder auf die Ärztin. »Rivalität zwischen Geschwistern«, sagte er. Und als Spock die Stirn runzelte: »Ich meine Hellfleck und Fangsturm.«

»Ja«, sagte Evan. »Offenbar gilt so etwas als normal.« Sie zitierte Steifschwanz' Redewendung. »Ich vermute allerdings, das trifft nur auf Zwillinge, Drillinge und dergleichen zu. Als Hellfleck Ferner Rauch erwähnte, stellte sie ihn nicht als Bruder, sondern als Sohn ihrer Mutter vor. Außerdem streitet sie sich nie mit ihm. Daraus schließe ich, daß die Konfrontation zwischen Geschwistern nur dann hingenommen wird, wenn es sich um Kinder handelt, die zur gleichen Zeit geboren wurden.«

»Das würde meine eigenen Beobachtungen bestätigen«, sagte Spock. »Offenbar sind Ferner Rauch und Fangsturm nur Halbbrüder. Lieutenant Uhura meint übrigens, im modernen Sivaoanisch gebe es kein Wort für Heirat.«

»Alle Kinder sind ›ehelich‹?« Evan lächelte. »Diese Vorstellung gefällt mir. Die Sprößlinge werden nicht mit den Sünden ihrer Eltern belastet.«

»Ganz im Gegenteil, Dr. Wilson. Schließlich deutet alles darauf hin, daß die Sivaoaner nach zweitausend

Jahren noch immer einen Groll – ich glaube, das ist der richtige Ausdruck – gegen ihre eeiauoanischen Nachkommen hegen.«

»Ein guter Hinweis, Mr. Spock«, sagte Kirk. »Haben Sie Uhura gesehen?«

»Ja. Bisher hat sie nichts zu berichten.«

Dr. Wilson sah ihn nachdenklich an. »Ihnen fällt eine solche Feststellung ganz leicht, Mr. Spock. Aber *ihr* bestimmt nicht.« Sie senkte kurz den Kopf. »Mit anderen Worten: Wir treten noch immer auf der Stelle.«

»Heinrich Schliemann brauchte viele Jahre, um Troja zu entdecken«, warf Kirk ein.

Diese Bemerkung entlockte der Ärztin ein Lächeln. »Eine Dosis meiner eigenen Medizin, Captain? Nun, setzen wir unsere Ausgrabungsarbeiten fort.« An den Vulkanier gerichtet fügte sie hinzu: »*Nachdem* ich Mr. Spock in Kenntnis gesetzt habe...«

Ausführlich erzählte sie dem Vulkanier von den Gesprächen mit Hellfleck, und während ihrer Schilderungen ließ sie ihn nicht aus den Augen. Er hatte sich völlig auf sie konzentriert, und dieser Umstand weckte vages Unbehagen in ihr. Sie spürte, wie ihre Wangen zu glühen begannen, und fast verzweifelt bemühte sie sich, ihre Unsicherheit zu verbergen. Als sie ihren Vortrag beendete, seufzte sie innerlich.

»Gestatten Sie mir eine persönliche Frage, Dr. Wilson?« fragte Spock.

Sie setzen mich unter Druck, dachte sie. *Womit habe ich das verdient?* Sie ahmte die förmliche Ausdrucksweise des Vulkaniers nach, als sie sagte: »Selbstverständlich, Mr. Spock.«

»Das körperliche Geschick, das Sie gestern abend unter Beweis stellten, war bemerkenswert...«

»Danke.« Sie hob eine Braue, und aus den Augenwinkeln sah sie, wie Kirk lächelte.

»Als sich Hellfleck daran erinnerte, daß Sie keine Krallen haben, wiesen Sie daraufhin, von den ›besten

Baumkletterern abzustammen, die es je gab‹. So ähnlich klang Ihre Bemerkung.«

»Ein ziemlich genaues Zitat«, bestätigte Evan.

»Ich kenne viele Menschen, die nur ungern von ihrer Abstammung sprechen, sie manchmal sogar leugnen. Bei Ihnen scheint es genau umgekehrt zu sein. Warum?«

»Warum nicht?« Sofort bereute sie ihre Antwort. »Bitte entschuldigen Sie, Mr. Spock. Ich möchte nicht respektlos sein. Aber ich kann Leute nicht ausstehen, die sich für die Krone der Schöpfung und allen anderen Wesen – ob Mensch oder Tier – überlegen halten. Es gibt tatsächlich Personen, die sich nicht vorstellen wollen oder können, daß sie das Ergebnis einer langen Evolution sind. Ich vertrete folgende Meinung: Das Universum vergeudet nichts; warum sollte ich ein gutes Talent fürs Klettern ungenutzt lassen, nur weil irgendwer die Nasen rümpfen und so etwas als ›unzivilisiert‹ bezeichnen mag? Ebensogut könnte man darauf verzichten, von einem vielseitig verwendbaren Greifschwanz Gebrauch zu machen.« Spock verstand ihre Anspielung auf die Eeiauoaner.

»Allerdings«, sagte der Vulkanier. »Darf ich Sie darauf hinweisen, daß Ihre ›rein gefühlsmäßige‹ Reaktion erneut große Ähnlichkeiten mit Logik aufweist?«

»Sie dürfen – aber vermutlich würde ich einer solchen Behauptung mit allem Nachdruck widersprechen.«

»*Das* wäre höchst unlogisch.«

»Was meinen Standpunkt beweist.«

Kirks Gesichtsausdruck belohnte sie für ihre schlagfertige Erwiderung: Er grinste von einem Ohr zum anderen. *Jetzt wird's Zeit, den taktischen Rückzug anzutreten.* Sie schulterte einen imaginären Spaten, winkte und marschierte fort.

Kirk sah der Ärztin nach und nickte langsam. Endlich kannte er den Grund für ihr manchmal rätselhaftes Verhalten. Er lachte laut. »Mr. Spock, Evan lehnt schablonenhafte Kategorisierungen ab – selbst wenn sie von Ihnen stammen.«

»Captain?«

Vielleicht waren derartige Vorstellungen für das vulkanische Bewußtsein schwer begreifbar. »Ich meine: Sie möchte nicht, daß jemand ein bestimmtes Gebaren von ihr erwartet. Wenn Sie Evan weiterhin beobachten wollen, so denken Sie dabei an Heisenberg. Dr. Wilson wird nichts unversucht lassen, um Ihre Datenbasis zu sabotieren. Sie genießt es, unberechenbar zu sein.«

»Dann trifft ihre Behauptung tatsächlich zu: Sie ist ebenso unlogisch wie die meisten Menschen.« Der Vulkanier runzelte die Stirn. »Faszinierend.«

Wie auch Ihre Reaktion auf Evan, dachte Kirk. Laut sagte er: »Nun, Mr. Spock, alle scheinen damit beschäftigt zu sein, Informationen zu sammeln. Ich schlage vor, wir machen uns ebenfalls nützlich. Irgendeine Idee?«

Der wissenschaftliche Offizier deutete auf das Gebäude zwischen den Bäumen. »Ich würde es mir gern von innen ansehen.«

»Also los.«

»Captain, darf ich mich danach erkundigen, ob Sie noch immer an Kopfschmerzen leiden?«

»Wenn das eine Warnung sein soll: Empfang bestätigt.« Kirk blickte sich im Lager um und sah, wie Hellfleck das Zelt ihrer Mutter verließ. Mit einem Wink forderte er sie auf, sich ihnen anzuschließen. »Wir fragen das Katzenmädchen. Hellfleck wies uns darauf hin, sie könne nicht so fest zuschlagen wie Steifschwanz. Hoffen wir, daß sie recht hat.«

Die junge Sivaoanerin sprang fröhlich auf sie zu. »Guten Morgen, Captain. Guten Morgen, Mr. Spock.«

»Guten Morgen, Hellfleck. Ich möchte dir noch eine

Baby-Frage stellen, aber Mr. Spock erinnerte mich gerade an meinen weichen Kopf.«

Der Schwanz des Katzenmädchens zuckte kurz. »Meiner ist zwar härter, aber es tut trotzdem weh, wenn mich jemand schlägt.« Sie rieb sich die eine Schläfe.

»Was hast du angestellt, um eine solche Strafe zu verdienen?«

Hellfleck zögerte. »Nichts«, sagte sie und wandte verlegen den Blick ab.

Die typische Antwort eines typischen Kindes, dachte der Captain und fügte in Gedanken hinzu: *Und ich bin der typisch neugierige Erwachsene.* »Tut mir leid, Hellfleck. Das geht mich nichts an. Wie fühlst du dich?«

»Oh, prächtig. Hand ist weicher als Kopf.« Das klang wie ein Sprichwort. Die Sivaoanerin faltete die Hände und wickelte den Schwanz um ihre Unterarme. »Wie lautet deine Frage?«

Kirk belächelte ihre Vorsichtsmaßnahme. »Wir würden uns gern das Gebäude dort drüben ansehen. Ist das gestattet?«

Hellfleck schnurrte erleichtert und streckte den Schwanz wieder. Die Barthaare neigten sich nach vorn. »Oh, natürlich. Kommt, ich zeige es euch.« Sie drehte sich um und verharrte abrupt. »Wartet. Ich muß erst nachdenken.« Ihr Schweif vibrierte unruhig.

»Es gibt da ein Problem«, sagte sie schließlich. »Glaube ich. Lieutenant Uhura meinte, ihr könnt ganz nach Belieben alle Lieder singen, die ihr hört. Trifft das auch auf Dinge zu?«

»Ich verstehe nicht...«

»Würdet ihr fremde *Dinge* herstellen, wenn ihr seht, wie so etwas gemacht wird?«

Kirk sah Spock an. »Ich glaube, sie meint Industriespionage, Captain«, vermutete der Vulkanier. Hellflecks Reaktion verdeutlichte eine mangelhafte Transkription durch das Übersetzungsmodul, woraufhin es

Spock für angebracht hielt, ihr einen längeren Vortrag zu halten. Es ging dabei um das Patentrecht der Föderation, und es folgten detaillierte Schilderungen in Hinsicht auf den Begriff ›Gesetz‹ und die Unterschiede zu ›Naturgesetzen‹.

Als er seine Erklärungen beendete, sagte das Katzenmädchen: »Vielleicht solltest du Windender Pfad und Steifschwanz in der Alten Sprache versichern, daß du die Informationen nur mit ihrer ausdrücklichen Erlaubnis benutzt.«

»Leider beherrschen wir die Alte Sprache nicht«, entgegnete Kirk. »Nur Lieutenant Uhura hat entsprechende Kenntnisse. Aber ich gebe deinen Freunden mein Wort. Genügt das?«

»Ich weiß nicht. Aber es kann sicher nicht schaden, sie zu fragen.«

»Da bin ich mir nicht so sicher...« Kirk tastete kurz nach seinem Kopf, und Hellflecks Schwanz bildete eine amüsierte Spirale. »Ich erkundige mich danach«, bot sie sich an.

Sie führte sie zum Gebäude, und ihr Schweif tastete durch den Zugang. Kurz darauf erschien Steifschwanz in der Tür. Zu Kirks großer Überraschung wiederholte Hellfleck wortwörtlich ihr Gespräch und fügte auch die Erläuterungen des Vulkaniers zu. Als ihre zischende Stimme verklang, musterte Steifschwanz die beiden Besucher.

»Evan Wilson versteht die Alte Sprache nicht, aber sie akzeptierte das *Wort* Ferner Rauchs, als er versprach, sie bei der ›Umarmung‹ nicht zu verletzen. Gibt es auch bei Ihnen einen solchen Brauch?«

Kirk nickte. »Ja. Ich gebe Ihnen mein Wort, daß Mr. Spock und ich ohne Ihre ausdrückliche Erlaubnis keine der Informationen verwerten werden, die wir in diesem Gebäude bekommen – es sei denn, um Leben zu retten...«

»Einverstanden«, sagte Steifschwanz. »Kommen Sie

herein. Bitte stören Sie Windender Pfad nicht; er ist derzeit beschäftigt. Wenn Sie Fragen haben, so richten Sie sie an mich.«

Die beiden Männer folgten der älteren Sivaoanerin. Schon nach einigen Schritten blieb Kirk stehen und sah sich verblüfft um. »Das entspricht nicht ganz meinen Erwartungen«, sagte er, als er sich faßte. Eigentlich wußte er überhaupt nicht, *was* er erwartet hatte. Vielleicht eine Art Tempel.

Was in gewisser Weise durchaus stimmte: Es handelte sich um einen Tempel der Wissenschaft, wenn auch nicht in einem religiösen, sondern ästhetischen Sinn. Das Design der Gegenstände war nicht nur funktionell, sondern auch kunstvoll, so wie bei Schnappkralles Medo-Sensoren. An den Wänden zeigten sich seltsame Verzierungen, und der Captain brauchte eine Weile, um sie als Diagramme und Karten zu erkennen. Der Tisch, an dem Windender Pfad saß, bestand aus Holz mit vielen Schnitzmustern. Kirk konnte sich kaum eine bessere Arbeitsumgebung vorstellen, und Vergleiche mit ihm bekannten chemischen Laboratorien erschienen ihm nicht nur unpassend, sondern geradewegs absurd.

Spock untersuchte einige Petrischalen. »Ganz offensichtlich stammen sie aus einer Massenproduktion.«

Diese Bemerkung schien Steifschwanz zu erheitern. »Sie werden oft zerstört«, sagte sie. »Und der Nachschub wäre sehr schwierig, wenn man sie einzeln anfertigen müßte.«

»Ich verstehe. Aber eins ist rätselhaft für mich: Warum wird bei Gegenständen, die einem rein wissenschaftlichen Zweck dienen, auf eine ästhetische Struktur Wert gelegt?«

»Welchen Nutzen haben die Muster auf den Blütenblättern von Blumen?«

Spock sah seine Logik herausgefordert. »Auf den meisten Welten sollen sie symbiotische Wesen anlokken, die für eine Bestäubung der Pflanze sorgen, um ein breites Spektrum genetischer Kombinationen zu ermöglichen.«

Steifschwanz ahmte die menschliche Zustimmungsgeste nach. »Genau. Unsere Objekte dienen ebenfalls zum Anlocken. Wer bliebe schon in einem geschlossenen Raum, wenn seine Schönheit nicht dem des Draußen gleichkäme?«

»Aber es gibt doch auch die Ästhetik des intellektuellen Problems an sich«, wandte Spock ein.

Steifschwanz legte kurz die Ohren an; offenbar fand sie diesen Hinweis ›bemerkenswert‹. *Nein,* verbesserte sich Kirk in Gedanken. *Es geht nicht in erster Linie um die Worte, sondern darum, daß sie von dem Vulkanier stammen.*

»Ja, das ist richtig«, pflichtete ihm die Sivaoanerin bei. »Begleiten Sie mich, Mr. Spock. Ich zeige Ihnen die Schönheit eines Problems.«

Kurze Zeit später begannen Steifschwanz und Spock mit einer wissenschaftlichen Diskussion, und Kirk, der als Kommandant eines Raumschiffes über nur begrenzte chemische Kenntnisse verfügte, richtete seine Aufmerksamkeit auf die sivaoanische Kunst.

Hellfleck schlenderte durchs Laboratorium und achtete darauf, niemanden zu stören. Eine Zeitlang blickte sie über Windender Pfads Schulter, und er wickelte zärtlich den Schwanz um ihre Taille, sah jedoch nicht auf.

Nach einer Weile kehrte sie zu Kirk zurück und zischte leise: »Verstehst du das?« Sie deutete auf Spock und Steifschwanz.

»Ich fürchte, es ist zu hoch für mich«, gab er zu. »Und du?«

Das Katzenmädchen schüttelte den Kopf. »Mir gefällt es, Dinge zusammenzusetzen oder auseinanderzunehmen. Insbesondere Tricorder«, fügte sie verschmitzt hinzu. »Ich mache mich jetzt auf die Suche nach Evan. Möchtest du mitkommen?«

Vielleicht war es gar nicht schlecht, Spock und Steifschwanz sich selbst zu überlassen. Der Captain nickte. Als er sich verabschieden wollte, hob Steifschwanz den Schweif und preßte ihn auf den Mund; ebensogut hätte ein Mensch den Zeigefinger vor die Lippen halten können. Kirk respektierte die lokale Etikette und ging ohne ein Wort.

Als er ins helle Sonnenlicht trat, sah er sich plötzlich einem seltsamen Geschöpf gegenüber: Es wirkte wie eine Mischung aus Esel und einem moosbewachsenen Felsen. Anscheinend war es ebenso überrascht wie der Captain, denn es wich hastig auf vier Beinen zurück, starrte ihn aus Augen an, die sich in einem zotteligen, grünen Fell verbargen – und machte laut »Hick!«

»Ach, reg dich doch nicht auf«, sagte Hellfleck zu dem sonderbaren Wesen. »Man könnte meinen, er sei ein Beißer.« Sie winkte mehrmals. »Los, lauf weg, bevor er dich frißt.«

Das Geschöpf wiederholte sein »Hick«, raste über die Lichtung und schnatterte zu einer Sivaoanerin. Sie klopfte ihm beruhigend auf die Schulter und wandte sich dann wieder ihrem Zelt zu.

»Bist du etwa erschrocken?« Hellfleck musterte Kirk. »Oh, entschuldige, du hast so ein Tier ja noch nie gesehen! Wir nennen sie Sauser. Sie sind nicht besonders klug, dafür aber sehr schnell, besonders dann, wenn ihnen etwas Angst einjagt. Sie stürmen sofort nach Hause, rennen einen sogar über den Haufen, wenn man nicht aufpaßt. Meistens verstecken sie sich in einem Zelt und hoffen, daß wir sie vor Gespenstern beschützen.«

Kirk grinste. Die schluckaufartigen Geräusche, die der Sauser von sich gab, reizten zum Lachen, und Hellflecks Schwanzspirale deutete darauf hin, daß es ihr kaum anders erging. Ein anderer Sivaoaner führte einen zweiten Sauser aus dem Wald: Er warf Kirk einen ängstlichen Blick zu und stimmte in das aufgeregte

»Hick-hick!« seines Artgenossen ein. Einige Katzenmänner und -frauen unterbrachen ihre Arbeiten, um die Tiere zu beruhigen, beluden sie anschließend und stiegen auf.

»Warum verlassen sie das Lager?«

»Ich weiß nicht genau«, erwiderte Hellfleck. »Sie waren wütend auf Steifschwanz und sprachen nicht mit ihr. Heiß-früh-zu-Allanien machte sich schon vor einer Weile auf den Weg. Sie gehen lieber, anstatt sich auf einen Kampf mit meiner Mutter einzulassen.« Sie sah Kirk kurz an und schien nicht recht zu wissen, was sie von dem Ruf der Sivaoanerin halten sollte, die sie zur Welt gebracht hatte. Nach einigen Sekunden senkte sie den Kopf – eine Geste, die vielleicht wortlose Kritik an Steifschwanz zum Ausdruck brachte.

Bevor Kirk eine Frage stellen konnte, platzte es aus Hellfleck heraus: »Es geht schon wieder los. Und diesmal wird's ernst!«

Sie meinte ihren Bruder Fangsturm. Er stand kaum sechs Meter entfernt und starrte zornig auf die sitzende Evan Wilson herab. Seine Schwanzspitze zitterte.

»Mensch«, sagte sie und schien damit eine Bemerkung des jungen Sivaoaners zu berichtigen.

Kirk und Hellfleck waren nahe genug, um dem Übersetzungsmodul eine Transkription der Antwort zu ermöglichen. »*Kopfpelz*«, stieß Fangsturm abfällig hervor.

Die Ärztin stand langsam auf, trat näher und verharrte dicht vor dem Katzenwesen. Demonstrativ faltete sie die Arme und klopfte als Zeichen ihres Ärgers mit dem Fuß auf den Boden. Fangsturm schlug mit dem Schwanz. »*Kopfpelz*«, wiederholte er.

»Du führst dich wie ein Dummhirn auf«, sagte Evan laut und deutlich.

Der Katzenjunge sprang, und Dr. Wilson stürzte unter ihm zu Boden. Der Klappstuhl fiel zur Seite.

»Steifschwanz!« rief Hellfleck, wirbelte herum und rannte zum Gebäude zwischen den Bäumen zurück.

Kirk griff nach seinem Phaser, zog ihn jedoch nicht aus dem Halfter. Er wagte es nicht, auf einen Sivaoaner zu schießen. Rasch lief er los, um Fangsturm beiseitezuzerren, bevor er die Frau verletzen konnte.

Die beiden so unterschiedlichen Gestalten rollten hin und her. Fangsturm nahm die typische sivaoanische Kampfhaltung ein und bohrte seine Krallen in Evans Rücken. Dr. Wilson bekam seinen Kopf zu fassen und drückte ihn nach unten auf Fangsturms Brust, so daß er sie nicht beißen konnte. Seine langen und spitzen Zähne stellten die größte Gefahr für sie dar.

Ihre Beine waren länger als die Fangsturms, und sie nutzte diesen Vorteil, trat ihm in den Bauch, während ihr Gegner vergeblich versuchte, seine Fußkrallen einzusetzen. »Um Himmels willen, Captain, greifen Sie nicht ein!« keuchte sie. »Er ist doch nur ein Kind!«

Sie meinte es zweifellos ernst, doch Kirk fühlte sich trotzdem versucht, auf der Stelle zu intervenieren und den Kampf zu beenden.

Der Katzenjunge wandte sich jäh zur Seite, und Evan paßte sich seinen Bewegungen sofort an. Sie hielt den Kopf ihres Gegners weiterhin nach unten und schlang die Beine um ihn, so wie am Abend zuvor um den Baumstamm. Fangsturm knurrte, fauchte und zischte und trat immer wieder nach ihr.

Mit einem plötzlichen Ruck schob sich Dr. Wilson ein wenig nach vorn – und biß ins Ohr des Sivaoaners.

Fangsturm quiekte, löste seine Krallen aus Evans Rücken und rutschte fort. Die Frau ließ sofort los, rollte zurück – und war mit einem Satz auf den Beinen.

Kirk trat zwischen die beiden Kontrahenten und bereitete sich darauf vor, dem nächsten Angriff Fangsturms zu begegnen.

Nichts geschah. Der Sivaoaner drehte sich wortlos um und putzte sein Fell.

Dr. Wilson entspannte sich und holte tief Luft. Kirk streckte die Hand nach ihrer Schulter aus, ohne den

Blick von Fangsturm abzuwenden. Evan bedachte ihn mit einem erleichterten Blick, schloß die Augen und ließ den angehaltenen Atem entweichen.

Der Katzenjunge näherte sich langsam, und Kirk spannte unwillkürlich die Muskeln, doch Fangsturm duckte sich nicht zum Sprung. Ruhig blieb er vor ihnen stehen und musterte die menschliche Ärztin eingehend. »Mensch«, sagte er und streckte ihr seinen Schwanz entgegen.

»Danke«, erwiderte Dr. Wilson. »Du hast gut gekämpft, und deshalb bin ich stolz auf meinen Sieg.«

»Ja«, zischte er. »Soll ich dich ablecken? Steifschwanz meint, eure Traditionen sind anders als unsere. Bei deinem Kampfstil ist das ganz gewiß der Fall!«

»Dein Angebot ehrt mich, aber ich muß es ablehnen. Weißt du, ich habe keinen Pelz, und deine Zunge ist viel zu rauh für meine Haut. Ich gehe zum Bach und wasch mich dort. Übrigens: Ich rate dir, dein Fell in Ordnung zu bringen. Du bist völlig zerzaust.« Evan strich sich mit den Fingern durchs Haar. »Vermutlich sehe ich nicht viel besser aus.« Sie holte einen Kamm hervor, und Fangsturm fuhr damit fort, sich zu putzen. An einer Stelle, die er nicht ganz erreichen konnte, wies sein Pelz einen Knoten auf. »Wenn ich dir helfen darf…« sagte Evan. Der Katzenjunge nickte und legte gleichzeitig überrascht die Ohren an. Dr. Wilson trat von Kirk fort und zog den Kamm vorsichtig durchs Fell. Fangsturm drehte den Kopf so weit wie möglich zur Seite, um sie zu beobachten.

Kirk spürte, wie ihn Erleichterung durchströmte, doch als er das Blut auf seinem Ärmel sah, zuckte er unwillkürlich zusammen. »Evan, Ihr Rücken!«

»Tut verdammt weh«, gestand sie ein, wandte sich aber nicht von dem Sivaoaner ab. »Ist die Wunde schlimm?«

»Woher soll ich das wissen? Sie sind der Arzt!« Er zog sie behutsam von Fangsturm fort und stellte fest, daß ihre Uniform zerrissen war. Zwei lange rote Striemen reichten vom Nacken über die Schulterblätter.

»Evan!« Dieser besorgte Ausruf stammte von Hellfleck. »Ich hole Schnappkralle.« Und sie eilte wieder davon.

Kirk griff nach dem umgestürzten Klappstuhl und forderte Evan auf, Platz zu nehmen. »Kann ich Ihnen irgendwie helfen?«

»Wenn die Blutung nicht stark ist, sollten wir auf die sivaoanische Doktorin warten. Machen Sie sich keine Sorgen, Captain. Beim Fechten habe ich manchmal weitaus ernstere Verletzungen erlitten.«

»Halten Sie das für klug?«

»Was meinen Sie damit? Schnappkralle? Sie sind von ihr behandelt worden, erinnern Sie sich?«

Dies war nicht der geeignete Zeitpunkt, über die Kompetenz der sivaoanischen Ärztin zu diskutieren, begriff Kirk: Der Kampf hatte einige Zuschauer angelockt.

Steifschwanz schob ihn beiseite, um sich Wilsons Rücken anzusehen. Mit ihrem Schweif zog sie Fangsturm heran, damit auch er einen Blick auf die tiefe Wunde warf. Dann versetzte sie ihm einen kräftigen Schlag.

Evan stemmte sich empört in die Höhe. »Er hat fair gekämpft, Steifschwanz. Und die Auseinandersetzung betraf nur uns beide. Ich finde es nicht richtig, daß Sie…«

»Ich habe ihm solche Zweikämpfe verboten, weil Sie empfindsam sind und wir Ihre Sitten nicht kennen. Sein Ungehorsam mußte bestraft werden.« Dr. Wilson sah die Logik dieses Arguments ein und setzte sich wieder. »Ist es bei euch Brauch, solche Duelle zu führen?« fragte Hellflecks Mutter.

»Nun, manchmal treten wir aus Spaß gegeneinander an, aber für gewöhnlich tragen wir dabei dicke Schutzkleidung.« Evan lachte leise. »Es dürfte Fangsturm inzwischen klar sein, daß wir kein schützendes Fell haben.«

»Du hast auch keine Krallen und Zähne...«

»Oh, Zähne schon. Sehen Sie sich Fangsturms Ohr an.«

Steifschwanz betrachtete es skeptisch. »Es zeigt keinen Abdruck.«

»Ich glaube, das ist auch nicht nötig.«

Die Schaulustigen wichen zur Seite, um Schnappkralle Platz zu machen. Sie zischte und fauchte verärgert, als sie Evans Rücken untersuchte. *Selbst mit seinem wütendsten Brummen könnte es Pille nicht mit ihr aufnehmen*, dachte Kirk. Sie versuchte, ihre menschliche Kollegin zu trösten, indem sie sanft schnurrte, und dann begann sie mit der Arbeit. Wortlos reichte ihr Pechvogel einige Instrumente.

Steifschwanz warf Dr. Wilson noch einen letzten Blick zu und sah Spock an. »Ihre Gefährtin ist nicht mehr in Gefahr. Ich schlage vor, wir setzen jetzt unser Gespräch fort.«

»In Ordnung, Spock«, sagte der Captain. »Ich behalte sie im Auge.« Er meinte Schnappkralle, aber das Nicken des Vulkaniers galt Evan.

Die kleine Frau stöhnte leise. Kirk fragte sich, ob sie damit auf Spocks Aufmerksamkeit oder die Salbe reagierte, die ihr Schnappkralle auf den Rücken strich.

»Achten Sie darauf, daß kein Schmutz in die Wunde gerät«, sagte Schnappkralle. »Und lassen Sie sich auf keine Zweikämpfe mehr ein. Wahrscheinlich wüßte nicht einmal *Wolkenstalt*, wie man bei Ihnen einen Knochenbruch behandelt.« Sie knurrte noch einige Bemerkungen, die Evans Anatomie zu betreffen schienen und vor denen das Übersetzungsmodul kapitulierte; dann wandte sie sich um und stapfte davon.

Damit war der Fall erledigt. Die anderen Sivaoaner kehrten an ihre Arbeit zurück, und Kirk blieb allein bei Dr. Wilson. »Nun...« begann er.

»Fangsturm hat angefangen«, sagte die Ärztin sofort. Etwas ernster fügte sie hinzu: »Ich entschuldige mich in aller Form, Captain, aber ich durfte keine abfällige Aussprache des Begriffs ›Mensch‹ zulassen. Hier *bedeuten* Namen etwas.«

»Es gefällt mir nicht, wenn sich mein Bordarzt mit den Eingeborenen prügelt.«

Das schien Evans Stolz zu verletzen. Sie ließ den Kopf hängen. »Ja, Captain. Ich nehme die verbale Ohrfeige entgegen.«

Er lächelte. »Gut«, sagte er. Erst nach einigen Sekunden ließ er seine Besorgnis erkennen. »Lieber Himmel, Evan: Er hätte Sie töten können!«

»Nein«, widersprach die Ärztin. »Sivaoanische Kinder unterbrechen den Kampf sofort, wenn jemand quiekt. Erinnern Sie sich an gestern, an die Auseinandersetzung zwischen Fangsturm und Hellfleck? Sie sollten aufhören, als einer von ihnen kreischte. Als das nicht der Fall war, griff eine Erwachsene ein und gab ihnen beiden einen Klaps, weil sie sich nicht an diese Regel hielten.«

»Sie meinen, Steifschwanz schlug sie nur, weil sie nicht fair kämpften?«

»Ja, ich glaube schon.« Vorsichtig straffte Evan die Schultern. »Au!« ächzte sie leise. »Offenbar hält Schnappkralle nicht viel von schmerzlindernden Mitteln.« Sie entnahm ihrer Medo-Tasche eine kleine Injektionspistole, preßte sie an den Oberarm und betätigte den Auslöser. Es zischte leise, und sie seufzte. »Ganz im Gegensatz zu mir – wenn es um *meinen* Rücken geht.« Sie verstaute das Instrument wieder.

»Wahrscheinlich meint sie, es geschähe Ihnen ganz recht...«

Dr. Wilson lächelte reumütig. »Vielleicht. Konnten Sie und Spock etwas in Erfahrung bringen?«

Kirk zog sich einen Klappstuhl heran und nahm neben ihr Platz. »Größtenteils handelt es sich um

MKNW«, erwiderte er und begann mit einem kurzen Bericht.

Als er seine Schilderungen beendete, trat Fangsturm mit einem großen, blau und silberfarben gemusterten Nützlichen auf sie zu. »Dr. Wilson«, sagte der junge Sivaoaner und mied ihren Blick, »bitte sei mir nicht böse, weil ich es erwähne, aber du hast so wenig Schutzfell, und deine ›Kleidung‹ ist zerrissen... Du brauchst etwas, um sie zu ersetzen.« Er drückte ihr das weiche Bündel in die Hände. »Ein Geschenk«, fügte er verlegen hinzu.

Evan sah zu ihm auf. »Von dir oder von Steifschwanz?«

»Von mir.« Seine zitternden Ohren verdeutlichten, wie sehr ihn die Frage überraschte.

»Dann nehme ich es an.« Evan strich mit den Fingerkuppen über die Decke. »Wundervoll...« Ihre Stimme klang sanft und anerkennend. Fangsturm wagte sich ein wenig näher und musterte sie offen.

»Danke«, schnurrte er zufrieden. »Ich habe das Nützliche selbst hergestellt.«

»Dann mußt du eine Art Magier sein. Ich könnte so etwas nicht.«

»Wirklich nicht?« Der Katzenjunge beugte sich vor, um die Frau zu beschnuppern. *Er argwöhnt, daß sie ihn am Schwanz gezogen hat,* dachte Kirk.

»Nein«, erwiderte Dr. Wilson. »Ich weiß nicht, wie man webt.«

»Ich zeige es dir«, bot Fangsturm an.

»In Ordnung.« Evan stand auf. »Gib mir einige Minuten Zeit: Ich ziehe mich nur rasch um, und anschließend gehe ich bei dir in die Lehre.« Der Sivaoaner wartete, und daraufhin fügte die Frau hinzu: »Bei uns ist es Sitte, daß man die Kleidung nur dann wechselt, wenn man nicht beobachtet wird.«

»Oh!« zischte Fangsturm und eilte fort.

Kirk schmunzelte. »Ich frage mich, was Sie mit dem

Nützlichen machen wollen, Evan. Sie sollten sich irgend etwas einfallen lassen, und zwar schnell.«

Sie betrachtete den seidenartigen Stoff und hob den Kopf. »Kleballes Super«, entgegnete sie. »Damit kann man eine ganze Menge anstellen, Captain.« Kirk starrte sie groß an, aber Dr. Wilson drehte sich ohne eine weitere Erklärung um und ging.

Als sie in Chekovs Unterstand verschwand, wurde Kirk auf Hellfleck aufmerksam. Sie hockte in der Nähe und wirkte betrübt, ließ Schwanz und Schnurrhaare hängen. »Was ist los mit dir?« fragte er. Sie gab keine Antwort, und die Besorgnis des Captains wuchs. »Bitte sag mir, was dich so traurig stimmt. Ich möchte dein Freund sein – und Freunden kann man ruhig sein Herz ausschütten, oder?« Er bückte sich und streichelte ihren erschlafften Schweif.

»*Ihr* sagt nicht, was euch belastet«, antwortete das Katzenmädchen. »Oh, deshalb bin ich euch nicht böse. Evan hat mir alles erklärt. Aber ich wollte trotzdem helfen. Gestern abend habe ich einige Leute gefragt, und heute morgen ging ich auch zu Steifschwanz und bat sie, mir über die Du-weißt-schon Auskunft zu geben.«

Kirk kniff unwillkürlich die Augen zusammen, und Hellfleck fuhr rasch fort: »Auch du hast Steifschwanz gefragt, und ich habe das Recht, neugierig zu sein!« Ihr Schweif zuckte kurz.

»Hat sie dich deshalb geschlagen?« fragte Kirk mitfühlend.

Hellfleck nickte. »Und dann sagte sie mir, ich sei ein Kind und sollte meinen Schwanz nicht in die Angelegenheiten von Erwachsenen stecken. Ich konnte überhaupt nichts herausfinden...« Erneut neigten sich ihre Schnurrhaare nach unten.

»Danke dafür, daß du es versucht hast. Das war sehr nett von dir.«

Sie schüttelte den Kopf. »Ich habe euch nicht geholfen und alles nur noch schlimmer gemacht: Ich wandte mich an Fangsturm, weil er seinen Schwanz *dauernd* in Sachen steckt, die ihn nichts angehen. Oft weiß er selbst um die Dinge der Erwachsenen Bescheid.«

»Das brauchst du nicht zu bedauern.«

»Doch! Ich mußte ihm eine Gegenleistung anbieten und erzählte ihm, was mir Evan über eure Namen erklärte. Er beleidigte sie, und das ist meine Schuld.« In Hellflecks Augen blitzte es auf, als sie hinzufügte: »Und er wußte nicht einmal die Antworten auf meine Fragen!«

»Sei unbesorgt«, erwiderte Kirk so sanft wie möglich und trachtete danach, seine Enttäuschung zu verbergen. »Dr. Wilson ist für ihr Verhalten ganz allein verantwortlich. Du brauchst dir keine Vorwürfe zu machen, weil sie mit Fangsturm kämpfte. Übrigens: Evan ist sehr stolz auf die Auseinandersetzung mit deinem Bruder. Sie glaubt, *gewonnen* zu haben.«

»Aber sie wurde verletzt!«

»Fangsturm erging es nicht anders«, meinte der Captain. »Er quiekte laut, und vermutlich wird es eine ganze Woche dauern, bis der Schmerz in seinem Ohr nachläßt. Außerdem entschuldigte er sich.«

Das Katzenmädchen nickte. »Steifschwanz hat uns verboten, mit euch zu kämpfen.«

»Und Wilson sollte sich nicht auf eine Konfrontation mit Fangsturm einlassen. Steifschwanz bestrafte deinen Bruder, und ich gab Evan einen ›Klaps‹.«

Hellfleck stülpte die Augen vor. »Das ist mir entgangen...«

»Die ›Ohrfeige‹ bestand aus Worten. Bei meinem Volk hat so etwas die gleiche Wirkung wie ein heftiger Schlag.«

Hellfleck hob den Schwanz. »Dann ist Evan Wilson nicht böse auf mich?«

»Überhaupt nicht. Frag sie selbst, wenn du das bezweifelst.«

Das schockierte sie. »Ich glaube dir selbstverständlich, Captain!«

»Gut«, sagte Kirk und lächelte. »Jetzt könnte ich deine Hilfe bei einigen weiteren Baby-Fragen gebrauchen...« Sofort faltete sie die Hände, während sich ihr Schwanz fröhlich um den Unterarm des Captains wikkelte und behutsamen Druck ausübte.

»Erzähl mir von eurer Religion«, begann Kirk vorsichtig und hoffte inständig, daß er damit kein sivaoanisches Tabu berührte. Ganz offensichtlich verstand Hellfleck nicht, was er meinte, und er beschrieb das Konzept, bis sie endlich begriff. »Oh, Lebensweise, Philosophie! Du solltest mit Linkohr sprechen. Sie weiß alles darüber.« Sie zog an seinem Arm. »Komm, ich stelle dich ihr vor.« Kirk zögerte nicht und folgte ihr.

Uhura beherzigte Hellflecks Rat, und damit traf sie eine kluge Entscheidung, wie sich später herausstellte. Eillicht gestand, er wäre tatsächlich sehr verärgert gewesen, wenn sie ihm nicht die Traditionen ihres Volkes erklärt und versprochen hätte, seine Sitten zu achten. Sie verbrachten den Abend damit, Lieder zu tauschen und sich besser kennenzulernen. Der Sivaoaner zeigte sich fasziniert von Uhuras Ohrringen, und sie fand großen Gefallen am melodischen Klang seiner Stimme. Er verstand ihre Freude erst, als sie meinte, Chekov könne keinen Ton halten und singe nicht etwa, sondern gröle nur. Daraufhin bildete Eillichts Schwanz eine amüsierte Spirale, und er erwiderte: »Ähnlich ist es mit den Begrüßern im Wald. Sie heulen und kreischen, aber ihr Enthusiasmus läßt keineswegs zu wünschen übrig.« Dem mußte Uhura zustimmen.

Schließlich wurde es spät. »Wir schlafen und träumen von unseren getauschten Liedern«, schlug Eillicht vor. Seine Gesprächspartnerin nickte zustimmend. Sie hielt es für falsch, ihn mit übereilten Fragen zu bedrängen.

Als sie erwachte, mußte sie niedergeschlagen feststellen, daß der sivaoanische Barde das Zelt verlassen hatte. Enttäuscht und deprimiert wanderte sie durchs Lager und suchte Spock. Die kurze Unterhaltung mit dem Vulkanier munterte sie wieder auf und gab ihr neuen Mut. Sie fühlte sich in ihrer Entschlossenheit bestärkt, nicht aufzugeben, eine Möglichkeit zu finden, Sonnenende, Christine und all den anderen zu helfen.

Uhura stellte sich einem von Chekovs Baugehilfen vor und erkundigte sich nach Eillicht. Der Junge hieß Kupferauge-zu-Srallansre und reichte ihr nur bis zur Taille, wenn man die langen Ohren unberücksichtigt ließ. »Er jagt. Bist du bereit, ein Lied für mich zu singen?«

Seine Schnurrhaare zitterten so hoffnungsvoll, daß es Uhura nicht über sich bringen konnte, ihn zu enttäuschen. Sie holte ihre *Joyeuse* hervor, zupfte an den Saiten und spielte eine Melodie, die sich bei eeiauoanischen Kindern großer Beliebtheit erfreute. Kupferauge war begeistert, und innerhalb kurzer Zeit fanden sich weitere Kinder ein, die fröhlich tanzten und mitsangen. Etwas abseits stand eine junge Erwachsene – die ›maskierte‹ Sivaoanerin, die Uhura unmittelbar nach ihrer Ankunft angesprochen hatte. Aus irgendeinem Grund zögerte Pechvogel-zu-Ennien, sich den anderen anzuschließen.

Uhura beendete ein weiteres Lied und beobachtete, wie eine kleine Sivaoanerin den Schwanz hob und Kupferauge damit anstieß. »Ich glaube, wir sollten ihr etwas geben.«

»Ich weiß nicht…« erwiderte Kupferauge unsicher.

»Es gehört sich so«, meinte das andere Kind. »Los, frag sie.«

Kupferauge trat schüchtern vor. »Du hast für uns gesungen«, sagte er. »Was können wir dir dafür anbieten?«

Uhura überlegte. »Ich kenne mich nicht mit euren Bräuchen aus. Was meine Traditionen betrifft: Ich singe, weil ich Spaß daran habe. Ein Publikum ist nicht unbedingt notwendig, aber geteilte Freude ist doppelt so schön.«

Kupferauges Freundin wandte sich Pechvogel zu – ein wenig widerstrebend, wie es schien. »Sollten wir ihr etwas geben, Pechvogel? Oder wäre es besser, wenn wir uns an ihre Sitten halten?«

Gespannt wartete Uhura auf die Antwort. Schließlich schnurrte Pechvogel etwas, aber die junge Katzenfrau sprach so leise, daß sie nichts verstand. »Bitte komm etwas näher«, sagte sie.

Pechvogel setzte sich in Bewegung, aber Kupferauge erwiderte hastig: »Sie meinte: ›Geht von unserem

Brauch aus – um ganz sicher zu sein.‹ Hast du sie nicht gehört?«

»Nein. Mein Gehör ist nicht so gut wie das eure.«

Kupferauge musterte sie kritisch und nickte. »Vermutlich liegt es daran, daß deine Ohren zu klein sind.«

Uhura lächelte. »Das kommt ganz auf den jeweiligen Standpunkt an. Ebensogut könnte ich behaupten, deine Ohren seien zu groß.«

Überrascht stülpte er sie zurück und dachte nach.

Uhura wandte sich wieder an Pechvogel. »Ich kann leider nicht so gut hören wie Sie. Aber Sie haben ganz recht. Ich sollte mich an Ihre Sitten halten. Schließlich bin ich Gast in Ihrem Lager. Ich wäre Ihnen sehr dankbar, wenn Sie mir erklären würden, was von mir erwartet wird. Ich möchte nicht unhöflich sein.«

Der Schwanz von Kupferauges Freundin zuckte hin und her. »Nicht ausgerechnet *Pechvogel«*, zischte sie. Steifschwanz' Medo-Assistentin ließ niedergeschlagen Schweif und Schnurrhaare hängen und drehte sich kummervoll um.

»Idiot!« fauchte Kupferauge und schlug das andere Kind. Zornig fuhr es die Krallen aus und spannte die Muskeln.

»Wartet«, sagte Uhura zu ihnen und sah dann die erwachsene Sivaoanerin an. »Pechvogel, bitte bleiben Sie! *Bitte!*« Zu ihrer großen Erleichterung verharrte die Katzenfrau. Sie warf ihr einen ängstlichen Blick zu, und Uhura starrte auf die Kinder herab. »Jetzt hört mir mal gut zu«, sagte sie scharf. »Dies ist eine meiner Traditionen, die ich *unbedingt* beachten muß. Pechvogel hat sich mir gegenüber immer freundlich verhalten, und daher gibt es keinen Grund für mich, sie abzulehnen. Wenn ihr Verhalten euch irgendwie beleidigte...«

»Mich«, zischte die kleine graue Sivaoanerin, krümmte den Schwanz und sah Kupferauge finster an.

»Aber warum...«

»Sie ist einfach Pechvogel«, sagte Kupferauge, so als sei das Erklärung genug.

Uhura glaubte zu verstehen und seufzte innerlich. »Vor vielen, vielen Jahren«, begann sie, »lange bevor deine Ururgroßmutter geboren wurde, wäre ich wahrscheinlich auf ähnliche Reaktionen gestoßen. Damals lebten Menschen, die mich nur aufgrund meiner Hautfarbe zurückgewiesen hätten, selbst ohne meinen Namen zu kennen.«

Die Sivaoaner stülpten verblüfft die Ohren vor. »Aber das ist doch Unsinn! Niemand von uns hat die gleiche Hautfarbe!« Kupferauge hob die Hände, und die anderen folgten seinem Beispiel. Eine der Innenflächen war grau, und die andere glänzte in einem rosaroten Ton; bei den übrigen beobachtete Uhura gelbe, grüne und blaue Tönungen. »Was für eine *dumme* Einstellung!«

»Ja, in der Tat. Und genauso töricht wäre es für mich, Pechvogel abzulehnen, nur ›weil sie Pechvogel ist‹. Ich möchte sie erst besser kennenlernen, bevor ich entscheide, ob ich sie mag oder nicht.« Uhura hob den Kopf und wandte sich direkt an die Katzenfrau. »Ich bin ziemlich sicher, daß ich sie sympathisch finde.«

Pechvogels Ohren zuckten und neigten sich nach hinten. »Bitte, Pechvogel: Komm zu uns und erklär mir, wie man sich an eure Bräuche hält und freundlich ist.« Und zu den beiden Kindern: »Ich schlage vor, ihr ladet sie ebenfalls ein. Es macht wesentlich mehr Spaß, die Freude eines Lieds zu teilen.«

Kupferauge musterte erst Uhura, dann seine Freundin und die erwachsene Sivaoanerin. »Komm, Pechvogel«, sagte er, hob den Schwanz und stieß das andere Kind an. »Entschuldige dich bei ihr, Silberschwanz. Es ist deine Schuld!«

»Nein, das stimmt nicht«, erwiderte das Katzenmädchen und ihr Schweif vibrierte heftig. Trotzdem drehte es sich um und zischte: »Bitte komm, Pechvogel. Es tut mir leid, daß ich so dumm war. Kupferauge bringt mich dauernd dazu, törichte Dinge zu sagen.«

Dafür handelte sie sich noch eine Ohrfeige ein, die zu einem Kampf zwischen den beiden Kindern führte. Nach einigen Minuten hörte Uhura ein leises Quieken, und die beiden Sivaoaner lösten sich voneinander und standen wieder auf. Inzwischen hatte Pechvogel genug Mut gesammelt, um sich der Gruppe zu nähern. Einige rückten von ihr fort, aber Kupferauge – er leckte abwechselnd seine Schulter und die von Silberschwanz – starrte sie an und meinte: »Erklär du es ihr. Sie ist eine Sängerin und weiß nicht, was das bedeutet.«

Uhura beobachtete die junge Sivaoanerin, die so sehr Sonnenende ähnelte.

»Bei uns genießen Barden einen besonderen Ruf«, sagte Pechvogel-zu-Ennien. »Gilt das auch für Ihr Volk?«

»Ja. Aber ich bin kein Barde, jedenfalls kein professioneller. Ich singe nur, weil ich Gefallen daran finde.«

»Verzeihen Sie mir bitte, aber ich glaube, in dieser Hinsicht legen wir unterschiedliche Maßstäbe an. Wer so gern und gut singt wie Sie, der verdient die Bezeichnung Barde.«

»Na schön.« Uhura lächelte. »Und wie verhält sich ein Barde gemäß Ihren Bräuchen?«

»Sie haben ein Lied für Kupferauge gesungen – auf seine Bitte hin. Jetzt fragt er, welche Gegenleistung Sie dafür verlangen.«

Uhura breitete die Arme aus. »Ich weiß nicht, was angemessen wäre. Es kommt ganz darauf an, welchen Wert ein Lied auf dieser Welt hat.«

»Ich könnte Feuerholz für dich sammeln«, sagte Kupferauge. »Oder Wasser für das Zubereiten von Mahlzeiten holen. Ich... ich kenne eine Stelle, wo besonders leckere Silberbeeren wachsen...« Bei diesen Worten sahen ihn die anderen Kinder neugierig an. »Was hältst du davon, wenn ich dir einen ganzen Korb voll bringe?«

Uhura dachte nach, während die Gruppe aufgeregt wartete. Schließlich erwiderte sie: »Würdest du mir helfen, eure Sprache zu lernen, Kupferauge? Wäre das eine faire Gegenleistung?«

»Aber du beherrschst sie doch längst!«

Uhura schüttelte den Kopf, und mit möglichst einfachen Worten erläuterte sie die Funktionsweise des Übersetzungsmoduls. Dann schaltete sie das Gerät ab. Die Sivaoaner zischten und fauchten erneut.

Kupferauge murmelte etwas, und Pechvogel wiederholte ihre Worte in der Alten Sprache, die Uhura verstand. »Er ist einverstanden.«

»Gut. Fragen Sie ihn bitte, wie man ›Wie heißt das?‹ sagt.«

Pechvogel knurrte, und Kupferauge gab einige sorgfältig betonte Laute von sich. Uhura wiederholte sie, und an Pechvogel gerichtet fügte sie hinzu: »Bitten Sie ihn darum, mich zu korrigieren, wenn meine Aussprache nicht richtig ist.«

Pechvogel übersetzte ins Sivaoanische, und Kupferauge nickte bestätigend. Uhura schaltete das Transkriptionsgerät wieder ein.

»Diese Übereinkunft treffe ich mit euch allen«, sagte sie. »Ich singe für euch, wann immer ihr es möchtet, und dafür helft ihr mir, eure Sprache zu lernen.« Sie lächelte. »Ich wandere durchs Lager, deute auf verschiedene Dinge und frage immer wieder: ›Wie heißt das?‹ Und bestimmt gehe ich euch schon bald ganz gehörig auf die Nerven. Vermutlich werde ich schlimmer sein als eure Geschwister, denn mir muß man *alles* erklären. Wahrscheinlich sogar mehrmals. Sind meine Lieder solche Mühe wert?«

»O ja!« entgegnete Kupferauge, und Uhura stellte erfreut fest, daß auch die anderen Kinder zustimmten.

»Gut«, sagte sie. »Dann lehrt mich zunächst, wie man um ein Lied bittet – so daß ich euch verstehe, wenn ich für euch singen soll. Nennt mir anschließend die Bezeichnungen für verschiedene *Arten* von Liedern, damit ich eure Wünsche erfüllen kann.«

Uhura sang stundenlang, und gleichzeitig unterwiesen sie die Kinder in ihrer Sprache. Einmal wandte sich die Frau an Pechvogel und fragte sie nach der Bedeutung eines bestimmten Wortes. Die erwachsene Sivaoanerin starrte sie verblüfft an. »Entschuldigen Sie, Pechvogel«, sagte Uhura rasch. »Ich dachte, Sie seien ebenfalls einverstanden.«

Das Katzenwesen legte die Ohren an. »Ich wußte nicht, daß Ihr Angebot auch mir galt.«

»Natürlich! Vielleicht ist es meine Schuld; ich hätte mich deutlicher ausdrücken sollen.« Uhura holte tief Luft. »Sind Sie bereit, mir im Austausch für Lieder zu helfen?« fragte sie förmlich.

»Ja, sehr gern!« Voller Freude wedelte sie mit dem silbergrauen Schwanz.

Die Sonne kletterte höher, und als es heißer wurde, zogen sich Uhura und ihre sivaoanischen Begleiter in die schattige Kühle des Waldes zurück. Einige Kinder gingen fort, um bestimmte Arbeiten zu erledigen, und dafür eilten andere herbei. Uhura wiederholte ihren Vorschlag, und er stieß überall auf Begeisterung.

»Sie haben noch nichts gegessen«, sagte Pechvogel nach einer Weile und ließ ihren Blick über die kleinen Katzenwesen gleiten. »Wir sollten ihr eine Ruhepause gönnen. Selbst die Stimme des besten Barden ermüdet.«

Die Kinder gaben nach kurzem Zögern nach, und widerstrebend kehrten sie ins Lager zurück. Pechvogel wartete.

Uhura verstaute ihre *Joyeuse* und streckte sich, um die verkrampften Muskeln zu lockern. »Heraus damit, Pechvogel«, sagte sie und musterte die pelzigen Züge der Sivaoanerin. »Was haben Sie auf dem Herzen?«

»Würden Sie mit... mir zusammen speisen?« Pechvogel senkte den Kopf und erwartete offenbar eine ablehnende Antwort.

»Es wäre mir eine Ehre«, erwiderte Uhura. »Ihre Einladung freut mich sehr.« Pechvogel zitterte vor Überraschung, und einige Sekunden lang befürchtete Uhura, daß sie aufsprang und davonlief. Doch sie blieb sitzen. »Zeigen Sie mir den Weg.« Dieser Aufforderung kam die Katzenfrau sofort nach. Ihre geschmeidigen Bewegungen unterstrichen die große Ähnlichkeit mit Sonnenende, und Uhura spürte, wie ihr Tränen in die Augen quollen.

Als sie das Zelt erreichten, hatte sie sich wieder unter Kontrolle, aber Pechvogel bedachte sie trotzdem mit einem fragenden Blick.

Die Katzenfrau bot ihrem menschlichen Gast einen Klappstuhl an, und als sich Uhura räusperte, sagte sie rasch: »Ruhen Sie sich aus und essen Sie. Wir unterhalten uns später, wenn sich Ihre Kehle erholt hat.« Sie brachte bunte Schüsseln und ein Tablett mit Früchten, löste geräuchertes Fleisch von einigen glänzenden Schnüren an der Zeltwand. »Seien Sie unbesorgt: Diese Nahrungsmittel sind für Sie verträglich. Schnappkralle und ich haben sie mit unseren Sensoren untersucht, aber ich wäre keineswegs beleidigt, wenn Sie selbst eine Kontrolle vornehmen möchten.«

»Ihr Wort genügt mir.« Uhura lächelte. »Evan meint, unsere seltsame Physiologie würde Sie... verwirren, aber sie betonte, es bestünde keine Gefahr. Nicht einmal dann, wenn Sie uns... untersuchen.«

»Vorsicht ist die erste Regel eines jeden guten Mediziners«, bestätigte Pechvogel, und in einem verschwörerischen Tonfall fuhr sie fort: »Evan Wilson bat mich darum, ihr unsere Behandlungsmethoden für Sivaoaner zu zeigen, und sie machte mich mit den Techniken vertraut, die bei Menschen und Vulkaniern angewendet werden.«

»Das überrascht mich nicht. Evan teilt ihre Kenntnisse gern.«

»Ja, in dieser Beziehung ist sie sehr großzügig. Wie Sie alle.«

»Wir vertreten die Ansicht, daß man voneinander lernen sollte«, sagte Uhura. »Es gibt so viele Rätsel im Universum, und die Intelligenz befähigt uns, sie zu verstehen.«

Pechvogel schüttelte den Kopf. »Mag sein... Oh, Sie haben die Speisen noch gar nicht angerührt. Ist Ihr Geschmackssinn so anders, daß Sie keinen Gefallen daran finden?«

»Nein, nein. Ich ruhe mich nur aus und denke nach.«

»Dann essen Sie, während Sie ausruhen und nachdenken.«

Uhura lächelte und beugte sich vor. Schweigend leerten sie die Teller, und erst dabei stellte sie fest, wie hungrig sie war. Pechvogels Befürchtungen erwiesen sich als unbegründet: Die Mahlzeit schmeckte köstlich. Nach einer Weile lehnte sich die menschliche Frau wieder zurück.

Pechvogel streckte sich, und ihre langsamen, eleganten Bewegungen erinnerten Uhura einmal mehr an Sonnenende. Sie beobachtete die Sivaoanerin, und dabei fiel ihr eine Bemerkung ihrer eeiauoanischen Freundin ein: »Gutes Strecken behagt dem Körper ebensosehr wie ein melodisches Lied dem Herzen.«

Pechvogel-zu-Ennien schnurrte leise. »Bitte verzeihen Sie mir, aber ich kenne Sie und Ihren Körpergeruch noch nicht besonders gut: Trotz Ihres Duftes wirken Sie unglücklich. Möchten Sie gehen und lieber allein sein?«

»O nein! Ich fühle mich so wohl wie schon lange nicht mehr. Ich bin nur traurig, weil... weil Sie mich an eine gute Freundin erinnern.« Sie wagte es nicht, in die Einzelheiten zu gehen.

»Haben Sie mich deshalb gefragt, ob ich ›von-Ennien‹ heiße?« Als Uhura nickte, zögerte Pechvogel einige Augenblicke lang. »Sie sagten, Sie brächten Nachrichten von meinen Verwandten... Was meinten Sie damit?«

»Das würde ich Ihnen gern erklären, aber...« Uhura suchte nach den richtigen Worten. »Als ich das erstemal mit Ihnen sprach, bekamen Sie eine Ohrfeige von Windender Pfad. Und als Captain Kirk dieses Thema anschnitt, wurde *er* geschlagen.«

»Von mir haben Sie nichts zu befürchten. Ich gebe Ihnen mein Wort in der Alten Sprache.«

»Es geht nicht um mich. Ich möchte Ihnen Probleme mit den anderen Sivaoanern in diesem Lager ersparen.«

Pechvogel griff nach ihrem Schwanz und schüttelte ihn. »Sternenfreiheit, Sie wissen inzwischen, wie man mich hier behandelt. Abgesehen von Schnappkralle sind Sie die einzige, die jemals versucht hat, mir zu helfen. Die Tatsache, daß ich Pechvogel bin, bereitet mir so viele Schwierigkeiten, daß es praktisch nicht mehr schlimmer werden kann... Erzählen Sie mir von meinen Verwandten. Bitte!«

Uhura musterte sie eingehend, beobachtete die zitternden Ohren, die Krallen, die sich in das weiche Nützliche auf dem Boden bohrten. Pechvogel war ganz gespannter Erwartung, und wenn sie es nun ablehnte, ihr Auskunft zu geben, mochte sie sich verletzt fühlen. *Vielleicht bietet sie mir eine Gelegenheit, Sonnenende zu helfen,* überlegte Uhura. Kirk hatte den Mitgliedern der Landegruppe geraten, sich auf ihr eigenes Beurteilungsvermögen zu verlassen, und das bedeutete, daß sie eine eigenverantwortliche Entscheidung treffen mußte. Sie zögerte nicht länger, griff in ihre Tasche und holte das Foto hervor, das Sonnenende-von-Ennien zeigte. Tränen glänzten in ihren Augen, und sie wischte sie verstohlen fort.

Pechvogel nahm das Bild entgegen und betrachtete es. »Sie ist sehr schön«, sagte sie leise.

Uhura setzte zu einer Erwiderung an, doch in ihrem Hals schien sich plötzlich ein Kloß zu bilden. Sie räusperte sich und versuchte es erneut. »Sie heißt Sonnenende – Sonnenende-von-Ennien. Ich weiß nicht, ob Sie sich jemals in einem Spiegel gesehen haben, Pechvogel, aber Sie ähneln ihr sehr. Deshalb wandte ich mich an Sie und fragte, ob Sie ›von Ennien‹ heißen.«

»Sie scheint zu-Ennien geboren zu sein«, pflichtete ihr Pechvogel bei. »Ein so langer Schwanz kann Zorn und Freude gleichzeitig zum Ausdruck bringen. Aber Sie sagten ›von Ennien‹.«

»Sie lebt auf einer anderen Welt, weit von hier entfernt. Ihr Volk hat den Brauch, das *zu* in den Namen durch ein *von* zu ersetzen – wahrscheinlich deswegen, weil es die entsprechenden Orte nicht mehr aufsuchen kann, sich aber noch immer an diesen Planeten erinnert, nach zweitausend Jahren im Exil.« Damit formulierte Uhura das entscheidende Wort.

Pechvogel holte nicht zum Schlag aus, und ihr Blick blieb auf die Fotografie gerichtet. »Seltsam«, sagte sie. »Wenn ich mir Verwandte auf einem anderen Planeten vorstelle...« Sie rückte näher. »Ich weiß natürlich, daß es andere Welten gibt, und ich halte es für sehr wahrscheinlich, daß viele von ihnen fremde Lebensformen hervorgebracht haben – Sie und der Vulkanier sind Beweis genug. Aber ferne Verwandte, von denen ich bisher nicht einmal etwas *ahnte*...«

Wie gebannt starrte sie auf das Bild. »Warum hat sie euch nicht begleitet?«

Als Uhura keine Antwort gab, hob Pechvogel den Kopf – und erschrak, als sie die Tränen sah. »Ihre Augen!« entfuhr es ihr.

Uhura zwinkerte mehrmals. »Seien Sie unbesorgt. Es ist eine physiologische Reaktion von Menschen auf Trauer und Niedergeschlagenheit.«

Sie betrachtete das Foto – und entsann sich an das Grauen im eeiauoanischen Krankenhaus. »Sonnenende kam nicht mit uns, weil sie stirbt. Vielleicht ist sie schon tot...« Ihre Stimme versagte. Sie faltete die Hände im Schoß und trachtete danach, sich wieder in die Gewalt zu bekommen.

Pechvogel wickelte ihr den Schwanz um die Taille. »Es tut mir leid«, brachte Uhura hervor. »Ich wollte nicht weinen... Sonnenende und Christine und viele andere... sie alle sterben. Langsam. Und unter großen Schmerzen.«

»Aus diesem Grund haben Sie um Hilfe gebeten?«

Uhura nickte erschüttert.

»Aber wenn wir wirklich helfen können – warum unternehmen wir dann nichts?« Pechvogels Schwanz zuckte kurz.

»Ich weiß nicht genau, ob Ihr Volk in der Lage ist, uns Unterstützung zu gewähren. Ich *hoffe* es nur. Ihre medizinische Wissenschaft hat sich bestimmt weiterentwikkelt, seit die... die Eeiauoaner diesen Planeten verließen. Es wäre durchaus denkbar, daß Sie ein Heilmittel für die Krankheit kennen. Aber es ist uns verboten, von den Eeiauoanern zu sprechen. Steifschwanz verwiese uns aus dem Lager, wenn sie wüßte, daß ich sie Ihnen gegenüber erwähnte.«

»Erklären Sie es mir«, schnurrte Pechvogel. »Sagen Sie mir alles, was Sie über die Krankheit und ihre Symptome wissen. *Ich* werde Steifschwanz fragen.« Sie gab ihr das Bild von Sonnenende zurück. »Zum Wohle meiner Verwandten, Sonnenende-von-Ennien.«

Sie beugte sich vor, und Uhura spürte ihre tröstende Wärme an der Schulter. »Ich versichere Ihnen in der Alten Sprache: Niemand wird erfahren, *wie es geschah*, daß ich derartige Fragen stelle.«

»Das ist sehr nett von Ihnen. Selbst wenn Ihre Bemühungen vergeblich bleiben sollten – ich danke Ihnen dafür, daß Sie jemandem helfen wollen, den Sie überhaupt nicht kennen.«

Pechvogel drückte sanft mit dem Schwanz zu. »Ich kenne *Sie*«, erwiderte die Katzenfrau. »Sie akzeptierten mich und schenkten mir Lieder – und deshalb fühle ich mich Ihnen verpflichtet.«

Linkohr erwies sich als freundliche, matronenhafte Sivaoanerin, und nach den lokalen Maßstäben war sie recht mollig. Rötlichgelbe Streifen zierten ihr Fell; die Augen schimmerten goldfarben, der Gesichtspelz in einem milchigen Weiß.

Hellfleck stellte Kirk vor und sagte: »Er möchte Baby-Fragen stellen.« Sie erklärte, was sie damit meinte, und Linkohr erwiderte: »Ich verstehe, Captain. Wenn es Sie beruhigt: Ich bin daran gewöhnt, Unwissenheit zu begegnen. Sie werden feststellen, daß ich nicht ›Dummheit‹ sage, obgleich ich es auch damit häufig zu tun bekomme.«

Kirk nickte, erinnerte sich an sein Gespräch mit Steifschwanz und wählte seine Worte mit besonderer Vorsicht, als er antwortete: »Die Alte Sprache beherrsche ich leider nicht, aber ich gebe Ihnen mein Wort, daß ich Ihre Informationen für mich behalte – es sei denn, sie sind geeignet, Leben zu retten.«

Linkohr und Hellfleck sahen sich an. »Offenbar hast du dir große Mühe gegeben, die Besucher mit unseren Sitten vertraut zu machen.« Hellflecks Schwanz formte eine korkenzieherartige Spirale. »Aber in meinem Fall ist eine derartige Rücksichtnahme nicht notwendig! Das Kind hat Sie in die Irre geführt!«

»Aber nicht mit Absicht.« Hellfleck wirkte zerknirscht.

Linkohr wickelte den Schwanz um sie und zog das Katzenmädchen näher. »Natürlich nicht, Kleines. Doch wenn du jemandem unsere Bräuche erklärst, solltest du auch auf die Ausnahmen hinweisen.« An Kirk gerichtet fuhr sie fort: »Sie dürfen meine Informationen frei verwenden. Schildern Sie dabei nur, wie es geschehen ist. Fügen Sie nichts hinzu.«

»Ich verspreche es Ihnen, Linkohr – Sie haben mein Wort.«

»Gut. Setzen Sie sich und stellen Sie Ihre Fragen. Nehmen Sie von mir aus dort Platz, wo meine starke rechte Hand Sie nicht erreichen kann...«

Es war kein Scherz, sondern ein ernstgemeintes Angebot, das ihn beruhigen sollte. Kirk versuchte, seine Erleichterung zu verbergen, als er sich setzte und beobachtete, wie sich die Sivaoanerin knapp zwei Meter entfernt zu Boden sinken ließ. Zufrieden schlang sie den Schwanz um ihre Beine.

Der Captain räusperte sich. »Wir sind... Fremde auf Ihrer Welt, und daher kennen wir die hiesigen Traditionen nicht. Auf anderen Planeten haben wir die Erfahrung gemacht, daß man durch Fehler lernt.«

Linkohr nickte – *Die Sivaoaner scheinen sich recht schnell an diese Geste zu gewöhnen,* dachte Kirk – und erwiderte: »Wie Hellfleck schon sagte: Sie stellen Baby-Fragen.« Ihr Schwanz kam in die Höhe, und die Schnurrhaare neigten sich nach vorn. »Es gibt einige Dinge, die Kleinkinder auf eher unangenehme Weise erfahren. Sie bekommen einen Klaps, wenn ihre Neugier den falschen Dingen gilt. Ist das auch in Ihrer Heimat so?«

»Ich fürchte, ja. Aber in den meisten Fällen hält sie das nicht davon ab, neugierig zu sein und nach den Antworten auf gewisse Fragen zu suchen.« Er atmete tief durch. »Gestern bin ich taktlos gewesen, ohne mir dessen bewußt zu sein. Ich vermute, in meiner Unwissenheit habe ich ein religiöses Tabu verletzt. Wenn Sie mir erläutern könnten, wogegen ich dabei verstieß... Nun, dann wäre ich vielleicht in der Lage, meine Fragen so zu formulieren, daß sie nicht frevlerisch klingen.« Mehr konnte er nicht sagen, ohne die Eeiauoaner zu erwähnen. Kirk wartete gespannt und hoffte, daß er aufgrund der Distanz zwischen ihm und Linkohr genug

Zeit hatte, sich rechtzeitig zu ducken, falls sie zuschlagen wollte.

Die Sivaoanerin musterte ihn aufmerksam, und ihre Schwanzspitze zitterte leicht, als sie versuchte, ihre Gefühle unter Kontrolle zu bringen. Plötzlich sprang sie mit einem Satz auf.

Kirk erschrak und bereitete sich darauf vor, zur Seite auszuweichen. »Verschwinde, Hellfleck!« zischte Linkohr.

Das Katzenmädchen trat einen Schritt zurück, aber in seinen Augen blitzte Trotz. »Ich möchte ebenfalls Bescheid wissen!«

Linkohrs Schwanz zuckte. Sie bedachte Kirk mit einem finsteren Blick und wandte sich dann an Hellfleck. »Raus!«

Diesmal gehorchte die junge Sivaoanerin sofort: Sie wirbelte um die eigene Achse und sauste davon.

Kirk erhob sich langsam. »Bitte entschuldigen Sie, Linkohr...« begann er beschwichtigend.

»Setzen Sie sich.«

Ruckartig nahm er wieder Platz.

Linkohr ließ sich wieder zu Boden sinken, noch etwas weiter von ihrem menschlichen Besucher entfernt. In einem beständigen, drohenden Rhythmus pochte ihr Schwanz auf die Nützlichen, und die Ohren waren flach an den Kopf gepreßt.

»Es handelt sich nicht um ein religiöses Tabu«, zischte sie.

Der Captain setzte zu einer Erwiderung an, doch Linkohr unterbrach ihn. »Nein, schweigen Sie! Ich muß Sie warnen: Sprechen Sie jetzt nicht mehr darüber. Warten Sie, bis ich mich beruhigt habe.« Sie holte mehrmals tief Luft, und langsam neigten sich ihre Ohren wieder nach vorn.

Fast mühsam preßte sie hervor: »Ihre Frage betrifft etwas Schändliches. Sie kennen andere Völker und Kulturen, und daher wissen Sie bestimmt, wie schwer es ist, sich mit Fremden über Schmach und Schande zu unterhalten.«

Kirk nickte und hütete sich davor, irgendeinen Laut von sich zu geben. Wenn Linkohr die Beherrschung verlor, drohte ihm nicht nur unmittelbare Gefahr: Dann verlor er auch die Chance, mehr in Erfahrung zu bringen.

»Über diese Angelegenheit sprechen wir nicht einmal zu *unseren* Kindern, geschweige denn zu Fremden.« Sie schüttelte den Kopf, und eine Zeitlang starrte sie ins Leere.

Kirk beendete sein Schweigen. »Um Leben zu retten«, murmelte er. »Um Leben zu retten, wäre ich bereit, meine schamvollsten Geheimnisse zu enthüllen.«

»Ich kenne Sie nicht gut genug. Und vielleicht fehlt mir Ihre Kraft, Captain Kirk.« Der Blick ihrer gelben Augen richtete sich auf ihn, schien bis in sein Innerstes zu reichen. »Ich werde darüber nachdenken«, sagte Linkohr schließlich. »Gehen Sie jetzt und lassen Sie mich allein. Wenn mein Zorn verraucht ist – wenn ich mit Ihnen sprechen kann, ohne die Krallen auszufahren –, komme ich zu Ihnen, und dann setzen wir unsere Unterhaltung fort.«

»Danke.« Kirk stand auf und trat an die Öffnung in der einen Zeltwand heran. Er wußte, daß es keinen Sinn hatte, Linkohr unter Druck zu setzen. Wenn er sich jetzt fügte, gab sie ihm später möglicherweise eine zweite Chance.

»Captain Kirk!« Er blieb stehen, als er das Zischen hörte, drehte sich um. »Ich hoffe, daß ich die Kraft finde, Ihnen alles zu erklären. Aber ich kann Ihnen nichts versprechen.«

Er nickte erneut und verließ das Zelt. *Das ist wenigstens etwas,* dachte er. Er hatte tatsächlich einige Informationen bekommen – obgleich sie in die Kategorie fielen, die Dr. Wilson als MKNW bezeichnete.

Am Rande der Lichtung machte er es sich im Schatten

eines großen Baumes bequem und überlegte. *Über diese Angelegenheit sprechen wir nicht einmal zu* unseren *Kindern...*

Kirk war noch immer angespannt, und als es irgendwo in den Zweigen über ihm knackte, warf er sich abrupt zur Seite. Hellfleck kletterte am Stamm herunter, sprang und landete dicht neben ihm.

»Hast du die Antworten erhalten? Ist alles in Ordnung mit dir? Hat sie dich geschlagen? Soll ich Schnappkralle holen?«

Ihr besorgter Eifer erheiterte ihn. Lächelnd hob er die Arme. »He, immer mit der Ruhe! Eine Frage nach der anderen.«

»Ist alles in Ordnung mit dir?«

»Ja«, sagte er. »Linkohr wurde nicht handgreiflich.«

Hellfleck schnurrte erleichtert. »Sie hat mich *erschreckt.* Ich habe sie noch nie so wütend gesehen. Sie *wird* nicht zornig. Nun, jedenfalls nicht so sehr!« Das Katzenmädchen hüpfte unruhig hin und her, und Kirk beobachtete es eine Zeitlang. Hellflecks Gebaren deutete darauf hin, daß es sich um eine einzigartige Reaktion Linkohrs handelte.

»War sie so wütend, als du sie gefragt hast?«

Hellfleck schüttelte den Kopf. »Nein. Ihr Schweif zuckte ein wenig, und sie meinte nur, ich solle meinen Schwanz nicht in Angelegenheiten stecken, die mich nichts angehen.« Sie verharrte, als sie zu einem beruhigenden Schluß gelangte. »Oh, ich verstehe: Sie meinte gar nicht *mich!*«

»Nein. Ihr Zorn galt mir.«

»Also hat sie dir nichts gesagt.«

»Sie versuchte es, Hellfleck, aber sie sah sich außerstande, meine Fragen zu beantworten. Manchmal ist es sehr schwer, über gewisse Dinge zu reden.«

»Vielleicht gibt sie dir später Auskunft.«

»Das hoffe ich.«

Schweigend blieben sie im Schatten des Baumes sitzen, und Kirk dachte an seine Kindheit zurück. Auf welche Weise bekam man Informationen, die Erwachsene verweigerten? *Natürlich!* »Wo befindet sich die nächste Bibliothek?«

»Was?« Hellfleck sah ihn verwirrt an.

»Bibliothek«, wiederholte er, doch ganz offensichtlich gab es in der sivaoanischen Sprache kein Äquivalent für dieses Wort. Einige Sekunden lang starrte er das Katzenmädchen ungläubig an und begann dann mit einer umständlichen Erklärung der Begriffe Bücher, Nachschlagewerke und Lexika.

»Hör auf!« jammerte Hellfleck. »Meine *Ohren* tun mir weh!« In einem raschen Rhythmus neigten sie sich nach vorn und hinten, unübersehbares Zeichen des Erstaunens. Die junge Sivaoanerin massierte die entsprechenden Muskeln. »Soll das etwa heißen, ihr *erinnert* euch nicht?«

»Ich kann doch nicht *alles* im Kopf behalten!«

»Entsinnst du dich an den Abend, als wir zum erstenmal längere Zeit miteinander sprachen und du mir deine Baby-Fragen gestellt hast?«

»Natürlich. Das könnte ich kaum vergessen.«

»Sag mir, wie es geschehen ist.« Das schien eine Art rituelle Redewendung zu sein. Kirk beschrieb ihr die Begegnung, rief sich dabei alle Einzelheiten ins Gedächtnis zurück und nannte auch eigentlich unwichtige Details.

Hellfleck musterte ihn mit neuerlicher Verwunderung. »Oh, du erinnerst dich nicht einmal *daran!*« entfuhr es ihr. »*So* ist es geschehen...« Sie begann mit ihrer eigenen Version, und diese enthielt nicht nur eine wörtlich genaue Wiedergabe der Dialoge, sondern auch ausführliche Beschreibungen: die Augen der betreffenden Personen, alle Bewegungen von Pupillen, Schwanz, Krallen und Ohren.

Nach einer Weile schaltete Kirk den Tricorder ein, um Hellflecks Ausführungen mit der von Spock angefertigten Aufzeichnung zu vergleichen. Das Katzenmädchen ließ nichts aus.

Es betrachtete den kleinen Monitor des Geräts. »Ihr verstaut eure Erinnerungen in einer *Maschine?«* fragte Hellfleck.

»Dieses Instrument arbeitet wesentlich genauer als mein organischer Datenspeicher, wie du gerade selbst festgestellt hast. Haben alle Sivaoaner ein derart gutes Gedächtnis?«

Hellfleck überlegte. »Linkohr meinte, ich soll dich auch auf die Ausnahmen hinweisen. Nein, nicht alle. Manchmal führt hohes Fieber oder ein Hieb an den Kopf... Oh, *das* ist die Erklärung! Durch Steifschwanz' Schlag hast du alles vergessen!«

»Nein, das stimmt nicht. Nach menschlichen Maßstäben ist mein Erinnerungsvermögen sehr gut. Frag Dr. Wilson, Uhura oder Spock. Der Vulkanier hat das beste Gedächtnis von uns allen – eine typische Eigenschaft seines Volkes.«

Hellfleck sprang auf, und mit dem Schwanz zupfte sie an Kirks Ärmel. »Komm, laß uns zu Evan gehen!« Sie eilten über die Lichtung. Hinter Chekovs Unterstand fanden sie Spock, der gerade einen improvisierten Tisch aufstellte.

Dr. Wilson half ihm dabei, und als sie sich umdrehte, sah der Captain, daß sie Fangsturm nicht enttäuscht hatte. Sie trug jetzt das blau und silberfarben gemusterte Nützliche: Es war zweimal um die Brust geschlungen und führte diagonal über die nackten Schultern. Hinten reichte es weit und lose herab und betonte ihren bloßen Rücken. Die zum Kleidungsstück umfunktionierte Decke stand ihr prächtig und erweckte den Eindruck, sie sei nach Maß angefertigt worden. Plötzlich verstand Kirk ihre Bemerkung über ›Kleballes Super‹. Ihre mangelnden Erfahrungen als Weberin glich sie geschickt mit der Verwendung chirurgischen Klebstoffs aus.

Anerkennend musterte Kirk seine Bordärztin in ihrer

neuen Aufmachung, doch ihm blieb nur wenig Zeit, sie zu bewundern: Hellfleck lief an ihm vorbei und zischte aufgeregt.

»Evan!« rief sie. »Entsinnst du dich an unser Gespräch über Baby-Fragen?«

Die Frau neigte den Kopf ein wenig zur Seite. »Geht es dabei um irgendeinen strittigen Punkt?« fragte sie. »Mr. Spock könnte die Tricorder-Aufzeichnungen prüfen.«

»Hellfleck möchte Ihr Erinnerungsvermögen auf die Probe stellen, Dr. Wilson«, erklärte Kirk.

»Oh«, machte sie, so als erkläre das alles. »Eine kurze Zusammenfassung, Hellfleck, oder das ganze Epos?« Die Transkriptionselektronik versagte beim letzten Wort, aber das Katzenmädchen schien zu ahnen, was Evan meinte.

»Sag mir, wie es geschehen ist.«

Dr. Wilson schloß die Augen und begann mit einem detaillierten Vortrag. Ihre Version war wesentlich genauer als die des Captains und berücksichtigte auch Gesichtsausdrücke und die Bewegungen von Hellflecks Schwanz und ihren Ohren.

»Bemerkenswert, Doktor«, sagte Spock.

Wilson schüttelte den Kopf. »Ich habe nur ein gutes Kurzzeitgedächtnis, das ist alles.«

»Darf ich auch dich testen, Mr. Spock?« fragte Hellfleck.

»Gern. Aber du solltest dabei ein anderes Ereignis wählen. Ich habe gerade Dr. Wilson gehört, und die Schilderungen geben mir einen wichtigen Vorteil ihr gegenüber. Es wäre kein fairer Vergleich.«

Hellfleck griff nach ihrem Schwanz und schüttelte ihn – eine Geste der Ungeduld. »Berichte mir von dem Gespräch, das wir gerade mit Steifschwanz führten.«

»In allen Einzelheiten?« vergewisserte sich der Vulkanier.

»Sag mir, wie es geschehen ist.«

Spock interpretierte diese Antwort als Bestätigung, und Hellfleck hörte aufmerksam zu, als er erzählte. Ohren und Schnurrhaare zitterten. Als Spock schwieg, umfaßte sie ihren Schweif mit beiden Händen, drückte fest zu und stieß hervor: »Wartet hier. Ich gebe meiner Mutter Bescheid.« Sie sauste davon, und Kirk setzte seine Gefährten von der kurzen Unterredung mit dem Katzenmädchen in Kenntnis.

»Keine Bücher!« platzte es aus Evan heraus. »Keine Bibliotheken! Meine Güte – jetzt wundert's mich nicht mehr, daß ich vergeblich nach medizinischen Unterlagen suchte.« Sie setzte sich und stützte das Kinn auf die Hand. Nach einigen Sekunden sah sie verblüfft auf. »Das ist auch die Erklärung dafür, warum die Sivaoaner so nachtragend sind.«

Kirk sah sie fragend an, und daraufhin erklärte die Ärztin: »Wenn man die Informationen Büchern entnimmt, hat man die Freiheit zu eigenen Beurteilungen und Bewertungen. Aber wenn sie von Personen stammen, wird man von der individuellen Darstellungsweise beeinflußt.«

»Diese Annahme hat durchaus etwas für sich«, sagte Spock und runzelte die Stirn. »Andererseits: Wenn die mündliche Überlieferung von Daten Hunderte von Generationen betrifft, müssen sich Ungenauigkeiten bei der Weitergabe zwangsläufig anhäufen.«

Kirk hob den Kopf. »Mr. Spock, diesen Einwand können Sie nur erheben, weil Ihnen Hellflecks Version von unserem Gespräch entgangen ist. Ihre Schilderungen entsprachen bis ins letzte Detail den Aufzeichnungen des Tricorders.«

»Faszinierend«, murmelte der wissenschaftliche Offizier. Er fügte keine weitere Bemerkung hinzu.

Kurz darauf kehrte Hellfleck mit Steifschwanz zurück; die fauchende Stimme der jungen Sivaoanerin war schon von weitem zu hören. Als sie näher kamen und das automatische Übersetzungsmodul reagierte, begriff Kirk, daß Hellfleck *seine* Version des Gesprächs wiederholte. Dazu gehörten sowohl die Weigerung, ihr die ›eigentlich wichtigen Fragen‹ zu stellen, als auch die Gründe dafür.

Das Katzenmädchen deutete auf Dr. Wilson und Spock, und es folgte ein wörtlicher Bericht ihrer Darstellungen. Der Vulkanier schaltete den Tricorder ein, und seine Brauen kletterten höher und höher.

Steifschwanz zeigte auf das Gerät. »Der Apparat speichert Erinnerungen für Sie?«

»Ja«, bestätigte Spock. »Wenn ich eine genaue Aufzeichnung für das Datenarchiv der *Enterprise* anfertigen möchte, benutze ich dieses Instrument.«

»Ich würde es mir gern ansehen«, sagte Steifschwanz. »Aber zunächst möchte ich mit eigenen Ohren hören, auf welche Weise Sie sich an unser Gespräch entsinnen.«

»Einverstanden. Ich nehme an, Sie meinen eine möglichst exakte Wiedergabe unserer Unterhaltung im Laboratorium.« Die Sivaoanerin nickte. Während seines Vortrags legte sie einige Male überrascht die Ohren an, unterbrach ihn jedoch nicht. Anschließend rief Spock die entsprechenden Informationen aus dem Speicher des Tricorders ab. Kirk stellte nur minimale Unterschiede fest.

»Ich möchte euch nicht beleidigen«, sagte Steifschwanz vorsichtig. »Darf ich eine Baby-Frage stellen?«

»Nur zu«, entgegnete der Captain.

»Ist euer mangelndes Erinnerungsvermögen das Ergebnis einer Verletzung? Ich kenne keine Krankheit, die sich derart kraß aufs Gedächtnis auswirkt...«

»Ich nehme an, daß Ihnen Hellfleck die Versionen Kirks und Dr. Wilsons erzählt hat, Steifschwanz«, sagte Spock. »Nun, dadurch haben Sie einen ziemlich genauen Eindruck von der Leistungsfähigkeit unserer organischen Mnemotechnik gewonnen.«

»Mit anderen Worten: So etwas ist normal? Physiologisch normal?«

»Ja, für unsere Völker. Die Angehörigen anderer Kulturen, die ebenfalls zur Föderation gehören, zeichnen sich durch eine ähnlich exakte Merkfähigkeit aus wie Sie. Aber auf uns trifft das nicht zu.«

Dr. Wilson räusperte sich. »Steifschwanz, die Daten befinden sich in unserem organischen Speicher, doch oft sind wir nicht imstande, direkt darauf zurückzugreifen. Mr. Spock könnte Ihnen das zeigen. Es gibt ein vulkanisches Verfahren, das ihn in die Lage versetzt, das Gedächtnis einer anderen Person anzuzapfen und alle Einzelheiten eines bestimmten Ereignisses in Erfahrung zu bringen. Zum Beispiel mein Gespräch mit Fangsturm. Mr. Spock war nicht zugegen, aber *er* kann schildern, wie es geschehen ist, selbst wenn ich dazu außerstande bin.«

Steifschwanz' Schnurrhaare zitterten. »Eine entsprechende Demonstration würde mich sehr interessieren.«

»Dr. Wilson, ich muß Sie darauf hinweisen, daß ein solcher Vorgang häufig recht schmerzhaft ist«, wandte der Vulkanier ein. »Das menschliche Bewußtsein gibt seine Geheimnisse nur widerwillig preis.«

Evan runzelte andeutungsweise die Stirn, und zum erstenmal sah Kirk in ihren Zügen Anzeichen von Unsicherheit. Schließlich erwiderte sie: »Wenn Sie bereit sind, Mr. Spock...« Als der wissenschaftliche Offizier nickte, sagte sie zu Steifschwanz: »Ich vermute, Fangsturm kann die Genauigkeit des Berichts überprüfen.«

»Er hat mir bereits erklärt, wie es geschehen ist«, entgegnete die Sivaoanerin. »Eventuelle Abweichungen erkenne ich daher sofort.«

Spock schloß kurz die Augen, und als er sie wieder öffnete, richtete er den Blick auf die menschliche Ärztin. Dr. Wilson seufzte und nickte. Der Vulkanier trat auf sie zu, und seine Fingerspitzen tasteten nach ihren Schläfen. Evan schnappte erschrocken nach Luft, als der Kontakt erfolgte. Dann klappten ihre Lider herunter, und sie blieb völlig still, während Spock berichtete, was sich zwischen ihr und Fangsturm zugetragen hatte…

Nach einer Weile zog er die Hand zurück. Dr. Wilson atmete tief durch, schlug die Augen wieder auf und zwinkerte. »Ich danke Ihnen für diese Erfahrung, Mr. Spock«, brachte sie mit vibrierender Stimme hervor. Sie drehte sich zu Steifschwanz um. »War es eine nach Ihren Maßstäben genaue Beschreibung?«

»Und ob!« erwiderte Steifschwanz und legte überrascht die Ohren an. Evan nickte, holte einen medizinischen Sensor hervor und zeichnete Spocks physischpsychischen Werte auf. *Die kurze Gedankenverschmelzung scheint sie überhaupt nicht zu belasten,* stellte Kirk verwundert fest. Die Katzenfrau fragte: »Gehört das auch dazu?« Sie zeigte auf das Gerät.

Evan schüttelte den Kopf. »Nein, ich möchte nur Aufschluß über die körperlich-geistigen Reaktionen des Vulkaniers gewinnen«, erläuterte sie. »Mr. Spock, spüren Sie bei einem solchen Vorgang, wie sich Ihre Körpertemperatur verringert, besonders in den Fingerspitzen?«

»Nein, Doktor.« Er hob eine Braue.

»Meine Güte, es fühlte sich so kalt an, als ließe jemand flüssigen Stickstoff auf meinen Kopf tropfen.« Sie rieb ihre Schläfe und musterte den hochgewachsenen Mann nachdenklich. »Ich wundere mich geradezu, daß keine Blasen entstanden sind. Wären sie bereit, das Experiment nach unserer Rückkehr zur *Enterprise* zu wiederholen und sich dabei an einige Analysesensoren anzuschließen?«

»Selbstverständlich, Doktor. Die Ergebnisse einer solchen Untersuchung sind sicher sehr interessant.«

»Das finde ich auch«, warf Steifschwanz ein. »Ich wäre Ihnen dankbar, wenn Sie mir nach dem Test mitteilen, wie es geschehen ist.« Ihre Ohren neigten sich abrupt zurück. »Oh, aber das *können* Sie ja gar nicht!«

Die Sivaoanerin griff nach ihrem Schwanz und drückte fest zu – ganz offensichtlich eine Geste der Verwirrung.

»Deshalb benutzen wir Aufzeichnungsapparate«, erwiderte Kirk. »Sie zeigen uns alle Details eines durchgeführten Experiments. Spock, im Laboratorium habe ich einige Karten und Diagramme bemerkt...«

»In der Tat, Captain«, bestätigte der Vulkanier. »Aber sie wiesen keine kommentierende Beschriftung auf. Ich wollte Hellfleck nach dem Grund für ein so unorthodoxes wissenschaftliches Notationssystem fragen.«

»Unser visuelles Gedächtnis ist leider nicht sehr genau«, sagte Steifschwanz. »Wenn ich Hellfleck darum bäte, ein Diagramm mit Hilfe ihrer Erinnerungen zu reproduzieren, fehlten vermutlich wichtige Einzelheiten. Die Karten dienen einem ganz bestimmten Zweck. Wenn mich jemand fragt, wie es geschehen ist, daß ich bei meiner Arbeit zu gewissen Schlußfolgerungen gelangte, benutze ich die Darstellungen, um alles zu erklären.«

Spock und Steifschwanz sahen sich einige Sekunden lang schweigend an. »Ja«, schnurrte die Sivaoanerin kurz darauf. »Ich verstehe jetzt, warum Sie Maschinen entwickelten, um Informationen darin abzulegen. Doch es ist mir ein Rätsel, wieso Sie trotz Ihrer mangelhaften Mnemotechnik in der Lage waren, ein so hohes technologisches Niveau zu erreichen.«

Kirk lächelte schief. »Damit sind wir quitt, Steifschwanz. *Ich* frage mich, wie Ihre wissenschaftlich-technische Evolution *ohne* Aufzeichnungsgeräte erfolgen konnte.«

Die Katzenfrau hob ihren Schwanz. »Das gibt mir zu denken, Captain Kirk... Menschen und Vulkanier sind weitaus fremdartiger, als ich bisher glaubte. Ohne weitere Informationen wage ich es nicht, von irgendwelchen Annahmen auszugehen.«

Kirk nickte. »Ein weiser Grundsatz, den ich in bezug auf Ihr Volk teile. Meine Gefährten und ich werden uns bemühen, nichts als selbstverständlich zu erachten und unsere bisherigen Erfahrungswerte immer wieder in Frage zu stellen...«

Er unterbrach sich, als der Schwanz der Katzenfrau zuckte. »Einen Augenblick«, zischte sie. »›Meine Gefährten‹ – trifft diese Bezeichnung auch auf den Vulkanier zu, obwohl er nicht zu ihrem Volk gehört?«

»Mr. Spock ist mein wissenschaftlicher Offizier – und mein Freund. Die Antwort auf Ihre Frage lautet also: ja.«

»Dann erscheint er ihnen nicht so fremd wie wir?«

Kirk lächelte vorsichtig. »Nun, Spocks Verhaltensweise ist immer wieder für eine Überraschung gut. Aber das belastet unsere Freundschaft in keiner Weise.«

»Und Sie?« Steifschwanz sah den Vulkanier an.

»Wenn ich Sie richtig verstehe... Ja, es freut mich, Kirk als meinen Freund bezeichnen zu können.«

»Obgleich er Ihnen fremd bleibt?«

»Häufig ist sein Gebaren... eigentümlich, wie das der ersten Menschen, die ich kenne. Gelegentlich habe ich enorme Schwierigkeiten damit, es zu deuten. Aber die vulkanische Philosophie hilft mir dabei. Wir glauben fest an ein Prinzip, das wir ›Unendliche Mannigfaltigkeit in unendlicher Kombination‹ nennen.«

»Unendliche Mannigfaltigkeit in unendlicher Kombination«, wiederholte Steifschwanz.

Spock nickte.

»Angesichts Ihres sonderbaren Erinnerungsvermögens bin ich so verwirrt und erschrocken wie noch nie zuvor in meinem Leben«, sagte die Sivaoanerin. »Ich würde Sie fortschicken – doch ich habe erlebt, wie sich Evan Wilson einem Erlebnis stellte, das ihr so fremd gewesen sein muß wie mir diese Erfahrung. Und Hellfleck sagte mir, daß Sie bestrebt sind, die Beziehung zwischen mir und meiner Tochter zu schützen...« Zärtlich wickelte sie den Schwanz um Hellfleck und fuhr fort: »Darüber hinaus weiß ich jetzt, daß Ihre Freundschaft kulturelle Unterschiede überbrückt. Mein Volk setzt sich großen Gefahren aus, wenn es um Freundschaft geht – und um die ›Unendliche Mannigfaltigkeit in unendlicher Kombination‹.« Die letzten Worte richtete sie an den Vulkanier.

»Wir sollten uns *alle* hüten, irgend etwas als selbstverständlich vorauszusetzen«, schloß Steifschwanz. »Ich gebe den anderen im Lager Bescheid.« Langsam wandte sie sich um und ging fort. Kirk sah, wie die Schweifspitze zitterte – Hinweis auf den emotionalen Aufruhr in ihr –, aber sie bat Hellfleck nicht, sie zu begleiten.

»Wie *aufregend!*« schnurrte das Katzenmädchen, und Kirk lachte erleichtert.

KAPITEL 10

Pavel Chekov stellte verblüfft fest, wie viele Sivaoaner bei ihm blieben, um seine Konstruktionstechnik zu lernen. Er hatte erwartet, daß sie lieber zu Uhura gingen und mit ihr sangen. Es handelte sich überwiegend um recht große Katzenwesen, und daraus schloß er, daß sie zur älteren Generation gehörten. Jeder von ihnen befaßte sich ausführlich mit allen Bauphasen, und nach einer Weile zweifelte Chekov nicht daran, daß sie alle in der Lage waren, seinen Stil nachzuahmen und ebenfalls einen Unterstand zu errichten.

Er erinnerte sich an Kirks und Spocks Berichte, wandte sich an Ferner Rauch und gab den Katzenmännern und -frauen die offizielle Erlaubnis, jederzeit und ganz nach Belieben von ihrem neuen Wissen Gebrauch zu machen. Sie nahmen sein Angebot so fröhlich an, als sei es ein Geschenk. Und wenn man sivaoanische Maßstäbe anlegte, schien das tatsächlich der Fall zu sein. Chekov lächelte, als er an die Professorin in Wolgograd zurückdachte. Vermutlich wäre sie ebenso zufrieden gewesen wie *seine* Schüler.

Kurze Zeit später nahmen einige Sivaoaner Ferner Rauch beiseite und sprachen mit ihm. Chekov konzentrierte sich ganz auf das Reetdach und achtete kaum auf die Unterhaltung. Wenn er den Kopf hob, sah er nur zitternde Ohren und Schwänze. Nach einigen Minuten eilten drei Katzenwesen in den Wald.

Zuerst glaubte Pavel, sie wollten zu Uhura, deren melodische Stimme in der Ferne erklang, aber bald darauf kehrten die Sivaoaner zurück und brachten seltsam anmutende Zweige und Blätter. Voller Freude erklärten sie, Ferner Rauch wolle das Konstruktionsverfahren verbessern. Ganz allein begannen sie mit dem Bau eines vierten Unterstands, und diesmal zeigten sie *ihm,* worauf es dabei ankam. Um kein Detail zu übersehen, schaltete Chekov seinen Tricorder ein und beobachtete fasziniert.

Die Eingeborenen kannten sich mit den zur Verfügung stehenden Materialien wesentlich besser aus als er. Es entstand ein Gebilde, das nicht etwa an einen umgestülpten Bastkorb erinnerte, sondern so elegant gewölbt war wie die Schwinge eines Vogels. Ganz offensichtlich verbesserten die Sivaoaner nicht nur den Stil, sondern auch die Form. Sie benutzten biegsamere Zweige – man versicherte ihm, sie blieben längere Zeit flexibel –, und daraus stellten sie eine stabilere Basis mit komplexen Flechtmustern her.

Dann kamen die Abdeckblätter: vier Sorten in unterschiedlichem Grün. Das Spektrum reichte von fast schwarzen Tönen über rötliche Schattierungen bis hin zu cremigen Smaragd- und Jadefarben. Ferner Rauch trug ein Bündel flaumiger Binse herbei. Die Sivaoaner begannen mit einer neuerlichen Diskussion, und bei den meisten Worten versagte das automatische Übersetzungsmodul: Der Speicher des Geräts enthielt keine Bezugsbegriffe für künstlerische Ausdrücke.

Die Katzenwesen begannen an beiden Enden ihrer Konstruktion und arbeiteten aufeinander zu. Als sie sich in der Mitte trafen, riß Chekov erstaunt die Augen auf. Sein Blick fiel auf einige stilisierte Vögel, die von einem imaginären Wind getragen wurden.

Die beiden größten Sivaoaner hoben Ferner Rauch hoch, der das fedrige Dach befestigte. Dann traten alle zurück und blieben neben dem Menschen stehen. Nachdem sie ihr Werk betrachtet hatten, wandten sie sich zu Ferner Rauch um. Seine Schnurrhaare neigten sich nach vorn und zitterten. »Ja«, sagte er zufrieden. »Genau das hatte ich im Sinn.« Daraufhin stimmte die Gruppe ein jubelndes Fauchen und Zischen an.

Chekov konnte noch immer nicht fassen, was er sah. Aus seinem rein funktionalen Design war ein regelrechtes Kunstwerk geworden, das ebenso anmutig wirkte wie die bunten Zelte. Schließlich brachte er hervor: »Es ist wundervoll, Ferner Rauch.«

Der Sivaoaner leckte sich stolz die Schulter. »Hoffentlich genügt auch das Innere diesem Anspruch.« Chekov und die anderen folgten ihm.

Heller Sonnenschein filterte durch die unterschiedlich geformten Blätter und bildete pastellfarbene Muster auf dem Boden. Pavel nahm einen aromatischen Duft wahr, und die flaumige Dachbinse raschelte und knisterte – eine leise, sanfte Melodie. »Herrlich«, seufzte er bewundernd.

»Ihr Lob erfüllt mich mit Genugtuung«, sagte Ferner Rauch. »Offenbar spielt individuelles Geschick bei Ihrem Volk eine große Rolle, aber es mangelt Ihnen an gestaltgebender Ausdrucksfähigkeit. Ich wollte etwas schaffen, das ebenso einzigartig ist wie Sie. Es freut mich, daß Ihnen mein Werk gefällt. Es ist alles andere als leicht, etwas aus einer anderen Kultur zu verbessern.« Seine Ohren vibrierten, als er dem Rascheln der Binse lauschte. »Derzeit bin ich mit meiner Arbeit zufrieden. Wenn ich mehr von Ihnen lerne, Pavel Chekov, sehe ich vielleicht verschiedene Unzulänglichkeiten – aber das wäre keineswegs überraschend. Tag für Tag, Jahr für Jahr, fallen mir Dinge auf, die ich verändern möchte. Neue Informationen führen zu einem Wandel der eigenen Einstellung, zu einer Weiterentwicklung des inneren Wesens.« Der Katzenmann fügte hinzu: »Sie dürfen diese Struktur verwenden, wann immer es Ihnen beliebt.«

Plötzlich verstand Chekov: Ferner Rauch bot ihm seine Konstruktionstechnik als Geschenk an. Es verschlug ihm die Sprache, und er räusperte sich mehrmals, bevor er erwiderte: »Dafür bin ich Ihnen zu großem Dank verpflichtet. Ich fühle mich sehr geehrt. Ich hätte nie damit gerechnet, daß etwas so Wunderschönes für *mich* geschaffen wird!« Verlegen über seinen Gefühlsausbruch senkte er den Kopf, und plötzlich wurde er sich seiner eigenen Inkompetenz bewußt. »Ich möchte Sie nicht enttäuschen, aber ich sollte Sie besser darauf hinweisen, daß ich Ihr Werk kaum in dieser Pracht wiederholen kann.«

Chekov interpretierte die Bewegungen von Schwanz und Ohren als eine Mischung aus Stolz und Verwirrung. »Ich weiß nicht genau, was Sie damit meinen…« entgegnete Ferner Rauch. »Würden Sie mit mir essen? Dabei können wir unser Gespräch fortsetzen. Ich bin sehr neugierig, von den Traditionen in Ihrer Heimat zu erfahren. Wenn Sie versuchen, mir Ihre Bräuche zu erklären, werde ich mir Mühe geben, sie zu verstehen.«

»Gern«, sagte Chekov.

Als er dem Sivaoaner auf die Lichtung folgte, drehte er sich noch einmal um und betrachtete den Unterstand. *Fantastisch*, dachte er.

Die elegante Struktur, die ihm Ferner Rauch zum persönlichen Geschenk gemacht hatte, veranlaßte Pavel dazu, das Lager mit neuem Interesse zu beobachten, und dabei bemerkte er einige Dinge, die seiner Aufmerksamkeit bisher entgangen waren. Vier oder fünf Zelte deuteten auf eine künstlerische Gestaltung hin. Chekov gelangte zu dem Schluß, daß Ferner Rauch nicht nur für einige der Unterkünfte verantwortlich zeichnete, sondern auch für das feste Gebäude am Waldrand. Als er eine entsprechende Frage stellte, nickte der Katzenmann.

»Auch dies stammt von mir«, sagte Ferner Rauch und führte ihn in Steifschwanz' Zelt. »Ich wollte längst eine Neustrukturierung vornehmen: Im Verlauf der letzten Jahre ist Steifschwanz sanfter geworden, und das möchte ich in Ihrem Heim zum Ausdruck bringen. Außerdem bin ich inzwischen wesentlich geschickter, was mich dazu befähigt, bestimmte Einzelheiten besser zu gestalten.« Seine Schnurrhaare vibrierten amüsiert. »Aber Steifschwanz ist ganz zufrieden mit der derzeitigen Form und meint, sie habe sich zu sehr daran gewöhnt.« Er hob die pelzigen Hände. »Sie ist sehr stur, und ich halte es für besser, ihr ihren Willen zu lassen.«

Ein brauner Schwanz tastete durch die Öffnung in der einen Wand. »Schick sie herein, Schnappkralle. Gute Jagd!«

Vier winzige Wesen sausten ins Zelt, sahen Chekov, verharrten abrupt und sträubten das Fell. Schnappkralle blickte durch den Zugang, und als sie Pavel bemerkte, brummte sie leise. *Sie klingt genau wie McCoy*, dachte er. Die sivaoanische Ärztin musterte ihn ernst. »Lebhafte Kinder«, sagte sie. Sie schien irgendeine Antwort zu erwarten. Chekov schüttelte den Kopf und sagte: »Ich nehme keinen Anstoß daran, wenn Sie das meinen.«

Schnappkralle trat ein, und die vier kleinen Geschöpfe klettern sofort an ihr hoch. Sie hielten sich am Rücken fest, starrten über die Schulter und spähten unter den Armen der Stillmutter hervor.

»Starrt ihn nicht so an«, sagte Ferner Rauch scharf und wandte sich an Chekov. »Entschuldigen Sie bitte. Sie sind sehr jung.«

»Und ich erscheine ihnen seltsam«, erwiderte Pavel. »Ich wünschte, ich könnte Uhuras Beispiel folgen und ihnen ein Lied vorsingen. Aber meine Stimme würde sie wahrscheinlich noch mehr ängstigen.«

Schnappkralle zischte spöttisch, schlang dann den Schwanz um eins der Kinder und hob es an. »Sie haben keine Angst, sie sind nur vorsichtig.« Sie hielt das winzige Katzenwesen vor den Menschen. »Beobachte ihn genau«, sagte sie. »Keine Krallen, um dich zu kratzen, keine Zähne, um dich zu beißen, kein schützendes Fell. Wie gefährlich kann ein solches Geschöpf sein?«

Das Kind hatte den gleichen braunen Pelz wie seine Mutter, doch am Bauch zeigten sich einige weiße Flekken. Es musterte Chekov aus großen Augen. »Keine Krallen?«

Pavel streckte die Hände aus, und das winzige Wesen betrachtete sie staunend. »Keine Zähne?« fragte es.

Chekov lächelte. Die anderen Sprößlinge Schnappkralles sprangen zu Boden und kamen neugierig näher. Sie reichten ihm kaum bis zu den Knien, und er beugte sich vor, um ihnen seine Zähne zu zeigen.

Das Kind mit den weißen Bauchflecken ließ den Schwanz seiner Mutter los und trippelte auf den Menschen zu. »Kein Fell!«

»Ein bißchen schon«, meinte ein anderes. »Aber es sieht... komisch aus. Hast du eine Arznei dafür, Schnappkralle?«

»Er ist nicht krank – habe ich die richtige Geschlechtsbezeichnung gewählt?« Als Chekov nickte, fuhr die Sivaoanerin fort: »Soweit ich weiß, gilt bei Menschen so etwas als normal. Er unterscheidet sich von uns. Geh ruhig zu ihm. Er wird dir nichts zuleide tun.« Das Blitzen in ihren Augen kam einer stummen Warnung gleich.

»Ich bin Pavel. Wie lautet dein Name?«

»Greiffuß-zu-Ennien«, sagte das Kind mit den weißen Bauchflecken und schnappte verspielt nach Chekovs Stiefel. Die anderen hießen Zulangschwanz (was sich von selbst erklärte), Weißbart (womit die Schnurrhaare gemeint waren) und Redeviel. Der letzte Name verwirrte ihn ein wenig, denn jenes Kind schien das stillste von allen zu sein. Er sah sich außerstande, das Geschlecht zu bestimmen, aber vermutlich spielte das in ihrem Alter auch gar keine Rolle. Hinzu kam, daß es in der sivaoanischen Gesellschaft keine Anzeichen von entsprechenden Rollenverteilungen gab.

Schnappkralle brummte erneut und richtete ihren Blick auf Ferner Rauch. »Ich überlasse dir die Verantwortung.«

»Und ich nehme sie wahr.«

Das klang wie ein ritueller Wortwechsel, und Chekov machte sich eine gedankliche Notiz, um Hellfleck später darauf anzusprechen. Er hatte bereits einige andere Fragen für sie gesammelt: Es erschien ihm sicherer, das

Katzenmädchen um Auskunft zu bitten, als zu riskieren, bei anderen Sivaoanern ins metaphorische Fettnäpfchen zu treten.

Dicht vor dem Ausgang des Zelts blieb Schnappkralle noch einmal stehen und sah auf ihre Kinder herab. »Achtet darauf, ihn nicht zu verletzen. Er hat keinen Pelz, der ihn vor euch schützt. Und was Sie betrifft, Pavel Chekov: Seien Sie so vernünftig zu quieken, wenn sie Ihnen Schmerzen zufügen.«

Er wußte nicht so recht, was er darauf erwidern sollte, und bevor er eine Entscheidung treffen konnte, verließ Schnappkralle das Zelt.

Zulangschwanz sah Ferner Rauch an. »Dürfen wir ihn berühren?«

»Frag ihn. Er ist eine Person, kein Baum, und er versteht euch.«

»Faßt mich ruhig an«, sagte Chekov und streckte den einen Arm aus. Während der nächsten Minuten untersuchten ihn die sivaoanischen Kinder mit großer Neugier: Sie betasteten seine Haut, zupften an den Haaren, schnüffelten. Redeviel fuhr langsam eine Kralle aus und strich damit über Pavels Handrücken.

Es war nur ein kleiner Kratzer, und Chekov begriff, daß es sich um ein Experiment handelte. Deshalb blieb er still. Redeviel betrachtete den dünnen roten Striemen und legte die Ohren an. Zulangschwanz betrachtete die Hand ebenfalls, drehte sich um und versetzte dem anderen Kind eine Ohrfeige.

»Schnappkralle meinte, wir sollen ihn nicht verletzen!«

»Habe ich auch gar nicht«, zischte Redeviel. »Er hat nicht gequiekt!«

Innerhalb weniger Sekunden führte der verbale Streit zu einer Rauferei, und die beiden anderen Sprößlinge Schnappkralles nahmen vergnügt daran teil. Sie rollten sich auf dem Boden hin und her, und Chekov sah blitzende Krallen, die sich tief in dichtes Fell gruben.

Ferner Rauch rückte einige Schüsseln beiseite, hob den Fuß und schob die Zankenden vorsichtig von den glühenden Kohlen des Feuers fort. Dann sah er sich in aller Seelenruhe Chekovs Hand an. »Ihr Menschen wißt nicht einmal, daß man quieken muß, wenn man Schmerz fühlt«, sagte er, und Pavel rechnete unwillkürlich damit, daß er ein mißbilligendes ›Ts-ts!‹ hinzufügte.

»Es ist nur ein Kratzer«, antwortete er. »Die Dornen im Wald sind weitaus schlimmer gewesen.« Er streckte die andere Hand aus und zeigte Ferner Rauch eine tiefe Schnittwunde.

Der Sivaoaner legte die Ohren an. »Ihr seid *sehr* empfindlich!« entfuhr es ihm. »Und deshalb tragt ihr Kleidung an den Füßen.«

»Stiefel«, erklärte Chekov. »Ja, Sie haben völlig recht. Wenn ich barfuß durch den Wald ginge, müßte ich anschließend für längere Zeit von einem Arzt behandelt werden.«

Der Geschwisterkampf dauerte an, und Pavel beobachtete ein wirres Durcheinander aus pelzigen Körpern und zuckenden Schwänzen. Greiffuß löste sich von den anderen und schnappte nach den Stiefeln des Menschen. Chekov war so überrascht, daß er zusammenzuckte. Ferner Rauch schlug das Kind: Es taumelte kurz und stürzte sich wieder ins Gerangel.

»Greiffuß hat mich nicht verletzt«, sagte Chekov hastig. Er wußte, daß der kleine Sivaoaner keine bösen Absichten gegen ihn gehegt hatte. Sein Verhalten schien eher eine Einladung zu sein, an der Balgerei teilzunehmen. Pavel lachte leise. »Meine Stiefel sind fest genug, um mich selbst vor Greiffuß zu schützen.«

»Im Ernst?« Ferner Rauch beugte sich interessiert vor.

Vor seinem inneren Auge sah Chekov noch einmal, wie die Kinder an ihrer Mutter emporkletterten. »Ich glaube, Steifschwanz braucht mehr Schutz als ich. Bitte erklären Sie mir: Wie halten sich die Kleinen an ihr fest, ohne sie völlig zu zerkratzen?«

Ein leises Quieken ertönte, und Ferner Rauch richtete seine Aufmerksamkeit sofort auf die Kinder. Von einem Augenblick zum anderen endete der Kampf. Die vier Geschwister sprangen auf, blieben jeweils einen halben Meter voneinander entfernt stehen und ignorierten sich gegenseitig mit eingeübter Gleichgültigkeit.

Zulangschwanz' Schweifspitze zitterte ein wenig, aber abgesehen davon hätte man meinen können, es sei überhaupt nichts geschehen. »Ist alles in Ordnung mit dir?« fragte Ferner Rauch. »Laß mich mal sehen.«

Das Kind trat auf ihn zu, und die anderen kamen ebenfalls näher, um seinen Pelz zu putzen. Schon nach kurzer Zeit wirkte das Fell noch zerzauster als vorher.

»Warum lecken sie das Fell ausgerechnet *gegen* den Strich?« fragte Chekov verwundert.

»Dafür gibt es einen guten medizinischen Grund«, erwiderte Ferner Rauch. »Es stimuliert die Durchblutung und wärmt den Körper, was die Kinder beruhigt. Schnappkralle meint, darauf basiere unser Instinkt, einen Verletzten auf diese Weise zu lecken.« Er hob Zulangschwanz an, und sie krabbelte auf seine Schulter, hielt sich dort fest und begann damit, ihren Pelz glattzustreichen.

»Was das Klettern angeht...« fuhr der Katzenmann fort und kam damit auf Chekovs Frage zurück. »Sie benutzen natürlich ihre Krallen. Aber erwachsene Sivaoaner haben eine dichte Haarschicht unter dem eigentlichen Fell: Sie bewahrt uns vor Kratzwunden.« Er rückte ein wenig näher. »Nur zu«, sagte er. »Fühlen Sie.«

Pavels Finger tasteten und zupften kurz. »Ich verstehe.«

»Was verstehen Sie?« erklang Steifschwanz' Stimme. Die vier Kinder wandten sich von Ferner Rauch ab und sausten an ihr hoch, um sie zu begrüßen.

Die Katzenfrau leckte sie kurz, während Chekov erklärte: »Ich weiß jetzt, warum Sie nicht von den Krallen der kleinen Sivaoaner zerkratzt werden.«

Steifschwanz' Reaktion bestand in einem leisen »Oh«. Sie nahm ein bukettartiges Gebilde von einem Haken an der Zeltwand. Chekov hatte gerade eine Mahlzeit mit Ferner Rauch eingenommen und erkannte es wieder: Es handelte sich um geräuchertes Fleisch. Steifschwanz kaute nachdenklich darauf und warf den zischenden und fauchenden Kindern kleine Brocken zu. »Zu Hause eßt ihr so etwas bestimmt nicht«, sagte sie und hob amüsiert den Schwanz. Als sie Pavels fragenden Blick sah, fügte sie hinzu: »Die meisten Kinder ernähren sich so lange wie möglich von Milch und nehmen nur dann feste Nahrung zu sich, wenn sie jemanden besuchen... Ich glaube, ich sollte Schnappkralle davon erzählen.« Die kleinen Sivaoaner protestierten kreischend und beruhigten sich erst, als Steifschwanz ihnen versicherte, es sei nur ein Scherz gewesen. »Aber ich rate euch, häufigeren Gebrauch von euren Zähnen zu machen!« sagte sie ernst.

Während Zulangschwanz und die anderen das Fleisch mit großem Appetit verschlangen, wandte sich Steifschwanz erneut an Chekov. »Ich habe etwas über Ihr Volk erfahren, von dem ich Ferner Rauch berichten möchte«, begann sie. »Stört es Sie, dabei zuzuhören?«

»Nein, überhaupt nicht. Aber wenn Sie lieber *allein* mit ihm sprechen wollen...«

»Ganz im Gegenteil. Ich wäre Ihnen dankbar, wenn Sie bleiben und mich berichtigen, falls Sie das für notwendig halten.« Steifschwanz schilderte die Auseinandersetzung zwischen Dr. Wilson und Fangsturm. Als Chekov aufstöhnte, versicherte sie ihm, mit Evan sei soweit alles in Ordnung. »Aber Ihre Gefährtin wußte nicht einmal, daß man quieken muß, wenn man Schmerzen empfindet!« Das schien für die Sivaoaner die größte vorstellbare Dummheit zu sein.

»Offenbar ergeht es *allen* so«, erwiderte Ferner Rauch

und deutete auf den Kratzer, der Chekovs Handrücken zierte.

Steifschwanz zischte verärgert. »Ich habe Fangsturm für seinen Ungehorsam geohrfeigt.«

»Ich wette, der Captain hat auch Dr. Wilson bestraft.« Chekov bemerkte die Überraschung der beiden Sivaoaner und erläuterte: »Nicht körperlich, sondern mit Worten.«

»Und so etwas wirkt?« fragte Steifschwanz skeptisch. Pavel errötete und erinnerte sich daran, wie *er* sich fühlte, wenn er vom Captain getadelt wurde.

»Und ob!«

Steifschwanz nickte nachdenklich. »Ich kenne noch einen wichtigen Unterschied zwischen unseren Völkern.« Sie hielt einen längeren Vortrag und beschrieb das nach ihrer Meinung sehr mangelhafte Gedächtnis von Menschen und Vulkaniern. Chekov schnappte erstaunt nach Luft, als sie schilderte, *wie es geschehen war*. Er selbst fand kaum Differenzen zwischen Spocks und Hellflecks Versionen, aber Ferner Rauch hielt die wenigen Abweichungen offenbar für schockierend.

Als Steifschwanz schwieg, schnurrte der Katzenmann: »Jetzt verstehe ich, Pavel Chekov. Sie sagten vorhin, Sie seien kaum in der Lage, mein Werk zu wiederholen. Es war keine höfliche Bemerkung, sondern *ernst* gemeint, nicht wahr?«

Chekov nickte. »Damit es zu keinen Mißverständnissen kommt: Sie machten mir ein Geschenk und erlaubten mir, es jederzeit zu verwenden. Mir fehlt sowohl das Erinnerungsvermögen als auch die Fähigkeit, Ihre Arbeit zu reproduzieren. Ich will Sie nicht beleidigen, indem ich einen entsprechenden Versuch wage – und versage. Angesichts derartiger Schönheit wäre ein Scheitern schrecklich! Doch ich versichere Ihnen, daß ich Ihr Angebot als eine große Ehre empfinde.«

»Nach all dem, was Steifschwanz eben ausführte,

scheint es geradezu unmöglich zu sein, Ihnen etwas zu schenken...« brummte Ferner Rauch.

Chekov schüttelte heftig den Kopf und zeigte auf seinen Tricorder. »Ich habe Bilder aufgenommen. Wenn ich zur *Enterprise* zurückkehre, fertige ich Ausdrucke an, so daß ich sie jederzeit betrachten kann. Sie werden mich an Sie und Ihr Volk erinnern, für den Rest meines Lebens.«

Steifschwanz sah Ferner Rauch an. »Trotzdem: Wenn sie sich etwas merken wollen, müssen sie zuerst ihre Gedächtnismaschinen einschalten. Es ist... beunruhigend.«

Spock starrte so konzentriert auf seinen Tricorder, als könne er das Gerät mit der Kraft seines Willens zwingen, ihm Antwort auf alle Fragen zu geben. »Unlogisch«, sagte er schließlich. *Ob Vulkanier oder nicht, Mr. Spock,* dachte Kirk. *Wenn Sie einen Schweif hätten, würde er jetzt zucken.*

»Wir haben noch immer nicht genug Daten, Captain. Ich verstehe diese Kultur nicht... Entschuldige bitte, Hellfleck, aber bei einem Kontakt zwischen zwei so unterschiedlichen Völkern wie unseren kommt es häufig zu Verwirrung.«

Das Katzenmädchen hatte ihn aufmerksam bei seiner Arbeit beobachtet, und offenbar spielte es keine Rolle, von welcher Seite aus sie das kleine Anzeigefeld des Instruments betrachtete. Die Schnurrhaare zitterten. »Schon gut. Ich glaube, du verwirrst mich ebenfalls. Ich habe noch nie jemanden kennengelernt, der seine Erinnerungen in einer Maschine verstaut.« Erneut richtete sie ihren Blick auf den Tricorder. »Kann ich dir helfen? Ich entsinne mich an alles.«

»Dann dürftest du auch wissen, daß wir dir Probleme mit deiner Mutter ersparen möchten«, erwiderte Spock.

Ihre Schwanzspitze knickte zur Seite und vibrierte. »Ja. Ich hoffte nur, das hättest du vergessen.«

»Mit anderen Worten: Du wolltest unser schlechtes Gedächtnis zu deinem Vorteil nutzen?« Kirk musterte Hellfleck und lächelte. *Kinder nehmen gute Gelegenheiten sofort wahr, wenn sie welche sehen,* dachte er.

Sie trat an seine Seite. »Wenn du es so ausdrückst, klingt es nicht sehr gut. Es war nicht besonders nett von mir, oder?«

»Es *ist* nett von dir, daß du uns helfen möchtest«, sagte Kirk. »Selbst wenn du es mit Tricks versuchst. Manchmal setzen selbst meine besten Freunde solche Mittel ein. Stimmt's, Mr. Spock?«

Der Vulkanier hob die Brauen. »Ich habe nicht die geringste Ahnung, was Sie meinen, Captain.«

Hellflecks Schweif ringelte sich vergnügt. »Du hast Mr. Spock gerade am Schwanz gezogen!«

»In der Tat«, bestätigte der wissenschaftliche Offizier. »Darf ich dich fragen, wieso du das erkannt hast, obwohl du nur wenig von unserer Beziehung weißt?«

Hellfleck sah ihn verblüfft an. »Er hat dich Freund genannt. Ist das eine Baby-Frage?«

»Ich glaube schon.«

»Captain Kirk zieht seine Freunde immer am Schwanz, auch wenn sie gar keinen haben. Außerdem: Deine...« Einige Sekunden lang suchte Hellfleck vergeblich nach dem richtigen Ausdruck; dann beschrieb ihre Schweifspitze einen Bogen.

»Brauen?« vermutete Kirk.

»Brauen«, wiederholte das Katzenmädchen auf Standard. »Ja. Deine Brauen kamen in die Höhe – sie sind fast so ausdrucksstark wie ein Schwanz –, und dein Geruch veränderte sich.« Der Vulkanier runzelte die Stirn. »Jetzt bist du sehr neugierig«, stellte Hellfleck fest. »Ich kann es deutlich riechen.«

Spock und Kirk wechselten einen raschen Blick. »Auch ich bin neugierig«, sagte der Captain. »Merkst du das?«

»Dein Duft ist anders als der von Mr. Spock, aber ich erkenne ihn, ja.«

»Hellfleck, ich fürchte, ich... ich muß dich schon wieder schockieren. Ich kann nicht riechen, ob jemand neugierig ist oder nicht.«

Das verblüffte die junge Sivaoanerin. »Wirklich nicht?« vergewisserte sie sich. »Mr. Spock?«

Er schüttelte den Kopf.

Eine Zeitlang musterte Hellfleck die beiden Männer schweigend. Schließlich sagte sie: »Dadurch entgeht euch eine ganze Menge.«

Kirk lächelte, und plötzlich fiel ihm etwas ein. »Funktioniert dein Gedächtnis bei Gerüchen ebensogut wie bei Worten?«

»Ja.«

Diese Antwort gab sie in einwandfreiem Standard-Englisch. Dr. Wilson hatte recht: Hellfleck lernte ziemlich schnell. »Entsinnst du dich an unsere Ankunft, an das Gespräch zwischen Lieutenant Uhura und Pechvogel-zu-Ennien?« Sie gab ein verächtliches Schnauben von sich. »Entschuldige, ich habe *vergessen*, wie genau du dich erinnern kannst.«

Hellflecks Schwanz krümmte sich mehrmals und tastete dann nach Kirks Handgelenk. Als sie sich wieder unter Kontrolle hatte, sagte sie: »Du meinst, als Lieutenant Uhura die Du-weißt-schon erwähnte?«

»Ja. Erzähl mir, was du dabei gerochen hast.«

Das Katzenmädchen sah, wie Spock den Tricorder einschaltete, und es beugte sich zu dem Gerät vor, sprach direkt ins integrierte Mikrofon. »Zuerst nahm ich *sehr* seltsame Gerüche wahr. Noch nie zuvor habe ich Menschen oder Vulkanier gerochen, aber ich stellte fest, daß ihr an einer Staude Grünsamt im Wald vorbeigegangen seid... Möchtest du auch wissen, welcher Duft von den Sivaoanern ausging?«

»Ja, bitte«, sagte Kirk.

»Die meisten waren neugierig, aber einige fürchteten

sich auch.« Abfällig fügte Hellfleck hinzu: »Schnappkralles Sprößlinge rannten weg.«

»Eine natürliche Reaktion von Kindern auf Unbekanntes«, warf Spock ein.

»Wahrscheinlich. Ist besser, als den Schwanz in ein Stecher-Nest zu stecken. Aber ich bin alt genug, um zu wandern«, fügte sie laut hinzu. »*Ich* blieb.«

»Ja«, bestätigte Spock und deutete auf das Gerät. »Es ist aufgezeichnet.«

»Gut. Nun, als Lieutenant Uhura zu den Kindern sang, roch ich kaum mehr Furcht, nur noch Neugier – *bis* sie die Ihr-wißt-schon erwähnte.« Plötzlich legte Hellfleck die Ohren an. »Das ist seltsam!«

»Was denn?« fragte Kirk.

»Die meisten von uns waren weiterhin neugierig, aber Windender Pfad, Schnappkralle und Ruhsand fühlten sich schuldig, beschämt.« Die Stimme des Katzenmädchens klang nachdenklich. »So wie Fangsturm, wenn er irgend etwas angestellt hat. Steifschwanz roch so, als sie dich schlug, und das ist sehr ungewöhnlich. Meistens geht dabei ein Duft des Zorns von ihr aus. Und auch Linkohr!« Sie unterbrach sich, und ihr Schwanz zuckte heftig. »Als ich mich bei ihr nach den Ihr-wißt-schon erkundigte! Ganz gleich, wen ich fragte: Alle rochen entweder neugierig – oder schuldbewußt!« Sie starrte den Vulkanier an und schloß: »Du hast recht, Mr. Spock: Es ist unlogisch. Ich verstehe das nicht.«

»Kagans Gesetz«, murmelte Kirk.

Er erklärte es Hellfleck, und daraufhin nickte sie. »Ich werde herausfinden, warum ich mein eigenes Volk nicht verstehe... Habt ihr derzeit noch einige Baby-Fragen für mich, die ich beantworten soll?«

»Nein. Du hast uns bereits sehr geholfen. Vielen Dank.«

»Okay«, erwiderte sie auf Standard. »Bis später. Ich glaube, ich stelle jetzt selbst einige dumme Fragen.« Als sie fortging, sah Kirk, daß ihre Schwanzspitze noch immer zitterte.

»Schuldbewußt«, erwiderte er leise. Das bestätigte Linkohrs Auskunft. »Nach zweitausend Jahren?« Er wandte sich an Spock, so als erwarte er eine Antwort von ihm.

»Den Eeiauoanern ergeht es nicht anders«, erklärte der wissenschaftliche Offizier.

»Lieber Himmel!« entfuhr es dem Captain. »Wie sollen wir gegen eine zwanzig Jahrhunderte lange Sturheit ankämpfen?«

»Wie Sie bereits sagten: In diesem Zusammenhang sind Sie alles andere als unbegabt. Und vielleicht könnte sich Ihr diesbezügliches Talent als nützlich erweisen.«

»Ziehen Sie etwa an meinem Schweif, Mr. Spock?«

»Ich habe nur eine Tatsache geschildert, Captain.« Wie üblich war Spocks Gesicht völlig ausdruckslos, und Kirk wünschte sich, Hellfleck wäre noch ein wenig geblieben – um für ihn zu schnüffeln.

Tief in Gedanken versunken verließ Uhura das Zelt Pechvogel-zu Enniens. Trotz ihrer Beschreibungen der Symptome hatte die junge Katzenfrau nicht das ADF-Syndrom erkannt. Das mochte ein gutes Zeichen sein: Vielleicht existierte die Krankheit auf dieser Welt nicht mehr. Aber wenn sie völlig neu für die Sivaoaner war, dann gab es hier kein Heilmittel. Pechvogel meinte, Schnappkralle wisse sicher darüber Bescheid; Uhura murmelte ein leises Gebet und hoffte, daß sie recht behielt. Neugierig hob sie den Kopf, als die Begrüßer in den Bäumen ein lautes Geheul anstimmten. Aufmerksam beobachtete sie den Waldrand und hielt nach den angekündigten Neuankömmlingen Ausschau. Die Gruppe machte kaum weniger Lärm als die ›Dummhirne‹, und kurze Zeit später erreichte sie die Lichtung. Acht Katzenwesen verharrten vor dem Lager, winkten und stießen triumphierende Schreie aus, bis alle Sivaoaner auf sie aufmerksam geworden waren. Uhura setzte sich ebenfalls in Bewegung und trat näher.

Die Jäger hatten ein Tier erbeutet, das wie ein hühnergroßer Saurier mit nadelspitzen Zähnen aussah. Uhura wandte sich an Silberschwanz. »Wie heißt das?« fragte sie auf Sivaoanisch und versuchte, die einzelnen Worte richtig auszusprechen.

»Greiffuß«, antwortete er, deutete erst auf die Zähne und dann auf seine Waden und Füße. Die menschliche Frau glaubte zu verstehen und schauderte. »Greiffuß«, bestätigte sie. Silberschwanz nickte, machte kauende Bewegungen und schnurrte etwas. Uhura interpretierte die Laute als ein Äquivalent für ›lecker‹ und wiederholte sie.

Eillicht schritt auf sie zu, ein großes, vierfüßiges Etwas auf den Rücken gebunden. Um ihn in dem allgemeinen Durcheinander nicht falsch zu verstehen, schaltete sie das automatische Übersetzungsmodul ein.

»›Nimm einen Barden mit, und die Jagd ist kurz‹ – so lautet eines unserer Sprichwörter. Und es stimmt, wie Sie sehen können!« Er löste die Riemen, ließ das erlegte Tier zu Boden sinken und streckte sich. »Ich erzähle Ihnen später, was mit Dreimal geschah. Wir fassen die Geschichte in einem neuen Lied zusammen, Sie und ich.« Er zwinkerte überrascht und fügte hinzu: »Ihr Schwanz zuckt. Ist irgend etwas nicht in Ordnung?«

Uhura senkte verlegen den Blick. »Als Sie einfach so aufbrachen, befürchtete ich, Sie irgendwie beleidigt zu haben.«

Eillicht legte die Ohren an. »Der Jagdgeruch ist Ihnen doch bestimmt nicht entgangen...«

Uhura runzelte verwirrt die Stirn. »Ich verstehe nicht ganz...«

Eillicht musterte sie eine Zeitlang, und dann wickelte er seinen Schwanz um ihr Handgelenk. »Jetzt wird mir einiges klar...« schnurrte er. »*Das* ist der Grund, warum in Ihren Liedern keine Gerüche erwähnt werden. Nun, beim nächstenmal gebe ich einem der Kinder eine Nachricht für Sie.« Er hob die Hand und berührte vorsichtig ihre Nase. »So groß – und trotzdem können Sie nicht riechen!«

Am Rande des Lagers kletterten einige kleine Sivaoaner in den Bäumen und spielten Verstecken. Sie scheuchten dabei die Begrüßer auf, und Evan Wilson, die von unten zusah, fragte sich, ob das reiner Zufall war oder Absicht dahintersteckte. Eins stand fest: Es verstärkte die allgemeine Aufregung. Im Vergleich mit ihrer Heimat handelte es sich um ein recht einfaches Spiel, aber es weckte Kindheitserinnerungen in ihr, und sie lächelte verträumt. Dann zuckte sie plötzlich zusammen: Es waren nicht *ihre eigenen* Reminiszenzen!

Mit einigen knappen Worten entschuldigte sie sich bei Fangsturm und begann mit der Suche nach Spock. Als sie ihn schließlich fand, stellte sie fest, daß er mit seinem Tricorder arbeitete. Um ihn nicht zu stören, nahm sie leise Platz, stützte das Kinn auf die Hand und dachte nach. Wenn ihr der Vulkanier keine Erklärung anbieten konnte…

»Dr. Wilson?« Der wissenschaftliche Offizier hatte die Berechnungen beendet und richtete seine volle Aufmerksamkeit auf sie. Der intensive, durchdringende Blick weckte Unbehagen in ihr. Sie errötete, und unsicher brachte sie hervor: »Ich weiß nicht genau, wie ich es ausdrücken soll… Funktioniert Ihre memoriale Übertragungstechnik in beiden Richtungen?« In der Fachliteratur, die Evan kannte, fehlten entsprechende Hinweise.

»Was meinen Sie damit?«

»Ich entsinne mich an etwas, das ich gar nicht erlebt habe. Wenn die Erinnerungen nicht von Ihnen stammen…« Sie runzelte die Stirn. »Es kommen nur *Sie* in Frage, Mr. Spock. Alles andere wäre absurd.«

Spocks Gesichtsausdruck veränderte sich nicht. »Darf ich fragen, worum es dabei geht?«

Die Frage verblüffte sie, weil sie ihr zu persönlich erschien, doch unmittelbar darauf kam sie sich wie eine Närrin vor. »Wenn es *Ihre* Reminiszenzen sind, gibt es wohl keinen Grund, Ihnen die Auskunft zu verweigern«, erwiderte sie.

Evan schilderte sie ausführlich, beschrieb ein komplexes Spiel, das in einer öden Wüstenlandschaft stattfand. Es begann mit einer förmlichen Herausforderung, die ganz offiziell angenommen wurde. Wer gewinnen wollte, mußte ein breites Fähigkeitsspektrum beherrschen, das von Computerprogrammierung bis hin zur Spurendeutung im Sand und auf felsigem Untergrund reichte. Nur die Teilnehmer wußten von dem Spiel; alle anderen ahnten nichts. Dr. Wilson erlebte noch einmal die damalige Aufregung – die gar nicht ihre eigene war und weit über die der sivaoanischen Kinder in den Bäumen hinausging.

Als sie schwieg, deuteten Spocks hochgezogene Brauen darauf hin, daß es sich tatsächlich um seine Erinnerungen handelte. »Eine auf Vulkan gebräuchliche Übung für Kinder«, kommentierte er. Er vermied das Wort ›Spiel‹, und Evan begriff, daß er die Erprobung und Verfeinerung von körperlich-geistigem Geschick meinte. »Bemerkenswert«, fügte er hinzu. »Meines Wissens gibt es keine Präzedenzfälle für ein derartiges Phänomen. Hat man Sie auf außersinnliche Wahrnehmung getestet, Dr. Wilson?«

»Glauben Sie, ich habe Ihre Gedanken gelesen, während Sie mein Gedächtnis anzapften? Nun, meine Psi-Werte sind durchschnittlich. Ich dachte, es sei vielleicht eine freiwillig von Ihnen erbrachte Gegenleistung – ein bewußter Memorialaustausch, wenn Sie so wollen.«

Der Vulkanier schüttelte den Kopf. »Ich wußte nicht einmal, daß eine solche Möglichkeit existiert, Doktor.

Ich würde gern einige Analysen vornehmen, wenn wir wieder an Bord der *Enterprise* sind.«

»Einverstanden. Himmel, jetzt weiß ich wenigstens, daß ich nicht übergeschnappt bin.« Sie sah ihn an und wich seinem Blick nicht aus. »Danke für das Geschenk.«

Er musterte sie so eingehend, daß sie erneut spürte, wie ihr das Blut ins Gesicht schoß. »Dr. Wilson«, sagte Spock, »während unseres Gesprächs sind Sie mehrmals errötet. Soweit ich weiß, gilt bei Menschen so etwas als Zeichen für Verlegenheit. Nun, ich bin mit Ihrer Kultur noch immer nicht sehr vertraut. Falls ich Ihnen auf irgendeine Weise zu nahe getreten sein sollte, möchte ich mich ausdrücklich dafür entschuldigen. Ich wäre Ihnen sehr dankbar, wenn Sie mir erklären könnten, was für ein Tabu ich verletzt habe...«

Erst jetzt wurde der Ärztin die Ursache für ihre Reaktion klar. Sie hob die Hände. »Nein, nein, Mr. Spock. Sie brauchen sich nichts vorzuwerfen. Ich fürchte eher, es handelt sich um eine kulturell bedingte Fehlinterpretation meinerseits. So etwas geschieht zwischen Menschen und Vulkaniern recht häufig.« Sie fühlte sich gleich wohler, als sie das Problem von einem unpersönlichen Standpunkt aus betrachtete. »Bei Ihnen gilt völlige Konzentration auf den Gesprächspartner als ein Gebot der Höflichkeit, aber bei uns wird sie manchmal als... sexuelles Interesse gedeutet.«

»Faszinierend.« Er sah sie erneut durchdringend an – *es ist ein Experiment,* dachte Evan –, und sofort spürte sie, wie ihre Wangen zu glühen begannen. »Genau«, bestätigte sie seine Beobachtung. »Sie haben gerade ›ein Auge auf mich geworfen‹, wie es so schön heißt. An Ihrer Stelle, Mr. Spock, würde ich versuchen, mich ein wenig zurückzuhalten. Bestimmt bin ich nicht die einzige, die so empfindet.«

Sie drehte den Kopf zur Seite und beobachtete, wie Schnappkralle in ihrem Zelt verschwand. Innerlich seufzte sie erleichtert. »Wenn Sie mich jetzt bitte entschuldigen würden... Ich bin mit der hiesigen Ärztin verabredet.« Sie stand auf, und mit kaum hörbarem Spott murmelte sie: »Machen Sie sich keine Sorgen, Mr. Spock. Ich komme bestimmt darüber hinweg.«

Sie marschierte davon, ohne einen Blick über die Schulter zu werfen. Kurze Zeit später hörte sie Schnappkralles Aufforderung, das Zelt zu betreten, und daraufhin verdrängte sie alle Gedanken an die Unterhaltung mit Spock. Es galt, ein sehr viel wichtigeres Problem zu lösen.

Die Katzenfrau musterte sie von Kopf bis Fuß und knurrte: »Was soll ich von einer Spezies halten, die das Ablegen der Kleidung in der Gegenwart anderer Personen tabuisiert hat?«

Dr. Wilson lächelte. »Bei Ärzten machen wir Ausnahmen«, erwiderte sie. »Ich befriedige Ihre Neugier, wenn Sie möchten.«

»Danke«, zischte Pechvogel und winkte Schnappkralle mit dem Schwanz zu. Die Schnurrhaare der älteren Sivaoanerin neigten sich nach vorn.

Schnappkralle untersuchte sowohl die Rückenwunde als auch Evans unverletzte Körperteile, und anschließend hüllte sich Dr. Wilson wieder in ihren Sari. »Bleiben Sie noch etwas«, sagte die Katzenfrau. »Pechvogel meinte, Sie suchen ein Heilmittel für eine ganz bestimmte Krankheit. Können Sie mir die Symptome beschreiben?«

»Das ist die beste Frage, die ich heute gehört habe«, entgegnete Evan. Sie zog einen Stuhl heran, setzte sich und begann mit der Arbeit.

Linkohr kam mit eingefahrenen Klauen, um mit James Kirk zu sprechen, aber sie bemühte sich umsonst. Der Captain konnte deutlich sehen, wie sehr sie mit sich rang, doch sie versuchte vergeblich, über die Eeiauoaner zu reden. Immer dann, wenn sie sich diesem Thema näherten, begann sie zu zittern, und der Schwanz zuckte wie ein eigenständiges Wesen.

Kirk fürchtete, daß sie doch noch die Beherrschung verlor, und um sie zu beruhigen, stellte er einige ungefährliche Fragen.

Linkohr gab nur negative Auskünfte über die Katzenwesen auf Eeiauoa. Offenbar waren sie *nicht* aus religiösen Gründen ins Exil geschickt worden. Wie sollte ein Schisma möglich sein, wenn jedes Lager seinen Gott hatte, wenn jede Pflanze und jedes Tier über eine eigene Seele verfügte? Kirk gelangte allmählich zu dem Schluß, daß bei den Sivaoanern Religion und Ökologie synonyme Begriffe darstellten. Zum Beispiel durfte während einer Saison nur eine begrenzte Anzahl von Tieren jeder einzelnen Gattung erlegt werden, und ähnliche Regeln betrafen brachliegendes Land. Es wäre sicher interessant gewesen, sich mit den Gründen dafür zu befassen, aber leider ging es bei dieser Mission um weitaus mehr als nur die Herstellung eines Kontakts zwischen der Föderation und den Sivaoanern.

Linkohr spürte Kirks Enttäuschung. Ihr Schwanz krümmte sich, als sie sagte: »Es ist unmöglich. Ich kann Ihnen nicht mehr sagen als Hellfleck, Pechvogel oder einem Ihrer Gefährten. Versuchen Sie es mit jemand anders, Captain Kirk. Ich verschwende nur Ihre Zeit.«

Kirk verstand ihre Situation. Er wußte, was Tabus bedeuten konnten – manchmal bekam er es mit dem einen oder anderen seiner eigenen Kultur zu tun –, und deshalb hatte er Mitleid mit Linkohr. Aber andererseits wollte er sich diese Chance nicht entgehen lassen. »Bitte, sprechen Sie weiter. Wählen Sie Umschreibungen, wenn es unbedingt sein muß. Erklären Sie mir, was die Sie-wissen-schon *nicht* sind; vielleicht verhilft mir das zu den richtigen Schlußfolgerungen.«

Ihre Nackenhaare richteten sich auf, doch in einem recht sanften Tonfall sagte sie: »Wir setzen unsere Unterhaltung nach dem Essen fort.« Kirk blieb praktisch keine Wahl; er nickte.

Als er das Zelt verließ, sah er sich überrascht um und beobachtete die seltsame Szene, die sich seinen Blicken darbot. Im Lager schien eine festliche Stimmung zu herrschen. Vor jedem Zelt brannte ein Feuer, und exotisch-aromatische Düfte wehten ihm entgegen. Ein kleiner Begrüßer wurde von den Gerüchen angelockt und wagte sich auf die Lichtung. Mehrere Kinder jagten ihn in den Wald zurück und warfen mit kleinen Grasbüscheln.

Der Captain setzte sich wieder in Bewegung und näherte sich Steifschwanz' Zelt, wo Ferner Rauch und Chekov vergnügt eine Mahlzeit vorbereiteten. Zwei kleine Sivaoaner klammerten sich an Pavel fest: Der eine hockte auf der Schulter und starrte neugierig in den Kochtopf, und das andere Kind umfaßte seinen Kopf. Ein drittes sauste hin und her und versuchte, seinen eigenen Schwanz zu fangen. Ferner Rauch hob den Schweif und deutete in die entsprechende Richtung. »Lebhaftes Kind.«

»Ganz offensichtlich«, bestätigte Kirk lächelnd.

»Zum Glück sind seine Krallen nicht besonders lang«, meinte Chekov und sah auf. »Hallo, Captain. Darf ich vorstellen? Zulangschwanz und Redeviel, Schnappkralles Kinder. Sie wissen bereits, daß ich keinen Schwanz habe, um sie von mir fernzuhalten.« Er beugte sich vor und probierte die blubbernde Masse im Topf.

Kirk sah deutlich, daß die kleinen Sivaoaner nicht Gefahr liefen, von Chekov herunterzufallen, aber als er sich vorstellte, was für Spuren sie auf der Haut des Russen zurückließen... »Sie scheinen sich als Nadelkissen recht wohl zu fühlen.«

Pavel erwiderte sein Lächeln. »Ich kann sie nicht vertreiben, Sir, also muß ich mich mit ihnen abfinden. Möchten Sie einen übernehmen? Die beiden anderen sind Weißbart und Greiffuß. Was den letztgenannten angeht: Achten Sie auf Ihre Stiefel, Captain.«

Als Greiffuß diese Worte hörte, vergaß er seinen Schwanz und schnappte nach Kirks Füßen. Der hochgewachsene Mann packte das winzige Katzenwesen und hob es hoch. »Hallo, Greiffuß«, sagte er. Der sivaoanische Junge wand sich hin und her, hielt dann still und beobachtete ihn.

Kurz darauf schlang er seinen Schwanz um Kirks Hals, und für einige wenige Sekunden befürchtete der Captain, erdrosselt zu werden. Dann zuckte der Schweif wieder fort, und er spürte Greiffuß' Gewicht auf dem Rücken. »Hallo, Captain Kirk«, vernahm er eine zischende Stimme dicht neben seinem Ohr. Sonderbarerweise trug er keinen einzigen Kratzer davon: Der Katzenjunge achtete darauf, ihn nicht mit seinen Krallen zu verletzen.

Chekov trat auf ihn zu. »Bitte entschuldigen Sie, Captain«, sagte er und gab dem Kind eine – vorsichtige – Ohrfeige. »Mach das nie wieder. Wenn du deinen Schwanz um den Hals eines Menschen wickelst, kann der Betreffende nicht mehr atmen.«

»Er hat nicht gequiekt«, erwiderte Greiffuß vorwurfsvoll.

»Ohne Luft kein Quieken«, erklärte Chekov. Aus den Augenwinkeln sah Kirk, daß sich auch Linkohr näherte. Pavel wandte sich an sie und fügte hinzu: »Die menschliche Luftröhre ist so empfindlich wie unsere Haut. Ein wenig Druck genügt, um uns in Atemnot zu bringen. Zum Glück lernen die Kinder schnell.«

»Tut mir leid, Captain Kirk«, sagte Greiffuß, und etwas Rauhes – die Zunge des kleinen Sivaoaners – leckte über Jims Ohr.

»Ich bin in Ordnung«, erwiderte er. »Aber paß beim nächstenmal besser auf.« Der Schwanz fühlte sich schon seltsam genug an, aber die Berührung der Zunge rief noch weitaus eigenartigere Empfindungen in ihm hervor. Kirk wußte nicht so recht, ob er lachen oder das Kind von seiner Schulter verbannen sollte.

Greiffuß leckte noch einige Male. »Riecht gut, aber schmeckt komisch.«

Chekov bedachte Ferner Rauch mit einem fragenden Blick. »Muß er alles probieren?«

»Wie wär's hiermit?« schlug der Erwachsene vor und deutete auf den Eintopf. Und an Pavel gerichtet: »Was halten Sie davon, wenn wir mit einem Schwanzschlaufer würzen?«

Pavel grinste. »Altes russisches Sprichwort: ›Man kann Kascha nicht mit Butter verderben.‹« Als das automatische Übersetzungsmodul versagte, erklärte er: »Mit anderen Worten: Mit einer guten Zutat macht man ein leckeres Essen noch schmackhafter.«

»Nun, es kommt ganz darauf an, *wie viele* Schwanzschlaufer wir nehmen««, sagte Ferner Rauch und hob den Schweif.

»Neues sivaoanisches Sprichwort: Man kann nicht verderben den Brei, mit einem Schwanzschlaufer oder zwei.«

Diese Bemerkung schien das Übersetzungsgerät einwandfrei zu transkribieren: Die vier Kinder wiederholten den Vers singend und begannen mit einem fröhlichen Tanz. Greiffuß hüpfte auf Kirks Schulter hin und her, und der Captain begann, sich ernsthaft um seine Uniform zu sorgen. Glücklicherweise verharrte der kleine Sivaoaner nach kurzer Zeit, neigte den Kopf vor und starrte neugierig. Seine Aufmerksamkeit galt Spock, der den Blick des Katzenkindes interessiert erwiderte.

»Mr. Spock... Das ist Greiffuß, eins von Schnappkralles Sprößlingen.«

»›Mr. Spock darf nicht berührt werden.‹« Offenbar zitierte der Kleine ein mütterliches Verbot. »Ohren?« Der Vulkanier drehte sich ein wenig zur Seite. »Gute Ohren«, sagte Greiffuß und klang zufrieden.

»Das ist nicht etwa mein Verdienst, sondern das Ergebnis einer langen Evolution«, erklärte Spock mit dem für ihn typischen Ernst. »Aber es ehrt mich, daß sie deine Zustimmung finden.«

Die Schnurrhaare des Sivaoaners zitterten und strichen über Kirks Wange. »Er freut sich, daß sie dir gefallen, Greiffuß«, erklärte Kirk.

»Ich glaube, er hat verstanden, was ich meinte.«

»Ja, verstanden«, bestätigte der Katzenjunge und versuchte unbeholfen, das menschliche Nicken nachzuahmen. Dann weckte etwas anderes sein Interesse, und mit einem Satz sprang er von Kirks Rücken. Zwei weitere Kinder kletterten hastig an Chekov herunter, wodurch Pavel fast den Eintopf verschüttet hätte. Die vier Geschwister machten einen weiten Bogen um Spock, sausten über die Lichtung und hangelten sich mit geschmeidigem Geschick an Schnappkralle empor.

Ihre Schwänze schienen sich miteinander zu verknoten, und alle zischten und fauchten gleichzeitig, als sie ihrer Mutter von den Ereignissen des Nachmittags berichteten. Ihr Gedächtnis schien so gut zu sein wie das der Erwachsenen, doch sie erinnerten sich nur an das, was sie sich merken *wollten*. Wortwörtlich wiederholten sie einige Dialoge und fragten nach der Bedeutung bestimmter Formulierungen. Schnappkralle gab sich alle Mühe, die Neugier ihrer Kinder zu befriedigen.

Als die Katzenkinder Chekovs ›sivaoanisches Sprichwort‹ sangen, trat Evan Wilson näher. »Captain? Mr. Spock? Kann ich Sie sprechen – allein?« Ihr Gesicht wirkte plötzlich hohlwangig und eingefallen.

Kirk nickte, und zusammen mit dem Vulkanier folgte er der Ärztin. Sie führte ihre Begleiter bis zum Waldrand und vergewisserte sich, daß niemand sonst in der Nähe war. »Sie ahnen nicht, wie gut Hellfleck hören kann, Captain«, sagte Evan und schaltete das Übersetzungsmodul aus. Die beiden Männer folgten ihrem Beispiel.

»Was ist los, Dr. Wilson?« fragte Kirk.

Sie sah zu ihm auf, richtete ihren Blick dann auf den wissenschaftlichen Offizier. »Verdammter *Mist!*« stieß sie hervor, aber es klang nicht zornig, nur müde und enttäuscht. Der Vulkanier starrte über Evans linke Schulter hinweg, und Kirk spürte, wie sich Unbehagen in ihm regte. »Unter den gegenwärtigen Umständen ist Ihre Rücksicht unangebracht! Ich könnte jetzt ein wenig Aufmunterung vertragen, selbst wenn sie auf einer Fehlinterpretation beruht.«

Spock musterte sie mit einem durchdringenden Blick.

»Danke«, seufzte Dr. Wilson. »Und das meine ich ernst.« Sie sah Kirk an. »Unsere Probleme sind weitaus größer, als wir bisher dachten, Captain. Schnappkralle kennt die Symptome des ADF-Syndroms *nicht*.«

KAPITEL 11

Leonard McCoy hoffte auf Resultate. *Die Hälfte aller Forschungsarbeiten besteht darin, auf Ergebnisse zu warten,* dachte er und ärgerte sich über seine eigene Ungeduld. *Die übrige Zeit verwendet man darauf, die Daten zu analysieren.* Diese Überlegungen verbesserten seine Stimmung nicht. Er griff nach einem keimfreien Tuch und betupfte seine Augen. Wenigstens schien das Serum auf die gewünschte Weise zu wirken... Wenn sich sein eigenes ADF-Syndrom weiterentwickelt hätte, wäre er kaum mehr imstande gewesen, die Resultate zu *sehen.* Vorausgesetzt natürlich, es gab überhaupt welche.

Eigentlich basierte alles auf Vermutungen, Annahmen und Hypothesen – *wie Kirks Suche nach dem Heimatplaneten der Katzenwesen,* fügte McCoy in Gedanken hinzu. Einige noch nicht erkrankte Angehörige von Mickys Mitarbeiterstab waren bereit, sich einer präventiven Behandlung zu unterziehen. Sie arbeiteten in den Quarantänestationen und setzten sich somit einem hohen Ansteckungsrisiko aus. Drei von ihnen – einige ihrer Verwandten lagen bereits im Koma des zweiten Stadiums – wollten sich freiwillig infizieren. Das Problem bestand nur darin: Niemand wußte, wodurch das ADF-Syndrom ausgelöst wurde.

McCoy schnitt eine Grimasse. *Wir können die Krankheit nicht einmal bei einem Versuchstier hervorrufen, geschweige denn bei einem menschlichen Freiwilligen. Sobald die toxischen Substanzen in den Blutkreislauf geraten, wissen wir, daß die betreffende Person sich angesteckt hat. Aber wo ist die verdammte Bakterie, die das Syndrom bewirkt? Oder das Virus? Es existieren nur wenige organisch-metabolische Parallelen zwischen den Opfern. Bei allen Raumgeistern: Was hat es mit dieser Krankheit auf sich?*

Ihnen blieb also nichts anderes übrig, als auf Resultate zu warten – und die einzigen guten Nachrichten bestanden in negativen Ergebnissen. Jeder Tag, der verstrich, ohne daß bei einem der Freiwilligen eine ADF-Diagnose gestellt wurde, brachte sie entweder einen Schritt weiter – oder war nichts weiter als Zufall.

McCoy setzte seine Grübeleien fort. Er hätte sich sogar mit einem zufälligen Zusammentreffen von noch unbekannten Faktoren zufriedengegeben, solange weitere ADF-Fälle ausblieben. Aber wenn auch nur einer der Freiwilligen erkrankte, konnte er nicht mehr darauf hoffen, daß das neue Serum vor einer Infektion schützte. Bei ihrem nächsten Gespräch wies er Dr. Mickiewicz auf seine Befürchtungen hin.

»Seien Sie kein Narr, Leonard«, erwiderte die Ärztin. Ihr mitfühlendes Lächeln nahm den Worten die Schärfe. »Die präventive Behandlung erstreckt sich inzwischen auf fast zweitausend Menschen, Humanoide und Eeiauoaner. Ein Ansteckungsfall bedeutet wohl kaum, daß unser Mittel nicht funktioniert. Selbst wenn es nur bei *einer* Spezies wirkt, können wir von einem bedeutenden Erfolg sprechen.«

»Ich weiß«, erwiderte McCoy knapp.

»Auch die normalen Impfstoffe sind nicht hundertprozentig sicher.«

»Das ist mir klar.«

»Warum ziehen Sie dann ein solches Gesicht, Leonard?«

Er schüttelte den Kopf. »Ich will nicht, daß noch – jemand – infiziert – wird! Es soll endlich *aufhören!*« Noch während er diese Worte aussprach, begriff er entsetzt, daß er nicht mehr an die Entwicklung eines Heilmittels glaubte.

Es schien ein Wunder erforderlich zu sein, um eine galaxisweite Katastrophe abzuwenden – ein Wunder, um die legendäre Heimatwelt der Eeiauoaner zu finden, ein Wunder, um die Epidemie einzudämmen. Tief in McCoys Innern verkrampfte sich etwas, als er daran dachte, daß sich Kirks Suche nur auf die Verse eines zweitausend Jahre alten Liedes gründete. *Reinster*

Wahnsinn, dachte er – und hoffte, daß Jim und Spock fest genug an einen möglichen Erfolg ihrer Mission glaubten. *Solange sie unterwegs sind, droht ihnen keine Ansteckungsgefahr...*

Schnappkralle kennt die Symptome des ADF-Syndroms nicht. Diese Worte hatten die gleiche Wirkung auf Kirk wie ein Hieb in die Magengrube. »Das ist doch wohl nicht Ihr Ernst, Evan!«

Dr. Wilson musterte ihn verwirrt. »Schnappkralle hat nicht gelogen, Captain, und sie steht in dem Ruf, eine der besten Ärztinnen auf Sivao zu sein... Bei der heiligen Elath! Glauben Sie etwa, es gäbe kein Heilmittel?« Sie griff nach Kirks Arm. Zwar konnte sie nicht ganz die Hand darum schließen, aber ihre Finger übten einen überraschend starken Druck aus. »Hören Sie mir gut zu, Captain: Wir müssen Schnappkralle oder einen anderen Eingeborenen mit medizinischen Kenntnissen dazu bringen, direkten Kontakt mit den Eeiauoanern aufzunehmen. Wir können nicht einfach die gewünschten Informationen sammeln und abdampfen.«

»Aber wenn ihr die Symptome unbekannt sind...«

»Die medizinische Terminologie basiert auf unmittelbaren Erfahrungen. Ein Student lernt, das Symptom ›fahle Haut‹ zu erkennen, wenn er einen Patienten sieht, der an einer entsprechenden Krankheit leidet. Allein die Bezeichnung, das *Symptom* an sich, bedeutet überhaupt nichts. Wer es noch nie beobachtet hat, weiß nicht, um was es sich handelt. Ihm fehlen die Bezugspunkte. In diesem Zusammenhang sind uns die automatischen Übersetzungsmodulen keine Hilfe. Die in den Speichern enthaltenen Daten betreffen in erster Linie *unsere* kommunikativen Erfahrungswerte, und die Transkriptionselektronik stellt nur Signifikanz*vergleiche* an. Verstehen Sie, Captain? Schnappkralle hatte schlicht und einfach keine Ahnung, wovon ich überhaupt sprach.« Evan ließ seinen Arm los und rieb sich die Schläfe dort, wo Spock sie berührt hatte. »Was alles noch verschlimmert...« fügte sie dann leise hinzu. »Schnappkralle diagnostiziert auf der Grundlage von Körpergerüchen und der Beschaffenheit des Pelzes. Sie hat in dieser Beziehung eine völlig andere Perspektive als ich.«

»Angenommen, das ADF-Syndrom ist eeiauoanischen Ursprungs«, sagte Kirk, obgleich ihn diese Vorstellung erschreckte.

Evan schüttelte heftig den Kopf. »Nein, ausgeschlossen. Es entstand *hier*, auf Sivao. Ich habe Nyotas Lieder gehört, und die Beschreibungen sind eindeutig, lassen keinen anderen Schluß zu.«

Kirk nickte langsam. »Was sollen wir jetzt unternehmen? Irgendwelche Vorschläge, Spock?«

»Falls Dr. Wilson recht hat und Schnappkralle die Krankheit erkennen würde, wenn sie einen daran leidenden Patienten sieht, müssen wir sie mit einem Infizierten konfrontieren. Nun, Captain, die Schlußfolgerung liegt auf der Hand: Es bleibt uns nichts anderes übrig, als die Sivaoaner zu zwingen, die Existenz der Eeiauoaner anzuerkennen und – um einen archaischen Begriff Dr. McCoys zu verwenden – einen Hausbesuch zu machen.«

Kirk verzog kurz das Gesicht. »Das dürfte sehr problematisch werden, Spock. Vielleicht finden wir einen anderen Weg.«

Es gibt noch eine weitere Möglichkeit«, warf Evan ein. »Und sie gefällt mir überhaupt nicht. Wissen Sie, Captain, die natürliche Auslese betrifft *alle* Lebewesen, auch Mikroben, Bakterien, Viren und dergleichen. Eine Krankheit ist so lange besonders virulent, bis sich der Erreger an den Wirtskörper anpaßt oder umgekehrt. Es wäre durchaus denkbar, daß es Schnappkralle fast jeden Tag mit einem ADF-Fall zu tun bekommt, ohne ihn als solchen zu erkennen.«

»Ich verstehe nicht...« erwiderte Kirk. »Meinen Sie,

die sivaoanische Ärztin hat eventuell Erfahrung in der Behandlung einer milderen Form des ADF-Syndroms, mit nicht so stark ausgeprägten Symptomen?«

»Genau. Außerdem: Vielleicht sind die Symptome nicht nur schwächer, sondern völlig anders. Möglicherweise gab es auf dieser Welt seit zweitausend Jahren keinen einzigen Fall des eeiauoanischen ADF-Syndroms!«

»Mit anderen Worten: Wir müssen einen sivaoanischen Doktor nach Eeiauo bringen«, sagte Kirk. »Lieber Himmel, wie sollen wir das anstellen?«

Eine Zeitlang starrte er ins Leere, und seine Gedanken rasten. Nach einigen Sekunden hob Evan den Kopf und musterte ihn mit einem hintergründigen Lächeln. »Ich habe selbst schon an eine Entführung gedacht. Warum bieten wir Schnappkralle und ihren Kindern keine Besichtigungstour durch die *Enterprise* an? Bestimmt würde sich Mr. Scott über eine Gelegenheit freuen, die Leistungsfähigkeit des Schiffes unter Warp-Bedingungen zu zeigen.«

»Dr. Wilson...« sagte Spock. »Starfleet Command hielte eine solche Entscheidung sicher für extrem, wenn nicht gar für kriminell.«

Dr. Wilson gab sich beleidigt. »Mr. Spock, glauben Sie im Ernst, ich sei imstande, *Kinder* zu kidnappen? Ich bin schockiert, Sir. Sehen Sie, wie sehr mein Schwanz zuckt?«

Aus einem Reflex heraus sah der Vulkanier dorthin, wo sich Evans Schweif befunden hätte, und Kirk lachte unwillkürlich. »Nun«, brummte er dann. »Hat sonst noch jemand eine Idee? Abgesehen davon, nach einem sivaoanischen Arzt mit möglichst wenigen familiären Bindungen zu suchen?« Er warf Dr. Wilson einen kurzen Blick zu.

»Ich schlage vor, wir essen erst einmal und setzen unsere Unterhaltung später fort«, entgegnete die kleine Frau. Ihr nachdenklicher Gesichtsausdruck verblüffte

Kirk. *Himmel, hat sie es etwa ernstgemeint? Und wenn uns tatsächlich keine Wahl bleibt: Wäre ich zu einer Komplizenschaft mit ihr imstande?*

Das Abendessen kam einem Fest gleich. Kinder eilten von Feuer zu Feuer, um alle Speisen zu probieren, und die Sivaoaner erzählten sich Geschichten und witzige Anekdoten. Mütter spielten mit ihren Sprößlingen, und einige Katzenjungen und -mädchen tanzten ausgelassen. Das unbeschwerte Treiben dauerte einige Stunden lang. Kirk fand Gelegenheit, Chekov von dem Gespräch zwischen Dr. Wilson und Schnappkralle zu berichten, und ausdrücklich betonte er, es bestehe kein Grund, die Hoffnungen aufzugeben. Uhura wußte bereits Bescheid, und Evan hatte sie darauf hingewiesen, wie die Auskünfte der sivaoanischen Ärztin zu verstehen seien.

Chekov stellte Dr. Wilson Schnappkralles Kindern vor und erklärte ihr ausführlich, wie man auf ihr Verhalten reagierte. Evan quiekte laut, als eins der kleinen Geschöpfe mit seinen Krallen über ihre Rückenwunde strich, und daraufhin begegneten ihr die flinken Pelzbündel mit geradezu übertriebener Vorsicht. Sie streifte sich ein zweites Nützliches über die Schultern, um sich zu schützen, und einige der kleinen Katzenwesen nutzten die gute Gelegenheit und sprangen auf ihre Schultern.

Schließlich wurde Eillicht aufgefordert, ein Lied zu singen. Die Übersetzungsmoduln versagten bei der Transkription der Reime, aber Kirk und seine Gefährten hörten eine fröhliche Melodie, und selbst der Captain ertappte sich dabei, wie er den Refrain wiederholte. Es ging um das Ziehen an Schwänzen, und sie alle kannten den Namen der Heldin: Wolkenstalt-zu-Ennien.

Schließlich wandte sich Eillicht an Uhura und bat sie darum, ebenfalls zu singen. Schüchtern stimmte sie ein Lied auf Suaheli an, und als die begeisterten Sivaoaner eine Zugabe verlangten, erinnerte Eillicht daran, daß sie bereits den ganzen Nachmittag über für die Kinder gesungen hatte und man ihr eine Ruhepause zugestehen müsse. Uhura meinte, sie wolle an einem der folgenden Abende eine Vorstellung geben, und das tröstete ihre Zuhörer.

Eillicht stellte sein musikalisches Repertoire unter Beweis, und als er die zweite Ballade über Wolkenstalt-zu-Ennien beendete, war Greiffuß auf Evans Schoß eingeschlafen. Redeviel hockte auf ihrem Kopf und sagte zu Kirk: »Ist Wolkenstalt jemals in dein Lager gekommen?«

»Oh, sehr oft sogar«, antwortete Dr. Wilson. »Wir nannten sie ›Schelm‹.«

Kirk runzelte die Stirn, und Spock fügte hinzu: »Wir kennen sie gut, Redeviel«, sagte er. »Und unter vielen Namen, zum Beispiel ›Schlauer Fuchs‹, ›Diebische Elster‹ und ›Witzbold‹.« Als er die Überraschung des Captains bemerkte, erklärte er: »Die Gestalt des listigen Narren gehört zur Folklore vieler Völker. Oft handelt es sich um eine Art Gott oder Halbgott, der nach Belieben seine Gestalt verändern kann.«

»Ein Dieb und Clown«, meinte Evan.

»In der Tat«, bestätigte der Vulkanier. »Jede Kultur hat einen anderen Namen für sie oder ihn.« Er sah Redeviel an. »Auf meiner Welt hieß Wolkenstalt T'kay.«

»Erzählst du mir bitte, wie es geschehen ist?« fragte das sivaoanische Kind aufgeregt.

»Morgen«, warf Schnappkralle mit mütterlicher Strenge ein. Sie begann damit, zwei kleine Katzenwesen von Dr. Wilsons Haar und Kleidung zu lösen.

Hellflecks Schwanz wickelte sich um Kirks Handgelenk. »Bitte komm«, flüsterte sie. »Ich habe eine Idee.« Er folgte ihr, fort von den anderen und der Musik, in die Stille von Linkohrs Zelt.

»Ich habe Linkohr gesagt, wie es geschah, daß ich von eurem schlechten Gedächtnis und den Erinnerungsmaschinen erfuhr«, sagte Hellfleck. »Dies ist ein solches Gerät.« Sie deutete auf Kirks Tricorder und bedachte den Captain mit einem fast flehentlichen Blick. »Linkohr kann weder mir noch dir von den Du-weißtschon erzählen, aber vielleicht ist sie in der Lage, in diesen Apparat zu sprechen.«

»Vielleicht«, wiederholte die erwachsene Sivaoanerin skeptisch. »Ich... ich weiß es nicht, Hellfleck.«

»Ich richte keine Bitte in der Alten Sprache an dich«, erwiderte das Katzenmädchen. »*Versuch* es. Was meinst du, Captain Kirk? Zeigst du ihr, wie man damit umgeht?«

»Gern.« Kirk spürte, wie freudige Erregung in ihm zu zittern begann. Er streifte den Halteriemen von der Schulter und reichte das Instrument Linkohr, die es zögernd entgegennahm. »Schon gut«, beruhigte er sie. »Auch ich bitte Sie nicht in der Alten Sprache. Aber es wäre durchaus einen Versuch wert.«

Er erklärte ihr, wie man das Gerät bediente, und sah zu, während sie vorsichtig die Tasten betätigte. Überrascht legte sie die Ohren an, als sie ihre eigene Stimme hörte. »Das bin ich nicht«, behauptete sie. Hellfleck hob den Schwanz, und ihre Schnurrhaare vibrierten. »Es klingt genau wie deine Stimme. Aber *meine* hat die Maschine irgendwie verzerrt.«

Kirk beschrieb die Gründe für das Phänomen und hoffte, daß seine Schilderungen Linkohr davon ablenkten, zu welchem Zweck sie den Tricorder benutzen sollte. Seine Erklärungen schienen sie zumindest in intellektueller, vielleicht auch in emotionaler Hinsicht zufriedenzustellen. Nach einer Weile erwiderte sie: »Ich möchte mir Ihren Erinnerungskasten ausleihen, wenn Sie gestatten, Captain Kirk. Sie erhalten ihn morgen zurück.«

»Ich danke Ihnen sehr, Linkohr.«

Ihr Fell sträubte sich kurz. »Gehen Sie jetzt«, zischte sie. »Ich muß nachdenken.«

Hellfleck hastete fort, und Kirk beeilte sich, um zu ihr aufzuschließen. »Ich danke auch *dir*. Du hattest eine wirklich gute Idee.«

»Hoffentlich klappt es«, entgegnete die junge Sivaoanerin. Sie knurrte fast. »Ich bin alt genug, um zu wandern, aber ich verstehe nicht, was hier los ist.«

»Wenn es dich tröstet, Hellfleck: Ich bin *erwachsen*, aber trotzdem stehe ich manchmal vor einem Rätsel, wenn ich das Verhalten bestimmter Menschen beobachte. Man darf nie aufhören zu lernen.«

»Und vermutlich muß man manchmal auch Baby-Fragen stellen, nicht wahr?« Ihre Schwanzspitze zuckte hin und her.

Kirk lächelte. »Das stimmt. Auch wenn man sich dadurch die eine oder andere Ohrfeige holt.«

»Woher weißt du, daß du erwachsen bist?« fragte Hellfleck plötzlich.

Kirks Lächeln wuchs in die Breite. »Die Föderation erhebt keine Kinder in den Rang von Raumschiffkommandanten. Zumindest nicht bewußt.«

»Oh«, schnurrte das Katzenmädchen. »Oh. Wie bist du gewandert?«

Kirk begriff, daß *Wandern* bei den Sivaoanern mehr bedeutete als einen gemütlichen Spaziergang. Offenbar handelte es sich um ein wichtiges Ritual. »Wenn ich dich richtig verstehe... Bei uns gibt es keinen solchen Brauch. Der Föderation gehören viele Völker an, und jedes hat andere Volljährigkeitsbestimmungen.«

Daran schloß sich eine umfassende Erläuterung des Begriffs *Volljährigkeitsbestimmungen* an, und Kirk beendete seinen Vortrag erst, als sie Eillichts Gruppe erreichten. Hellfleck war ›ganz Ohr‹ – eine Metapher, die der Captain unter den gegebenen Umständen für mehr als angemessen hielt –, und als sie sich setzte, um den Liedern zuzuhören, warf sie ihm immer wieder nachdenkliche Blicke zu. Doch sie verlor kein Wort mehr über dieses Thema.

Der Gesang verstummte erst, als es dunkel wurde. Im sich verfinsternden Zwielicht brachen die Sivaoaner auf und zogen sich in ihre Zelte zurück. Uhura beobachtete Pechvogel-zu-Ennien dabei, wie sie die Lichtung verließ und im Wald verschwand. Sie hatte freien Zugang zu Schnappkralles Zelt, aber allem Anschein teilte sie die Angewohnheit der Kinder und schlief in einem Hochnest. Andere folgten ihrem Beispiel, unter ihnen auch Hellfleck und Evan. Einige Erwachsene blieben stehen und unterhielten sich über den für sie verwirrenden Kletterstil der menschlichen Ärztin.

Als Uhura ihre *Joyeuse* verstaute, trat Captain Kirk auf sie zu und meinte, die übrigen Angehörigen der Landegruppe übernachteten im neuen Unterstand. »Sie sollten ebenfalls schlafen, Lieutenant«, fügte er hinzu. »Morgen müssen wir wach und ausgeruht sein.« Er klang so, als erwartete er irgendein wichtiges Ereignis, aber Uhura zweifelte nicht daran, daß er sie nur aufzumuntern versuchte.

Als er ging, sagte Eillicht: »Es fällt mir noch immer schwer, die Gerüche Ihres Volkes zu deuten, aber nach dem, was mir Pechvogel erzählte, scheinen Sie traurig zu sein. Hätte ich Sie singen lassen sollen? Ich wollte Sie nicht zurückdrängen, glaubte nur, Sie verdienten eine Ruhepause.«

»Seien Sie unbesorgt, Eillicht, darum geht es nicht. Zwar fühle ich mich meistens besser, wenn ich singe, aber diesmal...« Sie brach ab und schüttelte stumm den Kopf.

»Kommen Sie«, sagte der Sivaoaner, stand auf und wickelte seinen Schwanz um ihren Unterarm. »Wir singen gemeinsam, nur für uns beide – um Ihre Niedergeschlagenheit zu vertreiben. Es gibt viele Lieder, die für die Öffentlichkeit verboten sind, und vielleicht finde ich eins, das geeignet ist, einen Barden fröhlicher zu stimmen.«

Als sie sich seinem Zelt näherten, fügte er hinzu: »Ihr

Captain riecht erwartungsvoll. Ist er so anders als Sie, daß Sie seine Aufregung stört? Ich frage, weil ich nicht weiß, wie viele Unterschiede es in Ihrem Volk gibt. Ich möchte Sie keineswegs beleidigen.«

»Erwartungsvoll?« wiederholte Uhura. »Oh, Sie haben recht, was meine Nase betrifft. Ich dachte, es ginge ihm nur darum, mich aufzumuntern. Normalerweise gelingt ihm das immer. Er versteht sich recht gut darauf.«

»Er fühlt *tatsächlich* so, wenn Hellflecks Informationen stimmen. Und sie irrt sich praktisch nie. Der Captain hofft auf etwas, das euch hilft.«

»Mir ergeht es nicht anders.«

Eillicht lud Uhura in sein Zelt ein und berührte ein kleines Objekt an der Wand. Sofort erglühte es in einem hellen, unaufdringlichen Schein. »*Etwas* Gutes ist bereits geschehen«, sagte der Sivaoaner.

Uhura schüttelte den Kopf, nahm neben dem Feuer auf einigen Nützlichen Platz, zog die Knie an und starrte in die Glut.

»Sie glauben mir nicht«, bemerkte Eillicht. »Aber Sie werden sehen: Wenn sich zwei Barden in einem Lager treffen, kann die Welt verändert werden. Sie haben eine weitere Reise hinter sich als alle anderen Barden, die ich kenne. Wir beide sind in der Lage, *viele* Welten zu verändern.«

Die Frau lächelte traurig. »Ich würde mich gern von Ihnen überzeugen lassen, Eillicht, aber leider ist es mir untersagt, von dem Wandel zu sprechen, den ich herbeisehne.«

»Dann singen Sie darüber«, erwiderte er leise. »Lieder unterliegen keinen Beschränkungen.«

»Ist das wahr?« Jähe Hoffnung entstand in Uhura.

»Natürlich. Sie haben zwar ein schlechtes Gedächtnis, aber bestimmt erinnern Sie sich daran, wie es geschah, als Sie zum erstenmal unser Lager betraten. Als Sie sangen, erkannten wir Sie alle als einen Barden.

Windender Pfad hielt Sie auch für eine Stillmutter, aber inzwischen wissen wir, daß er von falschen Annahmen ausging...« Uhura nickte, und daraufhin fuhr Eillicht fort: »Sie erwähnten... Dinge, über die wir nicht sprechen, aber Windender Pfad gab Ihnen keine Ohrfeige.«

»Ich dachte, er wagte es nicht, weil wir ihm so fremd erschienen.«

Eillicht hob den Schwanz. »Windender Pfad wagt eine ganze Menge. Aber nicht einmal er würde es riskieren, einen Barden oder eine Stillmutter zu schlagen. Eine unserer Redensarten lautet: ›Ohne Kinder und Lieder gibt es keine Zukunft.‹ Sie können singen, was Sie wollen. Sie riskieren dadurch nur, aus dem Lager verwiesen zu werden.«

»Aber wer verbotene Dinge spricht, wird doch auf die gleiche Weise bestraft!«

Der Katzenmann ließ sich neben ihr nieder, wickelte den Schwanz um die Beine und griff nach seinem Saiteninstrument. »*Ich* würde Sie nicht auffordern, das Lager zu verlassen. Nicht wegen eines Liedes.«

Es ist wie mit Pechvogel, dachte Uhura. *Sie alle versuchen, irgendeine Möglichkeit zu finden, um uns zu helfen! Es fällt ihnen sehr schwer, aber sie geben sich große Mühe!*

Sie holte ihre *Joyeuse* hervor und stimmte sie. *Ich sollte mit einer einfachen Melodie beginnen,* überlegte sie und sagte laut: »Ich singe für Sie in der Alten Sprache, Eillicht. Vielleicht klingt mein Akzent ein wenig seltsam, aber Sie müßten mich eigentlich verstehen können.«

Sie begann mit ihrer Lieblingsversion der ›Ballade von Wolkenstalt‹, und während sie sang, erinnerte sie sich an jenen Abend vor vielen Jahren, als sie die Verse von Sonnenende gelernt hatte. Unsicher fragte sie sich, ob sie die Traditionen eeiauoanischer Barden verletzte, aber sie war von Sonnenende nie auf musikalische Bräuche hingewiesen worden, die denen der Sivaoaner ähnelten. Eeiauoanische Lieder durften von allen gesungen werden. In dieser Hinsicht existierte nur eine einzige Beschränkung. Sonnenende bat ihre menschliche Freundin darum, ihre Lieder nicht für andere Eeiauoaner zu singen. Am vergangenen Nachmittag hatte sich Uhura noch einmal daran erinnert, daß es sich bei *diesen* Katzenwesen um Sivaoaner handelte. Pechvogel und Schnappkralle kannten die Verse nicht, die sie den Kindern vortrug, begriffen nicht einmal, worum es dabei ging – jenes Lied, das den Langsamen Tod betraf und dessen letzte Strophe fehlte...

Als Uhura die Ballade beendete, fiel ihr auf, daß Eillicht sie aus großen Augen anstarrte. Bisher hatte sie bei den Sivaoanern noch keine solche Reaktion beobachtet. Die Nickhaut kam kurz herab, und als sie sich wieder hob, waren die Pupillen auf ihre normale Größe geschrumpft. Doch gleich darauf weiteten sie sich wieder.

»Stimmt etwas nicht?« fragte Uhura.

Sofort schlang Eillicht ihr den Schwanz ums Handgelenk und drückte vorsichtig und beschwichtigend zu. »Ich wollte Sie nicht erschrecken«, sagte er rasch. »Das schwöre ich in der Alten Sprache. Sie wissen nicht, was Sie gerade sangen, oder?« Verdutzt legte er die Ohren an. »Nein, Sie haben keine Ahnung.«

Uhura schüttelte den Kopf.

»Ich bitte Sie!« Die Aufregung des Katzenmannes war fast ebenso beunruhigend wie Steifschwanz' Zorn. »Hat man Ihnen erlaubt, dieses Lied in aller Öffentlichkeit zu singen? Sagen Sie es mir in der Alten Sprache!«

Die Frau zögerte nicht und erwiderte: »Ja, es ist mir gestattet, die ›Ballade von Wolkenstalt‹ in aller Öffentlichkeit zu singen. Ich trage sie jetzt nicht zum erstenmal vor, habe sie schon oft für Captain Kirk und andere Besatzungsmitglieder der *Enterprise* gesungen.«

Eillicht schnurrte erleichtert, stand auf und kehrte ihr eine Zeitlang den Rücken zu. Sein Schweif zitterte und zuckte – emotionale Aufwallung? Uhura wußte nicht, wie sie sein Gebaren deuten sollte, sah sich jedoch nicht bedroht.

Nach einer Weile drehte sich der Katzenmann wieder um. »Die ›Ballade von Wolkenstalt‹ wurde von einem der berühmtesten Barden unserer Geschichte geschaffen.« Er beobachtete sie aufmerksam. »Kennen Sie den Ursprung des Liedes?«

»Nein«, erwiderte Uhura. »Nur das Lied selbst. Ich weiß nicht einmal, wie der...« – fast hätte sie *Eeiauoaner* gesagt – »...Sivaoaner heißt, der es komponierte.«

»Es war eine *sie.* Ihr Name lautete Sonnenende-zu-Ennien.«

Uhura schnappte unwillkürlich nach Luft, und Eillicht sank neben ihr auf die Knie. »Dieser Name klingt vertraut für Sie«, stellte er fest. »Und trotzdem wissen Sie nicht , daß das Lied von ihr stammt?«

Einmal mehr schüttelte Uhura den Kopf. »Vielleicht habe ich es von einem... Nachkommen Sonnenendes-zu-Ennien gelernt«, entgegnete sie vorsichtig.

»Würden Sie auch mir erlauben, es in der Öffentlichkeit zu singen?«

Uhura ahnte, wie sehr sich Eillicht eine positive Antwort von ihr wünschte. Aber sie erinnerte sich an Evan: Dr. Wilson meinte, die Sivaoaner müßten ihre eeiauoanischen Verwandten anerkennen, um ihnen zu helfen. »Es tut mir sehr leid«, sagte sie. »Das Lied gehört nicht mir, sondern dem Volk, über das ich nicht sprechen darf.«

»Ich verstehe«, seufzte der Barde. Erneut stand er auf und ging umher; sein schlaffer Schwanz strich über den Boden. Uhura sah sich außerstande, ihn zu trösten. Sie wollte ihn nicht verletzen, aber sie hatte keine Möglichkeit, ihm sein Los zu erleichtern...

Schließlich hob er den Schwanz ein wenig und wandte sich zu ihr um. »Jetzt möchte ich das Lied eines Barden für Sie singen.« Offenbar hatte diese Ankündigung eine besondere Bedeutung, und als Uhura eine entsprechende Frage stellte, antwortete Eillicht: »Ein anderes Lied, das nur zwischen Barden gesungen werden darf, niemals in der Öffentlichkeit.« Er nahm sein Instrument zur Hand.

Uhura fühlte sich verpflichtet, ihm in der Alten Sprache zu versichern, daß sie seine Sitten achtete, aber Eillicht unterbrach sie bereits im Ansatz. »Hören Sie nur zu«, sagte er und begann so leise zu singen, daß sie sich vorbeugen mußte, um ihn zu verstehen.

Es handelte sich nicht um ein einzelnes Lied, sondern um einen ganzen Zyklus. An manchen Stellen war die Melodie sanft und harmonisch, und in anderen Passagen ertönten fast zornige Klänge. Sie endete mit einer traurigen, melancholischen Sequenz.

Uhura wollte sich jedes einzelne Wort einprägen, und sie konzentrierte sich so sehr, daß sie zusammenzuckte, als Eillicht sein Instrument beiseite legte.

Er fragte sie, ob sie begriffen habe. Aufgrund ihrer Kenntnisse in der Alten Sprache und den Lektionen der Kinder, die das moderne Sivaoanisch betrafen, blieben Uhura nur wenige Abschnitte unverständlich. Eillicht erklärte sie geduldig.

Dann sagte er langsam und deutlich: »Sie dürfen dieses Lied nur *singen,* wenn Sie einem anderen Barden begegnen.«

Die besondere Betonung entging ihr nicht, und sie wiederholte: »Ich verspreche, daß ich dieses Lied nur *singe,* wenn ich einem anderen Barden begegne.«

Plötzlich sträubte Eillicht das Fell, und er knurrte: »Ihr *Erinnerungsvermögen!*«

Offenbar fürchtete er, daß seine Hilfe umsonst blieb. In der Alten Sprache erwiderte sie: »Mein Gedächtnis ist nicht so schlecht, wie Sie glauben. Ich müßte mir Ihre Lieder mehrmals anhören, bevor ich sie singen könnte, aber ihren *Inhalt* vergesse ich bestimmt nicht.«

»Gut«, sagte er, und seine Schnurrhaare zitterten erleichtert. »Jetzt lassen Sie uns davon träumen. Morgen, wenn sich Ihre Stimme erholt hat, werde ich Sie darum bitten, mir all die Lieder vorzusingen, die Sie in der Alten Sprache kennen.« Er erhob sich und berührte den schimmernden Wandgegenstand. Sofort wurde es dunkel im Zelt, und Uhura beobachtete den roten Glanz der glühenden Asche.

Sie zog die Stiefel aus und hüllte sich in einige bunt gemusterte Nützliche, um vor der nächtlichen Kühle geschützt zu sein. Eine ganze Zeitlang lag sie wach und dachte nach, aber schließlich fielen ihr die Augen zu. Sie träumte von der Vergangenheit, von einer Sängerin namens Sonnenende-zu-Ennien…

Die Nacht hätte eigentlich dunkel sein sollen… Sonnenende-zu-Ennien stand am Rande der Stadt, und wehmütig beobachtete sie den Wald ihrer Kindheit. Das Licht des Verrückten Sterns tauchte ihn in ein glänzendes Licht, verzerrte die Konturen und verlieh den Bäumen eine gespenstische Gestalt. Als sie den Anblick nicht länger ertragen konnte, wandte sich Sonnenende um und starrte auf ihren zitternden Schatten herab. *Wir sind Schemen in der Nacht geworden, wir alle – so verändert, daß uns der Weltwald fremd geworden ist. Wir verlassen das Lager.*

Es schien ganz einfach zu sein: einfach das Zelt abbrechen, weiterwandern und es an irgendeinem anderen Ort neu errichten. Aber in diesem Fall hieß das Lager Sivao. *Geht. Verlaßt uns. Ihr habt genug Schaden angerichtet.*

Aber wo würde jemand sie willkommen heißen?

Nun, jetzt ist es zu spät, sich darüber Gedanken zu machen, dachte Sonnenende betrübt. Sie hatten sich bereits einverstanden erklärt – aus Scham über die fünfzehn Pflanzenarten, die nie wieder wuchsen, über die vier Tiergattungen, die die Kinder nur noch aus Geschichten kannten. Aus Scham über den Tod in den Städten, über jenes Grauen, das die urbanen Metropolen verließ und auch den Wald heimsuchte, das wie ein Lied des Schreckens weitergetragen wurde. Inzwischen wütete das Verderben nicht mehr, verbarg sich nur noch in einigen wenigen Körpern, die durch Donnerschlags Behandlungsmethode geheilt werden konnten. Aber für die Schande gab es kein Gegenmittel. Und deshalb schickten sich Sonnenende und ihre Begleiter an, Sivao zu verlassen.

Sie wünschte sich eine andere Lösung, doch sie sah nur einen unsteten, stählernen Schatten – das Raumschiff im Zentrum der Stadt. Sein Flug würde viele Errungenschaften ihres Volkes für immer zerstören. Sonnenende stellte sich vor, wie der Wald im Lauf der nächsten Jahrzehnte alle Städte überwucherte und sie unter dichtem Grün versteckte, sie zwar vom Antlitz der Welt verbannte, nicht aber aus dem Gedächtnis derjenigen, die auf ihr lebten.

Sie konnte bleiben, wenn sie wollte: Ein Barde fand in jedem Lager Aufnahme. Erneut rang Sonnenende mit sich selbst und hielt schließlich an ihrer Entscheidung fest. Es gab kein Zurück mehr für sie. Das Raumschiff war der nächste Schritt auf ihrer langen Wanderung, so wie zuvor die Städte, die ihre Lieder brauchten. Während der Reise durch die große Leere jenseits des Weltwaldes mußten ihre Melodien ebenso Trost spenden wie auf jener anderen Welt, die sie irgendwo erwartete. Sie verabschiedete sich auf ihre eigene Art und Weise, mit einem letzten Gesang, und dann brach sie auf.

Und begegnete Vielschlaufe. Er kehrte ihr den Rükken zu, stand aber nahe genug, um sie zu hören. Diesmal bildete sein Schwanz keine lange Spirale, sondern lag schlaff auf dem Boden. Sonnenende wartete schweigend, bis er die Fassung wiedergewann. Als er sich schließlich umdrehte, zitterte sein Schwanz traurig. »Deine Lieder«, sagte er.

Auch das war eine sehr schwierige Entscheidung gewesen, doch sie sah darin die einzige Hoffnung für ihr Volk im Exil. Niedergeschlagen antwortete sie: »Von Barde zu Barde. Um an mich zu gedenken.« *Es ist vollbracht,* dachte sie. Von jetzt an beschränkte sich das

Wissen um ihre Lieder allein auf die Barden. Sie sollten weitergegeben werden, um an sie zu erinnern, durften aber nicht in der Öffentlichkeit gesungen werden. Sie wiederholte die rituellen Worte, die älteste Tradition überhaupt: »Bis zu jenem Tag, an dem ein Barde in mein Lager wandert. Dann gebe ich alle meine Lieder frei.«

Diesmal hatte diese Bemerkung eine ganz neue Bedeutung. Sie stellte die einzige Hoffnung für die Verbannten dar: Sonnenendes Lieder gehörten allein ihnen, bis jemand von der Heimatwelt zu ihnen kam. In einem solchen Fall brauchten sie sie natürlich nicht mehr, denn ein Besuch von Sivao symbolisierte das Ende der Schande und des Exils. Dann mochte das Volk der Scham neue, fröhlichere Lieder singen.

Vielschlaufe schien zu verstehen, sich mit ihrem Beschluß abzufinden. Er schwieg einige Sekunden lang , bevor er sagte: »Den Tag wird niemand von uns erleben...«

Sonnenende neigte die Schnurrhaare nach vorn. Eine Bestätigung. Sie wußte, daß er recht hatte. Und sie wußte auch, daß er keine neuerliche Bitte an sie richtete.

Er wickelte seinen Schwanz um ihre Taille. »Sonnenende-zu-Ennien, ich gebe dir alle meine Lieder, und du darfst sie ganz nach Belieben singen, wo immer du dein Lager aufschlägst. Bestimmt könnt ihr sie gut gebrauchen, du und die anderen...«

Sie wagte es nicht, eine Antwort zu geben, schlang statt dessen ihren Schwanz um ihn. Nach einer Weile, wie auf ein geheimes Zeichen hin, ließen sie sich los. Vielschlaufe kehrte stumm in den Wald zurück. Sonnenende drehte sich um und ging in die Stadt, näherte sich dem Raumschiff. Sie brachte nicht den Mut auf, noch einmal zurückzusehen. Ihr Herz pochte für die Zukunft.

Evan Wilson bewegte sich unruhig, als zornig klingendes Fauchen und Knurren ihren Schlaf störte. Sie stemmte sich auf einem Ellenbogen in die Höhe, zwinkerte mehrmals und fand nur mühsam in die Wirklichkeit zurück. Kühler Wind strich über ihre Haut, und sie zog ein Nützliches heran.

Sie war allein.

Diese Erkenntnis machte sie von einem Augenblick zum anderen hellwach. Ruckartig richtete sie sich auf und holte den Phaser hervor.

Die Geräusche wurden lauter, und Evan wußte sie noch immer nicht zu deuten. Ein Streit? Eine verbale Auseinandersetzung? Es klang irgendwie seltsam, und Hellflecks Abwesenheit erfüllte die menschliche Ärztin mit ängstlicher Sorge.

Sie schob sich an den Rand des Hochnests und spähte nach unten. Dunkelheit, erfüllt von vagen Schatten und Schemen. Es wäre sehr riskant gewesen, in der Finsternis auf den Ast zu springen, der nahe an die hängemattenartige Vorrichtung heranreichte; aber es mochte noch weitaus gefährlicher sein, an diesem Ort zu bleiben, wo man sie *ganz leicht finden konnte.* Sie vertraute Hellfleck, doch auf sich allein gestellt, fühlte sie sich hilflos.

So leise wie möglich kroch sie zum einen Ende des Hochnests, griff mit der linken Hand nach dem Zweig und zögerte kurz, um den Phaser zu verstauen. Als sie auch die rechte Hand hob, tastete ein Schwanz von oben herab und preßte sich kurz auf ihren Mund. Hellfleck!

Völlig lautlos kletterte das Katzenmädchen zu ihr und flüsterte: »Warte hier. In den Bäumen bist du viel zu laut.«

Evan nickte und beobachtete, wie Hellfleck über einen anderen Ast flitzte und in der Dunkelheit verschwand, ohne ein einziges Geräusch zu verursachen.

Fast zwei Stunden lang geduldete sich Dr. Wilson,

und immer wieder tasteten ihre Finger zu der Strahlenwaffe im Gürtel. Um sie herum herrschte ein seltsamer Aufruhr im Wald: Manchmal kreischten Begrüßer, und dann und wann hörte sie ein lautes Fauchen. Nach einer Weile wurden die streitenden Stimmen zu einem leisen Brummen und Knurren, das sich näherte.

Hellfleck kehrte so lautlos zurück, wie sie davongeeilt war. Sie stieß mit dem Schwanz zu, und Evan rutschte tiefer ins Hochnest. Die junge Sivaoanerin rollte geschmeidig übers ›Dach‹, landete neben der Ärztin und bedeutete ihr, weiterhin zu schweigen.

Tief unten gingen einige Katzenwesen durch den Wald und unterhielten sich. Evan Wilson drehte die Lautstärke des automatischen Übersetzungsmoduls herunter und hielt das kleine Gerät über den Rand der Hängematte. »Dumme Narren«, übersetzte die Elektronik leise. »Dumme, starrsinnige Narren.« Schnappkralles Stimme. »Menschen wissen nicht genug, um zu quieken, wenn sie verletzt werden. Sivaoaner wissen nicht genug, um mit dem Quieken aufzuhören, wenn der Schmerz nachläßt.« Einige Sekunden später, kurz bevor die Gruppe aus der Reichweite des Translators geriet: »Das wird dir noch leid tun, Steifschwanz. Diesmal hast du deinen Schweif in ein Stecher-Nest gesteckt. Warte nur ab.«

Einige andere Sivaoaner wanderten an den Bäumen vorbei, doch Evan hörte nichts mehr. Schließlich entspannte sich Hellfleck, und sie richteten sich beide auf. »Jetzt können wir wieder sprechen«, sagte das Katzenmädchen. »Aber wir sollten trotzdem möglichst leise sein... Du hast keinen Widerstand geleistet, als ich dich mit dem Schwanz anstieß.«

»Dies ist deine Welt, Hellfleck. Wenn es Schwierigkeiten gibt, muß ich mich auf dein Beurteilungsvermögen verlassen. Ab und zu bleibt einem gar nichts anderes übrig, als Vertrauen zu haben. Aber sag mir: Was ist eigentlich los? Sind meine Gefährten in Gefahr?«

Das Katzenmädchen legte die Ohren an. »Natürlich nicht! Ich wollte nur nicht beim Zuhören ertappt werden. Wie soll ich sonst herausfinden, was hier vor sich geht?« Die letzten Worte klangen fast wie eine Entschuldigung. »Hältst du mich für ungezogen, weil ich die Erwachsenen belauschte?«

»Ich bin nicht deine Mutter«, meinte Evan. »Aber du scheinst mir alt genug zu sein, um eigene Entscheidungen zu treffen.« Sie seufzte. »Konntest du irgend etwas in Erfahrung bringen?«

»Du hast gesagt, du vertraust mir«, erwiderte Hellfleck. »Ich muß nachdenken, Schlüsse ziehen und mit… *jemandem* sprechen. Die derzeitigen Ereignisse bedrohen weder dich noch deine Freunde, das schwöre ich in der alten Sprache, aber ich möchte mehr herausfinden, bevor ich dir erzähle, wie es geschehen ist. Bist du bereit, dich so lange zu gedulden?«

Evan überlegte. »*Ich* kann jahrelang warten, was die Antworten für alle meine Fragen betrifft. Aber es gibt Leute auf einem anderen Planeten, die nicht soviel Zeit haben. Ich bitte dich nur darum, auch sie zu berücksichtigen. Ich fühle mich für sie verantwortlich.«

»Ich glaube, dann bin ich ihnen ebenfalls verpflichtet«, sagte Hellfleck. »Ängstigt es dich, hier allein zurückzubleiben?« Sie wickelte ihren Schwanz um Evans Handgelenk. »Ich habe vorhin Furcht gerochen.«

»Oh, ich werd's schon überstehen«, versicherte ihr die Frau.

»In Ordnung. Leg dich hin und schlaf. Ich wecke dich bei meiner Rückkehr.« Erneut huschte die junge Sivaoanerin davon, und ihre Gestalt verlor sich in der Finsternis.

Dr. Wilson streckte sich aus und schloß die Augen, aber sie fand keine Ruhe.

KAPITEL 12

James Kirk erwachte, als das erste Licht des neuen Tages schimmerte. Hoffnungsvoll erinnerte er sich an Linkohr und begrüßte den Vulkanier mit einem fröhlichen »Guten Morgen, Mr. Spock. Haben Sie gut geschlafen?«

»Ich bin die ganze Zeit über wach geblieben. Kurz nach Mitternacht kam es zu erheblicher Unruhe im Wald, nicht weit von hier entfernt. Ich dachte, es sei besser, die Augen offenzuhalten.«

»Sie hätten mich wecken können.«

»Ich weiß. Aber dazu bestand kein Anlaß.«

Das Gesicht des Vulkaniers war so ausdruckslos wie immer, und Kirk unterdrückte eine scharfe Bemerkung. Manchmal erwartete er menschliche Reaktionen von seinem wissenschaftlichen Offizier, und wenn sie ausblieben, fühlte er sich enttäuscht, obgleich er es eigentlich besser wissen sollte. »Was für eine Art von Unruhe?«

»Ein Streit, vermute ich. Diese Schlußfolgerung basiert auf einer Analyse des emotionalen Bedeutungsinhalts der von mir rezipierten Geräusche und einer aufmerksamen Beobachtung des Verhaltens, das die Sivaoaner heute morgen offenbaren.«

Kirk seufzte innerlich und blickte nach draußen. Sofort sah er, was Spock meinte: Einige Sivaoaner waren bereits auf den Beinen und begrüßten sich so wie Hellfleck und Fangsturm – mit einem Zucken der Schwanzspitze. *Das gefällt mir nicht,* dachte der Captain.

Spock sah seine Besorgnis. »Ich beschreibe nur eine Tatsache. Es gibt keinen Grund zu der Annahme, daß wir die Ursache der Unruhe sind oder deswegen irgend etwas zu befürchten haben. Trotzdem: Ich bin neugierig geworden.«

»Neugier ist eine ausgesprochen menschliche Eigenschaft und daher für mich leicht nachvollziehbar«, erwiderte Kirk und imitierte den Tonfall des Vulkaniers. Als Spock die Brauen hob, winkte er ab. »Schon gut. Kümmern wir uns jetzt ums Frühstück. Mir knurrt der Magen.«

»Ich glaube, Mr. Chekov bereitet etwas zu.«

Kirk lächelte. »Unser Waffenoffizier steckt voller Überraschungen. Ich sollte seine Professorin in Wolgograd der Starfleet-Akademie empfehlen. Die Fähigkeiten, in denen sie ihre Schüler unterweist, sind auf fremden Planeten sehr nützlich.«

»In der Tat, Captain. Darüber hinaus lehrt sie eine anerkennenswerte Einstellung gegenüber schlicht anmutenden Kulturen. Offenbar kennt sie den Unterschied zwischen angeblicher Primitivität und mangelnder Intelligenz sehr genau.«

»Guten Morgen, Captain«, sagte Chekov. »Das Frühstück ist in einigen Minuten fertig, Sir.« Er strich sein Haar zurück und wischte sich Schweiß von der Stirn. Vergnügt fügte er hinzu: »Ich schlage vor, wir nehmen die Gelegenheit wahr und essen draußen.«

Kirk nickte und sah sich die brutzelnde Mahlzeit an. Es handelte sich um verschiedene, in kleine Stücke geschnittene Gemüsesorten an Spießen. Ab und zu bestrich Chekov sie mit einer aromatisch duftenden Soße. »Sivaoanisches Schaschlik. Das Rezept stammt von Ferner Rauch.«

Amüsiert wandte sich Kirk an Spock. »Schaschlik«, wiederholte er.

»Diese Bezeichnung sagt mir nichts, Captain.« Der Vulkanier drehte sich nicht um; sein Interesse galt noch immer den Vorgängen auf der Lichtung. Kirk folgte seinem Blick.

Einige Dutzend Meter entfernt versammelten sich einige Katzenwesen vor Schnappkralles Zelt. »Captain? Ich glaube, das sollten wir uns aus der Nähe ansehen.«

»Wie Sie meinen, Mr. Spock.« Die beiden Männer gingen durchs Lager. Kirk erhoffte eine Auskunft von

Hellfleck, doch er hielt vergeblich nach ihr Ausschau. Vorsichtig schoben sie sich an den Sivaoanern vorbei.

Schnappkralle kam aus ihrem Zelt, legte einige sorgfältig zusammengerollte Bündel zu Boden und starrte die Zuschauer finster an. Ihr Schwanz zuckte. »Nun?« fragte sie. »Habt ihr noch nie eine zu-Ennien gesehen, die sich auf die Wanderung vorbereitet? Was ist mit euren guten Manieren?« Die Katzenwesen legten überrascht die Ohren an, und schließlich traten zwei von ihnen vor, um zu helfen. Schnappkralle gab ihnen einige zischende Anweisungen, und daraufhin holten sie die Flaschen und getrocknete Kräuter der sivaoanischen Ärztin und brachten sie ins Gebäude, das als chemisches Laboratorium diente.

Ruhsand näherte sich und legte ebenfalls die Ohren an. Rasch begab sie sich in ihr Zelt, und als sie zurückkehrte, trug auch sie einige kleine Bündel – und legte sie schweigend neben Schnappkralles Sachen. Die große Sivaoanerin wickelte zärtlich den Schwanz um ihr Handgelenk.

Die vier Kinder fauchten aufgeregt. Sie liefen hin und her, tasteten mit ihren Schweifen übers Gepäck und ahmten das Verhalten der Erwachsenen nach, indem sie kleine Nützliche falteten.

Greiffuß hüpfte über die Füße aller Anwesenden. Kirk konnte den Weg des Katzenjungen gut verfolgen: Er brauchte nur die zusammenzuckenden Sivaoaner zu beobachten. Nach einer Weile kam er selbst an die Reihe. Greiffuß sprang auf seinen Stiefel, kletterte an ihm empor, hielt sich an der Brust fest und sah ihm direkt in die Augen. »Zu Sretalles!« zischte das Kind. »Das ist unser Ziel! Du sollst kommen! Hat Schnappkralle gesagt!«

Kirk wußte nicht so recht, welche Antwort Greiffuß von ihm erwartete. Unsicher kraulte er ihn hinter den Ohren. Der Schwanz des Katzenjungen ringelte sich fröhlich, und er zog sich auf Kirks Schulter, um von dort aus Spock anzustarren. »Mr. Spock darf nicht berührt werden«, sagte er fast traurig. »Komm nach Sretalles! Vielleicht ist es dort anders. Vielleicht kann man dich dort anfassen. Und erzähl mir dann, wie es geschah, daß Wolkenstalt nach Vulkan kam. Auf Wiedersehen, Mr. Spock!«

»Auf Wiedersehen, Greiffuß«, entgegnete der Vulkanier würdevoll.

Das Kind sprang zu Boden und lief mit seinen Geschwistern los, um sich auch von Chekov zu verabschieden.

Irgend jemand berührte Kirk am Ellenbogen. Als er den Kopf senkte, sah er Evan. »Wissen Sie, wo Hellfleck steckt, Captain?« fragte sie fast nervös.

»Nein. Mr. Spock?«

»Ich auch nicht, Dr. Wilson. Irgendein Problem?«

»Das kann ich erst sagen, wenn ich mit Hellfleck gesprochen habe. Verdammt, sie sollte längst hier sein. Sie verpaßt Harmageddon.«

»Wie meinen Sie das?« erkundigte sich Spock. Kirk hatte eine ähnliche Frage stellen wollen.

Schnappkralle zog einige Pflöcke aus dem Boden und griff anschließend nach der hölzernen Stützstange. Als die bunten Zeltplanen wallten und zu Boden sanken, seufzten die sivaoanischen Zuschauer. Schnappkralle bedachte sie mit einem herausfordernden Blick und begannen damit, die farbig gemusterten Tücher zusammenzurollen. Kurz darauf erlitt Ruhsands Zelt das gleiche Schicksal.

Wilson zwinkerte mehrmals und flüsterte Spock und Kirk zu: »Ganz offensichtlich hatte Hellfleck recht, was Schnappkralle angeht. Man könnte fast meinen, die Sivaoaner sähen jetzt zum erstenmal jemanden, der sich reisefertig macht.«

»Ich verstehe, Dr. Wilson«, erwiderte der Vulkanier. »Und ich bestätigte Ihre Einschätzung. Captain, wir vermuten, diese Leute haben noch nie erlebt, daß *Schnappkralle* das Lager verläßt.«

»Wie ich schon sagte: Harmageddon«, brummte Evan düster. »Wenn sich skandalöse Personen anständig verhalten, muß man auf der Hut sein!«

Innerhalb erstaunlich kurzer Zeit waren die beiden Zelte verpackt, und Ruhsand brachte zwei Sauser. Sie nahm Schnappkralle zur Seite und sprach leise mit ihr. Ferner Rauchs Ohren zitterten, als er vortrat und seine Hilfe anbot; zusammen mit Ruhsand befestigte er die Bündel auf den Rücken der Tiere.

»Dr. Wilson«, zischte die sivaoanische Ärztin, »ich möchte mir noch einmal Ihre Wunde ansehen.« Sie winkte, und Evan folgte ihr.

»Interessant«, sagte Kirk, als er sah, in welche Richtung sie gingen. »Offenbar will Schnappkralle sicherstellen, daß Steifschwanz von ihrem Aufbruch erfährt.«

»Das ist eigentlich nicht nötig, Captain. Hellflecks Mutter dürfte inzwischen die allgemeine Aufregung bemerkt haben.«

Kirk beobachtete, wie Schnappkralle Steifschwanz aus ihrem eigenen Zelt verbannte und zusammen mit Dr. Wilson eintrat. »Ich nehme an, das kommt fast einem Affront gleich.« Er pfiff leise durch die Zähne. Steifschwanz stapfte auf und ab, und ihr Schweif zuckte heftig. »Schnappkralle hätte Evans Rückenwunden untersuchen können, bevor sie ihr Zelt abbrach.«

»Allerdings, Captain. Außerdem gibt es hier genug andere Unterstände. Sie mußte nicht ausgerechnet Steifschwanz' Heim wählen.«

»Genau. Himmel, ich fühlte mich weitaus wohler, wenn Evan nicht so verdammt ernst wäre.«

»Warum sollte Dr. Wilsons emotionales Gebaren Besorgnis in Ihnen wecken?«

»Ich vertraue ihrem Instinkt, Spock.«

»Nun, was ihre Talente betrifft, stimme ich Ihnen durchaus zu, Captain, aber den Ausdruck ›Instinkt‹

lehne ich ab. Er erinnert mich zu sehr an Dr. Wilsons ›rein gefühlsmäßige Reaktionen‹. Ich stehe noch immer auf dem Standpunkt, daß...«

»Ich weiß, ich weiß. Evan weigert sich, ihre Logik zuzugeben. Spock, wenn sie einen *logischen* Grund hat, beunruhigt zu sein, mache ich mir noch weitaus größere Sorgen.«

Aus den Augenwinkeln sah Kirk ein weißes Fell in der dichten Masse pelziger Körper, und als er den Kopf drehte, erkannte er Hellfleck. Zusammen mit Pechvogel-zu-Ennien verharrte sie dort, wo zuvor Schnappkralles Zelt gestanden hatte. Wortlos blickte sie auf den dunklen Boden herab, der deutlich zeigte, daß die sivaoanische Ärztin schon seit langer Zeit in diesem Lager lebte. Hellfleck wirkte verwirrt und bestürzt, und Pechvogel schien sich zu fürchten.

Chekov brachte das Schaschlik – der Duft erinnerte Kirk daran, wie hungrig er war – und gab jedem von ihnen einen Spieß. »Lieutenant Uhura und Dr. Wilson gehen nicht leer aus«, meinte er. »Ich hab' auch welche für sie.«

Evan und Schnappkralle verließen Steifschwanz' Zelt. Chekov wollte ihnen entgegengehen, aber Kirk hielt ihn fest. »Ich glaube, Sie sollten sie derzeit nicht stören«, sagte er. Aber als Dr. Wilson den Waffenoffizier sah, lächelte sie, eilte herbei und nahm dankbar einen Spieß entgegen.

»Mr. Chekov, Sie haben mir gerade das Leben gerettet. Ich bin halb verhungert.« Sie *verschlang* das geröstete Gemüse geradezu und richtete ihre Aufmerksamkeit wieder auf Schnappkralle und Steifschwanz.

»Hellfleck ist da, Doktor«, sagte Kirk. »Sie wollten doch mit ihr sprechen, oder?«

»Und ob!« Als Kirk in die entsprechende Richtung deutete, winkte sie und rief den Namen des Katzenmädchens. Hellfleck war sofort zur Stelle, und Pechvogel folgte ihr. Sie bemühte sich, möglichst unauffällig zu sein, und dadurch wirkte sie unbeholfen. Sie duckte sich ängstlich.

»Schnappkralle verläßt uns!« stieß Hellfleck aufgeregt hervor. Pechvogel zuckte zusammen.

Schnappkralle und Steifschwanz unterhielten sich noch immer, und ihre Schweifspitzen zitterten. Als die sivaoanische Ärztin Pechvogel sah, wandte sie sich von Hellflecks Mutter ab und rief der jungen Katzenfrau etwas zu. Pechvogel-zu-Ennien lief sofort los, und Schnappkralle wickelte ihr den Schwanz um die Taille.

Daraufhin strahlte die junge Erwachsene und entspannte sich. Evans Kollegin richtete einige Worte an sie, und Pechvogel neigte zustimmend die Schnurrhaare nach vorn. Ihre Schweife tasteten zärtlich übereinander, als sie sich Kirk und seinen Begleitern näherten. Steifschwanz setzte sich ebenfalls in Bewegung, und in ihren großen Augen blitzte es.

»Ich wandere zu Sretalles, Dr. Wilson«, erklärte Schnappkralle. Es hätte eigentlich *nach* heißen müssen, aber Kirk argwöhnte keine fehlerhafte Transkription des Übersetzungsmoduls. Das *zu* bezog sich vermutlich auf die Namen der Sivaoaner. »Ich überlasse Ihnen die Verantwortung für Pechvogel-zu-Ennien.«

Evan war so überrascht, daß sie einige Sekunden lang nach den richtigen Worten suchte. Schließlich erwiderte sie: »Meine eigenen Traditionen zwingen mich zu der Frage, ob Pechvogel damit einverstanden ist?«

»Captain«, flüsterte Chekov, »sie bittet Dr. Wilson, auf ihr Kind aufzupassen!«

Pechvogel sah erst Schnappkralle an und dann Evan. »Ich habe *nichts* dagegen«, sagte sie laut und deutlich.

Bei den übrigen Sivaoanern führte diese Bemerkung zu erstaunlichen Reaktionen. Steifschwanz' Schweif zuckte. Ohren stülpten sich verblüfft zurück. Weitere Schwänze zitterten und vibrierten. »Captain…« murmelte Spock warnend.

»Ja, ich hab's bemerkt«, raunte Kirk. »Mr. Chekov, bleiben Sie wachsam.«

Er räusperte sich und fügte lauter hinzu: »Dr. Wilson, Sie können nicht die Verantwortung für Pechvogel übernehmen. Wer weiß, wie lange Schnappkralle fortbleiben wird...«

Evan drehte sich nicht um. Ihr ernster Blick galt der jungen Katzenfrau und ihrer Mutter.

Die sivaoanische Ärztin wiederholte: »Dr. Wilson, ich überlasse Ihnen die Verantwortung für Pechvogel-zu-Ennien.«

»Captain«, sagte Evan, »ich hoffe nur, daß Sie Ihren Hinweis nicht als Befehl meinten.« Und zu der Ärztin: »Ich übernehme die Verantwortung, Schnappkralle.« Sie fügte hinzu: »Vielen Dank.«

Ein lärmender Tumult folgte auf diese Worte. Steifschwanz trat mit gesträubtem Nackenfell auf Schnappkralle zu. »Nein!« fauchte sie. Einige andere Sivaoaner zischten wütend, wahrten jedoch einen respektvollen Abstand.

Schnappkralle leckte kurz Pechvogels Stirn, ließ sie los und schob sie behutsam auf Wilson zu. Die junge Sivaoanerin wickelte ihren Schwanz um Evans Handgelenk, und die kleine Frau lächelte.

Dann putzte Schnappkralle ihr Fell auf der Schulter, die sie Steifschwanz zuwandte. Die Geste wirkte verächtlich, und nicht nur Kirk gewann diesen Eindruck. Hellflecks Mutter hob die Hand, so als wolle sie zuschlagen. Schnappkralle warf den Kopf zurück und legte die Ohren an. Die beiden Katzenfrauen knurrten und fauchten leise, und langsam ließ Steifschwanz den Arm wieder sinken. Sie wich von Schnappkralle zurück und kehrte ihr den Rücken zu. »Nein«, zischte sie noch einmal.

»Es ist vollbracht«, sagte die sivaoanische Ärztin. Stumm näherte sie sich der Menge, und vor ihr bildete sich eine Gasse, als die Sivaoaner zur Seite traten.

Schnappkralle rief ihre Kinder zu sich und setzte sie auf die Rücken der beiden wartenden Sauser. In ihrer Aufregung reagierten die kleinen Katzenwesen nicht auf das Unbehagen der Erwachsenen.

»Nun, Ruhsand«, sagte Schnappkralle, »können wir jetzt endlich los, oder willst du hier den ganzen Tag herumstehen, obwohl unsere Zelte verpackt sind?« Ruhsand wirbelte um die eigene Achse und stieg auf. Als die aus zwei Erwachsenen und vier Kindern bestehende Gruppe im Wald verschwand, kreischten und heulten die Begrüßer.

Damit blieben Pechvogel-zu-Ennien und Dr. Wilson ohne Schnappkralles Schutz zurück. Kirk nutzte die Ablenkung der Sivaoaner und eilte an Evans Seite. Spock und Chekov blieben direkt hinter ihm stehen. Gemeinsam bildeten sie ein abschirmendes V vor der Ärztin und ihrer Begleiterin. »Phaser, Captain?« fragte der Vulkanier.

Kirk hoffte, darauf verzichten zu können. »Nur, wenn uns keine andere Wahl bleibt, Mr. Spock. Ich möchte vermeiden, von unseren Waffen Gebrauch zu machen, aber wenn wir unmittelbar bedroht werden...« Er sah Uhura in der Menge.

»Lieutenant Uhura!« rief er. »Hierher zu uns. Auf der Stelle.«

Die dunkelhäutige Frau schloß sich ihnen an. »Was ist los, Captain?«

»Ich weiß nicht genau, Lieutenant. Fragen Sie Dr. Wilson.«

Seine Worte waren als Vorwurf gemeint, aber Uhura verstand sie als Aufforderung. Kirk ahnte, daß Evan mit den Schultern zuckte, als sie erwiderte: »Schnappkralle meinte, ich solle mich um Pechvogel kümmern, und ich antwortete, ich sei einverstanden.«

Die Sivaoaner nahmen noch immer keine drohende Haltung ein. Hellfleck trat auf Evan zu und schnurrte: »Hab' keine Angst. Sie sind nicht böse auf dich.«

»Bist du ganz sicher?« fragte Kirk.

Ihre Schwanzspitze zitterte kurz. »Warum sollten sie wütend auf euch sein? Schnappkralle traf die Entscheidung. Sie hatte ganz recht damit, aber das begreifen die anderen nicht.«

Windender Pfad näherte sich Steifschwanz, so tief geduckt, daß er fast kroch. »Einmal-zu-Ennien bedeutet mehr Schwanz als Hirn – und Schnappkralle ist gleich *Zweimal*-zu-Ennien.« Der Schweif von Hellflecks Mutter zuckte heftig, und Windender Pfad kauerte sich regelrecht zusammen.

Eillicht trat heran und richtete sich zu seiner vollen Größe auf. »Sag mir, wie es geschehen ist«, zischte er und warf Uhura einen amüsierten Blick zu. Steifschwanz sträubte ihr Fell und schilderte ihm die jüngsten Erlebnisse.

Während er zuhörte, begann sein Schweif zu vibrieren und formte eine Spirale. Steifschwanz hingegen wurde immer zorniger. Als sie ihren Bericht beendete, sagte Eillicht: »Schnappkralle verhielt sich so, wie sie es für angemessen hielt. *Du* solltest es eigentlich besser wissen.«

Steifschwanz legte überrascht die Ohren an.

»Es besser wissen!« fauchte sie.

»Ja«, bestätigte er, streckte den Schwanz und wurde wieder ernst. »Sieh nur – sie drängen sich zusammen wie eine Schar verängstigter Silbersprossen... Riech ihren Duft!« Steifschwanz drehte sich um, und ihr Ärger verwandelte sich in Verwunderung und Erstaunen.

Als er sie herankommen sah, spannte Kirk unwillkürlich die Muskeln. Steifschwanz verharrte sofort und neigte ihm den Schweif entgegen, so als sei die Gruppe von einer imaginären Zeltwand umgeben. Der Captain holte tief Luft. »Kommen Sie herein«, sagte er und hoffte, daß er richtig reagierte. Hellflecks Mutter setzte sich wieder in Bewegung, und ihr Schwanz tastete nach Kirks Handgelenk.

»Ich entschuldige mich dafür, Sie erschreckt zu haben«, sagte sie. »Es ist nicht Ihre Schuld. Unsere Bräuche sind Ihnen unbekannt. Evan Wilson sprach zwar die rituellen Worte, aber sie wußte nicht, worauf sie sich einließ.«

»Da irren Sie sich«, erwiderte die Ärztin. Sie griff nach Pechvogels Schwanz und sah die ältere Sivaoanerin trotzig an. »Mir ist durchaus klar, worum es geht. Ich übernahm die Verantwortung für Schnappkralles Tochter. Und ich *werde* mich um sie kümmern.«

Steifschwanz holte aus, aber Dr. Wilson war noch ein wenig schneller. Sie hob den einen Arm, um den Schlag abzuwehren, und die andere Hand ballte sie zur Faust. Hellflecks Mutter erstarrte verblüfft, und Evan wartete. Kirk entschloß sich zum Eingreifen und faßte die Ärztin an der Schulter, während Eillichts Schweif nach Steifschwanz tastete. Er gab ein leises, mißbilligend klingendes Zischen von sich und sagte: »Du hast dich selbst hereingelegt. Du wagst es nicht, sie zu strafen, weil du glaubst, sie habe keine Ahnung von unseren Traditionen. Und wenn sie sich ganz bewußt auf unsere Bräuche beruft, hast du *kein Recht*, sie zu schlagen.«

Sein Schwanz ringelte sich vergnügt. »Oh, daraus ergibt sich ein prächtiges Lied, Lieutenant Uhura. Ich bin sicher, während des nächsten Festes können wir mehrere Nächte lang über Sie und Ihre Gefährten singen!« Uhura lachte, und es klang erleichtert.

Anschließend richtete Eillicht seinen Blick auf Dr. Wilson. Er musterte sie eingehend von Kopf bis Fuß, beobachtete ihre Haltung, das Glitzern in ihren Pupillen. Sie starrte noch immer Steifschwanz an. »*Sie* sind ein Schwanzschlaufer«, schnurrte er nach einer Weile. »Ich ahnte nicht, daß jemand ohne Krallen oder scharfe Zähne so grimmig sein kann.« Evan nickte, aber ihre Aufmerksamkeit galt nach wie vor Hellflecks Mutter.

»Kein Kampf«, sagte Steifschwanz. Und sie drehte sich einfach um und ging.

Ihre Tochter schlang den Schweif um Wilsons Unterarm. Die menschliche Ärztin legte Hellfleck und Pechvogel die Hände auf die Schultern und ließ den angehaltenen Atem entweichen. »Himmel, in meinem ganzen Leben bin ich noch nie *so* erschrocken gewesen.« Dann lachte sie ebenfalls.

»Du hast ihr die Stirn geboten!« stellte Hellfleck fast ehrfürchtig fest. »Du warst bereit, dich ihr zum Kampf zu stellen!«

»Ja – und einige entsetzliche Sekunden lang dachte ich, sie nähme die Herausforderung an! Obwohl ich gar keine Auseinandersetzung mit ihr wollte.«

Die anderen Sivaoaner gingen fort, und Kirk begriff, daß keine Gefahr mehr drohte. »Wir stehen in der Mitte des Lagers, Leute. Und ich glaube, wir sollten hier keine Wurzeln schlagen.«

»In der Tat, Captain«, erwiderte Spock. »Wir fallen weniger auf, wenn wir zu unserem Unterstand zurückkehren.«

Hellfleck, Pechvogel und Eillicht verstanden das als Einladung, die Landegruppe zu begleiten. Zwei Schwänze hatten sich um Evans Arme geschlungen, und deshalb bewegte sie sich sehr vorsichtig, fast ungelenk. Als sie den Unterstand erreichten, sagte die Ärztin: »Pechvogel, Hellfleck, bitte laßt mich los. Ich glaube, der Captain möchte mit mir sprechen.«

Allerdings, dachte Kirk, dankbar für das Stichwort. »Es wird nicht lange dauern, Mr. Spock. Halten Sie die Augen offen. Und während Sie warten, können Sie unseren Freunden Begriffe wie ›Befehlsverweigerung‹ und ›Insubordination‹ erklären.«

»Sehr gern, Captain.«

Kirk folgte Dr. Wilson ins Innere des Unterstands.

Warum habe ich nur dauernd das Gefühl, daß Spock diese Sache nicht ernst nimmt? fragte er sich in Gedanken.

Als sie unter dem Dach aus Blättern und miteinander verflochtenen Zweigen standen, nahm Evan militärische Haltung an, und diesmal wirkte ihr Gebaren keineswegs spöttisch. Sie schien sich mit allem Ernst der Autorität des Captains zu beugen.

»Rühren«, sagte er, und daraufhin entspannte sich Dr. Wilson ein wenig und legte die Hände auf den Rükken.

»Sir«, entgegnete sie fest.

Er musterte sie und schlüpfte in die Rolle des strengen Vorgesetzten. »Erklären Sie Ihr Verhalten, Dr. Wilson.«

»Ich lasse mich nicht gern wie ein Kind behandeln, *Sir.*«

Das erstaunte ihn. »Was meinen Sie damit?« Und er fügte hinzu: »Bitte setzen Sie sich, Evan, bevor Sie den Zuchtmeister in mir wecken.«

Sie lächelte und griff nach einem Stuhl. »Ich bezweifle, ob das möglich ist, Captain. Aber um auf Nummer Sicher zu gehen...« Sie nahm Platz.

Kirk ließ sich ebenfalls auf einen Klappstuhl sinken. »Wie dem auch sei: Ich bestehe auf einer Erläuterung.«

»Captain, eine Person, die wesentlich kleiner ist als alle anderen Leute, wird oft wie ein Kind behandelt, ob bewußt oder unbewußt. Sie sind groß, und wahrscheinlich ist Ihnen nichts aufgefallen, aber ich... Seitdem ich dieses Lager betreten habe, begegnet man mir so, als sei ich eine Heranwachsende.« Sie beugte sich vor und stützte das Kinn auf die Hand.

In dieser Pose sah sie tatsächlich wie ein kleines, ernstes Kind aus. Kirk kniff die Augen zusammen, als er sich seiner Überlegungen bewußt wurde. »Ich verstehe«, erwiderte er.

Evan richtete sich sofort wieder auf, so als sei ihre Geste nur eine Demonstration gewesen. »Das hoffte ich. Nun, Chekov hat mir von dem Ritual berichtet, mit dem Sivaoaner die Verantwortung für ein Kind übernehmen. Nur ein Erwachsener kommt dafür in Frage. Als Schnappkralle und ich in Steifschwanz' Zelt waren, warf sie nur einen flüchtigen Blick auf meinen Rücken. Sie wollte mir etwas mitteilen, das uns helfen könnte…« Abwehrend hob sie die Arme. »Nein, *mehr* hat sie mir nicht gesagt, Captain. Und als sie mir ihren Vorschlag unterbreitete, zögerte sie immer wieder. Offenbar fühlte sie sich alles andere als wohl in ihrer Haut. Besser gesagt: unter ihrem Pelz…«

»Fahren Sie fort«, sagte Kirk.

»Den Rest kennen Sie. Schnappkralle bat mich darum, die Verantwortung für Pechvogel zu übernehmen. Steifschwanz hielt nichts davon – und das deutete darauf hin, daß sie keine Erwachsene in mir sah. Um mich zu beweisen, *mußte* ich das Angebot meiner sivaoanischen Kollegin annehmen.«

Dünne Falten bildeten sich in ihrer Stirn. »Ich bin mir nicht sicher, ob ich die richtige Entscheidung getroffen habe, Captain, aber ich konnte nicht anders.« Ein reumütiges Lächeln umspielte ihre Lippen. »Um ganz ehrlich zu sein: In diesem Zusammenhang hätte ich selbst eine direkte Order von Ihnen mißachtet.« Sie streckte die Hände aus. »Ich kenne die möglichen Konsequenzen. Legen Sie mir jetzt ruhig Handschellen an.«

Kirk grinste unwillkürlich. »Bestimmt wissen Sie auch, daß ich Sie gar nicht in eine Arrestzelle an Bord der *Enterprise* stecken kann. Immerhin müssen Sie sich um eine junge Eingeborene kümmern.«

In Evans Augen funkelte es humorvoll. »Ich gebe zu, daß ich daran gedacht habe.«

Kirk legte den Kopf in den Nacken zurück und lachte schallend. »Das hatte ich nicht anders erwartet. Sagen Sie mir, Evan: Bietet die medizinische Akademie Starfleets für alle Studenten Insubordinationskurse an?«

»Was veranlaßt Sie zu einer solchen Frage, Captain?« Ihre Stimme klang ganz unschuldig, doch in den Mundwinkeln der Ärztin zuckte es.

»Bisher nahm ich an, McCoys Neigung zur Auflehnung sei eine Charaktereigenschaft von ihm. Aber jetzt befürchte ich langsam, ein solches Verhalten ist allen Starfleet-Ärzten zu eigen.«

Der Gedanke an Pille ernüchterte ihn. Kirk stand auf. »Na schön, Dr. Wilson. Dieses eine Mal drücke ich ein Auge zu, aber seien Sie in Zukunft vorsichtig. Nicht nur Sie haben dort draußen einen Schreck bekommen. Wenn Steifschwanz Ihre Herausforderung angenommen hätte, wäre die *Enterprise* ohne Bordarzt.«

Evan schmunzelte. »Auch ein Schwanzschlaufer ist klein. Meine geringe Körpergröße gibt mir wenigstens den Vorteil des Überraschungsmoments.«

Kirk erinnerte sich an Steifschwanz' Verblüffung und nickte. »Mag sein. Aber das meinte ich nicht. Seien Sie auf der Hut, Evan. Sie sind unersetzlich für uns. Meiden Sie törichte Risiken. Das ist ein Befehl.«

Überraschenderweise errötete die Ärztin. Um über ihre Verlegenheit hinwegzutäuschen, schob sie trotzig das Kinn vor. »Captain, ich gehe nie *törichte* Risiken ein.«

»Ich hole die anderen«, erwiderte Kirk. Er entschied sich dagegen, die übrigen Mitglieder der Landegruppe in den Unterstand zu rufen, ging statt dessen nach draußen. Evan brauchte eine Gelegenheit, sich wieder zu fassen.

»Sie können Evan nicht einsperren, Captain Kirk!« entfuhr es Hellfleck. »Das dürfen Sie nicht! Versuchen Sie, zu verstehen...« Ihr Nackenfell sträubte sich. In ihrer Welt bestand die härteste Strafe darin, aus dem Lager verbannt zu werden, und die Vorstellung, jemanden unter Arrest zu stellen, seiner *Freiheit* zu berauben, entsetzte sie.

»Sei unbesorgt«, beruhigte er sie. »Ich habe Evan nur ›geohrfeigt‹, weil Ihr Verhalten zu großer Unruhe im Lager führte.«

»Oh«, schnurrte Hellfleck, und ihr Fell glättete sich wieder. »Ich sollte wohl besser... Pechvogel, ich muß dir was sagen. Nein, das ist nicht nötig«, fügte sie rasch hinzu, als sie sah, daß Kirk Anstalten machte, sich mit seinen Gefährten in den Unterstand zurückzuziehen. Sie wandte sich an die junge Katzenfrau. »Evan meint, Captain Kirk... trage in ihrem Lager die Verantwortung.«

»Ein Lager im Lager?« fragte Pechvogel.

»Es gibt keine Selbstverständlichkeiten, wenn es um unterschiedliche Kulturen geht«, erklärte Hellfleck weise.

Pechvogel dachte darüber nach und erwiderte kurz darauf: »Dann sollten wir es ihnen vielleicht sagen.«

»Was denn?« fragte Kirk.

Die beiden Sivaoanerinnen warfen Eillicht einen schüchternen Blick zu, und der Barde zischte: »Lieutenant Uhura, auch Sie haben Ihren Freunden etwas zu *berichten.* Wenn Sie mich jetzt bitte entschuldigen würden: Ich kehre in mein Zelt zurück, um ein neues Lied zu komponieren. Sie werden es zuerst hören.« Sein Schwanz formte einen fröhlichen Korkenzieher, als er davonging. Pechvogel und Hellfleck sahen ihm erleichtert nach.

Kirk forderte sie mit einem Wink auf, den Unterstand zu betreten. Pechvogel duckte sich unwillkürlich. »Möchtest du wirklich, daß ich dich begleite?« fragte sie Steifschwanz' Tochter.

Hellflecks Schwanzspitze zitterte. »Evan hat die Verantwortung für dich übernommen, und sie ist meine Freundin. Ich glaube, dadurch bin ich jetzt auch mit dir befreundet.« Eine Zeitlang sahen sie sich stumm an, und dann streckten sie gleichzeitig die Schweife aus und schlangen sie umeinander, bevor sie Kirk in das Gebilde aus Blättern und Zweigen folgten.

Pechvogel eilte sofort zu Wilson und musterte sie. »Suchst du nach Ohrfeigenspuren?« fragte Evan und lächelte.

»Menschen strafen mit Worten«, warf Hellfleck ein.

»Captain Kirk meint, er werde dich nicht einsperren, Evan. Ich glaube, es ist alles in Ordnung.«

Die Ärztin nickte. »Hellfleck, was wolltest du uns sagen?«

Das Katzenmädchen zischte leise. »Ich...« Es wechselte einen kurzen Blick mit Pechvogel und berichtigte sich. »Wir wissen jetzt, *warum* wir nicht herausfinden können, was los ist. Aus dem gleichen Grund erfahrt auch ihr nichts.«

»Zuerst waren wir nicht ganz sicher«, meinte Pechvogel-zu-Ennien. »Wir fürchteten, euch eine falsche Auskunft zu geben. Aber du hast von Schnappkralle die Verantwortung für mich übernommen...«

»Und als Steifschwanz so zornig wurde, bestätigte sie damit unsere Vermutungen!« schloß Hellfleck.

Dr. Wilson hob die Hände. »Langsam, langsam. Ich kann euch nicht folgen. Setzt euch und erzählt mir in aller Ruhe, wie es geschehen ist.«

Die beiden Sivaoanerinnen sahen sich an, und als Pechvogels Schnurrhaare vibrierten, sagte Hellfleck: »Soll ich mich an den Captain wenden?«

»Wenn du möchtest«, erwiderte Evan.

Kirk spürte, daß es den Katzenwesen leichter fiel, mit der Ärztin zu sprechen. »Erklär es Dr. Wilson, Hellfleck. Ich höre zu.«

Hellfleck versuchte, sich zu beherrschen, aber trotzdem zitterte ihre Stimme vor Aufregung. »Evan, das Problem mit kleinen Kindern besteht darin, daß es einige Fragen gibt, die sie *nicht* stellen. Es mangelt ihnen ganz einfach an den dafür nötigen Vorkenntnissen.« Erneut warf sie Pechvogel einen Blick zu. »Wir mußten das alles durchstehen. Irgendwie. Weißt du, in unserer Kultur existieren Dinge, die Erwachsene ihren Sprößlingen verschweigen. Selbst wenn man fragt, bekommt man keine Antworten.«

»Das überrascht mich nicht«, entgegnete Dr. Wilson. »Bei uns existieren ähnliche Bräuche.«

»Zum Beispiel erfahren sivaoanische Kinder nichts über die Du-weißt-schon – über die *Eiauoaner«*, fauchte Hellfleck trotzig. »Wenn ich die Erwachsenen danach frage, riechen sie beschämt und schuldig, wechseln sofort das Thema oder sagen, ich solle meinen Schwanz nicht in fremde Angelegenheiten stecken.«

Hellfleck hob den Schweif und berührte Evans Wange. »All die ärgerlichen Stimmen in der vergangenen Nacht... Die Erwachsenen stritten sich heftig, und dabei ging es um dich.« Sie sah die übrigen Mitglieder der Landegruppe an. »Du behauptest, ihr seid erwachsen, und Captain Kirk bestätigt das. Auch Schnappkralle und Eillicht vertreten diese Ansicht. Aber Steifschwanz und einige andere halten euch für Kinder. Es ist ihnen viel zu peinlich, mit Kindern über die Eeiauoaner zu sprechen.«

Mit Kindern! dachte Kirk und musterte die Doktorin. *Sie hat völlig recht!*

»Und deshalb bat mich Schnappkralle, die Verantwortung für dich zu übernehmen, Pechvogel?« fragte Evan.

»Ich glaube schon. Um allen zu zeigen, daß du erwachsen bist. Schnappkralle ist der Meinung, das, was ihr ›Volljährigkeit‹ nennt, habe nichts mit einem Ritual zu tun.« Pechvogels Stimme klang fast herausfordernd. »Sie hat mich als Erwachsene bezeichnet und holte meine Erlaubnis ein, bevor sie sich an Dr. Wilson wandte. Es handele sich um einen Trick, sagte sie, und in der Alten Sprache sei so etwas nicht möglich. Das bezieht sich nicht auf dich, Evan, sondern auf mich.«

Dr. Wilson nickte. »Nun, dann erkenne ich dich ebenfalls als Erwachsene an. Mit anderen Worten: Wenn ich dich aus keinem guten Grund ohrfeige, hast du das Recht, auch mich zu schlagen. Ich verlasse mich darauf, daß du mich vor Problemen bewahrst, so wie auch ich dich vor Schwierigkeiten schütze.«

Worte spielen bei den Sivaoanern eine große Rolle, dachte Kirk.

Hellfleck ließ den Kopf hängen. »Was ist mit mir?«

»Oh«, seufzte Evan. »Was ist mit deinem wundervollen Gedächtnis geschehen? Gestern nacht, als du Steifschwanz und die anderen belauscht hast... Was habe ich geantwortet, als du mich fragtest, ob ich böse auf dich sei?«

Hellfleck zitierte: »›Ich bin nicht deine Mutter. Du scheinst mir alt genug zu sein, um eigene Entscheidungen zu treffen.‹« Ihre Ohren stülpten sich nach vorn. »Jetzt versteh ich! Du akzeptierst mich ebenfalls als Erwachsene. Vielen Dank, Evan!«

»Deshalb brauchst du mir nicht zu danken. Wenn du dich wie eine Erwachsene verhältst, wirst du auch so behandelt.« Sie stand auf und legte den beiden Sivaoanerinnen die Hände auf die Schultern. »Aber wie bringen wir *Steifschwanz* dazu, keine Kinder mehr in uns zu sehen? Wenn sie es aus diesem Grund ablehnt, mit uns über die Eeiauoaner zu reden, sollten wir schleunigst etwas unternehmen. Es stehen zu viele Leben auf dem Spiel.«

»Vielleicht hat Schnappkralles Verhalten den Ausschlag gegeben«, schnurrte Pechvogel. »Es kommt ganz darauf an, welche Entscheidung Steifschwanz trifft.«

Hellfleck krümmte den Schwanz und wirkte niedergeschlagen. »Von Steifschwanz dürfen wir uns nichts erhoffen. Glaub mir, Pechvogel: Ich *weiß*, wie sie denkt. Wenn sie sich einmal eine Meinung gebildet hat, hält sie eisern daran fest.«

»Sturheit«, ächzte Wilson. »Elath schafft ein Universum des immerwährenden Wandels – und dann gibt sie uns Steifschwanz. Was für eine Ironie des Schicksals!«

Spock räusperte sich. »Ihre Sturheit ist nicht nur ein Problem für uns, sondern auch für sie selbst. Dr. Wilson, sicher erinnern Sie sich daran, daß Eillicht zu Steifschwanz sagte, sie habe ›sich selbst hereingelegt‹.«

»Natürlich, Spock!« Kirk verstand den Vulkanier. »Wenn wir uns an ihre Regeln halten, wäre sie gezwungen, über die Eeiauoaner zu sprechen... Hellfleck, würde uns Steifschwanz als Erwachsene anerkennen, wenn wir wandern?«

»O ja, es bliebe ihr gar keine Wahl! Wenn ihr eure eigenen Namen habt, darf sie euch nicht mehr wie Kinder behandeln!«

»Dann erklär uns bitte, wie wir uns verhalten müssen, um nach sivaoanischen Maßstäben als volljährig zu gelten. Achte dabei auf alle Einzelheiten.« Kirk sah sie ernst an. »Ja, ich weiß, es ist eine Baby-Frage, aber wir kennen euch noch nicht gut genug. Wenn wir irgendeinen Punkt übersehen, bringen wir nicht nur uns in Gefahr, sondern auch viele andere.« Kirk dachte an die ADF-Infizierten, an die komatösen Kranken, die den Langsamen Tod starben...

»Pechvogel«, murmelte Hellfleck, »ich... ich will dich nicht verletzen, aber du weißt mehr übers Wandern als ich. Du... du hast bereits Erfahrung gesammelt. Sag du ihnen, worauf es dabei ankommt.«

Pechvogel versteifte sich, stand langsam auf – und kehrte ihnen ruckartig den Rücken zu. »Bitte«, drängte Hellfleck. Kirk setzte zu einer Bemerkung an, aber eine Schwanzgeste des Katzenmädchens bedeutete ihm, still zu bleiben.

Schließlich drehte sich Pechvogel wieder um, und sie starrte ins Leere, als sie sagte: »In eurer Kultur sind wir Erwachsene, doch hier gelten wir alle als Kinder. Ganz gleich, wie man's nimmt: wir ähneln uns sehr. Und ein ›Volljähriger‹ würde sofort handeln, um Leben zu retten, ungeachtet aller Gefahren, denen er sich dabei aussetzt. Wenn ihr wirklich bereit seid, ein solches Wagnis einzugehen, so hört gut zu...«

Nach der Pubertät, erläuterte Pechvogel, habe jedes sivaoanische Kind das Recht auf die rituelle Wanderschaft ins Erwachsenenalter. Eine Gruppe, die aus mindestens vier und höchstens zehn Katzenwesen bestand, wandte sich an das Oberhaupt des Lagers und verkündete ihre Absicht zu wandern, indem sie nach dem Namen eines Camps fragte, das eine entsprechende Anzahl von Erwachsenen benötigte. Die Antwort bestand in der Bestimmung eines etwa fünf Tagesmärsche entfernten Ziels.

Jeder Wanderer durfte nur ein Messer und einige Nützliche mitnehmen, aus denen ein Zelt errichtet werden konnte. Es war ihnen natürlich gestattet, Speere herzustellen, und alle machten von dieser Möglichkeit Gebrauch: Jeder Sivaoaner wußte, wie man einen Holzstab bearbeitete, um eine lanzenartige Waffe daraus herzustellen. Ihr eidetisches Gedächtnis erwies sich dabei als eine große Hilfe.

Es handelte sich um einen Überlebenstest – und um eine letzte wichtige Lektion: Wenn auch nur ein Mitglied der Gruppe versagte, blieben auch die anderen Kinder – bis sie sich zu einer neuen Gemeinschaft zusammenschlossen und die Wanderung wiederholten. Diese Bedingung lehrte, daß sich Erwachsene aufeinander verließen, sich gegenseitig halfen, daß Kooperationsbereitschaft eine wichtige Voraussetzung für Reife darstellte. *Diese Erkenntnis hat Steifschwanz offenbar aus ihrer Erinnerung gestrichen,* dachte Kirk.

Pechvogel verhehlte nicht, was sie erwartete: Im Wald wimmelte es von wilden Tieren, und einige von ihnen, zum Beispiel die Beißer, jagten auch in Rudeln und zögerten nicht, Wanderer anzugreifen. Darüber hinaus gab es andere Gefahren: Steinschlag, Erdrutsche, flutartige Überschwemmungen. Das Fell der jungen Katzenfrau sträubte sich, und als sie es wieder zu glätten versuchte, ahnte Kirk, daß sie von eigenen Erlebnissen berichtete. Pechvogel hatte schon einmal eine

Wanderung unternommen – und versagt. Schlimmer noch: Sie war die einzige Überlebende ihrer Gruppe.

Jetzt verstand der Captain auch Hellflecks Verhalten: Der Name ›Pechvogel‹ kam einem grausamen Scherz gleich. Eine Zeitlang herrschte Stille, und schließlich sagte Kirk: »Ich kann dich nicht länger ›Pechvogel‹ nennen.«

Sie legte die Ohren an. »Du bist verärgert!«

»Natürlich bin ich das. Erst jetzt begreife ich, daß dein Name *ernst* gemeint ist. Ich hielt ihn nur...«

»Für eine bedeutungslose Silbenfolge«, beendete die junge Katzenfrau den Satz. »Aber du mußt mich weiterhin mit ›Pechvogel‹ ansprechen, Captain. Bis ich mir meinen eigenen Namen verdiene.« Mit der Schwanzspitze berührte sie ihn vorsichtig am Arm und fügte wie tröstend hinzu: »Wenn du ihn sagst, weiß ich, daß er für dich nur ein... Geräusch ist. Auf diese Weise braucht niemand von uns Anstoß daran zu nehmen.«

»Danke«, sagte er. Eine bessere Antwort fiel ihm nicht ein.

Dann konzentrierte er sich wieder auf das, was ihnen bevorstand. Beim Marsch durch den Wald waren seine Gefährten weitaus größeren Gefahren ausgesetzt als die Katzenwesen – sie hatten nicht die geringsten Erfahrungen mit der sivaoanischen Wildnis. »Mr. Spock«, sagte er, »wenn Schnappkralles Trick nicht funktioniert, machen wir beide einen kleinen Spaziergang.«

»Einen Augenblick, Captain«, warf Dr. Wilson ein. Sie sprang mit einem Satz auf und stützte die Hände an den Hüften ab. In ihren Augen blitzte es.

Kirk sah sie an und erwiderte scharf: »Wollen Sie sich schon wieder gegen mich auflehnen?«

Evan nahm Haltung an, und ihre Schultern zitterten vor Empörung. »Bitte um Erlaubnis zu sprechen, *Sir*.«

»Erlaubnis erteilt.«

»Ich möchte den Captain darauf hinweisen, daß ich als *Kind* nicht in der Lage wäre, meinen Auftrag wahrzunehmen und bei den sivaoanischen Ärzten die benötigten Informationen zu sammeln. Ich erinnere den Captain respektvoll daran, daß ich amtierender Erster Medo-Offizier der *Enterprise* bin, und die verdammte Epidemie gibt mir das Recht, die Befehle des Captains zu ignorieren, *Sir!*« Sie knurrte die letzten Worte.

Spock beobachtete sie mit offensichtlichem Interesse. »Dr. Wilsons Einwand ist durchaus angebracht, Captain. Allerdings verstehe ich nicht, warum sie dabei so betont emotional reagiert, obgleich Logik völlig ausreichend wäre.«

»Das genügt«, sagte Kirk. »In Ordnung, Dr. Wilson. Wenn es notwendig wird, begleiten Sie uns. Sie haben sich deutlich genug ausgedrückt, und das trifft auch auf Spock zu.« Er wartete und betrachtete Evans Mienenspiel. Ihr Zorn verflüchtigte sich so rasch, wie er entstanden war.

Plötzlich lächelte die kleine Frau. »Mr. Spock, einem Vulkanier wäre ich allein mit Logik begegnet, doch der Captain gehört zur Gattung Homo sapiens. Ich nahm an, ihm gegenüber sei ein Gefühlsausbruch weitaus wirksamer.«

Spock dachte kurz darüber nach, nickte und erwiderte dann: »Aber der Captain verschließt sich logischen Argumenten nur selten, Dr. Wilson.«

Evan gab Kirk keine Gelegenheit, darauf zu antworten. Sie sah ihn an und sagte rasch: »Ich werde Mr. Spocks Hinweis bei zukünftigen Gesprächen mit Ihnen berücksichtigen, Captain. Vielen Dank, Sir.«

»Gern geschehen, Doktor«, entgegnete Kirk. Als sich die kleine Frau wieder setzte, sah er das Interesse in Chekovs und Uhuras Zügen. »Sie wissen beide, wie gefährlich die rituelle Wanderung ist, daher überlasse ich die Entscheidung Ihnen. Wer uns nicht begleiten möchte, kann hier im Lager bleiben oder zur *Enterprise* zurückkehren. Nun?«

»Ich komme mit, Sir«, sagte Uhura.

»Ich bin ebenfalls dabei, Captain.«

»Darf ich dich um etwas bitten, Captain Kirk?« fragte Pechvogel zaghaft. Ihr Körper zitterte vor Aufregung. »Wenn ihr wandert, um Steifschwanz zu beweisen, daß ihr erwachsen seid... Nehmt ihr mich mit?« Die junge Katzenfrau sah sie nacheinander an, ein stummes Flehen in den Augen. »Wenn auch nur einer von euch ablehnt, wiederhole ich meine Bitte nicht. Ich möchte euch in keiner Weise zur Last fallen, aber... Wärt ihr wenigstens bereit, diese Möglichkeit in Erwägung zu ziehen?« Sie sprang auf. »Ich warte draußen. Ich...« Hastig verließ sie den Unterstand.

Evan stand auf, um ihr zu folgen, aber Kirk hielt sie am Arm fest. »Nein, Dr. Wilson. Hellfleck, es war Pechvogels Gruppe, die von der Flut überrascht wurde, stimmt's?«

Sie nickte kummervoll. »Pechvogel hat schon zwei Wanderungen hinter sich. Bei der ersten starb Scharfzahn während eines Beißer-Angriffs. Und die zweite... Alle ertranken. Bis auf Schnappkralles Tochter. Dadurch bekam sie ihren Namen. Und niemand will mehr mit ihr wandern.«

»Glaubst *du*, sie war für den Tod der anderen Kinder verantwortlich?« fragte Kirk.

Hellfleck überlegte. »Nein«, erwiderte sie. »Aber viele Leute sind davon überzeugt, sie bringe Unglück.«

Wilson schnaufte abfällig. »Nichts weiter als dummer Aberglaube. Ich bin dafür, daß wir sie mitnehmen, Captain.«

Spock nickte. »Sie kennt sich im Wald aus, und ihr Wissen könnte uns von großem Nutzen sein.«

»Der Meinung bin ich auch, Mr. Spock. Irgendwelche Einwände?« Es überraschte ihn nicht, als Uhura und Chekov den Kopf schüttelten.

»Darf ich euch ebenfalls begleiten?« fragte Hellfleck.

Kirk runzelte die Stirn. »Was ist mit deinen Freunden? Pechvogels Schilderungen entnahm ich, daß man normalerweise solche Leute zu Wandergefährten wählt, die man schon lange kennt.«

»Freunde sind Freunde«, stellte Hellfleck fest. »*Wann* man ihre Bekanntschaft machte, ist nicht weiter wichtig. Ich mag euch, und... Und ›Pechvogel‹ ist nur eine bedeutungslose Silbenfolge.«

»Also gut. Geh und sag Pechvogel-zu-Ennien Bescheid. Es ist uns eine Freude, euch beide mitzunehmen.« Kirk ließ Evans Arm los.

»Aye, Sir«, sagte die Ärztin, lächelte und zupfte behutsam an Hellflecks Schwanz. »Komm, wir teilen ihr die gute Nachricht mit.«

Als sie das Zelt verließen, dachte Kirk: *Vielleicht ist keine Wanderung nötig. Vielleicht finden wir einen anderen Weg, Pechvogel zu helfen. Und uns selbst.*

Linkohr gab den Tricorder zurück, und wie sich herausstellte, hatte Hellflecks Idee zu dem erhofften Ergebnis geführt. Linkohrs Informationen und das, was Uhura von Eillicht erfuhr, versetzten Spock in die Lage, ihnen einen groben Eindruck von der sivaoanischen Geschichte zu verschaffen.

Die nahe Nova führte zu drastischen Veränderungen in der allgemeinen Ökologie des Planeten. Als sich die Lage nach einigen hundert Jahren stabilisierte, gab es zwei verschiedene Kulturen auf Sivao: die eine nomadisch, die andere seßhaft und urbanisiert. Die technologische Entwicklung machte große Fortschritte, und schon bald brachen die ersten seuchenartigen Krankheiten aus. Dr. Wilson meinte, es handelte sich um das übliche Evolutionmuster: Die Zusammenballung großer Bevölkerungsteile in Städten erleichterte die Ansteckung und führte zu Epidemien.

Doch auf Sivao setzte sich nicht etwa die technische, sondern die nomadische Kultur durch. Das ausgeprägte Schamgefühl der Stadtbewohner verschlechterte ihre Situation: Sie glaubten, nicht nur die Seuchen seien ihre

Schuld, sondern auch das Aussterben verschiedener Tier- und Pflanzenarten, und bereuten es zutiefst, die ökologischen Regeln der Nomaden mißachtet zu haben. Man forderte die Städter auf, das Lager zu verlassen, und dies bedeutete eine Verbannung von Sivao.

Sie besaßen die technischen Mittel, um ins außerplanetare Exil zu gehen, bauten ein Raumschiff und brachen auf. Spock wies auf die ungewöhnlichen Datenübertragungsmethoden der Sivaoaner hin, auf ihre Traditionen in Hinsicht auf das Eigentumsrecht bei Informationen – wahrscheinlich nahmen die Eeiauoaner das Geheimnis der Raumfahrt mit. Aber selbst wenn sie es zurückgelassen hätten: Die Sivaoaner hielten an ihrer traditionellen Lebensweise fest und blieben in der Heimat.

»Sonnenende-zu-Ennien hütete auch ihre Lieder, Captain«, warf Uhura ein. »Sie dürfen hier nur unter Barden gesungen werden.«

Sie wiederholte Eillichts Erklärungen, und Spock nickte. »Vielleicht wurde das Wissen um den interstellaren Antrieb auf ähnliche Weise bewahrt.«

»Keine Ahnung, Sir. Sonnenende-*zu*-Ennien« – sie betonte den Unterschied – »hoffte, daß der Verlust ihrer Lieder schließlich zu einer Wiedervereinigung der beiden Völker führte. Sie hatte keinen Grund zu der Annahme, daß die raumfahrttechnischen Kenntnisse verlorengingen.«

»Vielleicht wurden sie *bewußt* vergessen«, vermutete Kirk. »Wir haben es hier mit einer Welt zu tun, auf der Wissen in Form von Erinnerungen festgehalten wird. Es wäre also ganz einfach, bestimmte Daten zu ›löschen‹. Möglicherweise gab derjenige, der die entsprechenden Informationen besaß, sie einfach nicht weiter. Da fällt mir gerade ein: Bei den Eeiauoanern sind Bücher gebräuchlich, oder?«

»Ja, Sir.«

»Haben die Eeiauoaner ein ebensogutes Gedächtnis wie die Sivaoaner?« erkundigte sich Spock.

Uhura schüttelte den Kopf. »Ich glaube nicht, Sir. Sonnenendes Fähigkeit, sich an Dinge zu erinnern, die sie nur einmal gehört hat, erstaunte mich immer wieder, aber sie ist nicht in der Lage, alles zu... zu *speichern*, so wie Hellfleck.«

»Wäre es denkbar, daß sich die Eeiauoaner in diesem Zusammenhang *degressiv* entwickelt haben? Das würde die Bücher erklären.«

»Vielleicht«, sagte Spock. »Oder sie übernahmen die Drucktechnik von den neuen Kulturen, denen sie begegneten, und brauchten anschließend kein so gutes Gedächtnis mehr.«

»Ziemlich sture Leute«, brummte der Captain. »Sie vergessen die Raumfahrt, aber sie erinnern sich an Lieder, die vor zweitausend Jahren komponiert wurden.«

»Selbst ein perfekt ausgebildetes Erinnerungsvermögen kann in hohem Maße selektiv sein.«

»Ich weiß, Spock. Ich wünschte nur, sie hätten eine bessere Auswahl getroffen.«

»Sie versuchen, uns zu helfen, Captain«, sagte Dr. Wilson. »So beschämt sie auch sein mögen – Linkohr, Eillicht und Schnappkralle geben sich große Mühe, uns nicht zu enttäuschen. Sie sind in den Netzen ihrer Traditionen gefangen, aber sie halten nach einer Möglichkeit Ausschau, sich daraus zu befreien.«

»Das nützt uns nichts, wenn sie kein Heilmittel für das ADF-Syndrom kennen«, erwiderte Kirk.

»Ich bin sicher, sie haben eins«, sagte Evan. »Sie wissen es bloß nicht.« Sie erhob sich und schritt auf und ab. »Wenn Schnappkralle doch nur geblieben wäre! Ich verstehe ihre Gründe – und ich bin ihr dankbar –, aber vielleicht hätte ich sie im Verlauf der nächsten Tage davon überzeugen können, uns nach Eeiauoa zu begleiten. Pechvogel würde bestimmt mitkommen, aber es fehlt ihr an Erfahrung. Es bleibt uns also nichts anderes übrig, als einen anderen Arzt zu suchen und noch einmal ganz von vorn zu beginnen.«

»Muß man ein Ritual beachten, wenn man das Lager verläßt?« erkundigte sich Spock.

»Nein«, antwortete Dr. Wilson. »Wir packen einfach unsere Sachen und gehen. Hellfleck meinte nur: Den Leuten, die man gern wiedersähe, nennt man die Reiseroute.« Sie blieb abrupt stehen und sah den Vulkanier an. »Seltsam.«

»In der Tat«, bestätigte der wissenschaftliche Offizier.

Evan und Spock nickten gleichzeitig. Bevor Kirk eine Frage stellen konnte, entfuhr es der Ärztin: »Verdammt, was bin ich doch für eine Närrin! Captain, Schnappkralle ging aus Zorn, aber sie wies alle auf ihr Ziel hin, obgleich die letzte Gruppe keine solche Angaben machte.«

»Sie sollen sich um ihre Tochter kümmern«, erwiderte Kirk. »Wahrscheinlich möchte Schnappkralle, daß ihr Pechvogel irgendwann folgt.«

»Genau das ist der Punkt. Was wäre, wenn Schnappkralle *uns* auf diese Weise aufforderte, nach Sretalles zu wandern?«

»Greiffuß!« Der Captain runzelte die Stirn. »Er meinte: ›Du sollst kommen! Hat Schnappkralle gesagt!‹«

»Könnten Sie die Koordinaten mit Hilfe einer Karte bestimmen, Mr. Spock?«

»Mehr oder weniger genau, Dr. Wilson.«

Evan wandte sich aufgeregt an Uhura. »Begleiten Sie mich, Nyota? Sprechen Sie mit Eillicht. Ich nehme mir Hellfleck und Pechvogel vor. Bestimmt kennt jemand den Weg nach Sretalles.« Sie eilten sofort los.

Kirk schwieg, als sich Spocks Aufmerksamkeit auf den Tricorder richtete. Nach einer Weile hob der Vulkanier den Kopf, und der Captain bedachte ihn mit einem fragenden Blick: »Nun? Haben Sie mir etwas zu berichten?«

»Ich halte es für unwahrscheinlich, daß uns die Sivaoaner eine Karte zur Verfügung stellen können. Angesichts ihres exzellenten Erinnerungsvermögens und des gut ausgeprägten Geruchssinns brauchen sie keine solchen Orientierungshilfen. Vermutlich machen sie Richtungsangaben, die sich auf bestimmte Düfte beziehen.«

»Mit anderen Worten: Ohne Hellfleck oder Pechvogel wären wir gar nicht in der Lage, uns im Wald zurechtzufinden.«

»Genau, Captain.« Spock verschränkte die Arme. »Aber wenn Dr. Wilson recht hat und Schnappkralle wirklich möchte, daß wir ihr nach Sretalles folgen, wäre es logisch anzunehmen, daß Pechvogel nicht nur als Pfadfinderin fungieren soll, sondern auch als Motivation für uns, die rituelle Wanderung zu wagen. Wenn man die Einstellung der übrigen Sivaoaner berücksichtigt, ist es durchaus verständlich, daß Schnappkralle zu einer solchen... Taktik greift.«

»Ich schließe mich Ihrer Meinung an, Spock. Vielleicht bleibt uns gar keine andere Wahl, als zu wandern. Übrigens: Es wäre nicht ratsam, das Ziel vor Schnappkralle zu erreichen. Wir wissen nicht, was sie plant, aber möglicherweise braucht sie Zeit, um alles für uns vorzubereiten.«

»Ja. Ich würde gern mit Dr. Wilson darüber sprechen, um zu erfahren, wie sie die Lage beurteilt. Ihre unorthodoxe Logik könnte uns in diesem Zusammenhang von großem Nutzen sein.«

Kirk lächelte dünn. »Glauben Sie noch immer, daß sich hinter ihrem ›Instinkt‹ ein logisches Analysevermögen verbirgt, Spock? Nun, dann habe ich eine weitere Überraschung für Sie: Sie übernahm nur deshalb die Verantwortung für Pechvogel, weil sie es satt hatte, wie ein Kind behandelt zu werden.« Er erklärte die Einzelheiten und freute sich klammheimlich, als er die Verwirrung in den ernsten Zügen des Vulkaniers sah.

»Aber wie dem auch sei: Ich halte viel von ihr. Sie gehört zu den wenigen Menschen, die sich nicht zu Bemerkungen wie ›Das habe ich doch gesagt!‹ hinreißen lassen.«

»Solche Feststellungen wären völlig unnötig, Captain.«

»Spock, Sie haben lange genug mit Menschen zusammengearbeitet, um unsere wesensmäßigen Schwächen zu kennen. Gerade unnötige Kommentare erfreuen sich bei uns großer Beliebtheit.«

»Allerdings, Captain.« Der Vulkanier überlegte einige Sekunden lang. »Aber was Dr. Wilson angeht: Es fällt mir sehr schwer, ihr Verhalten zu verstehen. Ich frage mich, aus welchem kulturellen Ambiente sie stammt.«

»Prüfen Sie ihre Personalakte«, schlug Kirk vor und musterte seinen wissenschaftlichen Offizier. Sein Interesse an Evan erstaunte ihn.

»Das habe ich bereits. Die darin enthaltenen Daten sind... widersprüchlich.«

»Wie meinen Sie das?«

»Sie deuten auf den typischen Werdegang einer bürokratischen Karrieristin hin, die auf mehreren hochzivilisierten Welten unkomplizierte Posten bekleidete.«

»Sie scherzen wohl, Spock. Das klingt überhaupt nicht nach ihr.«

»Eben«, erwiderte der Vulkanier. »Als ihre Ursprungswelt wird Telamon genannt.«

»Und das stimmt nicht?«

»Wohl kaum, Captain. Telamon wurde zu Beginn der interstellaren Expansion Terras von religiösen Abweichlern besiedelt, die bis heute glauben, ihr monotheistischer Gott sei männlichen Geschlechts. Aber Dr. Wilson beruft sich häufig auf ›Elath‹, und das ist ein alter irdischer Ausdruck, der ›Göttin‹ bedeutet. Eine Telamonitin...«

Kirk lächelte erneut und unterbrach Spock. »Das

wundert mich nicht. Trotz und Widerspruchsgeist – menschliche Eigenschaften, die Ihnen eigentlich vertraut sein sollten…«

»In der Tat, Captain. Doch meiner Ansicht nach genügt dieser Hinweis nicht als Erklärung.«

Kirk schüttelte den Kopf. »Lassen Sie sich von ihr nicht am Schwanz ziehen – so etwas macht ihr viel Spaß.« *Und auch mir,* fügte er in Gedanken hinzu. *Es ist schon eine ganze Weile her, daß Spock mit derartiger Verblüffung auf das Verhalten eines Menschen reagierte.*

»Captain Kirk?« ertönte draußen eine Stimme, und ein Schweif tastete in den Unterstand. Jim erkannte die Musterungen des Fells, warf Spock einen bedeutungsvollen Blick zu und sagte: »Kommen Sie herein, Steifschwanz.«

Ferner Rauch folgte ihr dichtauf. Hellflecks Mutter verlor keine Zeit mit Höflichkeitsfloskeln und kam sofort auf den Kern der Sache. »Ferner Rauch ist bereit, die Verantwortung für Pechvogel-zu-Ennien zu übernehmen.«

Kirk begriff, daß Schnappkralles Versuch fehlgeschlagen war, aber er wollte nicht einfach so aufgeben. »Schnappkralle bat Dr. Wilson darum, sich um ihre Tochter zu kümmern. Selbst ein Mensch kann sich deutlich daran erinnern, wie es geschehen ist.«

»Ich bin dagegen«, zischte Steifschwanz.

»Ihr gutes Recht. Sprechen Sie mit Evan darüber.«

Die Katzenfrau legte die Ohren an. »Hellfleck sagte mir, daß Sie in gewisser Weise für Dr. Wilson verantwortlich sind…«

Vielleicht sieht sie in mir Evans größeren Bruder, dachte Kirk. »Nicht so, wie Sie meinen«, sagte er dann.

»Das spielt keine Rolle«, erwiderte Steifschwanz scharf. »Ich spreche mit *Ihnen.* Evan Wilson versteht unsere Bräuche nicht, und ich möchte vermeiden, daß sie irgendwie… verletzt wird. Ich hoffte auf Ihre Unterstützung.«

Kirk beobachtete ihr gesträubtes Nackenfell, das Zittern der Schwanzspitze, und er interpretierte ihre letzten Worte als eine Warnung. »Nun, ich will's versuchen«, erwiderte er schließlich. Hellflecks Mutter nickte, und als sie den Unterstand verließ, schloß sich ihr Ferner Rauch wie ein Schatten an.

Kirk wandte sich an seinen wissenschaftlichen Offizier. »Pechvogel wagt es ganz offensichtlich nicht, sich den anderen Sivaoanern gegenüber als Erwachsene darzustellen, und daraus schließe ich, daß ein derartiges Verhalten hart bestraft wird. Wir wissen inzwischen, wie stur Evan ist, und wenn sie sich noch einmal auf eine Konfrontation mit Steifschwanz einläßt, hat sie nicht mehr den Vorteil des Überraschungsmoments. Mit anderen Worten: Wir müssen wandern.«

»Völlig richtig, Captain. Ich schlage vor, Sie informieren Dr. Wilson von Ihrer Entscheidung, bevor sie erneut ›rein gefühlsmäßig‹ reagiert.«

»Himmel, Sie haben recht, Spock! Ich spreche sofort mit ihr. Verständigen Sie Scotty von unserem kleinen Ausflug.« Kirk hastete nach draußen, noch bevor der Vulkanier Gelegenheit hatte, seinen Kommunikator einzuschalten.

Jim ging einige Schritte, blieb stehen und blickte sich auf der Lichtung um. Als er Dr. Wilson sah, die sich mit Hellfleck und Pechvogel unterhielt, trat er auf sie zu.

Wilson erhob sich, und einmal mehr stellte Kirk fest, wie klein sie war. Diese Beobachtung genügte, um ihn in seiner Entschlossenheit zu bestärken. Er kannte das Temperament der Ärztin und beschloß, ihr zuvorzukommen. *Ich frage mich, wie sie den Begriff ›törichte Risiken‹ definiert,* dachte er in einem Anflug von Selbstironie. »Du hattest recht, Hellfleck«, sagte er laut. »Steifschwanz ist nicht bereit, Schnappkralles Entscheidung hinzunehmen. Wir sind noch immer Kinder.«

Dr. Wilson holte tief Luft und preßte die Lippen zusammen.

»Deshalb wandern wir«, fügte Kirk hinzu, bevor sie zu einer Erwiderung ansetzen konnte. »Dr. Wilson, wären Sie so nett, den anderen Bescheid zu geben? Wir wenden uns an Steifschwanz und teilen ihr unsere Absicht in aller Form mit.«

Evan wandte sich an die beiden Sivaoanerinnen. »Was meint ihr? Sollen wir es ihr zeigen?«

Hellfleck und Pechvogel verstanden diese Redewendung nicht sofort, doch dann erwiderten sie begeistert und wie aus einem Mund: »Ja, wir wandern.«

»In Ordnung. Benachrichtigt Chekov und Uhura. Wir treffen uns vor Steifschwanz' Zelt.« Die beiden Katzenmädchen eilten fort, und Kirk hörte ihre aufgeregt fauchenden Stimmen.

»Meine Anweisung galt Ihnen«, sagte er und sah Evan an.

»Ein guter Offizier delegiert Autorität. Ich wollte Hellfleck und Pechvogel ablenken, Captain. Wenn sie beginnen, sich Sorgen zu machen...«

»Was ist mit Ihnen?« fragte er.

»Ich sorge mich nie über Dinge, die ich nicht ändern kann.«

»Es liegt ganz bei Ihnen, Evan.«

Sie schüttelte den Kopf. »Nein, das ist nicht wahr. Es gibt keine andere Möglichkeit, um anerkannt zu werden.«

»Sie könnten zur *Enterprise* zurückkehren.«

»Darüber haben wir doch schon gesprochen, nicht wahr?«

Kirk ahnte, was sie empfand. Es ging nicht nur um sie selbst und den Umstand, daß Steifschwanz sie für ein *Kind* hielt, sondern auch und vor allem um die Eeiauoaner, die vom ADF-Syndrom dahingerafft wurden. Während sie sich mit den Traditionen der Sivaoaner auseinandersetzen mußten, starben Tausende auf anderen Welten. Der Ernst dieses Problems legte sich wie ein schweres Gewicht auf die Schultern des Captains, und er versuchte, sich selbst aufzumuntern, indem er brummte: »Sagten Sie nicht, Sie gingen nie törichte Risiken ein?«

Evan lächelte hintergründig. »Ist das in diesem Fall die richtige Bezeichnung, Captain?«

»Nein«, entgegnete er nach kurzem Zögern. »Es ist ein *notwendiges* Risiko – die einzige Chance, die wir haben.«

Eine Stunde später versammelten sie sich vor Steifschwanz' Zelt. Hellfleck und Pechvogel hatten offenbar nicht nur Chekov und Uhura in Kenntnis gesetzt, sondern auch die anderen Sivaoaner. Dutzende von Katzenwesen beobachteten sie gespannt.

Kirk ließ sich von Pechvogel-zu-Ennien die Förmlichkeiten erklären und rief: »Wir möchten das Lager verlassen, Steifschwanz. Wir bitten dich um den Namen eines anderen Lagers, das sieben Erwachsene braucht. Unsere Wanderung beginnt morgen früh bei Sonnenaufgang.«

Steifschwanz legte die Ohren an. »Sieben?« wiederholte sie. Das war keine rituelle Frage, und die wartenden Sivaoaner knurrten leise. Steifschwanz straffte ihre Gestalt und begann erneut. »Wie heißen die Mitglieder der Gruppe?«

Die Zuschauer beruhigten sich wieder. Kirk nannte seinen Namen, trat zurück und forderte seine Begleiter auf, sich ebenfalls vorzustellen. Spock, Chekov und Uhura folgten seinem Beispiel, und anschließend kamen die Katzenmädchen an die Reihe. »Pechvogel-zu-Ennien«, sagte Schnappkralles Tochter herausfordernd. Die Menge brummte überrascht. Die Tatsache, daß auch Pechvogel – ausgerechnet *sie!* – zur Gruppe gehörte, schien die Sivaoaner zu verblüffen.

Auch Hellfleck identifizierte sich, und ihre Stimme klang fast ebenso trotzig wie die Pechvogels. Steifschwanz bedachte sie mit einem finsteren Blick. »Hellfleck-zu-Srallansre«, sagte sie und sträubte ihr Fell, »du bist noch recht jung. Willst du wirklich mit diesen Leuten wandern?«

Das war eine neuerliche Verletzung des Rituals, und die Zuschauer fauchten leise. Kirk wollte vortreten, um das zu verteidigen, was er für Hellflecks Recht hielt. Aber Evan hielt ihn am Arm fest und schüttelte den Kopf. »Es ist ihr Kampf, Captain«, flüsterte sie ihm zu. »Sie muß ihn ganz allein bestreiten.«

Hellfleck fuhr die Krallen aus. »Ich habe den Zeitpunkt gewählt«, sagte sie. »Und die Freunde, mit denen ich reisen möchte.« Die übrigen Sivaoaner gaben sich mit dieser Antwort zufrieden, aber Steifschwanz' durchdringender Blick blieb auf ihre Tochter gerichtet.

Evan sagte: »Dr. Evan Wilson, amtierender Erster Medo-Offizier der U.S.S. *Enterprise*.«

Daraufhin kam wieder Kirk an die Reihe. »Wir bitten dich um den Namen eines Lagers, das sieben Erwachsene braucht«, wiederholte er. »Unsere Wanderung beginnt morgen früh bei Sonnenaufgang.«

Steifschwanz starrte weiterhin Hellfleck an, als sie erwiderte: »Ich habe gehört, daß Sretalles bereit ist, sieben Erwachsene aufzunehmen... Ich wünsche euch eine sichere Wanderung zur Reife.« Abrupt drehte sie sich um und kehrte mit zuckendem Schwanz in ihr Zelt zurück.

Die Zuschauer kamen näher, zischten zufrieden und überhäuften die Wanderer mit guten Ratschlägen. Kirk fürchtete, wichtige Dinge zu überhören, und aus diesem Grund schaltete er seinen Tricorder ein.

Durch den Wald aus Ohren sah er Eillicht vor Steifschwanz' Zelt. Hellflecks Mutter reagierte nicht, als sein Schweif durch den Zugang tastete, und daraufhin nannte er seinen Namen. Ein widerwilliges Knurren gab ihm die Erlaubnis einzutreten.

»Sretalles, Captain«, sagte Dr. Wilson, bahnte sich einen Weg durch die Menge der Katzenwesen und blieb vor ihm stehen. »Halten Sie das für einen Glücksfall? Oder steckt vielleicht mehr dahinter?«

Pechvogel hörte sie und kam ebenfalls näher. »Steifschwanz hat ein nahes Lager genannt. Sie glaubt, Hellfleck sei noch zu jung fürs Wandern, aber sie kann ihre Tochter nicht davon abhalten. Deshalb versuchte sie, ihr zu helfen.«

»Ich vermute, wir bekommen keine besseren Antworten auf Ihre Fragen, Dr. Wilson«, sagte Kirk. »Ich schlage vor, wir beginnen jetzt damit, unsere Expedition zu organisieren.«

»Ihr braucht Waffen«, warf Pechvogel ein. »Ich hole das Holz.« Plötzlich legte sie die Ohren an. »Ihr habt ja weder Messer noch Nützliche!« entfuhr es ihr. Und bevor Kirk etwas erwidern konnte, wandte sie sich an Ferner Rauch und wiederholte ihre Worte.

Der Katzenmann war ebenfalls überrascht und sprach mit einigen Sivaoanern. Innerhalb weniger Minuten wußte das ganze Lager Bescheid. Pelzige Gestalten eilten aufgeregt hin und her, holten verschiedene Objekte aus den Zelten und legten sie auf ein Nützliches, das von Ferner Rauch stammte.

Kurze Zeit später verschwand Ferner Rauch – und kehrte fast sofort mit Eillicht und Steifschwanz zurück. Hellflecks Mutter wirkte noch immer zornig und aufgebracht, aber offenbar hatte sie sich jetzt wieder in der Gewalt. Sie forderte die Sivaoaner auf, still zu sein. »Wir müssen eine Entscheidung treffen«, sagte sie. Ferner Rauch forderte sie heraus, indem er ein großes Bündel geräuschvoll zu Boden fallen ließ.

Steifschwanz starrte ihn an, bleckte die Zähne und fuhr fort: »Mehrere Mitglieder dieser Reisegruppe sind mit unserer Welt und unseren Bräuchen nicht vertraut. Das gibt ihnen einen Nachteil, den wir ausgleichen sollten. Ich schlage vor, wir gestatten ihnen, einige ihrer Ausrüstungsgegenstände mitzunehmen.«

»Welche?« ertönte eine Stimme in der Menge.

»Erstens...« begann Steifschwanz. »Da die Menschen keinen schützenden Pelz haben, schlage ich vor, wir erlauben ihnen Kleidung und Stiefel.«

»Dagegen ist nichts einzuwenden«, erklang es aus der Menge der Zuhörer. »Mit ihrer nackten Haut würden sie die Kinder in Sretalles erschrecken.« Katzenschwänze zuckten amüsiert.

»Einverstanden?« fragte Hellflecks Mutter. Als die anderen Sivaoaner ihre Zustimmung gaben, fuhr sie fort: »Zweitens bitte ich darum, ihnen die Übersetzungsgeräte zu lassen. Ohne eine Verständigung ist keine Zusammenarbeit möglich.«

Kirks Anspannung wuchs. Steifschwanz hatte natürlich recht: Ohne die Transkriptionsmodule hatte es keinen Sinn, die Wanderung zu beginnen.

Die Versammelten zischten und fauchten und Captain Kirk wartete voller Unruhe auf ihre Entscheidung. Schließlich warf Eillicht ein: »Ein Barde braucht Lieder. Sollen sie die Sängerin und ihre Worte bekommen.«

Steifschwanz nahm die gute Gelegenheit sofort wahr. »Einverstanden?« fragte sie. Niemand widersprach ihr.

»Drittens...«

Einige Sivaoaner brummten mißbilligend. Unter den besonderen Umständen fanden sie sich zu zwei Zugeständnissen bereit, aber ein drittes... Kirk ahnte, daß Steifschwanz zuviel verlangte, und er bezweifelte, ob sie die Phaser mitnehmen durften. Immerhin diente die Wanderung dazu, ihre Fähigkeiten zu prüfen, ohne derartige Hilfsmittel zu überleben.

»Drittens...« wiederholte Steifschwanz. »Ich bitte euch darum, ihnen die Geräte zu gestatten, die ihnen einen Kontakt mit den anderen Menschen ermöglichen.«

»Aus welchem Grund?« fragte Windender Pfad. Sein Schwanz vibrierte.

Kirk zuckte unwillkürlich zusammen. Er hatte seinen

Kommunikator mehrmals diskret benutzt, um sich mit der *Enterprise* in Verbindung zu setzen, und die Vorstellung, einige Tage lang von Scott und den anderen abgeschnitten zu sein, behagte ihm überhaupt nicht. Ganz abgesehen von den denkbaren Gefahren: Er verletzte damit die Starfleet-Vorschriften. Und wenn sie die Kommunikationsinstrumente trotz eines ausdrücklichen Verbots mitnahmen, mißachteten sie das Ritual der Wanderung.

»Weil sich ihre Familien vielleicht Sorgen um sie machen«, antwortete Steifschwanz.

»Und was ist mit dir und Hellfleck?« erwiderte Windender Pfad spöttisch. »Jede Mutter sorgt sich um ihr Kind auf der Wanderschaft, das ist völlig normal. Wenn die Reisegruppe ständigen Kontakt zu ihren Familien unterhielte, käme sie in Versuchung, sich auf den Rat anderer zu verlassen, und das widerspräche dem Sinn des Wanderns. Ich bin dagegen, Steifschwanz.«

»Die Menschen sind nicht mit unserer Welt vertraut«, erinnerte ihn Eillicht.

»Sie kennen sie gut genug, um auf die Wanderschaft zu gehen. Ich lehne weitere Sondergenehmigungen ab.« Die beiden Sivaoaner starrten sich an, und ihre Schwänze zitterten hin und her.

»Das genügt!« sagte Steifschwanz scharf. Fast widerstrebend fragte sie: »Wie lautet die Entscheidung?« Diesmal spürte Kirk deutlich, daß die übrigen Katzenwesen gegen den Vorschlag von Hellflecks Mutter waren, und seine Nervosität wuchs. Steifschwanz seufzte und erklärte: »Ihr müßt auf die Kommunikationsgeräte verzichten.«

»Was ist mit meinen medizinischen Sensoren?« erkundigte sich Evan Wilson. »Wir wissen nicht, welche Nahrungsmittel für uns genießbar sind. Sollen wir riskieren, uns zu vergiften?«

Die anwesenden Sivaoaner legten die Ohren an. »Daran habe ich überhaupt nicht gedacht«, entgegnete

Steifschwanz. Sie sah sich um und schien mit einer ablehnenden Haltung ihrer Artgenossen zu rechnen. Eillicht bedachte Windender Pfad mit einem warnenden Blick.

»Medizinische Ausrüstungsgegenstände sind in Ordnung«, sagte jemand zu Kirks Erleichterung, und die anderen Katzenwesen fauchten zustimmend.

»Doch das sind genug Zugeständnisse für eine Wanderung!« rief Windender Pfad.

Steifschwanz mochte ausgesprochen stur sein, aber sie wußte, daß sie es nicht übertreiben durfte. »Ja«, bestätigte sie. »Mehr kommen für eine Wanderung nicht in Frage. Wer teilt Sretalles unsere Entscheidung mit?«

Vermutlich benachrichtigen sie das nächste Lager, damit die Kinder dort erwartet werden, überlegte Kirk. Ferner Rauch trat vor, und die anderen akzeptierten ihn als Kurier. *Das gibt ihnen die Möglichkeit, nach verletzten Überlebenden zu suchen, wenn die Reisegruppe nicht innerhalb einer gewissen Zeit eintrifft. Nach verletzten Überlebenden,* wiederholte er in Gedanken und nahm sich vor, mit Spock zu sprechen. Daß sie auf ihre Kommunikatoren verzichten mußten, stellte ein ernstes Problem dar.

Als sich die Sivaoaner umdrehten und fortgingen, wandte sich Steifschwanz an den Captain. »Sie und Ihre Begleiter besitzen weder Messer noch Nützliche. Zwar sind Sie nicht ausreichend auf die Wanderung vorbereitet, aber trotzdem kann ich Ihnen die Erlaubnis nicht verweigern. Möchten Sie Ihren Beschluß noch einmal überdenken? Jeder von Ihnen hat das Recht dazu.« Sie mied Hellflecks Blick.

»Ich sehe keine andere Chance, die benötigten Informationen zu bekommen«, erwiderte Kirk vorsichtig, und als Steifschwanz nicht widersprach, fuhr er fort: »Daher bleibt mir nichts anderes übrig, als zu wandern. Meine Gefährten können sich frei entscheiden.« Er hoffte, daß der Verlust ihrer Kommunikatoren einige Mitglieder der Landegruppe abschreckte, doch das war nicht der Fall. Nacheinander verkündeten sie ihre Entschlossenheit, sich dem Ritual zu unterziehen. Der Captain mußte sich an die sivaoanische Tradition halten und durfte ihnen nicht befehlen, im Lager zu bleiben oder zur *Enterprise* zurückzukehren.

Steifschwanz musterte die Menschen nacheinander. »Sie sind so hartnäckig wie meine Tochter«, sagte sie. »Nun, wir möchten Ihnen diese Dinge geben, die Sie sicher brauchen werden.« Eillicht und Hellflecks Mutter gaben jedem ein glänzendes Messer und mehrere Nützliche.

Als Evan Wilson an die Reihe kam, blieb Steifschwanz stehen. »Ich habe auf diese Weise vier Kinder verloren. Sie wanderten zu früh und zu oft. Bitte sei nicht böse auf mich, Hellfleck. Ich behaupte nicht, du seiest ungenügend vorbereitet, und ich mache Dr. Wilson keine Vorwürfe wegen deiner Entscheidung. Nur du allein konntest sie treffen. Ich wollte nur sagen...« Sie reichte der kleinen Frau das Messer, mit dem Griff voran, gab ihr auch ein zusammengefaltetes Bündel aus bunten Nützlichen. »Diese Sachen gehörten dem Kind, das den anderen Weg zur Reife beschritt. Ich möchte sie Ihnen schenken, zum Gedenken an meine Tochter und das Blut der Familie.«

Zu Kirks Überraschung streckte Evan Wilson nicht die Hand aus, um die Waffe entgegenzunehmen. »Ein Messer als Geschenk?« fragte sie. Und als Steifschwanz nickte, fügte sie hinzu: »Das ehrt mich sehr, aber ich kann Ihr Angebot nicht ohne ein Gelöbnis annehmen, das für mich ebenso bindend ist wie bei Ihnen ein Schwur in der Alten Sprache.«

»Was für ein Gelöbnis? Ich verspreche, Ihre Bräuche zu achten, wenn mir das möglich ist.«

»Verwenden Sie das Messer, um Ihre und meine Haut aufzuritzen...« Mit feierlichem Ernst schlug Evan Wilson Steifschwanz eine Blutsschwesternschaft vor. Die Sivaoanerin hörte aufmerksam zu, nickte schließlich, legte die Nützlichen beiseite und preßte die scharfe Klinge kurz auf ihren Daumen. Als Wilson die Hand ausstreckte, zögerte die Katzenfrau. »Bitte«, sagte die menschliche Ärztin. »Es geht nicht anders.« Steifschwanz holte tief Luft und hob das Messer.

Rotes Blut tropfte über Wilsons blasse Haut, und Steifschwanz' Schweif zuckte heftig. Fest ergriff Evan die Hand der Sivaoanerin, und ihre Finger schlossen sich um den glänzenden Stahl. »Dieses Messer weiß nun, daß wir von einem Blut sind«, sagte sie. »Es ist Zeuge unserer Verbindung und wird uns schützen. Möge uns Elath ihren heiligen Segen schenken.« Ruckartig ließ sie Steifschwanz' Hand los. »Es ist vollbracht«, murmelte sie. »Jetzt nehme ich Ihr Geschenk an.«

Hellflecks Mutter ahmte das würdevolle Verhalten der kleinen Frau nach und reichte ihr das Messer. Evan steckte es ein, wandte sich dann an Hellfleck. »Tochter meiner Schwester, würdest du mir dabei helfen, das richtige Holz für meine Waffe zu finden? Ich ziehe einen Schlagstock jederzeit einem Speer vor.«

Hellfleck genoß ihren neuen Status sichtlich. »Schlagstock?« wiederholte sie. »Leider weiß ich nicht, was du meinst, Schwester meiner Mutter.«

»Ich zeig's dir. Bestimmt gibt es nichts dagegen einzuwenden; es handelt sich nur um einen Speer ohne Spitze.«

Kirks Blick blieb auf Steifschwanz gerichtet, und er begriff plötzlich, warum sich Evan Wilson auf diese besondere Weise verhielt. Sie hatte Steifschwanz versprochen, Hellfleck sicher nach Sretalles zu bringen. *Damit brachte sie das zum Ausdruck, was wir alle empfinden*, dachte er. *Und Steifschwanz hat sie verstanden. Sie* weiß, *daß wir erwachsen sind. Sie kann es nur nicht vor den anderen zugeben.*

Eillicht brach das Schweigen. »Lieutenant Uhura, ich

möchte Ihnen ebenfalls etwas schenken. Erfordern Ihre Traditionen das gleiche Ritual?«

»Nein«, erwiderte Uhura. »Meine Kultur gibt und empfängt Geschenke, ohne daß dabei irgendwelche Bräuche beachtet werden müssen. Sie verstärken das Band der Freundschaft.«

»Dann biete ich Ihnen das hier an – als Freund«, sagte der Barde. Er reichte ihr ein buntes Bündel. »Ich habe kein Kind, dem ich es geben könnte, und ich würde Sie mir gern als meine Tochter vorstellen, die von Welt zu Welt reist.«

Mit der einen Hand nahm Uhura Messer und Nützliche entgegen, und mit der anderen griff sie nach ihren Ohrringen. »Sie gefallen Ihnen doch, nicht wahr?« Die dunkelhäutige Frau lächelte strahlend. »Wir bezeichnen so etwas als ›Andenken‹ – vermutlich deshalb, weil wir ein so schlechtes Gedächtnis haben.« Sie griff nach seiner Hand und schloß die Finger des Katzenmannes sanft um die beiden goldenen Ringe. »Ich werde Sie nie vergessen.«

Sein Schwanz bildete eine schelmisch-amüsierte Spirale. »Mit dem Wissen um meine Lieder dürfte es Ihnen sehr schwerfallen, mich aus Ihrer Erinnerung zu verbannen. Wie kann man eine Melodie singen, ohne sich daran zu entsinnen, von wem sie stammt? Kommen Sie, Lieutenant Uhura. Wir haben noch eine Menge zu besprechen.« Sie gingen fort.

»Speere«, sagte Pechvogel.

Kirk nickte. »In der Tat. Kümmere dich darum, zusammen mit Mr. Chekov. Spock, ich würde mich gern mit Ihnen unterhalten. Unter vier Augen.«

Der Captain wartete, bis die anderen außer Hörweite waren, schaltete dann sein Übersetzungsmodul aus. »Spock, es gefällt mir gar nicht, ohne die Kommunikatoren zu wandern. Haben Sie irgendwelche Vorschläge – abgesehen davon, die Reise zu streichen?«

»Einen.«

Kirk wartete eine Zeitlang, und als der Vulkanier weiterhin schwieg, seufzte er innerlich. »Und wie lautet er?«

»Captain, mit Ihrer Erlaubnis möchte ich einen von Dr. Wilsons Medo-Sensoren modifizieren. Sie senden die ermittelten Daten zur *Enterprise*, und daher müßte Mr. Scott eigentlich in der Lage sein, unsere jeweilige Position auf dem Planeten zu ermitteln.«

»Aber es ist uns nicht möglich, mit Scotty zu sprechen...«

»Nun, wir vereinbaren einen Mitteilungscode. Es wäre allerdings ein recht einseitiger Kontakt; Mr. Scott könnte uns keine Antwort geben.«

»Das ist immer noch besser als gar nichts, Spock. Einverstanden. Und wenn Evan Schwierigkeiten macht... Sagen Sie ihr, sie muß zwischen ihrem Sensor und der Reise wählen. Nein, warten Sie. Ich weise sie selbst darauf hin.«

Kirk und Spock hielten vergeblich nach Dr. Wilson Ausschau. Erst eine Stunde später kehrte sie zusammen mit Hellfleck aus dem Wald zurück. Der Captain bereitete sich auf ein verbales Gefecht vor. »Es ist immer besser, die Waffe zu wählen, mit der man sich besonders gut auskennt«, sagte die Ärztin, als sie sich Kirk und dem Vulkanier näherte, hob einen Stock aus festem Holz und lächelte zufrieden. Dann sah sie den grimmigen Gesichtsausdruck des Captains. »Was ist Ihnen denn über die Leber gelaufen?« Sie wandte sich an das Katzenmädchen, deutete auf Pechvogel und Chekov. »Ich komme gleich.«

Dann drehte sie sich zu den beiden Männern um und hob die Hand. »Einen Augenblick, Captain«, sagte sie und schaltete das Übersetzungsmodul ab. »Bevor ich es vergesse, Mr. Spock... Die Traditionen und Bräuche der Sivaoaner in allen Ehren, aber ich würde mich wesentlich wohler fühlen, wenn Scotty in der Lage wäre, uns zu lokalisieren.« Sie öffnete die Medo-Tasche und holte einen ihrer Sensoren hervor. »Können Sie dieses kleine Gerät so verändern, daß es nötigenfalls ein SOS sendet?« Sie sah Kirk an. »Die Entscheidung liegt natürlich bei Ihnen, Captain, aber ich hielte es auch in medizinischer Hinsicht für angebracht, wenn wir uns dem amtierenden Kommandanten der *Enterprise* mitteilen könnten. Obgleich er keine Möglichkeit hätte, uns zu antworten.«

»Und Ihr Sensor?«

»Captain, ein guter Arzt ist auch imstande, allein auf der Grundlage seiner Erfahrungen Diagnosen zu stellen und zu behandeln. Während einer fünftägigen Wanderung durch den Wald rechne ich nicht damit, auf Daten zurückgreifen zu müssen, die für das Erkennen exotischer Krankheiten notwendig sind. Ich überlasse Spock nicht den Sensor, mit dem ich eine Gehirnerschütterung feststellen oder zwischen einer gequetschten und gebrochenen Rippe unterscheiden kann – dazu wäre ich auch gar nicht bereit.« Sie bedachte ihn mit einem herausfordernden Blick.

»Danke, Dr. Wilson«, sagte der Vulkanier. »Wenn Sie gestatten, Captain... Ich kümmere mich sofort darum.« Als Spock fortging und ihn mit der Ärztin allein ließ, spürte Kirk, wie sich dumpfes Unbehagen in ihm regte.

»Stimmt was nicht, Captain?« fragte Evan.

»Ich dachte, Sie wollten sich an die Regeln halten.«

Die kleine Frau schmunzelte. »In der Tat, Captain. An meine eigenen, an die des Überlebens. Hören Sie: Ich *weiß* natürlich, daß wir damit... mogeln, aber ich möchte nicht, daß irgendein Mitglied der Landegruppe stirbt, nur weil wir uns Steifschwanz' Sturheit beugen müssen.«

Kirk schüttelte den Kopf. »Ihr Talent, allen anderen dauernd einen Schritt voraus zu sein, erstaunt mich immer wieder.«

»Captain?« Evan runzelte verwirrt und ein wenig besorgt die Stirn.

Er lachte, mehr über sich selbst. »Spock trat mit einem entsprechenden Vorschlag an mich heran«, erklärte er. »Und ich dachte, mir stünde eine Auseinandersetzung mit Ihnen bevor.«

Das schien die Ärztin zu überraschen. Sie rammte das Ende ihres Stabes in den Boden, stützte sich darauf und sah zu Kirk hoch. Nach einer Weile erwiderte sie: »Es tut mir leid, daß ich Sie enttäuscht habe, Captain. Ich werde mir Mühe geben, in Zukunft Ihren Erwartungen zu entsprechen.«

Kirk lachte erneut, diesmal noch etwas lauter.

Als sie zu den anderen gingen, sagte er: »Nennen Sie mich ruhig, Jim, Evan, ab und zu, wenn sich eine Gelegenheit bietet.«

»Wo bleibt da Ihre Autorität als Captain?« entgegnete sie. »Und angenommen, ich wähle nicht die *richtige* Gelegenheit? Inzwischen dürften Sie schon bemerkt haben, daß ich mit den militärischen Vorschriften und dem ganzen Rang-Firlefanz nicht sehr gut zurechtkomme.«

»Das sind eben die Gefahren, die Ihr Beruf mit sich bringt«, sagte Kirk und dachte dabei an McCoy. »Was in der Krankenstation eines Starfleet-Schiffes völlig normal ist, gilt in den übrigen Sektionen als gefährliche Insubordination. Außerdem: Sie meinten doch, Sie sprächen andere Leute gern so an, wie sie es möchten.«

»Ja. Und genau darin besteht das Problem.« Sie lächelte und fügte keine Erklärung hinzu.

Kirk wollte fragen, was sie damit meinte, doch ein sonderbares Pochen lenkte ihn ab. Sie drehten sich um und sahen Chekov, der mit Steinen schlug, von einer Schar neugieriger Sivaoaner umgeben. Wilson trat heran, um sich die Sache aus der Nähe anzusehen.

Als sich Kirk vorsichtig einen Weg durch die Menge der Zuschauer gebahnt hatte, stand Wilson bereits neben dem Russen und beobachtete ihn interessiert. Chekov hielt einen Stein in der Hand und schlug entschlossen mit einem anderen darauf ein. Nach einer Weile verklang das Pochen, und es folgten kratzende und schabende Geräusche. Schließlich betrachtete der Mann sein Werk von allen Seiten und zeigte es der Ärztin.

»Mr. Chekov, falls ich jemals auf einem fremden Planeten stranden sollte, würde ich mich sehr freuen, wenn Sie mir dabei Gesellschaft leisteten!« entfuhr es Evan staunend. »Mit Ihnen hätte ich eine echte Überlebenschance. Warum haben Sie Ihre Initialen eingeritzt? Ihr Stolz ist zwar durchaus gerechtfertigt, aber auf dieser Welt brauchen Sie sicher keine Verwechslung mit ähnlichen Gegenständen zu befürchten. Mir scheint, die Sivaoaner sehen so etwas nun zum erstenmal.«

»Reine Angewohnheit«, antwortete Chekov. »Wenn ich zu Hause vergaß, die Anfangsbuchstaben meines Namens hinzuzufügen, endeten solche Objekte in privaten archäologischen Sammlungen, einmal sogar in einem Museum!«

Dr. Wilson lachte vergnügt und warf den Stein Kirk zu. »Was halten Sie davon, Captain? So etwas sieht man nicht oft – eine nagelneue, jungsteinzeitliche Speerspitze.« Sie wandte sich wieder an Chekov. »Wie nennt man diese Art?«

Der junge Mann wirkte ein wenig verlegen. »Nun, eigentlich ist es eine Chekov-Spitze. Wenn Sie möchten, stelle ich eine andere für Sie her.«

»Chekov-Spitze?« wiederholte Kirk verwundert.

»Ja, Sir. Wir haben damals einen Wettbewerb veranstaltet, bei dem es um die Verbesserung dieser Technik ging...« Er brach ab und konzentrierte sich wieder auf seine Arbeit.

Der Captain betrachtete den Gegenstand eingehend. Es handelte sich um eine Speerspitze aus Feuerstein, wie er sie nur aus Museen kannte. Pechvogel nahm sie entgegen, drehte sie mehrmals hin und her – und befestigte sie am Ende ihres Stockes. »Ich verlasse mich ganz auf Ihren Sachverstand, Mr. Chekov. Sie sind der Experte.« Evan Wilson zog sich einen Klappstuhl heran und nahm Platz. »Wenn es Sie nicht stört... Bitte zeigen Sie mir, wie so etwas gemacht wird.«

»Gern.« Er suchte in dem Stapel vor ihm, nahm einige geeignete Steine zur Hand. Als er wieder aufsah, sagte er: »Pechvogel meint, das sei völlig in Ordnung, Captain. All das, was wir mit unseren Händen und den Messern herstellen, ist erlaubt.«

»Ihre Anthropologie-Professorin sollte auch an der Starfleet-Akademie lehren. Erinnern Sie mich daran, nach unserer Rückkehr zur *Enterprise* dem Oberkommando eine entsprechende Empfehlung zu übermitteln.«

Chekov lächelte erfreut. »Ja, Sir. Vielen Dank.« Er begann damit, einen neuen Stein zu bearbeiten.

Dr. Wilson beobachtete ihn aufmerksam und ahmte seine Technik nach. Pechvogel folgte ihrem Beispiel, und es erklang ein fröhliches Pochen und Hämmern. Als sich auch Kirk an einem Feuerstein versuchen wollte, berührte ihn eine dunkle Hand an der Schulter. »Captain«, murmelte Lieutenant Uhura, »Eillicht möchte mit Ihnen sprechen. Ich weiß nicht, was er auf dem Herzen hat, aber ich glaube, Sie sollten ihm zuhören.«

»Bringen Sie mich zu ihm, Lieutenant. Unser Waffenoffizier scheint hier alles unter Kontrolle zu haben. Machen Sie weiter, Mr. Chekov.« Der Russe nickte knapp.

Kirk folgte Uhura zu Eillichts Zelt, das ein ganzes Stück abseits der anderen stand. Der Barde begrüßte Uhura, indem er den Schwanz zur Seite neigte, wandte sich dann an den Captain. »Sie hat mir gesagt, Sie träfen Entscheidungen für Ihre Gruppe. Ich möchte Ihnen meine Hilfe anbieten. Morgen breche ich ebenfalls nach

Sretalles auf. Wenn es Ihnen recht ist, nehme ich die Ausrüstungsgegenstände mit, die Ihnen bei der Wanderung verboten sind. Dann brauchen Sie nicht auf die Geräte zu verzichten, wenn Sie Ihr Ziel erreichen.«

Kirk hatte beabsichtigt, die übrigen Materialien zur *Enterprise* zurückbeamen zu lassen, doch Eillichts Vorschlag war eine wesentlich bessere Lösung. Wenn sie es nicht bis nach Sretalles schafften – diese Vorstellung erfüllte ihn mit zitternder Unruhe, aber er mußte sie bei seinen Plänen berücksichtigen –, konnte Scott das andere Lager anpeilen und eine Suchgruppe schicken. Nun, Eillicht schien es zwar gut zu meinen, aber Kirk rang sich nicht dazu durch, ihm die Phaser anzuvertrauen. Er beschloß einen Kompromiß: Die Strahler sollten an Bord der *Enterprise* gebeamt werden, und den Rest überließ er dem Barden.

»Wir sind Ihnen sehr dankbar, Eillicht«, sagte er. »Darüber hinaus würde sich Lieutenant Uhura bestimmt über ein Wiedersehen mit Ihnen freuen.« Uhura lächelte und nickte.

»Auch aus diesem Grund will ich nach Sretalles«, gestand Eillicht ein. »Da wäre noch etwas, Captain: Wenn Sie mir zeigen, wie man mit den Kommunikatoren umgeht, erstatte ich den anderen Menschen im Raumschiff regelmäßig Bericht über Ihre Reise. Wir unterrichten auch die Verwandten der sivaoanischen Wanderer.«

»Sie beobachten die Kinder, die sich dem Ritual unterziehen?« fragte Kirk. Weder Hellfleck noch Pechvogel hatten so etwas erwähnt – vielleicht wußten sie es gar nicht!

»Darauf darf ich Ihnen keine Antwort geben.« Eillicht wickelte seinen Schwanz um Uhuras Handgelenk. »Für Kinder, die bald ihre Wanderung beginnen, sind solche Informationen verboten.«

»Natürlich«, erwiderte Kirk. »Ich verstehe.« Die Erwachsenen ließen ihre Sprößlinge also nicht aus den Augen, aber vermutlich griffen sie nie ein. Bei ihrer letzten Wanderschaft war Pechvogel nach dem Tod der Kameraden zwei Tage lang allein unterwegs gewesen. Mit anderen Worten: Die Beobachtung diente nur dazu, die Eltern und Verwandten im Lager auf dem laufenden zu halten.

»Jede Hilfe ist willkommen«, sagte Kirk. Er klappte den Kommunikator auf, um Eillicht zu zeigen, wie man das Gerät bediente. Einige Minuten später stellte er ihn dem Chefingenieur vor. Scott machte auf Anhieb enormen Eindruck. Als Kirk und Uhura das Zelt des Barden verließen, hörte der Captain, wie Eillicht im Tonfall Scottys sprach – offenbar transkribierte das Übersetzungsmodul zumindest einen Teil des schottischen Akzents. Kirk lächelte hintergründig. »Lieutenant Uhura«, sagte er verschmitzt, »ich glaube, Ihr Freund wird sich nur mit Scott in Verbindung setzen, um seinem Akzent zu lauschen.«

»Ja«, entgegnete sie und erwiderte das Lächeln.

»Vielleicht beginnt Eillicht bald damit, zotige Kneipenlieder zu singen!«

Die Mitglieder der Landegruppe nahmen Steifschwanz' Einladung zum Abendessen an, und als sie sich vor dem Zelt versammelten, war ihre Ausrüstung komplett. Evan Wilson trug eine würdevolle Miene zur Schau, als sie den von Spock modifizierten Medo-Sensor gegen einen Speer eintauschte. »Ihre Waffe, Sir«, sagte sie und freute sich ganz offensichtlich über die Reaktion des Vulkaniers. Cheko starrte zu Boden, als die Ärztin seine Technik erklärte.

Spock betrachtete den scharfkantigen Feuerstein an der Spitze des lanzenartigen Stocks, und Wilson wandte sich an Kirk. »Seien Sie unbesorgt, Captain. Wir haben jeden Speer mit der original Chekov-Spitze ausgestattet.« Sie verzog das Gesicht. »Meine sind nicht ganz so gut.« Evan holte eine aus ihrer Medo-Tasche hervor. »Man braucht dazu sowohl Talent als auch eine Menge

Erfahrung. Ob Sie's glauben oder nicht, Mr. Spock: Mr. Chekov kann so ein Ding innerhalb von fünfzehn Minuten herstellen.«

Der wissenschaftliche Offizier prüfte auch Evans Stein. »Ich habe drei zerbrochen, bevor ich den Dreh raus hatte. Pechvogel und Hellfleck lernten wesentlich schneller, und ihre Speerspitzen sind fast ebensogut wie die Mr. Chekovs.«

»Faszinierend«, sagte Spock und sah den Russen an. »Ich würde mir gern ein Bild von Ihrer Bearbeitungsmethode machen.«

»Gedulden Sie sich ein oder zwei Tage lang«, erwiderte Chekov. »Ich zeige sie Ihnen gern, sobald meine Finger nicht mehr schmerzen. Ich schätze, ich bin aus der Übung.«

»Aus der Übung!« entfuhr es Dr. Wilson. »Ist das zu fassen? Captain, sagen Sie ihm bitte, er soll mit der Angeberei aufhören.«

»Sie haben's gehört, Mr. Chekov.«

»Aye, aye, Sir«, brummte der Waffenoffizier und grinste von einem Ohr zum anderen.

Hellfleck beugte sich zu Pechvogel vor. »Captain Kirk hat Mr. Chekov gerade am Schwanz gezogen«, sagte sie laut genug, damit alle sie hören konnten. Als Pechvogel verwirrt den Kopf hob, fügte das Katzenmädchen hinzu: »Oh, du brauchst keine Angst zu haben. So etwas macht er nur bei Leuten, die er *mag*!«

»Wie wär's, wenn du am Schweif des Captains ziehst, Hellfleck?« schlug Evan Wilson vor. »Frag ihn, ob er Lust hat, mit uns in einem Baum zu schlafen.«

»In einem Baum?« platzte es aus Kirk heraus. »*Ich?*« Er schauderte demonstrativ, und Hellflecks Schwanz bildete eine fröhliche Spirale. »Nein«, fuhr er fort, »kommt überhaupt nicht in Frage. Du solltest mir stattdessen zeigen, wie man ein Zelt aufbaut. Ich habe nichts gegen Bäume mit vielen Ästen und Zweigen, aber diese hier...« Er deutete auf die glatten Stämme.

»Ebensogut könnte ich versuchen, an einer Fahnenstange hochzuklettern.«

Nach dem Essen begannen Hellfleck und Pechvogel mit der Einweisung. Evan Wilson hatte ganz offensichtlich schon einen solchen Kurs hinter sich gebracht (Kirk erinnerte sich an ihre beiden Nächte mit Steifschwanz' Tochter), holte das Messer hervor und gab ihrem Schlagstock die gewünschte Form. Innerhalb einer Stunde lernten ihre Gefährten, wie man mit zwei Nützlichen, einigen breiten, schärpenartigen Tüchern und einem geeigneten Baum ein Zelt errichtete. Als das Unterkunftsproblem gelöst war, stand Kirk auf und hielt nach der Ärztin Ausschau.

Er sah sie allein neben Ferner Rauchs Lagerfeuer, und sie schien zu tanzen. Einige Sekunden später bemerkte der Captain das Aufblitzen einer Klinge, und daraufhin korrigierte er sich: Evan Wilson tanzte nicht, sondern trat gegen einen imaginären Feind an. Fasziniert sah er ihr zu. Zwar war er kein Experte im Messerkampf, aber die flinken, geschmeidigen Bewegungen der Ärztin beeindruckten ihn. Er empfand es als ein Vergnügen, sie zu beobachten.

Und offenbar haben selbst Vulkanier einen gewissen Sinn für Ästhetik, dachte er amüsiert. Spock hatte die Arme verschränkt, und sein Blick klebte an Dr. Wilson fest.

»Jetzt verstehe ich, warum sie auf ihrem Ritual bestand«, sagte eine Stimme neben Kirk. Er drehte den Kopf und erkannte Steifschwanz. »Es hätte mir gleich klar sein müssen. Eine Spezies wie die Ihre, der scharfe Krallen und spitze Zähne fehlen, gleicht diesen Nachteil aus, indem sie mit künstlichen Klauen umzugehen versteht.«

Kirk schüttelte den Kopf. »Dr. Wilson bildet eine Ausnahme. Unter normalen Umständen sind wir sehr friedlich und pazifistisch. In meiner Heimat gilt ein derartiges Geschick als recht ungewöhnlich.«

»Auch auf Telamon, Captain«, warf Spock ein und

hob die Brauen. Kirk erinnerte sich an sein Gespräch mit ihm, lachte und wiederholte seine frühere Schlußfolgerung.

»Reiner Widerspruchsgeist.«

Evan schob das Messer hinter ihren Gürtel zurück, nahm den Schlagstock und wog ihn prüfend in der Hand. Dann, von einem Augenblick zum anderen, wandte sie sich zu einem unsichtbaren Gegner um. Sie griff an, schlug zu, wich zurück, begann mit einem neuerlichen Vorstoß...

Sie war so schnell, daß Kirk kaum mehr sah als ein konturloses Wirbeln. Er stellte sich vor, wie ihr Feind von den entschlossenen Hieben getroffen wurde und zu Boden sank. Nach einigen Sekunden ließ die Ärztin den Stab sinken und lächelte triumphierend.

Als sie die Schultern straffte, schnitt sie eine Grimasse, und dabei entsann sich der Captain an ihre von Fangsturm verursachte Rückenwunde. Steifschwanz trat auf sie zu, und Kirk und Spock folgten ihr.

»Wozu dient der Stock?« fragte die Sivaoanerin.

Dr. Wilson wirbelte um die eigene Achse, und aus einem Reflex heraus hob sie den Stab. Als sie Steifschwanz sah, ließ sie ihn wieder sinken. »Entschuldigen Sie. Manchmal ist meine Fantasie recht lebhaft. Nun, mit solchen Stöcken schlage ich auf Dinge ein, die ich nicht an mich herankommen lassen möchte.«

Spock schien ebensosehr an der Waffe interessiert zu sein wie Steifschwanz, aber Kirk mußte sein Gespräch mit Evan unterbrechen. Es gab noch etwas zu erledigen, und anschließend wollte er seine Gefährten auffordern, sich in den Unterstand zurückzuziehen und zu schlafen. Morgen stand ihnen ein anstrengender Tag bevor. Zusammen mit Evan und dem Vulkanier verabschiedete er sich von Steifschwanz.

»Ihr Geschick mit dem Messer verblüfft mich geradezu, Dr. Wilson«, begann Spock, als sie über die Lichtung schritten. »Ist so etwas Brauch auf Telamon?«

Sie blickte ihn schockiert an. »Bei Elath, nein! Sie haben ganz *falsche* Vorstellungen von Telamon! Man lernt dort höchstens, in aller Öffentlichkeit zu beten und die Nase zu rümpfen, wenn es anderen Leuten an angeblicher Frömmigkeit mangelt. Ein Waffenhändler auf Hiergeht'srund hat mir gezeigt, wie man mit einem Messer kämpft.«

Kirk überließ ihr den Vortritt, als sie den Unterstand erreichten. »Lassen Sie's gut sein, Spock«, flüsterte er dem Vulkanier zu und runzelte tadelnd die Stirn. Spock hob erneut die Brauen und setzte zu einer Erwiderung an, überlegte es sich dann aber anders.

Kirk klappte seinen Kommunikator auf, setzte sich mit der *Enterprise* in Verbindung und erläuterte ihre Pläne. »Das ist doch wohl nicht Ihr Ernst, Sir!« klang Scotts erschrockene Stimme aus dem kleinen Lautsprecher. »Ohne Phaser und Kommunikatoren!«

»Wir haben leider keine andere Wahl. Es ist unsere einzige Chance, die benötigten Informationen zu bekommen. Spock wird einen einfachen Signalcode mit Ihnen vereinbaren, falls wir in Schwierigkeiten geraten – aber Sie beamen uns nur dann an Bord, wenn wir Sie darum bitten. Ich möchte nicht, daß Sie wie die rettende Kavallerie eingreifen, bevor wir Gelegenheit hatten, die Wanderung erfolgreich zu beenden.«

»Aye, Captain«, brummte Scott mürrisch.

Spock nickte zufrieden, als er feststellte, daß der zum Kommunikator umfunktionierte Medo-Sensor einwandfrei funktionierte, erklärte ihnen dann den Code.

Der Chefingenieur knurrte verdrießlich, bevor er die Phaser zur *Enterprise* beamte.

»Captain?« Evan Wilson streckte die Hand aus. »Könnte ich ihn bitte kurz sprechen?« Er gab ihr das Gerät. »He, Kumpel«, sagte sie.

Das war sicher nicht die richtige Anrede für den amtierenden Kommandanten des Raumschiffes, aber Scott klang fröhlich, als er erwiderte: »Hallo, Mädchen. Was kann ich für Sie tun?«

»Zuerst einmal: Überlassen Sie mir die Flasche jubalanischen Rum, die Sie für Notfälle aufgehoben haben. Wir können sie gut gebrauchen, und ich verspreche Ihnen, Sie nach unserer Rückkehr mit etwas Besserem zu entschädigen.«

Scott ließ zischend den Atem entweichen. »Wollen Sie Selbstmord begehen, Mädchen? Himmel, das Zeug kann man nicht trinken, ist das reinste Gift. Wie wär's statt dessen mit einem anständigen schottischen Whisky?«

»Wir brauchen was Hochprozentigeres, Scotty«, erwiderte Evan. »Ich weiß nicht, welche Arzneien ich mitnehmen darf, aber mit Alkohol komme ich bestimmt durch. Seien Sie beruhigt: Die jubalanische Brühe dient allein medizinischen Zwecken. Um Wunden zu desinfizieren. Selbst Bakterien und Viren nehmen sofort Reißaus, wenn sie Ihren Rum riechen.«

»Na schön. Warten Sie einen Augenblick; ich schicke jemanden in meine Kabine.« Eine Zeitlang herrschte Stille – offenbar gab Scott einige Anweisungen. »In Ordnung. Kann ich Ihnen sonst noch einen Wunsch erfüllen, Mädel?«

»Nun, mein zweites Anliegen ist mir ein wenig peinlich. Die Vorschriften...«

»Heraus damit, Evan. Wissen Sie, wir haben hier oben nicht gerade viel zu tun, und ein kleiner Zeitvertreib könnte bestimmt nicht schaden. Was das Reglement angeht: Vielleicht brauchen wir es nicht einmal zu mißachten; möglicherweise genügt eine großzügige Interpretation. Außerdem bin ich sicher, der Captain wird ein gutes Wort für Sie einlegen.«

Kirk beugte sich zum Kommunikator vor. »Das kommt ganz darauf an. Fahren Sie fort, Dr. Wilson.«

»Ich wäre Ihnen sehr dankbar, wenn Sie sich die *Jamie* ansehen würden. Das Wandlerfeld weist einen Strukturfehler auf, dessen Ursache ich bisher nicht finden konnte und der mich langsam in den Wahnsinn treibt.«

»Jamie?« fragte Kirk.

Spock räusperte sich. »Ich glaube, damit ist Dr. Wilsons Skiff gemeint, Captain, die *Dr. James Barry,* an der Scott bereits großes Interesse zeigte.« Wilson sah zu Kirk auf, lächelte und vollführte eine vage Geste.

»Captain?« tönte die Stimme des Chefingenieurs aus dem Lautsprecher. Scott klang aufgeregt. *Die Untersuchung der* Jamie *wird ihn eine Zeitlang beschäftigen und seine Moral heben,* dachte Kirk. »Einverstanden«, sagte er.

»Es ist mir ein Vergnügen, Evan«, brummte Scotty.

»Elath segne Sie«, erwiderte Dr. Wilson und strahlte. »Das ist alles. Trinken Sie heute abend ein Glas auf mich. Ich melde mich bald wieder, wahrscheinlich früher, als Sie glauben.« Sie wollte Kirk gerade den Kommunikator zurückgeben, als Scott sagte: »He, so leicht kommen Sie mir nicht davon, Evan. Versprechen Sie mir, gut auf sich aufzupassen.«

»Bei Elath, das verspreche ich gern.« In einem fast vorwurfsvollen Tonfall fügte sie hinzu: »Ich suche nicht nach Schwierigkeiten, sondern nach Antworten.«

»Dann frage ich mich, warum Sie so oft Probleme haben...«

Wilson lachte. »Ich mich auch, Scotty. Ich gebe Ihnen jetzt den Captain.«

»Da wäre noch eine letzte Sache, Mr. Scott«, sagte Kirk. »Sie betrifft Eillicht, den Sivaoaner, der Ihnen Bericht erstatten wird. Vielleicht nimmt er nur deshalb Kontakt mit Ihnen auf, um Ihre Stimme zu hören.« Ein seltsames Kratzen drang aus dem Lautsprecher, und der Captain erklärte: »Ihm gefällt ihr Akzent. Seien Sie freundlich zu ihm. Er ist ein Barde, und dadurch spielt er in der hiesigen Gesellschaft eine wichtige Rolle.«

»Kann ich durchaus verstehen. Auch in meiner Heimat genießen solche Leute einen hohen Status. Seien Sie unbesorgt, Captain. Ich halte ihn bei Laune.«

»Danke, Scotty. Kümmern Sie sich gut ums Schiff.«

»Worauf Sie sich verlassen können. Seien Sie vorsichtig. Es gefällt mir noch immer nicht, daß Sie ohne Phaser und Kommunikatoren losmarschieren.«

»Bis bald, Scotty. Kirk Ende.«

»Energie«, sagte der Chefingenieur – und dort, wo eben noch die Strahler gelegen hatten, standen zwei Flaschen. Dr. Wilson grinste, als er hinzufügte: »Auf Ihre Gesundheit, Sir. Scott Ende.«

Evan griff nach den beiden Flaschen. »Ach, ich glaube, in meinem nächsten Leben möchte ich in Schottland geboren werden«, murmelte sie mehr zu sich selbst. »Ich mag Leute wie Scott.« Sie deutete aufs Etikett. »Sehen Sie nur, Captain. Das Beste vom Besten.«

»Tyisch Scotty.« Er meinte es ernst, und die Ärztin verstand ihn. »Nun, ich halte den Zeitpunkt für gekommen, einen guten Tropfen zu genießen. Ich schlage vor, Sie holen die anderen. Wir veranstalten eine kleine Party – vorausgesetzt natürlich, die Sivaoaner nehmen keinen Anstoß daran.«

Evan schüttelte den Kopf. »Sie haben sicher nichts gegen eine Abschiedsfeier einzuwenden, aber auf den Duft von Alkohol reagieren sie wie Menschen auf den Geruch eines Stinktiers. Selbst die Eeiauoaner verwenden solche Flüssigkeiten nur für chemische Zwecke. Leonard beklagte sich bitterlich darüber. Aber ich gebe Chekov und Uhura Bescheid. Sie wissen Scotts Großzügigkeit sicher zu schätzen.«

Spock legte die Hände auf den Rücken und wirkte sehr nachdenklich. »Ein weiterer verwirrender Punkt«, sagte er, als Evan außer Hörweite war. »Als Dr. Wilson die *Enterprise* erreichte, steuerte sie ihr Skiff ohne fremde Hilfe in den Shuttlehangar.«

»Scotty brauchte ihr dabei nicht einmal mit einem Traktorstrahl zu helfen? Nun, offenbar ist sie eine gute Pilotin.«

Der Vulkanier nickte. »Und doch behauptete sie, nichts über Pulsare zu wissen.«

Evans Frage an Sulu, dachte Kirk. *Sie wollte damit nur den auf Uhura lastenden Druck verringern. Sie versteht es, Leute abzulenken. Und da wir gerade dabei sind...* »Mr. Spock, ich glaube, Sie sollten Ihren Argwohn auf das Wandlerfeld der *Jamie* richten.«

Diese Bemerkung überraschte den Vulkanier. »Captain? Soll das heißen, daß Dr. Wilson in Hinsicht auf den Strukturfehler gelogen hat?«

»Gelogen? Meine Güte, nein! Scotty käme sofort dahinter – ein Blick auf das Triebwerksaggregat der *Jamie* genügte.« Kirk lächelte. »Aber ich kann mir vorstellen, daß Evan den Defekt im Wandlerfeld *arrangiert* hat. Wie ich Scott kenne, wird er das Skiff generalüberholen, während er auf eine Nachricht von uns wartet. Mit anderen Worten: Es bleibt ihm nur wenig Zeit, sich Sorgen zu machen. Himmel, Evan hätte dem amtierenden Kommandanten der *Enterprise* kein wirksameres Beruhigungsmittel verschreiben können!«

KAPITEL 13

Am nächsten Morgen, als sich die Gruppe reisefertig machte, schoben sich graue Regenwolken über den Himmel. Mit ihren Holzspeeren, den bunten Nützlichen (als Bündel auf dem Rücken getragen) und improvisierten Schärpen für die Messer wirkten sie wie übermütige Kinder, die sich auf ein Abenteuer vorbereiteten. *Es heißt nicht* sie, *sondern* wir, verbesserte sich Kirk in Gedanken und kam sich in seiner Aufmachung wie ein Piratenkapitän vor. Unter solchen Umständen schien so etwas wie Würde völlig unmöglich zu sein. Trotzdem versuchte er, eine gewisse Haltung zu wahren und forderte die anderen auf, seinem Beispiel zu folgen. Hellfleck und Pechvogel salutierten ebenfalls. *Sie machen sich unsere Bräuche zu eigen,* fuhr es dem Captain durch den Sinn. *Und das könnte viele Dinge vereinfachen.* »Rührt euch«, sagte er laut und sah die beiden Katzenmädchen an. »Ihr wißt, wo sich Sretalles befindet. Zeigt uns den Weg.«

Hellfleck schnurrte. »Mr. Chekov hat ein... wie heißt das?«

»Karte«, sagte der Waffenoffizier.

»Stimmt das, Mr. Chekov? Ich dachte, bei den Sivaoanern gibt es so etwas nicht.«

Der Russe zog ein farbenprächtig gemustertes Tuch aus seiner Schärpe. »Nun, ich glaube, Ferner Rauch hat die Kunst des Kartenzeichnens extra für uns erfunden. Ich hoffe nur, seine Darstellungen sind einigermaßen genau.«

Er entfaltete das Tuch. Die verschiedenen Zeichen wiesen kaum Ähnlichkeit mit denen einer gewöhnlichen Karte auf, wirkten eher wie der Versuch, ein kunstvolles Gemälde zu schaffen. Kirk betrachtete sie eingehend, und nach einer Weile erkannte er stilisierte Flüsse, Seen und Wege. Hier und dort sah er symbolisierte Pflanzen und Wassertropfen. Chekov deutete darauf und erklärte: »Es bedeutet, daß wir dort Wasser riechen werden.«

»Zumindest Hellfleck und Pechvogel«, schränkte Kirk ein.

Chekov nickte. »Ferner Rauch hat uns zwei Routen beschrieben. Er meinte, die eine sei zwar recht leicht, aber wenn wir sie nähmen, brauchten wir rund zwölf Tage, um Sretalles zu erreichen…«

»Und die andere?«

»Fünf Tage – aber sie ist wesentlich gefährlicher.« Alle blickten auf die Karte, als Chekovs Zeigefinger dem Verlauf der beiden möglichen Wege folgte.

»Uns fehlt vor allen Dingen Zeit«, gab Kirk zu bedenken.

Pechvogel und Hellfleck starrten auf die Zeichnungen und versuchten, ihre Bedeutung zu erfassen. Schließlich strich Pechvogel mit einer ausgefahrenen Kralle darüber hinweg. »Sretalles!« stieß sie hervor und hob aufgeregt den Schwanz. Sie sah sich die Routen an, und ihre Ohren zitterten. »Jetzt verstehe ich!«

»Kennst du diesen Pfad?« fragte der Captain.

Sie nickte, und ihr Nackenfell sträubte sich.

»Was rätst du uns?« erkundigte sich Kirk.

Pechvogel sah ihn aus ihren kupferfarbenen Augen an. »Beide Wege haben getötet…« begann sie düster, unterbrach sich und schauderte. Schließlich fuhr sie fort: »Je mehr Zeit verstreicht, desto mehr Leute sterben an der seltsamen Krankheit, nicht wahr? Ich wähle die kürzere Route. Sie… sie ist mir vertraut. Vielleicht gibt uns mein früheres Unglück einen Vorteil.«

»Einverstanden?« fragte Kirk. Seine Gefährten nickten. »Müssen wir beim Aufbruch irgendeine Zeremonie beachten, Pechvogel?« Niemand kam, um sie zu verabschieden. Abgesehen von dem Rauch, der sich über einigen Zelten kräuselte, wirkte das Lager verlassen.

»Nein. Wir gehen einfach.«

»Kein Lebewohl?« Kirk musterte das Katzenmädchen überrascht.

»Sie hoffen darauf, daß man uns in Sretalles empfangen wird«, sagte Pechvogel.

»Dem schließe ich mich an«, brummte Kirk. »Nun, ich schlage vor, wir verlieren nicht noch mehr Zeit. Mal sehen, wie weit wir kommen, bevor es zu regnen beginnt. Pechvogel, du kennst das Gelände; wir beide übernehmen die Spitze. Spock und Hellfleck bilden die Nachhut. Haltet die Augen offen, Leute.«

Uhura wandte sich an die beiden Sivaoanerinnen. »Er meint: Lauscht mit beiden Ohren.«

Die Gruppe stapfte in den Wald, und hoch über ihnen heulten und kreischten die Begrüßer. *Wenigstens verabschieden* sie *sich von uns*, dachte Kirk, lächelte schief und fühlte sich ein wenig besser.

Leonard McCoy ging es mit jedem Tag schlechter. Als er die Computerkonsole abschaltete und aufstand, schmerzten alle Muskeln in seinem Körper. *Vielleicht nützt es was, wenn ich meine Dosis des Wilson-Chapel-Serums erhöhe*, überlegte er.

Aber eigentlich zweifelte er daran. Das Serum verlangsamte die Entwicklung des ADF-Syndroms, blokkierte sie nicht. Außerdem wirkte es nicht in jedem Fall: Zwei weitere Humanoiden waren gestorben. Micky wies sofort darauf hin, daß sie mit so etwas gerechnet hatte – immerhin handelte es sich in beiden Fällen um Patienten im letzten Stadium der Krankheit. Christine Chapels Zustand war nach wie vor stabil, und das empfand McCoy als große Erleichterung.

Hinzu kam, daß ihm an diesem Morgen kein neuer Krankheitsfall bei den Freiwilligen gemeldet wurde, die sich einer besonders großen Ansteckungsgefahr aussetzten. Das Mittel schien tatsächlich vor einer Infektion zu schützen. McCoy konzentrierte seine Hoffnungen auf das Heute, denn er wußte, daß ihn schon der nächste Tag mit üblen Nachrichten konfrontieren mochte.

Ein Bericht vom Starfleet Medical Command weckte neuerliche Besorgnis in ihm: Zwei Menschen, die sich angesteckt hatten, starben innerhalb von nur fünf Tagen am ADF-Syndrom. Bei beiden Opfern stellte man die gleichen HLA-Faktoren fest, was darauf hindeutete, daß manche Leute eine genetische Prädisposition aufwiesen und wesentlich anfälliger waren als andere. Micky nahm sofort eine entsprechende Kontrolle vor und ging die medizinischen Personalakten ihrer Mitarbeiter durch. Glücklicherweise stieß sie nirgends auf die riskanten HLA-Faktoren. McCoy setzte sich mit Starfleet in Verbindung und verlangte eine ähnliche Überprüfung, vor allen Dingen in bezug auf die Pfleger und Ärzte, die in unmittelbarer Nähe von Infizierten arbeiteten. Die betreffenden Personen wurden isoliert und bekamen hohe Dosen des Wilson-Chapel-Serums. Die übrigen Humanoiden, für die ebenfalls eine höhere Ansteckungsgefahr bestand, wurden einer präventiven Behandlung unterzogen. McCoy hoffte, daß sie dadurch Zeit gewannen.

Anschließend nahm er sich Medo-Unterlagen der *Enterprise*-Besatzung vor: Mit Jim, Scott, Uhura, Sulu und den anderen schien soweit alles in Ordnung zu sein. Was Spock anging, verblieb ein Rest von Unsicherheit – die seltsame Michung aus menschlichen und vulkanischen Genen stellte McCoy immer wieder vor ein Rätsel. Über Wilson hatte er nur wenige Informationen und beschloß deshalb, weitere Daten anzufordern...

Chekov! Jetzt fiel es ihm ein: Pavel Chekov gehörte zur Risikogruppe! McCoy ballte die Faust und schlug wütend auf die Konsole. Es gab keine Möglichkeit, die *Enterprise* vor der neuen und sich blitzartig entwickelnden ADF-Form zu warnen. Er wußte nicht einmal, ob sich irgendein Mitglied der Mannschaft infiziert hatte. Tief in ihm brodelte Zorn darüber, daß Jim einfach so aufgebrochen war; dadurch sah sich Leonard außerstande, seinen Freunden zu helfen.

Einige Sekunden später faßte er sich wieder. *Vielleicht ist Chekov bei Kirk und den anderen sicherer – wo auch immer sie jetzt sein mögen,* dachte er.

Der Adrenalinschub seines Ärgers verbannte die Schmerzen aus den Muskeln. *Wenn ein bestimmter HLA-Faktor größere Infektionsrisiken induziert,* überlegte McCoy, *so könnte eine andere genetische Konstellation das genaue Gegenteil bewirken.* Wenn er die Patienten in HLA-Kategorien einteilte und dabei auch die Dauer der einzelnen ADF-Entwicklungsstadien berücksichtigte, ergaben sich daraus vielleicht neue Behandlungsmethoden. Seufzend nahm er Platz und konzentrierte sich wieder auf die Arbeit.

Kirk bahnte sich einen Weg durchs Dickicht und bedauerte es, keine Machete zu haben. Schon seit zwei Stunden kletterte die Gruppe über ansteigendes Terrain, und in dem Gewirr aus Ranken, Blättern und Zweigen kam jeder Schritt einer Anstrengung gleich. Wenigstens regnete es nicht; die dunklen Gewitterwolken schienen diesen Teil des Waldes zu meiden.

Kirk und seine Kameraden von der *Enterprise* hatten den beiden Sivaoanerinnen gegenüber einen bedeutenden Nachteil: Sie wußten nichts von der lokalen Flora und Fauna, und deshalb waren sie doppelt so wachsam wie Hellfleck und Pechvogel. Sie zuckten bei Geräuschen zusammen, auf die die beiden Katzenmädchen mit ruhiger Gelassenheit reagierten. Die ständige Anspannung mußte innerhalb kurzer Zeit zu physischer und psychischer Erschöpfung führen, befürchtete der Captain. Er beobachtete Pechvogel und machte ihr Verhalten zum Beurteilungsmaßstab möglicher Gefahren.

Mit dem Schaft seines Speeres schob er einige Ranken beiseite, um Uhura und Chekov das Vorankommen zu erleichtern. Das Durchhaltevermögen seines Kommunikationsoffiziers erstaunte ihn, doch dann erinnerte er sich daran, daß auch sie am Überlebenstraining in der Starfleet-Akademie teilgenommen hatte. *Sie ist so sanft, daß ich das leicht vergesse,* dachte er. *Ihre zarte, fragil anmutende Fassade weckt den männlichen Beschützerinstinkt, doch darunter verbergen sich Kompetenz und ein eiserner Wille.*

Chekov stolperte. Kirk hielt ihn am Arm fest und erschrak fast, als er das eingefallene, hohlwangige Gesicht des Waffenoffiziers sah. »Ist alles in Ordnung mit Ihnen?«

»Ja, Sir«, erwiderte Chekov, stemmte sich wieder in die Höhe und ging weiter. »Ich bin nur ein wenig steif, nicht daran gewöhnt, auf dem Boden zu schlafen, Sir.«

»Wir müssen damit rechnen, daß es während der nächsten Tage noch schlimmer wird.«

»Seien Sie unbesorgt, Sir. Ich komme schon zurecht.«

»Ich glaube, wir alle brauchen eine Ruhepause.« Kirk wandte sich an Pechvogel. »Gibt es hier irgendwo einen geeigneten Ort, wo wir Rast machen und etwas essen können?«

»Nur noch ein kleines Stück, Captain«, erwiderte das Katzenmädchen. »Nahrung voraus. Nach rechts und dann der Greiffuß-Witterung folgen.«

Spock kam näher, hob seinen Speer und hielt die Ranken beiseite. »Jetzt Sie, Captain. Übrigens: Unter den gegebenen Umständen würde ich mich nicht auf die menschliche Nase verlassen.«

»Ein kluger Rat, den ich gern beherzige.« Kirk setzte sich wieder in Bewegung, um Pechvogel auf ihren schlechten Geruchssinn hinzuweisen. Spock drehte den Kopf und sah Dr. Wilson und Hellfleck. Evan lachte leise. »Sparen Sie Ihre Kraft, Mr. Spock«, sagte sie. »Hellfleck und ich sind klein genug, um an solchen Hindernissen vorbeizuschlüpfen. Wir geben Ihnen sofort Bescheid, wenn wir Hilfe brauchen, doch von einem Vulkanier erwarten wir keine Galanterie.«

»Galanterie, Dr. Wilson? Soll das heißen, daß Sie in meiner Hilfe einen emotionalen Aspekt vermuten?«

Die Ärztin lachte. »Nein. Ich wollte Sie nur darauf aufmerksam machen, daß Sie von falschen Annahmen ausgehen. Meine Bemerkung war scherzhaft gemeint.«

»Ich verstehe«, erwiderte Spock. »In Zukunft werde ich Ihre Größe in Betracht ziehen.«

Kurz darauf erreichten sie einen Felsvorsprung. Pechvogel schnupperte und deutete auf das nahe Buschwerk. »Greiffüße«, sagte sie. »Wir erlegen einige fürs heutige Abendessen und sammeln Früchte für Mr. Spock.«

»Laßt uns mit dem Obst beginnen«, schlug Kirk vor. Er hatte gar nicht daran gedacht, daß sie sich ihre Nahrung selbst beschaffen mußten. Es blieb ihnen also nichts anderes übrig, als dann zu rasten, wenn sie noch frisch waren, um auf die Jagd zu gehen. Er musterte Chekovs blasses Gesicht. »Setzen Sie sich, Fähnrich«, sagte er. »Heute kümmere ich mich um den Proviant.« Chekov nickte nur.

Spocks vegetarische Diät stellte weiter kein Problem dar. Hellfleck erkletterte einen Baum und schüttelte einige Zweige: Dutzende von faustgroßen, schwarzen Früchten fielen herab. Wilson untersuchte sie mit einem Sensor und nickte; wenig später stellte sich heraus, daß sie ausgezeichnet schmeckten. *Aber vielleicht ist es auch nur unser Appetit nach einem fast vierstündigen Marsch,* dachte Kirk. »Jetzt kümmern wir uns um das Abendessen«, sagte er zu Pechvogel. »Mr. Spock, Sie halten hier Wache.«

»Haben Sie etwas dagegen, wenn ich mitkomme, Captain?« fragte Dr. Wilson. »Ich würde Sie gern bei der Jagd beobachten.« *Offenbar gefällt ihr dieses Abenteuer,* fuhr es Kirk durch den Sinn. Er betrachtete Evans zerkratzte Wangen, beobachtete ihr strahlendes Lächeln, nickte schließlich. Gemeinsam folgten sie Hellfleck und Pechvogel durchs Dickicht.

Nach wenigen Metern blieben die Büsche hinter ihnen zurück, und vor ihnen erstreckte sich ein steiler Felshang. Die beiden Sivaoanerinnen kletterten hinab, und Kirk schloß sich ihnen an. Auf dem Geröll kam er recht langsam voran, und der Speer behinderte ihn. Auf der Böschung wuchsen nur wenige Sträucher und Bäume, an denen man sich festhalten konnte, und hier und dort bedeckten welke Blätter den Boden.

Evan stützte sich auf ihren Stock. »Wonach suchen wir, Hellfleck? Ich weiß, wie Greiffüße aussehen; ich war zugegen, als die Jagdgruppe aus dem Wald zurückkehrte. Aber wo verbergen sich die Tiere?«

»Du kannst sie wirklich nicht riechen?« fragte das Katzenmädchen.

»Nein«, bestätigte Wilson.

Hellfleck schnurrte. »Sie leben in unterirdischen Bauen, meistens an solchen Hängen. Wir müssen vorsichtig sein, denn der Geruch deutet auf eine große Kolonie hin.«

»Wie finden wir sie?« erkundigte sich Kirk. Er rutschte auf einer moosartigen Pflanze aus und griff gerade noch rechtzeitig nach dem Ast eines nahen Baumes.

»Sie finden *uns*«, entgegnete Hellfleck.

Diese Worte schienen wie ein mächtiger Zauber zu wirken. Die welken Blätter um sie herum raschelten plötzlich, und ein kleines, buntes Wesen sauste auf den Captain zu, bohrte ihm spitze Zähne in den Stiefel. Kirk ließ den Ast nicht los, schwang den Speer herum und spießte das Geschöpf auf. Es zischte und erschlaffte, die Kiefer noch immer um das Leder des Stiefels geschlossen.

Als er den lanzenartigen Stab aus dem Körper des toten Tiers zog, griffen zwei weitere Miniatursaurier an. Den ersten erledigte er selbst, und Wilsons Schlagstock traf den zweiten. Doch plötzlich wimmelte es überall von Greiffüßen.

»Es sind zu viele!« rief Pechvogel. »Klettert nach oben!«

Die beiden Sivaoanerinnen sprangen sofort los und stießen mehrere der kleinen Tiere beiseite, als sie am Hang emporeilten. Aber Kirk fehlten Krallen, die er in den Boden graben, mit denen er sich verteidigen konnte. Als er nach einem schmalen Felsen griff, um sich hochzuziehen, schnappte ein Greiffuß nach seinem Handgelenk. Daraufhin hob er den Arm, holte aus und schmetterte das Echsenwesen auf den harten Boden.

Unter Wilsons Füßen lösten sich einige Steine, und sie rollte über den Hang. Mehr als zehn Angreifer stürzten sich auf sie. Die Ärztin versuchte, Gesicht und Hals mit den Händen abzuschirmen: Sie ließ den Schlagstock fallen – auf eine so kurze Distanz war die Waffe nutzlos –, zog statt dessen ihr Messer und setzte sich zur Wehr.

Die Greiffüße zerrten an ihrem Körper, zogen sie herab. Kirk riß entsetzt die Augen auf, als er sah, daß weiter unten Dutzende von hungrigen Geschöpfen aus ihren Höhlen krochen.

Er kämpfte sich den Weg zu Evan frei, spießte dabei mehrere Gegner auf. In unmittelbarer Nähe der Ärztin hielt er sich an einem Busch fest – wenn er ebenfalls abrutschte, gab es für sie beide keine Hoffnung mehr –, schloß die Hand um den Oberarm der Frau und half ihr auf die Beine. Dr. Wilson holte keuchend Luft, griff nach ihrem Stock und erschlug zwei Greiffüße.

Plötzlich waren Hellfleck und Pechvogel neben ihnen. Sie begriffen offenbar die Gefahr, die ihren menschlichen Freunden drohte, stützten sie, schleuderten mit den Schwänzen knurrende Tiere beiseite. Gemeinsam kletterten sie in die Höhe.

Schon nach einigen Metern verharrten die beiden Katzenwesen und entspannten sich. Der Angriff endete so plötzlich wie er begonnen hatte.

»Keine Sorge, Evan, jetzt sind wir sicher.« Hellfleck schlang ihren Schweif um Wilsons Taille.

»Sicher!« wiederholte die Ärztin ungläubig.

»Die Greiffüße wagen sich nicht bis hierher«, erklärte Pechvogel, nahm Platz, schöpfte Atem und sah sich gelassen um. »Sie laufen nach unten, nicht nach oben.« Als sei es eine ganz gewöhnliche Routine, zog sie ihr Messer und bohrte die Klinge in das tote Echsengeschöpf, das noch immer an ihrer Wade hing. Allem Anschein nach wußte sie, welchen Muskel sie durchschneiden mußte: Sie brauchte nur wenige Sekunden, um die Kiefer zu öffnen und die Zähne aus der Wunde zu ziehen.

Die unverletzte Hellfleck löste einen anderen Greiffuß von Evans Arm.

»Sie versuchten, mich den Hang hinabzuzerren«, brachte Dr. Wilson kaum hörbar hervor und schauderte heftig. Ihre Hände öffneten und schlossen sich krampfhaft. Kirk rammte seinen Speer in den Boden, stützte die kleine Frau und spürte, wie er selbst zu zittern begann.

»Auf diese Weise schlagen sie große Beute«, sagte Hellfleck. »Sie bohren ihre Zähne in die Füße des Opfers und schleppen es zu den anderen.« Ihr Schwanzfell sträubte sich, und dadurch wirkte der Schweif doppelt so dick. »Pechvogel und mir unterlief ein schwerer Fehler. Wir haben es versäumt, an euch zu denken – und ihr wißt nicht genug, um die richtigen Fragen zu stellen. Du kannst an Baumstämmen so gut hochklettern, daß ich sicher war, Felshänge seien kein Problem für euch.«

Pechvogel befreite Kirk von drei toten Greiffüßen und fügte betroffen hinzu: »Wir hätten sie sofort darauf hinweisen müssen, nach oben zu fliehen.« Sie sah Kirk an. »Captain, wir sind gefährlich für euch!«

»Nein«, erwiderte er scharf. »Hört mir gut zu: Niemand von uns ist schwer verwundet...«

»Reines Glück«, unterbrach ihn Pechvogel. Ihr Schwanz zuckte von einer Seite zur anderen, als sie sich noch einen winzigen Saurier vornahm.

»Das stimmt schon«, gestand Kirk ein. »Und zwar gleich in zweifacher Hinsicht. Eure Welt hat uns gewarnt. Jetzt wissen wir, *wie* gefährlich der Wald ist, und das gibt uns eine bessere Überlebenschance.«

Das Katzenmädchen sah ihn verwirrt an. »Überleg mal«, fuhr Kirk fort. »Wenn wir euch jetzt nach den Greiffüßen fragten – was würdet ihr uns dann mitteilen?«

»Alles, was mir einfiele!« entfuhr es Pechvogel, und Hellfleck nickte sofort. *»Alles!«*

»Eben«, sagte der Captain. »Denkt daran, wenn wir euch um irgendwelche Informationen bitten.«

»Sie haben recht.« Evan klang nun wieder beherrscht. Sie holte tief Luft und straffte ihre Gestalt. Kirk ließ sie vorsichtig los. »Wir sollten uns rechtzeitig erkundigen.« Sie setzte sich und starrte auf den toten Greiffuß, dessen Zähne in ihrer Wade steckten. »Hellfleck, zeig mir, wie man die Kiefer dieser Biester aufschneidet – damit ich mir beim nächstenmal selbst helfen kann.«

Sie lösten die letzten Tierkadaver; wie sich herausstellte, waren es fast ein Dutzend. Evan und Kirk hatten ebenso viele Verletzungen erlitten. Der Captain berührte sein Handgelenk und zuckte zusammen. »Lassen Sie es bluten«, sagte Dr. Wilson. »Das reinigt die Wunde und verhindert eine Entzündung.« Sie packte eins der Echsenwesen am Schwanz und schüttelte es. »Ich freue mich schon darauf, dich zu verspeisen. Hast es nicht besser verdient.«

Kirk lachte. »Jagt ihr Greiffüße immer auf diese Weise?« wandte er sich an Hellfleck. »Indem ihr euch als Köder anbietet?«

Das Katzenmädchen nahm das tote Tier von Evan entgegen und band es zusammen mit anderen an einen Strick. »Meistens hören wir sie kommen. Wir schlagen mit Knüppeln auf sie ein und werfen sie hoch.« Hellfleck hob kurz die Hand und deutete auf den Hügelhang. »Für gewöhnlich bilden sie keine *so* große Kolonien. Ich habe zum erstenmal derart viele von ihnen an einem Ort gesehen.«

»Ich auch«, warf Pechvogel ein. »Bei meiner letzten Wanderung waren sie nicht hier.« Betrübt ließ sie den Kopf hängen. »Sie versperren uns den Weg.«

Kirk brummte. »Zuerst erklettern wir den Hügel und machen Rast. Und dann berichtet ihr uns von *allen* Gefahren, die uns in diesem Wald drohen können. Anschließend überlegen wir, wie wir den Weg fortsetzen.«

Hellfleck griff nach dem Strick, an dem die Greiffüße baumelten, legte ihn sich über die Schulter. Pechvogel stand ebenfalls auf, und die beiden Katzenmädchen halfen ihren krallenlosen Freunden.

Kirk nahm Evans Hand und stützte die Ärztin, als sie sich in die Höhe stemmte. Erneut stellte er verblüfft fest, wie klein sie war. Dr. Wilson musterte seinen Gesichtsausdruck und runzelte die Stirn. »Captain...?«

Er hielt es für unangebracht, sie auf ihre zarte Statur hinzuweisen, lächelte nur und fragte: »Haben Sie nichts gegen diese Art von Galanterie einzuwenden?«

Sie neigte den Kopf zur Seite und sah zu ihm hoch. »Das eben ging weit über Galanterie hinaus«, erwiderte Evan. Kirk wußte, was sie meinte. Ohne ihn hätte sie den Angriff der Echsengeschöpfe nicht überlebt. »Vielen Dank, Captain.«

»Gern geschehen, Doktor.«

Dann drehte sich Evan zu Hellfleck und Pechvogel um. »Ich danke auch euch«, sagte sie ernst.

Die Sivaoanerinnen legten überrascht die Ohren an. »Wofür?«

»Weil ihr zurückgekommen seid. Andernfalls wäre es jetzt um uns geschehen.«

Diese Worte eröffneten eine völlig neue Perspektive für die beiden Katzenmädchen und lenkten sie davon ab, sich weiterhin vorzuwerfen, die Menschen in tödliche Gefahr gebracht zu haben. Kirk nutzte die gute Gelegenheit, um die allgemeine Stimmung zu verbessern. »Sie hat recht. Ihr habt uns das Leben gerettet. Und wahrscheinlich brauchen wir weiterhin eure Hilfe.«

Das vertrieb den Schwermut aus Hellfleck und Pechvogel, und sie zischten und fauchten aufgeregt, als sie zu Spock, Chekov und Uhura zurückkehrten.

Kirk setzte sich und erklärte in allen Einzelheiten, was sich am Felshang zugetragen hatte, während Wilson ihre Verletzungen mit jubalanischem Rum behandelte. Als sie die Flasche wieder zustöpselte, fragte Spock: »Bitte verzeihen Sie, Dr. Wilson, aber sollen Sie nicht auch die Wunden der Sivaoanerinnen desinfizieren?« Hellfleck beleckte ihre Wade, hob den Kopf und zeigte die Zähne.

Wilson lachte. »Das haben sie selbst erledigt, Mr. Spock. Schnappkralle meinte, der sivaoanische Speichel enthalte eine antiseptische Substanz, und es gibt keinen Grund für mich, an ihren Worten zu zweifeln. Bei ihnen ist die Anwendung von Alkohol also gar nicht nötig. Außerdem verabscheuen sie den Gestank.«

»Ich verstehe. Entschuldigen Sie.«

»Oh, schon gut. Ich lasse mich lieber unnötigerweise erinnern, anstatt zu riskieren, etwas Wichtiges zu vergessen.«

Der Vulkanier musterte sie mit dem für ihn typischen durchdringenden Blick, und Kirk fragte sich, was ihm jetzt durch den Kopf gehen mochte. Erstaunt bemerkte er, wie die Ärztin errötete und sich abwandte.

»Captain?« fragte Spock. »Haben Sie sich erholt? Können wir jetzt wieder aufbrechen?«

Kirk schüttelte den Kopf. »O nein. Wir bleiben hier in aller Ruhe sitzen und hören Hellfleck und Pechvogel zu, die uns *detailliert* von allen Gefahren im Wald berichten werden.«

Montgomery Scott betrat den Maschinenraum der *Dr. James Barry* und blieb so abrupt stehen, daß Fähnrich

Orsay fast gegen ihn geprallt wäre. Der Chefingenieur erinnerte sich erst an seine Begleiterin, als er ihr überraschtes »Sir…?« vernahm. Marie-Therese Orsay stand in dem Ruf, an einem guten Raumschiff ebensogroßen Gefallen zu finden wie er selbst. Es zuckte in seinen Mundwinkeln, als er zur Seite wich.

Die Frau enttäuschte ihn nicht. Ihre Lippen formten ein verblüfftes *Oh*, und sie schwieg einige Sekunden lang, bevor sie murmelte: »Meine Güte, damit habe ich nicht gerechnet!«

»Aye«, bestätigte Scott. »Evans Kiste, ihre *Jamie*. Beeindruckend, nicht wahr?« Er klopfte auf eine Konsole und sagte wie zu einem kleinen Kind: »Mach dir keine Sorgen. Wir finden schon heraus, was dir fehlt.« Fast ehrfürchtig strich er übers Triebwerksgehäuse und prüfte die Anzeigen der verschiedenen Kontrollinstrumente.

Orsay blickte ihm über die Schulter. »Täusche ich mich, oder läßt sich dieses kleine Skiff tatsächlich bis auf Warp fünf beschleunigen?«

Scott drehte sich zu ihr um und grinste glücklich. »Fähnrich, mit ein wenig gutem Zureden können Sie sogar Warp zehn aus dem Schiffchen herauskitzeln – *und* damit auf einem Planeten landen.«

Die Technikerin lächelte ebenfalls. »Wenn Sie gestatten… Mit einem solchen Skiff käme ich in Versuchung, Starfleet zu verlassen und mich als Raumpiratin zu versuchen… *Sir!*« fügte sie spitz hinzu.

»Aye«, brummte der Chefingenieur zufrieden. Er schien Orsays Bemerkung als ein Kompliment aufzufassen. »Das sollten Sie Evan Wilson sagen, Mädchen. Sie wird sich bestimmt freuen.«

Sie musterte ihn verwirrt, aber Scott bot ihr keine Erklärung an und wandte sich wieder dem Triebwerk zu. »Wir bringen dich in Null Komma nichts in Ordnung, *Jamie*.« Er begann mit einer ersten Untersuchung des

Wandlerfeldes. Orsay gab sich einen inneren Ruck und assistierte ihm.

Nach einer Dreiviertelstunde – Scott schüttelte nur einmal besorgt den Kopf, als er sich an die Landegruppe erinnerte – fand er den von Dr. Wilson erwähnten Strukturfehler. »Komplizierte Sache«, knurrte der Schotte leise. »Aber das kriegen wir schon hin...«

Hellfleck und Pechvogel wechselten sich gegenseitig ab, und rund zwei Stunden lang zählten sie all das auf, was sich im Wald als Gefahr erweisen mochte. Kirk glaubte diese Zeit gut investiert: Zumindest wußten sie jetzt *einigermaßen*, was sie unterwegs erwartete.

Er stand am oberen Rand des Felshangs, sah in die Tiefe und suchte nach einer Lösung für ihr gegenwärtiges Problem. »Offenbar haben wir nur zwei Möglichkeiten: Entweder umgehen wir die Greiffüße dort unten – oder wir durchqueren die Kolonie. Irgendwelche Vorschläge, Mr. Spock?«

Pechvogel senkte den Schwanz. »Es wären selbst dann zu viele, wenn wir alle gemeinsam kämpfen. Und wir brauchten zwei oder drei zusätzliche Tage, um einen anderen Weg zu finden. Außerdem kenne ich jenes Gelände nicht besonders gut – vielleicht stoßen wir dort auf Tiere, die schlimmer sind als Greiffüße.«

»Es gibt hier nicht genug Bäume, um über die Kolonie hinwegzuklettern«, sagte Hellfleck. »Ganz abgesehen davon, daß euch das Klettern sehr schwerfällt«, fügte sie kleinlaut hinzu.

Spock sah die Ärztin an. »Dr. Wilson, ist menschliches Fleisch für die Greiffüße genießbar?«

Evan schauderte. »Offenbar sind sie dieser Ansicht – sonst hätten sie uns wohl kaum angegriffen. Worauf wollen Sie hinaus?«

»Wir haben Hellfleck, Pechvogel und den anderen Sivaoanern eine ganze Zeitlang Gesellschaft geleistet. Vielleicht entschlossen sich die Greiffüße nur deshalb zu einem Vorstoß, weil sie nicht zwischen dem Geruch der Katzenwesen und unserer Witterung unterscheiden können.«

»Eine interessante Theorie«, meinte Kirk. »Aber ich bin nicht gerade versessen darauf, sie in der Praxis zu erproben.«

»Das kann ich durchaus verstehen, Captain«, erwiderte Spock ernst. »Andererseits liegt es keineswegs in meiner Absicht, bei derartigen Experimenten menschliches Leben zu riskieren.«

»Ich hoffe, Sie wollen nicht selbst einen solchen Versuch wagen. Dadurch würden wir nur in Erfahrung bringen, ob Greiffüße vulkanisches Fleisch schmackhaft finden.«

»Wohl kaum«, erwiderte Spock fast pikiert. »Ich glaube, es gibt eine weitaus ungefährlichere Möglichkeit, meine Annahme zu überprüfen. Ihren Schilderungen entnahm ich, daß Sie und Ihre Begleiter mehr Greiffüße töteten, als Sie mitbrachten.«

»In der Tat.«

»Am Fuße des Hanges liegen keine Kadaver. Daraus schließe ich, daß es sich um eine kannibalische Spezies handelt. Offenbar fallen die Tiere auch über ihre toten Artgenossen her.«

»Dann könnten wir bei dem Test einen Greiffuß benutzen!« entfuhr es Kirk. »Allerdings weiß ich noch immer nicht, wo da der Unterschied zwischen sivaoanischem und menschlichem Geruch ins Spiel kommt.«

»Darum geht es auch gar nicht, Captain. Vor einer Weile haben Hellfleck und Pechvogel das bestätigt, was uns Dr. Wilson mitteilte: Sie finden den Duft von Alkohol abstoßend. Vielleicht ist das auch bei den Greiffüßen der Fall.«

»Ihr habt damit eure Wunden gereinigt«, warf Pechvogel ein. »Deshalb wollten wir uns nicht beklagen...«

»Aber ihr riecht noch immer *schrecklich*«, sagte Hellfleck. »Ich bin sicher, die Greiffüße können den Gestank ebensowenig ausstehen wie wir.«

Wilson holte die Flasche jubalanischen Rum hervor und reichte sie dem Vulkanier. »Bitte gehen Sie sparsam damit um, Mr. Spock. Dies ist der erste Tag unserer Wanderung.«

Hellfleck löste einen Kadaver von ihrem Strick, und der wissenschaftliche Offizier öffnete die Flasche. Er verwendete nur einige wenige Tropfen, aber Pechvogel wich angewidert zurück. »Das genügt«, sagte sie und rümpfte die Nase. Ihr Schwanz zuckte. »*Ich* würde das Fleisch jetzt nicht mehr essen.«

»Hoffen wir nur, daß die Greiffüße deine Abscheu teilen«, erwiderte Spock. Er begann mit dem Abstieg.

»Einen Augenblick«, sagte Kirk fest. »Pechvogel, Hellfleck und ich begleiten Sie. Wir gehen nur weit genug, um das tote Tier bis zur Kolonie zu werfen. Einverstanden?«

»Captain? Ich versichere Ihnen, daß ich mich den unterirdischen Bauen nicht weiter als unbedingt nötig nähern werde.«

»Am Hang rutscht man leicht aus, Spock. Vielleicht brauchen Sie Hilfe.«

Das Fell der beiden Katzenmädchen sträubte sich, aber sie erhoben keine Einwände gegen den Plan und folgten Spock und Kirk. Nach einigen Minuten sagte Pechvogel: »Hier sollten wir stehenbleiben.«

Der Captain streckte den Arm aus, deutete auf die Kolonie – und Spock warf den Kadaver dorthin, wo Dr. Wilson angegriffen worden war. Erneut raschelte das welke Laub, und kleine Echsenwesen sausten aus ihren Schlupflöchern. Pechvogel knurrte leise, und Kirk konnte ein Schaudern nicht unterdrücken.

Mehrere Greiffüße rasten auf ihren toten Artgenossen zu – und verharrten jäh, zischten, wichen zurück. Unsicher sprangen sie hin und her, fauchten zornig, wagten sich erneut vor, um gleich darauf zurückzuzucken. Ganz offensichtlich gefiel ihnen der Alkoholgeruch noch weniger als Pechvogel und Hellfleck.

Schließlich nahm einer der Miniatursaurier seinen ganzen Mut zusammen, schlich an den Kadaver heran und bohrte seine Zähne hinein. Kirk beobachtete das Wesen dabei und schüttelte sich.

Mit einem weiten Satz floh das Geschöpf von der Fleischmasse, hockte sich auf den Boden und heulte schrill. Die anderen Greiffüße reagierten sofort, verschwanden in ihren Bauen und zogen hastig Blätter vor die Zugänge. Das letzte Echsenwesen kreischte noch eine Zeitlang, zischte dann voller Ekel und folgte dem Beispiel seiner Artgenossen.

Kirk seufzte erleichtert. »Mr. Spock, ich glaube, Ihr Experiment ist ein voller Erfolg.«

»Es hat ganz den Anschein.«

Sie kehrten zu ihren Gefährten auf dem Hügel zurück. »Doktor, der Test legt die Vermutung nahe, daß wir beide bereits vor den Greiffüßen geschützt sind, aber ich möchte auf Nummer Sicher gehen.«

Evan nickte. »Fußknöchel, Handgelenke, Hals und Gesicht, um jedes Risiko auszuschließen. Hellfleck, Pechvogel, ich hoffe, ihr könnt das aushalten, denn es bleibt uns keine andere Wahl. Nicht nur der Captain legt großen Wert auf Sicherheit.« Das Fell der beiden Sivaoanerinnen sträubte sich, und ihre Schwänze zuckten heftig hin und her. Doch sie hielten still, als Dr. Wilson sie mit jubalanischem Rum behandelte. Kurze Zeit später kamen Uhura und Chekov an die Reihe; dann reichte sie die Flasche dem Vulkanier. »Diese Ehre gebührt allein Ihnen, Mr. Spock.«

»Ich weiß nicht, was das mit ›Ehre‹ zu tun haben soll, Dr. Wilson«, erwiderte der wissenschaftliche Offizier steif und rieb sich ein.

»Ich nehme an, Hellfleck und Pechvogel ergeht es kaum anders.« Evan lächelte und sah Kirk an. »Wir sind soweit.« Als die anderen Mitglieder der Gruppe bestätigten, nickte der Captain.

»Seid auf der Hut. Vielleicht sind einige Greiffüße trotz des Geruchs entschlossen genug, einen Happen von uns zu probieren.«

Vorsichtig kletterten sie in die Tiefe und wählten die Stellen, an denen der Hang nicht ganz so steil war. Je mehr sie sich der Kolonie näherten, desto nervöser wurden die beiden Katzenmädchen. Dennoch blieben sie nicht zurück und griffen mit Händen und Schwänzen zu, um ihre menschlichen Freunde zu stützen.

Der Kadaver lag noch immer dort, wo sie ihn zurückgelassen hatten. »Ein gutes Zeichen«, meinte Kirk. »Offenbar haben sie ihre Abneigung vor dem Gestank noch nicht überwunden.« Dr. Wilson brummte zustimmend, und der Captain musterte sie aus den Augenwinkeln, bemerkte ihr blasses Gesicht.

Chekov rutschte aus. Als Kirk und Hellfleck auf ihn zueilten, um den Mann vor einem fatalen Sturz zu bewahren, griffen die Echsenwesen an. *»Bozhe moi!«* entfuhr es dem Russen; er taumelte. Kirk schwang seinen Speer, und auch die Sivaoanerin an seiner Seite schlug zu. Aber die beiden Greiffüße sprangen zurück und zischten wütend. »Ich glaube, es funktioniert«, brachte Chekov mit zittriger Stimme hervor.

Die Tiere fauchten, kamen erneut näher – und wandten sich hastig von ihnen ab, als sie den Alkoholgeruch wahrnahmen. »Sie haben recht, Mr. Chekov«, sagte Kirk und behielt die winzigen Saurier weiterhin im Auge. »Bleibt in Bewegung!« rief er seinen Kameraden zu. »Gebt ihnen keine Gelegenheit, ihre Meinung zu ändern.«

Zusammen mit Chekov und Hellfleck setzte er sich wieder in Bewegung und beobachtete, wie noch mehr Greiffüße aus ihren Bauen krochen. Doch keins der Wesen brachte es über sich, nach ihnen zu schnappen. »Evan behauptete, jubalanischer Rum sei das reinste

Gift«, sagte Kirk zu Chekov. Der Waffenoffizier rang sich ein grimmiges Lächeln ab.

Hellfleck spießte eine Echse auf, die sich besonders weit vorwagte. Uhurua schloß sich ihnen an.

»Dr. Wilson.« Spocks Stimme kam von oben und klang so scharf, daß sich Kirk aus einem Reflex heraus umdrehte. Der Vulkanier stand ein ganzes Stück über ihnen am Hang, und etwa fünfzehn Meter hinter ihm befanden sich Evan und Pechvogel, von mehr als zwanzig zischenden Greiffüßen umringt. Die Sivaoanerin wollte Dr. Wilson mit sich ziehen, aber die kleine Frau rührte sich nicht von der Stelle.

»Geht weiter!« forderte Kirk Uhura, Chekov und Hellfleck auf. Er trat einen Greiffuß beiseite und kletterte hoch.

Er war erst einige Schritte weit gekommen, als er sah, wie Spock den Halt verlor und der Länge nach zu Boden fiel. Sofort sausten hungrige Echsenwesen auf ihn zu. *»Spock!«* Kirk eilte am Hang empor, bestrebt, den Vulkanier vor den Tieren zu erreichen. Loses Geröll gab unter seinen Stiefeln nach.

Dr. Wilson stieß einen plötzlichen Schrei aus, schmetterte ihren Schlagstock auf den nächsten Greiffuß herab und schlitterte über den Hang. Pechvogel folgte ihr dichtauf. Entschlossen machten sie von ihren Waffen Gebrauch und kämpften sich einen Weg durch die Masse der fauchenden Geschöpfe, die Spock angriffen. Während das Katzenmädchen die Greiffüße mit ihrem Speer in Schach hielt, half Evan dem Vulkanier auf die Beine.

Kirk kam heran, als sich der wissenschaftliche Offizier erhob.

Spock stand etwas tiefer am Hang, und deshalb war sein Kopf auf einer Höhe mit dem Evans. Seine Miene blieb völlig ausdruckslos, als er sagte: »Dr. Wilson, Ihr Zögern hat Pechvogel in Gefahr gebracht.«

Die Ärztin warf der Sivaoanerin einen kurzen Blick zu

und richtete ihre Aufmerksamkeit dann wieder auf den Vulkanier. »Vielen Dank, Mr. Spock.« Sie verlor kein weiteres Wort und kletterte nach unten. Spock und Pechvogel flankierten sie zu beiden Seiten.

Kirk folgte ihnen schweigend. Evans Gesicht war noch immer kalkweiß, aber als er die Hand ausstreckte, um ihr über einige Felsen zu helfen, sagte sie: »Man sollte kleine Geschöpfe nicht unterschätzen, Captain. Sie müssen tückischer sein, um zu überleben.«

Er wußte natürlich, daß sie die Greiffüße meinte, doch er gab eine doppeldeutige Antwort: »Selbst das tückischste kleine Geschöpf ist nicht unverwundbar, Dr. Wilson.«

KAPITEL 14

Sie schlugen das Nachtlager auf, obwohl sie noch ein ganzes Stück von ihrem Tagesziel entfernt waren. Der Zwischenfall mit den Greiffüßen hatte sie Zeit gekostet, doch Kirk fand sich lieber damit ab, anstatt zu versuchen, während der Dunkelheit durch unbekanntes Gebiet zu wandern. Sie errichteten zwei Unterstände und entzündeten ein Lagerfeuer. Pechvogel und Hellfleck beschlossen, bei ihren menschlichen Gefährten zu bleiben und auf dem Boden zu schlafen. Nach den Anstrengungen des Tages machten sie sich heißhungrig über die Mahlzeit her. Evan grub ihre Zähne so hingebungsvoll in das Fleisch eines gebratenen Greiffußes, als wolle sie sich auf diese Weise an dem Echsenwesen rächen. Seit ihrem Zögern am Hang gab sie kaum einen Ton von sich, und ihr Schweigen beunruhigte den Captain zunehmend.

Hellfleck beklagte sich immer wieder über den Alkoholgestank. »Wenn du die Rumreste nicht ablecken willst«, sagte Kirk und beobachtete, wie das Katzenmädchen bei dieser Vorstellung sein Fell sträubte, »mußt du dich bis morgen mit dem Geruch abfinden. Dann kannst du dich im Fluß waschen.« Dieser Vorschlag schien Hellfleck noch mehr zu entsetzen, und sie fauchte und knurrte leise vor sich hin. Das Übersetzungsmodul weigerte sich hartnäckig, ihre Bemerkungen zu transkribieren. Kurze Zeit später kroch sie ins Zelt.

»Wecken Sie mich, wenn ich an der Reihe bin, Wache zu halten«, sagte Evan und folgte der Sivaoanerin. Uhura sang ein Lied und zog sich dann ebenfalls zurück. Pechvogel und Chekov folgten ihrem Beispiel, und schließlich blieben nur Kirk und Spock.

»Captain«, murmelte der Vulkanier, »mit Ihrer Erlaubnis übernehme ich auch Dr. Wilsons Wache.«

»Dafür wird sie Ihnen kaum danken.«

»Vielleicht nicht, aber es wäre trotzdem besser. Ich fürchte, die Konfrontation mit den Greiffüßen hat ihre Psyche verletzt, und aufgrund meiner Beobachtungen der Spezies Homo sapiens weiß ich, daß ununterbrochener Schlaf eine heilsame Wirkung auf den menschlichen Geist hat.«

Kirk lächelte. »Ihre Ausdrucksweise ist wie immer recht interessant. Nun, Sie haben recht. Spock. In Ordnung.«

»Danke, Captain.« Spock ging zum zweiten Zelt, nahm daneben Platz und faltete die Hände hinterm Kopf. Der Speer lag griffbereit in der Nähe.

Kirk blieb im Eingang stehen. »Aus reiner Neugier, Mr. Spock: Ich hatte den Eindruck, daß Sie eine emotionale... Methode wählten, um Dr. Wilson aus ihrer Erstarrung zu befreien. Stimmt das?«

Spock sah zu ihm auf. »Von Emotionalität kann in diesem Zusammenhang keine Rede sein, Captain. Es handelte sich vielmehr um eine... Taktik, von der ich mir eine gewisse Wirkung versprach. Dr. Wilson wollte nicht durch die Greiffuß-Kolonie gehen, um sich selbst in Sicherheit zu bringen, aber ich wußte, daß sie nicht zögern würde, wenn das Leben eines ihrer Gefährten auf dem Spiel stand.«

»Ich verstehe – eine rein logische Betrachtungsweise des Problems.«

»In der Tat, Captain.«

»Gute Nacht, Mr. Spock«, sagte Kirk, lächelte still vor sich hin und ließ den Vulkanier allein. Eigentlich hatte er gar nicht damit gerechnet, seinen wissenschaftlichen Offizier zu überführen – er wußte aus Erfahrung, daß Spock immer logische Gründe für sein Verhalten anführte, selbst dann, wenn es emotional geprägt war. Es mangelte ihm also nicht an der menschlichen Fähigkeit, ständig zu rationalisieren. *Aber eins steht fest*, dachte der Captain, als er sich ausstreckte und unter ein Nützliches kroch. *Hinter seiner Entscheidung, Evans Wache zu übernehmen, steckt mehr als nur Logik.*

Als ihn Spock weckte, war der Himmel grau und bedeckt. Ein leichter Nieselregen fiel, und das Lagerfeuer qualmte. Die Nützlichen erwiesen sich als wasserabweisend und saugten keinen einzigen Tropfen auf. Kirk griff nach einer der Decken, zog sie über Kopf und Schultern und wagte sich nach draußen. »Genau das, was wir brauchen«, sagte er.

Der Vulkanier hob eine Braue. »Sir?«

»Ironie, Mr. Spock«, erwiderte der Captain. »Ich sage den anderen Bescheid. Suchen Sie unterdessen mit Lieutenant Uhura nach einem trockenen Holz, damit uns das Feuer nicht ausgeht. Wir müssen heute den Zeitverlust von gestern wettmachen, und ich möchte so schnell wie möglich los. Das Frühstück darf nicht zu lange dauern.« Er näherte sich Hellflecks Zelt und zog an dem daraus hervorragenden Schwanz. »Aufstehen, aufstehen!«

Im Innern bewegte sich etwas ruckartig, und eine Sekunde später starrte ihn das Katzenmädchen aus weit aufgerissenen Augen an. Es bleckte die Zähne, zwinkerte und schnurrte: »Oh, du bist's.« Über die Schulter hinweg fügte es hinzu: »Der Captain, Evan. Du kannst dein Messer wieder einstecken.« Und an Kirk gerichtet: »Wenn Evan plötzlich aus dem Schlaf gerissen wird, ist sie ziemlich gefährlich!« Es klang fast wie ein Lob.

Was unter den gegebenen Umständen auch angemessen wäre, dachte Kirk. »Auch du wirkst nicht gerade harmlos. Ich habe ganz vergessen, wie scharf deine Zähne sind.«

Ihr Gähnen erinnerte ihn daran. »Du vergißt eine Menge«, sagte Hellfleck und streckte sich.

»Jetzt ziehst du mich am Schwanz«, sagte der Captain.

Evan kroch aus dem Unterstand und sah zum Himmel hoch. »Auch das noch!« Sie zog ihre Kapuze übers

Haar und bedachte Kirk mit einem finsteren Blick. »Wer hat entschieden, daß ich in der vergangenen Nacht keine Wache zu halten brauchte?«

»Spock.« Kirk war froh, daß sie die Frage auf diese Weise formulierte. Damit versetzte sie ihn in die Lage, die Verantwortung mit nur einem Wort abzulehnen. In Evans Augen blitzte es zornig.

»Und was ist mit *meiner* Wache?« erkundigte sich Hellfleck.

»Du kommst heute abend an die Reihe«, antwortete Kirk. »Wir wechseln uns ab.«

»Aber das trifft wohl kaum auf Mr. Spock zu, oder?« stieß Evan hervor. »Ich bin sicher, er hat eine doppelte Wache geschoben.« *Ihre Intuition steht ihrem Temperament in nichts nach,* dachte Kirk. Die Ärztin schnitt eine Grimasse, sah sich um und richtete ihre Blicke auf den zurückkehrenden Vulkanier. Sie stapfte ihm entgegen.

Hellfleck zischte leise. »Evan ist sehr verärgert«, stellte sie fest. »Darf sie Mr. Spock ohrfeigen?«

»Eigentlich nicht«, erwiderte Kirk. Doch Dr. Wilsons herausfordernde Haltung deutete darauf hin, daß sie zu allem bereit war.

Spock bückte sich und schürte das Lagerfeuer. Evan blieb neben ihm stehen und ballte die Fäuste. *»Mr. Spock!«* sagte sie in einem alles andere als freundlichen Tonfall.

Der wissenschaftliche Offizier legte trockenes Holz nach und richtete sich wieder auf. Er ignorierte die Wut der Ärztin einfach und fragte schlicht: »Ja, Dr. Wilson?«

Kirk fühlte sich beinahe versucht, zugunsten von Evan einzugreifen: Der Vulkanier überragte sie um einen guten Meter. Der Größenunterschied, der dem Captain Unbehagen bereitete, schien die Ärztin nicht weiter zu stören. Er bedeutete, daß sie zu ihm *auf*sehen mußte. »Zum Teufel auch, Mr. Spock!« platzte es aus ihr heraus. »Warum haben Sie mich nicht geweckt, damit ich Sie ablöse?«

»Das hielt ich nicht für nötig, Doktor.«

»War es Ihrer Ansicht nach erforderlich, auch meine Wache zu übernehmen?«

»Erforderlich? Nein, das nicht. Hätte ich ein größeres Ruhebedürfnis verspürt, wäre es mir jederzeit möglich gewesen, Hellfleck oder Mr. Chekov zu wecken. Sie kamen nicht in Frage, Dr. Wilson. Sie brauchten mehr Schlaf als die anderen. Ihrem Verhalten entnehme ich, daß Sie sich wieder erholt haben.« Das klang wie Spott, aber da diese Bemerkung von Spock stammte, wußte Kirk, daß es sich nur um eine Beachtung handelte. Seine Unerschütterlichkeit schien Evan nur noch zorniger zu stimmen.

Sie hob die eine Faust wie zum Schlag. Der Captain zuckte unwillkürlich zusammen und ging los, um als Schlichter zu intervenieren. Als er Dr. Wilsons schallendes Gelächter hörte, blieb er jäh stehen. »Verdammt, *Sir!*« brachte sie hervor, und der Vulkanier starrte erstaunt auf sie herab. Die kleine Frau ließ den Arm wieder sinken, warf den Kopf zurück und lachte erneut.

»Ich verstehe nicht...« begann Spock.

Evan versuchte sichtlich, sich zu beherrschen. Sie schnappte mehrmals nach Luft und erwiderte. »Es ist... unmöglich, auf jemanden wütend zu sein, der sich nicht provozieren läßt. Ich gebe auf, Mr. Spock. Der Sieg gehört Ihnen. Nach all den Jahren habe ich doch noch jemanden gefunden, der sich nicht einschüchtern läßt.« Sie schüttelte den Kopf und kicherte. »Wie dem auch sei: Ich bin Ihnen noch eine Wache schuldig. Vergessen Sie das nicht.«

Das waren ihre ersten Worte, deren Bedeutungsinhalt Spock erfaßte. »Meine Entscheidung von gestern abend verpflichtet Sie zu nichts, Dr. Wilson. Ich begreife nicht, wieso Sie deshalb glauben, in meiner Schuld zu stehen...«

Das genügt, dachte Kirk. »Schon gut«, sagte er. »Evan, Sie übernehmen heute abend Spocks Wache.

Das sollte Sie zufriedenstellen.« Bevor sie eine Antwort geben konnte, fügte er hinzu: »Es ist ein Befehl.«

Die Ärztin lächelte schelmisch. »Meinen Sie damit Spocks Wache oder meine Zufriedenheit?«

»Beides«, entgegnete er und grinste breit.

Glücklicherweise verstrich der zweite Reisetag ohne Zwischenfälle. Sie schlugen ihr Lager an einem kleinen Bach auf, brieten die restlichen Greiffüße und würzten das Fleisch mit mehreren Schwanzschlaufern, die Hellfleck erschnuppert hatte. Spock begnügte sich mit einigen Beeren und Früchten.

Es nieselte noch immer, aber Kirk glaubte trotzdem, daß sie noch Glück hatten: Der angeschwollene Bach deutete darauf hin, daß es höher im Gebirge zu weitaus stärkeren Niederschlägen kam.

Die Vorstellung, den Alkoholgeruch aus dem Fell zu waschen, hatte Hellfleck nicht gefallen, und daher nahm der Captain an, daß der Regen den beiden Sivaoanern zumindest Unbehagen bereitete. Doch er schien sie sogar weniger zu stören als ihre menschlichen Freunde. Sie klagten nur, wenn sie durch eine Pfütze gehen mußten und sich nasse Füße holten. Ansonsten schenkten sie der Feuchtigkeit kaum Beachtung. Sie plusterten sich auf, um vor der Kälte geschützt zu sein, schüttelten ab und zu einige Tropfen aus ihrem Pelz.

Diesmal errichteten die Wanderer ein Dach über dem Feuer. Kirk und seine Gefährten betrachteten Ferner Rauchs Karte und schmiedeten Pläne für den nächsten Tag. Uhura sang einige Lieder, bevor sie sich zur Nachtruhe zurückzogen – es war bereits zu einer Tradition geworden, den Abend auf diese Weise zu beschließen. Trotz des Qualms schliefen sie neben dem Feuer, das ihnen genug Wärme spendete.

Am Morgen weckte Evan Wilson den Captain mit einem fröhlichen: »Es regnet nicht mehr.«

»Um so besser.« Kirk stand auf und streckte sich ebenso genüßlich wie Hellfleck und Pechvogel. »Ist während Ihrer Wache irgend etwas geschehen?«

»Abgesehen vom Donnern eines schweren Gewitters im Norden blieb alles ruhig.« Sie legte Holz nach und schürte das Feuer.

»Zufrieden?« fragte er grinsend.

»Wie es mir der Captain befahl.« Die Ärztin erwiderte das Lächeln. Sie reichte ihm einige zugespitzte grüne Zweige, und gemeinsam begannen sie damit, Früchte aufzuspießen.

»Wenn Sie mir die Frage gestatten...« Kirk hob den Kopf. »Gestern sagten Sie Spock, Sie hätten in ihm jemanden gefunden, der sich nicht einschüchtern läßt. Was meinten Sie damit?«

»Tja, ich weiß nicht, ob ich Ihnen einfach so meine Geheimnisse verraten soll.« Evan ließ die Hände sinken und musterte den Captain nachdenklich. »Nun, wenn Sie mir versprechen, sie für sich zu behalten... Es geht dabei um eine unterbewußte Reaktion.«

Die ersten Obststücke brutzelten über dem Feuer. Kirk drehte die Spieße, und als er aufsah, bemerkte er, daß Spock neben ihnen stand. »Dr. Wilson, ich wäre Ihnen dankbar, wenn Sie mir Ihre gestrige Bemerkung erklären würden.«

Evan seufzte und starrte zu ihm hoch. »Nun gut, zu Ihrer Erbauung, Mr. Spock. Sie scheinen in dieser Hinsicht immun zu sein. Captain, vielleicht können Sie sich vorstellen, welche Nachteile es mit sich bringt, wenn man so klein ist wie ich. Aber dadurch habe ich auch einige psychologische *Vorteile*, insbesondere gegenüber Leuten, die doppelt so groß sind.« Sie griff nach einem Schaschlikspieß und reichte ihn dem Vulkanier. »Zum Beispiel das Überraschungsmoment. Man unterschätzt mich dauernd.«

»Bei Steifschwanz war das ganz sicher der Fall«, warf

Spock ein. »Sie rechnete nicht damit, daß Sie sich ihr zum Kampf stellen.«

»Ich bin mir nicht sicher, ob dieser Hinweis angemessen ist – immerhin schlagen Kinder nur selten zurück, wenn sie von Erwachsenen geohrfeigt werden. Ich nehme an, Steifschwanz' Verhalten wurde eher von den Besonderheiten der sivaoanischen Kultur geprägt.«

»Mag sein. Bitte fahren Sie fort.«

»Bitte *essen* Sie, Mr. Spock. Ich möchte mir nicht vorwerfen lassen, unseren Aufbruch verzögert zu haben.« Der wissenschaftliche Offizier kam ihrer Aufforderung nach. Dr. Wilson gab Kirk einen Spieß und versorgte auch Hellfleck, die sich zu ihnen gesellte.

»Hinzu kommt der machiavellistische Vorteil«, erläuterte sie. »Ich kann in jeder beliebigen Bar an einen drei Meter großen Horrovaner herantreten und ihm sagen, sein Vater sei ein Tullianer – *ohne daß er mir ein Haar krümmt.*«

»Das erscheint mir absurd«, widersprach Spock. »Schließlich ist die horrovanische Gesellschaft sehr aggressiv, und Ihr Hinweis käme einer schweren Beleidigung gleich.«

»Trotzdem brauchte ich nichts zu befürchten. Wahrscheinlich würde mich der Horrovaner nur korrigieren und versuchen, mich zu besänftigen. Und wenn der Erfolg ausbliebe, verließe er die Bar einfach.« Lächelnd schüttelte die Ärztin den Kopf. »Sie verstehen das nicht, weil Sie so etwas für unlogisch halten, Mr. Spock. Was ist mit Ihnen, Captain?«

Kirk stellte sich vor, wie Evan Wilson den Horrovaner beleidigte, erinnerte sich an seine gemischten Gefühle bei ihrer Konfrontation mit dem Vulkanier. Plötzlich lachte er laut auf. »Ja«, sagte die Frau. »*Sie* wissen, was ich meine. Erklären Sie es Spock, während ich den anderen das Frühstück bringe.«

Der wissenschaftliche Offizier wartete geduldig und lauschte aufmerksam, als Kirk ausführte: »Trotz der

Provokation wagte es unser hypothetischer Horrovaner nicht, irgend etwas gegen Dr. Wilson zu unternehmen. Wenn er sie irgendwie bedrohte, griffen sowohl die anwesenden Menschen als auch seine eigenen Artgenossen ein, um sie zu schützen.« Er lachte erneut: »Er müßte sich anhören: ›He, warum suchst du dir keinen Gegner, der *ebensogroß ist wie du?*‹«

»Ich glaube, eine derartige Begegnung habe ich schon einmal beobachtet. Mr. Scott und Dr. McCoy machten dabei eine ähnliche Bemerkung. Allerdings...«

»Was verwirrt Sie so, Mr. Spock?«

»Nun, in körperlicher Hinsicht konnten es Mr. Scott und Dr. McCoy nicht mit dem zurechtgewiesenen Mann aufnehmen.«

»Das spielt keine Rolle. Ich vermute, sie waren beide größer als die bedrohte Person, stimmt's? Mit anderen Worten: Sie erinnerten den überlegenen Kontrahenten daran, mit seinem Verhalten ein kulturelles Tabu verletzt zu haben.«

»Faszinierend«, sagte Spock. »Aber warum soll Dr. Wilson daran interessiert gewesen sein, mich ›einzuschüchtern‹?«

Darauf hat er eine Antwort verdient, überlegte Kirk und dachte an Leonard McCoy. »Aus dem gleichen Grund wie Pille«, entgegnete er. »Er versucht dauernd, Sie zu provozieren, in der Hoffnung, daß Sie sich zu einer emotionalen Reaktion hinreißen lassen. Es ist eine fast unwiderstehliche Versuchung, wie Sie zugeben müssen.«

»Das kann ich leider nicht, denn mir ist noch immer unklar, was Sie meinen.«

»Er will auf folgendes hinaus«, schnurrte Hellfleck. »Wenn man den Schwanz von einem Zweig baumeln läßt, wird irgend jemand daran ziehen. Habe ich recht?«

»Nun, eigentlich schon. Obwohl ich mich ein wenig anders ausgedrückt hätte. Menschen und Sivaoaner scheinen eine schlechte Angewohnheit zu teilen: Sie versuchen ständig, Leute aus der Ruhe zu bringen, die in ihrer Gelassenheit unerschütterlich scheinen.« Kirk warf der zurückkehrenden Dr. Wilson einen kurzen Blick zu. »Wie dem auch sei, Mr. Spock: Machen Sie sich keine Sorgen über derartige Herausforderungen. Wenn ich Evan richtig einschätze, wird sie mit ihren Provokationen aufhören, sobald sie feststellt, daß sie nicht die gewünschte Wirkung erzielt.«

»Genau«, bestätigte die Ärztin, zuckte mit den Achseln und fügte betont ironisch hinzu: »Warum Zeit und Energie verschwenden? Das wäre unlogisch.«

»Aber sie könnte es mit einer anderen Taktik versuchen«, sagte Kirk heiter. »Seien Sie auf der Hut, Mr. Spock.«

Zunächst übernahmen Spock und Hellfleck die Spitze, und Kirk bildete zusammen mit Evan Wilson die Nachhut. Sie beschränkten ihre Gespräche auf die Ruhepausen. Das Terrain erforderte ihre ganze Aufmerksamkeit, und außerdem horchten sie ständig, um rechtzeitig vor Raubtieren gewarnt zu sein. Nach einer Weile forderte Kirk den Vulkanier auf, nach einem geeigneten Ort für eine Rast Ausschau zu halten, und Dr. Wilson berührte ihn sanft am Arm. »Captain«, flüsterte sie, »ist Mr. Chekov immer so schwerfällig und ungelenk?«

»Nein. Er behauptet, er sei steif, weil er nicht daran gewöhnt ist, auf dem Boden zu schlafen.«

»Das hat er auch mir gesagt.« Evan runzelte die Stirn, ging weiter und wich einem Süßstreiferbusch aus. Kurz darauf fügte sie hinzu: »Sie kennen ihn besser als ich, Captain. Glauben Sie ihm?«

Kirk hatte mit Chekov schon anstrengendere Einsätze hinter sich gebracht, und als er an das eingefallene, hohlwangige Gesicht des Waffenoffiziers dachte, schüttelte er den Kopf. »Heraus damit, Evan.« Ihr Mienenspiel deutete darauf hin, daß ihn eine schlechte Nachricht erwartete.

»Er bewegt sich wie die Eeiauoaner, Captain.«

Kirk blieb stehen und musterte die kleine Frau. Ein Zweig, den er gerade beiseite geschoben hatte, zuckte wie eine Peitsche zurück. »ADF? Ich kann mich nicht daran erinnern, daß er irgendeinen Kontakt mit Eeiauoanern erwähnt hat.«

»Wahrscheinlich ist er davon überzeugt, sich keinem Infektionsrisiko ausgesetzt zu haben«, erwiderte Dr. Wilson und stützte sich auf ihren Stock.

»Was schlagen Sie vor? Sollen wir umkehren?«

Sofort schüttelte sie den Kopf. »Schnappkralle ist in Sretalles, Captain. Und dort befinden sich auch unsere Kommunikatoren. Selbst wenn ich ganz sicher wäre, daß Chekov am ADF-Syndrom leidet – ich könnte ihm nicht helfen, ihn nur unter Quarantäne stellen.« Ihre Hand schloß sich fester um den Stab, und sie preßte kurz die Lippen zusammen. »Nein, selbst das käme nicht in Frage. Für einen solchen Fall haben wir keinen Code mit Mr. Scott vereinbart. Er würde alle im Transporterraum anwesenden Techniker einer Ansteckungsgefahr aussetzen.«

»Lieber Himmel!« entfuhr es Kirk.

Dr. Wilson nickte ernst.

Voraus erklang ein Ruf – die anderen Mitglieder der Gruppe hatten den Weg fortgesetzt. Der Captain gab laut Antwort, um Spock zu beruhigen, und schweigend schlossen sie zu ihren Gefährten auf.

Wenig später erreichten sie eine Lichtung. Der Vulkanier und seine Begleiter saßen auf weichem Moos und versuchten, es sich so bequem wie möglich zu machen. Chekov stöhnte leise und schnitt eine Grimasse. Kirk nahm neben ihm Platz. »Noch immer Rückenschmerzen?« fragte er.

»Ja, Sir.« Chekov wirkte verlegen. »Ich bin nur ein

wenig steif, Captain. Das Marschieren fällt mir nicht weiter schwer.«

»Können Sie ihm irgendwie helfen, Dr. Wilson?«

Es klang wie beiläufig, und die Ärztin verstand: Er wollte vermeiden, daß die anderen Verdacht schöpften. »Mal sehen«, sagte sie.

Chekov begann zu protestieren, aber Evan winkte ab. »Kommen Sie, Pavel – niemand verlangt von Ihnen, Holz zu hacken.« Sie bemerkte sein Erstaunen und fügte hinzu: »Sie sind nicht der einzige, der aus alten russischen Werken zitieren kann...« Daraufhin lachte der junge Mann und ließ die Untersuchung über sich ergehen.

»Seit wann haben Sie diese Beschwerden?«

»Nun, sie begannen, als wir Steifschwanz' Lager verließen. Ich bin eben nicht daran gewöhnt, auf dem Boden zu schlafen.«

»Das trifft auch auf mich zu«, erwiderte Dr. Wilson und verzog das Gesicht. »Ich schätze, Hellfleck und Pechvogel erginge es kaum anders, wenn sie in einer Koje an Bord der *Enterprise* schlafen müßten. Was ist mit Ihrem Sehvermögen?«

Kirk beobachtete, wie Spock abrupt den Kopf hob, als er diese Worte vernahm. Doch Chekov argwöhnte nichts und antwortete: »Manchmal sehe ich Funken, aus den Augenwinkeln. Offenbar bin ich nicht mehr richtig in Form.«

Evan schnalzte mit der Zunge, schob Chekovs Ärmel hoch und betastete seine Unterarme. Anschließend holte sie einen Sensor hervor und führte eine letzte Kontrolle durch.

Langsam stand sie auf und sah Kirk an.

»Offen und ehrlich, Evan«, sagte der Captain und wußte, daß er damit die richtige Entscheidung fällte. »Es betrifft uns alle.«

Dr. Wilson kniete sich neben Chekov nieder. »Hören Sie mir gut zu, Pavel. Vielleicht haben Sie recht. Vielleicht sind Sie wirklich nicht daran gewöhnt, auf dem Boden zu schlafen. Aber es gibt auch noch eine andere Möglichkeit. Die Schmerzen könnten auf eine ADF-Infektion hinweisen.«

Chekov drehte den Kopf ruckartig zur Seite. »Captain!« entfuhr es ihm. »Ich hatte keine Kontakte zu den Eeiauoanern. Das schwöre ich Ihnen!«

»Niemand macht Ihnen Vorwürfe, Mr. Chekov«, versicherte ihm Kirk.

»Hat er die Krankheit, für die ihr eine Medizin sucht?« fragte Pechvogel. »An der die Eeiauoaner leiden?«

»Ich weiß es nicht genau«, antwortete die Ärztin. »Verdammt, meine Informationen beschränken sich auf das, was mir McCoy mitteilte, bevor die *Enterprise* den eeiauoanischen Orbit verließ. Mit anderen Worten: Ich kann erst dann eine sichere Diagnose stellen, wenn sich die Symptome voll entwickelt haben. Ich kenne weder die Inkubationszeit noch die Ansteckungsgefahr, aber wir dürfen nicht ausschließen, daß sich Mr. Chekov infiziert hat.«

»Würdest du ihn unter Quarantäne stellen, wenn du dazu in der Lage wärst?« fragte Pechvogel.

»Wenn Mr. Chekov *wirklich* am ADF-Syndrom leidet, müßte ich uns alle isolieren.«

Der Waffenoffizier riß entsetzt die Augen auf. »Vielleicht habe ich die Krankheit bereits auf alle anderen übertragen!«

»Werden Sie nicht schnippisch«, erwiderte die kleine Frau scharf. »Wenn die Besatzung der *Enterprise* angesteckt wurde, kommen nicht nur Sie dafür in Frage – vorausgesetzt, Sie *sind* überhaupt infiziert.«

»Wann... wann können Sie genauere Angaben machen, Doktor?«

»In ungefähr einer Woche – wenn Ihr Fall dem allgemeinen Entwicklungsmuster entspricht. So lange dauerte es, bis Schwester Chapel und den anderen Menschen das Haar auszufallen begann. Die ersten Sehschwierigkeiten stellen sich früher ein, ebenso wie die Muskelschmerzen, aber das sind nun keine sicheren Anzeichen mehr. Da Sie jetzt darüber Bescheid wissen, könnte es sich um psychosomatische Reaktionen handeln.«

»Ich bin also imstande, bis nach Sretalles zu wandern?« fragte Chekov. »Captain? Sie schicken mich doch nicht zurück, Sir, oder?«

»Das ist gar nicht möglich«, sagte Kirk. »Erinnern Sie sich an die traditionellen Regeln? Entweder schaffen wir es alle – oder niemand. Wir verlören dadurch unsere beiden bisherigen Reisetage, und noch einmal zwei, um zu Steifschwanz' Lager zurückzukehren. Und außerdem wäre das völlig sinnlos: Unsere Kommunikatoren sind zusammen mit Eillicht auf dem Weg nach Sretalles.«

»Außerdem wartet Schnappkralle dort auf uns«, fügte Dr. Wilson hinzu. »*Wenn* Sie am ADF-Syndrom leiden, Pavel, kann *ich* Ihnen nicht helfen. Ich hoffe nach wie vor, daß Schnappkralle ein wirksames Heilmittel kennt.«

»Irgendwelche Vorschläge, Mr. Spock?«

»Ich glaube, es bleibt uns keine andere Wahl. Wir müssen weiter.«

Kirk stand auf und sah die beiden Sivaoanerinnen an. »Was meint ihr?«

»Wenn es Mr. Chekov bis nach Sretalles schafft, sollten wir die Wanderung fortsetzen«, sagte Pechvogel. »Andernfalls sind wir gezwungen umzukehren.«

Hellflecks Schweifspitze zitterte, und ihre Pupillen bildeten zwei schmale Schlitze, als sie Pechvogel-zu-Ennien ansah. »Denkst du an deinen dritten Versuch?«

Das Fell der jungen Katzenfrau sträubte sich, und sie glättete es behutsam. »Nein, Hellfleck. Ich schwöre es in der Alten Sprache. Ich habe mir nur überlegt, wie viele Personen in vier Tagen sterben könnten.« Sie deutete auf die Menschen. »Wenn Dr. Wilson recht hat, sind wir vielleicht dem ADeEf ausgesetzt gewesen. Mr. Chekov braucht eine Arznei – und möglicherweise benötigen wir sie ebenfalls.«

Hellfleck wirkte betroffen und zerknirscht. »Bitte entschuldige. Ich habe dir eine dumme Frage gestellt.«

»Bestimmte Gedanken müssen ausgesprochen werden«, entgegnete Pechvogel. Sie neigte die Schnurrhaare nach vorn. »Ja, Captain. Wir sind bereit, nach Sretalles zu wandern.«

Kurze Zeit später brachen sie wieder auf. Als die Sonne unterging, errichteten sie ihre Unterstände, kauerten neben dem Feuer, das unter einem breiten, aus Nützlichen bestehenden Dach qualmte und prasselte. Es regnete in Strömen, und sowohl die Menschen als auch die beiden Katzenmädchen hüllten sich in wärmende Dekken. Dr. Wilson untersuchte Chekov noch einmal und fand keine neuen ADF-Symptome. Pechvogel folgte ihrem Beispiel, nachdem sie den Patienten um Erlaubnis gebeten hatte. Sie sprachen nur wenig, und als der Wind die dunklen Gewitterwolken nach Norden trieb, zogen sich die einzelnen Mitglieder der Gruppe in ihre Zelte zurück.

Spock teilte die Morgenwache mit Evan Wilson. Die kleine Frau war still und nachdenklich, und der Vulkanier störte ihre Grübeleien nicht, nutzte die Gelegenheit, um zu meditieren.

Evan griff nach einigen Zweigen, die neben dem Feuer trockneten, warf sie in die Glut. Als die Flammen höher leckten, fiel ihr Schein auf die Züge der Ärztin. Spock erkannte jenes stumme Entsetzen, das er bereits während der Konfrontation mit den Greiffüßen gesehen hatte.

»Dr. Wilson«, sagte er leise.

»Ja?« Sie antwortete sofort, ohne zu zögern, und das

überraschte Spock. Offenbar war sie sich ihrer Umgebung ständig bewußt. Der wissenschaftliche Offizier erinnerte sich an Kirks Hinweis. *Sie läßt sich tatsächlich in keine bestimmte Verhaltenskategorie einteilen,* dachte er und fragte sich, welche Worte er an sie richten sollte. Nach einigen Sekunden entschloß er sich zu einem Angebot. »Wenn Sie das Erlebnis mit den Greiffüßen noch immer belastet – darf ich Ihnen eine Lösung vorschlagen?«

Evan runzelte verwirrt die Stirn.

»Es gibt eine vulkanische Technik, die es mir erlaubt, einen Teil Ihrer Erinnerung zu löschen...«

»Merkt man es mir so deutlich an?« fragte sie erstaunt und lächelte grimmig. »Schon gut. Ich glaube, ich verzichte lieber auf Ihre Antwort. Es geht nicht um die Greiffüße.« Sie zog die Knie an und schlang die Arme darum. »Nein, nicht darum«, raunte sie.

Der Vulkanier wartete, und schließlich sagte Evan: »Was ist, wenn wir uns irren? Angenommen, auf dieser Welt gibt es gar kein Heilmittel für das ADF-Syndrom?«

»In dieser Hinsicht haben Spekulationen keinen Sinn«, erwiderte Spock. »Wenn Ihre Vermutungen in bezug auf die sozialen Regeln der Sivaoaner richtig sind, gewinnen wir in Sretalles Aufschluß.«

»Das meinte ich nicht.« Verärgert rieb sie sich die Schläfe. »Wenn Mr. Chekov tatsächlich krank ist, kann er sich wohl kaum auf dieser Welt angesteckt haben – es sei denn, er reagiert besonders empfindlich. Himmel, selbst wenn er in diesem Zusammenhang eine spezielle Immunschwäche aufweist: Ich habe keinen einzigen Sivaoaner mit ADF-Symptomen gesehen. Woher *stammt* seine Infektion?«

Dr. Wilson richtete sich auf und sah den Vulkanier an. »Begreifen Sie, Mr. Spock? Wenn Chekov am Syndrom leidet und es hier kein Heilmittel gibt, dann haben wir eine ganze Welt zum Untergang verurteilt.«

»Vermutungen, weiter nichts.«

»Der Gegenbeweis steht noch aus«, hielt sie ihm entgegen. Stimme und Gebaren der kleinen Frau deuteten auf dumpfen Zorn hin. Spock hatte ähnliche emotionale Ausbrüche bei McCoy erlebt und kam zu dem Schluß, daß Evans Ärger nicht ihm galt, sondern dem Universum im allgemeinen. Es handelte sich nicht um eine logische Reaktion, doch bei menschlichen Medizinern war sie offenbar weit verbreitet. Erneut wartete er. »Tut mir leid«, murmelte Dr. Wilson verblüffend sanft. »Ich bin nicht sauer auf Sie, sondern auf mich selbst. Ich dachte, ich hätte die Mannschaft der *Enterprise* gründlich genug überprüft, um so etwas auszuschließen, aber allem Anschein nach habe ich irgend etwas übersehen.«

»Da sich zu jenem Zeitpunkt keine Symptome feststellen ließen«, erwiderte Spock, »brauchen Sie sich nicht die geringsten Vorwürfe zu machen. Ihr Bestreben, die Verantwortung zu übernehmen, ist irrational.«

Evan lachte leise. »Ja, Mr. Spock, damit haben Sie wahrscheinlich recht. Aber viele Ärzte sind dann und wann irrational – und manchmal retteten sie ihren Patienten dadurch das Leben. Außerdem: Ich übernahm in dem Augenblick die Verantwortung, als ich an Bord der *Enterprise* kam.«

»Darf ich vorschlagen, daß Sie mit Ihren Spekulationen aufhören? Derzeit sind sie nicht nur sinnlos, sondern könnten auch unserer Mission schaden.«

»Schaden?«

»In der Tat.« Der Vulkanier zögerte kurz. »Warum sind Sie mitten in der Greiffuß-Kolonie stehengeblieben?«

Evan ließ sich ihre Überraschung nicht anmerken. »Als ich mir vorstellte, von den Tieren fortgezerrt zu werden, erstarrte ich förmlich.« Ruckartig hob sie den Kopf, und ihr Gesicht zeigte den gleichen Triumph wie nach dem Duell mit Snnanagfashtalli. »Jetzt verstehe ich, was Sie meinen, Mr. Spock! Himmel, ja! Ich fürchtete mich so sehr vor dem, was geschehen *könnte*, daß ich die Augen vor der Wirklichkeit verschloß. Meine Spekulationen brachten Sie und Pechvogel in Gefahr.«

»Fantasie hat durchaus einen Nutzen, wenn es darum geht, Gefahren zu erahnen und sich darauf vorzubereiten«, sagte der Vulkanier vorsichtig.

»Aber man darf sich nicht von ihr blockieren lassen. Sie haben recht, Mr. Spock. Vielen Dank.«

Bei den letzten Worten stellte der wissenschaftliche Offizier fast schockiert fest, daß sie ihm ihre ungeteilte Aufmerksamkeit schenkte. Unter Vulkaniern war das durchaus üblich, doch bei Menschen erlebte er so etwas nur selten. Evans durchdringender Blick bereitete ihm Unbehagen.

Dr. Wilson nickte sich selbst zu und verbannte die Schreckensbilder aus ihrem Innern. »Mr. Spock«, sagte sie leise, »ist Ihnen eigentlich klar, daß Sie dieses Gespräch mit einem ebenso unlauteren wie unlogischen Vorschlag begannen?«

»Sie verwirren mich, Doktor...« Er beugte sich vor, um ihr Gesicht genauer zu betrachten. Vielleicht bekam er es nun wieder mit dem Phänomen des menschlichen Humors zu tun.

»Sie boten mir an, die Erinnerung an den Zwischenfall mit den Greiffüßen aus meinem Gedächtnis zu löschen. Wenn ich mich einverstanden erklärt hätte, wäre ich nicht in der Lage gewesen, die Analogie zwischen meinem damaligen Verhalten und den jetzigen Befürchtungen zu erkennen.«

»Oh.« Der Vulkanier nickte. »Es ist nur im Rückblick logisch. Nun, Ihr Ausdruck ›unlauter‹ erscheint mir noch immer seltsam. Existiert in Ihrer Kultur irgendein Tabu, das...«

»In *Ihrer* Kultur sollte es in diesem Zusammenhang ein Tabu geben«, unterbrach ihn die Ärztin. »Bewußt zu vergessen...! Jemand hat den letzten Vers von Uhuras Lied aus seinem oder ihrem Gedächtnis gestrichen, und deshalb wissen wir nicht, wie man das ADF-Syndrom heilt!« Sie deutete auf das nahe Zelt, in dem Chekov schlief. »Selbst die alten Russen, die er manchmal zitiert, wußten es besser. ›Bei Liedern darf kein einziges Wort fehlen.‹ Aber irgend jemand, ob Eeiauoaner oder Sivaoaner, mißachtete diese Weisheit.«

Evan richtete ihren Blick wieder auf den Vulkanier. »Überlegen Sie, Mr. Spock! Was ich bin, wird von meinen Erinnerungen und Erfahrungen bestimmt – sie versetzen mich in die Lage, mit *neuen* Situationen fertig zu werden. Meine Reminiszenzen könnten sich als sehr wichtig erweisen, wenn es ums nackte Überleben geht. Und Sie schlagen in aller Seelenruhe vor, mir einen Teil dessen zu nehmen, was mich als Person definiert?« Erneut begegnete sie ihm mit voller Aufmerksamkeit, und in ihren blauen Augen blitzte es. »Ich weiß natürlich, daß Sie es gut meinten, mir nur helfen wollten. Aber ich ginge lieber noch einmal durch eine Greiffußhorde, als ihr Angebot anzunehmen.« Sie tippte an ihre Schläfe. »Das ist alles, was ich habe, Mr. Spock, was ich *bin*.«

Bemerkenswert, dachte der Vulkanier und hob eine Braue. Kulturelles Mißverständnis oder nicht – sein Blick klebte an ihr. Schließlich sagte er: »Und *das* ist eine ganze Menge, Dr. Wilson.«

Sie errötete, zwinkerte und stand auf. »Es wird hell. Schüren Sie das Feuer; ich wecke die anderen. Ich verspreche Ihnen, meine Besorgnis auf einen geeigneteren Zeitpunkt zu verschieben.«

Spock stocherte in der Glut und sah ab und zu auf, um die kleine Frau zu beobachten. *In einem Verwaltungsbüro kann ich mir sie ebensowenig vorstellen wie Kirk,* fuhr es ihm durch den Sinn. Evan Wilson schien sein Schicksal zu teilen, in der menschlichen Gesellschaft fehl am Platz zu sein. *Vielleicht hat Jim recht. Vielleicht setzt sie das, was er als Widerspruchsgeist bezeichnete, als ein psychisches Stabilisierungsinstrument ein.* Insgeheim gab er zu, daß viele seiner Handlungen nur dazu dienten, die menschliche Hälfte seines Selbst zu leugnen. Er wußte also, wie stark eine solche Motivation sein konnte.

Kirks »Guten Morgen, Spock!« überraschte ihn so sehr, daß er den grünen Zweig fallen ließ, der ihm als Schürhaken diente. Hastig griff er nach einem zweiten, um den ersten aus dem Feuer zu ziehen, erwiderte dann: »Guten Morgen, Captain. Haben Sie gut geschlafen?«

Kirk entfaltete das Tuch, das ihren Proviant enthielt, wählte eine Frucht. »In der Tat – trotz der wenig erfreulichen Umstände.« Er lächelte hintergründig. »Ich nehme an, Dr. Wilson hat Sie erneut in die Enge getrieben.«

»Sir?«

»Eigentlich bin ich der Meinung, Sie sollten nicht allein mit ihr sprechen. Dadurch werden Sie ungeschickt, Spock, und das paßt gar nicht zu Ihnen.« Er zeigte aufs Feuer.

»Ich bin nur erschrocken, als ich plötzlich Ihre Stimme hörte, Captain. Ich habe nachgedacht.«

»Ach?« Betont lässig biß Kirk in das Obststück, kaute und schluckte. »Und was hat Sie so sehr beschäftigt, daß Sie ganz in Gedanken versunken waren?«

»Es hat nichts mit unserer gegenwärtigen Lage zu tun, Captain. Meine Überlegungen betrafen eine Bemerkung Dr. Wilsons.«

Kirk grinste. »Eben.«

Spock musterte ihn. Er ahnte, daß Jim mit ihm scherzte, aber andererseits war er sehr aufmerksam. Ihm entging praktisch nichts, und seine gutmütigen Sticheleien gründeten sich auf genaue Beobachtungen. Einige Sekunden später kam die Ärztin mit Hellfleck zurück, und das bewahrte ihn vor einer Antwort.

Der Captain warf dem Katzenmädchen eine Frucht zu, und als Hellfleck sie mit dem Schweif auffing, entfuhr es Evan: »Oh, wie *gern* ich einen solchen Schwanz hätte!«

»Ich dachte, Ihre Zunge sei flink genug«, sagte Kirk,

griff nach einem zweiten Stück Obst und holte aus. Spock wußte nicht genau, ob Absicht dahintersteckte, aber die Frucht sauste hoch über den Kopf der kleinen Frau hinweg. Evan sprang, fing sie mühelos auf und lächelte. »Was habe ich diesmal angestellt?«

»Ich wäre Ihnen sehr dankbar, wenn Sie damit aufhören würden, meinen wissenschaftlichen Offizier zu verwirren. Er war so abgelenkt, daß er sich die Hand verbrannt hat.«

Wilson warf Spock einen besorgten Blick zu, und der Vulkanier schüttelte stumm den Kopf. Er überlegte, was diese Art von Kirks Humor bedeuten sollte. »Hast du gesehen, Hellfleck?« meinte die Ärztin. »Ich habe alle Nachteile eines Schwanzes – aber keinen einzigen Vorteil.«

Sie setzte sich und fügte hinzu: »Achten Sie darauf, wie Sie an meinem Schweif ziehen, Captain – sonst müßte ich vielleicht erklären, warum ich Sie *nicht* Jim nenne.« Sie konzentrierte sich ganz aufs Frühstück, und Spock drehte den Kopf, um festzustellen, wie der Captain auf ihre Worte reagierte.

Kirk beobachtete Evan eine Zeitlang, und sie erwiderte seinen Blick kurz, hob dabei die Brauen. Der Vulkanier versuchte, ihr Mienenspiel zu interpretieren, kam zu dem Schluß, daß es sich um eine Herausforderung handelte. Und das ergab keinen Sinn, weder für ihn noch für Jim. Doch seltsamerweise stellte der Captain nicht etwa eine Frage, sondern sagte nur: »Sehen wir uns die Karte an, Mr. Chekov. Wir haben heute einen langen Marsch vor uns.«

Eine knappe Stunde später waren sie wieder unterwegs und ließen sich von Ferner Rauchs Darstellungen leiten. Chekov klagte darüber, daß jeder Zweig bestrebt zu sein schien, Regenwasser auf ihn herabtropfen zu lassen. Normalerweise hätte ihn Spock berichtigt – Pflanzen konnte man wohl kaum eine bewußte Absicht zusprechen –, aber er wußte, daß seine Hinweise unter den gegenwärtigen Umständen nur Mißmut erweckt hätten.

Pechvogel und der Captain gingen ganz vorn, und der Vulkanier behielt den Waffenoffizier im Auge: Chekov wirkte müde und erschöpft, aber er hielt sich mit einer beharrlichen Entschlossenheit auf den Beinen, die sogar Spock erstaunlich fand.

Vor ihnen ragte ein Berg empor, und Spock erinnerte sich an die grobe Kartographierung des Planeten, die er an Bord der *Enterprise* vorgenommen hatte: Es handelte sich um eins der höchsten Gebirge auf Sivao. Glücklicherweise brauchten sie es nicht ganz zu erklettern: Ihr Weg führt nur über einen der unteren Hänge. Bei einer Wanderung durch Wüstengebiete wären Dr. Wilson und die beiden Katzenmädchen sicher im Nachteil gewesen, doch hier spielte ihre geringe Schrittweite keine Rolle. Zwar war das Gelände nicht sehr steil, aber in dem Dickicht kamen sie nur langsam und unter großen Mühen voran, was sowohl die Menschen als auch die Sivaoanerinnen belastete – und vor allen Dingen Chekov.

Evan Wilson blieb stehen und stützte sich auf ihren Stock. »Befinden sich Greiffüße in der Nähe?«

Hellfleck schüttelte den Kopf. »Hier wachsen nicht die richtigen Bäume. Nicht steil genug. Und zu dunkel. Beißer-Gebiet – und das ist weitaus schlimmer.«

»*Noch* schlimmer?« erwiderte Dr. Wilson ungläubig und setzte sich wieder in Bewegung.

Der Hang stieg sanft an, aber er schien endlos zu sein. Stundenlang kletterten sie, und die Notwendigkeit, ständig aufzupassen und nach Beißern Ausschau zu halten, zehrte an ihren Kräften.

»Hört nur!« sagte Hellfleck plötzlich. Wilson lauschte, zuckte dann mit den Schultern. »Mr. Spock?« fragte das Katzenmädchen.

»Ein weit entfernter Fluß«, stellte der Vulkanier fest.

Er hörte ein leises, selbst für ihn kaum wahrnehmbares Rauschen.

»Von jetzt an können wir uns nicht mehr verirren«, schnurrte Hellfleck. »Wenn wir den Fluß überqueren und dem Verlauf des Pfades auf der anderen Seite folgen, erreichen wir Sretalles.«

Evan sah sie lächelnd an. »Nun, ich schlage vor, ihr bleibt wenigstens so lange bei uns, bis ich ihn ebenfalls höre.«

»Das gilt auch für mich«, warf Mr. Chekov ein, der einige Meter vor Spock stand.

Kirk war hinter den pfeilförmigen Blättern mehrerer Büsche verborgen und rief: »Schwatzt nicht, Leute! Jetzt kommen wir leichter voran – ich hab' einen Weg gefunden.«

»Endlich«, seufzte die Ärztin. Zusammen mit Hellfleck stapfte sie los, und Uhura half Chekov durchs Unterholz.

Kurz darauf traten sie in hellen Sonnenschein, und der Boden unter ihren Füßen war wieder eben, bildete ein weites Plateau vor einer hohen Felswand. Auf der anderen Seite sah Spock den von Kirk erwähnten Weg: Er begann – oder endete – dort. Der Vulkanier überlegte, warum sich kein Pfad in der Richtung erstreckte, aus der sie kamen.

Er hob den Kopf, als Evan Wilson nach Luft schnappte. »Oh, bei Elath! Ich glaube, von hier aus sieht man den halben Kontinent! Ich hatte keine Ahnung, daß wir so weit geklettert sind. Kein Wunder, daß es sich seltsam anfühlt, auf einer ebenen Fläche zu stehen!« Spock folgte ihrem Blick und fand die Antwort auf seine Frage: Von dem Plateau aus konnte man in viele Richtungen wandern, doch nur ein Weg führte zu der Brücke, die den Fluß überspannte.

»Ein herrlicher Platz für ein Picknick!« rief Evan begeistert. »Was halten Sie von einer Mahlzeit?«

Spock bemerkte, daß sie Chekov ansah. Die Ärztin

und Uhura stützten ihn; vermutlich wäre er sonst bereits zu Boden gesunken. »Captain?« sagte er. »Ich glaube, wir könnten alle eine Ruhepause gebrauchen, und dieser Ort erscheint mir geeignet.«

Kirk nickte zustimmend, und Chekov seufzte erleichtert, als er Platz nahm. Die Ärztin sah sich noch einmal bewundernd um und setzte sich ebenfalls. »Wie fühlen Sie sich?« fragte sie den Waffenoffizier.

»Soweit ganz gut.« Die blassen Wangen straften seine Worte Lügen. »Ich bin nur ein wenig außer Atem, das ist alles.«

»Ruhen Sie sich aus. Und essen Sie etwas. Das ist ein Befehl.«

Kirk trat auf sie zu. »Ich habe eine gute Nachricht für Sie, Mr. Chekov. Pechvogel meint, von jetzt an ginge es nur noch bergab.« Das Katzenmädchen nickte bestätigend.

Uhura massierte ihre Fußknöchel. »Pavel ist nicht der einzige, den das freut, Captain!«

»Hört, hört!« sagte Dr. Wilson. »Der Homo sapiens hat noch immer Schwierigkeiten mit dem aufrechten Gang; meine Fuß- und Rückenschmerzen sind Beweis genug.« Plötzlich fiel ihr etwas ein. »Mr. Spock? Vulkanier haben eine längere Entwicklungsgeschichte als Menschen, nicht wahr? Sind sie deshalb besser auf solche Märsche vorbereitet?«

»Eine interessante Frage, Doktor; soweit ich weiß, gibt es bisher noch keine entsprechenden Studien. Zwar stellt diese Gruppe sicher keinen repräsentativen Querschnitt dar...« – Spock deutete auf seine Gefährten –, »... aber meine bisherigen Beobachtungen deuten darauf hin, daß Vulkanier und Sivaoaner mit den Problemen langer Wanderungen auf dieser Welt leichter zurechtkommen als Menschen.«

»Dann ändere ich hiermit meine Meinung«, verkündete Evan. »In meiner nächsten Inkarnation möchte ich nicht als Schotte geboren werden, sondern als Vulkanier.«

»Warum willst du nicht so sein wie wir?« warf Hellfleck ein. »Dann hättest du einen Schwanz.« Offenbar gefiel ihr eine solche Vorstellung: Ihr Schweif formte eine amüsierte Spirale.

Dr. Wilson begriff, daß die Sivaoanerin ihre Bemerkung ernst nahm. »Ich habe nur gescherzt«, sagte sie. »Die Wissenschaft der Föderation könnte mir zwar Ohren geben, die so spitz sind wie die Spocks, aber vor seinem Blutkreislauf müßten selbst die besten Biologen und Gentechniker kapitulieren.« Reumütig schloß sie: »Leider auch vor euren Pelzen und Schwänzen.«

»Sie ahnen gar nicht, wie froh ich darüber bin«, seufzte Kirk. Spock kannte den Tonfall: Der Captain legte einen Köder für Evan aus. Und die kleine Frau nahm ihn an, bedachte Jim mit einem fragenden Blick. Er erklärte: »Denken Sie nur mal daran, wie viele Probleme Sie uns bescheren könnten, wenn Sie nicht nur Ihre Nase in fremde Angelegenheiten stecken, sondern auch Ihren Schwanz!«

Dr. Wilson runzelte andeutungsweise die Stirn, kaute auf der Unterlippe und starrte ins Leere.

Kirk hatte ganz offensichtlich eine andere Reaktion erwartet. »Evan?«

Sie musterte ihn überrascht. »Ich *denke nach*, Captain... Klingt eigentlich gar nicht übel!«

Sie sprach so ernst, daß Kirk schallend lachte. Uhura schmunzelte, und selbst Chekov lächelte. »Sie sollten ihr keine Flausen in den Kopf setzen, Captain«, sagte er.

»Vielleicht haben Sie recht, Mr. Chekov. Dr. Wilson, Sie sind unverbesserlich.«

Ihr Lächeln wurde zu einem breiten Grinsen. »Ja, Sir. Ich lade Sie herzlich ein, dem Abhilfe zu schaffen, Sir.«

Spock verstand zwar die Absicht der Ärztin, aber ihr Gebaren verwunderte ihn dennoch, und aus einem Reflex heraus hob er eine Braue. Evan streckte jäh die Hand aus und zeigte auf ihn. »Ich will nicht, daß Sie das Ding auf mich richten!« sagte sie scharf. »Es könnte geladen sein!« Spock starrte sie groß an und fragte sich, was sie damit meinte. Rote Flecken entstanden auf ihren Wangen, aber ihr herausfordernder Blick blieb weiterhin auf ihn gerichtet. »So ist es schon besser«, fügte sie hinzu und nickte zufrieden, als er die Braue senkte. »Passen Sie demnächst besser auf. Ich mag es nicht sehr, wenn Sie Zielübungen auf mich veranstalten.«

Ihr sonderbarer Gefühlsausbruch verwirrte Spock zutiefst, und er wandte sich an Kirk. Sein Verhalten erklärte alles: Der Captain kämpfte mit mäßigem Erfolg gegen einen Lachanfall.

Spock sah sich um. Uhura krümmte sich vor Lachen. Und Chekov kicherte leise vor sich hin. Hellfleck und Pechvogel hatten ihre Schwänze so sehr verknotet, daß sich der Vulkanier wunderte, warum sie keine Schmerzen empfanden.

Erneut musterte er Dr. Wilson. Ihr Gesicht war nach wie vor ernst, doch die Lippen formulierten ein lautloses: »Entschuldigen Sie, Mr. Spock – für die anderen.«

Er nickte. Er fand noch immer keine Logik in dem menschlichen Humor, aber sein wichtigster Nutzen schien darin zu bestehen, die Moral zu verbessern. Da er nicht beleidigt werden konnte, galten die meisten Scherze ihm. Diesmal hob er ganz bewußt die Braue, und Evan enttäuschte ihn nicht: Sie lachte ebenfalls.

Uhura keuchte. »Es tut mir leid, Mr. Spock«, brachte sie hervor. »Die Vorstellung…« Sie begann erneut zu lachen. »Es… es tut mir leid!« Sie versuchte, sich zu beherrschen, prustete noch einmal und sagte mit erzwungenem Ernst: »Ich… ich konnte fast hören, wie der Captain den Befehl gab: ›Augenbraue auf Betäubung…‹« Das war zuviel für Kirk. Er konnte seinen Lachanfall nicht länger unterdrücken und breitete in einer Geste der Hilflosigkeit die Arme aus.

Spock übte sich in Geduld. Ein wenig später nahmen sie eine fröhliche und vergnügte Mahlzeit ein, bei der ab und zu ein leises Kichern erklang, wenn der Vulkanier die Brauen hob – was häufiger geschah als sonst. Schließlich stand Kirk auf, und die anderen folgten seinem Beispiel. Als sie sich marschfertig machten, drehte sich der Captain zu seinem wissenschaftlichen Offizier um und sagte: »Wenigstens können sie nicht *töten*. Sonst wären wir jetzt alle in großer Gefahr.«

Hintereinander beschritten sie den Pfad, und Kirk übernahm die Spitze. Nach einer Weile blieb Evan Wilson stehen, hob ihren Stab und versperrte Spock den Weg. Auch der Vulkanier verharrte und bemerkte dabei die Besorgnis in den Zügen der Ärztin. »Sie brauchen sich nicht zu entschuldigen, Doktor«, kam er ihr zuvor. »Mir ist aufgefallen, daß sich Mr. Chekov erholt hat.« Evan ließ den angehaltenen Atem erleichtert entweichen und zog ihren Holzstab zurück.

»Trotzdem«, sagte sie, als sie ihren Gefährten folgten. »Beim nächstenmal ist der Captain dran.«

Hinter ihnen schnurrte Hellfleck: »Willst du an Kirks Schweif ziehen? Das würde ich gern sehen.«

»Das wirst du auch«, erwiderte Dr. Wilson. »Ich versprech's dir.«

Sie schwiegen. Die beiden Sivaoanerinnen hatten bereits darauf hingewiesen, daß sie nun Beißer-Gebiet durchquerten: Spock hielt den Speer einsatzbereit in der Hand und beobachtete die Umgebung.

Es wäre sicherer gewesen, zu zweit nebeneinander zu gehen, doch der schmale Pfad verhinderte diese Taktik. Steil wand er sich an nackten Felsvorsprüngen und dürren Sträuchern vorbei, und er bot jeweils nur einem Wanderer ausreichend Platz. Wenigstens brauchten sie sich keinen Weg durch dichtes Unterholz zu bahnen.

Das Rauschen des Flusses wurde lauter. Spock drehte sich zu Dr. Wilson um, und die kleine Frau nickte: Auch sie hörte es jetzt. Bald darauf vernahm der Vulkanier das dumpfe Donnern eines fernen und offenbar recht hohen Wasserfalls. Feuchte Nebelwolken wallten ihnen entgegen. Die Nässe machte den Untergrund glitschig, und die Wanderer gingen langsam weiter, vorsichtig darauf bedacht, nicht auszurutschen; in diesem Bereich konnte ein Sturz fatale Folgen haben. Der Vulkanier sah, wie sich ein großer Stein löste und an der Klippenwand herabfiel. Knapp zwanzig Meter weiter unten prallte er an einen Felsen und zersplitterte.

Glücklicherweise brachten sie die gefährliche Zone ohne Zwischenfälle hinter sich. Der Pfad führte nun wieder in den Wald zurück, und dort kamen sie schneller voran. Der Boden war feucht, und die Dunstschwaden verdichteten sich, aber auf der dicken Schicht aus welkem Laub verlor man nicht so schnell den Halt wie auf nassem Granit. Wer hier stürzte, der fiel schlimmstenfalls in einen Dornenbusch – und nicht in den sicheren Tod.

Die Vegetation veränderte sich. Allem Anschein nach hatte die hohe Wasserdampfkonzentration in der Luft einen schädlichen Einfluß auf die üblichen Waldpflanzen und vielleicht auch auf die Tiere. Andere Arten nahmen ihren Platz ein. Von den oberen Zweigen und Blättern tropfte es ständig herab, und das empfand Spock als störend. Er war nicht an eine derartige Umwelt gewöhnt.

»Mr. Spock!« Evan Wilson rief laut, um das Tosen des Wasserfalls zu übertönen. Sie trat ganz dicht an den Vulkanier heran, erhob sich auf die Zehenspitzen und achtete darauf, ihn nicht zu berühren, als sie ihm ins Ohr sagte: »Können Sie Ihren Atemrhythmus verlangsamen?« Er nickte. »Dann machen Sie von dieser Möglichkeit Gebrauch. Soviel Feuchtigkeit schadet Ihren Lungen.« Er nickte erneut – die Ärztin irrte sich nicht. Er kam ihrer Aufforderung nach, und daraufhin nahm Evan wieder ihren Platz in der Marschkolonne ein.

Sie näherten sich der Kaskade, und Spock fragte sich,

ob es stromabwärts weitere Wasserfälle gab. Verdeutlichten die Tropfensymbole auf Ferner Rauchs Karte nur den Geruch von Wasserdampf, oder kennzeichneten sie auch Stromschnellen und andere Gefahren? Er nahm sich vor, bei der nächsten Gelegenheit Hellfleck zu fragen.

Der wissenschaftliche Offizier schob sich an einem dichten Gebüsch vorbei und blieb abrupt stehen. Vor ihm verharrten die anderen Wanderer, und Lieutenant Uhura hob fast ehrfürchtig den Arm. Spock sah auf den ersten Blick, was sie so sehr beeindruckte: gischtende Fluten, die von einem breiten Felsrand herabstürzten. Im wogenden Nebel fiel es ihm schwer, die Höhe abzuschätzen: Es mochten fünfzig oder sechzig Meter sein, vielleicht sogar noch mehr. Wilson kam näher. »Bei Elath!« entfuhr es ihr. »Dein Werk ist *prächtig!*«

Kirk winkte und rief der Ärztin zu: »Schlagen Sie hier keine Wurzeln! Sparen Sie sich das Gaffen für den nächsten Landurlaub!« Er führte seine Begleiter auf den Weg zurück, doch als sie weitergingen, drehte er noch einmal den Kopf und sah zu dem gewaltigen Wasserfall zurück.

Fast zwei Kilometer weit erstreckte sich der Pfad parallel zum Flußufer. Sie befanden sich nun oberhalb der Kaskade, und dann und wann fiel Spocks Blick auf rasch dahinströmendes, schlammiges Wasser. Die Büsche und Sträucher blieben zurück, und Kirk trieb seine Gefährten zu größerer Eile an. An diesem Abend wollte er das Lager am anderen Flußufer aufschlagen. Pechvogel und Ferner Rauchs Karte bestätigten ihn in dieser Absicht. Auf der gegenüberliegenden Seite des Stroms gingen nur selten Beißer auf Jagd.

Selbst in dieser Entfernung vom Wasserfall wallten träge Nebelwolken. Des öfteren vergaß Spock, seinen Atemrhythmus zu kontrollieren. Sie schritten rascher aus, und dadurch brauchte sein Körper mehr Sauerstoff; außerdem lenkte ihn die Beobachtung der Umgebung ab.

Der Weg knickte zum Fluß hin ab und endete direkt am Ufer: Sie hatten den Übergang erreicht. Hellfleck starrte auf die schäumenden Fluten und schauderte; ihr Fell sträubte sich. Pechvogel zitterte furchtsam.

Vor ihnen spannte sich eine schmale Hängebrücke, die aus Nützlichen bestand. Sie bildeten einen weiten Bogen und berührte fast das Wasser. Spock vermutete, daß der Abstand normalerweise größer war, aber die Regenfälle der letzten Tage hatten den Fluß anschwellen lassen: Dann und wann erfaßte eine Welle den unteren Teil, und dann neigte sich die Brücke gefährlich weit stromabwärts.

Kirk betrachtete die Konstruktion skeptisch. »Vorschläge, Mr. Spock?«

»Ich sehe keine Alternative, Captain«, erwiderte der Vulkanier.

»Na schön. Also über die Brücke.«

»Sie hält das Gewicht von jeweils drei Personen gleichzeitig aus«, sagte Pechvogel. »Wenn der Abstand zwischen ihnen groß genug ist.« Kirk nickte und ging los. Die zusammengebundenen Nützlichen zitterten unter ihm, wenn er das Gewicht verlagerte, und es dauerte eine Weile, bis es ihm gelang, seine Bewegungen an das Schwanken anzupassen. Als er die Mitte erreichte, folgte ihm Pechvogel. Daraufhin erbebte die Hängebrücke noch heftiger, und eine Welle erfaßte die unterste Stelle – Kirk und das Katzenmädchen hielten sich krampfhaft am Tuchgeländer fest.

Nach einer halben Ewigkeit neigte sich das Gebilde unter dem Captain zurück, und er schritt vorsichtig weiter. Auf dem anderen Ufer wischte er sich schlammiges Wasser aus dem Gesicht und winkte seinen Gefährten zu.

Pechvogel befand sich nun in der Mitte, und Chekov

trat zögernd auf die miteinander verknoteten Decken. Sein Gesicht wirkte noch blasser als vorher.

Kirk wandte den Blick nicht von dem Kranken ab, als er die Hand ausstreckte und Pechvogel an Land zog. Sie wich einige Meter zurück und beobachtete wachsam den Waldrand.

Uhura kam an die Reihe. Unter ihrem Gewicht begann die Brücke erneut heftig zu beben, und Chekov verharrte, versuchte verzweifelt, das Gleichgewicht zu wahren. Die dunkelhäutige Frau machte Anstalten, rasch zu dem Russen aufzuschließen und ihm zu helfen. »Bleiben Sie stehen!« rief Dr. Wilson, und Uhura erstarrte förmlich.

»Das gilt auch für Sie, Mr. Chekov!« erklang Kirks Stimme vom gegenüberliegenden Ufer. Der junge Mann rührte sich nicht von der Stelle.

»Befolgen Sie jede meiner Anweisungen«, fügte Kirk hinzu. »Lassen Sie den Speer fallen.«

»Aber Sir…« begann Chekov.

»Das ist ein Befehl.«

Der Waffenoffizier gehorchte. »In Ordnung«, fuhr Kirk fort. »Halten Sie sich gut am Geländer fest und kommen Sie langsam auf mich zu. Sie warten, Lieutenant Uhura.« Chekov ging unsicher und taumelnd los, brachte den Rest der Brücke hinter sich. Kirk griff nach seiner Hand und ließ sie erst wieder los, als der junge Mann sicher auf festem Boden saß. Mit einem erleichterten Lächeln drehte sich der Captain um. »Jetzt Sie, Lieutenant. Beeilen Sie sich.«

Uhura setzte sich in Bewegung.

»Nach Ihnen, Mr. Spock«, sagte Evan Wilson, und der Vulkanier wagte sich auf die Nützlichen. Die Konstruktion schwankte heftiger, aber Uhura ließ sich davon nicht beeindrucken, setzte den Weg leichtfüßig fort. Unter ihr toste der Strom, als sie über die letzten Decken hinwegsetzte und ans Ufer gelangte.

Erst zu diesem Zeitpunkt begriff Spock, daß irgend

etwas nicht stimmte: Die Brücke erwies sich als überraschend stabil, und das bedeutete, daß ihm niemand folgte. Hellfleck befand sich noch immer auf der anderen Seite. Er drehte sich zu ihr um, aber die Ärztin rief: »Gehen Sie weiter, Mr. Spock! Wir schließen uns ihnen gleich an!« Der Vulkanier hörte auch ihre nächsten Worte, die sie an das Katzenmädchen richtete. »Wenn du nicht mitkommst, bleibe ich hier. Gib dir einen Ruck, Hellfleck.«

Spock hastete über die Brücke, und als er sich Kirk näherte, sagte er: »Hellfleck fürchtet sich zu sehr.«

»Das sehe ich«, erwiderte der Captain und trat beiseite, als sich der Vulkanier an ihm vorbeischob. »Brauchen Sie Hilfe, Evan?« rief er.

»Kehren Sie nicht zurück!« erwiderte die kleine Frau. »Ich werde schon allein mit ihr fertig.« Spock fragte sich, woher sie ihre Selbstsicherheit nahm. Hellflecks Fell sträubte sich, und ihr Schwanz schien dreimal so dick zu sein wie sonst – deutliches Anzeichen ihrer Angst.

Dr. Wilson befestigte ihren Schlagstock an der Schärpenschlinge und verstaute auch den Speer der Sivaoanerin. Dann schob sie Hellfleck in Richtung Brücke. Sie widersetzte sich und sagte einige Worte, die sich im Rauschen des Flusses verloren. »Sie weiß, daß ihr keine andere Wahl bleibt und daß viele Leute sterben, wenn sie die Brücke nicht überquert«, erklärte Pechvogel. »Trotzdem kann sie sich nicht dazu durchringen. Sie möchte, daß ihr Evan hilft.«

Die Ärztin nickte und antwortete etwas. Es fiel ihr sichtlich schwer, Hellfleck auf die Hängebrücke zu dirigieren. Pechvogel-zu-Ennien schnurrte: »Evan meint, sie fürchte sich kaum weniger, sei jedoch entschlossen, Hellfleck über die Nützlichen zu zerren, wenn sie nicht freiwillig mitkäme.«

»Unmöglich!« entfuhr es Kirk und starrte auf die zitternde Konstruktion. »Das ist viel zu gefährlich.«

Die hinter Hellfleck stehende Evan griff nach einem pelzigen Bündel und führte es kurz zum Mund – einen Sekundenbruchteil später fauchte das Katzenmädchen erschrocken und sprang vor. Bevor die Sivaoanerin begriff, was geschehen war, stand sie auf der Brücke, und Dr. Wilson wartete dicht hinter ihr, versperrte den Rückweg. »Los!« sagte die Ärztin. »Bei Elath, sonst sind wir keine Freunde mehr!«

Hellfleck schien der Panik nahe zu sein, als sie zum gegenüberliegenden Flußufer starrte. Kirk streckte die Hand aus. »Komm, Hellfleck. Ich hab's ebenfalls geschafft, und du bist viel flinker als ich.« Das Katzenmädchen zögerte noch immer, und Evan schob sie behutsam über die miteinander verflochtenen Decken. Wie eine Schlange wand sich der aufgeplusterte Schwanz um Wilsons Taille.

Nach einigen Minuten erreichten sie die Mitte der Brücke, die rasch tiefer sank. Schäumende Fluten spülten über die unterste Stelle, spritzten gischtend empor. Als sie vorsichtig weitergingen, stellte Spock fest, daß das gemeinsame Gewicht Hellflecks und Wilsons nicht als Erklärung genügte – der Wasserspiegel stieg!

Er erinnerte sich an die Gewitter im Norden. Sie befanden sich im Springflutgebiet, in dem Pechvogels letzte Wanderung gescheitert war. Die Regenmassen erreichten den Strom ausgerechnet jetzt! Spock sah flußaufwärts und bemerkte eine hohe, braunrote Woge, auf der geborstenes Holz tanzte. »Achtung, Evan!« rief er. »Halten Sie sich fest!«

Er beobachtete, wie auch die Ärztin stromaufwärts blickte und sich erschrocken an Hellfleck wandte. Nur wenige Sekunden später donnerte die gewaltige Welle heran. Die Hängebrücke schwang abrupt zur Seite, und tosendes Wasser schäumte jäh empor. Hellfleck heulte, und Dr. Wilson fluchte hingebungsvoll.

Zuerst glaubte Spock, sie seien sicher, doch dann stieß ein entwurzelter Baum gegen die Seile, und er hörte ein leises Kratzen, als fester Stoff riß. Die Wucht des Aufpralls zerfetzte die Brücke.

Die nächsten Ereignisse folgten so schnell aufeinander, daß selbst der Vulkanier den Überblick verlor. Die beiden Hälften der Brücke sausten stromabwärts. Hellfleck und Dr. Wilson klammerten sich an einigen Nützlichen fest. Dann erschlaffte das Katzenmädchen und verschwand im Fluß. Evan griff nach dem Schwanz ihrer Freundin, und dadurch verlor sie den Halt. Rote Wellen rasten über sie hinweg.

Aus den Augenwinkeln nahm Spock eine plötzliche Bewegung wahr, und bevor er reagieren konnte, sprang Kirk ins Wasser.

Der Vulkanier erholte sich rechtzeitig von seiner Überraschung, um Uhura und Chekov daran zu hindern, sich an dem Verhalten des Captains ein Beispiel zu nehmen. Sie versuchten, ihn beiseitezuschieben und ebenfalls in den Strom zu hechten, und Spock setzte seine überlegenen Körperkräfte ein, um sie daran zu hindern. »Wir folgen ihnen an Land – das ist ein Befehl!«

Zusammen mit dem Rest der Gruppe bahnte er sich einen Weg durchs Dickicht. Sie mußten den Weg verlassen, um das Ufer nicht aus den Augen zu verlieren, aber unter den gegebenen Umständen spielte das keine Rolle. Wenn es ihnen nicht irgendwie gelang, die drei Schwimmer zu überholen und sie an Land zu ziehen, liefen sie Gefahr, den Wasserfall herabzustürzen, und das setzte Spock mit dem sicheren Tod gleich.

Sie stapften durch den Uferschlamm – bis die gurgelnden Fluten einen dicken Ast an Uhuras Knöchel schleuderten. Sie stöhnte leise und fiel, aber Pechvogel zog sie rasch aus dem Matsch. Der Wasserspiegel stieg weiter, und die Strudel zwangen sie dazu, sich in den Wald zurückzuziehen. Spock sah noch, wie sich Dr. Wilson in der Strömung treiben ließ – von Hellfleck und Kirk weit und breit keine Spur. Der Vulkanier und seine Begleiter liefen weiter, vorbei an Dornbüschen und messerscharfen, pfeilspitzen Blättern. Das dichte Unterholz hielt sie auf, und Spocks Besorgnis wuchs.

Vor ihnen ragte eine hohe Wand aus grauem Fels empor – und damit gab es keine Aussichten mehr, Kirk, Evan und Hellfleck zu retten. Die braunrote Flut gischtete donnernd nach links.

Der wissenschaftliche Offizier analysierte die Situation, und das Ergebnis wäre niederschmetternd gewesen – für einen Menschen. Sie mußten sich nach rechts wenden und versuchen, die Felswand irgendwie zu umgehen. Doch dadurch verloren sie Zeit, wertvolle Zeit.

Uhura trommelte mit den Fäusten auf harten Granit. Tränen strömten ihr über die Wangen. »Mr. Spock!« brachte sie hervor, und ihrem Tonfall entnahm er, daß sie ein Wunder von ihm erhoffte. Pechvogel pochte mit ihrem Speer auf das Hindernis.

»Was machen wir jetzt, Sir?« Trotz seiner Erschöpfung war Chekov bereit, unverzüglich zu handeln.

»Es bleibt uns nichts anderes übrig, als einen anderen Weg zu suchen«, erwiderte Spock ruhig – eine nüchterne Feststellung. Er wußte aus Erfahrung, daß sein vermeintlicher Mangel an Mitgefühl die Menschen reizte, aber derzeit konnte er keine Rücksicht auf ihre Empfindungen nehmen. Er beobachtete den Wall aus massivem Fels und hielt nach dem kürzesten Weg Ausschau, der auf die andere Seite führte. Dann wandte er sich an Pechvogel, um sie zu fragen...

Sie legte die Ohren an und bleckte die Zähne, duckte sich wie zum Sprung. Uhura griff nach dem erhobenen Arm des Katzenmädchens und drückte ihn nach unten. Ganz offensichtlich beabsichtigte Pechvogel nicht, die dunkelhäutige Frau zu verletzen, doch Spock hob überrascht die Brauen, als sie der Sivaoanerin eine Ohrfeige versetzte. Pechvogel zwinkerte verblüfft: »Er ist so gleichgültig!« stieß sie hervor. Der Vulkanier begann zu verstehen.

»Nein!« widersprach Uhura heftig. »Der Captain ist sein Freund! Das Schicksal unserer Gefährten liegt ihm ebenso am Herzen wie uns!«

»Aber er...«

»Er *kann* seine Gefühle nicht zeigen«, sagte Uhura. »Und er sucht nach einer Möglichkeit, Kirk, Hellfleck und Evan zu helfen. *Du* hältst uns nur auf!« Daraufhin ließ Pechvogel den Arm sinken. Die Frau neben ihr entspannte sich und atmete schwer, erwiderte den Blick des Katzenmädchens.

Pechvogels Fell blieb gesträubt, als sie sagte: »Dort entlang, Mr. Spock. Jener Weg führt auf die andere Seite der Felswand.«

»Mr. Chekov«, sagte der Vulkanier, »sind Sie kräftig genug, um weiterzumarschieren?«

Der Russe lehnte sich an einen Steinblock, schnappte nach Luft und nickte wortlos.

»Würdest du ihm bitte helfen, Pechvogel?« Die Sivaoanerin starrte Spock noch einmal groß an, und ihr Schwanz zuckte, als sie an Chekov herantrat. Sofort verwandelte sich ihr aggressives Gebaren in Sanftmut. *Wie bei Dr. McCoy – auch für ihn wird alles andere unwichtig, wenn er sich um einen Patienten kümmert*, dachte der Vulkanier.

Pechvogel zog Chekov auf die Beine, und als er stand, winkte er sofort ab und taumelte allein weiter. Spock übernahm die Spitze, als sie wieder aufbrachen, den Richtungshinweisen der Sivaoanerin folgten und über Felsen kletterten. Pechvogel bildete zusammen mit Chekov den Abschluß.

Uhura hielt sich dicht hinter Spock, und sie wählten einen möglichst leichten Weg für den kranken Russen. Nach einer Weile wandte sich der Vulkanier an den Kommunikationsoffizier der *Enterprise*: »Danke für Ihr Eingreifen, Lieutenant. Selbst eine kleine Sivaoanerin kann ziemlich fest zuschlagen. Vielleicht wäre ich nicht imstande gewesen, ihren Angriff abzuwehren.«

Uhura lächelte. »Ich bin froh, daß sich Pechvogel auf diese Weise verhielt. Wenn nicht, hätte ich mich vermutlich zu einer solchen Reaktion hinreißen lassen. Nun, in dieser Hinsicht besteht nun keine Gefahr mehr. Sie haben das Katzenmädchen *und* mich überzeugt.«

»Das klingt nicht besonders logisch, Lieutenant.«

»Wir waren uns doch darüber einig, daß keiner von uns einen Hehl aus seinem Wesen macht, oder?« Sie dachte kurz nach. »Wie dem auch sei, Mr. Spock: *Ich* weiß, was Sie in bezug auf den Captain empfinden, und ich teile Ihre Gefühle.« Der Vulkanier bestätigte ihre Worte mit einem knappen Nicken. »Wir finden ihn«, fuhr Uhura fort, und es klang, als wolle sie ihn aufmuntern. »Wir *müssen* ihn finden. Ihn und die anderen.«

»Mr. Spock!« rief Pechvogel von hinten. »Ich wittere Beißer! Wir sollten einen sicheren Ort für Mr. Chekov finden!«

Spock drehte sich um und stellte fest, daß der Waffenoffizier zu Boden gesunken war. Das Katzenmädchen versuchte, ihm wieder auf die Beine zu helfen. Einige kleine Steine lösten sich unter den Stiefeln des Vulkaniers, als er zurückkletterte. Wortlos streckte er die Arme aus, schlang sie um Chekovs Taille und zog ihn hoch. Der Kontakt löste eine mentale Flut fremder Gedanken aus, aber er achtete nicht darauf. »In Ordnung, Pechvogel«, sagte er. »Such uns einen sicheren Platz.«

Die Sivaoanerin führte sie nach oben. Mehrmals rümpfte sie die Nase, und ihre Schnurrhaare zitterten, als sie nach den Beißern schnupperte. Sie kletterten weiter und erreichten kurz darauf eine nicht mehr ganz so steile Stelle. Spock trug den Kranken nun, und dadurch kamen sie schneller voran. Uhura und Pechvogel hielten ihre Speere bereit, sahen sich wachsam um und gingen Seite an Seite, wenn es das Gelände erlaubte.

»Zu spät«, entfuhr es dem Katzenmädchen plötzlich. Es deutete auf einen Felsspalt. »Leg Mr. Chekov dort hinein.« Spock reagierte sofort.

Ächzend zwängte sich der Kranke in den Riß und zog sein Messer. »Seien Sie unbesorgt«, brachte er hervor. »Ich weiß mich meiner Haut zu wehren.«

Er wollte noch etwas hinzufügen, als Pechvogel rief: »Da kommen sie!«

Spock wirbelte herum und richtete sich auf. Die Sivaoanerin fuhr ihre Krallen aus und hob den Speer; Uhura nahm ebenfalls eine Verteidigungsstellung ein und hielt ihre Waffe einsatzbereit. Der Vulkanier folgte ihrem Beispiel, schloß die Hand fest um seine hölzerne Lanze und beobachtete die Anhöhe.

»Es sind zwei«, knurrte Pechvogel leise. »Ein Männchen und ein Weibchen. Tötet zuerst das Weibchen, wenn sich euch eine Gelegenheit dazu bietet – Männchen jagen nur in Begleitung.« Und um die Erinnerung ihrer Begleiter aufzufrischen: »Ihr erkennt es an dem dunkleren Fell. Übrigens: Ganz gleich, was auch geschehen mag – laßt euch nicht von hinten angreifen!« Sie hob den Schwanz und preßte die Spitze kurz auf Uhuras Mund, eine Geste, die Schweigen gebot.

Dann warteten sie.

In den Büschen am Hang raschelte es leise, so als bewegte eine leichte Brise das Blätterdickicht. Einige Sekunden später krochen zwei Geschöpfe daraus hervor und blickten auf Spock herab. Es handelte sich um Raubkatzen, vielleicht ferne Verwandte der intelligenten Spezies, aber sie gingen nicht aufrecht wie die Sivaoaner, sondern bewegten sich auf allen vieren. Der Vulkanier schätzte das dunklere Exemplar – das Weibchen? – auf eine Länge von rund anderthalb Metern (wobei er den Schwanz unberücksichtigt ließ), und es mochte etwa dreihundert Pfund schwer sein. Wachsam schnupperte es. »Euren Geruch erkennt sie nicht. Vielleicht greift sie nicht an...« Das Tier schnaubte leise und kam langsam näher.

»Sieht fast aus wie ein Säbelzahntiger!« entfuhr es Uhura. Spock berichtigte sie nicht. Das Wesen wies tatsächlich eine erstaunliche Ähnlichkeit mit den prähistorischen Geschöpfen der Erde auf, und dieser Eindruck verstärkte sich noch, als das Weibchen den Rachen öffnete und zwei jeweils dreißig Zentimeter lange Reißzähne zeigte.

Es brüllte laut – das Männchen antwortete mit einem kehligen Fauchen – und sprang. Uhura trat einen Schritt vor, winkelte ihren Speer an und rammte ihn in die Brust des Raubtiers. Die Wucht des Aufpralls schleuderte sie zu Boden, doch sie ließ ihre Waffe nicht los, hielt das Tier von Chekov fern.

Das Männchen griff im gleichen Augenblick an. Spock versetzte ihm einen Hieb mit der Lanze und beobachtete, wie sein Gegner zur Seite wich.

Pechvogel bohrte ihren Speer in den Leib des Weibchens, das dicht vor Uhura lag und um sich trat. Es heulte und zuckte, riß die Spitze von Uhuras Lanze.

Das Männchen sprang erneut, und Spock fokussierte seine Konzentration allein auf die Raubkatze. Der obere Teil seiner Waffe verschwand im Körper des Tiers, und als es sich zusammenkrümmte, brach der Speer. Der wissenschaftliche Offizier setzte seine ganze vulkanische Kraft ein, um den Beißer zur Seite zu hebeln, warf ihn über den Hang. Das fauchende Wesen stürzte gegen einen Felsen und blieb still liegen.

Spock zog sein Messer und wandte sich um. Uhura preßte ihren Fuß auf die Schnauze des Weibchens und verhinderte, daß es den Rachen öffnete. Pechvogel warf ihren Speer beiseite, schwang sich auf das Tier und stach ihre Krallen wie lange Dorne ins Rückgrat.

Der Vulkanier eilte rasch auf seine Gefährten zu, griff nach dem einen Ohr des Beißers und schnitt ihm die Kehle durch. Blut spritzte aus der klaffenden Wunde, und wenige Sekunden später rührte sich die Raubkatze nicht mehr.

Pechvogel knurrte dumpf und schüttelte den Kadaver mehrmals, um ganz sicher zu sein, daß keine Gefahr mehr drohte. Dann rollte sie sich zur Seite und leckte ihre Schulter. Uhura wirkte benommen, sah zu Spock hoch, richtete den Blick dann wieder auf das Tier. Sie hob den Fuß von der Schnauze, stützte ihn dicht neben ihrem Speer ab und zog einige Male, bevor sich der Schaft aus der Brust des Beißers löste.

»Lieutenant Uhura? Sind Sie verletzt?«

»Darauf gebe ich Ihnen gleich eine Antwort, Mr. Spock. Im Augenblick kann ich nicht... klar denken.« Sie musterte ihn verwirrt und fügte mit brüchiger Stimme hinzu: »Ich habe noch nie zuvor...«

Der Vulkanier verstand. Um ihr Zeit zu geben, sich von dem Schock zu erholen, ging er neben dem toten Wesen in die Hocke und untersuchte es interessiert.

»Mr. Spock?« Pechvogel saß neben Chekov, den Schwanz um seine Finger geschlungen. »Wir können nicht weiter. Zumindest nicht sofort. Er braucht Ruhe. Außerdem müssen wir das Lager aufschlagen, bevor es dunkel wird.«

Spock beobachtete seine drei Begleiter. Er war jetzt für sie verantwortlich; er durfte sie nicht allein zurücklassen, um nach Kirk zu suchen. »Eignet sich dieser Ort als Lagerplatz?«

Das Katzenmädchen schüttelte den Kopf. »Vielleicht streifen noch mehr Beißer herum. Auf dieser Seite des Flusses stößt man nicht oft auf sie, aber...« Sie deutete auf den Kadaver.

»Nun gut«, murmelte der Vulkanier. »Wir verlassen uns ganz auf deine Erfahrung, Pechvogel. Ich trage Mr. Chekov.«

»Der Captain...« begann Uhura.

»Derzeit können wir nichts für ihn tun, Lieutenant. Zunächst einmal müssen wir unser eigenes Überleben sicherstellen.« Er begegnete ihrem Blick. »Das verstehen Sie sicher.«

»Ja«, sagte sie kaum hörbar. Dann straffte sie die Schultern und erinnerte sich an ihre Rolle als Offizier der *Enterprise*. »Ich habe nur einige Kratzer davongetragen. Was ist mit Ihnen, Mr. Spock?«

»Ich bin nicht verletzt. Allerdings ist uns jetzt nur noch Ihr Speer geblieben. Ich schlage vor, wir sammeln die Spitzen ein. Mr. Chekov ist sicher nicht in der Lage, neue herzustellen.«

Pechvogel kehrte von Chekov zurück, kniete sich neben dem weiblichen Beißer nieder, zog ihr Messer und begann zu schneiden. »Wir brauchen Nahrung«, erklärte sie. »Beißerfleisch ist zwar ziemlich zäh, aber es hat einen hohen Nährwert.« Sie fand ihre eigene Speerspitze und reichte sie Spock. »Unterwegs sammeln wir Früchte«, fügte sie hinzu. Ihre großen Augen blickten kummervoll, und der Vulkanier wartete. Schließlich fragte das Katzenmädchen: »Können Captain Kirk und Dr. Wilson schwimmen?«

»Der Captain beherrscht diese Kunst«, erwiderte Spock auf die für ihn typische Art. »Was Dr. Wilson betrifft: Nun, ich glaube, sie ist begabter als die meisten Menschen.« Damit übertrieb er keineswegs: *Ich zweifle nicht daran, daß dieses Geschick zu dem breiten Spektrum ihrer Fähigkeiten gehört.* Er ließ unerwähnt, daß in der starken Strömung selbst ein besonders guter Schwimmer nicht vor dem Ertrinken gefeit war, und als er an die Wasserfälle flußabwärts dachte, regte sich neuerliches Unbehagen in ihm.

»Mr. Spock«, fügte Pechvogel fast mühsam hinzu, »Hellfleck kann sich ebensowenig über Wasser halten wie ich. Sie ist bestimmt tot!«

Uhura hob einen kurzen, gesplitterten Schaft und zeigte eine zweite blutige Speerspitze. »Das wußte Evan von Anfang an, Pechvogel«, sagte sie. »Ich meine, daß Hellfleck nicht schwimmen kann. Ich bin sicher, Kirk und Dr. Wilson haben alles versucht, um ihr zu helfen. Wir dürfen keine voreiligen Schlüsse ziehen.«

»Oh«, seufzte das Katzenmädchen, »hoffentlich ist es ihnen gelungen, Hellfleck zu retten.«

KAPITEL 15

Kirk erreichte die Oberfläche und spuckte schlammiges Wasser. Er versuchte nicht einmal, gegen die Strömung anzukämpfen, ließ sich in die gleiche Richtung treiben wie Evan und Hellfleck. Plötzlich fiel ihm ein, daß die junge Sivaoanerin nie schwimmen gelernt hatte. Einige Meter voraus sah er etwas Weißes. Zunächst hielt er das Objekt für zu klein, doch dann rief er sich seine Kindheitserinnerungen an durchnäßte Katzen ins Gedächtnis zurück – und kraulte los. Evan Wilson ruderte ebenfalls mit Armen und Beinen und näherte sich Hellfleck. Kirk war schneller und schloß zu der Ärztin auf.

»Hellfleck!« keuchte sie. »Sie darf nicht ertrinken!« Sie tauchte, um einem dicken Ast auszuweichen, der auf den Wogen tanzte, kam hinter einem Wellenkamm wieder zum Vorschein und schwamm auf das Katzenmädchen zu. Kirk vergewisserte sich, daß Dr. Wilson allein zurechtkam, bevor er mit kraftvollen Stößen die Arme durchs Wasser zog. Ein Holzstück traf ihn an der Seite, aber er achtete nicht auf den Schmerz, dachte nur daran, Hellfleck zu erreichen...

Er konnte sie nun ganz deutlich sehen. Sie schien bewußtlos zu sein – vielleicht war sie an den Baumstamm gestoßen, der die Hängebrücke zerstört hatte –, denn sie bewegte sich nicht. Die starke Strömung riß sie weiter flußabwärts. Eine hohe Welle rollte der Sivaoanerin entgegen, schwappte über sie hinweg. Kirk verdoppelte seine Anstrengungen, bekam den Schwanz des Katzenmädchens zu fassen, zog es an die Oberfläche zurück. Er hob Hellflecks Kopf aus dem Wasser und hielt auf das Ufer zu.

Die schäumenden Fluten donnerten immer schneller, und während sich Kirk ihrem Sog widersetzte, fühlte er, wie seine Kräfte nachließen. Hinzu kam die Kälte, die sich wie mit tausend Klingen in seinen Leib bohrte und die lebenserhaltende Wärme aus ihm verbannte. Er konzentrierte sich auf das Land, ein Dutzend Meter entfernt, und versuchte das Rauschen in den Ohren zu ignorieren. Als er sich kurz darauf umsah, stellte er fest, daß Evan den anderen Arm Hellflecks festhielt.

Der Fluß beschrieb einen plötzlichen Knick nach links, und um nicht an eine hoch aufragende Felswand geschmettert zu werden, mußten sie in die Mitte des Stroms zurückkehren. Geborstenes Holz prallte an den Granit, und Dr. Wilson tauchte erneut, um den Splittern auszuweichen. Als ihr Kopf einige Sekunden später die Wasseroberfläche durchstieß, schnappte sie nach Luft, ohne die Sivaoanerin loszulassen. Kirk begriff, daß ihnen nur noch wenig Zeit blieb, um ans Ufer zu gelangen. Sowohl er als auch Evan ermüdeten rasch, und sicher dauerte es nicht mehr lange, bis sie der Strömung keinen Widerstand mehr leisten konnten. Das Rauschen in seinen Ohren wurde lauter, und plötzlich wußte er, woher es stammte: Irgendwo vor ihnen toste ein Wasserfall in die Tiefe. »An Land, Evan!« rief er. »Sonst sind wir erledigt!«

Sie mobilisierten ihre letzten Kraftreserven, doch es schien eine Ewigkeit zu vergehen, bevor Kirks Finger einen überhängenden Ast ertasteten. Er schlang die Beine um Hellflecks Torso, schob ihren Körper auf die Böschung, streckte dann den Arm nach Evan aus – gerade in dem Augenblick, als ihre Hände an der feuchten Borke des Baums abglitten. Hätte sie nicht den Schwanz des Katzenmädchens festgehalten, wäre sie sicher davongespült worden. Der Captain packte sie am Handgelenk und zog sie schnaufend ans Ufer.

Evan stemmte sich keuchend in die Höhe, starrte auf die junge Sivaoanerin herab, löste das durchnäßte Bündel der Nützlichen von ihren Schultern und rollte sie auf den Rücken. Sie neigte Hellflecks Kopf zur Seite, hockte sich rittlings auf sie und übte rhythmischen Druck auf ihr Zwerchfell aus. Kirk verstand und nickte.

Sie preßte dem Katzenmädchen das Wasser aus den Lungen.

Er beugte sich über Hellfleck, um sie künstlich zu beatmen, falls das erforderlich werden sollte. Sie spuckte und hustete – und schnappte jäh nach Luft. Während Evan nach dem Schwanz griff, um den Puls zu fühlen, gab Kirk der Sivaoanerin einen vorsichtigen Klaps und versuchte, sie wieder zu sich zu bringen. Ihre Augen blieben geschlossen, und sie atmete flach und unregelmäßig.

Zusammen mit Evan zog er sie ganz aus dem Fluß und an der Böschung empor. »Ihre Kleidung, Captain«, keuchte Dr. Wilson. »Und entfachen Sie ein Feuer.«

Kirk wußte nicht so recht, ob er sie richtig verstanden hatte. Er starrte sie groß an und beobachtete, wie sie eine ärgerliche Grimasse schnitt. »Ihre Sachen!« verlangte sie scharf und zupfte an der Nützlichen, die sie trug. »Dieser Stoff nimmt keine Feuchtigkeit an. Wir müssen Hellfleck trocknen und wärmen. Sie hat einen schweren Schock erlitten!«

Er entkleidete sich und wrang seine Tunika aus. Evan riß sie ihm aus den Händen und rieb das Katzenmädchen damit ab. »Hellfleck!« sagte sie mehrmals. »Hör mir zu, Hellfleck! Du bist an Land, außer Gefahr. Verdammt, du schwimmst nicht mehr im Wasser!«

Kirk fand nur feuchtes Holz, und es dauerte eine Weile, bis es ihm gelang, ein Feuer zu entzünden. Als die ersten Flammen züngelten, legte er rasch weitere Äste und Zweige nach und half der Ärztin bei ihren Bemühungen. Wenn sie schwieg – was selten genug geschah –, murmelte er der Sivaoanerin tröstende Worte zu.

»Gegen den Strich, Captain«, sagte Evan. »Das stimuliert ihren Blutkreislauf.« Sie warf ihm seine Kleidung zu, griff nach ihrer Medo-Tasche und holte einen Sensor hervor. »Weder Knochenbrüche noch innere Verletzungen.«

Ihr Blick fiel auf das kleine Gerät, das Spock modifiziert hatte. »Das Ding funktioniert nicht mehr«, stöhnte sie kummervoll. »Wir sitzen hier fest, Captain.« Sie nahm ihr eigenes rucksackartiges Bündel ab und breitete den Inhalt auf dem Boden aus: Früchte, ein Kamm, mehrere Nützliche, Pflöcke, eine Speerspitze. Evan kniff die Augen zusammen, und schließlich fand sie den gesuchten Gegenstand: ein kleines, in Blätter gewickeltes Paket. Sie entfaltete es, und einige Schwanzschlaufer rollten ihr in den Schoß. Unbeholfen vor Erschöpfung zerdrückte sie einige zwischen den Fingern, schmierte einen Teil der weichen Masse unter Hellflecks Nase. Kirk half ihr dabei, hielt den Mund des Katzenmädchens auf, als die Ärztin den Rest auf die Zunge rieb.

Die Sivaoanerin kam so plötzlich zu sich, daß Dr. Wilson erschrocken die Hand zurückzog. »Evan?« zischte sie leise. »Haben wir es zum anderen Ufer geschafft? Bist du noch immer meine Freundin?«

Die Ärztin lachte und umarmte Hellfleck. »Ja«, sagte sie. »Ja, wir sind auf dem anderen Ufer. In Sicherheit. Nein, deck dich nicht ab. Du bist noch zu geschwächt. Bleib eine Weile still liegen.« Es fehlte Hellfleck die Kraft zu nicken. Sie stülpte nur die Schnurrhaare vor.

Evan ging fort und kam kurze Zeit später mit einigen Früchten zurück. »Setz dich auf und iß etwas. Captain, wenn Sie mir bitte helfen würden...« Kirk stützte Hellfleck, und das Katzenmädchen nahm einige Bissen, wollte sich dann wieder zurücksinken lassen.

»Noch etwas«, beharrte Evan. »Das genügt nicht. Du brauchst Nahrung, die dir neue Energie gibt.«

Während Hellfleck aß, strich ihr Kirk über den Pelz. Plötzlich lächelte er: »Ich bin sicher, jetzt ist in deinem Fell kein Alkohol mehr zu riechen.«

Die Sivaoanerin riß die Augen auf. »Evan!« platzte es aus ihr heraus. »Ich erinnere mich! Ich bin in den Fluß gefallen!«

»Ein Baumstamm hat die Brücke zerrissen. Aber jetzt

ist alles ausgestanden. Mach dir keine Sorgen mehr: Du hast wieder festen Boden unter den Füßen.«

»Du bist mir gefolgt?« Hellfleck sah Evan mit unverhohlener Ehrfurcht an.

Dr. Wilson lachte und schüttelte den Kopf. »Eher unfreiwillig. Ich verlor den Halt ebenso wie du.« Mit einem Nicken deutete sie auf Kirk. »Der Captain sprang ins Wasser, um uns beide zu retten. Das war nicht gerade sehr klug von ihm, aber da alles ein gutes Ende nahm, bin ich ihm dankbar. Er hat dich aus dem Wasser gezogen. Und auch mich.«

»Danke!« sagte Hellfleck und drehte sich zu ihm um. »Ich hatte solche Angst! Ich erinnere mich nicht mehr, weiß nur noch, wie ich in den Fluß stürzte...«

Die in ihren Augen glänzende Verwunderung stimmte Kirk verlegen. »*Du* erinnerst dich nicht mehr? Nun, das solltest du niemals *vergessen.*« Hellflecks Schwanz zuckte und bildete zögernd eine Spirale.

»So ist es schon besser«, sagte Evan. »Captain, sorgen Sie bitte dafür, daß sie etwas ißt. Und wenn Sie noch einmal an ihrem Schweif ziehen möchten – ich habe nichts dagegen. Es scheint mir eine gute Medizin zu sein.« Sie stand auf. »Ich errichte einen Unterstand, bevor es dafür zu dunkel wird.«

Während Dr. Wilson Pflöcke in den Boden trieb und Planen ausbreitete, überredete Kirk das Katzenmädchen, zwei Früchte zu verspeisen. Evan hüllte es in einige Nützliche. »Jetzt ruhst du dich aus. Befehl des Doktors.« Hellfleck schloß die Augen und schlief auf der Stelle ein. »Tochter meiner Schwester...« murmelte die Ärztin leise. »Captain? Wie geht es Ihnen? Können Sie noch eine halbe Stunde lang die Augen offenhalten? Pechvogel meinte zwar, ein Feuer schrecke die Beißer ab, aber...«

Kirk nickte. »Eine halbe Stunde ist kein Problem, Evan.« Sein Adrenalinspiegel war noch immer recht hoch.

»Gut«, sagte Evan. »Wenn ich *jetzt* nicht schlafe, breche ich zusammen. Wecken Sie mich in dreißig Minuten. Und bitte: Seien Sie nicht so galant wie Spock. Ich weiß, daß ich eigentlich mehr Ruhe brauche, aber ich möchte Hellflecks Zustand überprüfen.«

Kirk grinste, als er sich an Spock erinnerte. »Abgemacht. Eine halbe Stunde. Mehr nicht.«

»Sie sollten ebenfalls etwas essen«, meinte Evan. »Aber legen Sie eine Frucht für unsere Freundin zurück.« Sie streckte sich auf dem Boden aus, dicht neben Hellfleck, und kurz darauf verrieten ihre regelmäßigen Atemzüge, daß sie schlief.

Kirk achtete darauf, sie nicht zu stören, als er aus dem Zelt kroch und versuchte, ihre Lage einzuschätzen. Sein eigenes Bündel war im Fluß verschwunden, und den Speer hatte er vor dem Sprung ins Wasser fallen gelassen. Evan verfügte nicht mehr über den Schlagstock, besaß jedoch ihr Messer. Er überprüfte Hellflecks Sachen, legte sie zum Trocknen neben das Feuer. Einige weitere Früchte, zwar zerquetscht, aber noch immer genießbar. *Keine Waffen,* dachte er. *Abgesehen von den Messern.* Und auch eine Karte fehlte. *Nun, das ist nicht weiter schlimm. Hellfleck kennt den Weg, und mit ihrem phänomenalen Gedächtnis erinnert sie sich an alle Einzelheiten.* Das Problem der Waffen... Evans Speerspitze fiel ihm ein. Sie mochte nicht so gut sein wie die Chekovs, aber sie erfüllte durchaus ihren Zweck. Kirk nahm seine Klinge zur Hand und begann damit, einen neuen Schaft zu schnitzen.

Während der Arbeit überlegte er, daß Spock sicher nach ihnen suchen würde. Bestimmt stieß er am nächsten Morgen zu ihnen. Der Vulkanier war nicht so dumm, während der Nacht durch unbekanntes Gelände zu wandern, ganz gleich, wie sehr ihn die anderen dazu drängten. Er beugte sich immer dem Gebot der Logik.

Während der langen Nacht wechselten sich Kirk und

Evan bei der Wache ab. Hellfleck erholte sich langsam, und als Dr. Wilson den Captain kurz vor Sonnenaufgang weckte, sagte sie leise: »Lassen Sie die Sivaoanerin noch eine Weile schlafen. Sie soll solange wie möglich ruhen.«

Er nickte und deutete auf den neuen Stock, den Evan in der Hand hielt. »Offenbar sind auch Sie nicht untätig geblieben.«

Sie lächelte. »Wie sieht's mit unserem Proviant aus?«

Kirk entsann sich daran, daß sie am vergangenen Abend nichts gegessen hatte. »Hellflecks Bündel enthält noch einige Früchte. Jeweils eine für uns. Zwei für das Katzenmädchen.«

Sie aßen langsam, genossen jeden Bissen. Nach dem Frühstück fragte Evan: »Was unternehmen wir jetzt, Captain? Warten wir hier auf Spock, oder machen wir uns selbst auf die Suche? Wie wird sich Ihr wissenschaftlicher Offizier verhalten?«

»Ist Hellfleck reisetauglich?«

»Wenn wir's langsam angehen lassen. Andererseits: Ich möchte Sie so rasch wie möglich zu Schnappkralle bringen.«

Kirk dachte nach. »Wir sind noch ungefähr zwei Reisetage von Sretalles entfernt. Spock rechnet sicher damit, daß wir den Weg fortsetzen, wenn wir dazu in der Lage sind. Vermutlich sind wir nicht sehr weit von ihm entfernt. Vielleicht hört er uns sogar, wenn wir rufen.«

»Warten Sie damit, bis Hellfleck wach ist, Captain.«

Eine Zeitlang schwiegen sie. Kirk schürte das Feuer.

»Na schön, Evan«, sagte er schließlich. »*Warum* nennen Sie mich nicht Jim? Nach allem, was wir durchgemacht haben...«

Die kleine Frau lachte leise. »Gerade *deshalb* bleibe ich bei der förmlichen Anrede. Ich benutze die Namen und Titel, die meine Gesprächspartner vorziehen, und Sie möchten ›Captain‹ genannt werden. So sehen Sie sich in erster Linie: als Kommandant der *Enterprise*. Hier draußen in der Wildnis wollen Sie daran erinnert werden. Aus diesem Grund verzichte ich auf das ›Jim‹, Captain.«

Sie lächelte zwar, aber Kirk wußte, daß ihre Worte ernstgemeint waren. Er dachte an die Personen, die ihn beim Vornamen nannten. Zum Beispiel Spock; bei ihm stellte so etwas ein großes Kompliment dar. Und was McCoy betraf… Wenn ihn Pille ›Captain‹ nannte, so kam das fast einer Beleidigung gleich. Es bedeutete soviel wie: »Ich mag deine Befehle nicht, und ich halte dich für einen verdammten Narren, aber du bist der Captain. Der *Captain.*« Laut sagte er: »Ich verstehe, Evan. Sagen Sie: Wäre es Ihnen lieber, wenn ich die Anrede ›Dr. Wilson‹ verwende?«

Sie zuckte mit den Schultern. »Das ist mir völlig gleich. Namen spielen für mich keine Rolle.«

»Trotzdem haben Sie deshalb mit Fangsturm gekämpft«, erwiderte er überrascht.

Sie schüttelte den Kopf. »Dabei ging es um eine abwertende Bezeichnung für Menschen. Das ist etwas völlig anderes.«

»Hm. Ja, das ergibt einen gewissen Sinn.« Wie beiläufig fügte er hinzu: »Woher kommen Sie, Evan?«

»Lesen Sie meine Personalakte, Captain.«

Er schmunzelte. »Das habe ich bereits. Und auch Spock. Er mißtraut den Dokumenten.«

Dr. Wilson hob die Brauen und ahmte damit das Gebaren des Vulkaniers nach. »Er ›mißtraut‹ ihnen?«

»Lassen Sie es mich so formulieren: Er glaubt den Angaben nicht.«

»Ach? Und warum nicht?«

»Weil sich kein Bewohner Telamons bei seinen Flüchen auf eine Göttin beruft.«

»Auf Telamon flucht *niemand*«, entgegnete die Ärztin und verzog das Gesicht. »Ich glaube, Sie sind da einigen Außenweltgerüchten aufgesessen, Captain. Gibt es sonst noch etwas?«

»Ja. Ihre früheren Aufträge und Arbeitsbereiche. Typisch für einen Bürohengst.«

»Ich weiß.« Dr. Wilson nickte ernst. Als handele es sich um ein interessantes Problem, das sie nicht direkt betraf, fragte sie: »Was halten Sie davon?«

»Himmel, keine Ahnung.« Kirk lachte laut und wartete auf eine Antwort, aber Evan sah ihn nur stumm an. Er glaubte, in ihren Augen ein ironisches Funkeln zu erkennen. »Ich nehme an, Sie wollen Ihr Geheimnis nicht lüften, oder?«

Sie schüttelte den Kopf. »Vielleicht bei einer anderen Gelegenheit. Bis dahin... Nun, Mr. Spock bringt mich irgendwie auf die Palme. Wie Hellfleck so schön sagte: der Schwanz, der von einem Ast herabbaumelt. Wenn ich Ihren wissenschaftlichen Offizier weiterhin schmoren lassen will, darf er keine Gewißheit erlangen. Ebensowenig wie Sie.« Evan erhob sich mit einer geschmeidigen Bewegung.

»Sagen Sie mir wenigstens, wie es Ihnen gelungen ist, Hellfleck auf die Brücke zu bringen.«

»Fragen Sie sie. Wenn sie wach ist. Wenn sie sich heute morgen nicht mehr daran entsinnt, müssen wir uns ernste Sorgen um die Sivaoanerin machen.«

Kirk nahm sich vor, diesen Rat zu beherzigen, aber er bekam gar keine Chance, das Katzenmädchen darauf anzusprechen. Hellfleck setzte sich auf, bedachte Evan mit einem vorwurfsvollen Blick und stieß empört hervor: »Du hast mich in den Schwanz gebissen!«

Der Captain lachte, und die Ärztin erwiderte: »Du bist also in Ordnung. Ich befürchtete schon, du würdest dich nicht mehr erinnern.« Diese Worte kamen einer Beleidigung gleich.

»Sie meint, weil du mit dem Kopf an den entwurzelten Baum geprallt bist«, erklärte Kirk hastig.

»Oh«, schnurrte Hellfleck. Und dann: »Aber sie hat mich in den Schwanz gebissen, Captain!«

»Und dich dazu veranlaßt, die Brücke zu betreten.«

»Aber nur *Babys* beißen in Schwänze!«

Kirk musterte Evan amüsiert. »Offenbar gibt es Ausnahmen.«

Er reichte der Sivaoanerin die letzte Frucht, und für eine Weile konzentrierte sie sich aufs Essen. Während Dr. Wilson das Zelt abbrach und die Ausrüstung zusammenpackte, verwandelte sich Hellflecks Zorn in eine Mischung aus Heiterkeit und Erstaunen. »Ich war so *überrascht*«, sagte sie.

»Stell dir mich als einen Schwanzschlaufer in deiner Mahlzeit vor«, entgegnete Evan, und Hellflecks Schweif ringelte sich – sicherer Beweis dafür, daß sie keinen Groll mehr hegte.

Kirk verschnürte ihr Bündel, warf es sich über die Schulter und achtete nicht auf den Protest des Katzenmädchens. »Spar deine Kräfte für die Wanderung. Wir kennen uns hier nicht aus, und du mußt uns führen, erinnerst du dich?« Er betonte die letzten Worte und beobachtete zufrieden, wie ihr Schwanz vergnügt zuckte.

»Wenn Spock und die anderen in Hörweite sind, Captain…«

Kirk verstand Evans Hinweis und rief laut, aber selbst Hellfleck, die wesentlich besser hören konnte, vernahm keine Antwort.

»Na schön«, brummte der Captain und sah die junge Sivaoanerin an. »Laß uns zum Pfad zurückkehren. Vielleicht finden wir dort irgendwelche Spuren.«

Er verschwieg, daß neue Besorgnis in ihm emporkeimte. Die Strömung hatte sie zwar weit flußabwärts getrieben, doch er hoffte nach wie vor, daß ihnen Spocks Gruppe folgte. Warum reagierte niemand auf seinen Ruf? War dem Vulkanier oder seinen Gefährten etwas zugestoßen?

Spock hielt die ganze Nacht über Wache. Pechvogel witterte keine Beißer mehr, aber er wollte seine Begleiter nicht nur dem Schutz des Feuers anvertrauen. Außerdem gab es das Problem namens Chekov... Der Waffenoffizier schien jetzt friedlich zu schlafen, doch sein Zustand wurde immer kritischer. Bei der letzten Untersuchung... Pechvogel hatte ihm vorsichtig die Ärmel hochgeschoben, und allein dadurch lösten sich ganze Haarbüschel von seiner krausen, grauen Haut. Was Dr. Wilsons Befürchtungen bestätigte: Chekov litt am ADF-Syndrom, und allem Anschein nach handelte es sich dabei um eine besonders virulente Form. Spock kannte die medizinischen Berichte und wußte daher, daß Chekov der Krankheit viel zu schnell erlag. Wenn sich die Infektion weiterhin mit dieser Geschwindigkeit entwickelte, konnte der Russe das Ziel nicht aus eigener Kraft erreichen.

Die spezielle Version des Syndroms legte nahe, daß sich Chekov auf Sivao angesteckt hatte – obwohl sich Spock an keine kranken Katzenwesen in Steifschwanz' Lager entsann. Wenn diese Annahme stimmte, wußte Schnappkralle vielleicht ein Heilmittel. Vorausgesetzt, die menschlichen Symptome unterschieden sich nicht zu sehr von den sivaoanischen.

»Mr. Spock?« Uhuras leise Stimme unterbrach seine Überlegungen. »Glauben Sie, die anderen haben alles mit heiler Haut überstanden, Sir?«

»Ich bin ziemlich sicher, daß zumindest der Captain noch lebt, Lieutenant. Aufgrund meiner früheren Erfahrungen vermute ich, daß es eine Art mentale Brücke zwischen uns gibt. Ja, ich glaube, er ist noch am Leben. Was die anderen angeht, kann ich nur spekulieren. Ich muß von der Annahme ausgehen, daß sie alle wohlauf sind und die Nacht an einem sicheren Ort verbrachten.«

Uhura ging neben ihm in die Hocke. Sie sah ihn nicht an, konzentrierte sich darauf, einen neuen Speer herzustellen und eine steinerne Spitze daran zu befestigen. »Ich möchte Sie auf etwas hinweisen. Es betrifft Pechvogel. Dies ist ihr dritter Versuch, ihre dritte Wanderung.«

»Worauf wollen Sie hinaus?«

»Steifschwanz meinte, eins ihrer Kinder habe den anderen Weg zur Reife beschritten. Ich habe Eillicht gefragt, was das zu bedeuten hat. Selbstmord, sagte er.« Uhura hob den Kopf, und in ihren Augen leuchtete eine stumme Bitte.

»Sie befürchten, auch Pechvogel könnte sich umbringen?« Er wußte, wie unlogisch die sivaoanische Kultur war, doch das Konzept des Suizids blieb schwer vorstellbar für ihn.

»Wenn ein Mitglied der anderen Gruppe... gestorben ist, ja.« Sie nickte. »Ja, Sir, denn das hieße für sie, daß sie erneut versagt hat. Würden Sie mit ihr sprechen?«

»Welchen Sinn hätten logische Argumente in einer solchen Situation?«

»Es wäre wenigstens einen Versuch wert.« Uhura runzelte unsicher die Stirn. »Obwohl ich dabei gar nicht so sehr an Logik denke... Sie halten Pechvogel doch für eine Erwachsene, oder?«

»Ich vertrete die Ansicht, daß sie eigenverantwortliche Entscheidungen treffen kann, und ihr Verhalten gegenüber Mr. Chekov zeigt, daß sie auch bereit ist, Verantwortung für andere zu übernehmen. Es ist schwierig, die Reife einer Person zu beurteilen, die zu einer anderen Spezies oder Kultur gehört, aber ich halte Pechvogel für eine Erwachsene. Wobei einschränkend auf ihre Unerfahrenheit hingewiesen werden muß.«

Uhura nickte. »Nun, Mr. Spock... Selbst wenn sie von ihrer eigenen Welt abgelehnt wird – vielleicht gibt es andere, die bereit wären, sie zu akzeptieren, ihr ein glückliches, erfülltes Leben zu ermöglichen. Verstehen Sie?«

»Ich werde Pechvogel einen entsprechenden Vorschlag unterbreiten, Lieutenant. Allerdings sehe ich mich außerstande, Ihnen die erhofften Resultate zu versprechen.«

Der flackernde Schein des Feuers spiegelte sich in Uhuras Augen wider. »Danke, Mr. Spock.« Sie lächelte zufrieden, richtete den Blick erneut auf ihren neuen Speer und schnitzte.

Eine Stunde später zog sie sich ins Zelt zurück, um zu schlafen. Pechvogel nahm ihren Platz ein und begrüßte den wissenschaftlichen Offizier überrascht. »Auch du solltest dich ausruhen, Mr. Spock«, sagte sie. »Du hast einen ebenso anstrengenden Tag hinter dir wie wir.«

»Vulkanier sind in der Lage, längere Zeit wach zu bleiben, ohne daß dadurch ihre psychisch-physische Leistungsfähigkeit beeinträchtigt wird«, erklärte er. »Ich ziehe es vor, daß zwei Personen gleichzeitig Wache halten.«

»Interessant«, schnurrte die Sivaoanerin. Ihre Stimme klang verträumt, als sie hinzufügte: »Ich wünschte, ich könnte *dich* untersuchen.« Häufig benutzte sie die persönliche Anrede, die auf Sivao offenbar bei Kindern und unter Erwachsenen üblich war, manchmal auch das förmlichere ›Sie‹ der Menschen; die Übersetzungsmoduln schienen es angemessen in die Sprache der Katzenwesen zu transkribieren. Spock schloß aus dieser unsicheren Wankelmütigkeit, daß sie nach wie vor nicht wußte, welchen Status sie einnahm. »Wenn ich mich nach etwas erkundigen dürfte... Ich glaube, es handelt sich um das, was Hellfleck als Baby-Frage bezeichnet.«

»Nur zu, Pechvogel. Ich versichere dir, offen und ehrlich Antwort zu geben.«

»Dr. Wilson wies uns darauf hin, wir sollten Sie... dich nicht berühren. Sie meinte, so etwas bereite dir Unbehagen.«

»Physische Kontakte mit anderen Personen stimulieren meine telepathischen Fähigkeiten. Bei solchen Gelegenheiten bin ich starken Emotionen ausgesetzt, und jene fremden Gefühle empfinde ich als störend.«

»Aber am Fluß hast du Mr. Chekov und Lieutenant Uhura angefaßt, den Kranken später sogar getragen«, wandte das Katzenmädchen ein.

»Es ließ sich nicht vermeiden. Wenn ich imstande gewesen wäre, den Captain am Sprung in den Fluß zu hindern, hätte ich nicht gezögert. Ich bin für meine Gefährten verantwortlich.«

Pechvogels Ohren zuckten zurück. »Aber sie sind erwachsen.«

Spock hatte bereits überlegt, wie er das Thema mit dem notwendigen Takt anschneiden sollte. Jetzt hatte Pechvogel ihm das notwendige Stichwort gegeben. »Übernimmst du nicht die gleiche Verantwortung für uns? Für die Besatzungsmitglieder der *Enterprise* bin ich der Befehlshaber, bis wir den Captain wiederfinden, doch gleichzeitig weiß ich, daß wir Sretalles nur mit deiner Hilfe erreichen können. Nur du kennst den Weg, und außerdem brauchen wir deine Erfahrung.«

Pechvogel legte verblüfft die Ohren an und dachte nach. Schließlich sagte sie leise: »Du sprichst so, als sei ich eine Erwachsene.«

»Dafür halte ich dich auch, ebenso wie Schnappkralle und Dr. Wilson. Die juristische Definition der Volljährigkeit mag von Welt zu Welt verschieden sein, doch ich habe gelernt, mich in dieser Hinsicht auf meine eigenen Beobachtungen zu verlassen.«

Die junge Sivaoanerin schwieg eine Zeitlang. Der Vulkanier musterte sie stumm und unterbrach ihre Gedankengänge nicht. Nach einer Weile sah sie ihn wieder an. »Wenn du eine Erwachsene in mir siehst... Bedeutet das, du bist bereit, mir zuzuhören?« Ihre Frage und der erwartungsvolle Blick, den sie auf ihn richtete, erstaunten ihn.

»Selbstverständlich«, erwiderte er.

Pechvogel nickte zögernd. »Mr. Spock, wir müssen

Mr. Chekov sofort zu Schnappkralle bringen. Ich kann ihm nicht helfen. Schnappkralle ging nach Sretalles, um die Erinnerer nach dem ADeEf zu fragen. Vielleicht hat sie irgend etwas in Erfahrung gebracht... Evan meinte, *ihr* seien die Hände gebunden, wenn sich Mr. Chekov wirklich angesteckt hat.« Sie griff nach ihrem Schwanz und drückte fest zu. »Es bleibt uns nicht genug Zeit, nach dem Captain, Hellfleck und Dr. Wilson zu suchen. Dem Kranken geht es immer schlechter.« Sie stand auf und kehrte Spock den Rücken zu – die sivaoanische Geste tiefer Betroffenheit.

»Ich bin zu der gleichen Schlußfolgerung gelangt«, entgegnete der Vulkanier. »Schnappkralle ist die einzige Chance für Mr. Chekov. Sobald wir ihn nach Sretalles gebracht haben, kehre ich mit einer Suchgruppe von der *Enterprise* in den Wald zurück.«

Pechvogel drehte den Kopf, und ihr Fell sträubte sich. »Vielen Dank.«

»Ich möchte dich nicht noch mehr belasten«, sagte Spock, »aber ich muß dir eine Frage stellen, bevor ich eine solche Entscheidung treffe.«

Mit offensichtlicher Mühe glättete Pechvogel den Pelz und wandte sich zu ihm um. »Ich höre.«

»Welche Auswirkung hätte so etwas auf dich? Lieutenant Uhura versteht das Konzept des Selbstmords besser als ich, doch ich habe allen Grund zu der Annahme, daß es in deinem Volk eine derartige Tradition gibt.« Solche Vorstellungen blieben dem Vulkanier nach wie vor fremd, aber er zögerte nicht, darüber zu diskutieren, um benötigte Informationen zu erhalten.

Pechvogel schauderte. Das Zittern erfaßte ihre ganzen Leib, die Ohren ebenso wie den Schwanz. »Das ist eine Baby-Frage, nicht wahr?«

»Bestätigung«, sagte Spock.

Ihr Blick ging an ihm vorbei, verlor sich im dunklen Wald. »Es ist sehr schwer, Gefährten für die dritte Wanderung zu finden. Aber für eine vierte... Keine Gruppe wäre bereit, mich aufzunehmen.« Ihre Stimme klang monoton, fast unbeteiligt. »Du hattest recht, als du sagtest, ich sei für euch verantwortlich: Ihr könnt keine Beißer riechen, und ihr wußtet nichts über die Greiffüße. Ich muß euch sicher nach Sretalles geleiten, bevor ich den anderen Weg einschlage.«

»Soll das heißen, du spielst mit dem Gedanken, dir das Leben zu nehmen?« fragte Spock. »Es gibt doch sicher andere Sivaoaner, die dreimal erfolglos gewandert sind. Haben sie sich alle umgebracht?«

»Nein, nicht alle. Linkohr forderte uns auf, euch auch die Ausnahmen zu nennen. Manche Leute verbrachten ihr ganzes Leben als Kinder – und allein. Dazu sehe ich mich außerstande, Mr. Spock. Nach meiner Rückkehr von der zweiten gescheiterten Wanderung bin ich lange genug allein gewesen. Glücklicherweise nahm mich Schnappkralle auf. Sonst hätte ich schon damals den anderen Weg zur Reife beschritten.«

»Würde sie dich ablehnen, wenn du als Kind nach Sretalles kommst?«

Pechvogel zögerte. »N-nein, sie nicht. Aber alle anderen.«

»Ich bin sicher, Hellfleck bliebe deine Freundin, obgleich sie deinen kulturellen Hintergrund teilt.«

»Hellfleck ist tot!« entfuhr es dem Katzenmädchen qualvoll.

»Eine Möglichkeit, die sich nicht ohne weiteres von der Hand weisen läßt«, gab Spock zu. »Aber da der Captain noch lebt, spreche ich ihr eine nur geringe Wahrscheinlichkeit zu.« Diese Worte überraschten Pechvogel so sehr, daß sie plötzlich nicht mehr zitterte. »Aber wie dem auch sei: Unter den gegenwärtigen Umständen spielt das keine Rolle.«

»Keine Rolle?« Die Ohren der Sivaoanerin neigten sich verwirrt und ungläubig nach vorn.

»Ich möchte dich auf folgendes hinweisen: Außer Sivao existieren viele andere Welten, deren Bewohner dich mit offenen Armen empfangen würden. Die Wissenschaftler und Diplomaten der Föderation könnten deine Kenntnisse über die hiesige Kultur gut gebrauchen. Und sicher nähmen dich auch die Eeiauoaner auf. Immerhin bist du eine entfernte Verwandte von ihnen.«

Pechvogel schien ihn zu verstehen, sogar zu erwägen, ob sie ihre Heimat verlassen sollte. »Aber die Eeiauoaner sind nicht mein Volk, Mr. Spock«, antwortete sie traurig.

Der Vulkanier wußte, was sie damit meinte, doch ihren tiefen Kummer teilte er nicht. »In gewisser Weise trifft das auch auf mich und die Menschen zu. Trotzdem habe ich mit vielen von ihnen Freundschaft geschlossen.«

Das Katzenmädchen blieb eine Zeitlang still. »Ich... ich verspreche dir, über deinen Vorschlag nachzudenken, Mr. Spock.«

»Das genügt nicht.« Er erhob sich, stützte die Hände auf seinen Speer. »Du machst mir die Entscheidung sehr schwer.«

Pechvogel zwinkerte verwundert, und der Vulkanier fuhr fort: »Wenn wir nach Sretalles gehen, ohne unsere Gefährten zu suchen, begehst du vielleicht Selbstmord, obwohl keine Gefahr mehr droht. Aber wenn wir uns die Zeit nehmen, um den Captain und seine Begleiter wiederzufinden, wird Mr. Chekov sterben.«

»Wir haben keine Wahl, Mr. Spock. Wir müssen Mr. Chekov zu Schnappkralle bringen. Ich dachte, Sie hätten mich verstanden!«

»Ich verstehe nur, daß du mich zwingst, zwischen Mr. Chekovs Leben und deinem zu wählen.«

»Nein, ich... Du trägst keine Verantwortung, wenn ich mich umbringe!«

»Aus deinen Schilderungen geht hervor, daß meine Handlungsweise den Ausschlag gibt, und deshalb *bin* ich verantwortlich. In meiner eigenen Kultur gibt es kein Wort für den Begriff Suizid. Meiner Ansicht nach ist ein solches Verhalten in höchstem Maße irrational, und daher sehe ich darin keine zu rechtfertigende Reaktion auf unsere Lage.«

Pechvogel spannte die Muskeln, und ihre Fußkrallen bohrten sich in den Boden. Einige Sekunden lang befürchtete Spock, sie wolle fortlaufen, doch dann überwand sie ihren xenophobischen Schock. Sie starrte ihn aus großen Augen an. »Ich ahnte nicht, *wie* anders du bist... Nicht einmal ein *Wort* für den Freitod!« Sie zwinkerte erneut. »Selbst als ich von deinem schlechten Gedächtnis erfuhr, begriff ich nicht, wie groß die Unterschiede zwischen uns sind. Das schwöre ich in der Alten Sprache. Mr. Spock, habe ich dich irgendwie verletzt, als ich den... den anderen Weg erwähnte?« Diesmal entschloß sie sich zu einer Umschreibung.

Er schüttelte den Kopf. »Es ist mir durchaus möglich, irrationale Konzepte rational zu diskutieren. Doch die Vorstellung, ein derartiges Gebaren zu begünstigen...«

»Ich bin dazu verpflichtet, dir zu helfen«, murmelte Pechvogel leise und wie zu sich selbst. Sie musterte den Vulkanier kurz und fügte etwas lauter hinzu: »Schnappkralle verhielt sich so, und ich muß ihrem Beispiel folgen. Wenn mein Leben so wichtig für dich ist...«

Zu seiner großen Verwunderung wandte sie sich von ihm ab, trat ans Zelt heran und weckte Uhura, wobei sie darauf achtete, Chekov nicht zu stören. Die dunkelhäutige Frau rieb sich den Schlaf aus den Augen, als sie sich dem Lagerfeuer näherte. »Was hast du auf dem Herzen, Pechvogel? Ist irgend etwas passiert, Mr. Spock?«

»Du sollst meine Zeugin sein, Lieutenant Uhura«, sagte die junge Sivaoanerin. »Mr. Spock versteht die Alte Sprache nicht, und ich möchte darin einen Eid leisten.«

»Na schön«, erwiderte Uhura. Auf ihren Wink hin schaltete der Vulkanier das Transkriptionsmodul aus, und Pechvogel begann zu sprechen. Die Frau übersetzte: »Sie schwört, nicht einmal dann den anderen Weg zur Reife zu beschreiten, wenn ihre dritte Wanderung erfolglos endet. Sie verspricht, Ihr Leben bis zu seinem natürlichen Ende zu führen, auch wenn das bedeutet, daß sie ins Exil gehen und ihre Heimat verlassen muß...«

Pechvogel zischte leise, und Uhura fuhr fort: »Sie stellt nur zwei Bedingungen. Erstens: Sie wird weiterhin ihr Leben riskieren, um ein anderes zu retten. Zweitens: Sie behält sich die Möglichkeit des Selbstmords vor, sollte sie jemals an einer unheilbaren oder degenerativen Krankheit leiden. Verstehen Sie das, Mr. Spock?«

Der Vulkanier wußte nicht genau, ob die Frage von Pechvogel oder Uhura stammte. Er nickte. »Ja. Sagen Sie ihr, ich sei mit den Bedingungen einverstanden.«

Die Frau kam seiner Aufforderung nach, und als die junge Sivaoanerin antwortete, übersetzte sie erneut. »Sie legt diesen Eid für Mr. Chekov und... und Sie ab. Damit Sie ihm helfen können, ohne in einen Gewissenskonflikt zu geraten.«

Pechvogel ging fort, ohne ein weiteres Wort zu verlieren. Sie kroch in ihr Zelt, verharrte nur kurz, um den Kranken zu untersuchen, ohne ihn zu wecken. Dann rollte sie sich zusammen, wirkte wie ein Häufchen Elend. Besorgt berührte Uhura das Katzenmädchen an der Schulter, doch es reagierte nicht.

Daraufhin kehrte der weibliche Kommunikationsoffizier zu Spock zurück. Er sagte nur: »Sie wird keinen Selbstmord begehen, Lieutenant. Sie haben ihren Schwur gehört.«

»Danke, Mr. Spock.« Sie meinte es ernst und aufrichtig, obwohl sie der Sivaoanerin einen mitfühlenden Blick zuwarf.

Der Vulkanier schüttelte den Kopf. Er hatte Pechvogel keinen Grund gegeben, trotz ihrer kulturellen Zwänge zu überleben, sondern sie zu vielen Jahren der Einsamkeit verurteilt. Entgegen seiner Erwartungen hoffte er, daß sie Erfüllung fand. Als er seine Aufmerksamkeit wieder auf Uhura richtete, stellte er fest, daß ihre Besorgnis nun auch ihm galt. »Wenn Sie erlauben, Mr. Spock... Ich möchte Ihnen während der restlichen Wache Gesellschaft leisten. Ich könnte jetzt nicht wieder einschlafen.« Diesmal nickte Spock zustimmend. Er hatte nicht übertrieben, als er Pechvogel auf den Trost der Freundschaft hinwies.

Der Indikator leuchtete nicht auf. Scott schlug mit der Faust auf die Konsole, in der vagen Hoffnung, auf diese Weise eine Anzeige zu erhalten. »Bestimmt ist ihnen nichts zugestoßen. Eillicht hätte uns sofort benachrichtigt.«

»Entschuldigen Sie, Sir«, sagte Sulu. »Aber ich glaube, es nützt nichts, wenn Sie das Gerät zertrümmern.«

»Ich mußte mich nur irgendwie abreagieren.«

Mit den Empfangsinstrumenten war soweit alles in Ordnung. Die Fehlfunktion betraf den von Spock modifizierten Medo-Sensor – und Captain Kirk hatte strikte Anweisung gegeben, keinesfalls zu intervenieren. Scott überlegte, ob er sich zur letzten bekannten Position der Reisenden beamen sollte, entschied sich dann aber dagegen. Wenn der Landegruppe keine Gefahr drohte, stellte er damit vielleicht ihre Mission in Frage.

»Eillicht meldet sich, Mr. Scott«, sagte Azuela. Die Miene des Chefingenieurs erhellte sich, als er wieder im Sessel des Befehlsstands Platz nahm. Während der letzten Tage hatte er großen Gefallen an der Stimme des Katzenmannes gefunden, und Captain Kirk hatte mit seinem Hinweis recht behalten: Manchmal setzte sich Eillicht nur mit der *Enterprise* in Verbindung, um Scott zu hören. Das schmeichelte Scott, und er begann damit, sich den sivaoanischen Barden als einen guten Kumpel vorzustellen, mit dem man einen Landurlaub verbringen konnte. Ab und zu fiel es ihm schwer, sich daran zu erinnern, daß er mit dem Angehörigen einer fremden Spezies sprach.

Er hoffte auf Neuigkeiten von Eillicht. »Aye«, antwortete er. »Scotty hier. Ein neuer Bericht über die Kinder?« Sulu hob ruckartig den Kopf, als er das letzte Wort hörte, und der Chefingenieur begriff, daß er sich in bezug auf die Reisenden Eillichts Ausdrucksweise zu eigen machte. *Der Captain würde mir das Fell über die Ohren ziehen.*

»Nur Schwanzschlaufereien, fürchte ich«, erwiderte der Sivaoaner. »Im Norden sind starke Regenfälle niedergegangen – und die Brücke ist zerstört. Ich kann den Fluß nicht überqueren und habe daher keine Ahnung, ob die Kinder sicher auf die andere Seite gelangt sind. Leider bin ich jetzt zu einem Umweg gezwungen, und es wird sechs Tage dauern, bis ich Sretalles erreiche. Entweder sind der Captain und seine Begleiter bis dahin eingetroffen, oder...«

»Oder es hat sie erwischt«, beendete Scott den Satz. Die Vorstellung, sechs Tage lang auf den nächsten direkten Kontakt mit Kirk zu warten, gefiel ihm überhaupt nicht. Selbst wenn er und seine Gruppe vor Eillicht ans Ziel gelangten: Ihnen stand nur der Medo-Sensor zur Verfügung, um der *Enterprise* eine Nachricht zukommen zu lassen. Plötzlich fiel ihm etwas ein. »He, ist Ihr Verhalten eigentlich in Ordnung?«

»Meinen Sie, ob es mit unseren Bräuchen vereinbart werden kann, die Kinder während ihrer Wanderung im Auge zu behalten?«

»Aye«, bestätigte Scott.

»Aye«, wiederholte Eillicht. »Die Kinder wissen natürlich nichts davon, aber die Erwachsenen erwarten es.«

»Dann hätten Sie vermutlich nichts dagegen einzuwenden, wenn ich Ihnen ein wenig unter die Arme greife, oder?«

»Wie wollen Sie mir denn helfen? Soweit ich weiß, befindet sich Ihr Raumschiff hoch über diesem Planeten, in einer Umlaufbahn.«

»Oh, wir haben da eine nette kleine Vorrichtung an Bord, die Sie ziemlich überraschen würde, mein Bester. Wir könnten Sie in Null Komma nichts ans andere Flußufer bringen.« *Was dich in die Lage versetzt, mir Auskunft über den Captain und seine Gefährten zu geben. Ich brauche die Informationen, um zu entscheiden, ob ich eingreifen soll oder nicht.*

Eine Zeitlang herrschte Stille. Offenbar dachte der sivaoanische Barde über das Angebot nach. »Das andere Flußufer«, meinte er. »In ›Null Komma nichts‹? Das würde ich gern erleben.«

»In Ordnung«, brummte Scott. Er betonte seinen schottischen Akzent, als er fortfuhr: »Wird sofort erledigt. Sagen Sie mir nur, wie breit der Fluß ist.«

»Wie breit?« erklang Eillichts Antwort. »Keine Ahnung. Ich könnte nur schätzen.«

»Wenn Sie danebentippen, holen Sie sich nasse Füße«, knurrte der Chefingenieur. »Können Sie schwimmen?«

»Nicht in *dieser* Strömung«, entgegnete der Katzenmann. Scott wußte, was er meinte: Immerhin hatten die Fluten die Hängebrücke zerfetzt. Er gab die Hoffnung auf, Koordinaten von Eillicht zu erhalten.

»Ich glaube, ich sollte jetzt besser den Weg nach Srealles fortsetzen«, sagte der Sivaoaner.

»Warten Sie einen Augenblick, Kumpel. Hätten Ihre Leute was dagegen, wenn ich zu Ihnen komme, um mir die Sache selbst anzusehen?«

»Nein, natürlich nicht – solange Sie keinen Einfluß auf die Wanderung nehmen.«

»Dann bleiben Sie an Ort und Stelle stehen. Ich bin unterwegs...« Mit langen Schritten hielt Scott auf den Turbolift zu. »Mr. Sulu, Sie haben das Kommando!« rief er über die Schulter.

»Aye, Sir. Soll ich die Sicherheitsabteilung anweisen, einige Männer zu schicken?«

Der Chefingenieur zögerte. »Ich glaube, das ist nicht nötig. Ich mache nur einen kurzen Abstecher auf den Planeten. Je weniger Schwänze wir in die Angelegenheiten der Katzen stecken, um so besser.«

Sulu musterte ihn verwirrt. »Aye, Sir.«

Einige Minuten später stand Scott auf der Transporterplattform. Sicherheitshalber justierte er seinen Phaser auf Betäubung, wandte sich dann an Fähnrich Orsay. »Energie.«

Ein Hauch von Desorientierung folgte, und von einer Sekunde zur anderen stand er dicht vor einem reißenden Strom. Schäumendes, rotbraunes Wasser gischtete an ihm vorbei, und entwurzelte Baumstämme tanzten auf den Wellenkämmen. Unwillkürlich trat er einen Schritt zurück, drehte sich um – und starrte auf die größte und gefährlichste Katze, die er je gesehen hatte.

Aus einem Reflex heraus riß er den Strahler hoch, und das Wesen vor ihm reagierte ebenfalls, hob einen waffenartigen Gegenstand. Gerade noch rechtzeitig erinnerte sich Scotty an die Eeiauoanerin Flinkfuß. »Eillicht?« fragte er vorsichtig. »Sind Sie das, Junge? wollen Sie einen Freund bedrohen?«

»Scott?« Das Geschöpf zögerte, doch seine Stimme klang wie die Eillichts. Der Schwanz neigte sich nach vorn und berührte das Handgelenk des Chefingenieurs. Scotty sah darin das sivaoanische Äquivalent des Händeschüttelns, griff nach dem Schweif und drückte ihn.

»Aye, Kumpel«, brummte er. »Niemand anders.« Er lachte. »Wir haben uns beide einen gehörigen Schrekken eingejagt, was? Bei allen schottischen Schloßgespenstern: Vor meinem inneren Auge sah ich Sie dauernd als einen Menschen.«

»Sie kamen aus dem Nichts!«

»Wie ich schon sagte: eine nette kleine Vorrichtung, die immer für eine Überraschung gut ist.«

»In der Tat«, erwiderte Eillicht und musterte ihn. »Scott, ich hätte eigentlich wissen sollen, daß Sie wie Captain Kirk und die anderen sind, aber abgesehen von Ihrer melodischen Stimme sprechen Sie wie ein zu-Vensre, und so habe ich Sie mir auch vorgestellt.« Sein Schwanz zuckte von dem Arm des Mannes fort und bildete eine fröhliche Spirale.

Scott grinste und deutete auf den Katzenbart. »Wenn das für die zu-Vensre typische Schnurrhaare sind, würde mich eine gewisse Ähnlichkeit mit solchen Leuten nicht stören.«

»Dr. Wilson beneidet uns um unsere Schwänze«, sagte Eillicht. »Es freut mich, daß Sie hübsche Schnurrhaare zu schätzen wissen.« Stolz strich er mit der Zunge darüber hinweg, was den Chefingenieur einmal mehr verblüffte.

Er lachte vergnügt und klopfte dem Barden auf die Schulter. »Ich schätze, wir kommen gut miteinander zurecht. Sind Sie jetzt für ein ganz besonderes Erlebnis bereit?« Er deutete auf das gegenüberliegende Flußufer.

Erneut tastete der Schwanz nach seinem Arm. »Warten Sie, Scotty. Haben Sie eine Waffe?«

»Aye – und ich bin ziemlich beschämt, daß ich den Strahler hob, als ich sie sah.« Rasch fügte er hinzu: »Oh, ich hätte Sie natürlich nicht getötet, Himmel, nein! Das Ding ist auf Betäubung eingestellt.«

»Darum frage ich nicht. Ich wittere Beißer.« Die Hand des Barden zeigte über den Strom. »Dort drüben. Große und gefährliche Tiere. Wenn Sie uns wirklich auf die andere Seite bringen können, sollten wir auf sie vorbereitet sein.«

Scott zog den Phaser aus seinem Halfter. »Sie müssen's ja wissen – ich beuge mich Ihrer Erfahrung.« Mit der anderen Hand klappte er den Kommunikator auf und nannte Fähnrich Orsay die Koordinaten. Dann sah er den Sivaoaner an: »Alles klar, Junge?«

Eillichts Nackenfell sträubte sich, aber er erwiderte: »Wenn wir warten, verlieren wir nur Zeit.«

Der Chefingenieur gab das Signal – und einen Augenblick später standen sie an der gegenüberliegenden Böschung. Eillicht starrte an sich herab, griff nach seinem Schwanz, als wolle er ganz sicher sein, kein Körperteil verloren zu haben, beleckte die Schulter. »Oh, *darüber* sollte man ein Lied singen!«

Scott schmunzelte zufrieden. »Sagen Sie das Dr. McCoy, wenn Sie ihm mal begegnen – wäre mir eine echte Freude. Er zieht so über den Transporter her, daß man meinen könnte, seine Mutter sei mit den Füßen am Kopf rematerialisiert.«

Eillicht nickte. »Ich teile es ihm gern mit, wenn ich ihm begegne.«

Dann schnupperte er argwöhnisch und beobachtete das Ufer. Scott drehte sich um und bemerkte einen Gegenstand, der zu regelmäßig geformt war, um gewöhnliches Treibgut zu sein. Er griff danach, zog einen Speer aus dem Dickicht und zeigte ihn dem Barden. »Das hier? Erkennen Sie ihn?«

»Er kann *nur* von einem Ihrer Kinder stammen. Erst Mr. Chekov zeigte uns, wie man solche Spitzen herstellt.« Eillicht nahm die Holzlanze entgegen, betrachtete sie von allen Seiten – und wirbelte jäh um die eigene Achse. *»Beißer!«*

Scott drehte sich ebenfalls um und hob gleichzeitig den Phaser. Aus weit aufgerissenen Augen sah er ein Raubtier, das hinter einem Busch hervorsprang und Eillicht angriff. Der Chefingenieur feuerte.

Zuerst glaubte er entsetzt, das Ziel verfehlt zu haben – der Beißer sauste dem Sivaoaner entgegen, und Eillicht neigte den Speer nach oben, rammte ihn wuchtig in den Leib des Wesens. Der Aufprall schleuderte ihn zu Boden, aber Scott stellte erleichtert fest, daß sich die

Raubkatze nicht mehr rührte. Er rollte sie von dem Barden herunter und half ihm auf die Beine. »Alles in Ordnung mit Ihnen, Kumpel?«

»Ja, danke, Scotty.« Er stieß den reglosen Beißer mit der Fußspitze an, und erst jetzt sah Scott die langen, säbelzahnartigen Hauer des Wesens. »Ein Männchen«, meinte Eillicht. »Schon seit einer ganzen Weile von seiner Partnerin getrennt; sonst wäre es nicht verzweifelt genug gewesen, uns anzugreifen. Haben Sie es getötet?«

»Nein, nur betäubt. Wenn es tot ist, so liegt das an dem Speer in seiner Kehle.«

Der Sivaoaner ging in die Knie, drehte den Kopf des Beißers und zog die Lanze aus der klaffenden Wunde. »Die Drosselvene ist durchstoßen«, schnurrte er. »Eine tödliche Verletzung.« Gleichgültig wandte er sich von dem Kadaver ab, so als hielte er es für völlig normal, derartigen Geschöpfen zu begegnen. Scott schauderte, als er vom Verhalten des Barden auf die Gefahren dieser Welt schloß und sich vorstellte, in welcher Lage die Landegruppe sein mochte. Kirk und die anderen besaßen nicht einmal Phaser, um sich zu verteidigen.

Eillicht hob den Speer und beschnupperte den Schaft. »Er gehörte Captain Kirk.«

»Ich glaube Ihnen natürlich, aber warum sollte er seine Waffe hier zurücklassen? Das gefällt mir überhaupt nicht.«

Scott hielt nach Spuren Ausschau, und auch der Barde sah sich um. »Pechvogel hat sich hier aufgehalten, aber ich nehme keine Witterungen Hellflecks wahr. Ich teile Ihre Besorgnis, Scotty. Es fällt mir sehr schwer, Ihre Gefährten zu riechen, abgesehen von dem Captain.« Er zeigte auf die Holzlanze. »Sie tragen Stiefel und hinterlassen keine Duftfährte wie wir Sivaoaner.«

Der Chefingenieur beobachtete die Reste der Brücke und den Wald, deutete nach rechts. »Dort sind einige Zweige gebrochen«, sagte er und führte Eillicht an die entsprechende Stelle. Zwischen den Büschen zeigte sich ein kleiner Fußabdruck; Scott dachte an Uhura.

Eillicht beschnupperte die Äste und Blätter. »Mr. Chekov«, sagte er. »Mr. Spock, Pechvogel und Lieutenant Uhura. Pechvogel fürchtete sich. Die Gefühle Ihrer Freunde kann ich nicht deuten, aber das Katzenmädchen hatte Angst.« Er richtete sich auf und sah Scott beunruhigt an. »Sie liefen am Fluß entlang...«

»Aye«, erwiderte er. »Offenbar folgten sie jemandem, der in den Strom stürzte, als die Hängebrücke riß.« *Und der Captain ließ seinen Speer fallen, um dem oder den Betreffenden nachzuspringen.*

Der Schwanz des Barden wickelte sich um sein Handgelenk – eine Geste, die ihm Trost spenden sollte. »Ich nehme den Weg, den sie beschritten haben. Und ich gebe Ihnen sofort Bescheid, wenn ich weitere Hinweise finde.«

Scott neigte den Kopf zur Seite und wog seine Sorge gegen den Zorn des Captains ab. Kirks Autorität erlitt eine Niederlage. »Hätten Sie was dagegen, wenn ich Sie begleite? Vorausgesetzt natürlich, das ist mit Ihren Traditionen vereinbar.«

»Ich würde mich über Ihre Gesellschaft freuen«, entgegnete Eillicht. »Selbst Steifschwanz wäre für Ihre Hilfe dankbar.«

Der Chefingenieur schaltete seinen Kommunikator ein. »Scott an *Enterprise*.«

»Hier Sulu. Ist alles in Ordnung?«

»Das weiß ich noch nicht genau, Mr. Sulu. Sie haben weiterhin das Kommando. Eillicht und ich versuchen, uns ein Bild von der Lage zu machen.«

»Halten Sie das für klug, Sir?« Die Skepsis in der Stimme des Navigators war unüberhörbar.

»Ich schon, aber der Captain wohl kaum. Wie dem auch sei: Noch weiß er nichts davon. Ich bleibe mit Ihnen in Verbindung, Mr. Sulu. Scott Ende.«

Hellfleck nieste mehrmals hintereinander, und Evan Wilson sagte: »Ich hoffe, die Erkältung ist nicht gefährlich für dich.«

»Es besteht keine Lebensgefahr, wenn du das meinst. Aber ich wünschte, ich könnte auf der Stelle sterben.« Abgesehen von dem Niesen schien sich Hellfleck gut erholt zu haben, sowohl körperlich als auch geistig. Außerdem hatten sie den Weg gefunden, der nach Sretalles führte, und damit waren gleich zwei Probleme gelöst. Was das dritte betraf: Erneut rief Kirk Spocks Namen, und wieder erhielt er keine Antwort. Vielleicht lag es an dem Donnern des nahen Wasserfalls – das hoffte er jedenfalls.

Hellfleck schnupperte und nieste erneut. »Es tut mir leid, aber ich kann nicht feststellen, ob sie hier gewesen sind.«

Sie klang so niedergeschlagen, daß Kirk antwortete: »Mach dir nichts draus. Wir haben keine andere Wahl, als den Weg nach Sretalles fortzusetzen und zu hoffen, dort die anderen zu treffen.«

»Aber wenn wir *vor* ihnen sind, sollten wir ein Zeichen für sie hinterlassen«, meinte Evan. »Bitte entschuldige, daß ich den Wald verunstalte, doch mir fällt keine andere Möglichkeit ein, unseren Gefährten einen Hinweis zu geben.« Sie wählte einen birkenartigen Baum, der fast mitten auf dem Pfad wuchs, ritzte ein vulkanisches Symbol und einen nach Sretalles deutenden Pfeil in die Borke.

»Leg die Hand darauf«, sagte Hellfleck. »Und auch du, Captain. Dann nimmt Pechvogel euren Geruch wahr.«

Sie kamen ihrer Aufforderung nach. Evan trat zurück, um ihr Werk zu betrachten, überlegte kurz und fügte eine 3 hinzu. »Pechvogel kann uns riechen, aber Mr. Spock nicht. Dieses Zeichen ist für die Taubnasen. Lach nicht, Hellfleck. Im Augenblick ist deine Nase die schlechteste weit und breit.« Das Katzenmädchen nieste, aber sein Schwanz bildete weiterhin eine Spirale.

Am nächsten Morgen stellte Spock erleichtert fest, daß sich Pechvogel mit den Konsequenzen ihres Schwurs abgefunden hatte. Sie verhielt sich wie an den anderen Tagen. Sie machte sich um Chekov Sorgen, ebenso wie der Vulkanier.

Als der Kranke vorübergehend aus seiner Ohnmacht erwachte, richtete Uhura einige tröstende Worte an ihn, strich ihm übers Haar – und riß erschrocken die Augen auf, als es bei ihrer sanften Berührung gleich büschelweise ausfiel. Glücklicherweise wahrte sie die Beherrschung und ließ sich Chekov gegenüber nichts anmerken. Kurz darauf untersuchte Pechvogel seine Arme und fand die ersten Gewebeveränderungen.

Sie nahm Spock beiseite. »Er kann nicht mehr gehen.«

»Dann trage ich ihn.«

»Nein«, widersprach die Sivaoanerin. »Ich schlage vor, wir bauen eine Rutschbahre für ihn. Wer sie zieht, hat die Hände frei.«

»Witterst du noch mehr Beißer?«

»Nein, aber das bedeutet nicht, daß keine in der Nähe sind. Seltsam: Für gewöhnlich meiden sie diese Seite des Flusses...«

»Also gut.« Spock nickte. »Eine Bahre.« Zusammen mit Pechvogel schnitt er zwei geeignete Äste und spannte ein Nützliches über sie, auf das sie Chekov legten. Der Vulkanier schlang sich seine Schärpe um die Brust und verband das andere Ende mit dem Transportgestell. Es erstaunte ihn, wie wenig Kraft nötig war, um das Gebilde zu ziehen. Selbst Uhura und das Katzenmädchen würden dabei keine Probleme haben.

Sie brachen wieder auf, und Pechvogel übernahm die Führung. Uhura bildete den Abschluß. Manchmal mußten sie zugreifen, um die Bahre über ein Hindernis zu heben, doch auf ebener Fläche kamen sie gut voran.

Schweigend wanderten sie eine Weile und näherten sich einem Wasserfall, dessen dumpfes Tosen bald zu einem ohrenbetäubenden Donnern anschwoll. Diesmal verzichtete Spock darauf, seinen Atemrhythmus zu kontrollieren. Er brauchte den Sauerstoff der wasserdampfgesättigten Luft, um seine Energiereserven zu mobilisieren. Sie konnten es sich nicht leisten, zwischendurch auszuruhen: Der Langsame Tod raffte Chekov dahin.

Nirgends sahen sie eine Spur von Kirk, Dr. Wilson und Hellfleck, und der Wasserfall erinnerte Spock ständig an das mögliche Schicksal ihrer Gefährten.

Pechvogel verharrte und rief: »Jetzt bin ich an der Reihe!« Spock half ihr in den Zugharnisch und nahm ihren Platz an der Kolonnenspitze ein. Als sie sich wieder in Bewegung setzten, merkte Spock, daß der Druck auf seiner Brust nicht nachließ. Er versuchte, langsamer zu atmen, um zu verhindern, daß noch mehr Wasserdampf in seine Lungen geriet, sah sich jedoch außerstande dazu. Er begriff, welche Gefahr ihm drohte – aber er konnte nichts dagegen unternehmen, schwieg, setzte einen Fuß vor den anderen...

Der Pfad führte an einigen hohen Felsen vorbei, und auf der anderen Seite hielt Spock so aufmerksam nach Beißern und anderen Raubtieren Ausschau, daß er das Zeichen fast übersehen hätte – ein vulkanisches Symbol des Prinzips ›Unendliche Mannigfaltigkeit in Unendlicher Kombination‹. Er blieb stehen und streckte die Hand aus. »Dort, Pechvogel«, sagte er und erinnerte sich daran, wie sehr sie eine Aufmunterung brauchte.

Uhura strahlte triumphierend. »Sie leben! Sie alle!« Sie eilte auf den Baum zu und strich mit den Fingerspitzen über die Borke, als wolle sie sich vergewissern, daß es sich nicht um eine optische Täuschung handelte.

Spock befreite Pechvogel von der Schärpe, und die junge Sivaoanerin beschnupperte das Zeichen. Ihr Schwanz zuckte glücklich. »Alle drei!« entfuhr es ihr. »Alle drei!«

Sie ging neben Chekov in die Hocke, um ihn zu wekken – offenbar hielt sie es für wichtig, daß auch er Bescheid wußte –, aber der Kranke rührte sich nicht. Pechvogels Schweif erschlaffte. Mit einem Satz sprang sie zurück und griff nach dem Harnisch. »Wir müssen *weiter!*« rief sie. »Kirk und die anderen haben nur einen kleinen Vorsprung. Die Duftspur ist höchstens eine Stunde alt.« Daraufhin schritten sie schneller aus.

Das Donnern des Wasserfalls verklang allmählich. Kirk befürchtete, daß es ziemlich lange dauern würde, bis sich seine Trommelfelle von dem ohrenbetäubenden Tosen erholten – doch plötzlich vernahm er weiter hinten auf dem Pfad ein Geräusch. Hellfleck wirbelte herum und fuhr ihre Krallen aus. »Beißer?« fragte er und hob seinen Speer.

»Keine Ahnung – ich kann nichts riechen«, erwiderte das Katzenmädchen. »Hört nur!«

Sie lauschten nach den Wesen, die ihnen folgten.

Einige Sekunden später entspannte sich Hellfleck, und ihr Schwanz ringelte sich. »Es ist Lieutenant Uhura!« Eine weibliche Stimme rief in der Ferne.

Kirk antwortete: »Wir sind hier, Uhura! Warten Sie!« Er lief in die Richtung zurück, aus der sie kamen, und Hellfleck und Dr. Wilson folgten ihm.

Der Captain blieb erst stehen, als er den Vulkanier erreichte. »Spock!« stieß er hervor. »Sie sind eine Augenweide.«

Der wissenschaftliche Offizier hob die Brauen. »Ich verstehe nicht ganz, welchen ästhetischen Wert Sie meinem Anblick zusprechen, Captain, aber ich freue mich ebenfalls, Sie wiederzusehen.«

Kirk lachte heiter. Spock ließ sich durch nichts aus der Ruhe bringen, war noch immer der alte.

Chekov hingegen... Der junge Mann lag auf einem bahrenartigen Gebilde. Wilson kniete neben ihm, fühlte seinen Puls und wirkte sehr ernst. Chekov sah geradezu entsetzlich aus: ein fast kahler Kopf, Gewebeveränderungen auf Wangen und Händen. Selbst Kirk erkannte das letzte Stadium des ADF-Syndroms, aber um Chekov nicht zu beunruhigen, rang er sich ein Lächeln ab. »Tja«, sagte er munter, »so sieht man sich wieder.«

»Captain...« hauchte der Waffenoffizier. »Ich bin froh, daß Sie zurück sind. Ist mit Hellfleck alles in Ordnung?«

»Eigentlich schon. Sie hat nur eine Erkältung und niest dauernd vor sich hin. Wie geht's Ihnen?«

»Nicht besonders gut. Aber ich kann's mir hier wenigstens gemütlich machen, während sich die anderen abplagen müssen.«

Kirk schmunzelte, obwohl seine Besorgnis wuchs. »Offenbar haben Sie noch immer eine große Wirkung auf Frauen – und damit meine ich nicht nur menschliche, sondern auch sivaoanische.«

Chekovs Lippen zuckten kurz. »Sir?« brachte er dann hervor. Kirk beugte sich herab, um ihn besser verstehen. »Wenn Schnappkralle mir nicht helfen kann... Ich möchte Ihnen nur sagen, Sir: Es war mir eine große Ehre, zu Ihrem Kommando zu gehören.«

Der Captain legte ihm die Hand auf die Schulter. »Davon will ich nichts hören, Mister. Ich bin fest entschlossen, Ihre Dienste auch weiterhin in Anspruch zu nehmen – und noch viele Jahre lang Ihr Freund zu bleiben.« Aber Chekov hörte ihn gar nicht mehr; er hatte erneut das Bewußtsein verloren.

»Wie oft geschieht das?« fragte Dr. Wilson scharf und sah zu Pechvogel auf.

»Sehr häufig«, erwiderte die Sivaoanerin. »Er ist fast immer ohnmächtig. Evan, wenn es sich um ADeEf handelt, so kenne ich die Krankheit nicht. Schnappkralle ging nach Sretalles, um mit einem Erinnerer zu sprechen, mit jemandem, der alte Informationen sammelt, an denen niemand mehr interessiert ist. Sie hofft, daß ihr einer von ihnen einen Hinweis geben kann. Deshalb haben wir nicht nach euch gesucht: Wir müssen Mr. Chekov so schnell wie möglich zu ihr bringen.«

»Ich verstehe«, erwiderte die Ärztin. »Also los.«

Kirk tauschte Hellflecks Bündel gegen den Harnisch der Bahre ein, und sie hasteten so schnell über den Pfad, als sei der Teufel hinter ihnen her.

An diesem Tag rasteten sie nicht, gingen nur etwas langsamer, um einige Beeren und Früchte zu pflücken. Chekov kam zweimal zu sich. Evan blieb die ganz Zeit über direkt hinter dem Gestell und richtete beruhigende Worte an den Kranken. Kirk ließ sich von ihren beschwichtigenden Bemerkungen nicht täuschen; er wußte genau, wie es um den jungen Mann stand.

Spock trat an seine Seite. »Captain, wir müssen jetzt das Nachtlager aufschlagen. Es wäre sehr riskant, während der Dunkelheit zu marschieren.«

»Ich weiß. Aber wir sollten eine möglichst große Strecke zurücklegen. Die Zelte können wir auch aufbauen, wenn die Sonne bereits untergegangen ist.« Spock nickte zustimmend, hustete und preßte sich die Hand auf den Mund.

Er hat sich ebenfalls erkältet, dachte Kirk. *So wie Hellfleck. Aber das wird weder ihn noch das Katzenmädchen daran hindern, mit uns Schritt zu halten.* Er beobachtete seine Kameraden; bestimmt fühlten sie sich kaum besser als er selbst. Sie brauchten alle eine Ruhepause, und er hoffte, daß Chekov bis zum nächsten Tag durchhielt, daß ihm Schnappkralle helfen konnte.

Als die Dunkelheit der Nacht das letzte Licht des Tages verdrängte, hielten sie an, und die beiden Sivaoanerinnen errichteten Unterstände. Uhura nahm Platz und bettete Chekovs Kopf in ihren Schoß. Behutsam strich sie ihm über die Stirn und sang ein leises Lied, um den Kranken – und auch sich selbst – aufzuheitern.

Hellfleck briet Beißerfleisch über dem Feuer, und sie aßen müde und erschöpft.

Chekov hatte erneut das Bewußtsein verloren. Dr. Wilson sah sich die Gewebeveränderungen auf seinen Armen an, ließ sich anschließend neben dem Captain zu Boden sinken und seufzte. *Sie ist mit Ihren Kräften am Ende,* dachte er und musterte sie im Schein des Feuers. »Schlafen Sie, Evan. Mr. Spock und ich übernehmen die erste Wache.«

So leise, daß er sie kaum hörte, erwiderte die Ärztin: »Ich kann ihm nicht helfen. Das Syndrom entwickelt sich viel zu schnell. Himmel, eigentlich dürfte er überhaupt nicht krank sein!« Sie ballte die Fäuste. »Und das alles nur, weil in einem Lied ein Vers fehlt. Verdammt! Die Katzenwesen haben ein perfektes Gedächtnis, aber trotzdem änderten sie eine uralte Überlieferung...« Sie warf Hellfleck einen finsteren Blick zu.

Das Katzenmädchen wickelte ihren Schwanz um Evans Handgelenk. »Lieutenant Uhura hat *dein* Lied verbessert«, sagte es. »Und deshalb warst du nicht böse auf sie.«

»Mein Lied«, wiederholte die kleine Frau geistesabwesend und berührte den Schweif der Sivaoanerin.

»Das Baby im Baum«, erklärte Hellfleck. *Rockabye Baby*, dachte Kirk – das Schlaflied, das Uhura gerade Chekov vorgesungen hatte. Evan Wilson runzelte andeutungsweise die Stirn. »Sie singt es kaum anders. So etwas kann man nicht als ›Verbesserung‹ bezeichnen. Jedenfalls nicht in dem Sinne, wie Ferner Rauch Chekovs Bautechnik verfeinerte.«

»Hellfleck ist taub«, sagte Pechvogel – so lautete zumindest die Transkription des Übersetzungsmoduls.

»Der sivaoanische Ausdruck läßt sich nur schwer in unsere Sprache übertragen, Evan«, erklärte Uhura. »Pechvogel meint, Hellfleck leidet an etwas, das bei ihrem Volk als Hörfehler gilt. Sie kann einzelne Tonfolgen nicht exakt voneinander unterscheiden.«

»Und die anderen?« fragte Evan, deutete dabei auf Pechvogel.

Spock warf ein: »Da es eine besondere Bezeichnung dafür gibt, liegt der Schluß nahe, daß es sich um ein sehr seltenes Phänomen handelt.«

»Ja«, bestätigte Uhura. »Die übrigen Sivaoaner haben ein perfektes Gehör.«

»Und auch ihr Gedächtnis ist perfekt«, sagte die Ärztin und sah den Vulkanier an. Plötzlich drehte sie ruckartig den Kopf und wandte sich an Uhura. »Nyota, Sie *können* einzelne Tonfolgen auseinanderhalten, nicht wahr?«

Die dunkelhäutige Frau saß noch immer bei Chekov und nickte.

Dr. Wilson schauderte und holte jäh und keuchend Luft. »Evan...?« begann Kirk besorgt, aber sie winkte barsch ab. Der Captain wechselte einen kurzen Blick mit Spock.

Die Ärztin maß den wissenschaftlichen Offizier mit einem durchdringenden Blick. »Perfektes Gehör und perfektes Gedächtnis«, sagte sie langsam. »Nichts verändert sich.«

»Unmöglich, Dr. Wilson. Das Leben basiert auf dem Wandel.«

»In der Tat.« Sie sah ihn weiterhin an. »Aber was ist, wenn Hellfleck, Pechvogel und die anderen gar nichts von der Modifizierung wissen? Nyota, als sie das Lehrlied Schnappkralle und Pechvogel vorsangen, haben Sie vermutlich die ursprüngliche Melodie benutzt, nicht wahr?«

Sie brauchte Uhuras Bestätigung gar nicht. »Etwas so Wichtiges verändert man doch nicht!« entfuhr es Pechvogel.

»Nur dann, wenn sich ein neues Krankheitsbild ergibt«, sagte Evan. Sie stand auf und hockte sich neben den Kommunikationsoffizier der *Enterprise*. »Ich erinnere mich an das Interview mit einem Komponisten. Auch er hatte ein perfektes Gehör und meinte, er fände großen Gefallen daran, wenn seine Lieder in einer anderen Tonlage gesungen werden. Dadurch klängen sie völlig anders. *Stimmt das?*«

»In gewisser Weise«, antwortete Uhura verwundert. »Es wäre natürlich immer noch das gleiche Lied...« Abrupt streckte sie die Hand aus und umfaßte Evans Unterarm. »Meine Güte!« stieß sie hervor. »Ich verstehe, was Sie meinen. Vielleicht haben Sie recht.«

»Mit Pechvogels Hilfe können wir Gewißheit erlangen«, sagte die Ärztin.

Uhura drehte sich zu der Sivaoanerin um. »Hör mir jetzt gut zu. In meiner Heimat gibt es viele Möglichkeiten, ein bestimmtes Lied anzustimmen. Es handelt sich dabei um Variationen der Grundmelodie. Ich singe dir die Verse des Langsamen Todes so oft vor, wie ich kann. Bitte gib mir sofort Bescheid, wenn dir eine Version vertraut erscheint.«

»Perfektes Gehör, perfektes Gedächtnis«, wiederholte Evan. »Nyota, selbst die Worte könnten sich unterscheiden, nicht nur die Melodie.«

Uhura begann mit zittriger Stimme, doch bald darauf sang sie die Verse mit voller Kraft, mal langsam, mal schnell, veränderte immer wieder den Tonfall. Kirk beobachtete sie und dachte an ein schamanisches Ritual: Drei Heiler versuchten, Chekov zu retten.

Pechvogels Ohren neigten sich vor und zuckten nicht, wenn im Wald irgendwelche Geräusche erklangen. Sie konzentrierte sich ganz auf das Lied, hielt den Blick ihrer kupferfarbenen Augen immerzu auf Uhura gerichtet. Nach einer Weile schwieg die dunkelhäutige Frau, und die junge Sivaoanerin seufzte. »Ja, ich verstehe...« Sie summte die Anfangsmelodie, wiederholte sie anschließend in einer anderen Tonlage. »Für euch klingt das gleich.«

Dr. Wilson musterte Pechvogel, blieb jedoch völlig still. Die anderen folgten ihrem Beispiel. Das Katzenmädchen wartete einige Sekunden lang. »Ich weiß nicht. Die Vorstellung erscheint mir absurd...« Sie unterbrach sich, begann erneut: »Ich bin mir nicht sicher, ob das etwas bedeutet... Die Worte sind anders, aber die Melodie weist eine gewisse Ähnlichkeit auf.«

»Sing«, sagte Evan.

Fast schamvoll kam Pechvogel ihrer Aufforderung nach. Selbst Kirk, der kaum etwas von sivaoanischer Musik verstand, erkannte die Melodie als eine Variation von Uhuras Lied. Sie klang heiter und fröhlich, der Refrain munter und vergnügt.

Wenn Kirk eine wichtige Offenbarung erwartet hatte, so sah er sich nun enttäuscht. Er verstand Pechvogels Verlegenheit: Die Verse berichteten von einer ungefährlichen Kinderkrankheit, die sich nicht mit dem tödlichen ADF-Syndrom vergleichen ließ. Es schien kein Zusammenhang zwischen den beschriebenen Symptomen und Chekovs Haarausfall zu geben, seinen Gewebeveränderungen und den häufigen Phasen der Bewußtlosigkeit – eine so harmlose Erkrankung, daß die Kinder nur mehr schliefen als sonst und sich innerhalb weniger Tage erholten.

Evan Wilson teilte Kirks Enttäuschung, und Pechvogel wandte sich ab, krümmte niedergeschlagen den Schwanz. »Ich kenne keine anderen Lieder, die dem Uhuras ähneln«, sagte sie leise.

»Keine Behandlung«, murmelte Dr. Wilson kummervoll.

Pechvogel sah sie überrascht an. »Meinst du dieses Leiden?« fragte sie. »Doch es gibt eine. Kinder brauchen keine besonderen Arzneien, aber wenn sich Erwachsene anstecken, die in ihrer Jugend keine Antikörper entwickelten, müssen sie behandelt werden.« *Wie Masern,* fuhr es Kirk durch den Sinn. »Aber das hilft uns nicht viel weiter«, fügte Pechvogel betroffen hinzu.

»Die Symptome bei kranken Erwachsenen sind völlig anders als die des ADeEf-Syndroms.«

»Die *Melodie* ist ähnlich«, beharrte Evan Wilson. »Mr. Spock?«

»Wie Sie schon sagten, Doktor: Das Krankheitsbild kann in verschiedenen Bevölkerungsgruppen völlig unterschiedliche Ausprägungen gewinnen.«

»Ja.« Evan drehte sich wieder um. »Pechvogel, hatte irgend jemand in Steifschwanz' Lager die Krankheit, die *dein* Lied beschreibt?«

»Greiffuß litt an ›lebhaftes Kind‹«, erwiderte die junge Sivaoanerin sofort, »und vermutlich waren seine drei Geschwister bereits angesteckt. Bedeutet das etwas, Evan?«

»Die Übersetzung ist nicht ganz genau«, warf Uhura ein und zeigte auf ihre Transkriptionsmoduln. »Wahrscheinlich fehlen in den Datenspeichern unserer Geräte entsprechende Bezugspunkte. Ich schätze, es müßte eigentlich ›Sorgenkind‹ heißen.«

Dr. Wilson holte tief Luft. Sie ignorierte die Frage des Katzenmädchens und sagte: »Pechvogel, kann Schnappkralle einen Erwachsenen behandeln, der sich mit... mit ›Sorgenkind‹ infiziert hat?«

»Natürlich. Dazu bin sogar ich imstande.«

Evan gab ein ächzendes Geräusch von sich und entgegnete monoton: »Was brauchst du dafür?«

Pechvogel starrte sie groß an, hob den Schwanz und deutete ins Dickicht. »Die Pflanze dort.«

Die Ärztin nickte langsam. »Also los.«

Das Nackenfell der Sivaoanerin sträubte sich. »Du meinst, ich soll Mr. Chekov so behandeln, als litte er an Sorgenkind? Das ist doch verrückt, Evan! Selbst wenn er... Nein, unmöglich! Ich müßte ihm die Medizin in den Blutkreislauf injizieren, und mir fehlen die dafür notwendigen Instrumente... Sorgenkind!«

»Stell die Arznei her«, sagte Evan. »Um den Rest kümmere ich mich. Spock, Hellfleck – ich brauche einen hohlen Halm, etwa fünfzehn Zentimeter lang und möglichst dünn.« Der Vulkanier und das andere Katzenmädchen begannen sofort mit der Suche, und Dr. Wilson beobachtete Pechvogel, die durchs Unterholz kroch, sich der Pflanze näherte und einige Blätter pflückte.

Kirk stand ruckartig auf, als er begriff, was die Ärztin plante. Schockiert trat er auf sie zu. »Kommt nicht in Frage, Evan!«

»Halten Sie sich da raus, Captain«, hielt ihm die Ärztin scharf entgegen. »Es geht um das Leben meines Patienten.«

»Eben, *Doktor* Wilson. Sie könnten ihn umbringen.« Kirk starrte auf sie herab, doch sein Blick galt dem Waffenoffizier: Die Gewebeveränderungen des jungen Mannes sahen wesentlich schlimmer aus als noch vor einigen Stunden. Als er die kleine Frau musterte, bemerkte er den bitteren Ernst in ihren Zügen. Sie hatte die ganze Zeit über den Puls des Kranken gefühlt und nickte nun, als erahne sie die Gedanken des Captains. *Koma des zweiten Stadiums,* überlegte Kirk. *Er stirbt, schafft es nicht bis nach Sretalles.* Er brauchte keine Bestätigung von Evan. *Vielleicht handelt es sich um eine völlig andere Krankheit. Vielleicht hat Pechvogels Arznei eine tödliche Wirkung auf Menschen. Vielleicht kann man Chekov gar nicht mehr helfen. Aber wie dem auch sei: Die Medizin des Katzenmädchens gibt ihm die einzige Chance.*

So ruhig wie möglich sagte er: »Ja, Pechvogel. Ich bin einverstanden. Und bitte – beeil dich.« Erleichtert stellte er fest, daß die Sivaoanerin gar nicht auf seine Zustimmung gewartet hatte.

Während Eillicht den Fels beschnupperte und höher kletterte, untersuchte Scott den Kadaver des Beißers. Je genauer er das Raubtier betrachtete, desto weniger gefiel es ihm, und er schauderte, als er sich vorstellte, nur mit einem Speer gegen solche Wesen anzutreten.

»Sie haben Fleisch aus dem Körper dieses Exemplars geschnitten, Scotty. An Proviant mangelt es ihnen jetzt nicht mehr.« Der Chefingenieur stand auf und gesellte sich an die Seite des Katzenmanns, der die Nase rümpfte und auf einen Spalt im Gestein deutete.

»Sind Sie sicher, daß die Kinder noch leben, Eillicht?«

»Ja, die vier Duftspuren sind frisch. Aber ich glaube, Mr. Chekov ist krank.«

»Krank? Nicht verletzt?«

»Schwer zu sagen. Der menschliche Geruch erscheint mir noch immer seltsam. Doch ich wittere kein Blut.«

Scott musterte ihn skeptisch. »Woher wissen Sie das?«

»Evan Wilson blutete nach dem Kampf mit Fangsturm.« Der Barde drehte sich zu Scott um und zeigte mit dem Schwanz nach oben. »Dort entlang.«

Der Chefingenieur folgte ihm. »Wer ist Fangsturm? Und warum hat Evan gegen ihn gekämpft?« Eillichts Schweif ringelte sich. Scott kannte bereits die Bedeutung dieser Geste und fragte: »Was finden Sie daran so komisch?«

»Fangsturm macht sich einen Spaß daraus, dauernd Unruhe zu stiften. Er dachte, jemand ohne Zähne und Krallen könne es nicht mit ihm aufnehmen. Deshalb legte er sich mit Dr. Wilson an – und inspirierte mich zu einem neuen Lied.«

»Aye, ich verstehe. Hat Evan ihren Schlagstock eingesetzt?«

»O nein. Sie biß ihn ins Ohr.« Eillichts Schwanz bildete eine Spirale.

»Die kleine Frau steckt voller Überraschungen«, brummte Scotty. Er dachte an den reißenden Fluß und hoffte, daß sie ihn nicht enttäuschte. *Aye, sie hat dem Strom bestimmt ein Schnippchen geschlagen. Wie der Captain.*

»Schlafen Sie, Uhura«, sagte Kirk sanft. »Evan und ich übernehmen die erste Wache.« Mit einem Nicken deutete er auf Chekov. »Wir kümmern uns um ihn. Ruhen Sie sich aus. Morgen steht uns ein anstrengender Marsch bevor.« Er wandte sich an die beiden Sivaoanerinnen.

»Er ist mein Patient«, zischte Pechvogel.

Kirk wechselte einen kurzen Blick mit Evan.

»Sie hat recht, Captain«, murmelte die Ärztin. Ohne Chekovs Handgelenk loszulassen, legte sie den Kopf des jungen Mannes auf ihren Schoß.

Uhura stand auf und streckte sich. »Sie wecken mich doch, Evan?«

»Versprochen. Wenn sich sein Zustand verändert.«

»Sie schlafen ebenfalls, Mr. Spock«, sagte Kirk. »Das ist ein Befehl.« Sonderbarerweise widersprach ihm der Vulkanier nicht.

Kirk schob Holz ins Feuer und sah seinen Gefährten nach, als sie sich in die Zelte zurückzogen. Eine Zeitlang beobachtete er den Wald und lauschte nach Beißern. Aus Spocks Schilderungen schloß er, daß Pechvogels Nase weitaus besser als Warnindikator taugte als die menschlichen Wahrnehmungssinne, aber er blieb trotzdem aufmerksam – wenn auch nur, um sich abzulenken.

»Evan«, sagte er leise, um niemanden zu stören, »auch Sie brauchen Schlaf. Wäre es nicht möglich, daß Sie sich mit Pechvogel abwechseln?«

Sie schüttelte den Kopf. »Nein. Wir müssen Chekov im Auge behalten.«

Der Captain seufzte, stand auf, ging am Rande ihres Lagers entlang und widerstand der Versuchung, sich alle fünf Minuten nach dem Zustand des jungen Mannes zu erkundigen. Er wußte, wie sinnlos das war. Die Zeit verstrich nur langsam, und nach einiger Zeit, die ihm wie Jahre vorgekommen war, winkte ihn Evan zu sich.

»Sein Puls wird besser«, flüsterte sie. Kirk zeigte auf die Unterstände. »Soll ich die anderen…«

»Nein, wecken Sie sie nicht. Ich möchte erst ganz sicher sein.« Noch während die Ärztin diese Worte aussprach, bewegte sich Chekov. Pechvogel zitterte, neigte Ohren und Schnurrhaare hoffnungsvoll vor. »Sprechen Sie mit ihm, Captain«, sagte Evan.

»Können Sie mich hören, Mr. Chekov? Ich bin's, Captain Kirk.« Vorsichtig griff er nach der Hand des Kranken. »Pavel?«

Die Lider des Waffenoffiziers zuckten. »Captain? Wo… wo bin ich, Sir?«

Erleichterung durchströmte Kirk. »In einer höchst beneidenswerten Lage, Pavel«, erwiderte er. »Ihr Kopf liegt auf Dr. Wilsons Schoß.«

Die Ärztin lachte. »Lassen Sie sich von ihm nicht am Schwanz ziehen«, sagte sie zu ihrem Patienten. Und als er versuchte, sich auf dem Ellenbogen in die Höhe zu stemmen: »Nein, bewegen Sie sich nicht. Sie sind noch zu schwach. Haben Sie Hunger?«

»Bozhe moi!« entfuhr es Chekov, und er starrte überrascht zu ihr hoch. »Ich könnte ein Pferd verschlingen!«

Pechvogel lief los und holte einige Fleischstreifen.

»Leider sehe ich mich außerstande, Ihnen ein solches Menü anzubieten«, sagte Kirk. »Aber Sie werden feststellen, daß Beißer ebenso zäh sind.«

»Macht nichts, Captain.« Chekov hatte nicht übertrieben und aß mit großem Appetit. Doch er ermüdete schon nach kurzer Zeit.

»Wir legen den Rest für Sie beiseite, Pavel«, sagte Evan. »Schlafen Sie jetzt.«

Chekov nickte mühsam. »Dr. Wilson? Habe ich das... das ADF-Syndrom?«

»Nein«, antwortete die Ärztin. »Sie leiden nur an ›Sorgenkind‹. Der kleine Greiffuß hat Sie angesteckt. Machen Sie sich keine Sorgen.« Sie lächelte beruhigend, und Chekov seufzte, schloß die Augen.

»Pechvogel«, raunte Evan, »weck Uhura. Teile ihr und den anderen mit, daß unser Patient...« Sie kam nicht mehr dazu, den Satz zu beenden. Die junge Sivaoanerin sauste sofort los, und ihr langer Schwanz zuckte glücklich.

Kirk stellte fest, daß er noch immer Chekovs Hand hielt. Er ließ sie los und begegnete dem Blick der kleinen Frau. Tränen schimmerten in ihren Augen. »Ist es ein Heilmittel, Evan?« brachte er rauh hervor.

»Richten Sie diese Frage morgen an mich, Captain. Oder nächste Woche.« Sie zog ein Nützliches heran und betupfte ihre Wangen, strich sanft über Chekovs Stirn. »Er erwachte aus dem Koma des zweiten Stadiums – und *lebt*.«

Dann brummte sie verärgert: Der sivaoanische Stoff nahm keine Feuchtigkeit auf. Aus einem Reflex heraus beugte sich Kirk vor, hob sanft Evans Kinn und wischte ihre Tränen fort. Erst nach einigen Sekunden begriff er, daß es sich um eine sehr vertrauliche Geste handelte, befürchtete eine Zurechtweisung. Aber die Ärztin lächelte nur. »Vielen Dank, Jim«, sagte sie.

»Ich danke *Ihnen*, Evan.«

Evan Wilson erwachte, als Pechvogel sie behutsam an der Schulter berührte. Sie streckte sich und winkte Hellfleck zu, die laut nieste und Chekov untersuchte. »Sein Puls ist normal«, sagte sie. »Und die Gewebeveränderungen bilden sich zurück! Sie heilen, Pechvogel! Braucht er noch eine Dosis deiner Arznei?«

»Wenn es wirklich Sorgenkind ist – nein, eine genügt. Aber noch wissen wir es nicht genau, Evan. Menschen reagieren so anders...«

»Wir bleiben bei der Standard-Behandlung«, entschied Dr. Wilson und griff nach einem vorbeisausenden Schwanz. »Pechvogel, die Medizin wirkt! Warum bist du so aufgebracht?«

»Wenn ich daran denke, daß viele Eeiauoaner und Humanoiden an einer Kinderkrankheit sterben... Wie ist so etwas möglich?«

»Erreger und Wirtskörper passen sich gegenseitig an. Wenn sich Viren oder Bakterien in einer Bevölkerungsgruppe ausbreiten, die lange Zeit isoliert war, kommt es zu einer Epidemie. Um ein Beispiel aus Mr. Chekovs Heimat zu nennen... Auf der Erde hatten die Menschen auf zwei großen Kontinenten viertausend Jahre lang keinen Kontakt miteinander. Als sie sich schließlich begegneten, wurden die jeweiligen Kinderkrankheiten zu einer ernsten Bedrohung.« Evan legte dem jungen Mann die Hand auf die Stirn und fuhr fort: »Vermutlich müßt ihr mit ähnlichen Problemen rechnen, wenn ihr die Eeiauoaner besucht – oder sie euch. Ich gebe dir und allen anderen Doktoren den Rat, an die Möglichkeit zu denken, daß scheinbar harmlose Erreger neue Seuchen verursachen.«

»Du hast recht«, erwiderte Pechvogel. »Ich weise Schnappkralle darauf hin.« Plötzlich legte sie die Ohren an. »Du hältst mich für eine Ärztin!«

Auch Hellflecks Ohren neigten sich zurück. Dr. Wilson schmunzelte, als sie das Erstaunen der beiden Katzenmädchen bemerkte. »Du...«, begann sie und suchte nach den richtigen Worten.

»Evan, ich assistiere Schnappkralle schon seit vielen Jahren und kenne alle Behandlungsmethoden, aber ich kann erst eine Ärztin sein, wenn man mich als Erwachsene akzeptiert.«

»Unsinn«, stieß Dr. Wilson hervor. »Du weißt, worauf es ankommt, und du zögerst nicht, einem Patienten zu helfen. Dadurch bist du weitaus erwachsener als Steifschwanz. Bitte entschuldige, Hellfleck, aber deine Mutter sah nur deshalb Kinder in uns, um nicht über die Eeiauoaner sprechen zu müssen, stimmt's?«

Hellfleck nieste, nickte und nieste erneut. Evan fragte sich, aus welchem Grund sie so elend wirkte: wegen ihrer Erkältung oder der Kritik an Steifschwanz?

»Wer ist der wahre Erwachsene: jemand, der dauernd danach trachtet, ein Problem zu meiden – oder jemand, der es zu lösen versucht?«

Die beiden Sivaoanerinnen wechselten einen Blick. Einige Sekunden lang schwiegen sie, und dann erwiderte Pechvogel: »Ich glaube, du hast recht, Evan.« Hellfleck nickte zustimmend.

»Ich sollte mich wohl bei Mr. Spock entschuldigen.« Wieder sah Pechvogel das andere Katzenmädchen an. »In der vulkanischen Sprache gibt es nicht einmal ein Wort für Suizid.« Hellfleck legte verblüfft die Ohren an, musterte Dr. Wilson, die eine bestätigende Geste vollführte.

Pechvogel ließ Hellfleck nicht aus den Augen, als sie fortfuhr: »Er meinte, er wolle nicht zwischen meinem Leben und dem Mr. Chekovs wählen. Ich habe ihm in der Alten Sprache geschworen, auf den anderen Weg zur Reife zu verzichten, selbst dann, wenn meine dritte Wanderung in einem Mißerfolg endet. Nur dadurch konnte ich ihn zu der Entscheidung veranlassen, den Kranken unverzüglich zu Schnappkralle zu bringen.«

Hellflecks Nackenfell sträubte sich, und Evan schauderte – eine ähnliche Reaktion, wenn auch aus anderen Gründen. Der Vulkanier hatte eine Lösung gefunden, bevor sie überhaupt von der Existenz des Problems erfuhr. Sie wartete und hoffte auf eine Möglichkeit, Pechvogel zu helfen.

Hellfleck brach das Schweigen, indem sie mehrmals hintereinander nieste. Schließlich zischte die andere Sivaoanerin: »Soll ich dich behandeln, oder möchtest du weiterhin leiden?«

Sie hat sich entschlossen, eine Ärztin zu sein, dachte Dr. Wilson, und ihr Respekt Pechvogel gegenüber wuchs.

»Du klingst genau wie Schnappkralle«, klagte Hellfleck.

»Das betrachte ich als Kompliment, und ich werde es ihr ausrichten«, erwiderte Pechvogel. »Nun?«

»Na gut«, schnurrte Hellfleck und seufzte. »Ich bin froh, daß dich Mr. Spock dazu brachte, einen Eid abzulegen. Du bist meine Freundin, und ich möchte dich nicht verlieren. Wenn du versagst, schaffe ich es ebenfalls nicht. Und ich wandere so oft mit dir, wie es nötig ist.« Sie schlang ihren Schwanz um Pechvogels Taille. »Ich halte selbst dann zu dir, wenn du beschließt, keinen neuen Versuch zu wagen. Evan zeigt, daß man selbst ohne eine Wanderung erwachsen sein kann, und warum sollte das nicht auch auf dich zutreffen?« Trotzig hob sie den Kopf und schob das Kinn vor – eine Herausforderung der sivaoanischen Traditionen.

Pechvogels Schweif strich über Hellflecks Pelz. »Danke«, sagte sie. »Ich danke euch *beiden.*« Dr. Wilson beobachtete die beiden Katzenmädchen stolz und schwieg, begnügte sich mit einem zufriedenen Schmunzeln.

Dann fiel ihr etwas ein. Sie runzelte die Stirn und versuchte den Grund ihres plötzlichen Unbehagens festzustellen, dachte an den Vulkanier. Als die beiden Sivaoanerinnen einen besorgten Blick wechselten, schüttelte Evan rasch den Kopf. »Nein, ich meine nicht euch, sondern Mr. Spock. Er verdient eure Dankbarkeit. Er wußte, welches Opfer er von dir verlangte, und bestimmt ist es nicht leicht für ihn gewesen.«

»Aber er...« Pechvogel unterbrach sich abrupt. »Er kann seine Gefühle *nicht zeigen.* Als ihr verschwunden wart, meinte er, er mache sich große Sorgen um euch.«

Die menschliche Ärztin nickte. »Ich bin sicher, er versteht auch deine Lage. Von uns allen weiß er am besten, was jene Art von Einsamkeit bedeutet, die dein Schwur zur Folge haben könnte.«

»Ich verstehe nicht ganz...«

Evan preßte die Fingerspitzen aneinander, ahmte unbewußt den wissenschaftlichen Offizier nach. »Ich halte es für ratsam, Spock als Vulkanier zu behandeln, denn das entspricht seiner Vorstellung von sich selbst. Er wuchs auf Vulkan auf, gemäß den Bräuchen der vulkanischen Kultur – obwohl er zur Hälfte Mensch ist. Und genau darin besteht sein grundlegendes Problem. Der vulkanische Faktor seines Selbst führt bei Menschen häufig zu Mißverständnissen, und der menschliche Aspekt seines Wesens bleibt den Vulkaniern fremd. Mr. Spock ist *allein;* es gibt niemanden, der ihm ähnelt. Ich schätze, der Captain, Uhura und Chekov sind seine einzigen wahren Freunde.«

»Und wir, Evan«, warf Hellfleck ein.

Dr. Wilson schüttelte langsam den Kopf und entgegnete sanft: »Vielleicht. Doch so etwas braucht Zeit. Oh, sicher lohnt es sich sehr, seine Freundschaft zu gewinnen, aber dazu sind viele Wochen und Monate notwendig, wenn nicht gar Jahre. Und deshalb haben einige von uns keine Gelegenheit, ihn besser kennenzulernen.« Sie dachte dabei in erster Linie an sich selbst. »Nun, Pechvogel, du solltest jetzt schlafen.«

»Zuerst kümmere ich mich um Hellfleck – sonst läßt mich ihr ständiges Niesen nicht zur Ruhe kommen.«

»Zieh nicht an meinem Schwanz«, schnurrte das Katzenmädchen, hob gleichzeitig den Schweif und hielt ihn in Pechvogels Reichweite. Die andere Sivaoanerin hüpfte vergnügt, beleckte Hellflecks Wange und ging fort, um Kräuter für einen Heiltrank zu sammeln.

Evan dachte noch immer an den Vulkanier, als Pechvogel sagte: »Es dürfte sehr schwer sein, Mr. Spock zu behandeln, wenn er krank ist.«

»In der Tat. Die Schwierigkeit dabei besteht in der Kombination vulkanischer und menschlicher Gene. Du solltest hören, was Dr. McCoy davon hält. Seiner Ansicht nach dient Spocks einzigartige Physiologie nur dazu, ihn zu verwirren.«

»Weißt du, daß sich seine Atmung verändert hat?«

»Er kann Körperfunktionen kontrollieren, die bei Menschen rein unwillkürlich sind. Ich wies ihn darauf hin, den Atemrhythmus zu verlangsamen, damit nicht zuviel Wasserdampf in seine Lungen gerät.«

»Ich meine etwas anderes«, sagte Pechvogel und sah von den Kräutern auf. »Bemerkst du den Unterschied tatsächlich nicht?«

»Nein. Erklär ihn mir.« Evan sprach möglichst ruhig und gelassen.

»Wenn er in Steifschwanz' Lager normal atmete…« Pechvogel wartete Evans Nicken ab, bevor sie fortfuhr: »Nun, jetzt scheint es ihm schwerzufallen, Luft zu holen. Er keucht häufig.« Dr. Wilson erhob sich ruckartig und starrte auf Chekov herab. »Evan?« fragte die Sivaoanerin unsicher.

Die menschliche Ärztin schnitt eine Grimasse und nahm wieder Platz. »Verdammt, *verdammt!*« brachte sie hervor und ballte kurz die Fäuste. »Bei Elath, es ist auch meine Schuld. Ich habe meine ganze Aufmerksamkeit auf Chekov gerichtet.« Sie sah die beiden Katzenmädchen an. »Hat Spock gehustet?«

Hellfleck nickte. »Ich dachte bisher, er habe sich ebenfalls erkältet…« Sie nahm einen Becher von Pechvogel entgegen, leerte ihn und verzog das Gesicht. Dadurch zeigte sie ihre spitzen, raubtierhaften Zähne. »Ist er krank, Evan? Kannst du ihm irgendwie helfen?«

»Hier nicht«, erwiderte Dr. Wilson aufgebracht. »Nein nicht *hier*. Dazu müßte ich mit ihm zur *Enterprise* zurückkehren. Er braucht Ruhe. Und Antibiotika, die ich nicht auf der Grundlage irgendwelcher Kräuter herstellen kann.«

»Außerdem ist er wohl kaum in der Lage, sich zu schonen – wir sind noch immer rund einen Tagesmarsch von Sretalles entfernt.«

Er weiß, daß er krank ist und ich ihn nur an Bord behandeln kann, fuhr es Evan durch den Sinn. *Bestimmt glaubt er, er sei in der Lage, es bis nach Sretalles zu schaffen. Aber er wagt es nicht, dem Captain Bescheid zu geben – aus Furcht, daß uns Kirk vorausschickt. Seine vulkanische Logik: Um ihm zu helfen, müßten wir den Erfolg unserer Wanderung in Frage stellen. Und wenn wir Sretalles nicht gemeinsam erreichen, als Erwachsene, wäre unsere Mission gescheitert. Dann bliebe Pechvogel nach den Maßstäben der sivaoanischen Kultur ein Kind, und ich könnte nicht mit Schnappkralle und den anderen Ärzten und Heilern sprechen.* Mit anderen Worten: Spock war bereit, sich selbst zu opfern.

»Na schön«, sagte Evan langsam. »Offenbar haben wir keine andere Wahl, als nach seiner Pfeife zu tanzen.« Als sie die Verwunderung der Sivaoanerinnen bemerkte, fügte sie mit einem schiefen Lächeln hinzu: »Das meine ich im übertragenen Sinne. Nun, solange mit Hellfleck alles in Ordnung ist und sich Mr. Chekov langsam erholt, setzen wir den Weg langsam fort und machen häufig Rast, um Pavel nicht zu sehr zu belasten.«

»Und... Mr. Spock?«

»Er hat uns nicht auf seinen Zustand hingewiesen. Ganz offensichtlich sollen wir uns keine Sorgen um ihn machen.« Evan überlegte kurz. »Ich übernehme seine Wache – er braucht mehr Schlaf als ich. Außerdem: Ich wiege nicht viel. Wenn *ich* vor Erschöpfung zusammenbreche, könnt ihr mich an den Haaren nach Sretalles zerren.«

Die beiden Katzenmädchen schnurrten zustimmend. Pechvogel zog sich ins Zelt zurück, und Hellfleck patrouillierte am Rande ihres Lagers. Sie ging mit geringeltem Schwanz; vermutlich amüsierte sie die Vorstellung, ihre menschliche Freundin *an den Haaren* zu ziehen.

Als Dr. Wilson am nächsten Morgen den Captain weckte, bedachte sie Kirk mit einem verärgerten Blick. »Ich dachte, Sie seien mit Spock quitt.«

Evan zuckte mit den Schultern. »*Jetzt* sind wir es«, antwortete sie. Er musterte sie betont finster, aber in dieser Art von Mimik war Kirk nicht besonders geschickt, und deshalb empfand die Ärztin keine Reue. Während sich der Captain an die anderen wandte, nahm Evan neben Chekov Platz.

Im grauen Licht der Dämmerung stellte sie fest, daß sich die Gewebeveränderungen weiter zurückgebildet hatten. Sie näßten nicht mehr, und an einigen Stellen zeigten sich dünne Narben. Als sie ihn behutsam an der Wange berührte, drehte der Waffenoffizier den Kopf und öffnete die Augen und ächzte leise.

»Guten Morgen«, sagte Evan. »Haben Sie gut geschlafen?« Bevor er Antwort geben konnte, richtete sie den Zeigefinger auf ihn. »Bleiben Sie hübsch brav liegen.«

»Aber, Sir…« begann Chekov.

Die Ärztin grinste. »Sie brauchen gar nicht mit den Augen zu rollen. Sicher gelingt es Ihnen mühelos, die Herzen anderer Frauen zu erweichen, aber ich bin in dieser Hinsicht völlig immun. Darüber hinaus kenne ich alle Patiententricks.«

»Damit hat Dr. Wilson gewiß nicht übertrieben, Mr. Chekov.« Spock trat auf sie zu. Dr. Wilson sah zu ihm hoch und spürte seine volle Aufmerksamkeit auf sich ruhen. »Sie haben mich nicht geweckt, Doktor.« Der Vulkanier klang sachlich, aber Evan wußte, daß er ihr einen Vorwurf machte. Sie errötete.

»Sie hatten noch eine Wache bei mir gut«, erwiderte sie.

Einige Sekunden lang musterte sie der Vulkanier nachdenklich, und dann richtete er den Blick auf Chekov. »Ihr äußeres Erscheinungsbild deutet darauf hin, daß Sie sich erholen. Wie fühlen Sie sich?«

»Noch immer ein bißchen schwach, Sir, doch ich glaube, ich könnte jetzt wieder gehen. Allerdings will mich Dr. Wilson nicht aufstehen lassen.«

»Mr. Chekov«, sagte Spock, »ich gebe Ihnen den guten Rat, den Befehlen Ihrer Vorgesetzten zu gehorchen – vor allen Dingen dann, wenn sie zur medizinischen Sektion Starfleets gehören.«

»Aber Mr. Spock... Sie und Dr. McCoy, Sir...«

»Dr. McCoy steht nicht in dem Ruf, ein Experte im Umgang mit Schlagstöcken zu sein«, sagte der wissenschaftliche Offizier.

Kirk stand nahe genug, um diesen Wortwechsel zu hören. Er lachte und kam heran. »Mr. Spock hat völlig recht. Freut mich, daß es Ihnen wieder besser geht, Mr. Chekov, aber den Rest der Strecke nach Sretalles legen Sie auf der Rutschbahre zurück.«

Der junge Mann fügte sich. *»Chort vozmi!«* preßte er einmal zwischen zusammengebissenen Zähnen hervor. Ab und zu mußten seine Gefährten das Gebilde, auf dem er ruhte, über loses Geröll und Felsen ziehen, und bei jeder Erschütterung zuckte Chekov zusammen. Evan sah deutlich, wie schmerzhaft die Reise für ihn war, aber abgesehen von dem russischen Fluch kurz nach ihrem Aufbruch beschwerte er sich nur darüber, nicht selbst gehen zu können.

Sie legten häufige Pausen ein, und das erregte den Unwillen des Captains. Dr. Wilson verstand seine Ungeduld so dicht vor dem Ziel; auch ihr fiel es nicht leicht, langsamer anstatt schneller zu marschieren. Tief in ihrem Innern teilte sie Kirks Nervosität, denn sie hatte jetzt auch noch einen zweiten Patienten: Sie blieb in der Nähe des Vulkaniers und hörte, wie mühsam er atmete. Eigentlich gab es gar keine andere Alternative: Spock mußte so schnell wie möglich zur *Enterprise* zurückkehren, aber andererseits durfte er sich nicht zu sehr anstrengen. Sie mied seinen Blick, als er leise hüstelte, rief dem Captain zu: »Lassen Sie uns hier Rast machen. Ich möchte Chekov füttern.«

»Himmel, Evan, hat das nicht noch zwei oder drei Stunden lang Zeit?« Kirks Stimme klang fast flehentlich.

»Nein«, erwiderte sie fest und starrte den Russen aus warnend blitzenden Augen an, als er zu protestieren begann.

Sie verharrten auf der nächsten Lichtung im Wald. Pechvogel stützte Chekovs Rücken und gab ihm einige Beeren, während sich Evan die Gewebeveränderungen ansah. »Alles bestens«, sagte sie kurz darauf. »Der Genesungsprozeß setzt sich fort. Er hat einige Hautabschürfungen erlitten, aber sie spielen weiter keine Rolle. He, können wir die Bahre nicht irgendwie polstern?«

»Vielleicht mit Silbermoos«, schlug Pechvogel vor. »Es nimmt nicht nur Feuchtigkeit auf, sondern ist auch sehr weich.«

Kirk wanderte unruhig über die Lichtung und beobachtete, wie Dr. Wilson und ihre sivaoanischen Helferinnen Moosfladen unter Chekovs ausgestreckten Körper schoben. Nach einer Weile stand Evan auf und meinte, sie könnten den Weg jetzt fortsetzen. Aber der Captain schien sie gar nicht zu hören, beobachtete den sitzenden Vulkanier. Er wirkte schockiert. »Mr. Spock? Sie sehen schrecklich aus!«

Der wissenschaftliche Offizier hob den Kopf. »Captain, ich versichere Ihnen, daß sich mein äußeres Erscheinungsbild kaum von Ihrem unterscheidet.«

Kirk sah an sich herab, betrachtete seine eigene zerrissene und verschmutzte Kleidung, die zerkratzten Hände. »Das stimmt vermutlich«, gestand er ein. *Ausgezeichnet, Mr. Spock,* dachte Evan. *So ist es richtig: niemals lügen, wenn eine irreführende Halbwahrheit genügt.*

»Beißer!« fauchte Pechvogel. Sie deutete in die Richtung, aus der sie kamen. »Riechst du sie, Hellfleck?« Das andere Katzenmädchen schüttelte den Kopf und zeigte auf seine Nase. Hellfleck besaß keinen Speer mehr und blieb hinter Pechvogel und Evan stehen. Spock und Kirk gesellten sich sofort an ihre Seite, um Chekov abzuschirmen. »Ein Rudel«, zischte Pechvogel leise. »Drei bis fünf Tiere.«

»Wie weit entfernt?« fragte der Captain.

»Beißer haben einen *starken* Geruch, den man über große Distanzen hinweg wahrnehmen kann. Ich vermute, sie befinden sich im Bereich unseres letzten Rastplatzes. Genug der Worte. *Horcht!*«

Evan Wilson lauschte, aber um sie herum blieb es völlig still. Sie unterdrückte ein Schaudern und hielt ihren Stock bereit.

Der Captain lebte! Das in die Borke des Baumstamms geritzte vulkanische Symbol überzeugte Scott weitaus mehr als Eillichts Versicherungen, Kirk und seinen Begleitern sei nichts zugestoßen. Der Chefingenieur verließ sich lieber auf seine eigenen Sinne, und als er an den kranken Chekov dachte, entstand neuerliche Besorgnis in ihm.

Er kannte nun das Gelände, wußte auch, welche Gefahren von den Beißern drohten – und überlegte voller Unbehagen, wie sich die Wanderer schützten, wenn die Sonne unterging. Scott hatte erst gar nicht versucht, auf Sivao zu übernachten. Auf das Drängen Eillichts hin kehrte er zur *Enterprise* zurück und schlief in seiner Kabine, während der Katzenmann in einen Baum kletterte und es sich in einer Astgabel bequem machte.

»Warten Sie, Scotty«, zischte der Barde jetzt. Der Chefingenieur erstarrte förmlich und hob den Phaser. Eillicht schlich über den Pfad und schnüffelte. »Noch mehr Beißer«, flüsterte er. »Wir stehen nach wie vor gegen den Wind, und deshalb haben sie uns noch nicht gewittert.«

»Folgen sie den Kindern?«

Eillicht nickte. »Es sind ziemlich viele. Offenbar hat sie der Regen aus ihrem Jagdgebiet weiter im Norden vertrieben. Mit einer ganzen Horde können der Captain und seine Gefährten nicht fertig werden. Nun, wenn wir nahe genug an sie herankommen... Vielleicht gelingt es uns, die Raubtiere abzulenken, ohne direkt einzugreifen.«

»Einverstanden. Zeigen Sie mir den Weg.«

Eillicht wandte sich vom Pfad ab und kroch durchs Unterholz in Richtung Fluß. Angesichts der leisen Geschmeidigkeit des Sivaoaners kam sich Scott ungelenk und schwerfällig vor, und die Vorstellung, noch einmal mit den Wesen konfrontiert zu werden, die ihn an Säbelzahntiger erinnerten, gefiel ihm ganz und gar nicht. Aber in diesem Fall ging es um das Leben Jim Kirks und der anderen, und das gab den Ausschlag.

Einige Minuten später bedauerte er seine Entscheidung. »Seien Sie zum Kampf bereit«, hauchte Eillicht. »Sie haben uns gehört.«

Trotz der Warnung griffen die Beißer überraschend an.

Vor ihnen teilte sich das Dickicht, und von einer Sekunde zur anderen fiel Scotts erschrockener Blick auf lange Reißzähne. Er feuerte auf das erste Tier, und der blaue Strahlblitz aus seinem Phaser lähmte auch ein zweites. Eillicht erledigte die beiden anderen.

Anschließend warteten sie, wagten es nicht, in ihrer Wachsamkeit nachzulassen.

Kirk erinnerte sich an Spocks Bericht über die Begegnung mit den Beißern und fragte sich, ob man die Geschöpfe verscheuchen konnte: Wenn sie von so seltsamen Wesen wie Menschen angegriffen wurden, ergriffen sie vielleicht die Flucht. Offenbar hatte Dr. Wilson die gleiche Idee. Als die Raubkatzen lautlos über den Weg schlichen und sich zögernd näherten, rannten Kirk und Evan los, heulten laut und schwangen ihre hölzernen Waffen. Die verunsicherten Beißer verharrten.

Die Ärztin stieß einen lauten Schrei aus und rammte ihren Schlagstock in die Schnauze des Weibchens. Als es schmerzerfüllt fauchte und zurücksprang, wandte sich Evan dem Männchen zu, versetzte ihm einen kraftvollen Hieb an den Schädel.

Es wich zur Seite aus – und im gleichen Augenblick war Kirk heran, bohrte ihm seinen Speer in die Brust. Das Tier zuckte heftig, und der Captain schloß die Hände fester um den Schaft. »Nach oben ziehen!« hörte er Hellfleck und reagierte sofort. Er zerrte an dem Speer, hörte, wie etwas knackte und riß. Der Beißer grollte noch einmal und erzitterte so heftig, daß Kirk die hölzerne Lanze loslassen mußte. Rasch griff er nach seinem Messer. »Das Männchen ist tot«, teilte ihm Hellfleck mit. »Hilf Evan.«

Das Weibchen schlich an Dr. Wilson vorbei, schnitt sie vom Rest der Gruppe ab. Spock setzte sich in Bewegung, um es von hinten anzugreifen, aber Evan richtete einige scharf klingende, vulkanische Worte an ihn, und daraufhin blieb er stehen, streckte die Hand aus und hielt Kirk am Arm fest. »Sie würden Dr. Wilson nur behindern«, sagte er. »Halten Sie nach den anderen Beißern Ausschau.«

Kirk kam der Aufforderung nach, aber sein Blick kehrte immer wieder zu Evan zurück. Sie ließ das Weibchen nicht aus den Augen, täuschte einen Schlag mit ihrem Stock vor. Als das Tier die Klauenpranke hob, um den Hieb abzuwehren, wirbelte die Ärztin ihre Waffe herum und schmetterte das andere Ende auf den Kopf des Beißers.

Das hungrige Geschöpf sank zu Boden und schüttelte sich. Bevor es wieder aufstehen konnte, schlug Evan dreimal hintereinander zu, warf den Stock beiseite, zog ihr Messer und ging neben dem Weibchen in die Knie. Sie hob das Ohr der Raubkatze, zielte mit der Klinge auf die Kehle – und zögerte.

»Wenn du es nicht tötest, wird es uns verfolgen«, sagte Pechvogel laut und deutlich. »Der Captain hat das Männchen erlegt.« Evan nickte langsam und stieß das Messer in den Hals des Beißers. Blut spritzte aus der tiefen Wunde.

Die kleine Frau wartete noch einige Sekunden, bevor sie aufstand und den Schlagstock an sich nahm.

»Sind noch mehr in der Nähe?« fragte sie.

Kirk sah Pechvogel an, und die junge Sivaoanerin antwortete: »Zwei liefen weg. Ich konnte riechen, daß sie Angst vor euch hatten! In etwas größerer Entferung habe ich einige weitere Beißer gewittert, aber offenbar fanden sie andere Beute.«

Kirk nickte erleichtert. »Also gut, Leute«, sagte er. »Laßt uns hier keine Wurzeln schlagen.« Er sah Spock an und deutete auf die Rutschbahre. Als sich der Vulkanier in Bewegung setzte, hob Evan ernst den Schlagstock und versperrte ihm damit den Weg.

»Ich bin dran, Captain«, sagte sie, ohne den Blick von Spock abzuwenden. »mein Adrenalinspiegel ist noch immer ziemlich hoch, und ich muß mich irgendwie abreagieren.«

Kirk schöpfte Verdacht, musterte seinen wissenschaftlichen Offizier und begriff, wie es um ihn stand. *Er ist krank!* »Na schön, Evan«, sagte er wie beiläufig, winkte Spock fort und half der Ärztin beim Anlegen der Zugschärpe. Dabei flüsterte er ihr zu: »Heraus damit…«

»Nein, Captain«, erwiderte sie, gerade laut genug, damit er sie hören konnte. Die Schärfe in ihrer Stimme verblüffte ihn.

Ich hoffe, Sie wissen, auf was Sie sich einlassen, Dr. Wilson, dachte er. »Ich löse Sie ab. Geben Sie mir Bescheid, wenn ihr Adrenalinspiegel wieder normal ist.« Ihr Gesicht glättete sich, und sie nickte, legte ihm kurz die Hand auf die Schulter. Dann spannte sie die Muskeln und zog die Rutschbahre über den Weg. Kirk bedeutete Spock, ihm zu folgen; er wollte ihn im Auge behalten.

Zwei weitere Beißer sausten durchs Dickicht heran, doch diesmal waren Scott und Eillicht vorbereitet, setzten sie rasch außer Gefecht. Noch bevor der Chefingenieur erleichtert aufatmen konnte, sagte der Barde: »Ich rieche keine mehr. Ich schätze, wir haben es überstanden.«

»Gut«, brummte Scotty. »Ich schlage vor, wir stellen jetzt fest, wie es den Kindern geht.« Er beobachtete die reglosen Raubkatzen, und seine Besorgnis in Hinsicht auf Kirk und die anderen nahm zu.

»Zuerst müssen wir uns um die Beißer kümmern«, sagte Eillicht. Er zog sein Messer und trat auf das nächste Tier zu. »Ihre Waffe hat sie nur betäubt?«

»Aye... He, warten Sie! Wollen Sie die Geschöpfe töten?«

»Natürlich«, erwiderte der Barde.

Scott hielt ihn am Arm fest und war überrascht, als er unter dem dichten Pelz feste Muskeln spürte. »Ich kenne da einen Typen in der biologischen Abteilung, der sich diese Wesen gern ansehen würde. Wenn Sie nichts dagegen haben, sorge ich dafür, daß die Beißer zur *Enterprise* gebeamt werden.«

»Wenn solche Tiere frei in Ihrem Raumschiff herumlaufen...«

»Oh, davon kann nicht die Rede sein«, entgegnete der Chefingenieur. Er holte seinen Kommunikator hervor und wies den Leiter der Sicherheitsabteilung an, einige Leute in den Transporterraum zu schicken. Dann aktivierte Fähnrich Orsay das Transferfeld. Wenige Sekunden später verschwanden die Beißer in einem Schleier schillernder Energie.

»Sie sind in speziellen Schutzkäfigen untergebracht, Mr. Scott«, meldete Orsay kurz darauf. »Dr. Irizarry möchte wissen, wovon sie sich ernähren, Sir.«

»Von Sivaoanern«, sagte Eillicht. »Und von Menschen.«

»Nun, ich empfehle Dr. Irizarry nicht, den Beißern die Besatzungsmitglieder der *Enterprise* zum Fraß vorzuwerfen«, brummte Scott ins Mikrofon des Kommunikators. »Sagen Sie ihm, daß es sich um eine fleischfressende Spezies handelt. Er wird bei ihrer Untersuchung bestimmt eine Menge Spaß haben.«

»In Ordnung, Sir. Orsay Ende.«

»Scott Ende.« Er klappte das kleine Gerät wieder zusammen, nickte Eillicht zu und folgte ihm über den Pfad.

Eine halbe Stunde später fanden sie die Kadaver von zwei anderen Beißern. Zur großen Erleichterung des Chefingenieurs deutete nichts darauf hin, daß bei dem Kampf irgend jemand aus Kirks Gruppe verletzt worden war. Eillicht bestätigte das, nachdem er überall geschnuppert hatte, hob zufrieden den Schwanz. »*Niemand* wurde verwundet«, verkündete der Sivaoaner. »Und Mr. Chekov geht es besser. Jetzt müssen wir uns beeilen, wenn wir Sretalles vor ihnen erreichen wollen.«

»Die Gruppe ist ganz bestimmt in Sicherheit?«

»Aye«, sagte Eillicht auf Standard-Englisch. »Kein Zweifel. Die restliche Strecke bis nach Sretalles ist ganz einfach.«

»Nun, dann sollte ich jetzt besser zum Schiff zurückkehren. Wäre mir ziemlich peinlich, nicht zugegen zu sein, wenn mich der Captain sprechen möchte.«

Eilleichts Schwanz formte eine heitere Spirale, wikkelte sich dann um Scotts Handgelenk. »Ich verstehe, was Sie meinen. Es war mir ein Vergnügen, mit Ihnen gewandert zu sein. Sie glätten den Weg wie jeder gute Barde.«

Offenbar eine sivaoanische Redewendung, dachte Scott. »Danke, Kumpel.« Er griff nach der Schwanzspitze und drückte kurz zu. »Wir sprechen uns bald wieder.« Er schaltete den Kommunikator ein, gab seine Koordinaten durch und wandte sich noch einmal an Eillicht. »Geben Sie gut auf sich acht, Junge. Ich würde mich sehr freuen, einen ordentlichen schottischen Whisky...« Gerade noch rechtzeitig erinnerte er sich daran, daß die Sivaoaner nichts von Alkohol hielten. »Ich meine: Es wäre nett, wenn wir an einem friedlicheren Ort miteinander plaudern könnten.«

Nicht weit voraus vernahm Kirk das lärmende Kreischen der Begrüßer, und diesmal schien der Name jener kleinen Pelzwesen durchaus angemessen zu sein. »Hörst du sie?« rief Pechvogel und tanzte glücklich. »Wir sind fast da!«

Hellfleck nieste – offenbar ließ die Wirkung der Medizin langsam nach. »Vor einigen Minuten hat jemand den Weg verlassen, um uns zu überholen.«

»Um uns zu überholen?« wiederholte Kirk verwundert. Hellfleck gesellte sich an seine Seite. »Niemand darf einer Gruppe von Wanderern helfen. Deshalb machen andere Reisende einen Bogen um uns.« Sie zwinkerte bedeutungsvoll, und der Captain erinnerte sich an Eillicht. Erklärte das den Umstand, daß nicht alle Beißer des Rudels angegriffen hatten? Er hoffte inständig, daß dem Barden nichts zugestoßen war – und dabei dachte er nicht nur an die Kommunikatoren im Gepäck des Katzenmanns.

Chekov nahm die guten Nachrichten ohne eine Reaktion hin. Und Kirk, der die Rutschbahre zog, versuchte vergeblich, sich umzudrehen und festzustellen, wie es dem jungen Mann ging. »Evan?«

Sie trat auf ihn zu und sagte: »Mit Chekov ist alles in Ordnung, Captain.« Kirk bemerkte die besondere Betonung des Wortes *Chekov*, bekam jedoch keine Gelegenheit, eine entsprechende Frage an die Ärztin zu richten. Evan wandte sich von ihm ab und ging wieder neben Spock.

Plötzlich erbebten die Bäume um sie herum, und Dutzende von Begrüßern hüpften ihnen entgegen. Der Pfad beschrieb eine Kurve, wurde breiter – und vor den Wanderern erstreckte sich das Lager Sretalles. Die jubelnden Rufe von fünfzig oder mehr Sivaoanern übertönten das Kreischen und Heulen im Wald. »Nehmen Sie Platz, Mr. Spock!« erklang die schneidende Stimme Dr. Wilsons. »*Legen* Sie sich hin!« Der Vulkanier ignorierte sie.

»Bringen wir es schnell hinter uns«, sagte Kirk zu Pechvogel, die nickte und ihm aus der Zugschärpe half. Vorsichtig ließen sie die Rutschbahre zu Boden sinken, und der Captain atmete erleichtert auf, als sich der Waffenoffizier bewegte. »Zwei Minuten, Mr. Chekov«, sagte er. »Mehr Zeit brauchen wir nicht. Anschließend können Sie so lange schlafen, wie Sie wollen.« Der junge Mann schlug die Augen auf, und Kirk bedachte ihn mit einem beruhigenden Lächeln, bevor er sich wieder aufrichtete und rief: »Wir haben es geschafft. Nennen Sie Namen, Rang und ID-Nummer – das genügt völlig für eine offizielle Bestätigung!«

Es wurde still auf der großen Lichtung. Chekov sah zu den vielen Gesichtern hoch und brachte krächzend hervor: »Ich bin Fähnrich Pavel Chekov von der U.S.S. *Enterprise*. Identifikationsummer SD710-820.«

Kirk legte ihm die Hand auf die Schulter. »Ausgezeichnet. Spock?«

Der Vulkanier stützte sich auf seinen Speer und schnappte nach Luft. »Spock, wissenschaftlicher und Erster Offizier der *Enterprise*.« Er klang heiser und rauh. »Ich glaube, mit ID-Nummern können die Sivaoaner kaum etwas anfangen, Captain.«

Er nickte Uhura zu, die daraufhin einen Schritt vortrat. »Nyota Uhura, Kommunikationsoffizier der *Enterprise*.« Sie sah Hellfleck an.

Das Katzenmädchen starrte herausfordernd in die Menge – Kirk folgte seinem Blick und erkannte Fangsturm und Steifschwanz. »Ich heiße Hellfleck-zu-Ennien. Irgendwelche Einwände?« Evan Wilson senkte den Kopf und versuchte, ein Grinsen zu unterdrücken. Hellfleck schlang ihren Schwanz ums Handgelenk der Ärztin. »Offenbar nicht. Du bist dran.«

Evan rammte ihren Schlagstock in den Boden. »Ich bin Schwanzschlaufer-zu-Ennien.« Die Schweife der anwesenden Sivaoaner formten Spiralen der Heiterkeit.

Pechvogel sagte: »Mein Name lautet Andere Sternenfreiheit.« Sie zögerte kurz, holte tief Luft und schloß: »Zu-*Eeiauo*.« Sie ignorierte das schockierte Fauchen der Katzenwesen. »Captain...«

Kirk stand auf. »James Tiberius Kirk, Captain des Raumschiffs *Enterprise*.«

Von einem Augenblick zum anderen herrschte das reinste Chaos.

Greiffuß kletterte geschwind an Kirk hoch, hockte sich auf seine Schulter und quiekte: »James Tiberius Kirk-zu-*Enterprise*!« *Stimmt eigentlich,* dachte er – und begann zu bereuen, daß er seinen vollen Namen genannt hatte.

»Zurück, ihr Dummhirne!« zischte Schnappkralle. »Zurück, zurück!« Sie verteilte schallende Ohrfeigen. »Seht ihr denn nicht, daß jemand verletzt ist? Zurück, sage ich! Laß ihn in Ruhe, Greiffuß!« Das Katzenkind gehorchte hastig – und vergaß dabei, daß Kirk kein schützendes Fell hatte. Der Captain zuckte zusammen, als scharfe Krallen über seine Haut kratzten. Pechvogel die jetzt – *Andere Sternenfreiheit* hieß – bat Schnappkralle, Chekov zu untersuchen.

Evan Wilson sprang auf Eillicht zu, riß ihm grob das Gepäck vom Rücken und suchte nach den Gegenständen, die der Landegruppe gehörten. Hastig griff sie nach einigen Arzneien und einem Injektor, wandte sich dann an Spock.

Auch Kirk verlor keine Zeit, nahm seinen Kommunikator entgegen und klappte ihn auf. Das Raumschiff antwortete sofort. »Hier *Enterprise*, Captain«, erklang die vertraute Stimme des Chefingenieurs.

»Bereitschaft für Transporterraum, Scotty«, sagte er und trat auf Evan und den Vulkanier zu.

Dr. Wilson füllte den Injektor, und als Spock zu protestieren begann, sagte sie: »Keine Sorge. Es ist Tri-ox – ein von Ihrem Volk entwickeltes Mittel.« Sie preßte ihm das kleine Gerät an die Schulter, und es zischte leise. Sofort bereitete sie eine zweite Injektion vor. »Kann Ihre vulkanische Hälfte ein Breitband-Antibiotikum vertragen?« Spock warf einen kurzen Blick auf die Phiole und nickte. Das Zischen wiederholte sich.

Die kleine Frau griff nach Kirks Kommunikator. »Zwei Personen fürs Transporterfeld, Scott. Volle Quarantäne. Geben Sie Dr. M'Benga Bescheid.« Und zu Kirk: »Chekov bleibt hier, Captain. Bei Schnappkralle und Pech... und Andere Sternenfreiheit ist er bestens aufgehoben. Ich begleite Spock.«

»Das ist nicht notwendig«, widersprach der Vulkanier.

Sie musterte ihn aus funkelnden Augen. »Mr. Spock«, sagte sie in einem drohenden Tonfall. »Ich bringe Sie auf der Stelle in die Krankenstation der *Enterprise*. Ich möchte Ihren Zustand nicht durch eine Gehirnerschütterung verschlimmern, aber bei Elath: Wenn Sie sich nicht fügen, bekommen Sie meinen Schlagstock zu spüren.«

Der wissenschaftliche Offizier hob erstaunt die Brauen. »Ich wollte nur darauf hinweisen, daß Sie sich hier nützlicher machen können. Dr. M'Benga kennt sich mit der vulkanischen Physiologie gut aus.«

Das war der kleinen Frau durchaus klar – es widerstrebte ihr nur, Spock der Obhut eines anderen Arztes zu überlassen. Sie schnitt eine Grimasse und hob den Kommunikator. »Scotty, verbinden Sie mich mit Dr. M'Benga.«

»Er hört bereits zu.«

Eine andere Stimme erklang. »Hier Dr. M'Benga, Sir. Wie lauten Ihre Befehle?«

»Ich schicke Ihnen einen kranken Vulkanier, Doktor. Meine Diagnose lautet: Lungenentzündung. Ich habe ihn mit Tri-ox behandelt, und...« Sie fuhr in einem medizinischen Jargon fort, den Kirk nicht verstand. Dr. M'Benga antwortete im gleichen Idiom. *Dabei versagen sogar unsere Übersetzungsmoduln,* dachte der Captain ironisch.

»Und die Quarantäne?« fragte M'Benga.

»Für ADF. Was die vulkanische Hälfte Mr. Spocks betrifft, bin ich mir nicht ganz sicher, aber die menschliche könnte sich angesteckt haben.«

Als M'Benga seine Vorbereitungen abgeschlossen hatte, sagte Evan ernst: »Danke. Äh, warten Sie noch einen Augenblick.« Sie sah den wissenschaftlichen Offizier an. »Mr. Spock, ich möchte Ihr Ehrenwort, daß Sie nichts unversucht lassen, um sich so schnell wie möglich zu erholen.«

Wieder hob er die Brauen. »Dr. Wilson, ich versichere Ihnen...«

Sie unterbrach ihn mit einer ungeduldigen Geste. »Ich verlange den gleichen Eid von Ihnen, den auch Andere Sternenfreiheit ablegte, als sie noch Pechvogel hieß. Ich bleibe nur hier, um Chekov zu helfen, wenn Sie mir versprechen, daß Sie sich strikt an Dr. M'Bengas Anweisungen halten.«

Der Vulkanier musterte sie einige Sekunden lang. »Einverstanden.«

»Beamen Sie Spock hoch, Scotty«, sagte Evan ins Mikrofon des Kommunikators. Sie wich einige Schritte zurück, und Kirk folgte ihrem Beispiel.

»Energie«, antwortete der Chefingenieur, und Spocks Gestalt löste sich in einem glitzernden Energiefeld auf – sehr zum Erstaunen der anwesenden Sivaoaner. Einige Sekunden lang herrschte Stille, und dann bestätigte Scott: »Er ist gesund und wohlbehalten eingetroffen.«

»Nun, zumindest wohlbehalten. Gesund wohl kaum.«

»Er folgte Dr. M'Benga lammfromm zur Krankenstation. Meine Güte, das sieht ihm überhaupt nicht ähnlich. Was haben Sie mit ihm angestellt, Evan?«

»Ihm mit meinem Stock gedroht.«

»Oh, ich verstehe. Geben Sie mir bitte den Captain.«

Kirk nahm den Kommunikator. »Irgendwelche Probleme, Mr. Scott?«

»Ich weiß nicht genau, Sir. Evan sprach eben von ›Quarantäne‹.«

Kirk fragte sich, worauf der Chefingenieur hinauswollte. »In der Tat«, bestätigte er. »Wir glauben, daß Mr. Chekov am ADF-Syndrom leidet und von einem sivaoanischen Kind angesteckt wurde. Wieso fragen Sie?«

»Nun, ich gebe das nicht gern zu, aber... Ich war auf dem Planeten, bei Eillicht.«

»*Was?*« entfuhr es Kirk.

Evan beugte sich vor. »Wie lange haben Sie Eillicht Gesellschaft geleistet?« Er gab ihr die gewünschten Auskünfte. »Ich spreche mit Schnappkralle«, sagte Dr. Wilson. »Sie ziehen sich sofort in Ihre Kabine zurück und bleiben dort, Mr. Scott. Kontakt mit niemandem, verstanden?«

»Sie haben Evan gehört, Scotty«, brummte Jim Kirk und bestätigte die Anweisung durch seine Autorität als Kommandant. »Mr. Sulu hat das Kommando. Da fällt mir ein: Sie werden Mr. Spock nicht – ich wiederhole *nicht* – in Kenntnis setzen.« Er bezweifelte, ob sich der Vulkanier dazu hinreißen ließ, die Quarantänebestimmungen zu verletzen, aber er wollte kein Risiko eingehen. Seine Vorsichtsmaßnahme überraschte weder Scott noch Sulu. »Kirk Ende«, schloß er, klappte den Kommunikator zu und sah Dr. Wilson an. »Welche Probleme ergeben sich daraus?«

Sie schüttelte den Kopf. »Ich weiß es nicht. Lassen Sie es uns feststellen.« Sie deutete auf ein großes Zelt, das Chekov beherbergte.

Kirk näherte sich der Eingangsöffnung. »Hallo?«

»Kommen Sie herein, James Tiberius Kirk-zu-*Enterprise*«, antwortete jemand. Der Captain verzog das Gesicht, als er seinen vollen Namen mit dem Zusatz hörte, winkte Evan herbei und trat ein.

Uhura stand auf. »Was ist mit Mr. Spock?«

»Seien Sie unbesorgt«, sagte Evan. »Sobald Dr. M'Benga seine Lungen getrocknet hat, braucht er nur Ruhe und Antibiotika.«

»Seine Lungen... getrocknet?« Kirk starrte sie groß an. »Ihre Diagnose...«

»Lautet nach wie vor Lungenentzündung, Captain.« Dr. Wilson lächelte nachsichtig. »Entschuldigen Sie. Ich dachte, Sie wüßten Bescheid. Spocks Metabolismus ist an ein Wüstenklima angepaßt. Auf dem Weg hierher hat er große Mengen Wasserdampf eingeatmet, und damit werden seine Lungen einfach nicht fertig. Wie dem auch sei: Er wird's überstehen.«

»Na schön«, seufzte Kirk. »Und das ADF-Syndrom, Evan?«

Hellfleck zischte. »*Schwanzschlaufer*«, berichtigte sie ihn, und ihr Schweif zuckte zornig. Eillicht, Schnappkralle und Andere Sternenfreiheit warfen ihm tadelnde Blicke zu.

Wilson stemmte die Hände in die Hüften. »Hellfleck, für mich haben Namen eine andere Bedeutung als für dich. Hiermit gebe ich allen Mitgliedern unserer Reisegruppe die Erlaubnis, mich so zu nennen, wie es Ihnen beliebt, und dazu gehören auch die verschiedenen Versionen des Namens Dr. Evan Wilson.« Sie musterte Schnappkralle und Eillicht. »Aber von allen anderen erwarte ich, daß sie die sivaoanischen Traditionen achten. Sonst werde ich *sehr* böse.«

»Verstanden, Schwanzschlaufer«, gab Schnappkralle zur Antwort, und der Barde neigte zustimmend die Schnurrhaare nach vorn.

»Gut«, brummte Evan und nahm neben Chekov Platz. »Andere Sternenfreiheit, kann man irgendwie feststellen, ob Mr. Chekov tatsächlich an Sorgenkind leidet?«

»Wenn mir Pavel Chekov erlaubt, eine Blutprobe zu nehmen...« erwiderte die frühere Pechvogel.

»Ich wußte es«, ächzte der junge Mann. »Alle Ärzte sind Vampire.«

Schließlich war es Wilson, die in die Rolle des Vampirs schlüpfte – die Sivaoaner hatten keine Ahnung, wo sie bei einem Menschen Blut abzapfen sollten. Andere Sternenfreiheit holte einige exotisch anmutende Instrumente hervor und begann mit einem einfachen Test. Sie sah durch eine linsenartige Vorrichtung. »Ja, es ist Sorgenkind«, sagte sie und reichte die Probe an Schnappkralle weiter.

»Sorgenkind, in der Tat«, bestätigte die sivaoanische Heilerin. »Obwohl mir das noch immer seltsam erscheint... Die Erinnerer kennen den Namen Donnerschlag, Nyota Uhura-zu-*Enterprise*. Sie meinten, für die von Ihnen beschriebene Krankheit käme auf unserer Welt nur Sorgenkind in Frage.« Ihr Schwanzfell sträubte sich. »Wenn mir klar gewesen wäre, wie verheerend sie auf den menschlichen Organismus wirkt, hätte ich eure Wanderung verhindert...« Sie brach ab und begegnete dem Blick der ehemaligen Pechvogel. »Ja«, sagte sie leise. »Auch auf die Gefahr hin, daß dein dritter Versuch scheiterte.«

Andere Sternenfreiheit hob den langen, silbergrauen Schwanz und wickelte ihn um Schnappkralles Arm.

»Eine richtige Entscheidung, die ich billige. Traditionen dürfen uns nicht daran hindern, Leben zu retten.«

Die ältere Sivaoanerin neigte die Schnurrhaare nach vorn, erwiderte die Schweifgeste und bot das Instrument der menschlichen Ärztin an. »Sehen Sie die rot verfärbten Zellen? Pavel Chekov hat sich tatsächlich mit Sorgenkind angesteckt und ist von nun an immun.«

»Und wir?« fragte Kirk.

»Hellfleck und Andere Sternenfreiheit hatten die Krankheit schon als Kinder, doch Sie und die anderen waren ebenfalls einer Infektionsgefahr ausgesetzt. Wir brauchen auch Blutproben von Ihnen.«

Dr. Wilson streckte den schmutzigen und zerkratzten Arm aus. »Du hast gesehen, wie's gemacht wird, Andere Sternenfreiheit. Ich kann mir nicht selbst Blut abzapfen.« Die junge Katzenfrau kam ihrer Aufforderung nach und analysierte die Probe.

»Ja«, sagte sie und reichte das Instrument Evan. »Das sind die lebenden Erreger – die dunklen, rosafarbenen Zellen.«

Dr. Wilson starrte durch die Linse und runzelte die Stirn. »Aber das sind ganz gewöhnliche Bakterien – *sie* bewirken die Symptome des ADF-Syndroms?«

»Nein, nein«, schnurrte Schnappkralle. »Die meisten Zellen sind harmlos – bis auf die rötlichen.« Sie warf Andere Sternenfreiheit einen kurzen Blick zu, und ihre Schwanzspitze zuckte, als sie sagte: »Ich hoffe, ihr Transkriptionsapparat übersetzt das Wort richtig. Schwanzschlaufer, Sorgenkind wird von einem Bakteriophagen verursacht.«

»Weißt du, was damit gemeint ist, Evan?« fragte die jüngere Sivaoanerin besorgt. Dr. Wilson lachte leise, nickte und wandte sich wieder an Schnappkralle. »Ich verstehe.«

»*Ich* nicht«, brummte Kirk.

»Ein ziemlich gewitztes Kleinstlebewesen, Captain«, sagte Evan. »In gewisser Weise verhält es sich wie ein

Virus, greift gewöhnliche Bakterien im menschlichen Körper an und bringt sein eigenes Genmaterial im Zellkern unter, benutzt ihn als eine Art Produktionsmaschine. Kein Wunder, daß wir die Infektionsursache nicht feststellen konnten. Wahrscheinlich benutzt der eigentliche Erreger in unserem Fall ganz andere Vermehrungswerte als bei den Eeiauoanern!« Sie drehte den Kopf. »Ich nehme an, die Symptome gehen auf die organischen Abfallprodukte zurück, stimmt's?«

»Ja, Schwanzschlaufer«, erwiderte Schnappkralle. »Aber im Prinzip besteht dabei überhaupt keine Gefahr. Die Methode, mit der Andere Sternenfreiheit Pavel Chekov behandelte, neutralisiert die Abfallprodukte und tötet die Bakteriophagen. Was Sie betrifft: Wir können die weitere Entwicklung der Krankheit verhindern, bevor Sie einen Teil Ihres Kopfpelzes verlieren.«

»Es sind also *vorbeugende* Maßnahmen möglich?«

»Ja«, sagte Andere Sternenfreiheit. »Es wäre sicher ratsam, euch Menschen zu impfen, wenn ihr noch nicht infiziert seid – um jedes Risiko auszuschließen. Sorgenkind trifft euch viel zu hart, als daß wir es uns leisten dürfen, auf die ersten Symptome zu warten.«

Evans Mundwinkel zuckten, und ein strahlendes Lächeln erhellte ihre Züge. Ihre Augen funkelten. *»Impfen«,* wiederholte sie glücklich. »Schon seit langer Zeit habe ich kein schöner klingendes Wort gehört. Was meinen Sie, Captain?«

Kirk grinste und streckte seinen nackten Arm den beiden sivaoanischen Ärzten entgegen.

Die Blutuntersuchungen ergaben, daß sich bis auf den Captain alle angesteckt hatten. Evan Wilson hob den Kopf und sah ihn an. »Ihnen ist hoffentlich klar, daß Sie dadurch zu einem Versuchskaninchen werden, oder?«

»Ja«, sagte er. »Der Impfstoff. Vielleicht bleibt er auf Menschen wirkungslos.«

»Noch schlimmer.« Evan rieb seinen Arm mit einem

keimtötenden Mittel ein und griff nach dem vorbereiteten Injektor. »Vielleicht werden Sie dadurch krank – und die Vorstellung, Sie zu infizieren, belastet mein Gewissen als Ärztin.«

»Keine Sorge, Evan. Wenn die Sorgenkind-Bakteriophagen versuchen, mich umzubringen, verabreicht mir Andere Sternenfreiheit einfach das Gegenmittel – ich hoffe nur, sie benutzt dabei eine Spritze.«

»Halten Sie es für unwürdig, sich die Arznei durch die Nase blasen zu lassen?« In Dr. Wilsons Augen blitzte es schelmisch.

»Ich ziehe modernere Behandlungsmethoden vor.«

Die kleine Frau zuckte mit den Schultern. »Hören Sie jetzt mit dem Herumzappeln auf und lassen Sie mich meine Arbeit erledigen.«

Von ›Herumzappeln‹ konnte nach Kirks Meinung keine Rede sein, aber er widersprach nicht. Evan preßte den Injektor an seinen Oberarm, betätigte den Auslöser und lehnte sich zurück. »Bei Elath, ich hasse das Warten.«

Ein Schwanz tastete ins Zelt. »Besuch, Evan«, sagte der Captain. »Vielleicht werden Sie dadurch ein wenig abgelenkt. Herein.«

Steifschwanz kam in den Unterstand, begleitet von Linkohr und einigen Sivaoanern aus Sretalles. Die Katzenwesen blieben einige Meter vor Kirk und den anderen stehen und zögerten. *Sie fürchten sich wohl kaum vor einer Ansteckung,* dachte Jim. *Sie alle hatten die Krankheit als Kinder, und deshalb sind sie immun.*

Steifschwanz' Nackenfell sträubte sich ein wenig, als sie begann: »James Tiberius Kirk, soweit ich weiß, können Sie für Ihre Gruppe sprechen.«

»Für die Besatzungsmitglieder der *Enterprise*, ja«, bestätigte er. »Aber nicht für Hellfleck und Andere Sternenfreiheit.«

»Ich beuge mich deiner Autorität«, warf Hellfleck ein.

»Ich auch«, fügte die frühere Pechvogel hinzu.

Zwar galten sie jetzt offiziell als volljährig, aber sie schreckten noch immer davor zurück, sich auf eine Konfrontation mit anderen Erwachsenen einzulassen, insbesondere mit der jähzornigen Steifschwanz. »Also gut«, sagte Kirk. »Was wollen Sie?«

Steifschwanz legt überrascht die Ohren an. »Sie wollten etwas von *uns*«, erwiderte sie. »Wir sind gekommen, um mit Ihnen über die...« – sie holte tief Luft – »...die Verbannten zu sprechen.«

Der Captain verschränkte die Arme. »Stecken Sie Ihren Schweif nicht in fremde Angelegenheiten.« Steifschwanz zischte, und die übrigen Sivaoaner – auch Hellfleck und Andere Sternenfreiheit – wirkten entrüstet. Evan Wilson griff wie beiläufig nach ihrem Schlagstock.

Steifschwanz zitterte vor Wut. »So etwas sagen wir nur zu Kindern, James Tiberius Kirk...« stieß sie hervor. Sie hob nicht die Hand, um zuzuschlagen, aber Kirk bemerkte, wie sie die Krallen ausfuhr und versuchte, die Beherrschung zu wahren.

»Ja«, meinte er schlicht. »Zu *Kindern.*«

Steifschwanz trat einen Schritt auf ihn zu – und blieb abrupt stehen, als ihr Evans Stock den Weg versperrte. Die Sivaoanerin wandte sich der menschlichen Ärztin zu, sah in ihrer Haltung aber keine Drohung, nicht einmal eine Herausforderung. Wilsons Gebaren teilte ihr nur mit: bis hierher und nicht weiter. Steifschwanz atmete mehrmals tief durch, und schließlich gelang es ihr, die Ohren aufzurichten und den Pelz zu glätten. Sie wich zurück.

»Ich verstehe Sie nicht, James Tiberius Kirk«, zischte sie. »Erlauben Ihnen Ihre Traditionen eine Erklärung?«

»Vor zweitausend Jahren schickte Ihr Volk die Eeiauoaner ins Exil. Jetzt schämt es sich deswegen – weil es keine andere Lösung fand. Stimmt das?«

Steifschwanz nickte und schien ein wenig zu schrumpfen – so wie Greiffuß, wenn er nicht auffallen wollte. »Ja«, antwortete sie nach einer Weile. »Ihrer Meinung nach trafen wir damals eine kindische Entscheidung.«

»Sie begreifen noch immer nicht. Die damaligen Ereignisse *spielen heute überhaupt keine Rolle mehr!*«

Steifschwanz riß die Augen auf, und ihre Ohren zuckten zurück. »Aber warum…«

»Es ist nur wichtig, was *jetzt* mit den Eeiauoanern geschieht«, sagte Kirk und breitete die Arme aus. »Sie schämen sich so sehr über das, was vor zweitausend Jahren passiert ist, daß sie bereit gewesen wären, ein ganzes Volk dem Tod preiszugeben – nur um zu vermeiden, mit uns darüber zu diskutieren. Wer auf diese Weise vor Verantwortung flieht, kann wohl kaum als erwachsen bezeichnet werden.« Er drehte sich um und hob die Hand. »Hellfleck und Andere Sternenfreiheit – sie waren die wirklichen Erwachsenen in Ihrem Lager. Immer wieder versuchten sie, uns zu helfen, trotz Ihres Starrsinns, ungeachtet Ihrer Bräuche.«

Er wandte sich wieder Hellflecks Mutter zu. »Wir sind gewandert, um nach Ihren Maßstäben Erwachsene zu werden, Steifschwanz. Jetzt müssen Sie eine Reise unternehmen, um uns Ihre Reife zu beweisen: Akzeptieren Sie die Vergangenheit und finden Sie sich mit ihren Konsequenzen ab. Die Eeiauoaner brauchen alle Hilfe, die sie bekommen können – auch Ihre.«

Steifschwanz zuckte so heftig zurück, als hätte sie jemand gebissen. »Zwingen Sie uns dazu, Sie nach Eeiauo zu begleiten?«

Kirk schüttelte traurig den Kopf. »Ich kann und will Sie zu nichts zwingen, Steifschwanz – unreifste aller Erwachsenen.«

Hellflecks Mutter wirbelte um die eigene Achse und verließ das Zelt mit zuckendem Schwanz. Die übrigen Sivaoaner folgten ihr. *Nun,* dachte der Captain, *ich hab's wenigstens versucht.*

»Captain?« erklang Chekovs kummervolle Stimme.

»Ich verstehe nicht, Sir. Ich dachte, unsere Wanderung diente dazu, mit Steifschwanz und den anderen zu sprechen...«

»Um ihre Hilfe zu bekommen, Mr. Chekov. Es wäre sicher nützlich, einige Sivaoaner nach Eeiauo mitzunehmen – je mehr, desto besser. Personen, die genau wissen, wie man Katzenwesen behandelt.«

»Wie viele brauchen Sie, James Tiberius Kirk?« erkundigte sich Schnappkralle. »Andere Sternenfreiheit hat bereits beschlossen, Sie zu begleiten. Trotz ihrer Jugend ist sie eine gute Ärztin.«

»Je mehr Leute, desto besser«, wiederholte der Captain. »Das meine ich ernst.«

Die sivaoanische Heilerin legte die Ohren an. »Gibt es an Bord Ihres Schiffes ausreichend Platz?«

»Für einige hundert zusätzliche Passagiere«, antwortete Kirk.

»Oh!« entfuhr es Hellfleck. »Dann komme ich ebenfalls mit.«

»Und auch ich«, warf Eillicht ein. »Eine derartige Reise inspiriert mich bestimmt zu einigen neuen Liedern.«

Schnappkralles Schwanz ringelte sich; Kirks Überraschung amüsierte sie. »Lehnen Sie nie die Gesellschaft eines Barden ab«, riet sie ihm. »Lieder glätten den Weg. Nun, wir fünf nehmen Ihre Einladung an.« Erst nach einigen Sekunden begriff der Captain, daß sie damit nicht nur sich selbst, sondern auch ihre vier Kinder meinte – unter den gegebenen Umständen blieb ihr gar nichts anderes übrig, als sie mitzunehmen. Und Kirk konnte die Dienste einer zweiten sivaoanischen Ärztin gut gebrauchen.

»Danke«, sagte er schlicht. »Ihnen allen. Schnappkralle, Eillicht – bitte nennen Sie mich einfach ›Captain‹, so wie die anderen.« Er wollte nicht bis nach Eeiauo mit ›James Tiberius Kirk‹ angesprochen werden.

»Wie Sie wünschen«, erwiderte Schnappkralle. »Sie können Ihren Namen jetzt frei wählen.«

Es dauerte eine Weile, bis er die Bedeutung seiner Worte begriff. Als er den Kopf drehte und Evan ansah, bedachte sie ihn mit einem hintergründigen Lächeln. Sie sprach kein Wort, aber ihr kurzes, bestätigendes Nicken war deutlich genug.

KAPITEL 17

Als Kirk von der Transporterplattform trat, spürte er, wie sich erleichterte Euphorie in ihm regte. »Willkommen an Bord, Captain Kirk«, sagte Fähnrich Orsay, die am Kontrollpult stand. Ihre Züge brachten gemischte Gefühle zum Ausdruck: Freude darüber, ihn wiederzusehen – und ein Hauch schockiertes Entsetzen über sein Erscheinungsbild.

»Danke. Ich bin froh, zurück zu sein.« Er brauchte einen Statusbericht von der Brücke, eine Dusche und zwei Tage erholsamen Schlaf – in dieser Reihenfolge.

Das anwesende Medo-Team half Chekov auf eine Bahre, und Evan Wilson pochte mit ihrem Schlagstock auf den Boden, um die Krankenpfleger zur Eile anzutreiben. In dem nüchternen Ambiente des Transporterraums sah sie wilder aus als die Sivaoaner. Hellfleck und Andere Sternenfreiheit – sie trugen jeweils einen Sprößling Schnappkralles – verharrten wie gelähmt auf der Plattform, und ihre Ohren zuckten ständig, als sie sich verblüfft umblickten.

»Hellfleck«, sagte Kirk, »du hast noch Zeit genug, dir alles anzusehen. Mach jetzt bitte für die nächste Gruppe Platz...« Er winkte, und sie verließ das Transferpodest.

Der Captain nickte Fähnrich Orsay zu, woraufhin die junge Frau sagte: »Energie.« Andere Sternenfreiheit schnurrte leise, als weitere Personen rematerialisierten: Schnappkralle, Greiffuß, Uhura, Zulangschwanz, Eillicht, Knoten (ein Erinnerer) und Taktzunge (ein Arzt).

Zwei weitere Gruppen trafen ein, aber Kirk hielt vergeblich nach Steifschwanz Ausschau. »Ich schätze, sie kommt nicht«, sagte Hellfleck betrübt.

»Das tut mir leid«, sagte der Captain. »Ich hatte gehofft...«

»Daß sie erwachsen wird, ja.« Das Katzenmädchen

neigte die Schnurrhaare vor. »Ich auch. Vielleicht ist sie nächstes Jahr alt genug, um zu wandern.«

»Vielleicht im nächsten Jahr«, pflichtete ihr Kirk bei.

Er zuckte unwillkürlich zusammen, als er ein lautes, gräßliches Quietschen vernahm, starrte zu Boden und bemerkte Greiffuß, der mit seinen Krallen über die Decksplatten kratzte. Das sivaoanische Kind legte die Ohren an. »Schnappkralle!« stieß es hervor. »Überall Felsen! Kein geeigneter Platz für ein Zelt! Wenn es regnet, werden wir alle naß!« Der kleine Katzenjunge schauderte voller Abscheu.

»Das ganze Schiff ist ein Zelt«, erklärte Kirk. »Ich verspreche dir, daß du nur naß wirst, wenn du es unbedingt willst. Mr. Riley, bitte führen Sie unsere Gäste in ihr Quartier. Vermutlich müssen Sie ihnen alle installierten Geräte erklären – aber nur ein einziges Mal. Sie werden sich an alle Einzelheiten erinnern.«

Hellfleck strahlte und wickelte ihm kurz den Schwanz ums Handgelenk. »Wenn Sie nichts dagegen haben, Captain…« sagte Uhura. »Das würde ich gern selbst übernehmen.«

»Einverstanden. Aber legen Sie sich anschließend schlafen. Evan, das gilt auch für Sie.«

»Zuerst muß ich noch etwas erledigen«, antwortete Dr. Wilson. »Nachdem ich Chekov in der Krankenstation abgeliefert habe, möchte ich mir Mr. Spock ansehen und dann Scotty einen Besuch abstatten. Wahrscheinlich hat ihn das Warten bereits an den Rand eines Nervenzusammenbruchs gebracht.«

Kirk nickte. »Falls Sie mich brauchen: Ich bin auf der Brücke.«

Evan runzelte die Stirn. »Sie sollten sich ebenfalls ausruhen, Captain.«

»Ich weiß, Doktor. Ich krieche unter die Decke, sobald wir unterwegs sind.«

»In Ordnung.«

Der Captain entschuldigte sich und ging an den Sivaoanern vorbei. Greiffuß, der nun auf Schnappkralles Schulter saß, beäugte ihn argwöhnisch und zischte: »Wenn du unbedingt naß werden *willst...!*« Kirk lachte und setzte den Weg fort.

Als er kurze Zeit später die Brücke betrat, erhob sich Sulu aus dem Sessel des Befehlsstands und salutierte förmlich. Sein freundliches Lächeln wich einem Ausdruck erstaunter Verwirrung. *Vielleicht hätte ich zuerst duschen sollen,* überlegte Kirk reumütig. »Wir freuen uns, daß Sie wieder an Bord sind, Captain«, sagte der Navigator.

»Die Freude ist ganz meinerseits.«

Er beobachtete, wie Sulu an seiner Konsole Platz nahm. Er hinkte nun nicht mehr, schien sich gut erholt zu haben. Kirk setzte sich, und seine Fingerkuppen tasteten fast zärtlich über die Kontrollen in den Armlehnen des Sessels. »Kurs auf Eeiauo, Mr. Sulu«, befahl er und fügte hinzu: »Wir wollen Dr. McCoy nicht länger auf die Folter spannen.«

»Aye, aye, Sir!« lautete die Antwort, und die anderen Offiziere wiederholten sie begeistert. Die anwesenden Männer und Frauen grinsten und lächelten, als das leise Summen der Triebwerke lauter wurde. Einige Sekunden lang genoß Kirk das sanfte Vibrieren, das er unter sich spürte.

Schließlich richtete er seinen Blick auf den Kommunikationsoffizier. »Fähnrich Azuela, sobald wir innerhalb der Reichweite einer Föderationsboje sind, möchte ich mit Dr. McCoy sprechen – je schneller, desto besser.« Widerstrebend stand er auf. »Sie haben das Kommando, Mr. Sulu. Sie können mich in meiner Kabine erreichen.«

Als sich die Doppeltür des Turbolifts vor ihm öffnete, warf er noch einen letzten Blick über die Schulter und seufzte, bevor er die Transportkabine betrat.

Kirk erwachte viele Stunden später und fühlte sich so gut wie schon seit langem nicht mehr. Er duschte erneut, zog sich an – endlich wieder saubere Kleidung! – und setzte sich mit der Brücke in Verbindung. »Hier Scott«, antwortete der Chefingenieur. »Willkommen an Bord, Captain.«

Kirk lachte leise. »Evan hat Sie also aus der Verbannung befreit. Daraus schließe ich, daß Sie sich keine Sorgenkind-Infektion geholt haben.«

»Sorgenkind, Sir? Soweit ich weiß, galt Evans Untersuchungen dem ADF-Syndrom.«

»Schon gut, Scotty. Ich erkläre es Ihnen später. Was ist mit Mr. Spock?«

»Dr. Wilson hat ihn in die Krankenstation zurückgeholt – wo sie ihn die ganze Zeit über im Auge behalten kann. Wenn Sie verstehen, was ich meine.«

Der Captain lachte. »Und ob, Mr. Scott!«

»Dort befindet sich auch Mr. Chekov. Ach, der arme Kerl sieht ziemlich mitgenommen aus, aber er ist schon wieder recht guter Stimmung.«

»Ich spreche mit ihm. Scotty, denken Sie daran, mich sofort zu verständigen, wenn Sie Pille erreichen.«

»Aye, Captain.« Kirk schaltete ab und machte sich auf den Weg zur Krankenabteilung.

Vor der Tür warteten Dutzende von Besatzungsmitgliedern, bildeten eine lange Schlange, die sich weit durch den Korridor erstreckte. Vorsichtig bahnte sich Kirk einen Weg durchs Gedränge, und in der medizinischen Sektion erwartete ihn ein sorgfältig kontrolliertes Chaos. Ärzte nahmen Blutproben, analysierten sie, legten die ermittelten Daten mit verbalen Anweisungen im Speicher des Bordcomputers ab und hantierten mit Injektoren.

Ein Schwanz schlang sich um den Arm des Captains und zog ihn auf einen Stuhl. »He, Taktzunge!« rief Evan Wilson. »Er ist bereits geimpft!«

Der Sivaoaner legte die Ohren an und musterte ihn.

»Entschuldigen Sie, Captain. Das allgemeine Durcheinander, wissen Sie...« Der Schweif zuckte fort. »Wie groß *ist* Ihre Mannschaft?«

»Sie besteht aus über vierhundert Personen.«

»Oh«, machte der Katzenmann überrascht.

»Kopf hoch«, wandte sich Evan an ihn. »Wenn wir in diesem Rhythmus weiterarbeiten, sind wir in zwei Tagen fertig. Dann ruhen wir uns ein wenig aus, bevor wir uns um das *eigentliche* Problem kümmern. Ich freue mich bereits darauf – auf die Ruhepause, meine ich. Ich bin so gut wie erledigt.«

Sie wirkte tatsächlich sehr erschöpft, aber Kirk stellte erleichtert fest, daß es in ihren Augen noch immer schelmisch funkelte. »Haben Sie überhaupt geschlafen?« fragte er.

»Genug«, antwortete sie, senkte verlegen den Kopf. »Fast genug, um ganz genau zu sein.«

Sie zuckte mit den Schultern und schob den Captain in Richtung Nebenzimmer. »Spock. Chekov. Moral«, brummte sie. Als er zögerte, fügte sie hinzu: »Seien Sie unbesorgt, Captain: Wir kommen schon zurecht. Sie halten uns hier nur auf.« Sie seufzte. »Sobald wir fertig sind, horche ich an der Matratze. Hoch und heilig versprochen.«

Kirk nickte, betrat den anderen Raum und sah Spock und Chekov, die auf ihren Behandlungsliegen saßen. Der Vulkanier hielt ein kleines Computerterminal in den Händen und starrte auf die winzige Anzeige. Scotty hatte recht: Der Waffenoffizier bot einen geradezu verblüffenden Anblick. Im Gesicht und auf den Armen zeigten sich Narben, und ein großer Teil des Haars war ausgefallen. Aber inzwischen wuchs es bereits nach, und auch die letzten Gewebeveränderungen bildeten sich zurück. Chekov sah zu ihm auf. »Captain!« entfuhr es ihm, und er legte das Buch beiseite, in dem er gerade gelesen hatte, versuchte zu salutieren.

»Rühren«, sagte Kirk und lächelte.

Mit einer kurzen Geste bedeutete Spock, daß er derzeit nicht gestört werden wollte. Daraus schloß der Captain, daß der Genesungsprozeß des Vulkaniers rasche Fortschritte machte. »Haben Sie sich gut benommen?« fragte er Chekov.

Der junge Mann schnitt eine Grimasse. »Es blieb uns gar nichts anderes übrig«, erwiderte er und streckte die Hand aus. Evans Schlagstock stand zwischen den beiden Liegen.

»Ich weiß, was Sie meinen«, sagte Kirk und schmunzelte.

Plötzlich erklang eine Melodie, und Spock hob ruckartig den Kopf. Die Geräusche stammten offenbar von dem Terminal. Der Captain bedachte seinen wissenschaftlichen Offizier mit einem neugierigen Blick, schritt durchs Zimmer und aktivierte einen Medo-Anschluß. Der Bordcomputer reagierte völlig normal, aber außer der Sprachprozessorstimme vernahm er auch die Musik, die aus dem Lautsprecher von Spocks Terminal drang. Es fiel Kirk sehr schwer, ein Schaudern zu unterdrücken, als er sich an die früheren Probleme mit dem Zentralrechner erinnerte. »Mr. Spock?« fragte er und hoffte auf eine einfache Erklärung.

»Keine Ahnung, Sir«, erwiderte der Vulkanier.

»Himmel, Spock...« Kirk schluckte. »Wenn sich erneut irgendwelche Schwierigkeiten mit dem Computer ergeben...«

»Es handelt sich nicht um eine Fehlfunktion«, sagte Evan Wilson. Sie kam herein, blieb stehen, verschränkte die Arme und musterte Spock eine Zeitlang. Dann wandte sie sich dem Medo-Terminal zu. »Hier spricht Dr. Evan Wilson.«

»Dr. Evan Wilson – Identität bestätigt«, ertönte es.

»Das genügt jetzt«, sagte die kleine Frau.

»Das genügt jetzt.« Abrupt verklang die Melodie.

Die Ärztin drehte sich zum wissenschaftlichen Offizier um. »Mr. Spock, Ihnen scheint es schon wieder so gut zu gehen, daß Sie Ihren Schwanz in fremde Angelegenheiten stecken. Sie sollten Ihr Bett einem Patienten zur Verfügung stellen, der medizinische Hilfe braucht. Ich entlasse Sie hiermit aus der Krankenstation.«

Der Vulkanier hob eine Braue und rührte sich nicht von der Stelle. Dr. Wilsons Gesicht lief rot an, und Spock starrte auf das Terminal in seinen Händen, so als sähe er es jetzt zum erstenmal. Mit einem strahlenden Lächeln sagte Evan: »Oder benötigen Sie noch mehr Ruhe, weil Sie nicht in der Lage sind, mein Flag* zu finden?«

Daraufhin stand Spock mit einer für ihn fast unwürdigen Hast auf. »Keineswegs, Dr. Wilson.«

»Gut. Captain, sorgen Sie dafür, daß er verschwindet – sonst sähe ich mich vielleicht gezwungen, von meinem Stock Gebrauch zu machen.«

Sie ignorierte die beiden Männer, trat an Chekov heran und richtete ihre ganze Aufmerksamkeit auf ihn. »Zeigen Sie mir Ihren Rücken.« Der Waffenoffizier gehorchte sofort und beugte sich vor. Evan strich behutsam über seine Haut. »Schon viel besser«, meinte sie. »Schmerzen?«

»Nein, Sir. Aber es *juckt!*«

»Freuen Sie sich darüber – es ist ein gutes Zeichen. Sie haben's bald überstanden.«

»Erholen Sie sich rasch, Mr. Chekov«, warf Kirk ein. »Ich brauche Sie auf der Brücke, sobald Dr. Wilson grünes Licht gibt.«

»Ja, Sir«, entgegnete der junge Mann zufrieden. Evan dankte dem Captain mit einem stummen Lächeln dafür, daß er die Moral ihres Patienten verbessert hatte.

*Flag: Markierung, Flagge. Ein Begriff aus der Computer-Terminologie. Flags werden dazu verwendet, einen bestimmten Zustand des Rechners oder eines Peripheriegerätes zu speichern. In Programmen dienen Flags zur Anzeige von Bedingungen oder Ergebnissen (z.B. Datenüberlauf, Fehler). – *Anm. d. Übers.*

Dann starrte sie wieder den Vulkanier an. »Seien Sie demnächst etwas diskreter«, riet sie ihm.

»Das versichere ich Ihnen, Doktor.«

Als sie Seite an Seite durch den Korridor schritten, musterte Kirk seinen Ersten Offizier aus den Augenwinkeln. Er wußte aus Erfahrung, daß Spock recht hartnäckig sein konnte, manchmal sogar eine echte Nervensäge. Während sie der Turbolift durch die *Enterprise* trug, sagte er: »Na schön, Mr. Spock. Was hat das alles zu bedeuten?«

»Offenbar erweiterte Dr. Wilson die Programme des Bordcomputers um mindestens ein Flag, das ihr einen Hinweis geben soll, wenn jemand bestimmte Informationen abzurufen versucht.« Er zögerte kurz und überlegte. »Da ich mich außerstande sah, die Ursache der Anomalie zu finden, hat sie vielleicht recht mit der Vermutung, meine Rekonvaleszenz sei noch nicht abgeschlossen.«

»Welche Daten schützte Evan?«

»Sie betreffen die telamonitische Kultur, Captain.«

»Herr im Himmel – stellen Sie noch immer Nachforschungen in bezug auf die ›Seltsamkeiten‹ in ihrer Personalakte an?«

»Ich trachte nur danach, meine Neugier zu befriedigen, Captain. Ich hatte eine Menge Zeit und mußte mich irgendwie beschäftigen.«

»Und was ist mit Evans Hinweis auf mehr Diskretion?«

»Wenn ich sie richtig verstanden habe, wollte sie wissen, ob ich meine Ermittlungen fortzusetzen gedenke.«

»Und Sie gaben eine positive Antwort.« Kirk nickte und lachte leise. »Mr. Spock, ich glaube, Evan erlaubte sich einen Spaß mit Ihnen.« Der Vulkanier hob die Brauen, und daraufhin fügte Kirk hinzu: »Nun, eigentlich ist es meine Schuld.« Er berichtete von seinem Gespräch mit Dr. Wilson über die sonderbaren Angaben in ihrem Dossier.

Im Verlaufe seiner Schilderungen fand er immer größeren Gefallen an der Verschmitztheit der Ärztin, die es allem Anschein nach darauf abgesehen hatte, Spocks Interesse zu wecken und ihn gleichzeitig zu verunsichern. »Ich vermute, sie hat das Flag nur Ihretwillen programmiert – um Sie am Schwanz zu ziehen.« Sie betraten die Brücke, und Kirk nahm im Sessel des Befehlsstandes Platz. Sein Lächeln wuchs in die Breite, als er Sulus verwirrte Miene sah.

Spock blieb neben ihm stehen. »Negativ, Captain. Das subtile Geschick, mit dem Dr. Wilson vorging, widerspricht Ihrer Interpretation. Außerdem hatte sie nach unserer Rückkehr an Bord der *Enterprise* nicht genug Zeit für eine derart komplexe programmtechnische Manipulation.«

»Vielleicht traf sie bereits Vorbereitungen, noch bevor wir den eeiauoanischen Orbit verließen. Das würde mich überhaupt nicht überraschen.«

»Möglich, Captain. Nun, ich möchte feststellen, ob sie auch noch andere Informationen geschützt hat.«

»Spock!« Ein derartiges Gebaren ging weit über das normale Maß von ›Hartnäckigkeit‹ hinaus, meinte Kirk. »Suchen Sie sich irgendeinen anderen Zeitvertreib. Im Augenblick hat Evan genug zu tun. Sie darf nicht von ihrer eigentlichen Aufgabe abgelenkt werden.«

Spock legte die Hände auf den Rücken. »Wenn Ihre Annahmen richtig sind, erwartet sie von mir, daß ich meine Untersuchungen fortsetze.« Kirk musterte ihn argwöhnisch, aber das Gesicht des Vulkaniers blieb völlig ausdruckslos.

»Mr. Spock«, sagte er langsam und versuchte vergeblich, sich seine Erheiterung nicht anmerken zu lassen, »behaupten Sie etwa, Sie wollten Dr. Wilson nicht enttäuschen?«

»Ich weise nur auf den Widerspruch zwischen der Theorie und Ihrer Reaktion hin.«

»Natürlich.« Kirk nickte, und in seinen Mundwinkeln zuckte es. Aber bedauerlicherweise hatte der Vulkanier recht: Wenn die Flags Evans Vorstellungen von einem Scherz entsprachen – und daran zweifelte er nicht –, mochte sie tatsächlich enttäuscht sein, wenn Spock dem Köder keine Beachtung schenkte. »Na schön«, sagte er laut. »Ich beuge mich Ihrer Logik, wie üblich. Spielen Sie Detektiv, Spock – mit der Diskretion, die Ihnen Evan vorschlug.«

Kirk war erneut auf dem Weg zur Krankenstation, als ihn Uhura über das Intercom ausrief. Er aktivierte eins der Geräte. »Hier Kirk, Lieutenant.«

»Es besteht eine Com-Verbindung zu Dr. McCoy, Sir«, sagte sie fast triumphierend.

»Schalten Sie eine Leitung zur Krankenstation. Ich bin gleich dort.«

Im Laufschritt eilte er durch den Korridor und schob sich an den Wartenden vorbei, deren Schlange immer mehr zusammenschrumpfte. Dr. M'Benga führte ihn in McCoys Büro. Dr. Wilson saß bereits vor dem Bildschirm und nannte Leonard die Daten, die es ihm ermöglichten, sowohl das Heilmittel als auch den Impfstoff für das ADF-Syndrom herzustellen. Pille nahm die Informationen entgegen und nickte ernst. »Die chemische Struktur ähnelt der unseres Palliativs«, sagte er. »Meine Güte! Eigentlich hätten wir selbst darauf kommen müssen!« Er sah auf, und seine Miene erhellte sich. »Jim!«

»Ich möchte euch nicht unterbrechen, aber... Schön, dich wiederzusehen.«

»Ich freue mich noch viel mehr.« McCoy lächelte und hob einen Datenausdruck. »Vor allen Dingen über das hier. Ich danke euch beiden. So, und nun haltet mich nicht länger auf. Ich habe einen Haufen Arbeit zu erledigen.«

»Nur noch eine Sache, Leonard!« warf Evan rasch ein. »Sehen Sie sich den letzten Punkt auf der Liste an, den HLA-Faktor. Wir vermuten, daß Personen mit derartigen Genstrukturen für ADF besonders anfällig sind…«

»*Chekov!*« platzte es aus McCoy heraus. »Ist alles in Ordnung mit ihm?«

»Er hat sich 'ne Glatze geholt, aber sonst geht es ihm ganz gut«, antwortete Dr. Wilson. »Die übrigen Besatzungsmitglieder sind kerngesund. Bis auf Spock.«

»Bis auf *Spock?*« wiederholte McCoy verwirrt. »Ich dachte, die vulkanische Physiologie…«

»Er erholt sich recht schnell, was er in erster Linie Dr. M'Benga zu verdanken hat«, sagte die Ärztin.

McCoy starrte sie einige Sekunden lang an und schüttelte den Kopf, als wolle er auf diese Weise seine Gedanken ordnen. »Nun, Sie können mir später alle Einzelheiten erklären. Ich muß mich jetzt um meine Patienten kümmern. McCoy Ende.«

Als das Bild auf dem Schirm verblaßte, schaltete Evan Wilson das Intercom ein. »Nyota? Dr. McCoy hat mir gerade mitgeteilt, daß Christine Chapel und Sonnenende-von-Ennien am Leben sind. Er und Dr. Mickiewicz setzen sie von unseren Entdeckungen in Kenntnis.« Uhura antwortete mit einem zischenden Seufzen. »Vielleicht wäre eine allgemeine Bekanntmachung angemessen. Es gibt bestimmt viele Leute, die sich für diese Nachricht interessieren.«

Nur wenige Sekunden später knackte es überall an Bord in den Intercom-Lautsprechern. »Alle herhören! Alle herhören!« erklang Uhuras Stimme, und kurz darauf ertönte allgemeiner Jubel.

Evan Wilson drehte sich zu Kirk um. »Das hätten wir«, sagte sie, holte tief Luft und ließ den Atem entweichen. »Die Krise ist überstanden.« Der Captain nickte und teilte die Empfindungen der kleinen Frau.

»Die Nachteile des modernen Informationszeitalters«, murmelte er. »Stellen Sie sich nur einmal vor, auf einem weißen Pferd heranzupreschen und Pille das

Heilmittel zu übergeben. Tja, wenn wir Eeiauo erreichen, hat er das Problem der Epidemie wahrscheinlich schon gelöst.«

»Ja. Aber durch die Meldung an ihn haben wir zwei Wochen Zeit gespart, und das dürfte ihn in die Lage versetzen, viele Leben zu retten. Die Krankheit tötet auch Menschen. Möge Elath Leonard McCoy segnen – mit seinem Palliativ gewährte er vielen Patienten einen Aufschub, und dadurch gibt es nun noch eine Chance für sie. Nun, wir können jetzt nur abwarten, ob das Heilmittel der ehemaligen Pechvogel auch Kranke im letzten Stadium des ADF-Syndroms rettet.« Evan seufzte erneut, stand auf und streckte sich mit der gleichen Hingabe wie eine Sivaoanerin. Dann lehnte sie sich an den Schreibtisch und musterte den Captain. »Auf einem weißen Roß würden Sie bestimmt einen enormen Eindruck machen.«

»Das gilt auch für Sie.«

Dr. Wilson schüttelte den Kopf. »Ich ziehe einen Mustang vor – paßt besser zu mir.« Ihr Lächeln verflüchtigte sich sofort wieder, und als ihr Schweigen andauerte, erahnte Kirk, was sie fühlte.

»Wir haben also keine andere Wahl, als uns in Geduld zu fassen.« Es klang noch verdrießlicher, als er beabsichtigt hatte.

»Sie sind derzeit im Dienst?« Als Kirk den Kopf schüttelte, fuhr Evan fort: »Gut. Auf Sivao erwiesen Sie sich als überdurchschnittlich guter Schwimmer. Was halten Sie davon, sich freiwillig für ein Himmelfahrtskommando zu melden?« Ihre Hand schloß sich sanft um seinen Arm. »Wir planschen mit einigen Sivaoanern…«

»Sieh nur, Captain! Schau mir zu! Ich *will* naß werden!« Die kleine Weißbart stand auf dem Sprungbrett und winkte. Kirk trat Wasser und sah zu ihr hoch. »Ich gukke zu«, versicherte er ihr. Die junge Sivaoanerin hüpfte einige Male, stieß sich ab, fiel ins Schwimmbecken und bespritzte einige Beobachter. Mit einem triumphierenden Schrei kam sie an die Wasseroberfläche zurück, paddelte auf den Captain zu und setzte ihren Schwanz als eine Art Ruder ein. Einige Sekunden lang hielt sie sich an seinem Arm fest, hob den Schweif und senkte ihn sofort wieder. Eine kleine Welle rollte Kirk entgegen. »He!« protestierte er, aber Weißbart kraulte bereits von ihm fort und rief: »Fang mich!« Jim lachte und folgte ihr mit ruhigen Zügen.

Himmelfahrtskommando, dachte er – und das war nur zum Teil übertrieben gewesen. Es erforderte viel Überredungskunst, die ängstliche Hellfleck ins Wasser zu locken, und ihre instinktiv ausgefahrenen Krallen stellten eine nicht unerhebliche Gefahr dar. Es mangelte ihr noch immer an dem Enthusiasmus der vier Kinder Schnappkralles, aber sie mied das Becken nicht länger, schwamm ernst und würdevoll an den seichteren Stellen.

»Ducken Sie sich!« rief Evan. Kirk kam der Aufforderung sofort nach, und ein rotblau gestreifter Ball raste dicht über ihn hinweg. Er warf ihn Greiffuß zu, der ihn mit seinem Schweif fing. Zulangschwanz griff im gleichen Augenblick danach, und es schloß sich die übliche Rauferei an, diesmal im Wasser. Kirk näherte sich den Katzenkindern, um zu verhindern, daß eins von ihnen aus lauter Begeisterung ertrank.

In gewisser Weise bedauerte es Kirk, daß sich die Sivaoaner so sehr vergnügten. Er mußte dabei an Pille denken, der sicher nicht annähernd soviel Spaß hatte. *Nun,* überlegte er, als er nach einem Schwanz griff und Weißbart aus dem Wasser zog, so daß sie nach Luft schnappen konnte, *wenn wir Eeiauo erreichen, gibt es für uns eine Menge zu tun. Ich sollte mich entspannen und vergnügen, solange ich noch eine Gelegenheit dazu habe.*

Trotz seiner großen Erschöpfung hatte sich McCoy nur selten besser gefühlt: Zwei seiner Patienten waren bereits aus dem Koma erwacht! Sein Sehvermögen verbesserte sich, und der Schmerz in den Gelenken ließ nach. In Gedanken sprach er Jim Kirk und seinen Kameraden ein großes Lob aus.

Alles deutete darauf hin, daß er Uhura bei ihrer Ankunft mit einer weiteren guten Nachricht begrüßen konnte. Sonnenende-von-Ennien ruhte noch immer in psychischer Starre, aber ihr Zustand verbesserte sich ständig. McCoy nahm sich die Freiheit, sie zu verlegen, so daß er sie ständig im Auge behalten konnte. Sicher dauerte es nicht mehr lange, bis sie das Bewußtsein wiedererlangte.

Er behandelte alle Patienten im kritischen Stadium mit der sivaoanischen Arznei und nahm anschließend vor dem Com-Schirm Platz, um sich mit der *Flinn* in Verbindung zu setzen und zu fragen, wie die Dinge an Bord des Hospitalschiffes standen.

Micky begrüßte ihn mit einem strahlenden Lächeln. »Wenn man vom Teufel spricht...« sagte sie. »Hier ist jemand, der gern einige Worte an Sie richten möchte.« Das Bild wechselte und zeigte eine Frau im Bett.

»Hallo, Dr. McCoy.« Die Stimme klang schwach und zittrig, aber Leonard erkannte sie sofort. »Christine«, sagte er sanft. »Was bin ich froh, Sie zu hören.«

Sie lächelte zaghaft. »Danke. Ist mit dem Captain und... und Mr. Spock alles in Ordnung?«

»Ja, Christine, seien Sie unbesorgt«, erwiderte McCoy beruhigend. »Sie freuen sich bestimmt, wenn Sie erfahren, daß es Ihnen besser geht.«

Schwester Chapel nickte kaum merklich. Dr. Mickiewicz trat wieder vor die Aufnahmelinse. »Das genügt, Dr. McCoy. Meine Patientin ist noch sehr schwach und braucht viel Ruhe.«

»*Ihre* Patientin?« entfuhr es Leonard empört.

Die Ärztin an Bord der *Flinn* blieb gelassen. »Selbstverständlich«, erwiderte sie. »Ich möchte vermeiden, daß Ihnen Christine aus reiner Dankbarkeit hörig wird.«

McCoy ächzte. »Was soll denn das heißen?«

»Oh, nichts weiter.« Micky lächelte doppeldeutig. »Wie dem auch sei: Sie sollten sich ebenfalls ausruhen. Sie haben es verdient.«

»Das mag sein, aber es gibt noch immer viel zu tun. Solange ich einen Injektor halten kann, bleibe ich auf den Beinen. Ich nehme mir nur die Zeit, um Jim zu berichten, daß die sivaoanische Medizin wirkt.«

»Jim? Damit meinen Sie vermutlich Captain Kirk, den Kommandanten der *Enterprise*.« Als McCoy nickte, fuhr Micky fort: »Ich würde ihn gern kennenlernen. Muß ein bemerkenswerter Mann sein.«

»Das ist eine Untertreibung«, behauptete Leonard stolz. »Ich stelle Sie auch Spock vor. Freund Spitzohr hat mich schon des öfteren an den Rand des Wahnsinns getrieben, aber ich bin sicher, er spielte eine wichtige Rolle beim Erfolg von Kirks Mission.«

»Dann sollten wir sowohl den Captain als auch Spock hochleben lassen.«

»Richten Sie den Gruß an die Mannschaft der *Enterprise*«, riet ihr McCoy. »Das weiß Jim weitaus mehr zu schätzen.«

Spock dachte gründlich über das Problem nach und kam zu dem Schluß, daß seine anfängliche Unfähigkeit, Dr. Wilsons Flag zu finden, nicht etwa auf einer von der Lungenentzündung verursachten Einschränkung seiner geistigen Kapazität beruhte, sondern vielmehr auf dem beträchtlichen Programmiergeschick der Ärztin. Er fand noch einige andere Warnmarkierungen im Speicher des Bordcomputers, und sein Respekt Evan gegenüber wuchs.

Nach einer Weile wandte er sich von der wissenschaftlichen Station ab, sah zum Befehlsstand und fragte sich, ob er den Captain informieren sollte. Er kannte

Kirks Neugier, und deshalb überraschte es ihn, daß Jim sich nicht ein einziges Mal nach den Fortschritten seiner Ermittlungen erkundigte. Ein weiteres Rätsel.

»Mr. Spock? Das Informationszentrum von Starfleet, Sir. Ich habe gerade eine Meldung empfangen, bei der auf eine Datenanfrage von Ihnen hingewiesen wird.« Uhura drehte sich um, und Spock sah das Erstaunen in ihren Zügen. Er hatte selbst um eine Auskunft gebeten, ohne die zentrale Kommunikationsstation zu benutzen, und er vermied es, die unausgesprochene Frage der dunkelhäutigen Frau zu beantworten.

»Danke, Lieutenant«, sagte er. »Bitte übermitteln Sie die Angaben in meine Kabine. Ich nehme die Nachricht dort entgegen. Mit Ihrer Erlaubnis, Captain...«

Kirk sah ihn an, und Spock versuchte vergeblich, seinen Gesichtsausdruck zu deuten. Es schien sich um eine Mischung aus Verzweiflung und Erheiterung zu handeln. »In Ordnung, Mr. Spock. Und... viel Spaß.«

»Sir?« Der Vulkanier hob eine Braue.

»Schon gut, Spock. Gehen Sie nur – lassen Sie Starfleet nicht warten.«

Der wissenschaftliche Offizier verließ die Brücke, nahm in seinem Quartier vor der Computerkonsole Platz – und zögerte. Vielleicht hatte der Captain recht. Vielleicht handelte es sich nur um einen weiteren Aspekt des eigentümlichen menschlichen Wesens. Nun, es gab nur eine Möglichkeit, Aufschluß zu gewinnen. Der Vulkanier beugte sich zur Tastatur vor und gab den Befehl ein, der die gespeicherten Daten abrief – Dr. Evan Wilsons vollständiges Starfleet-Dossier. Als die ersten Bilder aufleuchteten, begriff Spock, daß die Flags keinen Scherz darstellten. Ruhig las er in den elektronischen Dokumenten und ging sie kurze Zeit später – entgegen aller Logik – ein zweites Mal durch.

Schließlich lehnte er sich zurück, preßte die Fingerspitzen aneinander und dachte konzentriert nach. Die Entscheidung fiel ihm nicht weiter schwer, doch es dauerte eine Weile, bis er sich dazu durchrang, sie in die Tat umzusetzen.

Zuerst transferierte er das Dossier in seine private Datei. Vielleicht war Dr. Wilson fähig genug, sich Zugang zu allen Datenblöcken zu verschaffen, die nicht mit einer obligatorischen Netzhautüberprüfung zur Feststellung der Identität geschützt waren. Diese Vorstellung beunruhigte Spock, und er investierte viel Zeit und Mühe, um ein eigenes Warnflag zu programmieren.

Dann richtete er seine Aufmerksamkeit wieder auf den Bordcomputer und suchte nach der Byte-Markierung, die er zuvor, bei der Anfrage nach Dr. Wilsons Personalakte, gemieden hatte. Ganz bewußt veränderte er den Inhalt der betreffenden Speicherkomponente.

Nichts geschah.

Alles blieb still. Keine Melodie drang aus dem Lautsprecher. Spock fragte sich, ob ihm ein Fehler unterlaufen war, runzelte die Stirn und beobachtete die Darstellung auf dem Schirm. Plötzlich sah er es – einen kleinen Stern in der oberen rechten Ecke des Monitors. Auf den ersten Blick mochte man ihn für einen Modulationsfehler halten, aber der Vulkanier wußte, daß er auf jedem Bildschirm der *Enterprise* erschien.

Kirks Stimme drang aus dem Intercom und unterbrach die Überlegungen des Vulkaniers. »Tut mir leid, Sie zu stören, Spock. Wir befinden uns jetzt im eeiauoanischen Standardorbit. Würden Sie bitte in den Besprechungsraum A kommen?«

»Ich bin schon unterwegs, Captain.«

Als er das Zimmer betrat, fiel sein Blick auf mehrere Offiziere und Sivaoaner. Uhura gesellte sich an seine Seite. »Sonnenende ist wieder bei Bewußtsein, Sir!« teilte sie ihm glücklich mit. »Dr. McCoy meint, sie und Christine erholen sich rasch!«

»Das ist sehr erfreulich«, entgegnete Spock. Uhuras Lächeln verblaßte, und daraus schloß er, daß er sie enttäuscht hatte. Aus welchem Grund?

»Schon gut, Sir«, sagte sie. »Ich bin nur sehr froh – und ich wünschte, Sie könnten diese Gefühle mit mir teilen.«

Spock musterte sie. »Danke, Lieutenant«, erwiderte er nach einigen Sekunden. »Zwar sehe ich mich außerstande, an Ihren Empfindungen teilzuhaben, aber Ihre guten Absichten ehren mich.« Diesmal hatte er die richtige Antwort gewählt – Uhura lächelte erneut.

»Können wir jetzt beginnen?« rief Kirk, und daraufhin wurde es still. »Ich verstehe natürlich, daß die veränderte Situation genug Anlaß zum Jubeln gibt, aber wir müssen noch einige Dinge erledigen. Wenn Sie bitte Platz nehmen würden. Dr. McCoy möchte einige Worte an Sie richten, und Sie sollten gut zuhören.«

»Danke, Jim«, sagte Leonard. Sein Abbild zierte die dreieckigen Schirme auf den Tischen. »Zuerst einmal möchte ich diejenigen, die es noch nicht wissen, darauf hinweisen, daß Schwester Chapel auf dem Weg der Besserung ist. Es bleiben keine schädlichen Nachwirkungen – körperlich oder geistig – zurück.«

»Ausgezeichnet!« entfuhr es Sulu, senkte dann verlegen den Kopf. »Bitte entschuldigen Sie, Dr. McCoy...«

Leonard lächelte. »Schon gut, Mr. Sulu. Ich weiß, wie erleichtert Sie sind. Jim, ich habe Starfleet Command unterrichtet, und dort akzeptierte man meinen Vorschlag: Die Quarantäne gilt nur für Leute, die noch nicht gegen das ADF-Syndrom geimpft sind. Da Dr. Wilson alle Besatzungsmitglieder der *Enterprise* behandelt hat, könnt ihr euch jederzeit herabbeamen. Ich kann Hilfe noch immer gut gebrauchen. Und damit meine ich nicht nur erfahrene Ärzte, sondern jedes Paar Hände.«

Auf der anderen Seite des Tisches hob Dr. Wilson die Arme und streckte sie dem Captain entgegen. Kirk lachte leise. »Keine Sorge, Evan – ich würde es nicht im Traum wagen, Ihnen den Spaß zu verderben. Pille, ich glaube, du bekommst genug Assistenten.« Die übrigen Anwesenden nickten zustimmend.

McCoy brummte zufrieden. »Jim, was hältst du davon, Christine einen Besuch abzustatten? Sag ihr, daß sie gute Arbeit geleistet hat, und klopf auch Evan für mich auf die Schulter – wenn das möglich ist, ohne daß du quer durch den Raum geschleudert wirst.«

Kirk lachte erneut. »In Ordnung, Pille. Ohne Evan hätten wir es nicht geschafft, erwachsen zu werden.«

»Ich weiß nicht, wovon *du* redest«, sagte McCoy vom Schirm her, »aber *ich* meine das Wilson-Chapel-Serum. Ich habe nur die begonnenen Forschungsarbeiten fortgesetzt – für die Evan und Christine ein dickes Lob verdienen.«

Kirk hob den Kopf, aber die kleine Ärztin saß genau auf der anderen Seite des Monitors. Deshalb konnte er ihren Gesichtsausdruck nicht erkennen. »Sag es ihr selbst, Pille. Sie ist hier.« Mit einem Tastendruck schaltete er das Übertragungsgerät um.

Spock stand nach wie vor und beobachtete die Ärztin. Dr. Wilson schüttelte kurz den Kopf und musterte McCoys Abbild. »Ich komme so schnell wie möglich zu Ihnen, Leonard«, meinte sie. »Doch warten Sie mein Eintreffen nicht ab. Ich möchte, daß Sie sich sofort ins Bett legen und schlafen.« McCoy war so verblüfft, daß es ihm die Sprache verschlug – was der Vulkanier erstaunlich fand.

»Dr. Wilson?« fragte Kirk. Er schien ebenfalls überrascht zu sein.

»Sehen Sie sich Leonard an, Captain«, erwiderte Evan. »Er erholt sich vom ADF-Syndrom. Und das macht ihn meiner Meinung nach zu einem Patienten.«

McCoy räusperte sich. »Bei allen Raumteufeln...« begann er.

Kirk warf Spock einen kurzen Blick zu und zuckte hilflos mit den Schultern. »Sie hat recht, Captain«, sagte der Vulkanier.

»Ja, verdammt, ich habe mich angesteckt«, warf McCoy ein. »Aber inzwischen geht's mir wieder besser. Himmel, ich kann doch nicht meine Patienten im Stich lassen, Evan.«

Kirk betätigte eine andere Taste. »Das brauchst du auch gar nicht, Pille. Ich schicke Dr. Wilson mit der ersten Freiwilligen-Gruppe. *Wenn sie eintrifft...«* – diese Worte kamen einem Einwand zuvor und ließen keinen Widerspruch zu –, »...bist du von deinen Pflichten entbunden. Ich bin sicher, Evan kümmert sich gut um dich.«

Damit war dieses Problem zur Zufriedenheit aller gelöst. Kirk wandte sich an die Sivaoaner. »Andere Sternenfreiheit, Schnappkralle – die Diplomaten der Föderation würden gern mit eurer Gruppe sprechen.«

»Diplomaten?« wiederholte Schnappkralle. Offenbar gab es im Sivaoanischen kein Äquivalent für diese Bezeichnung. Spock beobachtete die Erheiterung der Menschen, als Kirk versuchte, den Begriff zu erklären. Schließlich zischte Schnappkralle ungeduldig: »Die Diplomaten... sind sie krank, Captain?«

»Nein, aber...«

Die Schwanzspitze der sivaoanischen Heilerin zuckte verärgert. »Dann müssen sie sich gedulden. Ich hole jetzt meine Sensoren. Treffen wir uns im Transporterraum?«

Kirk dachte logisch genug, um ihr nicht zu widersprechen. Er nickte und sagte: »Damit ist die Sitzung beendet.«

Als die Teilnehmer an der kurzen Beratung das Zimmer verließen, wandte sich Kirk an Uhura. »Lieutenant, ich vermute, Sie möchten sich der ersten Gruppe anschließen, nicht wahr?«

»O ja, Captain! Danke, Sir!« Sie strahlte und eilte fort.

»Evan«, sagte der Captain. Dr. Wilson blieb einige Sekunden lang an der Tür stehen und kam dann zu ihm zurück. »Was den Klaps auf die Schulter betrifft...«

»Haben Sie keine Angst, quer durch den Raum geschleudert zu werden?« konterte sie. »Nein, nicht jetzt, Captain. Es wartet viel Arbeit auf mich.«

»Na gut«, brummte Kirk und lächelte. »Geben Sie gut auf Pille acht, in Ordnung? Ich warne Sie: Es wird bestimmt nicht einfach sein, ihn ans Bett zu fesseln.«

Evan kicherte leise. »Ich weiß, Captain. Ärzte sind schreckliche Patienten. Ich nehme meinen Stock mit.«

Spock betrachtete die nun dunklen Monitorschirme; er hielt es für unwahrscheinlich, daß Dr. Wilson den Stern in der Bildecke rechts oben übersehen hatte. Trotzdem sagte er: »Schwanzschlaufer-zu-Ennien.« Kirk bedachte ihn mit einem seltsamen Blick, und Evan blieb zum zweitenmal auf der Türschwelle stehen. »Diesen Namen hat sie selbst gewählt, Captain«, erklärte der Vulkanier.

»Ja, Mr. Spock«, bestätigte die kleine Frau.

»Der Bordcomputer...« begann er, ohne recht zu wissen, wie er den Satz beenden sollte.

Evan lächelte. »Sie sind dafür verantwortlich, Mr. Spock. Sorgen *Sie* dafür, daß die Einblendung wieder verschwindet. Ich habe zu tun.« Sie trat auf den Korridor, und hinter ihr schloß sich die Tür mit einem leisen Zischen. Spock runzelte die Stirn.

»Noch ein Flag?« fragte Kirk. Der wissenschaftliche Offizier drehte sich zu ihm und bemerkte das fast anzügliche Grinsen des Captain. »Wenigstens ist es diesmal nicht mit störenden Geräuschen verbunden«, fuhr Jim fort. »Nun, ich glaube, sie hat recht. Und ich muß eingestehen, daß ich ziemlich überrascht bin.« Das Lächeln wich einem Ausdruck gelinder Besorgnis. »Wie geht es Ihnen?«

»Ich habe mich gut erholt, danke, Captain.«

»Wenn das stimmt... Wieso gelingt es Ihnen dann nicht, Dr. Wilsons Flags zu meiden? Ich dachte, Sie seien der Computerexperte an Bord.«

»Das kann ich Ihnen leider nicht erklären, Captain.«

Es war keine Lüge: Spock wollte nur vermeiden, Kirk in seine Entscheidung einzuweihen. »Ich finde Dr. Wilsons Verhalten… bemerkenswert.«

»Das trifft auch auf Ihr Gebaren zu, Spock. Wissen Sie mehr als ich?«

Für diese Frage gab es keinen einzigen Präzedenzfall. Spock hob eine Braue. »Captain?«

Kirk musterte ihn einige Sekunden lang, schmunzelte und schüttelte den Kopf. »Schon gut, Mr. Spock. Wenn ich eine Möglichkeit finde, diese Frage anders zu formulieren, stelle ich sie noch einmal. Bis dahin… Ich schlage vor, wir greifen Pille unter die Arme.«

Die im runden Bett zusammengerollte Gestalt wies kaum mehr Ähnlichkeiten mit dem anmutigen und eleganten Geschöpf auf, das Uhura in Erinnerung hatte. *Das kann unmöglich Sonnenende sein,* fuhr es ihr durch den Sinn. Aber sie wußte, daß sie ihre eeiauoanische Freundin vor sich sah, fand den Anblick fast unerträglich. Eillicht wickelte ihr tröstend den Schwanz ums Handgelenk, und Uhura streichelte ihn geistesabwesend. Dann trat sie näher ans Bett heran und zog den Barden mit sich. »Sonnenende?« fragte sie zögernd.

Die Katzenfrau öffnete mühsam die Augen. Die Nickhäute waren noch immer angeschwollen und gerötet. »Nyota!« brachte sie hervor. »Bist du das wirklich?«

Uhura zwinkerte Tränen fort und spürte, wie sich ein Kloß in ihrem Hals zu bilden schien. »Ja, Sonnenende. Wie fühlst du dich?«

Die Eeiauoanerin hob kurz ihren Schwanz. »Wie Wolkenstalt, nachdem sie den Blitz stahl. Siehst du? Mein Schweif zeigt es ganz deutlich.« Sie stöhnte leise und streckte die Hand aus.

Uhura griff danach und drückte sie vorsichtig. »Du wirst dich bald erholen«, sagte sie. »Ganz bestimmt.« Diese Worte kamen einem Versprechen gleich, und Nyota wußte, daß sie es halten konnte: Unter ihren Fingerkuppen fühlte sie den dünnen Flaum des nachwachsenden Fells.

Sonnenende neigte die wenigen ihr verbliebenen Schnurrhaare vor. »Ich werde mir Mühe geben. Ich wünschte, ich könnte jemandem danken. Nach all den Jahren und so vielen Toten hat dein Volk endlich das Heilmittel gefunden, nachdem wir vergeblich suchten.«

»Es ist Donnerschlags Medizin«, erwiderte Uhura sanft. »Die Lieder, die ich von dir gelernt habe... Bitte sei mir nicht böse, Sonnenende. Ich hatte keine andere Wahl. Ich durfte dich nicht sterben lassen.«

Die Augen der Eeiauoanerin bildeten plötzlich zwei schmale Schlitze. »Du hast es geschworen, Nyota. Du hast geschworen, sie keinem anderen Eeiauoaner zu verraten.« Sie schauderte vor unterdrücktem Zorn, richtete den Blick auf Eillicht.

Uhura erinnerte sich erst jetzt wieder an die Gegenwart des Barden. »Nein, du irrst dich, Sonnenende. Er *ist kein* Eeiauoaner, versteht nicht einmal das moderne Eeiauoanisch.« In der Alten Sprache fügte sie hinzu: »Sonnenende-von-Ennien, ich möchte dir meinen Freund Eillicht-zu-Vensre vorstellen.«

»*Zu*-Vensre?« entfuhr es der Eeiauoanerin. Sie wollte sich in die Höhe stemmen, aber Uhura hinderte sie behutsam daran. »*Zu*-Vensre?« wiederholte sie und starrte den Sivaoaner groß an. »Wie ist das möglich? Nach so langer Zeit...«

Eillichts Ohren zitterten, und die daran befestigten goldenen Ringe glitzerten. Als er das lautenartige Musikinstrument hob, sah Uhura ein noch helleres Schimmern in seinen Augen. »Ich bin gekommen, um ein Versprechen einzulösen, um zu einem Barden namens Sonnenende zurückzukehren und Lieder auszutauschen.«

»Nach so langer Zeit...« stöhnte die Katzenfrau. »Endlich bist du da. Danke, Nyota. Vielen Dank.«

Uhura berührte sie an der Wange. »Schlaf jetzt, Sonnenende. Wir setzen unser Gespräch später fort.« Sie sang ein leises Wiegenlied, und Eillicht stimmte mit ein, zupfte an den Saiten der sivaoanischen Laute. Sonnenende-von-Ennien sah sie nacheinander an, seufzte glücklich und schloß die Augen.

Kirk beamte sich mit der ersten Freiwilligen-Gruppe zur *Flinn,* und als er dort die Transporterplattform verließ, fühlte er den durchdringenden Blick einer Frau auf sich ruhen, die kaum größer war als Evan Wilson. Lockiges schwarzes Haar umrahmte ein unschuldiges Gesicht. Ihre Uniform wies sie als Angehörige der Medo-Abteilung Starfleets aus, und an den Ärmeln glänzten Dutzende von Streifen und Abzeichen. »Ach-*tung!*« rief sie, und aus einem Reflex heraus nahm Kirk Haltung an. Andere Ärzte und Krankenpfleger drehten sich lächelnd zu ihm um und salutierten. Der weibliche Colonel grinste ebenfalls. »Captain James T. Kirk, ein Gruß für die Mannschaft der U.S.S. *Enterprise*... Hip, hip!«

»Hurra!« donnerte das *Flinn*-Personal.

Es wiederholte den Ruf noch zweimal, und Kirk war nur deshalb nicht verlegen, weil die Ehre seinen Kameraden galt. »Im Namen meiner Besatzung – vielen Dank«, sagte er ernst. Daraufhin salutierte das epidemiologische Team erneut und kehrte an die Arbeit zurück. Die kleine Frau näherte sich dem Captain, und er sagte noch einmal: »Vielen Dank, Colonel Mickiewiecz...«

»Ich danke *Ihnen*«, unterbrach sie ihn. »Nennen Sie mich Micky. Ein Freund Leonards ist auch mein Freund, und das gilt in besonderem Maße für Sie. Sie möchten sicher zu Christine Chapel – folgen Sie mir.« Sie bemerkte, wie er sich kurz zu seiner Gruppe umdrehte, und fügte hinzu: »Dr. Dziedzic wird Ihre Leute einweisen.«

Kurze Zeit später stellte Kirk fest, daß Schwester Chapels Zustand dem Chekovs ähnelte: Die dünnen Narben auf den Wangen und Armen bewiesen, daß sich die Gewebeveränderungen zurückbildeten. Doch ihr Verhalten... Sie schien sich in seiner Gegenwart unbehaglich zu fühlen. Kirk blieb gerade lange genug, um sie für ihre Arbeit in Hinsicht auf das Serum zu loben, das viele Leben gerettet hatte.

Im Korridor trat Dr. Mickiewicz auf ihn zu. »Ich bringe Sie in den Transporterraum zurück. Bitte geben Sie Leonard diese Proben.« Sie reichte ihm einen kleinen Kasten und ging forsch los. »Keine Sorge, Captain. Wenn sich Chapel erholt hat, verabschieden wir sie mit allem Drum und Dran.«

»Gut«, erwiderte er und lächelte flüchtig. »Sie hat es verdient. Aber darum ging es mir nicht... Offenbar wäre es ihr lieber gewesen, mich nicht zu sehen.«

»Genau umgekehrt, Captain: Christine hätte es vorgezogen, daß *Sie* sie nicht sehen. Sie wird ihre Schüchternheit überwinden, wenn ihr Haar nachgewachsen ist. Nichts weiter als Eitelkeit – nun, wir alle haben unsere Schwächen.« Plötzlich blieb Micky stehen, strich ihre Locken beiseite und offenbarte damit einige kahle Stellen auf dem Kopf. »Ich hatte mehr Glück als sie: Das Wilson-Chapel-Serum ließ mir genug Haar, um meinen Stolz zu wahren. Ich schätze, während der nächsten Monate werden Mützen und Schals auf einigen Föderationswelten zu einem großen Verkaufsschlager.«

Kirk nickte zustimmend, als er sich Chekov und Chapel vorstellte. »Ich frage mich, wie viele Lamettaträger angesteckt wurden«, sagte er nachdenklich.

Micky sah zu ihm auf, und als der Captain ihr dünnes Lächeln bemerkte, begriff er verlegen, daß er wenigstens einen kannte. Das Lächeln der Ärztin verwandelte sich in ein Grinsen. »Ich vermute, Sie haben neue Uniformen mit speziellen Kopfbedeckungen im Sinn.« Als er bestätigend brummte, deutete sie erst auf das Kästchen und dann auf die Transporterplattform.

»Nun, die Leute bei Starfleet Command sind ziemlich träge. Wahrscheinlich dauert es fünfzehn Jahre, bis sie neue Vorschriften erlassen, und dann sind gar keine Mützen mehr notwendig... Energie.« Dr. Mickiewicz' Gestalt verlor sich hinter dem irisierenden Schleier des Transferfeldes.

Kirk verzog kurz das Gesicht, als er auf Eeiauo rematerialisierte. Er stand vor einem niedrigen Gebäude, das als Bereichshospital diente, und rechts, zwischen einigen Bäumen, sah er mehrere bunte Zelte. Schnappkralle und die anderen Sivaoaner hatten offenbar genug von geschlossenen Räumen. Einige Eeiauoaner – Körper und Glieder noch steif von der überstandenen ADF-Infektion – beobachteten Zulangschwanz und Redeviel, die sich mit Hilfe ihrer Schweife von Ast zu Ast schwangen und ihre neugierigen Blicke erwiderten. Haltung und Mimik der Eeiauoaner brachten eine Mischung von Verwunderung und Mißbilligung zum Ausdruck, und erst nach einigen Sekunden erinnerte sich Kirk daran, daß sie die Benutzung der Schwänze als Greiforgane für vulgär hielten. *Ich sollte Schnappkralle besser darauf hinweisen*, dachte er und stieg die Treppe zum Krankenhaus hoch.

In dem Gebäude begegnete er Spock, der am Empfangstresen saß und einige zerbrechlich anmutende Instrumente reparierte. »Captain...« begrüßte ihn der Vulkanier und setzte die Arbeit fort. »Wie geht es Schwester Chapel?«

»Den Umständen entsprechend. Was ist mit Pille? Und wo steckt er?«

»Er schlief, als ich mit der dritten Landegruppe eintraf«, erwiderte Spock. »Ich bekam nicht die Erlaubnis, ihn zu besuchen. Übrigens: Dr. Wilson würde gern mit Ihnen sprechen, bevor Sie ihn wecken.«

»Vielleicht sollte ich darauf verzichten, ihn zu stören«, sagte Kirk. »Wenn er so dringend Ruhe braucht...«

Daraufhin hob der wissenschaftliche Offizier den Kopf und musterte ihn mit einem durchdringenden Blick. »Dr. Wilson vertritt eine andere Ansicht.«

Kirk breitete die Arme aus und lächelte. »Und es ist nicht besonders klug, einer Frau zu widersprechen, die mit einem Schlagstock umzugehen versteht. Bleiben Sie ruhig sitzen, Spock. Ich finde Evan auch allein.«

Er sah sie kurz darauf im ersten Krankenzimmer – sie prüfte gerade den Puls einer Eeiauoanerin. Als sie ihn bemerkte, drehte sie sich ruckartig um. »Ich habe eigentlich Schnappkralle erwartet.« Kirk suchte nach den richtigen Worten für eine Antwort, schwieg aber, als es in Evans Augen aufblitzte.

Kurze Zeit später erkannte er ihre Patientin: Es handelte sich um Flinkfuß, die eeiauoanische Doktorin, die Spock eine wichtige Information gegeben und aufgrund dieses ›Verrats‹ versucht hatte, Selbstmord zu begehen. Plötzlich verstand der Captain. Flinkfuß erwachte aus ihrem Koma, und Evan fürchtete, daß sie erneut danach trachtete, sich umzubringen.

Als sich die Eeiauoanerin bewegte, hörte Kirk ein leises Kratzen – Fußklauen, die über den Boden schabten –, und sein Blick fiel auf Schnappkralle. »Schwanzschlaufer? Was ist so wichtig, daß ich sofort zur Stelle sein muß?«

»Ich kann es nicht erklären, aber ich möchte, daß Sie zugegen sind, wenn Flinkfuß zu sich kommt. Bitte kümmern Sie sich um sie – und denken Sie daran, sich mit Ihrem *vollständigen* Namen vorzustellen.« Sie überließ ihren Platz der Sivaoanerin, griff nach Kirks Arm und zog ihn vom Bett fort. Schnappkralle schenkte ihnen keine Beachtung mehr, stützte vorsichtig und behutsam Flinkfuß' Kopf, konzentrierte sich ganz auf die Patientin. Sie wartete so geduldig und ruhig, daß Kirk sie für eine Statue gehalten hätte, wenn nicht ab und zu das kaum merkliche Zucken ihres Schweifs gewesen wäre. Die Minuten verstrichen, und der Captain spürte, wie sich Evans Finger fester um seinen Arm schlossen – deutliches Zeichen ihrer Anspannung. Er berührte ihre Hand, und plötzlich schauderte die kleine Frau: Die eeiauoanische Doktorin erzitterte.

»Flinkfuß?« fragte Schnappkralle leise. »Nein, bleiben Sie liegen. Es wird noch eine Weile dauern, bis Sie sich ganz erholt haben.«

Kirk hörte das ungläubig klingende Flüstern der Katzenfrau. »Erholt? Der Langsame Tod... Es ist der Langsame Tod.«

Evan Wilson ballte unwillkürlich die Fäuste und versuchte, sich zu beherrschen. »Ich heiße Schnappkralle-zu-Ennien«, sagte die Sivaoanerin. »Ich bin gekommen, um Ihnen zu helfen.«

»*Zu*-Ennien? *Zu*-Ennien?« stammelte Flinkfuß und wollte sich aufrichten. Schnappkralle drückte sie zurück.

»Zu-Ennien«, bestätigte sie. »Seien Sie jetzt hübsch brav. In einer Woche können Sie wieder aufstehen und herumlaufen.«

»Warum sind Sie gekommen? Wie können Sie uns vergeben?«

»Ihnen... vergeben? Oh...« Plötzlich verstand Schnappkralle. Sie griff nach Flinkfuß' Hand. »Wir haben Ihren Vorfahren schon vor langer Zeit verziehen, aber nicht uns selbst. Der Captain meinte, wir verhielten uns wie Kinder. Deshalb sind wir hier und bemühen uns, erwachsen zu werden.« Ihr Schwanz ringelte sich.

Flinkfuß ließ sich wieder auf die weiche Bettunterlage sinken. »Ich weiß nicht, was Sie meinen... Doch ich bin sehr froh, daß Sie hier sind. *Können* Sie uns helfen? Sind Sie imstande, den Langsamen Tod zu besiegen?«

»Ja«, antwortete Schnappkralle. »Ruhen Sie sich jetzt aus, Flinkfuß. Wir unterhalten uns später, wenn Sie sich besser fühlen.«

Flinkfuß neigte die Schnurrhaare nach vorn und

zischte erleichtert und zufrieden: »Später...« Sie schloß die Augen.

Evan entspannte sich und ließ den angehaltenen Atem entweichen. »Danke, Schnappkralle«, sagte sie leise. Dann wandte sie sich an den Captain. »Jetzt besteht keine Gefahr mehr für Flinkfuß. Kommen Sie, ich bringe Sie zu Leonard.«

Er folgte ihr durch einen langen Korridor, durch dessen Fenster man auf die große Parkanlage vor dem Hospital sehen konnte. Kirk bedauerte es, nicht die Hand der kleinen Frau halten zu können, überlegte, ob er ihr eine Umarmung anbieten sollte – einfach nur, weil er sich freute. Aber um nicht erneut in Verlegenheit zu geraten, fragte er: »Ist er wach, Evan?«

»Nein, aber Sie dürfen ihn wecken. Es ist eine gute Medizin für Sie beide.«

»Dann verstehe ich nicht, wieso Sie Spock die Erlaubnis verweigerten...« begann er.

»Der Sensor muß repariert werden, Captain. Und Spock braucht wohl kaum eine Aufmunterung.«

»Oh«, machte Kirk und lächelte. »Ganz im Gegensatz zu mir?«

Sie blickte zu ihm auf und schien ein wenig überrascht zu sein. »Etwa nicht? Wie dem auch sei: Ich bin sicher, Ihr Anblick wird Leonards Stimmung ganz erheblich verbessern. Bitte tun Sie mir einen Gefallen: Berichten Sie ihm *ausführlich* von unserer Mission auf Sivao.«

»Damit er im Bett bleibt?« fragte Kirk, und Evan bestätigte seine Vermutung mit einem verschmitzten Schmunzeln. »Einverstanden, Doktor. Ich werde mir Mühe geben.« Er betrat das Zimmer und schloß die Tür leise hinter sich.

Zwischen den Kisten mit Medikamenten und medizinischen Geräten stand ein schmales Bett, und darauf lag McCoy. In seiner einen Armbeuge schlief Greiffuß, und zu seinen Füßen ruhte Weißbart. Alle drei schnarchten.

Kirk zögerte einige Sekunden lang. Selbst im Schlaf wirkte Pilles Gesicht eingefallen und hohlwangig vor Erschöpfung. Er hatte einen nicht unbeträchtlichen Teil seines Haars verloren, doch nur noch einige wenige Flecken erinnerten an die Gewebeveränderungen des ADF-Syndroms. Auch Leonard erholte sich von der Krankheit.

Schließlich entsann er sich daran, daß er McCoys Moral verbessern sollte. Er berührte den Bordarzt der *Enterprise* an der Schulter und schüttelte ihn vorsichtig. »Pille«, sagte er. »Pille.« Der Mann ächzte leise und bewegte sich. Kirk grinste kurz und sagte leise, aber in einem kommandierenden Tonfall: »Statusbericht, Dr. McCoy.«

Leonard schlug die Augen auf. »Jim!«

Kirk hob den Zeigefinger an die Lippen und deutete auf die beiden Katzenkinder.

McCoy stemmte sich langsam in die Höhe. »Jim«, wiederholte er begeistert, wenn auch nicht ganz so laut. »Himmel, es freut mich, dich wiederzusehen!«

»Und ich bin verdammt froh, zurück zu sein. Nein«, fügte er hinzu, als McCoy den kleinen Greiffuß behutsam beiseite schob. »Steh nicht auf. Das ist ein Befehl.«

McCoys Brummen ähnelte dem verärgerten Zischen Schnappkralles. Er starrte kurz auf die beiden Katzenkinder und knurrte: »Ich soll auf sie aufpassen. Aber weißt du, was ich glaube? Es ist genau umgekehrt!«

»Das würde mich gar nicht überraschen«, erwiderte Kirk.

»Und mich wundert's nicht, daß man auch dich dienstverpflichtet hat«, fuhr McCoy fort. »Bei allen Raumgeistern: Evan erlaubt mir, einmal am Tag eine Runde zu machen und die anderen Patienten zu untersuchen – *vorausgesetzt*, ich bleibe die restliche Zeit im Bett. Ist das zu fassen? Sie ›erlaubt‹ es mir! Sie drohte sogar, mich *dorthin* zu schicken.« Er deutete kurz auf die Decke, und Kirk nahm an, daß er das Hospitalschiff *Flinn* meinte. Leonard schnitt eine finstere Miene. »Eins sage ich dir, Jim: Die Frau mag zwar klein sein, aber sie hat das Zeug zu einem Tyrannen!«

Kirk strahlte. »Es scheint dir schon wieder viel besser zu gehen, Pille.«

Bei diesen Worten erhellte sich McCoys Gesicht. »Ich *fühle* mich auch besser. Himmel, wie schön, dich wiederzusehen!« Er setzte sich auf. »He, steh doch nicht so herum. Zieh dir einen Stuhl heran und erzähl mir alles.«

Kirk kam der Aufforderung sofort nach. »So lautete Evans Anweisung«, sagte er. McCoy verstand und lachte. Als der Captain nach einem Klappstuhl griff, merkte er, daß er noch immer das Kästchen in der Hand hielt. »Mit vielen Grüßen von Micky. Sie schickt dir einige Proben. Ich hätte sie eigentlich Dr. Wilson geben sollen.«

»Proben von Micky? Wag es bloß nicht.« McCoy achtete darauf, Greiffuß nicht zu stören, als er die Hand ausstreckte. Kirk zögerte kurz und gab ihm den Behälter.

Leonard öffnete den Kasten. »Hat dich Micky mit einem dreifachen ›Hip, hip – hurra!‹ begrüßt?« fragte er und sah auf.

Kirk nickte. »Ihr Gruß galt der *Enterprise*-Crew«, antwortete er und nahm Platz. »Aber was hat das damit zu tun?« Er zeigte auf das Kästchen.

»Typisch Micky«, sagte McCoy. »Sie weiß, worauf es ankommt.« Er neigte den Behälter ein wenig, so daß Kirk den Inhalt erkennen konnte: eine Flasche Csillag-Brandy und daneben ein kleiner Becher, in Papier eingewickelt. »Einer der Container müßte mit Gläsern und ähnlichen Dingen gefüllt sein. Hol dir eins, Jim. Dann trinken wir auf das Wohl von Dr. Mickiewicz.«

»Hältst du das für klug, Pille?«

»Du meinst, ob es medizinisch ratsam ist?« McCoy betrachtete die Flasche. »Der Cognac wurde von einem der besten Ärzte Starfleets verschrieben. Und damit übertreibe ich keineswegs. Ich kenne Mickys Qualitäten – eine Leiche verbindet uns.«

Kirk runzelte verwirrt die Stirn, fragte aber nicht, was Leonard damit meinte. Er besorgte sich ein Glas. »Entschuldige, Pille. Ich würde es nie wagen, Dr. Mickiewicz' Kompetenz in Frage zu stellen.«

»Gut«, brummte McCoy. »Setz dich und trink.« Er schenkte ein. »Und anschließend berichte mir von eurem Abenteuer.« Er hob seinen Becher. »Auf Micky, McCoy und Macbeth.« Er nahm einen großen Schluck und seufzte zufrieden.

Kirk folgte seinem Beispiel. »Macbeth?«

»Die Leiche. Im Totenschein war von Herzinfarkt die Rede, aber wir schöpften sofort Verdacht. Nicht ohne Grund: Wer von einem Schwert durchbohrt wird, bleibt selten am Leben. Wie dem auch sei: Wir fanden nie die Hintergründe heraus. Und manchmal erinnert mich Micky daran.«

Am Fußende des Bettes nieste jemand. Weißbart richtete sich auf, verzog ihr schmales Gesicht und schnupperte angewidert. Bevor Kirk oder McCoy einen Gruß an das Katzenkind richten konnten, zischte es und hüpfte zu Greiffuß, der ebenfalls eine Grimasse schnitt. Als Leonard seinen Becher füllte, kroch Greiffuß näher, schnüffelte und zuckte so heftig zurück, als habe ihn jemand geohrfeigt. Er fauchte, sauste zusammen mit Weißbart zur Tür und floh aus dem Zimmer.

McCoy blickte in die bernsteinfarbene Flüssigkeit. »Die Wirkung eines guten Brandys sollte man nie unterschätzen«, sagte er und trank. »Wie geht's Chapel?«

»Recht gut. Ihre Moral läßt zu wünschen übrig, aber Micky meint, das sei auf einen gewissen ästhetischen Verlust zurückzuführen.« McCoy musterte ihn verwundert, und daraufhin fügte Kirk hinzu: »Die kahlen

Stellen auf ihrem Kopf. Sie wird ihre Verlegenheit überwinden, wenn das Haar nachwächst.«

»Ich kann mir gut vorstellen, wie sie empfindet«, brummte McCoy.

Eine Zeitlang schwiegen die beiden Männer und genossen den Brandy. Schließlich stellte McCoy seinen Becher beiseite und ließ sich aufs Bett zurücksinken. »In Ordnung«, sagte er. »Jetzt kannst du mit deiner Schilderung beginnen. Ich find's irgendwie nicht richtig.«

»Was soll das heißen?«

»Während wir hier alle bis zum Umfallen arbeiten, macht ihr eine Reise und findet ein Heilmittel für das ADF-Syndrom – aufgrund eines Liedes!« Sein breites Grinsen deutete darauf hin, daß er auf eine Gelegenheit gewartet hatte, diese Worte an Kirk zu richten.

Kirk erwiderte das Lächeln, breitete die Arme aus und antwortete mit einer gleichfalls vorbereiteten Bemerkung: »Es war ein Kinderspiel, Pille.«

LOGBUCH DES CAPTAINS: STERNZEIT 2962.3

Von vielen Planeten der Föderation treffen geimpfte Freiwillige auf Eeiauo ein. Bald brauchen wir nicht mehr zu helfen, und dann kann die *Enterprise* einen neuen Auftrag übernehmen. Die meisten Besatzungsmitglieder befinden sich schon wieder an Bord. Mit der Rückkehr von Schwester Chapel und der Doktoren McCoy und Wilson sind wir fast komplett.

PERSÖNLICHES LOGBUCH DES CAPTAINS, JAMES T. KIRK: STERNZEIT 2962.3

... und somit besteht unsere Aufgabe nur noch darin, Berichte für Starfleet zu schreiben. Glücklicherweise brauchen darin keine Namen

genannt zu werden, nur Titel und Rangbezeichnungen...

»Willkommen an Bord, Pille«, sagte Kirk, als McCoy auf der Transporterplattform erschien.

»Jim«, antwortete Leonard mit einem Lächeln. Er blickte an sich herab, um festzustellen, ob er mit heiler Haut angekommen war, bedachte den Chefingenieur mit einem durchdringenden Blick und brummte: »›Als sei meine Mutter mit den Füßen am Kopf rematerialisiert‹, Scotty?«

Scott zwinkerte verwirrt, doch schließlich erinnerte er sich. »Oh, *Eillicht!* Er hat es versäumt, mich auf sein phänomenales Gedächtnis hinzuweisen... Eigentlich sollte er Ihnen gar nichts sagen...«

McCoy knurrte und trat von der Plattform herunter.

Auch Evan Wilson verließ die scheibenförmige Transferplattform. »*Das* hat den Barden also zu seinem ›Kopffuß-Lied‹ inspiriert. Fahren Sie nicht die Krallen aus, Leonard. Bei den Kindern erfreut es sich großer Beliebtheit, und Sie sollten froh sein, einen wichtigen Beitrag geleistet zu haben.«

McCoy starrte sie finster an. »Eines Tages lege ich Sie mir übers Knie und ziehe Ihnen den Hintern stramm.«

»Das würde ich dir nicht raten, Pille«, sagte Kirk. »Sie ist kleiner als du.« Evan verstand und belohnte ihn mit einem breiten Grinsen.

Sie verzichtete darauf, McCoys Neugier mit einer Erklärung zu befriedigen. »Ich gehe zur Krankenstation, um einige Worte mit Christine zu wechseln.«

»Richten Sie ihr aus, ich käme etwas später«, brummte Leonard.

»Ich werde ihr mitteilen, daß Sie auf Scott sauer sind«, antwortete Dr. Wilson. »Und anschließend singe ich ihr Uhuras Standardversion des Kopffuß-Liedes vor.« Sie eilte fort, bevor McCoy Gelegenheit bekam, sie zu verfluchen.

Lächelnd wandte er sich an Scott. »Ich möchte mir meine gute Stimmung nicht verderben lassen, aber glauben Sie bloß nicht, daß ich das einfach so vergesse.«

»Käme mir nie in den Sinn, Doktor.«

Leonard nickte zufrieden. »Ich würde gern feststellen, wie es Chekov geht.«

»Er ist auf der Brücke«, sagte Kirk und folgte ihm auf den Korridor. Der Chefingenieur blieb zurück und überwachte den Transport der restlichen Personen.

»Was dich angeht...« stieß McCoy hervor. »Du hast mir nicht erzählt, auf welche Weise Evan dem Jungen das sivaoanische Heilmittel verabreichte – ich mußte extra ihren Bericht lesen, um es zu erfahren. Wolltest du mich nicht beunruhigen?« Er kicherte leise. »Sie hat's ihm durch die Nase geblasen! Lieber Himmel, Micky krümmte sich vor Lachen. Und warte nur ab, bis die medizinische Abteilung Starfleets davon erfährt!«

»Ich dachte, Starfleet verpaßt den besten Teil...«

»Nun, *diesen* nicht.« McCoy winkte ihn in den Turbolift. »Brücke«, sagte er. Und dann: »Was ist mit Spock, Jim?« Die Frage erstaunte den Captain ebenso wie Leonards ernster Tonfall. »Ich meine nicht seinen Gesundheitszustand«, fügte McCoy hastig hinzu. »Welchen Eindruck macht er auf dich? Erscheint dir sein Verhalten seltsam?«

»Seltsam?« wiederholte Kirk, und vor seinem inneren Auge formte sich ein bestimmtes Erinnerungsbild: ein sonniger Nachmittag auf Eeiauo; Evan Wilson und einige Katzenkinder, die auf der Treppe vor dem Krankenhaus saßen und verzückt zuhörten, während Spock – ausgerechnet *Spock!* – von den Abenteuern T'Kays berichtete, der vulkanischen Wolkenstalt. Es zuckte in Kirks Mundwinkeln. »Weil er in die Rolle eines Geschichtenerzählers schlüpfte? Nun, ich war ein wenig überrascht.«

»Ich ebenfalls. Evan forderte ihn auf, sein Versprechen gegenüber Redeviel einzulösen. Sie meinte, sonst würde sie ihm die spitzen Ohren abschneiden.« McCoy schüttelte den Kopf. »Redeviel weihte mich später ein. Sie wiederholte die vollständige Version, nicht nur die ›Wie es geschah, daß Wolkenstalt nach Vulkan kam‹-Variante.«

Er seufzte und fuhr fort: »Aber darum geht's mir eigentlich gar nicht, Jim. Spock stellt Ermittlungen an – ich vermute, das ist seine Vorstellung von Spaß. Und Evan bekommt vom Informationszentrum Starfleets die mit Abstand schnellste Antwort auf eine Datenfrage. Ich schlug unserem wissenschaftlichen Offizier vor, ihre Beziehungen auszunutzen – und daraufhin riß er mir fast den Kopf ab!«

»Spock? Das ist doch absurd!«

»Na schön, ich habe ein wenig übertrieben. Aber Spock reagierte tatsächlich ziemlich gereizt, starrte mich empört an...« McCoy parodierte den Gesichtsausdruck. »›Ich bin durchaus imstande, meine Untersuchung allein durchzuführen, Dr. McCoy‹, sagte er. ›Und Dr. Wilson scheint mir nicht die richtige Bezugsadresse zu sein, falls ich Hilfe brauchen sollte.‹«

»Ich verstehe, was du meinst«, pflichtete ihm Kirk bei. »Offenbar fühlte sich Spock auf die Füße getreten. Andererseits: Du hast keine Ahnung, was Evan mit seinem Liebling anstellte, dem Computer. Selbst *ich* kann in dieser Hinsicht nur mutmaßen...«

Als die Transportkabine des Turbolifts das Brückendeck erreichte, wußte McCoy über die von Evan programmierten Flags Bescheid. »Die Dame wird mir immer sympathischer«, sagte Leonard und rieb sich die Hände. »Sie bringt das fertig, was ich schon seit Jahren versuche: Sie verunsichert Freund Spitzohr. Himmel, ich hätte gern gesehen, zu welchen Reaktionen sie Spock auf Sivao provozierte.«

»Kopf hoch, Pille. Vielleicht hat sie noch einige Überraschungen für ihn parat.«

Vor ihnen öffnete sich die Doppeltür, und sie betraten die Brücke. Lächelnd nahm McCoy die erfreuten Grüße der anwesenden Offiziere entgegen und näherte sich Chekov, der entgegen den Vorschriften eine dicke Mütze trug, um die kahlen Stellen auf seinem Kopf zu verbergen. Leonard untersuchte ihn rasch. »Sie haben Glück, Junge. Es wird nicht lange dauern, bis Sie wieder ganz der alte sind.« McCoy musterte ihn kurz. »Durch die Nase geblasen! Evan sollte Karten verteilen, mit der Aufschrift: ›Dr. Wilson, Spezialistin für fantasievolle Medizin‹.«

Chekov schmunzelte. »Da wir gerade bei Medizin sind: Gibt es wirklich ein sogenanntes Zuckerkandl-Organ, oder hat sie mir nur einen Bären aufgebunden?«

»Meine Güte, ich schätze, nur ein Arzt von fünfzig weiß von der Existenz dieses Organs.« McCoy musterte den Waffenoffizier argwöhnisch. »Wollen Sie meine Kenntnisse überprüfen?«

Chekov erwiderte den mißtrauischen Blick, und nach einigen Sekunden sagte Sulu zu ihm: »Es könnte eine Verschwörung sein. Vielleicht hat Evan Dr. McCoy gebeten, ihre Angaben zu bestätigen...«

Spock sah von seiner Konsole auf. »Ihre Verschwörungstheorie ist unbegründet, Mr. Sulu. Zwar gibt es in den allgemein-medizinischen Unterlagen nur wenige Hinweise auf das Zuckerkandl-Organ, aber die Bibliothekscomputer Starfleets bestätigen, daß es zum menschlichen Organismus gehört.«

McCoy drehte sich langsam um. »Jetzt verstehe ich, wieso Sie auf Evans Hilfe verzichten, Mr. Spock. Jeder Computer, den Sie anrührt, ist automatisch suspekt, wenn ich Jims Erklärungen richtig deute. Ordnen Sie Dr. Wilson der Einer-von-fünfzig-Kategorie zu und belassen Sie es dabei.«

»Für Ihre ungenaue Schätzung fehlt jede empirisch-mathematische Basis«, hielt ihm der Vulkanier entgegen.

Leonard hob eine Braue. »An Evans Stelle sähe ich

darin ein Kompliment. Als Dr. McCoy erachte ich diese Bemerkung als einen weiteren Beweis für ihre pathologische Rechthaberei.«

»Captain«, warf Uhura ein, »Starfleet meldet sich, Sir. Neue Einsatzorder für uns.«

»Aktivieren Sie den Wandschirm, Lieutenant.«

Kirk hörte zu, und seine Zufriedenheit wuchs: zuerst ein verdientes Lob für die Crew der *Enterprise*, dann die Gewährung eines dreiwöchigen Landurlaubs, den sie dringend brauchten, und schließlich...

»Sie nehmen eine Diplomatengruppe von Eeiauo auf und bringen sie nach Sivao. Die Namen der Delegierten...«

Kirk freute sich darauf zu erleben, wie die beiden Welten offizielle Beziehungen aufnahmen. Als erster Name auf der Liste wurde Sonnenende-von-Ennien genannt, und aus den Augenwinkeln sah der Captain das strahlende Lächeln Uhuras.

Kurze Zeit später verblaßte das Bild auf dem großen Schirm; Kirk drehte den Kopf und sah seinen Kommunikationsoffizier an. Die dunkelhäutige Frau wirkte nun wieder ernst und hielt einen kleinen, keilförmigen Empfänger ans Ohr. »Noch ein zusätzlicher Befehl von Starfleet Command, Sir – für Dr. Wilson.« Sie kam der Frage des Captains zuvor, indem sie die Hand hob. Spock trat an seine Konsole heran und blickte auf die Anzeigen.

Ein seltsames Verhalten, dachte Kirk. *Aber nicht sonderbarer als seine übrigen Reaktionen, wenn es um Evan geht.* Er schwieg und wartete. Schließlich ließ Uhura den Ohrhörer sinken und runzelte die Stirn. »Sie soll sich sofort bei der Laurel-Station melden.«

»Sofort?« wiederholte Kirk verwirrt, und McCoy brummte nur: »Starfleet.« Es klang wie ein Fluch.

»Das ist nicht fair«, sagte der Captain. »Fragen Sie, ob der Transfer drei Wochen Zeit hat.«

Uhuras Miene hellte sich wieder auf, doch als sie die

Hand nach den Tasten vor ihr ausstrecken wollte, warf Spock ein: »Einen Augenblick, Lieutenant.« Sie zögerte, und der Vulkanier fuhr fort: »Wenn Sie erlauben, Captain… Ich glaube, Dr. Wilson wartet schon seit einer Weile auf diese Anweisung. Bestimmt weiß Sie Ihre guten Absichten zu schätzen, aber vermutlich würde sie es bedauern, wenn Sie einen Aufschub erwirken.«

McCoy musterte ihn und lächelte. »Wollen Sie Dr. Wilson loswerden?«

»Nein, Doktor.«

Das Gesicht des wissenschaftlichen Offiziers blieb maskenhaft starr. *Ich vertraue seiner Einschätzung,* dachte Kirk, gab Uhura ein Zeichen und meinte: »In Ordnung, Lieutenant. Geben Sie die Order an Dr. Wilson weiter.« Doch dann regten sich Zweifel in ihm, und er warf McCoy einen besänftigenden Blick zu. »Aber wenn Evan zetert, bitte ich darum, daß der Sonderurlaub auch für sie gilt.«

Dr. Wilson zeterte nicht und war innerhalb einer Stunde zum Aufbruch bereit. Kirk bahnte sich einen Weg durch die Menge der Leute, die Evan auf dem Hangardeck verabschiedeten. Die kleine Frau stand vor ihrem Skiff und lächelte froh. *Spock hat recht,* dachte der Captain überrascht. *Sie hat auf diese Gelegenheit gewartet.* »Versessen darauf, uns zu verlassen, Evan?« fragte er und sprach damit das aus, was auch die anderen empfanden.

Sie schüttelte den Kopf, und ihr Schmunzeln wich einem reumütigen Ausdruck. »Nein, Captain, ganz und gar nicht. Schon seit langer Zeit hatte ich nicht mehr soviel Spaß, und ich habe Sie alle ins Herz geschlossen.« Mit beiden Händen griff sie nach dem von Sivao stammenden Schlagstock, lehnte die Wange daran. »Aber Sie brauchen mich jetzt nicht mehr«, fügte sie hinzu, sah Spock an und grinste verschmitzt. »Selbst die Geduld eines Vulkaniers ist nicht unerschöpflich.«

McCoy lachte. »Ein Grund mehr, bei uns zu bleiben, Evan. Ich habe meine ganze Hoffnung auf Sie gesetzt. Sie sind die einzige, die unserem Spitzohr die Maske vom Gesicht ziehen kann...«

Evan Wilson lachte ebenfalls und reichte ihm den Stock. »Für Sie, Leonard – falls Sie einen vulkanischen Patienten zur Räson bringen müssen.« McCoy zögerte, verstand ihr Angebot als einen Scherz. Evan drückte ihm den Stab in die Hand, umarmte Uhura und Chapel, gab Scott und Sulu einen Kuß auf die Wange.

Chekov nahm seine Mütze ab und streckte die Hand aus. Er errötete, als er seinen kahlen Kopf entblößte, sah verlegen zu Boden und sagte: »Leben Sie wohl, Sir. Wir werden Sie vermissen.«

»Ich Sie auch, Pavel«, entgegnete die Ärztin. »Darf ich ihnen noch einen letzten medizinischen Rat geben, aus Sicherheitsgründen?«

Chekov nickte überrascht. »Natürlich.«

Sie beugte sich zu ihm vor und murmelte in einem verschwörerischen Tonfall: »Geben Sie gut acht, wenn Sie einen Planeten besuchen. Bestimmt reißen sich die Frauen darum, mit Ihnen sprechen zu können – und vermutlich verlangen manche mehr als nur einige Worte. Denken Sie daran, sich zwischendurch auszuruhen.« Chekov lachte, und Evan schüttelte seine Hand, küßte auch ihn.

»Kriege ich keinen Kuß?« protestierte McCoy. »Muß ich mich mit diesem Stock begnügen...?« Evan kicherte leise und erhob sich auf die Zehenspitzen. Als ihre Lippen seine Wange berührten, lächelte Leonard zufrieden. »Schon besser. Und Jim? Auch er könnte eine Aufmunterung gebrauchen.«

In Kirks Mundwinkeln zuckte es erwartungsvoll, als sich Evan ihm zuwandte, doch wieder erlebte er eine Überraschung. Die kleine Frau nahm vor ihm Haltung an und sagte scharf: »Captain, es hat mich gefreut, zu Ihrem Kommando zu gehören.« In ihren blauen Augen glitzerte es schelmisch. Kirk erwiderte den Gruß förmlich. »Das Vergnügen war ganz meinerseits, Dr. Wilson«, antwortete er und beobachtete sie.

Evan trat auf Hellfleck zu. »Umarmung?« Der Schwanz des Katzenmädchens ringelte sich, und vorsichtig umarmte es die menschliche Ärztin, während McCoy erst Kirk ansah und seinen verwirrten Blick dann auf die kleine Frau richtete. Nach einer Weile wich Evan zurück und hielt die junge Sivaoanerin auf Armeslänge von sich. »Vergiß mich nicht.«

Hellfleck schlang den Schweif um ihr Handgelenk. »Nein, Schwanzschlaufer. Ich habe ein *sehr gutes* Gedächtnis. Wir sehen uns bei Ennien.«

Dr. Wilson nickte – und wandte sich an Spock. Ruhig und gelassen starrte er auf sie herab, und seine Miene blieb erneut völlig ausdruckslos. Evan zögerte einige Sekunden lang, räusperte sich und sagte seltsam monoton: »Ich bedaure es, daß wir nicht genug Zeit hatten, um einige Experimente in Hinsicht auf die physiologischen Auswirkungen aktiver vulkanischer Telepathie durchzuführen. Ich habe meine Erfahrungen in einem Bericht zusammengefaßt, den Sie im medizinischen Logbuch finden. Es handelt sich natürlich um subjektive Daten, aber ich glaube, sie könnten als Grundlage für eingehendere Untersuchungen dienen. Vielleicht könnten Sie mit Dr. McCoy...« Sie unterbrach sich plötzlich, sah den Vulkanier jedoch weiterhin an.

»Vielleicht«, wiederholte er. »Aber die Zusammenarbeit mit Ihnen wäre sicher interessanter gewesen.«

»Nett von Ihnen, Spock«, sagte McCoy eisig.

Es erstaunte Kirk, daß sein wissenschaftlicher Offizier Leonards Einwand einfach ignorierte. »Vielen Dank, Schwanzschlaufer-zu-Ennien«, fuhr der Vulkanier fort. »Unsere Begegnung hat mich viel gelehrt.«

»Mich nicht weniger«, erwiderte Evan. »Beim nächstenmal bin ich auf Sie vorbereitet.« Das Schweigen zwischen ihnen dauerte an, und niemand wagte es, einen Ton von sich zu geben. »Mr. Spock«, brachte Dr. Wilson nach einer Weile hervor. »Ich danke Ihnen für... für alles. Ich stehe in Ihrer Schuld.« Plötzlich liefen ihre Wangen rot an, und sie blickte zur Seite. »Macht das Deck frei, Leute! Ich steche mit meiner *Jamie* in die kosmische See!« Sie hielt auf ihr Skiff zu.

Kirk blieb hinter den anderen zurück, drehte sich dann ebenfalls um und schritt langsam in Richtung Luftschleuse. Dort verharrte er noch einmal und blickte über die Schulter. »He, Jim!« rief Evan und lief auf ihn zu. Als sie sich an ihn schmiegte, war er so verblüfft, daß er aus einem reinen Reflex heraus die Arme um sie schlang. Die kleine Frau küßte ihn auf die Wange, lachte und ließ sich aufs Deck zurücksinken. Kirk verglich sie mit einem der vier Kinder Schnappkralles und lächelte unwillkürlich. Sie warf den Kopf zurück und sah herausfordernd zu ihm hoch. »Wir sehen uns wieder, Jim – eher, als Sie glauben!« Einmal mehr funkelte es verschmitzt in ihren Augen, und dann machte sie auf dem Absatz kehrt und lief zu ihrem Raumschiff.

»*Viel* besser«, sagte McCoy. Er stand in der Schleuse und lachte leise vor sich hin.

»Ein angemessener Abschied«, meinte Kirk.

»He, Leonard, machen Sie die Tür zu!« rief Evan Wilson von der Einstiegsluke her. »Was haben Sie denn für Manieren? Man könnte meinen, Sie kamen in einem Stall zur Welt!«

»Stimmt haargenau!« antwortete McCoy, als Kirk rasch an seine Seite trat. »Immer dann, wenn ich einen Esel schreien höre, regt sich Heimweh in mir!« Die Ärztin schmunzelte zum letztenmal, winkte und verschwand in ihrem Skiff.

Kirk trat auf den Gang, schloß das Schott und begab sich zusammen mit den anderen zum Aussichtsdeck, um den Start des kleinen Raumschiffs zu beobachten. Die *Dr. James Barry* glitt aus dem Hangar, und einige Sekunden später flammten die Triebwerke auf. Scott nickte Sulu zu. »Haben Sie gesehen, Junge? Kein Traktorstrahl. Evan ist eine verdammt gute Pilotin, und ihre Kiste hat's ebenfalls in sich.«

Der Captain beobachtete, wie Spock erstaunt die Braue hob, als der Chefingenieur das navigatorische Geschick Dr. Wilsons erwähnte. »Was die Sache mit den Pulsaren betrifft...« sagte Kirk. »Ich kann sie ihnen erklären – später.«

»Tatsächlich? Dafür wäre ich Ihnen sehr dankbar.«

Seine Stimme klang fast spöttisch, und Jim kniff die Augen zusammen, musterte den Vulkanier eingehend. Die Miene seines wissenschaftlichen Offiziers war so ernst wie immer, aber trotzdem blieb Kirk argwöhnisch. Als er an der Seite Spocks zum Turbolift ging, griff er unbewußt in Evans Trickkiste. »Nun«, begann er, »ich schätze, damit wär alles erledigt. Bis auf einen letzten Punkt, der mir nach wie vor ein Rätsel ist. Ich befürchte, ich kann es nicht lösen.«

Er wartete Spocks Frage ab und antwortete: »Oh, es ist nicht weiter wichtig...« Er winkte wie beiläufig. »Es geht um eine seltsame Bemerkung Evan Wilsons.« Das erweckte die volle Aufmerksamkeit des Vulkaniers. Kirk legte den Köder aus, indem er hinzufügte: »In diesem Zusammenhang wollte ich mich schon vor einer ganzen Weile an Sie wenden, um festzustellen, was Sie davon halten.«

»Es würde mich freuen, wenn Sie das jetzt nachholen, Captain. Das ›Rätsel‹ interessiert mich sehr.«

»Als wir uns zum erstenmal begegneten, fragte ich Evan, warum sie den Säbelkampf zu ihrem Hobby gemacht hat, und sie antwortete: ›Aus dem gleichen Grund, weshalb mir Schlagstöcke und Eßstäbchen gefallen.‹ Das klingt verrückt, nicht wahr? Ergibt es irgendeinen Sinn für Sie?« Doch noch während er diese Worte formulierte, begriff er, was die Ärztin damit gemeint hatte: ihre Bereitschaft, ständig Neues zu lernen, von sivaoanischer Heilkunst bis hin zur Herstellung steinerner Speerspitzen.

»Verrückt?« wiederholte Spock. »Keineswegs, Captain.«

Kirk zwinkerte verblüfft. Ganz offensichtlich verstand Spock die Frage wirklich als ein verbales Rätsel – und glaubte, eine Lösung gefunden zu haben. »Sie meinen, es *gibt* eine Verbindung zwischen Säbel, Schlagstock und Eßstäbchen?«

»In der Tat.«

Kirk wartete auf eine Erklärung. Als der Vulkanier schwieg, beobachtete er ihn wachsam und entschloß sich dazu, eine alte Tradition zu wahren und die Frage noch einmal zu wiederholen. »Na schön, Mr. Spock: Warum verwendet Evan Säbel, Schlagstock und Eßstäbchen?«

»Um ihre Reichweite zu vergrößern.«

Chefingenieur Montgomery Scott sah dem dreiwöchigen Landurlaub mit gemischten Gefühlen entgegen. Er hatte darauf gehofft, die Gesellschaft von McCoy, Wilson und auch Eillicht genießen zu können – aber der sivaoanische Barde blieb auf Eeiauo, weil er sich um die wiedergefundenen Verwandten kümmern, sie mit seinen Liedern unterhalten wollte. Nun, das konnte Scott durchaus verstehen. Was ihn so sehr verärgerte, war Starfleets Entscheidung, Evan zu versetzen, ohne ihr einen verdienten Sonderurlaub zu gewähren. Er fühlte sich um eine Menge Spaß gebracht.

Als der Summer erklang, öffnete er geistesabwesend die Tür – und sah Uhura.

»Darf ich hereinkommen, Mr. Scott? Ich störe Sie nicht lange.«

»Natürlich, Teuerste. Setzen Sie sich. Kann ich Ihnen irgendwie helfen?«

Sie blieb schüchtern stehen. »Das haben Sie bereits. Es war Ihre Idee, auf der Grundlage von Sonnenendes

Liedern nach Sivao zu suchen. Ich... ich bin gekommen, um Ihnen zu danken.«

Er schüttelte den Kopf. »Ach, Mädchen, die eigentliche Arbeit wurde von Ihnen erledigt. Von Ihnen und Mr. Spock...«

»Trotzdem...« Uhura brach ab und begann erneut: »Mr. Scott, Sie sagten, Sie würden gern meine... meine zotigen Lieder hören. Meinten Sie das im Ernst?«

Scott verstand sie sofort. Ihr Angebot schmeichelte ihm – und stimmte ihn gleichzeitig verlegen. Mit leiser, aber fester Stimme antwortete er: »Sie sind eine Dame, Lieutenant. Ich würde es nicht wagen, sie darum zu bitten... Sie fänden wahrscheinlich nicht halb soviel Gefallen daran wie ich...«

»Dies ist für Sie«, unterbrach ihn Uhura und drückte ihm ein Päckchen in die Hand. »Und noch einmal: Danke.« Ernst und würdevoll drehte sie sich um und ging.

Als sich die Tür hinter ihr schloß, nahm Scott Platz und öffnete den Kasten. Er enthielt eine Datenkassette. Mehrmals drehte er sie hin und her, so als könne er auf diese Weise feststellen, was auf dem Band gespeichert war. Schließlich schob er die Kassette ins Abspielgerät und betätigte die Starttaste.

Einen Augenblick später drang Musik aus dem Lautsprecher. Er erkannte den Klang der *Joyeuse,* die Laute Eillichts. Uhura sang mit kraftvoller Stimme, und schon nach wenigen Sekunden grinste Scott breit und vergnügt. Es handelte sich um ein ziemlich deftiges Lied, so fröhlich und vergnügt, daß der Chefingenieur zu tanzen begann.

Evan Wilson, Eillicht und Sonnenende stimmten in den Refrain mit ein, und Scott hüpfte im Takt der Melodie durch seine Kabine, stampfte begeistert mit den Füßen. *Aye,* dachte er und summte, *du bist sanft und zurückhaltend, Uhura, aber du hast das Herz eines Barden.*

Der Chefingenieur holte die Flasche hervor, die ihm Evan Wilson für den jubalanischen Rum gegeben hatte, und genehmigte sich den von Tau Ceti stammenden Verguzz. Die *Enterprise* mochte noch achtundvierzig Stunden vom nächsten Raumdock entfernt sein, aber der Landurlaub begann schon jetzt – auf die denkbar beste Weise.

Kirk legte den beendeten Bericht beiseite und runzelte die Stirn. In einigen Stunden würde die *Enterprise* in den Orbit einschwenken, und dann ließ sich die erste Gruppe zum Planeten hinabbeamen. Bestimmt erwartete man nun von ihm, daß auch er sich entspannte und vergnügte, aber er empfand nur Unbehagen, wenn er an den Landurlaub dachte. Er hatte sich darauf gefreut, einige Tage zusammen mit Evan Wilson zu verbringen, und nun... Er stand auf, verließ seine Kabine und ging zur Krankenstation.

Im Vergleich mit dem Trubel, an den er sich erinnerte, wirkte die medizinische Sektion leer und verlassen. Der Captain sah sich nach McCoy um, und dabei bemerkte er einige Sensoren, die auf einem Schrank lagen. *Seltsam, daß Evan und Spock nicht zu ihren Experimenten gekommen sind*, fuhr es ihm durch den Sinn. Sie waren beide daran interessiert gewesen, und daraus schloß Kirk, daß Absicht dahintersteckte. *Zeitmangel kann wohl kaum der Grund sein. Evan verstand es, ihren Tagesablauf so zu organisieren, daß sie nichts vernachlässigte.* Er verzog kurz das Gesicht und fügte in Gedanken hinzu: *Auch in dieser Hinsicht ist sie erstaunlich begabt.*

In McCoys Büro sprach eine verdrießliche Stimme ins Intercom: »Die Unterlagen liegen dort, wo Sie sie zurückgelassen haben, Spock. Tun Sie sich keinen Zwang an.«

»Wenn du Spock suchst... Ich glaube, er ist im Besprechungszimmer A. Hellfleck bedrängt ihn mit Fragen über Physik«, sagte Kirk.

McCoy erschien in der Tür. »Lieber Himmel, *ich* suche ihn bestimmt nicht.« Er seufzte. »Ich hoffe, Hellfleck hält ihn möglichst lange auf… Weißt du, Jim, ab und zu trifft auch Starfleet Command eine Entscheidung, für die wir dankbar sein sollten. Es freut mich sehr, daß wir Hellfleck als zusätzlichen Passagier an Bord behalten dürfen, bis wir nach Sivao zurückkehren.«

Aber Evan Wilson mußte fort, überlegte Kirk und nickte geistesabwesend. McCoy musterte ihn von Kopf bis Fuß und sagte: »Genau wie ich dachte«, sagte er, und diese Worte weckten Kirk aus seinen Grübeleien.

»Irgendwelche Probleme, Pille?« fragte er verwundert.

»Du«, erwiderte der Arzt. »Und Spock. Ich möchte, daß ihr beide euch der ersten Landegruppe anschließt.«

»Ich bezweifle, ob…« Kirk versuchte zu erklären, daß der Urlaub nicht unbedingt die richtige Medizin für ihn darstellte, aber McCoy griff nach Evans Schlagstock, schüttelte ihn drohend und näherte sich dem Captain. »Die erste Landegruppe«, bekräftigte er. Kirk lachte und fügte sich mit einem Nicken.

Daraufhin glätteten sich Leonards Züge. »Meine Güte, es funktioniert sogar!« entfuhr es ihm. Versuchsweise schwang er den Stock – und traf seinen Knöchel. »Au! Vielleicht sollte ich noch etwas üben, bevor ich damit gegen Spock antrete.«

»Das wäre durchaus ratsam«, pflichtete ihm Kirk bei. Erneut dachte er an Evan und fügte hinzu: »Auch dein Gesichtsausdruck muß verbessert werden. Ich habe schon grimmigere Mienen gesehen.«

»In dieser Hinsicht komme ich bestimmt mit Spock zurecht. Er treibt mich zum Wahnsinn.«

»Das ist völlig normal.«

McCoy hob die Brauen. »Nein, so meine ich das nicht. Er kommt dauernd hierher, um Evans Bericht durchzugehen. Inzwischen hat er ihn schon fünf- oder sechsmal gelesen, aber offenbar hofft er trotzdem, neue Anhaltspunkte zu finden. Das ist *unlogisch.* Außerdem stellte er mir die dümmsten Fragen über menschliches Verhalten, die du dir vorstellen kannst.«

»Pille...«

»Ich übertreibe nicht, Jim! Sprich mit Scotty, wenn du mir nicht glaubst. Er hat Spock einen langen Vortrag über ›ihre *Jamie*‹ gehalten und zwanzig Minuten lang zu erklären versucht, warum Evan Fähnrich Orsays Wunsch, Raumpiratin zu werden, als Kompliment auffaßt!«

Kirk lächelte. »Armer Spock! Gerade als er dachte, alle Rätsel der Menschen gelöst zu haben... Evan meinte einmal, der Vulkanier bringe sie auf die Palme. Wahrscheinlich ist das der Grund, warum sie versuchte, die selbstsichere Gelassenheit unseres wissenschaftlichen Offiziers zu erschüttern. Ach, du hättest sie sehen sollen. Es ist ihr gelungen, ihn an seinem wunden Punkt zu treffen, nach dem du bisher vergeblich gesucht hast.«

Diese Vorstellung gefiel McCoy ganz offensichtlich, doch gleich darauf wurde er wieder ernst. »Ich weiß nur, daß er sich nicht sehr oft nach meiner Meinung erkundigt. Das sieht Spock überhaupt nicht ähnlich. Dr. M'Benga hat mir versichert, daß er sich ganz von seiner Lungenentzündung erholt hat; Nachwirkungen seiner Erkrankung kommen also nicht als Erklärung in Frage. Himmel, wenn es nicht Spock wäre, würde ich ›Grübeln‹ diagnostizieren – wie bei dir.«

»Ich bin nicht sicher, ob das die richtige Bezeichnung ist«, erwiderte Kirk ausweichend. Dann bemerkte er die Besorgnis des Arztes, dachte gründlicher nach – und fand einen Ausweg. »Ich sag dir was, Pille: Verletzt es deinen beruflichen Stolz, wenn du jemanden um Rat bittest?« Er wartete gespannt.

McCoy brauchte nur einige Sekunden, um zu begreifen. »Evan Wilson.«

»Genau«, bestätigte der Captain und deutete auf die Komkonsole.

»Einen Augenblick, Jim. Was ist mit Spock?«

Kirk schüttelte den Kopf. Wenn McCoy das Verhalten des Vulkaniers für beunruhigend hielt, brauchten sie Evans ehrliche Meinung – ohne daß der wissenschaftliche Offizier zugegen war. »Ich schlage vor, wir sprechen zuerst mit Evan. Wenn sie mit Spock reden will, wird sie uns bitten, ihn zu holen. Sie ist nicht gerade schüchtern.«

»Alles andere als das. Aber ich dachte dabei nicht so sehr an meine Kollegin...« Als Kirk tief Luft holte, fügte er rasch hinzu: »Schon gut. Zuerst Dr. Wilson.«

Er führte den Captain in sein Büro, zog einen zusätzlichen Stuhl heran, holte eine Flasche Brandy und zwei Gläser. Kirk schaltete das Intercom ein und bat Uhura, sich mit Evan in Verbindung zu setzen. Einige Minuten verstrichen, langsamer als sonst, und als Jim versuchte, gegen seine wachsende Ungeduld anzukämpfen, tönte es aus dem Lautsprecher: »Tut mir leid, Sir. Es gibt da eine Interferenz, die ich nicht herausfiltern kann – ich habe keine Ahnung, was sie verursacht. Es scheint sich um ein Kodierungsfeld zu handeln, aber glücklicherweise ist es nicht stark genug, um eine Kommunikation zu verhindern.«

»Schon gut, Lieutenant. Eine verbale Verständigung genügt völlig. Versuchen Sie später, die Ursache des Problems zu finden.«

Nach einigen Sekunden meldete Uhura: »Das Büro Dr. Wilsons, Sir.«

»Ich spreche von hier aus.« Kirk wollte vermeiden, daß Spock aufgrund der Anfragen McCoys ins Gerede kam. Wenn irgend jemand zuhörte und anderen davon erzählte... Gerüchte breiteten sich an Bord fast mit Lichtgeschwindigkeit aus.

Der Bildschirm erhellte sich, und das Interferenzmuster war tatsächlich recht störend: Wie ein glitzernder, stilisierter Stern glühte es im Darstellungsbereich. Kirk verstand Uhuras Verwirrung: Es handelte sich um eine auffallend gleichmäßige Struktur, die kaum ein Zufall sein konnte, aber die Konturen dahinter zeichneten sich deutlich ab.

Der Captain sah eine typische Krankenstation Starfleets, ein wenig größer als die der *Enterprise*. Ein schlanker und hochgewachsener Mann lächelte in die Übertragungslinsen, und er trug eine ähnliche Uniform wie McCoy. »Es ist mir eine Ehre, Captain Kirk«, sagte er. »Entschuldigen Sie bitte, daß ich mich von diesem Ort aus melde, Sir.« Er zeigte auf seine Umgebung. »Wir haben es noch immer mit einigen ADF-Fällen zu tun. Nun, darüber wissen Sie ja am besten Bescheid! Was kann ich für Sie tun, Sir? Es würde mich sehr freuen, Ihnen zu Diensten zu sein.«

Das Verhalten des jungen Mannes wies gewisse Parallelen zu dem Gebaren Evan Wilsons auf, und Kirk bedauerte es, kein Anliegen nennen zu können, das dem Enthusiasmus des Arztes gerecht wurde. Er schüttelte den Kopf. »Es ist nichts Weltbewegendes«, erwiderte er. »Ich möchte nur mit Dr. Wilson sprechen.«

Der Mann lächelte und deutete eine Verbeugung an. »Da sind Sie genau an der richtigen Adresse«, meinte er. »Ich wiederhole mein Angebot.«

Kirk glaubte zu spüren, wie die letzten Teile eines komplizierten Mosaiks an ihren Platz rutschten und ein einheitliches Bild ergaben. Er erinnerte sich an Evans Antworten auf Spocks beharrliche Fragen und begriff plötzlich, daß sie kein einziges Mal gelogen hatte. Ihre Angaben stellten nur Halbwahrheiten dar, die zu falschen Schlüssen führten.

»Die verdammte Interferenz betrifft auch die Akustik«, brummte McCoy. »Ich gebe Uhura Bescheid.« Er streckte die Hand nach dem Intercom aus.

Kirk hielt seinen Arm fest. »Laß nur, Pille.« Seine scharfe Stimme verblüffte Leonard so sehr, daß er sich nicht von der Stelle rührte. »Bitte verzeihen Sie, Dr. Wilson«, wandte sich der Captain ruhig an den Fremden auf dem Schirm. »Unsere Mission war recht anstrengend…« – er lächelte –, »…und einige meiner Besatzungsmitglieder müssen noch immer Dampf ablassen.«

Der junge Mann nickte verständnisvoll. »Ich verstehe, Captain. Uns ergeht es ähnlich. Wir arbeiten rund um die Uhr, und ich weiß gar nicht mehr, *wann* wir mit den Impfungen begonnen haben. Erschöpfung führt oft zu Gereiztheit.«

»Nun, ich möchte Sie nicht lange aufhalten, Doktor.« Kirk suchte nach einer plausiblen Erklärung dafür, daß er sich mit dem Arzt in Verbindung gesetzt hatte, und nach einigen Sekunden fügte er hinzu: »Es ging mir nur darum, Dr. McCoy von der Wirksamkeit des sivaoanischen Heilmittels zu überzeugen.«

»Bei Elath!« entfuhr es Dr. Wilson, und er sah kurz nach links. »Dr. McCoy?« Als Leonard nickte, fuhr er fort: »Ich habe hier rund hundert Patienten, die ihr Leben Ihnen und dem Wilson-Chapel-Serum verdanken. Was die sivaoanische Medizin betrifft: Meine Güte, sie kommt einem Wunder gleich!« Er sprach einige Sätze in einem medizinischen Jargon, und McCoy nickte mehrmals. Nur jemand, der Pille seit Jahren kannte, vermochte festzustellen, daß sein Interesse gespielt war.

Nach einer Weile bedankten sich McCoy und Kirk für die Auskünfte. Der junge Mann schüttelte den Kopf. »Den Dank haben *Sie* verdient«, sagte er und verbeugte sich erneut. »Die Ehre gebührt allein Ihnen! Captain, Doktor, lassen Sie's mich wissen, wenn Sie jemals meine Hilfe brauchen sollten. Ich stehe in Ihrer Schuld!«

Daraufhin unterbrach Kirk die Verbindung. Das Bild auf dem Schirm verblaßte, doch der Blick des Captains blieb noch eine Zeitlang auf die dunkle Projektionsfläche gerichtet. Nach einer Weile lächelte er, als er sich erinnerte, daß der Telamonit den Namen einer Göttin genannt hatte – und er fragte sich, ob der junge Mann auch mit einem Schlagstock umzugehen verstand. Es erschien ihm wenig wahrscheinlich, und er bereute es, keine entsprechende Frage gestellt zu haben.

»Zum Teufel auch, wer *war* das?« entfuhr es McCoy und stand empört auf. »Und wo ist Evan? Jim, nimm Kontakt mit Starfleet auf. Teil den hohen Tieren mit, ein Schwindler und Aufschneider habe sich bei ihnen eingeschlichen!« Kirk setzte zu einer Antwort an, doch er fand nicht die richtigen Worte und schwieg. Leonard starrte finster. »Nun, wenn du nichts unternehmen willst... *Ich* bin nicht bereit, die Hände in den Schoß zu legen.« Einmal mehr griff er nach dem Intercom.

»Sie halten ihn also für einen Betrüger«, erklang eine Stimme hinter ihnen. »Faszinierend.« McCoy wandte sich von dem kleinen Kommunikationsgerät ab, und auch Kirk drehte sich um. Neben Spock zischte Hellfleck, das Fell gesträubt. Der Captain wußte nicht, wie lange sie schon in der Tür stand – vermutlich lange genug.

»Wie würden Sie ihn denn bezeichnen, Spock?« knurrte McCoy. »Zugegeben: Er spielt seine Rolle ziemlich gut, sogar sein Tonfall ähnelt dem Evans, aber *unsere* Dr. Wilson hat sicher mehr auf dem Kasten.«

»Himmel, das kannst du laut sagen!« platzte es aus Kirk heraus, und er grinste von einem Ohr zum anderen. Spock hob eine Braue, und der Captain lachte leise, als er die Überraschung seines Ersten Offiziers bemerkte. »Teilen Sie es ihm mit, Spock. Ich bringe es einfach nicht über mich.«

»Soll das heißen, es gibt eine andere Erklärung?« fragte Leonard. »Heraus damit!«

Der Vulkanier räusperte sich. »Ich glaube, Hellfleck kann Ihnen eine anbieten, Doktor.«

Das beantwortet die Frage nach dem Grund für das seltsame Interferenzmuster, dachte Kirk. *Ein weiteres Flag – für sivaoanische Augen bestimmt.* Der Schwanz des Katzenmädchens zitterte, und der Captain meinte beschwichtigend: »Hab' keine Angst, Hellfleck. Sag uns, was du weißt.«

»Ihr habt euch mit Dr. Evan Wilson in Verbindung gesssetzt…«

»Verdammt, ja«, erregte sich McCoy. »Aber es meldete sich ein junger Mann.« Sein Gesicht lief rot an, und aus einem Reflex heraus wich die junge Sivaoanerin einen Schritt zurück.

»Immer mit der Ruhe, Pille«, sagte Kirk, um einem Wutanfall des Bordarztes zuvorzukommen. »Du erschreckst sie.«

»Was keineswegs in meiner Absicht liegt. Ich möchte nur endlich wissen, was eigentlich los ist, und ich wäre sehr dankbar, wenn mir jemand Aufschluß geben könnte…«

»Captain?« begann Hellfleck zögernd. »Sschwanzschlaufer meinte, du wärsst nicht böse auf mich…«

»Niemand wirft dir etwas vor«, bestätigte Kirk tröstend. Woraufhin Hellfleck kurz nickte und ihre Schulter beleckte. Während sich ihr Fell wieder glättete, behielt der Captain McCoy im Auge und bemerkte die dunklen Flecken des Zorns auf seinen Wangen.

Schließlich fuhr das Katzenmädchen fort: »Aber ssie ssagte, wahrscheinlich wärst du ziemlich ssauer auf ssie. Bitte vergib ihr, Captain.« Hoffnungsvoll hob sie den Schweif.

»Ich werd's versuchen. Schwanzschlaufer ist auch meine Freundin, *erinnerst du dich?«* Er lächelte.

Der kleine Scherz verbesserte Hellflecks Stimmung. Sie straffte ihre Gestalt und holte tief Luft. »Ich habe eine Botschaft von Sschwanzschlaufer-zu-Ennien, und ssie gilt jenen, die mit Dr. Evan Wilson sprachen.« Sie musterte die Anwesenden mit einem starren Blick, und ihr Schwanz zuckte kaum merklich.

Als sie fortfuhr, erinnerte ihr Tonfall ein wenig an den der kleinen Frau. »Ich wußte, daß Ssie schließlich dahinterkommen – Mr. Sspock hat einen zu-Ennien-

Sschwanz. Ich habe eine gespeicherte Nachricht für Ssie hinterlassen. Der Vulkanier wird die Kassette ssicher finden, wenn er gründlich nachdenkt. Ich überssende Ihnen meine bessten Grüße – auch wenn Ssie keinen Wert darauf legen. Sschwanzschlaufer-zu-Ennien.«

»Nun, Spock?« fragte Kirk. »*Wissen* Sie, wo Evan die Kassette versteckt hat?« Der Name erschien ihm noch immer angemessen. Im Gegensatz zu Hellfleck konnte er sich nicht dazu durchringen, die Ärztin Schwanzschlaufer zu nennen.

Spock befolgte Evans Rat und überlegte. »Ja, Captain«, erwiderte er schließlich. »Ich glaube schon.« Er trat an die Konsole heran, und während ihm Kirk und McCoy über die Schulter sahen, stellte er eine Datenverbindung zum Bordcomputer her. Wieder glühte das eigentümliche Interferenzmuster auf dem Schirm. Jim beobachtete, wie der wissenschaftliche Offizier seine Privatdatei öffnete.

Das stilisierte Sternsymbol verschwand. »Faszinierend«, sagte Spock. McCoy brummte nur.

»Nun?« fragte Kirk.

»Diese Datei ist einzig und allein auf meinen persönlichen Zugriff beschränkt, Captain. Schwanzschlaufer-zu-Ennien hat nicht nur die Identifikationsbarrieren überwunden, sondern auch das Flag gemieden, das mich auf einen entsprechenden Versuch hinweisen sollte. Das beweist bemerkenswertes programmiertechnisches Geschick.«

»Wenn Sie nicht schleunigst auf den Kern der Sache kommen, fahre ich aus der Haut, Spock«, knurrte McCoy. Hellfleck zischte warnend und wich zur Seite. Kirk griff nach ihrem Schwanz und streichelte ihn, aber das Katzenmädchen hielt den Schweif weiterhin zwischen sich und Leonard – eine alarmierte Geste, die auf Abwehrbereitschaft hindeutete.

»Beruhigen Sie sich, Doktor«, entgegnete Spock. »Alles braucht seine Zeit. Allem Anschein nach hat Schwanzschlaufer noch eine Bytemarkierung gesetzt.«

»Halten Sie sich nicht damit auf«, warf Kirk ein. »Ich will Bescheid wissen, und zwar sofort.«

»Wie Sie wünschen.« Spock berührte einige Tasten, und plötzlich donnerte ein Fanfarenstoß aus dem Lautsprecher. Der Vulkanier hob die Brauen, und McCoys Gesicht verfärbte sich.

Der Monitor zeigte ein Abbild der Evan Wilson, wie sie alle kannten. »Hallo, Mr. Spock.« Sie lächelte fröhlich. »Sie haben gute Arbeit geleistet. Es dauerte drei Stunden, bis es mir gelang, Ihrem Flag auszuweichen, und jede einzelne Minute war mir ein Vergnügen.«

Der wissenschaftliche Offizier runzelte die Stirn. »Drei Stunden«, murmelte er leise.

»Seien Sie still, Spock«, stieß McCoy hervor.

Die kleine Frau fuhr fort: »Ich glaube, ich bin Ihnen einige Erklärungen schuldig – zumindest die eine oder andere.« Sie zeigte ihr verschmitztes Lächeln, und Kirk erwiderte es. »Wenn Sie diese Aufzeichnung sehen, haben Sie sich vermutlich mit dem echten Dr. Evan Wilson unterhalten. Ich möchte betonen, daß ihn keine Schuld trifft. Er kann nichts dafür, daß ich ausgerechnet *seinen* Namen wählte. Nun, Wilsons Starfleet-Dossier ist auf der Kassette gespeichert: Sie werden feststellen, daß er auf seinem Gebiet ebensogut ist wie ich auf meinem.«

McCoy schnaufte leise.

Die kleine Frau auf dem Schirm wurde wieder ernst. »Mr. Spock, ich weiß nicht, ob dieser Hinweis eine Rolle für Sie spielt, aber mir erscheint es sehr wichtig: In gewisser Weise war ich mit großem Ernst bei der Sache, und ich habe nichts unternommen, um die Beziehungen zwischen der Föderation und den Sivaoanern zu belasten. Fragen Sie Hellfleck, wenn Sie mir nicht glauben. Abgesehen von dem Transferdossier geht nur eine einzige Lüge auf mein Konto, und dafür muß ich mich entschuldigen: Damals hielt ich sie für die Wahrheit.«

Sie zögerte kurz und errötete, als spüre sie den durchdringenden Blick des Vulkaniers. »Sie erinnern sich bestimmt an unser Gespräch über mögliche Mißverständnisse zwischen der menschlichen und vulkanischen Kultur...« Spock nickte unwillkürlich. »Ich sagte, ich käme schon darüber hinweg. Doch das stimmt nicht. Ganz im Gegenteil. Inzwischen gefällt mir der Effekt. Unter den gegenwärtigen Umständen kann ich das ruhig zugeben.«

Sie hob die Hand zum vulkanischen Gruß und formulierte einige Worte in Spocks Sprache. Der wissenschaftliche Offizier wiederholte die Geste.

Dann stand Evan auf, und als sie von der Konsole forttrat, stellte Kirk fest, daß sie nicht mehr die Uniform eines Starfleet-Arztes trug. Statt dessen bestand ihre Aufmachung aus einer Spitzenbluse, einer weiten blauen Hose und kniehohen Stiefeln. *Wie die Illustration eines Fantasy-Romans,* dachte Kirk. *Und es steht ihr.* Hinter dem Gürtel der hübsch bestickten Weste glänzte das Messer, das sie von Steifschwanz erhalten hatte. Daraus schloß der Captain, daß sie sich nach wie vor der Blutsschwesternschaft verpflichtet fühlte.

»Siehst du, Hellfleck?« fragte sie. »Ich habe dir ja versprochen, du würdest zugegen sein, wenn ich den Captain am Schwanz ziehe. Mein Respekt gebührt ihm und der Besatzung der *Enterprise.*« Sie verbeugte sich so tief, daß die Federn ihres Hutes den Boden berührten. »Schwanzschlaufer-zu-Ennien Ende«, sagte sie lächelnd.

Kurz darauf zeigte der Bildschirm eine Personaldatei von Starfleet Command, und die Angaben betrafen den echten Dr. Evan Wilson. Spock warf dem Captain einen kurzen Blick zu, aber Kirk schüttelte stumm den Kopf. Daraufhin beugte sich der Vulkanier vor und löschte den Rest.

»Oh«, schnurrte Hellfleck zufrieden. »Ihr sseid also nicht böse auf Sschwanzschlaufer.«

»Nein, eigentlich nicht«, gestand Kirk ein und verzog das Gesicht. »Was ist mit dir? Verstehst du, was sie meinte?« Er hätte auf die Frage verzichten können: Der Schwanz des Katzenmädchens war so verknotet, daß der Captain einen Muskelkrampf für möglich hielt – das sivaoanische Äquivalent schallenden Gelächters. *Endlich ein Happy-End,* dachte er, brachte aber genug Takt auf, diese Worte nicht laut auszusprechen.

»Ja, ich versstehe«, erwiderte Hellfleck. »Ich wußte nicht, daß es bei Sstarfleet Leute wie Wolkenstalt gibt. Ich *freue* mich für euch.« Sie neigte die Schnurrhaare vor. »Und auch für mich selbst. Zum ersstenmal in meinem Leben bin ich einer echten Wolkenstalt begegnet!«

»Einer echten *was?«* explodierte McCoy. Die junge Sivaoanerin sprang abrupt zurück und ging hinter Kirk in Deckung.

»Einem Schelm«, sagte sie. »Ist dass die richtige Bezeichnung, Mr. Sspock?«

»Ich glaube, für diesen besonderen Fall gibt es keine bessere«, antwortete der Vulkanier.

McCoy starrte erst Spock an und dann Kirk. »Was soll das heißen, verdammt?«

»*Sie* ist der Schwindler, Pille.«

»Himmel und Hölle, Evan ist Ärztin und alles andere als eine Aufschneiderin. Sie versteht ihr Handwerk mindestens ebensogut wie ich!« In Leonards Augen blitzte Entrüstung.

»Der Captain hat nicht behauptet, sie sei keine Medizinerin«, warf Spock ein. »Sie ist nur nicht die Dr. Evan Wilson, für die sie sich ausgab.«

Das besänftigte McCoy keineswegs. Er schenkte sich ein Glas Brandy ein, leerte es in einem Zug und bedachte die beiden anderen Männer auch weiterhin mit finsteren Blicken. Kirk musterte den Bordarzt mit einer Mischung aus Heiterkeit und Mitleid. »Was ist mit der Nachricht an Starfleet Command, Pille? Willst du die Lamettaträger nach wie vor informieren?«

McCoy war noch immer so wütend, daß er die Bedeutung dieser Frage zunächst nicht erfaßte. Als er begriff, was Kirk meinte, wirkte er geradezu schockiert. »Himmel, nein, Jim!« entfuhr es ihm. »Bist du übergeschnappt?« Argwöhnisch kniff er die Augen zusammen. »Oder erteilst du mir einen Befehl, *Captain?*«

Kirk lachte, hob die Hände und kapitulierte. »Schon gut, Pille. Es ist nicht nötig, daß du meinen Rang nennst. Nun, allerdings ergeben sich daraus einige Probleme.«

»Zum Beispiel?« McCoy blieb mißtrauisch.

»Wie soll ich jemanden empfehlen, der offiziell überhaupt nicht an unserer Mission teilnahm?«

McCoy zögerte einige Sekunden lang und schmunzelte. »Oh, ich verstehe, was du meinst, Jim. Tja, wenn ich mich recht entsinne, hast du ein förmliches Lob für Hellfleck und Andere Sternenfreiheit erwähnt. Mir scheint, das verdient auch Schwanzschlaufer-zu-Ennien. Welche Schlüsse daraus zu ziehen sind, bleibt allein Starfleet überlassen.«

»Halbwahrheiten, die in die Irre führen«, murmelte Kirk und zitierte damit eine Weisheit der kleinen Frau. McCoy machte ein so unschuldiges Gesicht, daß Kirk einer Versuchung nachgab und hinzufügte: »Wenn ich meine Senior-Offiziere nicht so gut kennen würde, müßte ich annehmen, daß... Schwanzschlaufer einen schlechten Einfluß auf sie hatte.«

McCoy senkte verlegen den Blick. »Ich muß jetzt meinen Bericht schreiben.« Sein Südstaatenakzent war deutlicher zu hören – wie immer, wenn er etwas im Schilde führte. »Wir sollten Widersprüche vermeiden...«

Kirk lächelte. »Nun, ich glaube, in dieser Hinsicht brauchen wir nichts zu befürchten, nicht wahr, Mr. Spock?«

»Beim kosmischen Klabautermann!« stöhnte McCoy. »Das habe ich ganz vergessen: Vulkanier lügen nicht!«

Er trat auf den wissenschaftlichen Offizier zu, und Kirk bereitete sich innerlich auf eine neuerliche Schmährede über die vulkanische Herzlosigkeit vor. Statt dessen sagte der Bordarzt: »Seit einiger Zeit verhalten Sie sich recht seltsam, Mr. Spock. Sie sollten mir Gelegenheit geben, Sie gründlich zu untersuchen. Machen Sie sich keine Sorgen wegen Ihres Berichts – darum kümmert sich Jim. Ich bin ziemlich sicher, Sie haben sich noch nicht ganz erholt...«

Spock musterte ihn mit unerschütterlicher Gelassenheit. »Derartige Maßnahmen sind nicht nötig, Doktor. Mein Bericht erwähnt Dr. Wilson nur als amtierenden Bordarzt.«

»In Ordnung«, brummte Leonard. »Aber wenn ihn jemand fragt, Jim? Was dann?«

Kirk beobachtete die ausdruckslose Miene seines wissenschaftlichen Offiziers und ahnte, daß er Evans letztes Flag mit voller Absicht ausgelöst hatte – um sie darauf hinzuweisen, daß er von ihrer falschen Identität wußte. Und er wahrte sein Schweigen, als Evan die Warnung ignorierte, um an ihrer Rolle festzuhalten – bis zum geplanten Ende. »Selbst die Geduld eines Vulkaniers ist nicht unerschöpflich«, wiederholte er die Worte der kleinen Frau. Spocks Gesichtsausdruck blieb unverändert. »Schon gut, Pille. Starfleet ist gar nicht in der Lage, die richtigen Fragen zu stellen. Stimmt's, Mr. Spock?«

»Das halte ich für sehr unwahrscheinlich, Captain.«

»Bisher erging es mir kaum anders.« Kirk verschränkte die Arme. »Ich unternahm einen entsprechenden Versuch, doch dabei wählte ich die falsche Formulierung.« Er atmete tief durch. »Na schön, Spock. Sie *wissen* mehr als ich. Welche Informationen haben Sie über *unsere* Evan Wilson?«

»Nur wenige, Captain. Und die meisten beruhen auf Mutmaßungen.«

Es fiel McCoy immer schwerer, sich zu beherrschen. »*Spock!*« knurrte er.

»Ich bin durchaus bereit, mich mit Vermutungen zufriedenzugeben«, sagte Kirk.

»Captain, ich nahm Ihre eigenen Spekulationen zum Anlaß, mich über das Triebwerk der *Jamie* zu informieren, und dabei galt mein Interesse in erster Linie dem angeblichen Strukturfehler im Wandlerfeld. Es steckte tatsächlich Manipulation dahinter. Sie betraf das sogenannte Bodner-Aggregat.«

»Es gehört doch auch zur technischen Ausrüstung der *Enterprise*, nicht wahr?« fragte McCoy. Er beobachtete Spock aufmerksam. »Was hat das mit Evan zu tun, Jim?«

»Sie bat Scotty darum, eine Fehlfunktion im Antrieb ihres Skiffs zu lokalisieren«, erklärte er knapp und wandte sich an den Vulkanier. »Das Bodner-Aggregat?«

»In der Tat. Es wurde vor fünf Jahren entwickelt und löste die wesentlich unzuverlässigere Wascoli-Komponente ab. Die Bezeichnung geht auf Martha R. Bodner zurück, deren Computersimulationen die theoretische Grundlage für das Gerät bildeten. Doch es gibt einen seltsamen Aspekt bei dieser Sache: Während der Planungsphase des Bodner-Aggregats beschäftigte sich Lieutenant Martha R. Bodner von der wissenschaftlichen Abteilung Starfleets mit einem ganz anderen Projekt.«

»Wollen Sie ernsthaft behaupten, unsere Evan Wilson sei für jene technische Innovation verantwortlich?«

»Ja, Captain. Ich habe mit Lieutenant Chris Megson gesprochen, der an der Entwicklung beteiligt war. Seine Auskünfte bestärken mich in der Annahme, daß ›unsere Evan Wilson‹, wie Sie sich ausdrückten, und ›seine Martha Bodner‹ ein und dieselbe Person sind.«

»Heiliger Himmel, Spock! Sagen Sie bloß Scotty

nichts davon – er gerät sonst völlig außer Rand und Band!«

Der Vulkanier schwieg, und als die Stille andauerte, brummte McCoy: »Ist das alles? Sie haben mehrere Tage lang ermittelt und nicht mehr in Erfahrung gebracht? Sie lassen nach, Spock!«

»Pille...«

»Verdammt, Jim! Er hat mich neugierig gemacht!«

»Natürlich werde ich meine Untersuchungen fortsetzen«, sagte der wissenschaftliche Offizier.

McCoy schüttelte den Kopf. »Von wegen!«

Spock hob eine Braue. »Ihr plötzlicher Stimmungswandel ist höchst unlogisch, Doktor. Zuerst verlangen Sie weitere Informationen von mir – und jetzt bestehen Sie darauf, daß ich meine Ermittlungen einstelle?« Er sah Kirk an.

»Ich möchte ebensogern Aufschluß gewinnen wie Sie, Spock, aber ich fürchte, Pille hat recht. Es wäre zu gefährlich, weiter herumzuschnüffeln.« Das Katzenmädchen legte die Ohren an, und der Captain fügte rasch hinzu: »Gefährlich für Evan, Hellfleck. Wir sind nicht böse auf sie, aber ich bezweifle, ob die Verantwortlichen bei Starfleet Command unsere Haltung teilen, wenn sie Verdacht schöpfen.«

»Oh!« erwiderte Hellfleck. Ihr Nackenfell sträubte sich kurz, wurde dann wieder glatt. »Ich verrate es nur mit meinem Schwanz«, sagte sie würdevoll – und der Schweif bildete eine korkenzieherartige Spirale.

»Das verstehe ich als Versprechen.« Kirk lächelte. »Spock?«

»Captain, Sie haben selbst vorgeschlagen, Evan nicht zu enttäuschen.«

»Ich dachte, sie zöge an Ihrem Schwanz. Ich wußte nicht, daß sie es auf meinen *und* den Starfleets abgesehen hatte.«

McCoy starrte den Vulkanier an. »Werden Sie etwas deutlicher, Spock.«

»Sie sprechen kein Vulkanisch, und deshalb glauben Sie sicher, Schwanzschlaufers letzte Worte lauteten ›Glück und langes Leben‹; ich nehme an, das lag auch in ihrer Absicht. Doch in diesem Punkt irren Sie sich, wie Sie leicht feststellen können, wenn Sie im medizinischen Logbuch nachsehen.«

»Im medizinischen Logbuch?« wiederholte McCoy.

»Ja. Ich meine den Abschnitt, in dem Schwanzschlaufer-zu-Ennien die Erinnerungsfragmente beschreibt, die sie meinem Gedächtnis entnahm.«

»Ich hab' das verdammte Ding dreimal gelesen«, preßte McCoy hervor. »Um herauszufinden, nach welchen Informationen Sie suchten.«

Auch Kirk hatte sich damit beschäftigt – aus reiner Neugier auf die Vergangenheit Spocks, von der er nur wenig wußte. Er richtete seine Aufmerksamkeit auf Hellfleck. »Mr. Spock hat Evan eine Art vulkanisches Versteckspiel gelehrt...«

Ruckartig hob er den Kopf und starrte seinen Ersten Offizier mit wachsender Verwunderung an. Er entsann sich an den Klang des Grußes, den die kleine Frau an den Vulkanier richtete, formulierte in Gedanken die Worte im Bericht der Ärztin. »Ich fasse es nicht, Pille!« platzte es aus ihm heraus. »Evan hat ihn herausgefordert! Er soll nach ihr suchen.«

»Ihn herausgefordert...« McCoy schnappte nach Luft.

»Diese Bezeichnung ist nicht ganz zutreffend«, wandte Spock ein. »Es handelt sich vielmehr um eine Einladung oder Absichtserklärung.« Er dachte eine Zeitlang nach. »Aber aufgrund ihres Gebarens erachte ich es als verständlich, daß Menschen so etwas als eine Herausforderung interpretieren.«

McCoy strahlte. »Und Sie wollen sie annehmen.« Hellfleck spürte seine Fröhlichkeit und wickelte ihm ihren Schwanz um den Arm. Er streichelte ihn vergnügt.

»Nun, Mr. Spock... Ich glaube, es gibt noch Hoffnung für Sie!«

Der Vulkanier runzelte die Stirn, und Kirk wußte, daß ein Erklärungsversuch nur noch mehr Verwirrung gestiftet hätte. »Machen Sie sich nichts draus, Mr. Spock«, sagte er. »Fahren Sie mit Ihren Ermittlungen fort. Aber gehen Sie dabei möglichst diskret vor, und halten Sie uns ständig auf dem laufenden – inoffiziell.«

»Wie Sie meinen, Captain.«

Er klang so ernst, daß Kirk grinsend hinzufügte: »Es liegt mir fern, Ihnen den Spaß zu verderben.« Zu seiner großen Überraschung erhob Spock keine Einwände.